TORSTEN FINK

Der Sohn des Sehers 3

Torsten Fink

RENEGAT

DER SOHN DES SEHERS

Roman

Originalausgabe

blanvalet

MIX
Papier aus verantwortungsvollen Quellen
FSC® C014496
FSC
www.fsc.org

Verlagsgruppe Random House FSC-DEU-0100
Das FSC®-zertifizierte Papier *Holmen Book Cream* für dieses Buch
liefert Holmen Paper, Hallstavik, Schweden.

2. Auflage
Originalausgabe Oktober 2010 bei Blanvalet,
einem Unternehmen der Verlagsgruppe Random House GmbH, München

Umschlaggestaltung: HildenDesign München
Lektorat: Simone Heller
HK · Herstellung: sam
Satz: Vornehm Mediengestaltung GmbH, München
Druck und Einband: GGP Media GmbH, Pößneck
Printed in Germany
ISBN: 978-3-442-26693-7

www.blanvalet.de

Für Daniela und Lilly,
ohne die ich das alles nie geschafft hätte.

Prolog

DER WÄCHTER SPÜRTE es in den Knochen, dass das Wetter umschlagen würde. Missmutig starrte er das lange Tal hinab. Aus den tieferen Lagen stieg Nebel zwischen den schneebedeckten Hängen auf. Er würde die Stadt bald verschlingen, und dann würde sie mit umso größerem Recht »Die Verborgene« heißen. Der Wächter spuckte aus und versuchte, sein steifes rechtes Bein zu entlasten, aber es brachte ihm keine Linderung. »Tauwetter«, brummte er, stützte sich auf seine zweihändige Kriegsaxt und blickte zum Himmel. Zerfranste Wolkenfetzen jagten darüber. Das passte gar nicht zu der dicken Suppe, die sich durch das Tal hinaufwälzte. Baldim der Wächter war kein Seher, und so hatte er nicht die leiseste Ahnung, was ihm die Wolken sagen wollten. In gewisser Weise erschienen ihm ihre zerfetzten Umrisse wie eine Warnung, aber was verstand er schon von diesen Dingen? Er schulterte seine schwere Axt und hinkte zur anderen Seite der Pforte. Dabei verfluchte er wieder einmal, wie eigentlich jeden Tag, der kein Feiertag war, den Ussar, der ihm seinerzeit den Pfeil ins Bein geschossen hatte. Der Heiler hatte ihn damals aufgefordert, den Göttern ein großes Dankopfer zu bringen, weil er vom Wundbrand verschont geblieben war und sein Bein behalten hatte, aber der Mann hatte gut reden. Baldim war kein Heiler, der nur mit den Händen im Schoß darauf wartete, dass die tapferen Reiter aus der Schlacht zurückkehrten, um dann viele von denen, die den Kampf überlebt hatten, doch noch mit seinen Kräutern, Ritualen und Gebeten ins Jenseits zu befördern, nein, er war ein

Krieger, ein Yamanoi. Was aber war ein Krieger wert, der nicht mehr reiten konnte? *Er hätte mich sterben lassen sollen*, dachte der Wächter, *dann würde ich jetzt den Wind und die Mähne eines unsterblichen Rosses im Gesicht spüren, und mit anderen Helden um die Wette reiten, so wie früher.* Noch einmal spuckte Baldim aus. Er war einst an der Seite des Tiudhan geritten, der beste Reiter in der Leibschar des Fürsten. Jetzt stand er sich vor diesem steinernen Tor die Beine in den Bauch.

Der Wächter schüttelte den Kopf über diese Gedanken. Er nahm an, dass der Tiudhan es sogar gut gemeint hatte, als er ihn zu einem der Ehrenwächter des Dhanag, des großen Hauses des Fürsten, ernannt hatte. Es war ein angesehener Posten, und es war besser, als in der leeren Hütte zu sitzen und auf das Ende zu warten. Baldims Frau war früh verstorben, und er hatte keine Kinder, und da nach seinem Tod wohl niemand seiner gedachte, würde sein Aufenthalt auf Marekets Weiden nicht sehr lange dauern. Und dann würde er im großen Ahngeist verschwinden. Er würde den Deutern des Orakels seine wenigen Besitztümer vermachen, damit sie für ihn die Flamme wenigstens eine Zeit lang unterhielten.

»Aber mögen muss ich sie deshalb noch lange nicht«, brummte er. Er hielt inne und blickte sich misstrauisch um. Er sprach mit sich selbst, eine leidige Angewohnheit, seit er meist allein vor dieser Pforte stand. Das war der Haken an dieser Ehrenwache – sie war im Grunde genommen überflüssig. Das war Tiugar, die Verborgene Stadt – kein Fremder hatte sie je betreten. Baldim humpelte zurück zur anderen Seite der breiten Pforte. Seine blassblauen Augen starrten trübe auf den Nebel, der erstaunlich schnell näher gerückt war und bereits die ersten steinernen Häuser verschluckte. Die Stadt hatte keine Mauer, sie brauchte sie nicht, die Berge ringsum waren Schutz genug. Und an der einzigen Stelle, an der sie nicht genügten, wartete ein gut befestigtes Bollwerk auf mögliche Feinde, die aber bisher noch nie den Weg hierher gefunden hatten. Für die Völker außerhalb Srorlendhs, des Staublandes, war Tiugar nur ein Gerücht, eine Sage, die davon erzählte, dass selbst die rastlosen Hakul, die mit ihren Zelten jahraus, jahrein über die Weiden zogen, irgendwo eine feste Stadt hatten und in den Bergen oberhalb dieser verborgenen Siedlung das sagenhafte Orakel der weißen Stuten hüteten. Baldim lachte grimmig, als er an die Dummheit ihrer Feinde dachte, und versuchte, sein schlimmes Bein zu entlasten. Am Anfang war die Langeweile sein ärgster Feind gewesen, aber irgendwann hatte er gemerkt, dass es vieles gab, worüber es nachzudenken lohnte, an diesen langen und ruhigen Tagen. Doch in letzter Zeit hatte sich vieles geändert. Während früher nur die Deuter des Orakels zum Dhanag, dem Haus des Fürsten, gekommen waren, oder der eine oder andere Yaman von den Klans der Ebene, so riss jetzt der Strom der Besucher fast nicht mehr ab, und ruhige Stunden wie diese waren selten geworden.

Durch die schmalen Fensterschlitze des großen Hauses drangen laute Stimmen. Baldim lauschte, aber er kannte den Redner nicht. Vermutlich hielt wieder irgendein Yaman eine wichtige Ansprache. Seine Miene verdüsterte sich. Seit dem Mittag saßen sie schon dort drin, die Yamane, die Seher, die Deuter des Orakels. Und dann war da noch dieser Heredhan der Schwarzen Hakul. Nach Baldims erstem Eindruck war er nur ein verzogener Knabe, den er nicht einmal in seinem Sger geduldet hätte, jedenfalls nicht unter den Yamanoi. Es hieß aber, er habe Großes vollbracht, er habe eine Göttin besiegt und zuvor auch den berühmten Heredhan Horket im Zweikampf getötet. Letzteres war immerhin eine beachtliche Leistung, wie der alte Krieger anerkannte. Es wurde auch erzählt, dass der Junge, nachdem seine Sippe ihn auf den Schild des

Yamans gehoben hatte, diesen genommen und mit bloßer Faust zerbrochen habe, angeblich mit den Worten, ihm sei ein größerer Schild bestimmt. Eri Schildbrecher nannten sie ihn deshalb. Es war eigentlich eine gute Geschichte, und der Wächter hätte gern mehr erfahren, aber seine Leute wurden wortkarg, wenn man sie darauf ansprach. Schwarze Hakul. Für Baldims Geschmack waren viel zu viele der Schwarzmäntel in der Stadt. Er wanderte noch einmal vor dem Tor auf und ab und stützte sich dabei auf den Stiel seiner großen Axt, um sein schmerzendes Bein zu entlasten. Das war mehr als Nebel, was seine Knochen da ankündigten, ohne Zweifel. Missmutig blickte Baldim auf die Nebelbank, die sich den Berg hinaufschob.

Der Knabe hatte den Heolin, das war nicht zu vergessen. Baldim selbst hatte den Stein leuchten sehen, und dieser Anblick hatte ihn, den hartgesottenen Kämpfer vieler Schlachten, tief berührt. Er hätte nie für möglich gehalten, dass seine alten Augen einmal den berühmten, wundermächtigen Stein sehen würden, den einst der große Etys vom Wagen des Sonnengottes geraubt hatte. Leider zog dieser Stein auch die Yamane und Krieger aus dem ganzen Land an. Sie kamen von den Weiden und wollten ihn selbst sehen, den Lichtstein. Der Wächter spuckte wieder aus. Lichtstein hin oder her: Seiner Meinung nach nutzte der Heredhan die Gastfreundschaft seines Stammes aus. Unter Tiudhan Liwin hätte es das nicht gegeben. Aber der Tiudhan war tot und sein einziger Sohn schwachsinnig, und bei aller Achtung vor dem Blut, er kam als Nachfolger nicht in Frage. Und jetzt saßen sie dort seit Tagen und berieten. Yaman Dheryak führte die Verhandlungen mit den Klans. Ein guter Mann, sie waren zusammen geritten. Dheryak hatte einen Arm in der Schlacht verloren und war dennoch zum wichtigsten Ratgeber des Tiudhan aufgestiegen. Jetzt schlug er sich mit den Klans herum, die sich nicht auf einen Anwärter einigen konnten – oder wollten. Zwei mögliche Bewerber gab es, gute Männer aus alten, angesehenen Sippen, entfernte Verwandte des Tiudhan. Wenn sie sich wirklich bewarben, würden es schnell arme Sippen werden, das wusste der Wächter. Die Yamane würden Geschenke erwarten, bevor sie bereit waren, einen der Bewerber auch nur als möglicherweise würdig in Betracht zu ziehen. Früher waren solche Dinge durch den Dolch entschieden worden.

Baldim streckte sich erneut. Sein Bein quälte ihn. Er hinkte ein paar Schritte auf und ab. Es wurde Zeit, dass die Sonne unterging und seine Ablösung erschien. Der Schmerz war inzwischen eine schlimme Plage, aber das verfluchte, das nutzlose, das steife Bein hatte ihn noch nie getäuscht. Irgendetwas lag in der Luft, oder vielleicht auch im Nebel, der nach und nach die Häuser verschlang. Wie eine Wand rückte er näher. Baldim runzelte die Stirn. Er blickte nach Osten. Dort war der Himmel immer noch strahlend blau, und die zerrissenen Wolken flossen um die Flanken der hohen Berge, und irgendwo dahinter weiter bis zum Rand der Welt. Er hatte bei seinen langen Wachdiensten oft darüber nachgedacht, was geschah, wenn sie den Rand erreichten. Es hieß, sie lösten sich in einem undurchdringlichen Gewölk auf, das das Ende der Welt den Blicken der Menschen entzog, aber er hatte noch nie jemanden gefunden, der das Sonnengebirge überquert und es selbst gesehen hätte. Der große Etys sollte dort gewesen sein.

Der Wächter drehte sich um. Die Umrisse der nächsten Rundhäuser verschwammen schon im Dunst. Jetzt waren sie noch leichter mit den Zelten der Hakul zu verwechseln. Baldim hinkte noch einmal zum gegenüberliegenden Torpfosten und zurück. Er spürte die klamme Kälte, die der graue Dunst mitgebracht hatte. *Die Nebel am Rande der Welt können nicht dich-*

ter und nicht unheimlicher sein, dachte er. Er fluchte, um diesen düsteren Gedanken zu vertreiben, trat gegen einen Stein, was es nicht besser machte, und hielt inne. Im Nebel waren vier Schatten. Schwarze Umrisse vor dem dichten Grau. Sie schienen ihm zuzusehen. Wie lange standen sie schon da?

Baldim nahm Haltung an. Er war der Wächter des Dhanag, des großen Hauses des Tiudhan, und jeder, der über die Schwelle wollte, musste an ihm vorüber. Die vier waren näher gekommen. Sie waren nun kaum ein Dutzend Schritte entfernt, aber die Nebelschleier machten es schwer, ihre Gesichter zu erkennen. Es waren drei Männer und eine Frau, genauer, zwei Männer, ein Knabe und eine junge Frau, vielleicht noch ein Mädchen. Ihre Kleidung war seltsam. Es waren Hakul-Gewänder, aber sie schienen ihnen nicht recht zu passen, und über ihren langen Reitmänteln trugen sie grobe Fellüberwürfe. Der Wächter blinzelte. Es schien, als seien die vier näher gekommen, ohne dass er gesehen hatte, wie sie sich bewegten. Jetzt wurden die Gesichter deutlicher. Die vier sahen einander nicht ähnlich, aber dennoch deutete irgendetwas in ihrer Haltung, ihrer Art, darauf hin, dass sie miteinander verwandt waren. Der Knabe hatte dichtes schwarzes Haar und einen durchdringenden Blick. Der Mann neben ihm schien den Nebel durch die schiere Anwesenheit seines kraftstrotzenden Körpers zu verdrängen. Dann war da der Alte, unter dessen weit ins Gesicht gezogener Kapuze vor allem die buschigen Augenbrauen auffielen, und darunter wiederum zwei Augen, die Baldim unverhohlen feindselig anstarrten. Der Wächter hielt diesem Blick nicht stand. Er hätte die vier längst anrufen, sie fragen müssen, wer sie waren, was sie hier zu suchen hatten. Aber er brachte keinen Ton über die Lippen. Er spürte, dass sein Mund ganz trocken war. Sein Blick wanderte zu der Frau. Ihr Gesicht war das eines jungen, hübschen Mädchens, und sie lächelte. Zwei

Lagen Fell trug sie über ihrem Mantel, wohl gegen die Kälte, aber gleichzeitig war ihr Untergewand an mehreren Stellen aufgeschnitten, als wolle die Trägerin mehr von sich zeigen, als sittsam war. Sie war keine Hakul, die anderen auch nicht. Der Wächter straffte sich. Fremde? In Tiugar? Er sollte besser Alarm schlagen. Aber andererseits schienen die vier keine Waffen zu tragen. Baldims Gedanken verwirrten sich. Wie waren diese seltsamen Fremden überhaupt in die Stadt gelangt? Es gab nur einen Weg hierher, und der war bewacht. Der Wächter rückte seinen Gürtel gerade, fasste die Axt fester und rief den Fremden ein »Halt« entgegen.

Die Nebel ballten sich dichter zusammen. Der Wächter räusperte sich. Sein Ruf hatte heiser geklungen. Immer noch war sein Mund trocken. Die Fremden standen nur da und schienen ihn zu betrachten. Ihre Blicke gefielen ihm nicht. »Wer da? Was habt ihr hier zu suchen?«, fragte er rau.

Der Hüne legte den Kopf von einer Seite auf die andere, und der Wächter sah starke Halsmuskeln hervortreten und glaubte, Knochen knacken zu hören. »Es ist nur einer«, sagte der Hüne jetzt.

»Ein alter Mann«, spottete der Knabe.

Baldim straffte sich. »Es wird noch reichen, dich übers Knie zu legen, mein Junge.« Als er das sagte, widersprach ihm eine innere Stimme – sie warnte ihn, behauptete, dass er sich vor diesem schmächtigen Knaben in Acht nehmen sollte. Seine Hände verkrampften sich um den Griff seiner großen Axt. Der Älteste der vier zischte verächtlich. Aber jetzt hob die Frau eine Hand und schlenderte, nein, tänzelte näher heran. »Wie ist dein Name, Großvater?«, fragte sie mit einer Stimme süß wie Honig.

Unwillkürlich lächelte der Wächter. »Baldim werde ich genannt.«

»Gut, Baldim, sag uns, ist dies das Haus des Mannes, den ihr Tiudhan nennt?«

»Der Tiudhan ist tot«, stieß Baldim hervor. Eine, wie er sich eingestand, reichlich dumme Bemerkung.

»Zeitverschwendung«, polterte der Hüne.

Die Frau lächelte. Ihre Nähe verwirrte den alten Krieger. An ihr war etwas, das ihm die Sinne vernebelte.

»Wir wissen, dass er tot ist. Wir haben ihn getötet. Doch hier wird sein Nachfolger wohnen, und auch der Lichtstein ist hier. Ist es nicht so?«

Was hatte sie gerade gesagt? Getötet? Tiudhan Liwin war in der großen Schlacht gegen Slahan, die Gefallene Göttin, erschlagen worden. Sie redete Unsinn. Er beantwortete die Frage der Frau mit einem gestotterten »Ja«.

»Du bist eine Schwätzerin, Schwester«, spottete der Knabe. »Warum erzählst du ihm das?«

»Glaubst du, er weiß es nachher noch?«, fragte die junge Frau mit einem Lächeln, das das Herz des alten Kriegers schneller schlagen ließ. Ihre Nähe war so *betörend*.

»Wir wissen bereits, was wir wissen wollen, und dieses Tor ist kein Hindernis«, brummte der Hüne.

»Immer denkst du an Gewalt, Bruder«, rief die Frau heiter. »Ich bin sicher, Baldim wird uns mit Freuden einlassen, nicht wahr?«

Baldim nickte, hinkte zum Tor und stieß es auf. Der missmutige Alte huschte als Erster über die Schwelle. Noch immer hatte er kein Wort gesagt. Der Hüne bedachte den Wächter mit einem Blick zwischen Verachtung und Mitleid und folgte dem Älteren.

Der Knabe blieb auf der Schwelle stehen und betrachtete Baldim, wie ein Jäger ein Kaninchen betrachtet, das er gefangen hat.

»Siehst du. Es geht ohne Gewalt«, sagte die junge Frau. Der Wächter wünschte sich, sie würde endlich aufhören zu lächeln.

»Sie sind so schwach. Wir sind Narren, dass wir unsere Hoffnungen in sie setzten«, sagte der Knabe leise.

»Ich weiß. Aber wir haben nichts Besseres, liebster Bruder«, sagte die Frau und zog einen Schmollmund. »Lässt du ihn jetzt vergessen?«

»Gut, da mein Bruder es nicht für nötig hielt, ihn zu töten …«, erwiderte der Knabe mit einem bösen Lächeln.

Der Wächter runzelte die Stirn. Wovon redeten die beiden bloß? Er hörte sie, aber ihre Worte erreichten seinen Verstand nicht. Es war, als würden sie durch Watte sprechen. Da war nur der süße Mund des Mädchens, ein Hauch von Blumen und Frühling in der Luft. Baldim bemerkte, dass er schwitzte. Redeten die beiden über ihn? Plötzlich spürte er eine schmale Hand auf der Schulter. Sie war so überraschend kalt, dass er erschrocken zusammenzuckte. Der Knabe sah ihn durchdringend an. Baldim bekam von einem Augenblick auf den nächsten fürchterliche Kopfschmerzen. Tränen schossen ihm in die Augen. Er schloss sie, um den Schmerz zu lindern – vergebens. Blut rauschte in seinem Kopf. Er spürte Tränen – er, der alte Recke aus hundert Schlachten, fühlte Tränen des Schmerzes und der Angst über seine Wangen laufen. Rasch öffnete er die Augen wieder. Verschwommen sah er die Sonnenscheibe, die sich durch den Dunst kämpfte. Ächzend schüttelte er den Kopf. Der Schmerz fuhr plötzlich sein Rückgrat hinunter wie ein Stachel aus Eis. Sein Herz setzte aus. Seine Beine gaben nach. Für einen Augenblick glaubte Baldim, in der Ferne die immergrünen Weiden Marekets zu sehen. Dann brachen seine Augen, und er fiel tot zu Boden.

»Du hast ihn umgebracht, lieber Skefer«, stellte die junge Frau fest.

Der Junge zuckte mit den Achseln. »Er war alt und noch schwächer, als ich dachte.«

»Sie sterben so leicht«, wunderte sich seine Schwester.

»Und es werden noch viel mehr von ihnen sterben, bis wir erreichen, was wir wollen. Doch jetzt komm, Schwester, oder willst du diese Angelegenheit etwa Nyet überlassen?«

Die Frau lachte, schüttelte den Kopf und schritt leichtfüßig über die Schwelle. Der Knabe warf noch einen Blick auf den am Boden liegenden Wächter, als versuche er, den Schrecken, den er im Gesicht des Toten sah, zu verstehen. Dann wandte er sich mit einem weiteren Achselzucken ab und folgte seiner Schwester in das große Haus des Tiudhan.

Das Reich des Todes

AWIN STARRTE AUF die Gegenstände, die vor ihm auf dem Pflaster ausgebreitet lagen: Sein Dolch, die Bronzeschale, die Kerze, die Schale mit den Kräutern, der irdene Krug mit Wasser.

»Ich bin nicht sicher, ob du das Richtige tust, Yaman«, sagte Tuge. »Nein, eigentlich bin ich sogar fast sicher, dass du das Falsche tust.«

Er bekundete das nicht zum ersten Mal. Awin antwortete nicht. Er schloss die Augen, um sich zu sammeln. Es war längst alles gesagt. Seine Hand strich über die Pflastersteine. Sie waren fein behauen und kühl, und wenn er die Augen wieder öffnete, würden sie im reinsten Weiß erstrahlen. Nichts deutete darauf hin, dass hier vor gerade einmal zwei Monden ein furchtbarer Kampf ausgetragen worden war.

»Es sieht nach Regen aus. Kannst du denn bei Regen überhaupt …?« Der Bogner vollendete den Satz nicht. Schließlich schnaubte er unwillig, da er wohl eingesehen hatte, dass er keine Antwort bekommen würde. Awin hörte, wie Tuge sich umwandte, die Zeltbahn zurückschlug und sich anschickte, ihn zu verlassen. Dann blieb er stehen und sagte leise: »Möge Mareket dich leiten, Awin, und vor allem, möge er dich zurückbringen.«

Awin nickte gedankenverloren und lauschte auf die Schritte des Bogners, die sich langsam entfernten. »Bitte, ehrwürdiger Raschtar«, sagte er dann freundlich.

»Yeku meint, dass du nicht zurückkehren wirst. Er freut sich«, antwortete Mahuk Raschtar.

Awin öffnete die Augen. Der Ussar sah fast so aus wie damals, als sie sich zum ersten Mal begegnet waren, in jenem Birkenwäldchen vor der Festung Pursu: schwarzbärtig und finster, doch Awin konnte die Miene des Raschtars inzwischen weit besser lesen als früher. Sorge stand darin geschrieben. »Yeku sagt, die Seelenschlange wird dich holen.«

»Ich werde deinem Stock nicht den Gefallen tun, mich fressen zu lassen«, erklärte Awin ruhig. Mahuk brummte und verließ das Zelt. Dabei stützte er sich schwer auf den knorrigen Stab mit den drei geschnitzten Gesichtern, in den der Geist eines bösen Raschtars gebannt war. Awin sah Mahuk nach, bis auch er die schwarzen Decken hinter sich zuschlug.

Endlich war er allein. Jedenfalls beinahe. Ihm gegenüber stand eine Bahre. Merege lag reglos darauf, Merege, die genau an dieser Stelle Slahan, die Gefallene Göttin, bezwungen hatte. Sie hatte teuer für ihren Sieg bezahlt. Sie lag dort, bleich, ohne Leben, aber auch nicht tot, mit geöffneten, weiß leuchtenden Augen, und seit über sechzig Tagen hatte sich dieser Zustand nicht geändert. Draußen hörte er es flüstern. Da war Wela, die Schmiedin, die immer noch nicht verstand, warum er diese Gefahr auf sich nahm, nur um »die« zu retten. Er hörte auch Gunwa, seine Schwester, die sanft widersprach, aber sehr besorgt war, und Tuge, der sich Mühe gab, beide zu beruhigen. Awin atmete tief durch. Für einen kurzen Augenblick kehrte die Furcht zurück. *Vielleicht ist es besser, Angst zu haben. Das verhindert, dass ich leichtsinnig werde*, dachte er. Die Anspannung würde hoffentlich nachlassen, wenn er erst einmal mit dem Ritual begonnen hatte. Mit einem Mal konnte er den Sonnenuntergang nicht mehr erwarten. Er blickte zu den Wolken. Eine Schar Tauben, die die Viramatai so liebten, zog ihre Kreise über dem Hof. Gerade noch streifte das Sonnenlicht die Wolkenränder, aber lange konnte es nicht mehr dauern. Awin hatte auf das Dach des

Zeltes verzichtet, denn die Überlieferung sagte, dass das Ritual der Reise unter freiem Himmel durchgeführt werden musste, damit der Geist bis zu den Sternen reisen konnte. Awin wusste, dass das nicht stimmte. Er selbst hatte die Reise schon in einer finsteren Kammer angetreten, damals, als sie in die Gänge von Uos Mund hinabgestiegen waren. Uos Mund. Ein unbegründetes Lächeln zuckte über Awins Lippen. Die Hakul erzählten sich, dass Uos Mund ein Zugang zur Unterwelt war. Er schickte sich nun an, einen anderen zu finden.

Er lauschte den Schritten auf der anderen Seite der Zeltbahn. Seine Freunde würden in der Nähe bleiben, als könnten sie ihm bei dem, was er nun vorhatte, helfen oder ihm beispringen, wenn er in Not geriet. *Ich hätte ihnen nicht sagen sollen, was ich vorhabe*, dachte Awin, obwohl er genau wusste, dass es sich nicht hätte vermeiden lassen. Er war auf den Rat von Mahuk angewiesen, der viel über die Geisterwelt wusste, und er brauchte Tuge, weil dieser kein Blatt vor den Mund nahm und Awin seine Entscheidungen überprüft wissen wollte. Er schüttelte noch einmal den Kopf über sich selbst. Am Anfang war es nur ein abwegiger Gedanke gewesen, geboren aus der Verzweiflung darüber, dass Tengwil ihm nicht mehr erlaubte, auf die Reise zu gehen. Wenn aber die Schicksalsweberin ihm nicht half, konnte er dann vielleicht eine andere Macht um Hilfe bitten? Als dieser Gedanke erst einmal geboren war, war er gewachsen, hatte sich selbständig gemacht und schließlich eine Antwort gegeben, die Awin nicht gefiel. Er hatte plötzlich gewusst, an wen er sich wenden musste, um Merege zu helfen, aber er wusste nicht, ob das ratsam, ja, ob es überhaupt möglich war. Er hatte Mahuk nach seiner Meinung gefragt, der sein Entsetzen kaum hatte verbergen können, dann Brami Vareda, die ebenso bestürzt gewesen war. Wela war von seinen langen Gesprächen mit der Priesterin nicht begeistert gewesen, auch, weil er sich zunächst geweigert hatte zu verraten, was er mit der Brami besprach. Vareda hatte ihm seine Fragen jedoch nicht beantworten wollen, indem sie behauptete, es überstiege ihr Wissen. Sie hatte um Rat in Dama gebeten, der Hauptstadt der Viramatai am Allsee, und Wela, die dann offenbar gespürt hatte, dass etwas Dunkles, Gefährliches im Gange war, hatte begonnen, sich Sorgen zu machen. Die Antwort war überraschend schnell gekommen: Die Hohepriesterinnen der Sonnentöchter rieten ihm dringend von seinem Vorhaben ab. Aber sie gaben zu, dass es möglich war, und das war es gewesen, was Awin hatte wissen wollen. Erst dann hatte er Wela und die anderen eingeweiht. Natürlich hatten auch sie versucht, ihm seinen Plan auszureden. Er hätte auf sie gehört, wenn er noch eine andere Möglichkeit gesehen hätte, aber die sah er nun einmal nicht. Alle Versuche zur Rettung Mereges hatten sich bisher als untauglich erwiesen, also musste er neue, dunklere Pfade einschlagen.

Awin dachte noch einmal verbittert an die Fehlschläge zurück, die sie erlitten hatten. Mahuk hatte ihn einmal gefragt, ob er seine Sehergabe verloren hatte, und Awin hatte eingestanden, dass es so war, doch eigentlich war das nicht ganz richtig. Seine Gabe war noch da, aber sie führte ihn immer nur an denselben finsteren Ort. Wie oft hatte er versucht, auf die Reise des Geistes zu gehen, und immer hatte es in einem schwarzen Raum geendet, der erfüllt war von leisen, aber furchterregenden Stimmen, und auch seine wenigen Träume führten ihn stets dort hin. Er hatte gehofft, Mahuk würde bei seiner langen Suche in der Wüste ein hilfreiches Kraut finden, aber der Raschtar war mit leeren Händen zurückgekehrt. Dann hatten sie in ihrer Verzweiflung sogar versucht, den leblosen Leib Mereges auf einer Trage zu den Kariwa zu bringen, in der schwachen Hoffnung, diese wüssten Rat. Auch das hatten viele wohlmeinende Menschen Awin ausreden wollen; zu weit und gefährlich sei der Weg, zu zahlreich seine Feinde. Er hatte sich durchgesetzt, allerdings waren sie nicht weit gekommen: Kaum hatten sie die Festung verlassen, hatte der Körper Mereges zu zittern begonnen. Sie hatten für einen kurzen Augenblick geglaubt, dies sei ein gutes Zeichen. Aber Mahuk hatte ihr ins Antlitz gesehen und gesagt: »Sie stirbt.«

Und dann hatte auch Awin gesehen, dass das Leben Merege endgültig verlassen wollte. Er konnte später nicht erklären, woran er das erkannt hatte, denn bis auf das Zittern schien sie unverändert, aber er hatte es *gesehen*. Erst als Merege wieder in der Festung gewesen war, hatte das Zittern aufgehört, und der letzte Rest Leben, der noch in ihr war, schien zu bleiben.

Jetzt lag sie vor ihm auf der Bahre, in ihrem schlichten schwarzen Gewand, und ihr helles Gesicht strahlte Ruhe aus. Wären ihre Augen geschlossen gewesen, hätte man sie für schlafend oder tot halten können, aber sie standen weit offen und schimmerten matt weiß. Die Pupillen waren verschwunden, so wie in dem Augenblick, als sie nach dem fürchterlichen Zweikampf mit Slahan zusammengebrochen war. Merege hatte von der Alten Kraft genommen, jener Kraft, die den Göttern vorbehalten war, und deren Quelle die verfluchte Göttin hier gefunden hatte. Und dann hatte die Kariwa Uo herbeigerufen, den Totengott, und der hatte den Kampf entschieden. Er hatte Slahan mitgenommen, die Gefallene Göttin – und Awin war sich inzwischen sicher, dass er auch Mereges Geist fortgeführt hatte in sein dunkles Reich. Dorthin wollte er nun selbst aufbrechen. Awin biss die Zähne zusammen. Er hatte lange genug überlegt und abgewogen. Seine Entscheidung war gefallen, er würde den Weg gehen – bis zum bitteren Ende, wenn es sein musste.

Er legte das Messer und die Bronzeschale zurecht. Awin versuchte sich zu sammeln und entzündete die plumpe Wachskerze, die vor ihm auf dem Boden stand. Er betrachtete nachdenklich den Beschwörungskreis, den die Seher zogen, wenn sie sich auf die Reise begaben, diese dünne Linie, die sie in die Erde oder in Lehmböden kratzten, damit ihr Geist nicht über den Rand der Welt abgetrieben wurde. Er hatte seinen mit schwarzer Kohle auf das weiße Pflaster gemalt. Brami Vareda und Mahuk hatten ihn bei seinen Vorbereitungen überwacht. Sie hatten überhaupt nur zugestimmt, weil er sie in die wichtigsten Geheimnisse des Rituals eingeweiht hatte, und sie hatten peinlich genau darauf geachtet, dass ihm keine Fehler oder Nachlässigkeiten unterliefen. Der Erdkreis war etwas, über das er lange nachgedacht hatte. Jetzt stand er kurz entschlossen auf und verwischte ihn mit dem Fuß. Er war nicht sicher, ob sein Ziel innerhalb der Welt lag. Noch einmal atmete er tief durch und sprach ein Gebet. Es konnte nicht schaden, Tengwil, die Schicksalsweberin, um ihren Schutz und ihren Beistand anzuflehen, auch wenn es dieses Mal nicht ihr Reich der Vergangenheit, Gegenwart und Zukunft war, das er betreten wollte.

Awin blickte zum Himmel. Die Sonne musste inzwischen untergegangen sein, und es sah wirklich nach Regen aus. Er füllte Wasser aus dem bereitstehenden Krug in die Schale, nahm das Messer, zog es durch seine Handfläche, bis etwas Blut hervorquoll, und ließ es in die Schale tropfen. Dann legte er sich die Kräuter, die Mahuk ihm gegeben hatte, auf die Zunge. Sie schmeckten bitter. Er setzte die Schale an und spülte sie hinunter. Anschließend lauschte er auf seine Atmung, beruhigte sie, atmete gleichmäßig ein und aus. Er sandte stumme Gebete an Tengwil und an Mareket, damit sie ihm halfen, dann räusperte er sich und sprach das aus, was gesagt werden musste: »Uo Jega«, begann er, und seine Stimme versagte. Es waren die Worte, die er von Merege gehört hatte, wenn sie den Totengott um Beistand anrief. Es fiel ihm schwerer als gedacht, den Namen dieses Gottes auszusprechen. Er unterdrückte die aufsteigende Furcht, räusperte sich erneut und flüsterte: »Uo Jega. Steh mir bei und geleite mich auf deinen Pfaden. Erlaube mir, dein Reich zu betreten. Erlaube mir, die verlorene Seele zu finden.«

Es gab kein Vorbild für das, was er vorhatte – noch kein Seher hatte Uo um Beistand für eine Reise des Geistes ersucht. Awin richtete seine Gedanken auf das dunkle Land des Todes. Er hatte sich lange den Kopf über die richtigen Worte zerbrochen, aber jetzt sagte er, was ihm in den Sinn kam. Er hatte ein großes Anliegen, und er konnte den Gott nur bitten, ihm zu helfen. Was konnten schöne Worte oder Schmeicheleien dazu beitragen? Er sprach zum Gott des Todes, da wollte er aufrichtig sein, denn er fühlte, dass er nur so zum Ziel gelangen konnte. Die Hakul glaubten daran, dass ihre Helden das nächste Leben auf den immergrünen Weiden des Gottes Mareket verbringen würden, und nur die Verstoßenen, die Verbrecher, die Ehrlosen, stiegen hinab in das Reich des Todes, das sonst allen Nicht-Hakul vorbehalten war. Ud-Sror nannten die Akkesch die Stadt, über die der Totengott herrschte. Awin hoffte inständig, dass er nicht in diese Stadt gehen musste, um Merege zu finden. Yeku hatte von dem großen, finsteren Wald erzählt, in den die Ussar nach ihrem Tod gingen, und er hatte ihn vor der Seelenschlange gewarnt, die durch das dichte Blattwerk kroch und die Seelen jener Ahnen verschlang, die von ihren Nachkommen vergessen worden waren. Yeku musste es wissen, denn er war dort gewesen, aber von den Ahnen seiner bösen Taten wegen zurückgeschickt worden.

Awin atmete tief und gleichmäßig, richtete seine Gedanken auf Merege und auf Uo. Er konnte sein Herz pochen hören. Er bat den Totengott um einen Gefallen und konnte nur hoffen, dass der große Uo das nicht als anmaßend auffasste. Awin wiederholte die Worte wieder und wieder im Geiste. Aber er wusste, dass er sie laut aussprechen musste, um seinen Willen, seine Ernsthaftigkeit unter Beweis zu stellen. Er fühlte die Beklemmung wachsen. »Uo Jega! Großer Gott des Todes, ich bitte um Einlass in dein Reich, lass mich die Seele finden, die ich suche. Und lasse uns zurückkehren aus deinem Land ohne Wiederkehr.«

Ein dumpfes Knacken sprang durch das Pflaster, und Awin fühlte es plötzlich absinken. Der Boden schien unter ihm nachzugeben. Awin schlug die Augen auf. Er lag in einer Grube. Grauer Sand rann über die Ränder herein. Die weißen Steinplatten des Platzes waren fort, die Kerze ebenso. Wieso lag er? Wann hatte er sich ausgestreckt? Awin blinzelte verwirrt. Der Morgen schien angebrochen zu sein. Es knackte wieder, fast wie brechendes Eis. Awin setzte sich rasch auf. Der Sand strömte schneller in die Grube und begann, seine Beine zu bedecken. Er begriff endlich, dass er sein Ziel erreicht hatte. Sein Geist war auf die Reise gegangen. Doch wo war er? Der Boden unter ihm sackte noch einmal ein Stück ab. Hastig kletterte Awin über den rutschenden Sand aus der Grube, robbte einige Schritte fort, bevor er anhielt, aufstand und sich umsah. Hinter ihm rutschte weiterer Sand in die neu entstandene Vertiefung. Es knackte wieder, und Awin sah einen schmalen Spalt, der von der Grube in die Ebene sprang. Er zog sich hastig einige Schritte zurück. Wo war er?

Die Landschaft, die sich vor ihm auftat, glich keiner, die er je gesehen hatte. Es war eine ebene Wüste, und der Boden, auf dem er stand, war steinhart. Awin fragte sich, wo der Sand hergekommen war, der ihn eben beinahe verschüttet hätte. Seltsame graue Türme, vielleicht auch Felsen, wuchsen in einen fahlweißen Himmel, der die Ebene in bedrückendes Zwielicht tauchte. Ein leises Seufzen wanderte durch den Boden, dann knackte es wieder. Die schmale Grube, aus der er geklettert war, schien sich zu einem Trichter zu weiten. Der steinharte Boden riss, verwandelte sich in Sand und geriet ins Rutschen. Awin drehte sich um und rannte viele Längen, bevor er innehielt. Er war an einem der Felsen angekommen. Verblüfft stellte er fest, dass er gemauert war. Tausende Lehmziegel waren hier aufgeschichtet worden – doch von wem? Awin konnte keine Menschenseele entdecken. Er strich nachdenklich über die verwitterten Ziegel. Unter seiner Berührung zerfielen sie zu Staub. Erschrocken zog er die Hand zurück. Der Turm erzitterte, aber er blieb stehen. Erst jetzt begriff Awin wirklich, dass er sein Ziel erreicht hatte: Er hatte das Land des Todes betreten. Es war nicht, was er erwartet hatte, denn dies waren weder die immergrünen Weiden Marekets, noch die Wälder der Ussar oder die meerumspülte Insel, zu der die Viramatai nach ihrem Tod aufbrachen. War es vielleicht doch Ud-Sror, die Totenstadt der Akkesch? Aber das war keine Stadt, nur eine verstreute Ansammlung von Türmen. Und wo waren die Bewohner? Sollte das etwa das Land sein, das die Kariwa nach ihrem Tod erwartete? Awin ging langsam weiter. Dieses Land war bedrückend leer, und nichts von dem, was er sah, schien auf Mereges Volk hinzudeuten. Sie hatte nicht viel über ihre Heimat erzählt, aber Awin wusste immerhin, dass es dort Berge gab, und in den Wintern das Land unter dichtem Schnee versank. Und hier fand er keine Spur von Schnee oder Eis und noch nicht einmal Berge.

Er hatte keine Ahnung, in welche Richtung er gehen sollte. Kein Wind, kein Tier und kein Zeichen wiesen ihm den Weg. Er zog in Erwägung, auf einen der Türme zu klettern. Vielleicht waren nicht alle in einem so erbärmlichen Zustand wie jener, den er nun hinter sich ließ. Er lief zum nächsten Turm, der einige hundert Schritt entfernt aus der Ebene ragte. Bevor er ihn erreichte, hörte er hinter sich ein klagendes Seufzen. Er drehte sich um und hoffte, einen Menschen dort zu sehen, aber es war nur der Turm, den er verlassen hatte. Er neigte sich zur Seite und fiel in sich zusammen. Mit Entsetzen sah Awin, dass der ganze Boden dort absackte. Der Trichter schien immer weiter zu wachsen. Er hastete fort, ließ den nächsten Turm links liegen und hielt auf den übernächsten zu. Erst dort blieb er keuchend stehen. Die Ziegel waren ebenso verwittert wie die des ersten Turmes. Er suchte nach einem Eingang, aber er fand keinen, nur schmale Schlitze, die vielleicht etwas Licht ins Innere ließen. Er rief nach den Bewohnern, auch wenn er sich fast sicher war, dass er hier keine finden würde. Seine Stimme klang laut über die Ebene, viel zu laut. Wie erwartet, bekam er keine Antwort. Er beschloss, den Turm zu erklettern, aber schon bei seiner ersten Berührung verwandelten sich die Ziegel zu Staub, und er gab sein Vorhaben schnell wieder auf. Das dumpfe Knacken, das er bei seiner Ankunft gehörte hatte, schien ihn weiter zu verfolgen. Immer wieder warf er Blicke über die Schulter. Die Türme hinter ihm standen noch. Awin lief weiter, ohne eine Vorstellung zu haben, wohin er sich wenden sollte. Würde Merege hier irgendwo in einem der Türme sitzen und warten? Er rief von Zeit zu Zeit nach ihr, aber er bekam nicht einmal ein Echo als Antwort. Seine Stimme wurde von der Weite der Ebene einfach verschluckt. Dann fiel ihm etwas auf. In großer Entfernung erhob sich ein Turm über all die anderen, die in dieser Wüste aufragten. Wie weit mochte er weg sein? Awin schüttelte den Kopf. Das war doch unwichtig, er musste dorthin, so viel war sicher. *Sicher? Was ist hier schon sicher?*, widersprach seine innere Stimme. Er hörte nicht auf sie und machte sich auf den Weg.

Stunde um Stunde wanderte Awin über den harten Boden, den einen, hohen Turm immer fest im Blick. Den anderen Türmen schenkte er schon längst keine Beachtung mehr. Allmählich wurde er müde, und obwohl er schon so lange lief, schien sein Ziel kaum näher gekommen zu sein. *Die Sonne geht bald auf*, sagte eine dunkle Stimme, die Awin bekannt vorkam. *Ich kann es nicht ändern*, antwortete trocken eine zweite. Er blieb stehen und sah sich um. Türme verloren sich in der Ferne. »Ist hier jemand?«, rief er. Aber er bekam keine Antwort. Seine Sinne spielten ihm offenbar einen Streich. Dann wurde Awin klar, was die erste Stimme gesagt hatte. Die Seher wussten, dass der Sonnengott Edhil keine Sterblichen auf der Ebene des Geistes duldete. Daher konnte diese Reise nur nachts angetreten werden. Die einen sagten, das grelle Licht würde die Kerze überstrahlen, die dem Geist des Sehers den Rückweg zeigte, andere behaupteten, die Hitze der Sonne würde jeden verbrennen, der sich am Tage noch auf dieser Ebene aufhielt. Awin biss die Zähne zusammen und lief schneller. Hier war es weder hell noch dunkel. Dämmriges Zwielicht, fast wie beim Morgengrauen, beherrschte die Wüste, und es war unmöglich zu sagen, wann hier der Tag anbrechen würde. Awin erkannte bald, dass der hohe Turm sich auch in seiner Form von den anderen unterschied. Er schien nur im unteren Teil gerade aufzuragen, sich aber in seinem oberen Drittel stark zur Seite zu neigen. Awin hielt an, denn seine Füße schmerzten, und er brauchte eine Rast. Er musste schon viele Stunden unterwegs sein. Oder täuschte er sich da? Die Sonne war nicht aufgegangen, das Donnern des Sonnenwagens, das er bei einer seiner früheren Reisen vernommen hatte, blieb bislang aus. Aus der Ferne klang schwach ein leises Geräusch herüber, beinahe wieder wie das Knacken in brechendem Eis. Awin hielt nach dem Ursprung des Geräusches Ausschau. Eine Staubwolke stand über der Ebene, und es schien, als seien die Türme dort, wo er herkam, verschwunden. Stöhnend setzte er seinen Marsch fort. Der Schmerz in den Füßen wurde schlimmer, aber er marschierte weiter, Stunde um Stunde. Er hatte noch nie gehört, dass ein Seher so lange auf der anderen Seite verweilt hätte. *Außer jenen, die nie zurückgekehrt sind*, sagte eine innere Stimme. Er überhörte sie und humpelte weiter voran.

Er sollte es erfahren, sagte plötzlich eine weibliche Stimme, die ihm bekannt vorkam. *Das war nicht der erste Bote, und die Antwort wäre die gleiche wie beim letzten Mal*, antwortete eine feste männliche Stimme. *Aber die Frage ist eine andere*, widersprach die erste. Awin reckte sich, aber die Stimmen waren verstummt. Er rief nach den Sprechern, bekam aber keine Antwort. Er schüttelte den Kopf und war sich bald sicher, diese sinnlosen Sätze nur geträumt zu haben. Er fühlte sich erschöpft und durstig. Wann hatte er zuletzt getrunken, wann gerastet? Offenbar konnte sein Geist weder ruhen noch schlafen, während er hier war. Er hielt an. Wo war er eigentlich? Er sammelte sich, denn er spürte, dass sein Geist begann, sich zu verwirren. Das durfte er nicht zulassen. Er war Awin, der Seher vom Klan der Schwarzen Dornen, und er war in das Reich des Todes gereist, um Merege zurückzuholen. Das sagte er sich immer wieder, während er weiterstapfte und versuchte, den Schmerz in seinen Füßen auszublenden.

Die Zahl der Türme, die vor ihm lagen, nahm jetzt ab, und sein Ziel schien bald zum Greifen nahe zu sein. Awin erkannte, dass es kein Turm war, sondern ein Tor – vielmehr ein zur Hälfte eingestürzter Torbogen, der sich in gewaltiger Höhe über die Ebene erhob. Es sah irgendwie *falsch* aus. Der Bogen stieg in kühnem Schwung auf, überstieg den Scheitelpunkt und brach dann jäh ab. Aber was hielt die gewaltigen Blöcke, aus denen er gemauert sein musste, dort oben? Awin lief weiter. Er würde es vielleicht verstehen, wenn er dort war. Und vielleicht würde er auch Merege dort finden. Der Torbogen rückte langsam näher. Noch nie hatte Awin ein so großes Bauwerk gesehen. Es würde selbst den höchsten Turm von Pursu überragen, obwohl dieser auf einem gewaltigen Felsen erbaut war. Der Bogen war grau und wirkte uralt. Awin biss die Zähne zusammen und verdoppelte noch einmal seine Anstrengungen. Ihm war, als würde dort im Schatten jemand sitzen. Ein fernes Donnern drang an seine Ohren. Für einen kurzen Augenblick fürchtete er, der Sonnengott würde doch noch erscheinen und ihn verbrennen, aber dann begriff er, dass das Geräusch aus der Ebene hinter ihm kam. Er blickte über die Schulter zurück. Die Staubwolke, die hinter ihm die Türme verschlang, war bedrohlich angewachsen. Sie schien bereits die halbe Wüste verschluckt zu haben. Es war nur eine Frage der Zeit, bis sie auch den Torbogen erreichen würde. Awin war so gebannt von der schnell wachsenden Wolke, dass er stolperte, als er die erste Stufe erreichte. Unversehens war er angekommen. Zwei Dutzend flache Stufen führten hinauf, und oben im Schatten saß eine dunkel gekleidete Gestalt. Merege? Er wollte rufen, doch die Stimme versagte ihm. Er sprang schnell die breiten Stufen hinauf, blieb dann jedoch stehen. Das war nicht Merege. Eine schlanke Gestalt saß dort, in dunkelgrauem Gewand und mit schwarzem Haar. Die Gestalt erhob sich. Es war ein Mann, sicher einen ganzen Kopf größer als Awin, sein Gesicht war fahl weiß wie der Himmel und beherrscht von zwei schwarz schimmernden Augen, deren Blick schwer zu ertragen war, und es schien, als sei diese Gestalt von Schatten eingehüllt, die wie Rabenflügel aus ihren Schultern wuchsen.

»Ich grüße dich, Awin«, sagte der Fremde und zeigte seine nadelspitzen Zähne.

Awin nickte stumm.

»Wir haben lange auf dich gewartet. Aber endlich bist du hier.«

»Gewartet?«, fragte Awin heiser.

»Wir haben dich gerufen. Hast du uns nicht gehört? Ich habe dich gesehen, in der schwarzen Kammer deines Geistes. Aber du bist unseren Rufen nicht gefolgt.«

»Aber wer bist du?«, stieß Awin hervor. Er fror – dieses Wesen schien Kälte auszuströmen. Jähe Zweifel überfielen ihn. Würde diese Schrecken erregende Gestalt ihm helfen können – und wollen? War dies überhaupt das Totenreich der Kariwa?

Die Gestalt starrte ihn unverwandt an. Sie schien erst über die richtige Antwort nachsinnen zu müssen. »Ich bin Uqib, der Seelenverweser dieses Landes, und treuer Diener Uos. Auf dieser Schwelle sitze ich und befrage die Toten, entscheide, ob sie eintreten dürfen, oder nicht.«

Awin war erschöpft und verwirrt. Er versuchte zu verstehen, was die Gestalt meinte. »Aber – hier ist doch niemand?«, sprach er das Offensichtliche aus.

»Du bist hier, Awin Sehersohn«, erklärte Uqib, »doch hast du Recht. Es sind schon lange keine Seelen mehr durch dieses Tor gewandert. Hierher kamen einst die Seelen der Nurbai. Doch ihre Städte wurden zerstört und ihr Volk in alle Winde zerstreut, wie es so oft in eurer Welt geschieht. So gerieten ihr Glaube und ihre Ahnen in Vergessenheit. Niemand gedachte noch der Toten oder brachte ihnen Opfer, und so verblassten ihre Seelen und gingen auf im großen Ahngeist, aus dem die neuen Seelen geschöpft werden. Dies ist ein leeres Land. Es stirbt. Und nun kommst du und bringst das Ende.«

»Ich?«, fragte Awin erschrocken.

»Sieh dich um«, forderte der Seelenverweser.

Als Awin der Aufforderung nachkam, sah er, dass die Staubwolke bedrohlich nahe gerückt war.

»Das Land ist alt, längst hat Uo es aufgegeben, und seinen treuen Diener hatte er schon fast vergessen. Deinetwegen hat er sich meiner erinnert. Nun zerbricht mein Reich unter den Schritten des Wanderers, der hier und doch nicht hier ist. Durch dich, Seher.«

Awin hörte keine Spur von Trauer in der dunklen Stimme. »Wie lange wartest du denn schon auf mich?«, entfuhr es ihm.

Uqib lachte heiser. »Zeit spielt hier keine Rolle mehr.«

Awin war anderer Ansicht. Die Staubwolke und mit ihr der gewaltige Trichter, den sie verschleierte, würde das Tor bald erreichen. Er hörte schon das beunruhigende Krachen des brechenden Bodens. Er durfte keine Zeit mehr verlieren. »Du weißt, weshalb ich hier bin? So kannst du mir helfen, ehrwürdiger Uqib?«, fragte er schnell, als Uqib nach der ersten Frage nickte.

Die Gestalt schien die flügelartigen Schatten jetzt enger um sich zu ziehen und nachzudenken, bevor sie antwortete. »Ja, ich kann dir helfen. Doch steht noch nicht fest, dass ich es tue.«

»Was heißt das?«, drängte Awin.

»Du musst mir etwas geben, bevor ich dir den Weg zeigen darf.«

»Etwas geben?«

»Du bist hier, um etwas mitzunehmen. Also musst du dafür etwas geben. So will es der Totengott, Seher.«

Awin durchsuchte mit fahrigen Händen die Taschen seines Gewandes, doch vergebens. »Ich habe nichts!«, rief er. Das Brausen in der Wüste war so laut geworden, dass er die Stimme heben musste.

Uqibs schwarze Augen starrten ihn durchdringend an. »Du hast eine Gabe«, sagte er schließlich.

Awin erbleichte. »Du willst mir meine Gabe nehmen?«, fragte er.

»Nutzt sie dir denn noch?«

»Sie hat mich hierhergeführt!«

»Weil Uo es wollte«, sagte Uqib. »Er hat seine Hand auf deine Gabe gelegt, denn er hat bemerkt, dass du ihn gesehen hast. Dies kann nicht geduldet werden.«

»Aber wie soll ich Merege finden, wenn …«

Wieder unterbrach ihn der Seelenverweser. »Ich werde dir den Weg weisen, Wanderer, denn deshalb haben wir dich gerufen. Uo will, dass du die Kariwa fortbringst, denn sie sitzt vor der Pforte, und dort gehört sie nicht hin.«

Awin musste sich anstrengen, um ihn zu verstehen, denn starker Wind war aufgekommen, er wehte den Staub der sterbenden Wüste heran. »Aber warum hat er sie dann mitgenommen?«, rief Awin über das Brausen des Sandes.

»Hat er das? Oder ist sie ihm gefolgt?«, erwiderte Uqib. Es klang beinahe höhnisch. »Nun? Entscheide dich, Seher. Willst du geben, was ich verlange, oder bleiben und zusehen, wie dieses Land vergeht?«

Der Wind zerrte an Awins Gewand. Wenn es keinen anderen Weg gab, würde er eben auf seine ohnehin nutzlos gewordene Gabe verzichten. »Ich gebe sie«, rief er.

»Dann geh über diese Schwelle, Wanderer. Du kannst auf der anderen Seite finden, was du suchst.«

Awin erwartete, dass er etwas spüren würde. Aber nichts geschah. In gebührendem Abstand lief er am Seelenverweser vorbei, auf die Schwelle des halben Torbogens zu. Doch plötzlich tauchte Uqib dicht vor ihm auf. Awin prallte erschrocken zurück. Der Seelenverweser beugte sich zu ihm herab und flüsterte: »Noch eines, Wanderer. Du wirst keinem Sterblichen berichten, was du gesehen und gehört hast. Du wirst keinem Menschen erzählen, was du getan hast, und auch, dass du mich getroffen hast, wird vor Deinesgleichen ungesagt bleiben.«

Awin nickte stumm. Die Kälte in Uqibs Nähe raubte ihm den Atem. Dann war die Gestalt plötzlich verschwunden. Awin stand auf der Schwelle. Vor ihm breitete sich eine endlose Ebene aus. Sie schien sich nicht im Geringsten von jener zu unterscheiden, die er gerade hinter sich lassen wollte, nur dass es dort keine Türme gab. Er spürte ein unheilvolles Knistern, das durch die Steine lief. Ein lautes Krachen ertönte und ein riesiger Felsbrocken löste sich aus dem Torbogen und fiel herab. Awin hob den Fuß, um die Schwelle zu überschreiten, aber wieder zögerte er. Was, wenn der Seelenverweser ihn getäuscht hatte, und er nun für immer in das Land des Todes ging? Über ihm zerbrach der Bogen. Awin biss die Zähne zusammen und trat hinüber.

Er stolperte, denn sein Fuß suchte eine Stufe, die dort nicht war. Verblüfft hielt er inne. Er stand im Schnee. Vor ihm ragte ein Berg in einen bleigrauen Himmel. Er drehte sich um. Das Tor, die Wüste, der Seelenverweser – das alles war fort. Stattdessen fand er sich am Hang eines felsigen Berges wieder. Schneefelder zogen sich über seine Flanken bis in eine geröllübersäte Ebene. Wo war er? War Merege hier irgendwo? Er rief nach ihr, aber er bekam keine Antwort. Er beschloss, sich einen Überblick zu verschaffen, und begann, den Berg nach oben zu klettern. Er fragte sich, was eben geschehen war. Hatte er wirklich seine Gabe verloren? Wie sollte er dann zurückfinden? Würde er einer jener Seher sein, die von der Reise des Geistes nicht zurückkehrten? Lag vielleicht auf der anderen Seite des Berges der Rand der Welt, über den er stürzen würde, um dann für alle Zeit durch das Nichts zu treiben, das die Welt umgab?

Er schafft es nicht, sagte eine leise Stimme. *Ist denn überhaupt sicher, dass er noch lebt?*, fragte eine zweite, weibliche Stimme. Sie klang hart. *Ich sehe seinen Atem*, antwortete eine dritte. *Er sollte bald zurückkehren, sonst entscheiden wir diese Frage ohne ihn*, erklärte wieder die harte Stimme.

Awin blieb stehen und lauschte. Er war alleine am Berg. Wo kamen diese Stimmen her? Ihm war, als würde er sie immer noch sprechen hören, doch waren sie so leise, dass er sie nicht mehr verstand. Etwas an diesen Stimmen war ihm vertraut erschienen, aber er konnte sich nicht erinnern, woher. Erwarteten ihn die Sprecher vielleicht hinter der nächsten Felsengruppe? Er ging weiter, um nachzusehen. Aber da war niemand. *Merege*, dachte er. *Ich bin hier, um Merege zu suchen. Das darf ich nicht vergessen.* Trockene Gräser hatten Wurzeln im Geröll geschlagen. Es waren die ersten Pflanzen, die er sah, seit er sich hier befand, auch wenn er nicht wusste, wo dieses »hier« war. Er beschloss, das Gras als gutes Zeichen zu nehmen, und setzte seinen Aufstieg fort. Es wurde rasch kälter. Er kam nur langsam voran, denn das Geröll unter seinen wunden Füßen war tückisch, gab oft unter seinem Gewicht nach, und es war Kraft raubend, sich nach oben zu arbeiten. Er blieb von Zeit zu Zeit stehen, um sich umzusehen und nach Hinweisen Ausschau zu halten. Schwarze Büsche zeigten sich zwischen den Steinen. Sie trugen kein Blatt und keine Blüte. Als Awin aufblickte, sah er, dass dichtes Gestrüpp dieses kahlen Buschwerks auf ihn wartete. Es hatte sich in die Flanke des Berges gekrallt, und die Zweige hatten sich ineinander verflochten, als müssten sie sich gegenseitig Halt geben. Oberhalb davon leuchteten weite Schneefelder. Awin hatte jegliches Zeitgefühl verloren, und die tiefe Müdigkeit, die der Anspannung am Tor gewichen war, kehrte bleischwer zurück. Er biss die Zähne zusammen und kletterte weiter.

Als Awin sich durch die schwarzen Gewächse kämpfte, setzten sie sich mit langen Dornen zur Wehr. Sie durchbohrten Kleidung und Haut, und bald blutete Awin aus vielen kleinen Wunden. Aber er ließ sich nicht aufhalten. Irgendwann wuchs das Buschwerk spärlicher und Awins Fuß trat in weichen Schnee. Er zog Dornen aus seinen Beinen und Armen, noch während er weiterging. Nach einer Weile war ihm, als würde er ein leises Murmeln hören. Er folgte dem Geräusch und stieß auf einen kleinen Bach, eigentlich nur ein Rinnsal, das über die Steine ins Tal floss. Awin war sich nicht sicher, ob er durstig war oder nicht, aber er nahm einen Schluck kalten Wassers und wusch sich das getrocknete Blut ab. Mitten in der Bewegung hielt er inne. Er hörte Stimmen und hielt den Atem an. Die Stimmen kamen aus dem Rinnsal. *Der Regen. Er holt sich noch den Tod*, murmelte es. *Niemand betritt den Kreis. Aber der Kreis ist gar nicht mehr zu erkennen. Lass mich wenigstens die Kerze entzünden.* Awin lauschte, aber die Stimmen verebbten.

Regen? Hier gab es keinen Regen. Awin richtete sich auf. Er war die ganze Zeit nur vorangehastet und hatte sich lange nicht mehr umgesehen. Zu seiner Linken erhob sich der Berg, zu seiner Rechten zogen sich schwarze, zerklüftete Felsen bis zum Horizont hin, und vor ihm öffnete sich ein schmales Tal. Schnee deckte die Hänge, aber er taute zu vielen kleinen Rinnsalen, die ins Tal hinabsprangen und einen breiten Bach speisten. Awin folgte diesem Gewässer. Die Luft war klar und kühl, der Bach schlängelte sich durch den Talgrund, und dichtes Gras deckte den Boden. Einsam reckte ein knorriger Baum seine kahlen Äste in den Himmel. Awin ging langsam weiter. Wo war er nur? Und warum war er hier? Er blieb stehen. Es gab einen Grund. Awin sammelte sich. Er spürte, dass sich sein Geist hier verlieren konnte, also versuchte er, sich zusammenzureißen. *Merege!* Er wusste wieder, weshalb er aufgebrochen war: *Merege.* Daran hielt er sich fest, während er weiterwanderte.

Immerhin war es in diesem Hochtal viel besser als in der Wüste. Es wirkte friedlich, das Gras war rau, aber üppig, das

Wasser frisch. In gewisser Weise strahlte der Ort Ruhe und kühle Schönheit aus. Doch etwas fehlte Awin. Er brauchte eine Weile, um zu erkennen, was es war: Farben. Die Bäume streckten schwarze Äste in einen bleigrauen Himmel ohne Wolken, das Gras deckte den Boden, als sei es nur ein Schatten, und das Wasser floss farblos über blasse Steine. Hier gab es weder grüne Weiden noch blauen Himmel. Er hob seine zerkratzte Hand. Dunkelgraue Narben zogen sich über seine bleiche Haut. Also war selbst das Blut ohne Farbe. Er hastete weiter und merkte erst nach einer Weile, dass er auf einen Pfad gestoßen war, der sich das Tal hinabwand. Er folgte ihm. Die Felsen traten zurück, und dann bot sich ihm ein beeindruckendes Bild. Er stand über einer Bucht, die von steilen, schwarzen Felsen gesäumt war. Zu seinen Füßen schäumte ein graues Meer gegen eine weit geschwungene Küste. Ferner Rauch stand über den Bergen und zeichnete sich dunkel vor dem bleifarbenen Himmel ab. Der Pfad schwenkte nach links über einen schmalen Streifen Land zwischen Bergen und See. Ein seltsames Gefühl der Vorfreude erfüllte Awin. Er sah zwei hohe Steinsäulen, die sich über dem Pfad aneinanderlehnten. Er freute sich darauf, dieses Tor zu durchschreiten, auch wenn er den Grund nicht nennen konnte. Er fühlte sich leicht. Als er näher kam, sah er, dass die beiden Säulen nicht von Menschenhand behauen, sondern von der Natur in ihre Form gebracht worden waren. Sie rahmten den Pfad wie ein hohes, schmales Tor. Eine niedrige Mauer aus verwitterten Steinen strebte zu beiden Seiten fort. Auf der einen Seite endete sie im Meer, auf der anderen zog sie sich noch ein Stück einen Hang hinauf. Ihre Bruchsteine waren mit Moos bewachsen. Im Schatten der Säule kauerte eine schlanke Gestalt, den Kopf leicht an die Säule gelehnt, als würde sie am Stein lauschen.

»Merege!«, rief Awin.

Die Kariwa blickte auf und nickte ihm zu. »Ich grüße dich, Awin. Ist es nicht schön hier?«

Sie schien sich gar nicht über seine Anwesenheit zu wundern. Aber auch Awin kam es wie das Natürlichste der Welt vor, dass er die Kariwa an genau diesem Ort traf.

Er zuckte mit den Achseln. »Schön? Ich weiß nicht.« Er blickte sich um. Die steilen Felswände bedrückten ihn, und das graue Meer, dessen Wellen gegen das Ufer brandeten, schien ihm plötzlich bedrohlich. Er sah weiße Punkte, die in der Ferne über das Wasser dahinschossen.

»Was sind das für Vögel?«, fragte er, weil er nicht wusste, was er sagen sollte.

»Seemöwen. Wären sie näher, könntest du sie rufen hören«, antwortete die Kariwa. Beim letzten Satz klang sie traurig.

»Es ist zu still hier«, stellte Awin plötzlich fest.

Merege stand auf. »Mir reicht es, wenn ich das Meer rauschen höre.«

»Aber es rauscht gar nicht!«, erwiderte Awin, dem das gerade erst aufgefallen war.

Merege sah ihn verunsichert an.

»Das Meer ist still, die Vögel rufen nicht«, sagte er leise. Seine eigene Stimme schien ihm unangemessen laut und rau zu sein. »Ich bin einem Bach gefolgt. Aber ich glaube, selbst sein Murmeln habe ich mir eingebildet, denn ich habe Stimmen im Wasser gehört.«

»Wasser«, echote Merege und wandte sich ab. Sie blickte über die niedrige Mauer hinweg. »Auf der anderen Seite dieser Mauer liegt unser Dorf«, sagte sie.

»Warst du dort?«, fragte er.

Sie schüttelte den Kopf. »Alle anderen sind dort. Aber sie lassen mich nicht durch das Tor.«

Awin blickte auf die beiden hohen Steine, die sich über dem

Weg aneinanderlehnten. Niemand war dort. Es sah verlockend aus. Er war versucht, einfach durch das Tor zu gehen, um zu erfahren, was er auf der anderen Seite vorfinden würde. Aber da war etwas in den schwachen Schatten hinter dem hohen Tor, das ihn schaudern ließ. Es war unsichtbar, aber er konnte seine Anwesenheit fühlen. Er spürte: Dort wartete ein anderer Seelenverweser, und der würde niemanden, der über die Schwelle dieses Tores trat, je zurückkehren lassen.

»Sie wissen, dass du nicht hier sein solltest«, sagte Awin vorsichtig. »Und ich denke, wir sollten gehen, Merege.«

Sie drehte sich zu ihm um, legte den Kopf schief und lächelte. »Ich will nicht gehen. Mir gefällt es hier. Es ist ruhig. Niemand streitet. Es ist nicht wie bei Deinesgleichen. Der Wind bringt immer frische Luft, und bald werden hier die Schneeglöckchen ihre Köpfe zeigen und den Frühling ankündigen.«

»Hier geht gar kein Wind, Merege, und ich glaube nicht, dass er jemals wehen wird. Sieh dich um – das Gras ist grau, der Boden und das Meer ebenso. Ich nehme an, dass selbst die Blumen ohne Farben sein werden, wenn sie denn je hier erblühen. Vielleicht ist hier auch immer Winter, denn da, wo ich herkomme und wohin wir nun gehen sollten, hat der Frühling längst begonnen.«

Merege legte die glatte Stirn in Falten und widersprach: »Wie kann das sein? Ich bin doch noch keinen Tag hier. Und gegangen bin ich, als Winter war.«

Awin streckte die Hand aus. »Du bist schon viele Tage hier. Zu viele. Komm, deine Freunde warten auf dich.« Er versuchte, Zuversicht auszustrahlen, obwohl er keine Ahnung hatte, wie er sie von diesem Ort fortbringen sollte.

»Freunde? Ich bin eine Wächterin des Tores. Ich habe keine Freunde. Schon gar nicht unter den Hakul. Niemand vermisst mich«, entgegnete Merege nachdenklich.

»Und warum bin ich dann hier?«, fragte Awin.

Merege sah ihn ernst an. »Das weiß ich nicht. Warum bist du hier?«

»Das kann ich dir erklären, doch nicht im Schatten dieses Tores, Merege. Komm, wir gehen ein Stück.« Er war sich plötzlich sicher, dass er sie von diesem Tor fortlocken musste, um mit ihr zurückzukehren. Noch immer hielt er seine Hand ausgestreckt.

»Kann ich hierher zurückkommen?«, fragte sie unschlüssig.

»Jederzeit«, versprach Awin.

Ihre Hand war kühl. Er zog Merege vom Tor weg. Er war sich sicher, dass er mit ihr nur bis zur nächsten Biegung gehen musste. Hinter der Biegung schien es heller zu werden. Die Kariwa ließ sich ziehen. Es schien ihr nicht wichtig zu sein, wohin sie gingen. Sie bogen um die Felsen. Licht schien auf den Pfad. Plötzlich blieb sie stehen.

»Hörst du das?«, fragte sie.

Awin lauschte. Ein ferner Donner klang über das Meer. Er erbleichte. Das Licht! Wenn Edhils Sonnenwagen hier erschien, waren sie verloren.

»Das ist das Meer«, sagte Merege.

Mir ist gleich, was du sagst, ich werde jetzt zu ihm gehen, erklärte eine helle Stimme.

Wela, nein!, rief jemand.

Vier Tage liegt er nun schon im Regen. Ich wecke ihn.

Das Meer donnerte ans Ufer. Nein. Es war weder das Meer noch Edhils Sonnenwagen. Es war Awins Herz, das laut schlug und ihn zurückrief ins Leben. »Du hörst es auch?«, fragte er Merege.

Sie sah ihn verwundert an. »Das Meer, wie ich es sagte. Wenn wir zum Tor gehen, kannst du es noch besser hören.« Sie drehte sich um und schickte sich an zurückzugehen.

»Nein!«, rief Awin und hielt sie am Arm fest. Unter ihm tat sich plötzlich ein Abgrund auf, und er stürzte. Und die Kariwa stürzte mit ihm. Dort unten brannte ein feuriger Kreis, und sie stürzten in rasender Geschwindigkeit darauf zu. Nackte Angst durchflutete Awins Körper, aber er ließ Merege nicht los. Der Donner wurde lauter, so laut, dass sein Kopf dröhnte. Und gerade, als er glaubte, der Schmerz würde ihm den Schädel sprengen, endete der Sturz und alles um Awin herum war Nacht und Ruhe.

Die Stille endete.

»Siehst du. Ich habe ihn geweckt«, stellte eine Stimme befriedigt fest. Awin schlug die Augen auf. Über sich sah er Welas Gesicht im flackernden Licht einer Fackel. Ihr Haar klebte ihr nass an den Schläfen. Er richtete sich ruckartig auf. Alles um ihn herum drehte sich. Er fühlte Schmerzen im ganzen Körper. Er stützte sich auf seine zitternden Arme und hustete sich die Seele aus dem Leib. Menschen waren um ihn herum, sie klopften ihm aufmunternd und offenbar glücklich auf den Rücken, was es nicht besser machte. Da waren Tuge, Wela, seine Schwester Gunwa, der junge Mabak, sogar der stille Karak und auch die Priesterin der Sonnentöchter. Awin wich ihren Fragen aus und versuchte, tapfer zu lächeln, aber er fühlte sich elend wie selten in seinem Leben, seine Füße schmerzten, und als er die Stiefel auszog, stellte er fest, dass er sie blutig gelaufen hatte. Ganz allmählich verstand er, dass seine Reise volle vier Tage und Nächte gedauert hatte, und dass alle schon befürchtet hatten, er sei verloren, zumal der Regen die Kerze gelöscht und den schützenden Kreis weggewaschen hatte. Awin nahm das nickend zur Kenntnis. Dass nicht der Regen den Kreis zerstört hatte, konnte er ihnen noch früh genug erzählen. »Aber die Kerze brennt doch«, sagte er in seiner Verwirrung.

»Weil ich sie wieder entzündet habe«, erklärte Wela stolz. »Auch wenn manche das nicht wollten«, fügte sie mit einem Seitenblick auf Tuge hinzu.

Der Bogner grinste breit. Er war offenbar zu erleichtert, um sich über die spitze Bemerkung seiner Nichte zu ärgern.

»Yeku sagt, dass du nicht wiederkommst. Ich bin froh, dass er sich irrt«, brummte Mahuk, der ihm prüfend in die Augen sah. Plötzlich teilte sich die Menschentraube, die sich um Awin gebildet hatte, und es wurde totenstill. Da stand Merege. Awin hatte sie völlig vergessen. Sie hielt eine Hand in den strömenden Regen.

»Du hattest Recht, junger Hakul«, erklärte sie ganz ruhig, »hier ist es wirklich schon Frühling.«

Pursu

WIE AWIN ERFUHR, war während seiner viertägigen Abwesenheit auch in der Welt der Menschen Wichtiges vorgefallen.

»Der Schildbrecher hat einen neuen Boten geschickt«, erzählte Tuge.

»Wer?«, fragte Awin verständnislos und mit vollem Mund. Er hatte einen großen Krug Wasser und einen dicken Laib Brot und Ziegenkäse vor sich liegen. Er fühlte sich halb verdurstet und sehr hungrig, aber auch noch ein wenig benommen. Ein Nebelschleier schien zwischen ihm und allen anderen zu liegen. Aber wenigstens waren sie so taktvoll, ihn während des Essens nicht mit Fragen zu bestürmen. Auf der anderen Seite des Tisches saß Merege. Sie rührte ihr Essen kaum an.

Tuge grinste breit: »Tiudhan Eri, der Schildbrecher. So nennen sie ihn jetzt, denn angeblich hat er den Yamansschild damals mit Absicht zerbrochen, weil er wusste, dass er zu Höherem bestimmt war. Offenbar ist unser Freund jetzt Fürst aller Hakulstämme, jedenfalls der großen. Selbst die Roten Hakul erkennen ihn als Oberhaupt an. Das hat wenigstens dieser Bote behauptet.«

Awins Miene verfinsterte sich. Er erinnerte sich noch zu gut daran, wie sie nur mit Müh und Not den Knaben auf dem zerbrechenden Schild hatten halten können. »Wir hätten ihn damals wirklich fallen lassen sollen. Aber er mag sich nennen, wie er will, meine Antwort bleibt dieselbe. Ich werde mich Eri nicht anschließen.«

Tuges Grinsen erlosch. »Nun, er kam nicht deinetwegen,

Yaman Awin. Er brachte eine Botschaft für die Prawani und die Viramatai.«

»Die Fürstrichterin?«, fragte Awin, der immer noch Mühe hatte, zu folgen.

»Du sagst es. Er bietet den Männertöterinnen Frieden.«

»Augenblick. Eri? Frieden mit den Sonnentöchtern? Das ist ein Scherz.«

Tuge schüttelte ernst den Kopf. »Er bietet Frieden für drei Jahre, und die Hakul und ihre Herden werden die Ebene von Pursu für ebendiese Zeit meiden.«

Awin wartete auf den Haken, den dieses Angebot haben musste. Als Tuge schwieg, fragte er: »Und was verlangt er dafür?«

»Nicht viel von den Männertöterinnen. Allerdings betont der Bote, dass sich in diesen drei Jahren *kein* Hakul hier aufhalten dürfe.«

Awin begriff endlich. »Er will, dass wir aus der Festung gewiesen werden?«

Tuge nickte. »Die Fürstrichterin hat das natürlich verstanden und abgelehnt. Sie meinte, kein Angebot, das Eri machen könne, würde sie dazu bewegen, ein einmal gewährtes Gastrecht zu widerrufen.«

»Und der Bote?«

»Hat ihr sieben Tage Zeit gegeben, es sich zu überlegen. Er lagert mit seinem Sger in einem der Wälder dort draußen. Aber ich hoffe, da kann er warten, bis er schwarz wird.«

Während er weiter Brot und Käse in sich hineinstopfte, dachte Awin nach. Auch er konnte sich nicht vorstellen, dass die Viramatai sich auf dieses unehrenhafte Angebot einließen, aber er fragte sich, was Eri damit bezweckte. Frieden auf drei Jahre? Warum diese Begrenzung? Und warum dieses Angebot jetzt, wo er doch angeblich alle wichtigen Stämme der Hakul unter sich vereinigt hatte? War das eine Lüge? Das konnte Awin nicht glauben. Und ein Friedensvertrag, nur um Awin aus der Festung zu treiben? So wichtig war er nun auch wieder nicht – nicht, seit Eri den Heolin geraubt hatte. »Hast du eine Ahnung, was Eri vorhat?«, fragte er den Bogner.

»Nein, ich verstehe es auch nicht. Ich würde einsehen, dass er Frieden will, wenn Streit zwischen unseren Stämmen wäre, aber es ist doch das Gegenteil der Fall. Noch nie waren die Hakul so einig wie heute, nach allem, was wir aus dem Staubland hören. Es ist fast zu schön, um wahr zu sein.«

Ein Händler war vor einigen Tagen in der Festung gewesen. Er hatte Bernstein und Häute von den Akradhai gebracht, und jede Menge Neuigkeiten von den Hakul. Angeblich herrschte Friede zwischen den Stämmen, und das war, wie Tuge es sagte, zu schön, um wahr zu sein. Awin fasste einen schnellen Entschluss: »Sag der Fürstrichterin meinen Dank für ihre Antwort. Aber ich denke, du solltest unseren Aufbruch vorbereiten. Ich will diesem Frieden nicht im Wege stehen.«

»Hast du auch schon eine Vorstellung, wohin wir uns wenden sollen, wenn wir von hier fortmüssen, ehrwürdiger Yaman?«, fragte Tuge ungehalten. »Auf den Weiden der Hakul werden wir nicht besonders willkommen sein.«

»Die Welt ist groß, Tuge, sehr groß sogar. Wir werden schon einen guten Platz für unseren Klan finden.«

»Ich denke, du solltest nichts überstürzen, Yaman. Eris Angebot enthält Gift, da bin ich sicher.«

Kurz darauf kam eine Kriegerin der Viramatai zu Awin. Sie bat ihn und Merege zu einer Besprechung in die Große Kammer der Festung.

Als Awin aufgefordert wurde, Bericht zu erstatten, hatte er sofort das Gesicht des Seelenverwesers vor Augen, wie er ihm einschärfte, dass er niemandem verraten durfte, was er gesehen und erlebt hatte. »Viel darf ich euch nicht erzählen«, begann er, »denn mir wurde Schweigen auferlegt. Ich wanderte durch ein fremdes Land, und vier Tage brauchte ich, bis ich Merege dort fand, an der Schwelle des Totenreiches der Kariwa. Doch das wisst ihr ja bereits.«

Das Licht des Abends sickerte durch die schmalen Fenster der Großen Kammer. Eine der Wachen begann, die Öllampen zu entzünden. Prawani Kalya saß angespannt auf ihrem schwarzen Stuhl am Ende der Kammer und trommelte ungehalten mit den Fingern auf der Lehne.

»Dein Bericht ist kurz, Awin von den Hakul. Schweigen auferlegt? Von wem? Und weshalb? Und was hast du dort gesehen?«

An ihrer Seite stand Brami Vareda, die junge Priesterin, die sich gedankenverloren mit der Hand über den kahl rasierten Schädel fuhr. »Und die Insel der Seeligen hast du nicht gesehen?«, fragte sie.

Awin schüttelte den Kopf. »Ich habe dort auch nichts entdeckt, was wie Marekets Weiden aussah, oder meinetwegen wie der dunkle Wald der Ussar. Das kann ich euch verraten.«

»Und die Kariwa?« Die Prawani hatte nicht viel Aufhebens gemacht um die von den Toten Auferstandene, sie hatte sie mit einem schlichten Nicken begrüßt und mit kargen Worten willkommen geheißen. Kein Wort des Dankes dafür, dass Merege den entscheidenden Kampf gegen Slahan gewonnen und somit auch für die Sonnentöchter die Festung zurückerobert hatte. Awin fragte sich, ob die Fürstrichterin vielleicht fürchtete, Merege könne daraus irgendwelche Ansprüche ableiten, was er selbst für sehr unwahrscheinlich hielt. Merege wirkte abwesend, als sei sie aus tiefem Schlaf aufgewacht und müsse erst herausfinden, wo sie eigentlich war. Aber andererseits nahm sie ihre Rückkehr nach so langer Zeit so selbstverständlich hin, als sei sie nicht zwei Monde, sondern nur eine Nacht fort gewesen. Sie hatte bislang nicht einmal gefragt, was während ihrer Abwesenheit geschehen war. Er hatte ihr auf dem Weg zu dieser Beratung unaufgefordert das Wichtigste in aller Kürze erzählt.

Jetzt ergriff die Kariwa zum ersten Mal das Wort: »Awin fand mich an einer Bucht, doch es war keine, die ich kannte, ehrwürdige Fürstrichterin. Es war fast wie im Schneeland, doch anders. Die Berge, das Meer, sogar der Rauch der Feuerberge in der Ferne, das alles war vertraut – aber es war kein Ort, den ich je zuvor gesehen hätte.«

Mit leichtem Neid stellte Awin fest, dass Merege frisch und geradezu ausgeruht wirkte, während er selbst sich nach seiner viertägigen Reise immer noch völlig zerschlagen fühlte.

»Es ist nicht gut, darüber zu reden«, warf Mahuk Raschtar ein. »Dies ist das Land, in das Menschen erst nach dem Tod gehen dürfen. Es muss groß sein, denn viele Seelen gehen dorthin, und wenn es so groß ist, mag es viele Wüsten, Berge, Meere und Inseln dort geben, so wie in unserer Welt auch. Yeku war dort, aber er spricht nicht viel darüber.«

Die Fürstrichterin nickte. »Du hast Recht, Raschtar, wir sollten nicht versuchen zu begreifen, was den Göttern zu verstehen vorbehalten ist. Zumal es auch andere Dinge zu besprechen gilt. Dinge, die einfacher zu fassen sind, denn sie betreffen Hakul und Sonnentöchter.«

»Eris Botschaft!«, rief Awin.

»So ist es. Der Bote des Tiudhan mit seinem Sger wartet immer noch vor der Festung auf unsere Antwort. Ich habe schon gehört, dass ihr dem Frieden nicht im Weg stehen wollt, Yaman Awin. Das ehrt euch, aber dennoch habe ich Zweifel, dass dieses Angebot so gut ist, wie es sich aus dem Munde des Boten anhört.«

»Tiudhan?«, fragte Merege.

Awin seufzte. Er hatte ihr viel zu erklären. Für den Augenblick beließ er es beim Notwendigsten: »Heredhan Eri ist schnell aufgestiegen. Zuerst haben ihn die Schwarzen und Eisernen Hakul zu ihrem Tiudhan gewählt, inzwischen haben ihn alle wichtigen Stämme als Fürsten anerkannt.«

»Wie viele Jahre war ich fort?«

»Nicht Jahre, Merege, nur wenig mehr als sechzig Tage.«

»Aber wie konnte dieser Knabe so schnell so hoch aufsteigen?«, fragte sie mit einem nach innen gekehrten Blick.

»Er ... er hat den Heolin geraubt, Merege«, antwortete Awin betreten.

Die Kariwa warf ihm stumm einen Blick zu, der schlimmer war als jeder Vorwurf, den sie erheben konnte. Awin fühlte sich elend. Er hatte versprochen, ihr den Lichtstein zu überlassen, wenn Slahan besiegt war. Er wusste, dass der legendäre Fürst Etys den Stein nicht vom Sonnenwagen, sondern vom Siegel am großen Daimonentor geraubt hatte. Und nur den Wächtern der Kariwa war es zu verdanken, dass das Skroltor den Ausgeburten aus Edhils Albträumen noch standhielt, denn das Siegel war geschwächt, seit dieser Teil fehlte.

»Ich weiß nicht, ob der Lichtstein reicht, seinen Aufstieg zu erklären«, sagte die Fürstrichterin, und beendete damit die peinliche Stille, die Awins Antwort folgte. »Aber die Hakul haben ihre unzähligen Fehden beendet und sich zu einem Stamm zusammengeschlossen. Dies ist ein Tag, den wir immer gefürchtet haben, denn unser bester Verbündeter im Kampf gegen die Hakul war doch ihre Uneinigkeit. Jetzt sind sie vereint – aber sie bieten uns Frieden. Und das ist etwas, was ich nicht verstehe.«

»Vielleicht ist der Wunsch aufrichtig«, meinte die Brami vorsichtig. »Vielleicht haben sie erlebt, wie gut es ist, unter den

Klans und Stämmen Frieden zu haben, und suchen nun auch Einigkeit mit ihren Nachbarn.«

»Und verzichten auf die fruchtbare Ebene von Pursu, um die wir schon so lange mit ihnen erbittert streiten? Das ist schwer vorstellbar«, entgegnete die Fürstrichterin. »Nein, dahinter steckt etwas anderes.«

»Aber für die Viramatai ist dieses Angebot doch nur von Vorteil«, sagte Awin langsam. »Er bietet euch drei Jahre Frieden. Das heißt, drei Jahre könnt ihr euch darauf vorbereiten, dass der Krieg wieder zurückkehrt.«

»Was nicht gesagt ist«, gab die Priesterin zu bedenken.

Die Fürstrichterin warf ihr einen Blick zu, der verriet, dass sie die Ansichten der Brami für Wunschdenken hielt: »Ich kenne die Hakul, ehrwürdige Brami«, rief sie ungehalten. »Frieden zu halten ist gegen ihre Natur! Sie sind ein Volk der Unruhe und würden ohne Streit wohl an Langeweile zugrunde gehen.«

»Was sagen denn eure Späher?«, fragte Awin vorsichtig.

Die Fürstrichterin lächelte plötzlich. »Du weißt von unseren Kundschaftern?«, fragte sie betont freundlich.

»Ich bin nicht blind, ehrwürdige Kalya. Mir sind die Fremden in Hakul-Gewändern nicht entgangen, die hier von Zeit zu Zeit erscheinen und bei Nacht und Nebel wieder verschwinden.«

»Eri hat schon Recht, wenn er dich an seiner Seite wissen will, Yaman Awin, du verstehst zu deuten, was du siehst. Es ist jedoch bei uns nicht üblich, einem Hakul zu verraten, was unsere Späher über andere Hakul herausgefunden haben.«

Das alte Misstrauen, es ist noch da, dachte Awin und beschloss, dagegen etwas zu unternehmen: »Ich verstehe deine Sorgen, ehrwürdige Prawani. Vielleicht kann ich dir aber meinerseits sagen, was ich gehört habe, von dem Händler, der vor einigen

Tagen hier vorüberkam? Und du magst bestätigen, was ich richtig errate, wenn du es für angebracht hältst.«

Die Fürstrichterin nickte gleichgültig. Vermutlich wusste sie wirklich schon, was Awin zu berichten hatte, würde das aber nicht zugeben. Sie hielt sich gerne bedeckt.

»Jener Händler berichtete uns davon, dass die Klans und Stämme ihre Fehden beenden«, begann Awin. »Von einer Großen Versammlung aller Hakul ist die Rede, und das ist schon lange nicht mehr geschehen, seit den Tagen des großen Etys nicht. Aber auch sonst scheint Eri außerordentlich rührig. Der Händler wusste von Gesandtschaften zu den Akkesch. Sie führen einen Bruderkrieg, wie dir bekannt sein wird. Der Tiudhan soll tausend Reiter für diesen Krieg versprochen haben, allerdings wusste der Händler nicht, welcher Seite. Ich kann mir schwer vorstellen, dass sie Numur helfen, denn der hat Yaman Aryak, Eris Vater, auf dem Gewissen. Es heißt auch, dass die Akkesch Eri viel Silber und Eisen geben, doch habe ich Zweifel, dass Eri es deswegen tut. Man kann viel über ihn sagen, doch nicht, dass er nach Silber giert. Er ist ein Hakul und hat sicher nichts gegen gute Beute einzuwenden, aber sich verkaufen? Nein, das würde nicht zu ihm passen.«

»Und dennoch scheint er es zu tun«, meinte die Prawani. »Aber da du es erwähntest – er verlangt von uns keine nennenswerte Gegenleistung für den Frieden, weder Eisen noch Kupfer oder Salz. Er verlangt nur, dass wir in diesen drei Jahren die Weiden der Hakul jenseits der Ebene von Pursu nicht betreten. Das ist viel zu großzügig.«

Awin starrte auf die steinernen Platten des Bodens. Offenbar hielt die Prawani es nicht für »nennenswert«, dass Eri verlangt hatte, seinen Klan aus der Festung zu weisen. Er wünschte sich, Tuge wäre bei dieser Besprechung dabei. Der Bogner kannte Eri gut, und er wusste, wie die Hakul dachten. Aber Tuge war nicht eingeladen worden. Der Rat war geheim, und die Prawani vertraute anderen Hakul aus Awins Klan nicht. Also musste er von selbst dahinterkommen, was Eri vorhaben mochte. »Er schließt ein Bündnis mit den Akkesch und Frieden mit den Viramatai. Hörte man Ähnliches auch von den Budiniern oder Akradhai?«, fragte er.

Die Fürstrichterin schüttelte den Kopf. »Ich habe lange nichts aus diesen Ländern gehört. Aber ich erwarte bald Nachricht, wenigstens von den Budiniern. Warum fragst du?«

»Es ist möglich, dass Eri den Frieden im Süden sucht, weil er im Norden oder Westen Krieg führen will«, erklärte Awin schlicht.

»Das deckt sich in etwa mit dem, was ich erwarte!«, sagte die Prawani lächelnd.

»Ich sagte, es ist möglich – nicht, dass es so sein muss«, berichtigte Awin vorsichtig.

»Es ist weit mehr als nur möglich«, meinte Kalya trocken, »und wenn er drei Jahre Frieden mit uns wünscht, dann bedeutet das, dass er einen großen Krieg führen will. Das wird keiner von den Raubzügen oder Überfällen, die wir von den Hakul kennen. Nun, wir hatten bereits vier Tage Zeit, über die Gründe für dieses Angebot nachzudenken, Yaman Awin. Deshalb glauben wir, den Plan hinter diesem Frieden zu erkennen. Wir wissen jedoch nicht, gegen wen sie sich wenden werden. Die Akradhai oder die Budinier?« Sie starrte für einen Augenblick ins Leere, dann schlug sie mit der Hand auf die Stuhllehne: »Sei es, wie es sei. Ich werde sein Angebot im Namen Paeni Gnamas, der Ersten Sonnentochter, annehmen. Drei Jahre werden uns genug Zeit geben, uns auf einen Krieg mit den Hakul vorzubereiten, wenn dieser sogenannte Tiudhan dann noch die Kraft haben sollte, ihn zu führen.«

Awin runzelte die Stirn. »Verzeih, ehrwürdige Prawani, aber bist du sicher …?«

Kalya unterbrach ihn barsch: »Ich kenne die Gedanken der Ersten Sonnentochter und weiß mich in dieser Frage mit ihr einig. Die Sache ist entschieden.«

Awin erhob sich. Die Heftigkeit des Ausbruchs sagte ihm, dass weiterer Widerspruch sinnlos war, aber er spürte auch, dass die Fürstrichterin sich nicht sicher war, ob sie wirklich die richtige Entscheidung getroffen hatte. Ihre abweisende und verschlossene Miene sprach Bände. Und dieses Gerede, dass sie die Gedanken der Ersten Sonnentochter kannte – die Paeni saß viele Tagesreisen entfernt in der Hauptstadt Dama. Woher sollte sie so schnell auch nur von Eris Angebot erfahren haben?

»Wann wirst du das dem Boten des Tiudhan mitteilen?«, erkundigte sich Awin förmlich, als er sich erhob. Inzwischen fragte er sich, warum die Prawani ihn überhaupt um seine Meinung gebeten hatte, ihre Entscheidung schien doch schon vorher festgestanden zu haben. Wenn sie seinen Rat nur eingeholt hatte, um die Form zu wahren, hätte sie sich das auch sparen können.

»Morgen. Je eher diese Hakul aus unseren Wäldern verschwinden, desto besser«, sagte die Prawani.

»Ich nehme an, das gilt dann auch für uns?«, fragte Awin, und er konnte eine gewisse Bitterkeit nicht unterdrücken.

Die Fürstrichterin lächelte kühl. »Vierzehn Tage habt ihr Zeit, die Ebene zu verlassen. Genug Zeit, um nach Wastu zu gehen, oder noch weiter, falls es euch nicht doch in eure Heimat zieht.«

»Das Land der Viramatai steht uns offen?«, fragte Awin überrascht.

»Glaubst du im Ernst, Yaman, dass ich dich der Willkür dieses Hakul-Fürsten überlasse? Wir Sonnentöchter achten das Gastrecht. Sollte Eri das je vergessen, wird er es sehr bereuen.«

Awin verneigte sich stumm, und die Fürstrichterin erklärte diesen Rat für beendet. Die Brami begleitete sie aus der Kammer. Es war ein milder Abend. Der Regen hatte aufgehört.

»Es ist erstaunlich«, sagte Awin auf der Treppe.

»Was meinst du, Yaman Awin?«, fragte die Brami freundlich.

»Kalya scheint mächtiger zu sein, als ich dachte. Sie schließt Frieden mit den Hakul im Namen der Paeni, und sie kann mir und meinen Leuten Schutz in der Festungsstadt Wastu anbieten, ohne erst mit der dortigen Fürstin Rücksprache zu halten.«

»Wer sagt, dass sie das nicht getan hat?«, fragte die Priesterin lächelnd.

»Aber Wastu liegt gute fünf Tage entfernt, und der Bote ist doch erst vor vieren hier erschienen«, erwiderte Awin.

»In der Tat, eine gute Reiterin auf einem noch besseren Pferd bräuchte wohl wenigstens vier Tage, um Wastu zu erreichen«, antwortete die Priesterin. »Doch verzeih, eine unserer älteren Kriegerinnen ist sehr krank, und ich habe versprochen, mit ihr gemeinsam Edhil um Gesundheit zu bitten. Ich nehme an, wir sehen uns noch einige Male, bevor ihr aufbrechen müsst?«

Awin nickte verdrossen. Die Brami verschwieg ihm offensichtlich etwas, und er mochte es nicht, wenn irgendetwas vorging, das er nicht verstand.

»Und warum gefällt dir jetzt nicht mehr, dass die Viramatai genau das tun, was du ihnen selbst vorschlagen wolltest?«, fragte Tuge.

Sie standen auf der Mauer und blickten dem Boten nach, der mit seiner Schar gerade wieder nach Tiugar aufgebrochen war. Awin hatte den Bogner erst jetzt, einen Tag nach der geheimen

Unterredung, ausführlich über das Ergebnis unterrichtet. Am vorigen Abend hatten sie zunächst seine glückliche Wiederkehr aus dem Land der Toten gefeiert. Es war ein eigentümliches Fest gewesen. Awin spürte deutlich, dass seine Stammesbrüder und -schwestern große Scheu vor ihm und noch mehr vor Merege empfanden. Es war, als würde nun ein Hauch des Todes zwischen ihm und seinen Gefährten stehen. Merege hatte die Feier fast sofort verlassen. Awin wäre ihr am liebsten gefolgt, denn er hatte viel mit ihr zu besprechen, doch seine Gefährten hatten ihn genötigt, mit ihnen auf seinen Erfolg anzustoßen. Die Viramatai hatten für diese Feier einen großen Krug Wein gestiftet.

»Sie haben vermutlich ein schlechtes Gewissen, weil sie uns vor die Tür setzen«, hatte Tuge vermutet, was ihn nicht davon abgehalten hatte, dem Wein ausgiebig zuzusprechen. Awin dagegen war kaum dazu gekommen, von dem Getränk zu kosten, denn er war noch während des ersten Bechers eingenickt. Seine Gefährten hatten ihn dann in seine Kammer getragen, und er hatte tief und lang geschlafen. Erst gegen Mittag war er von Tuge geweckt worden, gerade, als die Fürstrichterin zu ihrem Treffen mit den Boten aufgebrochen war. Jetzt stand Awin mit dem Bogner auf der Mauer und sah die Hakul abziehen.

»Ich hätte das Angebot an ihrer Stelle vielleicht auch angenommen, aber ich denke, sie wird es bereuen«, meinte Awin.

»Sie haben drei Jahre keinen Ärger mehr. Was wollen sie mehr?«, fragte Tuge verwundert.

»Damit halten sie Eri den Rücken frei. Er kann jetzt über die Budinier oder Akradhai herfallen, ohne sich Gedanken machen zu müssen, was seine Feinde im Süden unternehmen.«

»Ich für meinen Teil wünsche unseren Brüdern Erfolg«, erklärte Tuge trocken.

»Männer, immer reden sie vom Krieg«, stellte Wela fest, die mit Gunwa die Treppe heraufkam.

»Was beschwerst du dich, Nichte? Der Krieg nährt viele Schmiede«, meinte Tuge.

»Mich nicht, denn ich bin am falschen Ort, um den Hakul meine Kunst zu beweisen«, entgegnete die Schmiedin säuerlich, während sie über die Mauer in die Ebene hinabspähte.

Awin meinte, eine gewisse Wehmut in ihrem Blick zu lesen. Vielleicht litt sie an Heimweh.

»Ich vermisse die Steppe auch«, sagte er.

»Das Staubland kann mir gestohlen bleiben, aber die Männertöterinnen lassen mich ihre Essen und Ambosse immer noch nicht benutzen. Ich langweile mich, und meine Arme fühlen sich schon ganz schlaff an. Glaubst du, das wird in Wastu besser, Awin?«

Er zuckte mit den Schultern. »Ich weiß nur, dass Wastu eine richtige Stadt ist, nicht nur eine Festung wie Pursu«, entgegnete er.

»Eine Stadt«, sagte Wela nachdenklich.

Awin wusste, dass sie schon lange eine richtige Stadt besuchen wollte. Er hoffte, diese Aussicht würde ihre Laune heben.

»Limdin und Dare wären gerne mitgeritten«, sagte Gunwa plötzlich.

»Mit dem Boten?«, fragte Awin.

»Ja, sie sagen, es gibt Krieg, und sie würden gerne ihre Tapferkeit unter Beweis stellen.«

»Sag ihnen, Schwester, dass sie mir ihren Mut nicht mehr beweisen müssen. Und ich hoffe sehr, dir auch nicht«, fügte er mit Nachdruck hinzu.

Gunwa zuckte mit den Schultern. »Ich kann es ihnen nicht ausreden, kleiner Bruder«, erwiderte sie.

»Aber du könntest dich entscheiden!«, verlangte Awin. »Seit

Wochen schon werben die beiden um dich. Man könnte glauben, es gäbe keine anderen Frauen mehr auf dieser Welt!«

»Davon verstehst du nichts!«, entgegnete Gunwa schroff, wandte sich ab und ging die Treppe wieder hinunter. Sie wirkte ziemlich verärgert. Wela warf Awin einen sehr tadelnden Blick zu.

»Ist das denn so schwer?«, fragte er verständnislos.

»So schwer, dass du davon offensichtlich wirklich nichts verstehst, Awin Sehersohn«, beschied ihn Wela, drehte sich um und folgte ihrer Freundin hinunter in den Hof.

»Frauen«, murmelte Awin, als sie außer Hörweite waren.

Tuge grinste breit. »Ich denke, du hast gerade die Grenzen deiner Macht erfahren, ehrwürdiger Yaman«, spottete er.

»Meine eigene Schwester«, brummte Awin missmutig, weil er wusste, dass der Bogner Recht hatte. Limdin und Dare, die beiden Enkel von Harmin, waren nach der Schlacht in Pursu geblieben. Limdin, der Ältere, war schlank und blond und von gewinnender Art. Selbst die Kriegerinnen der Viramatai mochten ihn. Dare war von kräftigerer Statur und bei weitem nicht so wortgewandt wie sein Bruder, jedoch auch von entwaffnender Ehrlichkeit und bemerkenswertem handwerklichen Geschick. Tuge hatte begonnen, ihn in der Kunst des Bogenbaus zu unterweisen, und hielt große Stücke auf den jungen Krieger, auch wenn er das so gut wie nie zeigte. Die beiden Brüder waren so unterschiedlich, dass es schwerfiel zu glauben, dass sie von den gleichen Eltern stammten. Sie hielten jedoch stets zusammen, auch jetzt noch, obwohl sie beide Gefallen an Gunwa gefunden hatten. Awin hatte ihnen die Erlaubnis gegeben, um ihre Hand anzuhalten. Seitdem versuchten die beiden ständig, sich gegenseitig mit kleinen Heldentaten zu übertreffen, um Gunwa zu beeindrucken. Aber bislang hatte sie sich einfach nicht entscheiden können – oder wollen. Awin hatte seiner Schwester schon zweimal deswegen ins Gewissen geredet. »Aber was soll ich machen, Bruder?«, hatte sie einmal geantwortet. »Immer, wenn ich mich fast für den einen entschieden habe, kommt der andere und beeindruckt mein Herz.«

Er konnte ihr eigentlich keinen Vorwurf machen. Gunwa hatte Schlimmes durchgestanden. Slahan hatte sie, wie so viele andere Hakul, verschleppt. Und auch, wenn sie sich an nichts von dem erinnern konnte, was in dieser Zeit geschehen war, so wurde sie doch immer noch von furchtbaren Albträumen gequält und erwachte gelegentlich mitten in der Nacht, schreiend vor Entsetzen. Awin hatte gehofft, dass die Zuwendung, die sie von ihren beiden Verehrern erfuhr, die bösen Träume lindern würde, aber das war bislang nicht geschehen.

»Und was tun wir jetzt?«, fragte Tuge, als die Reiter unten in der Ebene endlich hinter einem Wäldchen ihren Blicken entschwunden waren.

»Wir bereiten unsere Abreise vor, was sonst? Vielleicht wird es sogar höchste Zeit, dass wir diese Festung verlassen. Mir fehlen die weite Steppe und der Wind im Gesicht, wenn ich mit einem guten Pferd über das grüne Gras galoppiere.«

»Und du glaubst, das finden wir in Wastu?«, fragte Tuge mit zweifelndem Blick.

Awin seufzte. »Nein, natürlich nicht. Aber wenigstens sind wir wieder für ein paar Tage im Sattel. Und es ist nicht gesagt, dass unsere Reise in dieser Stadt endet.«

»Das klingt für mich, als hättest du einen Plan, Yaman«, sagte der Bogner gedehnt.

Awin schüttelte den Kopf. »Nein, wirklich nicht, Tuge. Du kannst mir glauben, ich würde gerne nach Tiugar gehen und Eri diesen Kriegszug ausreden. Das alles wird viel Blut kosten. Und ich verstehe da etwas nicht, Tuge. Du kennst Eri. Er ist tapfer, aber sprunghaft und unstet. Nie hätte ich ihm zugetraut, dass er so etwas Großes über einen so langen Zeitraum plant. Drei Jahre? Das sieht ihm einfach nicht ähnlich. Du kennst ihn doch noch besser als ich. Früher, als wir zusammen unter Führung seines Vaters im Klan der Berge ritten, da reichten seine Gedanken doch nicht viel weiter als bis zu den Nüstern seines Pferdes.«

»Wohl wahr«, antwortete der Bogner mit einem flüchtigen Grinsen. »Fürchtest du, dass er unsere Brüder in eine Niederlage führt? Er kann sehr viele Hakul zu den Lanzen rufen. Mehr als jeder andere Fürst vor ihm – seit den Tagen von Etys.«

»Eine Niederlage? Nein. Ich kann es dir nicht erklären, aber ich fürchte viel eher, dass er siegt«, gab Awin zur Antwort.

Später an diesem Tag fand er endlich Gelegenheit, mit Merege zu sprechen. Er rechnete mit Vorwürfen wegen des Lichtsteins, und er versuchte, ihr zu erklären, wie Eri den Stein geraubt hatte, und dass sie ihn nicht zurückholen konnten. Als sie daraufhin nur nickte, erzählte er ihr, was noch alles geschehen war seit der Schlacht um die Festung, aber sie schien ihm kaum zuzuhören. Sie wirkte noch abwesender als früher. Awin verstummte. Eine Weile schwiegen sie beide. Awin erschien Mereges Kammer, in der sie saßen, auf einmal klein und bedrückend. Sie erinnerte ihn an die Grube, in der er auf seiner Reise in Uos Reich beinahe begraben worden wäre.

»Warum hast du mich zurückgeholt, Awin?«, fragte Merege leise.

Awin starrte sie verständnislos an. »Warum? Du warst weder tot noch lebendig. Deine Seele war fort, aber dein Körper unversehrt. Du konntest nicht bleiben, wo du warst.«

»Es war friedlich dort«, stellte Merege fest.

»Aber hier ist doch auch Frieden«, widersprach Awin heftig. Ihm fiel erst jetzt auf, dass sie sich gar nicht bei ihm für ihre Rettung bedankt hatte.

»Du verstehst nicht, was wahrer Friede bedeutet, Awin. Hier herrschen Streit und Feindseligkeit. Die Viramatai misstrauen den Hakul, selbst euch, und sie sind froh, wenn ihr bald geht. Und dieser Frieden, von dem jetzt alle reden, wird nur geschlossen, damit anderswo Krieg sein kann, das hast du selbst gesagt. Alles ist verworren und unklar. *Dort* war alles klar und einfach.«

»Dort war alles grau und kalt! Das war, was *ich* gesehen habe, Merege, und auch deshalb habe ich dich dort fortgeholt. Es mag sein, dass es dort friedlich ist, aber für dich ist dieser Ort noch nicht bestimmt. Er gehört den Toten.«

»Den Toten«, echote Merege nachdenklich, stand auf und schritt zur schmalen Tür. Sie drehte sich noch einmal um. »Du hast mir Frieden versprochen, aber in dieser Welt kannst du dieses Versprechen niemals halten. Und du hast mir den Heolin versprochen. Aber offenbar bist du zu schwach, um selbst dieses kleinere Versprechen zu erfüllen.« Sie zögerte einen Augenblick, dann sagte sie: »Du wirst wohl nicht erwarten, dass ich dich nach Wastu begleite, oder?«

Awin schwieg. Eigentlich hatte er sich genau das erhofft. Plötzlich wurde ihm bewusst, dass Merege gar keinen Grund mehr hatte, bei ihnen zu bleiben. Der Lichtstein war fort. »Aber wo willst du hin?«, fragte er rau.

»Die Viramatai senden immer wieder Karawanen in das Reich der Akkesch. Von dort werde ich einen Weg in meine Heimat finden.«

»Aber die ist weit fort!«, rief Awin.

»Und doch ist es meine Heimat. Senis hat mir geraten, die Welt anzusehen, die ich am Skroltor bald verteidigen muss. Hätte sie gewusst, was ich in dieser Welt vorfinde, hätte sie mir sicher nicht dazu geraten.« Mit diesen Worten drehte sie sich um und verschwand.

Awin sah ihr bestürzt nach. Sie wollte seinen Sger verlassen? An diese Möglichkeit hatte er einfach nicht gedacht. Sie wirkte so verletzt und verloren. Das schmerzte mehr als ihre Vorwürfe. Er hatte sich selbst schon oft genug Vorhaltungen gemacht, dass er den Lichtstein verloren hatte, aber der Heolin war nun in Tiugar, der Verborgenen Stadt. Ohne Zweifel würde er gut bewacht sein, und ohne die Kariwa hatten sie keine Möglichkeit … Awins Gedanken stockten. Dann sprang er auf und rannte Merege hinterher. Er holte sie am Fuß des Felsens ein, wo sie vor einer Ulme stand und diese anblickte, als sähe sie zum ersten Mal in ihrem Leben einen Baum. Eine Taube gurrte in den Ästen.

»Der Lichtstein!«, rief er aufgeregt. »Wir können ihn jetzt zurückholen!«

Merege drehte sich nicht um.

»Ich meine«, fuhr Awin verunsichert fort, »wenn wir ungesehen nach Tiugar und in die Nähe des Heolins gelangen, dann könntest du uns doch mit Zauberkraft den Weg bahnen. Und besser noch, du kannst uns mit einem Sprung von dort fortbringen, bevor …«

Awin verstummte. Jetzt sah ihn die Kariwa an, und in ihren Augen flammte Zorn auf. Es war ein kurzer, finsterer Blick, dann klärten sich ihre Augen zu jenem sehr hellen Blau, das ihnen sonst zu eigen war. Ganz ruhig erwiderte sie: »Ich weiß nicht, ob ich noch zu zaubern vermag, Awin, aber ich weiß, dass ich es nicht mehr tun werde.«

»Du weißt nicht, ob du noch zaubern kannst?«, fragte Awin verunsichert.

»Ich erwarte nicht, dass du es verstehst, Hakul«, erklärte Merege kalt, »aber du weißt, dass ich unter dem Zeichen von Uos Sichel lebe.« Sie stockte, und Awins Blick richtete sich wie von selbst auf die schwarze, sichelförmige Tätowierung über ihrem Jochbein. Es war, so hatte sie es ihm einmal erklärt, das Abbild eines Sternzeichens – Uos Sichel. »Ihn rufe ich an, wenn ich Kraft brauche«, fuhr Merege fort. »Stets verlieh er mir Kraft, doch dieses Mal erschien er selbst. Ich habe dem Totengott ins Antlitz gesehen – und das will ich nie wieder tun.« Dann ging sie zwischen den Bäumen langsam davon und ließ einen betroffenen Awin zurück.

Im Grunde genommen hätten die Hakul noch am selben Tag aufbrechen können. Sie besaßen nicht viel mehr als das, was sie auf der Haut trugen, und ihre Pferde scharrten schon ungeduldig mit den Hufen, als wüssten sie, dass der Aufbruch nun unmittelbar bevorstand. Doch Awin zögerte ihre Abreise hinaus, bedeutete sie doch, dass Merege sich von ihnen trennen würde. Prawani Kalya hatte ihnen vierzehn Tage Frist eingeräumt, und sie bestand zu Awins Erleichterung auch darauf, erst durch ihre Späher die Ebene auszukundschaften, denn sie befürchtete, Eri könne Awins Klan eine Falle stellen. Auch suchte sie einige Ussar und Viramatai aus, die sie bis Wastu begleiten sollten. So verschob sich ihr Aufbruch immerhin um einige Tage – Tage, die Awin mit einer eigentümlichen Mischung aus Verzagtheit und zunehmender Ungeduld ertrug, denn wenn er nichts zu tun hatte, kam die Erinnerung wieder. Die Erinnerung an seine Begegnung mit Uqib, dem Seelenverweser, und den Zoll, den er verlangt hatte.

Awin versuchte drei Nächte nach seiner Wiederkehr, in seiner Kammer erneut eine Reise des Geistes zu beginnen. Es gelang ihm jedoch nicht. Er kam nicht einmal in jenen schwarzen Raum der Flüsterstimmen. Selbst Curru, seinem alten Lehrer, der nicht viel von einem wahren Seher hatte, war es doch gelungen, mit Hilfe des Rituals diese Reise anzutreten – und Awin nicht, nie wieder? Aber so war es, und seine Nächte waren traumlos und leer. Er konnte mit niemandem darüber sprechen, denn das hatte er dem Seelenverweser gelobt, hätte es aber auch nicht erklären können. Es war ein tauber Fleck in seinem Geist, fast so, als würde er auf einem Ohr nichts mehr hören, oder auf einem Auge nichts mehr sehen, und dieses Gefühl erfüllte ihn mit nie gekannter Unruhe. Manchmal wollte er keine Stunde länger in der Festung bleiben, dann wieder wollte er sie um keinen Preis verlassen. Er wollte mit Merege reden, doch sie ging ihm aus dem Weg. Und wenn er ihr doch einmal begegnete, dann fehlten ihm die Worte, um zu sagen, was er sagen wollte. Eines Tages erschienen zwei Ussar-Späher mit eiligem Bericht. Awin sah sie durch das Tor hasten und in der großen Kammer verschwinden. Kurz darauf wurde er zur Fürstrichterin gerufen. Die Priesterin und Mahuk Raschtar waren schon dort.

»Wiederholt vor dem Yaman, was ihr uns erzählt habt«, befahl die Prawani den Kundschaftern.

Der ältere der beiden, immer noch außer Atem, ergriff das Wort: »Wir spähen. Im Wald, den wir den Schlangenwald nennen. Eine Schlange hat dort Tamuk gebissen, vor vielen Jahren. Darum sind wir vorsichtig. Halten Ausschau nach Hakul, nach Feinden, nach Schlangen. Aber nichts. Nicht am Tag, nicht in der Nacht. Dann, am nächsten Tag, eine Fremde. Sie kommt aus Richtung des Blendlands. Wir verstecken uns. Wir sind Ussar, können eins werden mit Blatt und Baum. Aber sie sieht uns. Kommt zu uns. Schickt uns, sie anzukündigen. Sie kommt hierher. Mächtige Frau. Zauberin.«

»Sagte sie ihren Namen?«, unterbrach Awin den Späher. Eine Zauberin? Er hoffte, es würde Mereges Ahnmutter Senis sein. Der Kundschafter schüttelte den Kopf.

»Und warum haltet ihr sie für eine Zauberin?«, fragte Awin.

»Ich sagte es: Sie sieht uns. Kein Hakul und keine Sonnentochter kann uns sehen, wenn wir mit dem Wald eins werden. Also ist sie Zauberin.«

Das war eine seltsame Schlussfolgerung. »Wie sah sie denn aus?«, fragte Awin.

»Sie war groß, schön, stolz«, lautete die kurze Antwort.

Awin runzelte die Stirn. Das war keine Beschreibung, die auf die uralte Senis und ihre kleine, bucklige Gestalt passte. Aber warum war er eigentlich gerufen worden?

»Weiter, berichtet endlich den Teil, der den Yaman angeht«, drängte die Fürstrichterin ungeduldig.

Der Ussar nickte. »Sie findet uns. Sie spricht uns an, schickt uns her. Sagt, sie will in die Festung. Sie fragt nach dir.«

»Nach mir?«, fragte Awin verwundert.

»Nach jungem Hakul-Seher. Sagt, sie kennt dich. Sagt, du bist ihr verpflichtet.«

Nun war Awin völlig ratlos. »War es denn eine Hakul?«, fragte er. Es mochte sein, dass er eine Verpflichtung hatte, von der er nichts wusste. Er war verwickelt in den Tod von Heredhan Horket und Isgi, seinem Seher. Es mochte eine Verwandte der beiden sein, die nun Entschädigung für das Blut verlangte. Das wäre ungewöhnlich, aber nicht undenkbar.

»Keine Hakul. Fremd. Keine Sonnentochter, keine Ussar«, antwortete der Späher und setzte nach kurzem Zögern hinzu: »Vielleicht Akkesch. Hochmütig.«

Awins Blick ging ins Leere. Hochmütig und stolz? War das möglich? »Groß?«, fragte er.

»Größer als Ussar«, sagte der Kundschafter.

»Isparra«, murmelte Awin.

»Wer?«, fragte die Fürstrichterin streng. Die Viramatai hatten bis vor zwei Monden weder von Xlifara Slahan gehört noch von den fünf ihr dienenden Winden, den Xaima. Vier waren ihnen während der Schlacht um die Festung begegnet und schließlich von Merege besiegt worden. Isparra war jedoch schon vorher von Slahan verstoßen und ihrer Kräfte beraubt worden, denn sie hatte Awin geholfen, als sie zum ersten Mal in Uos Mund auf die Gefallene Göttin gestoßen waren. Er hatte sie noch einmal wiedergesehen, auf einer Reise des Geistes. Auch da hatte sie wenigstens versucht, ihm zu helfen. In gewisser Weise war er ihr also wirklich verpflichtet. Er erzählte der Prawani, was sie wissen musste.

»Eine Windskrole?«, fragte Brami Vareda ungläubig, als die Fürstrichterin Awins Erklärung unruhig, aber schweigend hinnahm.

Awin zuckte mit den Achseln. »Ich kann es selbst kaum glauben, aber diese Beschreibung trifft auf niemanden sonst zu, den ich kenne.«

»Holt die Kariwa. Sie hat die Windskrole besiegt. Vielleicht weiß sie, was hier vorgeht«, befahl die Fürstrichterin. »Und beeilt euch!«

Merege hörte sich an, was die Späher zu berichten hatten, und auch, was Awin vermutete. »Vielleicht ist sie es, vielleicht auch nicht«, sagte sie schließlich gleichmütig.

»Aber du hast die Diener Slahans bezwungen. Wurden sie nicht vernichtet, wie ihre Herrin?«, fragte die Fürstrichterin ungehalten.

Merege sah die Prawani nachdenklich an. »Slahan ist nicht vernichtet, sondern verbannt.«

»Was heißt das?«, herrschte Kalya die Kariwa an, als sie wieder in Schweigen verfiel.

Merege ließ sich nicht aus der Ruhe bringen. »Uo schleppte die Göttin fort. Wohin? Das kann ich nicht mit Gewissheit sagen. Vielleicht verstieß er sie für alle Zeit ins große Nichts, das unsere Welt umgibt. Vielleicht hatte er aber auch Mitleid mit ihr und verbannte sie nur in das Land der Daimonen, in dem all die unglücklichen Geschöpfe aus Edhils Albträumen auf das Ende der Welt warten.«

Die Fürstrichterin warf ihrer Priesterin einen fragenden Blick zu. Die Brami war blass geworden. »Einige unserer ältesten Schriften berichten von diesem Land. Es heißt, es liegt hinter Bergen aus Eis und Feuer, weit im Norden. Edhil schuf es für die Unholde und Daimonen, für die in der Welt kein Platz mehr war, als die Zeit der Menschen anbrach. Kein Sterblicher hat es je betreten.«

»Es liegt jenseits des Skroltores, zwischen Bergen aus Feuer und Eis, wie du sagtest, Brami«, erklärte Merege. »Mein Volk bewacht dieses Tor seit vielen Menschenaltern, wusstet ihr das nicht?«

Die Fürstrichterin saß steif auf ihrem schwarzen Stuhl. »Wir haben zusammen mit den Hakul gekämpft, weil dieser Seher uns erzählte, dass es das Ende der Welt bedeuten würde, wenn Slahan ihr Ziel erreichen und das Skroltor öffnen würde. Ich hielt diese Arbeit für getan. Ich wusste auch nicht, dass du im Schatten dieses Tores geboren wurdest. Wir haben die Hakul gefragt, woher deine Zauberkräfte stammen, als du in deiner Kammer lagst und den Schlaf der Toten schliefst, doch sagten sie nicht viel über dich und dein Volk. Sie sind Geheimniskrämer und geben nicht viel von ihrem Wissen preis.«

»Da sind sie nicht die Einzigen, scheint mir«, murmelte Awin, der an die Kundschafter dachte, die für die Viramatai durch das Staubland streiften.

Die Brami hob vermittelnd die Hand. »Bitte, es gibt keinen Grund für Streitigkeiten. Ist es denn nicht erstaunlich, dass Hakul und Sonnentöchter innerhalb dieser Mauern in Frieden leben? Daraus kann viel Gutes erwachsen, wenn ihr sorgsam damit umgeht.«

»Ich danke der ehrwürdigen Priesterin für ihre klugen Worte, aber vielleicht sollte sie sich besser um die Opfer für Edhil kümmern. Sein Beistand ist zuverlässiger als der der Hakul«, rief Kalya mit schneidender Schärfe.

Awin war erstaunt über die Dünnhäutigkeit der Fürstrichterin. Jetzt sollte er den Grund erfahren: »Ich habe der Ersten Sonnentochter berichtet, dass diese Windskrole mit der Göttin vernichtet seien. Wie soll ich der Paeni das nun erklären?«

»Isparra war an der Schlacht um die Festung nicht beteiligt«, sagte Awin vorsichtig.

Mit einer Handbewegung wischte die Prawani den Einwand beiseite. »Ich verkündete einen vollständigen Sieg, die Vernichtung der Gefallenen Göttin und ihrer Diener. Die Erste Sonnentochter versicherte mir ihre ewige Dankbarkeit, und es war nur noch eine Frage der Zeit, dass sie mich an ihren Hof nach Dama beruft. Und nun? Nun steht eine dieser angeblich vernichteten Dienerinnen vor dem Tor. Die Paeni wird nicht sehr glücklich darüber sein.«

»Vielleicht solltest du mit deiner Erklärung warten, bis wir mit Isparra gesprochen haben, ehrwürdige Kalya«, schlug Awin vor, worauf die Fürstrichterin mit einem verächtlichen Schnauben antwortete.

Eine Kriegerin betrat die Kammer. »Es ist eine Fremde vor dem Tor, ehrwürdige Prawani«, meldete sie.

Die Fürstrichterin runzelte die Stirn. »So schnell? Was will sie?«

»Das sagt sie nicht. Wir haben sie angerufen, aber sie antwortet nicht. Sollen die Bogenschützinnen sich ihrer annehmen, Ehrwürdige?«

Kalya sprang auf und schüttelte den Kopf. »Nein, ich will mir dieses Wesen erst ansehen, aber macht euch bereit zum Kampf.«

»Ich glaube nicht, dass sie auf Kampf aus ist, ehrwürdige

Prawani«, sagte Awin. »Sonst hätte sie uns nicht von ihrem Kommen unterrichtet.«

»Du glaubst? Das ist nicht viel für einen Seher. Ruft alle Kriegerinnen und die Ussar zu den Waffen! Vielleicht müssen wir sie heute noch gegen eine Unsterbliche erheben.«

Hörner schallten über die Festung, und bald darauf hörte man die Viramatai und Ussar, die sich rüsteten und auf ihre Posten eilten.

»Was ist los, hat Eri seinen neuen Frieden etwa schon gebrochen?«, fragte Tuge, der Awin mit dem Bogen in der Hand auf dem Weg zum Tor einholte.

»Nein, aber es sieht so aus, als würde Isparra uns einen Besuch abstatten.«

Tuge packte Awin am Ärmel, blieb stehen und starrte ihn an. »Augenblick. Isparra? Die Alfskrole?«

Awin nickte.

»Sie kommt hierher?«

Awin nickte wieder.

Tuge schüttelte ungläubig den Kopf. »Isparra also. Aber was wollen die Krieger mit Bögen und Schwertern gegen einen Wind ausrichten?«

»Sie kommt nicht als Wind, Tuge. Sie hat sich einigen Spähern in Frauengestalt gezeigt.«

»Aber sie bleibt eine Unsterbliche, oder?«, fragte der Bogner.

Awin löste seinen Arm sanft aus Tuges Griff, zuckte mit den Achseln und ging weiter, was Tuge heftig den Kopf schütteln ließ. »Du fürchtest dich nicht? Wirklich, Awin, du hast zu viel Verkehr mit Zauberinnen, Toten, Göttern und anderen unheimlichen Wesen.«

Awin lächelte. »Fürchten kann ich mich immer noch, Tuge, aber ich glaube nicht, dass dazu Grund besteht. Isparra hat mir zweimal geholfen. Wenn ich die Männer, mit denen sie sprach, richtig verstand, verlangt sie nun allerdings eine Gegenleistung von mir.«

Sie hasteten die enge Treppe des Torhauses hinauf.

»Das wird ja immer schöner!«, rief der Bogner. »Aber gleich, was sie verlangt – gib es ihr nicht! Sie ist eine Alfskrole, das kann nicht gut ausgehen!«

Unterdessen hatten sie die Mauerkrone über dem Tor erreicht. Dicht an dicht standen hier die Kriegerinnen der Viramatai mit ihren Bögen und die Ussar mit ihren tödlichen Wurfspießen. Sie hatten schon einmal gegen die Xaima gekämpft, als diese an Slahan gebunden und geschwächt gewesen waren. Und schon da hatte nur Merege sie besiegen können. Wie mochte es jetzt gehen, mit einer Windskrole, deren Macht niemand kannte? Awin blickte über die Mauer. Es war Mittag. Zwischen schnell wandernden Wolken brach immer wieder die Sonne durch und tauchte die weite Ebene in sanftes Licht. Vor dem Tor wartete die Fremde, von Kopf bis Fuß eingehüllt in einen grauen Mantel, der mit seltsamen roten Stofffetzen geschmückt war. Ihr Haupt war unter dem Überwurf des Mantels verborgen. Der Staub des viel benutzten Weges wirbelte um die hohe Gestalt, die offenbar gar nicht darauf achtete, dass die Mauern über dem Tor inzwischen vor Waffen starrten. Aber wenn es wirklich die Windskrole war, spürte sie sicher die Furcht, die all jene schwer bewaffneten Menschen vor ihr, der Unsterblichen, empfanden. Awin reckte sich, aber er konnte Merege nirgendwo entdecken.

Jetzt erschien auch die Fürstrichterin auf der Mauer. Sie hatte ihren eisernen Brustpanzer angelegt, den Helm mit dem hohen Federbusch aufgesetzt und sich sogar mit Speer, Schild und Schwert gerüstet. Finster blickte sie auf die einsame, schlanke Gestalt vor dem Tor. »Nun? Ist es Isparra oder ist sie es nicht, Yaman?«, fragte sie.

»Das kann ich von hier nicht erkennen, ehrwürdige Prawani«, antwortete Awin schlicht.

»Aber es lässt sich herausfinden«, sagte die Fürstrichterin grimmig. Sie beugte sich über die Mauer und rief: »Hier steht Prawani Kalya, Gebieterin über diese Festung. Nenne mir deinen Namen!«

Die Gestalt rührte sich nicht.

Kalya schüttelte den Kopf und gab einer nahe stehenden Bogenschützin einen Wink. »Aber dass du sie mir nicht triffst, mein Kind«, mahnte sie.

Die Schützin nickte und ließ ein Geschoss von der Sehne schnellen. Sirrend flog der Pfeil durch die Luft und bohrte sich einige Schritte entfernt von der verhüllten Gestalt in den Boden. Nun schlug die Fremde ihren Mantel zurück. Selbst aus dieser Entfernung erkannte Awin die hochmütigen Züge unter den langen schwarzen Locken wieder: Isparra die Zerstörerin. Sie war wirklich gekommen.

»Bekomme ich nun eine Antwort?«, rief die Fürstrichterin hinab.

Die Windskrole antwortete, und es war Furcht erregend, dass sie ihre Stimme nicht hob, aber ein jeder auf der Mauer ihre Worte dennoch gut verstand: »Der junge Seher. Er ist bei euch. Ich will ihn sprechen.«

»Ich habe gute Lust, sie mit Pfeilen spicken zu lassen«, zischte die Prawani wütend, aber Awin fühlte die Unsicherheit unter dieser Wut. Er legte begütigend eine Hand auf den Arm der Fürstin und sagte: »Ich glaube nicht, dass sie Böses will. Lass mich mit ihr reden.«

Und während ihn die Fürstrichterin noch zweifelnd ansah, wehte ein leises Flüstern heran: »Dann komm herunter, junger Seher. Meine Worte sind nicht für alle Ohren bestimmt.«

»Sie *hört* uns?«, flüsterte Kalya erbleichend.

Awin nickte. »Sie ist eine Windskrole, vergiss das nicht. Lass mich mit ihr reden. Es kann nicht schaden. Die Kariwa kann mich von hier aus beschützen«, sagte er, etwas lauter als nötig. Merege war endlich auch auf der Mauer erschienen, hielt sich aber im Hintergrund. Sie warf Awin einen zornigen Blick zu. Er hatte nicht vergessen, dass sie nicht mehr zaubern wollte, aber nun hob er beschwörend einen Finger an die Lippen. Merege verstand und nickte ihm zu.

»Auch meine Kriegerinnen sind bereit, herauszufinden, ob die da unten wirklich unsterblich ist«, sagte Prawani Kalya, die sich offenbar wieder gefasst hatte.

Brami Vareda begleitete ihn zum Tor. »Meine Gebete sind mit dir, Yaman Awin«, sagte die Priesterin leise. Awin lächelte. Offenbar fürchtete auch die Brami, dass die Windskrole jedes ihrer Worte hören könnte. Vielleicht hatte sie sogar Recht. Awin erwiderte: »Ich gehe mit guten Absichten vor das Tor. Edhil weiß es, und er wird mich schützen.«

Die Brami nickte ernst. Hinter Awin füllte sich der Hof mit schwer bewaffneten Kriegern, die sich der Windskrole in den Weg stellen würden, sollte sie versuchen, das Tor zu durchschreiten. Ein Ruf war das Zeichen, die schweren Flügel der Pforte zu öffnen. Bei der Schlacht um die Festung hatte Nyet der Angreifer, der starke Bruder Isparras, die Pforte zerschmettert. Die Viramatai hatten eine neue gezimmert, die noch schwerer und noch dichter mit eisernen Nägeln und Bändern aus Bronze beschlagen war als ihre Vorgängerin. Krieger hoben die beiden schweren Riegel aus den großen Halterungen. Awin hörte die scharfe Stimme der Prawani, die die Krieger zur Eile mahnte. Dann schwangen die mächtigen Flügel endlich knarrend auf.

Awin blickte auf die Ebene. Dort stand Isparra. Sie machte keinerlei Anstalten, ihm entgegenzukommen. War das ein gutes Zeichen? Sie hatte ihr Kommen angekündigt. Das hieß doch, dass sie nicht in feindlicher Absicht hier war. Oder? Es gab vieles, was Awin noch nicht verstand. Eigentlich verstand er gar nichts. Was er sah, war einfach *nicht richtig*. Er hatte Isparra zum ersten Mal in den unterirdischen Irrgängen von Uos Mund getroffen, und er erinnerte sich gut daran, dass dieses Labyrinth seiner Welt nicht angehört hatte: Nicht viel länger als einen Tag war er dort unten gewesen, aber außerhalb dieser Gänge war ein halbes Jahr vergangen. Danach war er Isparra und den anderen Windskrolen auf seiner Reise des Geistes begegnet, und auch da hatte er die Menschenwelt verlassen müssen, um sie zu treffen. Isparra war schwach und verzweifelt gewesen, ein Schatten ihrer selbst, ein Spielball anderer Winde, und hatte schon ein unrühmliches Ende vor Augen gehabt. Awin hatte nicht damit gerechnet, sie je wieder zu sehen. Und nun stand sie in diesem seltsam geschmückten Mantel am hellen Tag vor der Festung von Pursu, als sei sie ein Teil der Welt der Sterblichen. Awin brannte darauf zu erfahren, was dahintersteckte. Langsam schritt er durch das Tor. Er hoffte sehr, dass dort oben auf den Mauern keiner die Nerven verlor. Ein einzelner Pfeil konnte sein Ende bedeuten – und er musste ihn nicht einmal treffen. Hinter ihm wurde das Tor wieder verschlossen und verriegelt. Der Weg schien ihm auf einmal sehr weit. Wenn etwas geschah, würde niemand ihm helfen können. Er schob diese Gedanken zur Seite und ging mit festem Schritt der Unsterblichen entgegen.

»Ich grüße dich, Isparra«, begann er das Gespräch, als er sie nach einer kleinen Ewigkeit endlich erreichte.

Die Windskrole hatte sich bis dahin nicht gerührt. Er sah sie nun aus der Nähe. Stolz war immer noch der beherrschende Zug in diesem schönen Gesicht. Aber darunter lag etwas, das Awin nicht deuten konnte. Würde er herausfinden, was ihr widerfahren war, und was sie überhaupt hierhergeführt hatte?

»Ich grüße dich, junger Hakul«, lautete die leise Antwort.

»Du hast nach mir verlangt?«, fragte Awin schlicht.

Isparra sah ihn nachdenklich an. »Wie schnell ihr Menschen euch verändert. Du bist nicht mehr der junge Seher aus Uos Mund. Ich sehe, du bist inzwischen Uo selbst begegnet.«

Awin fragte sich, woran sie das sah. »Was führt dich hierher, ehrwürdige Isparra?«, fragte er vorsichtig.

»Zweimal habe ich dir beigestanden. Ist es nicht so, Hakul?«

Awin nickte.

»Ich verlange nicht viel dafür. Nur hinter diese Mauer, die ihr auf die alten Steine gesetzt habt, will ich gehen.«

»Du willst in die Festung hinein?«

Isparra antwortete mit einem stolzen Nicken. Awin biss sich auf die Lippen. Das war ein befremdlicher Wunsch. Schließlich fragte er: »Warum fragst du nach unserer Erlaubnis? Bist du nicht eine Windskrole? Kannst du nicht gehen, wohin es dir gefällt?«

Isparra zischte. »Ich habe gehört, was ihr über mich sagt und wie ihr mich nennt – dass ihr mich zu den Alfskrolen zählt. Doch war ich zum Anbeginn der Zeit eine Windholde, eine Dienerin und Freundin der schönen Xlifara, lange bevor sie Slahan wurde. Erst dann wurde ich Isparra die Zerstörerin. Doch Slahan ist fort, und ich will nicht mehr zerstören. Und so frage ich dich um Erlaubnis, Hakul.«

Awin betrachtete die Unsterbliche genauer. Ihr weiter Mantel war ihr zu groß. Die roten Stofffetzen waren ein armseliger Widerhall der schönen Kleider, die sie früher getragen hatte. *Sie verheimlicht mir etwas*, dachte Awin. »Ich bin nicht Herr dieser Festung«, gab er zur Antwort, »und ein Wind muss nichts zerstören, um eine Mauer zu überwinden, die zwischen ihm und einem offenen Platz liegt.«

»Zweimal habe ich dir geholfen, Mensch, nun verweigerst

du mir diesen Gefallen?«, fragte Isparra mit schneidender Stimme. Plötzlich wirbelte der Staub um sie herum heftig auf. *Sie ist immer noch eine Windskrole, sei vorsichtig*, mahnte sich Awin in Gedanken. »Ich kann mit Prawani Kalya über dein Anliegen sprechen, doch solltest du mir vielleicht sagen, was du innerhalb dieser Mauern willst, ehrwürdige Isparra.«

Der Wind flaute so plötzlich ab, wie er gekommen war. Feindselig starrte die Unsterbliche Awin an. Aber da war noch etwas anderes. Für einen flüchtigen Augenblick schien sie ihm … unsicher.

»Die Alte Kraft. Slahan hat sie gefunden. Ich … ich brauche sie«, zischte Isparra leise.

»Ich werde die Prawani damit nicht überzeugen können. Sag mir, zu welchem Zweck du sie brauchst«, erwiderte Awin.

Die Windskrole rief zornig: »Ihr Menschen. Für alles braucht ihr Gründe. Alles müsst ihr zerreden. Immer stellt ihr Bedingungen. Habe ich etwas gefordert, als ich dir half, Hakul?«

»Du wusstest, wer ich war, Isparra. Doch ich weiß nicht, wer du bist. Als ich dich zuerst traf, warst du die stolze und mächtige Zerstörerin. Und nun erscheinst du hier in der Gestalt eines Menschen. Ich werde alles tun, um dir Einlass in die Festung zu verschaffen, denn ich habe deine Hilfe nicht vergessen. Doch muss ich wissen, warum du hier in dieser Gestalt vor mir erscheinst.« *Wie eine Bettlerin*, setzte Awin nur in Gedanken hinzu, denn so erschien sie ihm plötzlich in ihrem überweiten Gewand.

Isparra wandte sich halb ab. Weit hinaus in die Ebene ließ sie ihren Blick schweifen, wo Wolkenschatten und Sonnenfelder über grüne Wälder zogen. »Als Xlifara Slahan mich verstoßen hatte, da war ich ohne Kraft, ohne Macht und ohne Gestalt«, erklärte sie leise. »Nicht viel mehr als ein Name und ein Gedanke war Isparra, und fremde Winde trugen mich hierhin und dorthin, wie es ihnen gefiel. Mitleid kannten sie nicht. Sie hätten mich bis zum Rand der Welt getragen, wenn ihr Slahan nicht bezwungen hättet. Ein Teil der Macht, die sie mir raubte, kehrte zurück, doch ging ein anderer verloren. Ich bin nun wieder viel mehr als eine kraftlose Hülle und doch bin ich weniger als eine Windholde. Es ist, als sei mit der Verbannung Slahans auch ein Teil von mir verbannt worden. Sieh mich an, Mensch, ich bin gebunden an diesen Körper, fast wie Deinesgleichen. Und Entfernungen, die ich früher in Windesschnelle überwand, muss ich nun mühsam Schritt für Schritt bewältigen. Viele Wochen bin ich nun schon hierher unterwegs, denn hier hoffe ich, einen Teil jener Kraft zu finden, von der ich getrennt worden bin.«

»So bist du ... sterblich geworden?«, fragte Awin vorsichtig.

Zu seiner Überraschung lachte Isparra laut auf. Sie entblößte ihre Schulter. Die Stummel zweier abgebrochener Pfeilschäfte ragten einen Finger breit aus ihrer glatten Haut hervor. Die Spitzen waren nicht zu sehen. Sie mussten tief im Fleisch sitzen. »Einige deines Volkes haben versucht, das herauszufinden. Sie haben den Versuch nicht überlebt«, erklärte sie stolz. »Der Mantel stammt von ihnen, und ich nahm auch eines ihrer Pferde, doch stürzte und verendete das Tier. Ich gebiete immer noch über viel Macht, Hakul, doch verlangt es mich nicht danach, sie einzusetzen. Sag das der Herrin dieser Festung, wenn du nun zu ihr gehst. Versichere ihr mein Wohlwollen. Keinem ihrer Diener oder Krieger soll ein Leid geschehen – wenn sie mich nur für wenige Stunden auf die andere Seite dieser Mauer lässt.«

»Ich werde es ihr sagen«, erklärte Awin, der die Augen nicht von den beiden Pfeilschäften wenden konnte, die aus der Schulter der Windskrole ragten. Sie schien keinen Schmerz zu spüren. Doch warum hatte sie die Pfeile nur zerbrochen – und nicht ganz aus dem unsterblichen Leib entfernt?

Wieder im Inneren der Festung, versuchte Awin, die Fürstrichterin davon zu überzeugen, dass es besser sei, die Windskrole durch das Tor zu lassen: »Wir Hakul haben Isparra immer mehr gefürchtet als ihren Bruder Nyet, und du wirst dich erinnern, mit welcher Leichtigkeit jener eure schwere Pforte zertrümmerte. Sie ist jetzt an diesen Körper gebunden, aber ich spüre, dass sie immer noch über große Macht verfügt.«

Die Prawani gab widerwillig nach: »Gut, sie mag bis zum Anbruch der Nacht im Hof dieser Festung bleiben. Aber du bürgst für sie, Hakul, und wenn auch nur einer meiner Kriegerinnen oder einem Ussar ein Haar gekrümmt wird, wirst du an ihrer Stelle büßen.« Ein entschlossener Zug um ihre dünnen Lippen verriet, dass sie das ernst meinte.

»Ich werde an ihrer Seite bleiben und über sie wachen, ehrwürdige Prawani«, versicherte Awin. Besonders wohl war ihm dabei nicht. Er hatte immer noch das Gefühl, dass ihm Isparra etwas Wichtiges verschwieg.

»Du kannst hinein, bis zum Anbruch der Nacht, doch versprich mir, keinem dort drinnen ein Leid zuzufügen, denn ich habe mich für dich verbürgt«, erklärte er Isparra vor dem Tor. Sie nickte kurz, dann steuerte sie gemessenen Schrittes das offene Tor an. Awin blieb an ihrer Seite und bat die Götter, alles gut gehen zu lassen. Besorgt sah er all die Krieger dort oben, die stumm beobachteten, wie die Unsterbliche sich ihrer Festung näherte. Finster lag der Schatten des Torhauses vor ihnen, und danach würde es wohl noch gefährlicher werden. Als sie die weit geöffnete Pforte durchquert hatten, blieb Isparra stehen. Ein Wall aus Schilden erwartete sie. Dutzende Krieger drängten sich in einem waffenstarrenden Halbkreis zusammen, und Awin konnte die Speere nicht zählen, die auf ihn und seine Begleiterin gerichtet waren.

Isparra war wenig beeindruckt. »Die Quelle der Alten Kraft«, sagte sie, »führe mich dorthin.«

Awin nickte. Er gab den Kriegern einen Wink. Unruhig wichen sie ein Stück zurück, aber sie ließen sie nicht etwa hindurch, sondern schienen entschlossen, die Unsterbliche nicht aus den Augen zu lassen und innerhalb der Reichweite ihrer Waffen zu halten. Und so schloss sich ein seltsamer Ring von beinahe hundert Kriegerinnen und Kriegern um Awin und die Windskrole, bedrohte sie mit ihren Speeren und schob sich Schritt und Schritt mit der Besucherin weiter in die Mitte des Festungshofes hinein. Isparra nahm auch das mit Gleichmut hin. Sie folgte Awin zum weißen Platz.

»Ah«, rief sie, »ich kann es spüren.« Ein Leuchten erschien in ihren Augen. Sie steuerte zielstrebig die Stelle an, an der Slahan die Kraft aus der tiefen Erde geholt hatte, und streckte schnell die Hand aus, was dazu führte, dass ein Keuchen durch den Kreis der Kriegerinnen und Krieger lief, und dass sie ihre Waffen fester fassten. Awin sah ihre Speerspitzen zittern. Isparra verharrte einen Augenblick in dieser Bewegung, dann ließ sie ihre Hand ganz langsam wieder sinken. »So wenig?«, fragte sie leise.

Awin war dicht bei ihr. Er versuchte, die Krieger im Auge zu behalten. Noch hielten sie ihre Furcht im Zaum.

»Nun verstehe ich, dass meine Geschwister sich nicht um diesen Ort bemühen«, flüsterte Isparra, und die tiefe Enttäuschung war ihr anzumerken.

Awin stockte der Atem, als er begriff, was sie gesagt hatte. »Deine Geschwister – sie leben noch?«, flüsterte er.

Isparra schien ihn kaum zu hören. »Ich werde ihnen folgen. Sie haben mich verraten. Dafür müssen sie bezahlen. Aber dennoch, vielleicht ist ihr Weg der bessere«, murmelte sie mit gedankenverlorenem Blick.

Awin musste die Neuigkeit, dass die vier Windskrole nicht vernichtet waren, immer noch verdauen. Mit gepresster Stimme fragte er: »Ihr Weg? Was für einen Weg meinst du?«

Die Unsterbliche sah Awin verwundert an. »Hinauf in den hohen Norden. Wusstest du das nicht?« Ihrem Tonfall nach hatte sie offenbar wirklich erwartet, dass Awin diese Tatsache längst bekannt war.

Verdattert fragte er: »In den Norden? Woher sollte ich das wissen?«

»Aber viele tausend deines Volkes begleiten sie doch«, sagte Isparra leichthin. Dann beugte sie ein Knie, legte die rechte Hand auf das weiße Pflaster und schloss die Augen.

Awin spürte eine leichte Erschütterung im Boden. Aber vielleicht rührte sie auch von dem tiefen Abgrund, der sich in seinem Inneren auftat: Tausende Hakul, die den vier Geschwistern Isparras in den Norden folgten? Das konnte – das durfte nicht sein! Aber dennoch – viele Rätsel, die er nicht hatte lösen können, schienen sich damit wie von selbst zu beantworten: Eris wundersamer Aufstieg, die Vereinigung der Stämme, der Friede mit den Viramatai, das alles ergab nun einen Sinn, das alles wies nun in eine Richtung – nach Norden. Awin schluckte. Er wollte diesen Gedanken nicht zu Ende denken, aber dann fragte er Isparra doch danach: »Sag, Isparra, wohin wollen deine Geschwister?«

Die Windskrole erhob sich und wandte sich ihm zu. Die Enttäuschung schien aus ihrem Gesicht gewichen, und der Hochmut hatte seinen angestammten Platz wieder eingenommen. »Es war nicht viel, doch besser als nichts.« Ein leichter Wind erhob sich und blies Staubwolken über den weißen Platz.

Die Krieger wichen ängstlich zurück. »Ich verlange ein Pferd«, sagte Isparra.

Awin schüttelte langsam den Kopf. »Du wirst keines bekommen, Zerstörerin. Es sei denn, du verrätst mir, wohin deine Geschwister wollen.«

Isparra schien eine Weile über Awins Worte nachzudenken. Dann sagte sie: »Es sind meine Geschwister, und ich werde dir nicht verraten, was du dir nicht selbst denken kannst.«

Awin fand ihre Überheblichkeit nur schwer zu ertragen. Er rührte keinen Finger, um ihrem Wunsch nach einem Pferd nachzukommen.

Die Xaima wurde ungehalten: »Verstehst du es wirklich nicht, Hakul? Sie sind ebenso abgeschnitten von der göttlichen Kraft, wie ich es bin. Und sie sind Narren, immer noch in Liebe zu Slahan gefangen. Das Pferd!«, verlangte sie mit gebieterischer Geste. Der Wind wurde stärker.

Awin schloss die Augen. Isparra hatte Recht. Er kannte die Antwort, aber er wollte sie nicht wahrhaben. »Das Skroltor? Sie wollen das Tor der Daimonen öffnen?«, fragte er schwach.

Isparra sah ihn ruhig an. Ein verächtlicher Zug spielte um ihre schönen Lippen. »Wie dumm ihr Menschen doch seid, dass ihr das Offensichtliche so spät erkennt. Du scheinst mit Blindheit geschlagen, Hakul.« Bei dieser letzten Bemerkung sah sie ihn nachdenklich an. Spürte sie etwa, was sich auf seiner Geistreise zugetragen hatte? Sie senkte ihre Stimme zu einem fast unhörbaren Flüstern. »So hast du deine Gabe also hergegeben. Dann solltest du meine Geschwister verstehen, Seher. Sie wollen das zurückgewinnen, was sie verloren haben. Und das ist möglich.« Für einen Augenblick glaubte Awin, so etwas wie Anteilnahme bei Isparra zu spüren, aber dann kehrten Hochmut und Gleichgültigkeit in ihre schönen Züge zurück, und sie rief herrisch: »Und nun verlange ich das Pferd, das du mir versprochen hast. Bringt es mir!«

Isparra war keine gute Reiterin. Awin sah ihr nach, als sie ihren Schimmel mit hartem Druck der Schenkel antrieb und im Galopp aus dem Tor hinaussprengte. Für einen Augenblick war ihr dunkler Schatten noch im Torbogen zu erkennen, dann riss sie ihr schnaubendes Pferd hart nach rechts und entschwand aus Awins Blicken. Er stand immer noch am Rande des weißen Platzes und fühlte sich klein und verloren.

»Wenn sie nicht etwas schonender mit dem armen Tier umgeht, wird sie nicht weit kommen«, brummte Tuge missbilligend.

Awin antwortete nicht.

Fürstrichterin Kalya, die das Geschehen von der Mauer über dem Tor aus beobachtet hatte, kam die Treppe herunter. »Nun, Yaman Awin, wir haben getan, was du verlangtest. Erklärst du uns nun auch, warum wir dieser Alfskrolen geholfen haben?«

»Das kann ich, doch nicht hier, ehrwürdige Prawani, lass uns in der Großen Kammer beraten. Ich habe schlechte Nachrichten.«

»So ganz habe ich es immer noch nicht verstanden, Awin«, sagte Wela, die, ebenso wie Tuge, zum leichten Missfallen der Fürstrichterin am Rat in der großen Kammer teilnahm.

Niemand antwortete auf diese Bemerkung. Sie alle schienen düsteren Gedanken nachzuhängen, nachdem Awin seinen Bericht beendet hatte.

»Ich fürchte, ich verstehe es, denn es passt leider zu gewissen Gerüchten, die wir aus dem Staubland hörten«, sagte Brami Vareda schließlich.

»Darf ich fragen, was für Gerüchte das sind, ehrwürdige Brami?«, erkundigte sich Awin höflich.

»Sag es ihm schon, Vareda«, schnaubte die Fürstrichterin. »Es ist zwar geheim, doch wenn ich richtig verstehe, dann sind die Zeiten nun zu ernst, um sich mit solchen Kleinigkeiten aufzuhalten.«

Also erklärte die Priesterin: »Unsere Späher berichten, dass Eri von vier geheimnisvollen Zauberern aus dem Osten beraten wird. Sie sollen sehr zu seinem schnellen Aufstieg beigetragen haben.«

»Aus dem Osten?«, fragte Tuge erstaunt. »Aber da ist doch nichts, nicht jenseits der Sonnenberge.«

»Es heißt, sie entstammten den Nebeln vom Rand der Welt, Meister Tuge«, erklärte die Brami, und sie wirkte ein wenig verlegen, vermutlich, weil sie dieses Geheimnis so lange vor ihnen verborgen hatte.

»Und diese vier Zauberer sind wirklich die Windskrole? Nyet und Skefer? Dauwe und Seweti?«, fragte Wela.

»Es sind uns keine Namen bekannt. Auch haben wir keine Beschreibung. Es scheint, dass sich diese vier Zauberer sogar den Hakul nur selten zeigen. Aber sie sind dort, daran habe ich nun keine Zweifel mehr.«

Kalya, die mit finsterster Miene auf ihrem schwarzen Stuhl thronte, ergänzte ungeduldig: »Es ist offensichtlich, dass sie nun leider nicht mehr dort sind! Und das ist es, weshalb wir uns hier beraten. Du glaubst also, Yaman, dass die vier Xaima die Hakul nach Norden führen, um das Skroltor zu öffnen?«

Und als Awin schlicht nickte, fragte sie: »Aber warum sollten die Hakul so etwas tun? Sie sind nicht dumm. Sie müssen wissen, dass es das Ende der Welt bedeutet, wenn die Daimonen, Unholde und die anderen Ausgeburten aus Edhils dunkelsten Träumen erst einmal freigelassen sind.«

Darauf hatte Awin keine Antwort, aber Wela sagte: »Ich kann mir einfach nicht vorstellen, dass unsere Brüder auch nur ahnen, was die Alfskrole vorhaben. Andere Gründe müssen sie dazu bringen, nach Norden zu ziehen. Im Land der Kariwa soll es viel Eisen geben, und auch Bernstein. Ihre Schmiede fertigen Waffen, um die sie jeder Hakul beneidet. Ich hörte wahre Wunderdinge über Mereges Schwert. Sie soll damit sogar eine Göttin besiegt haben.« Die Schmiedin schüttelte den Kopf. »Ich bin dabei gewesen und weiß, dass Mereges Klinge nichts mit Slahans Ende zu tun hatte, aber viele Hakul wissen das nicht. Eisen, Bernstein! Das mag das Land der Kariwa als verlockendes Ziel für unsere Krieger erscheinen lassen.«

Merege hatte dem Gespräch bisher schweigend gelauscht. Ja, Awin kam es sogar vor, als habe sie zeitweise gar nicht zugehört. Jetzt sagte sie leise: »Die Hakul übertreiben gern. Es mag also wahr sein, was die Schmiedin sagt.«

Wela stieg die Zornesröte ins Gesicht: »Es ist immer wahr, was ich sage, Kariwa!«, fuhr sie Merege heftig an. Doch die nahm es mit dem ihr eigenen Gleichmut hin.

»Und wir haben den Hakul Frieden geschworen«, seufzte die Fürstrichterin düster.

»Ich kann die Hohepriesterinnen befragen, ob der Schwur noch Gültigkeit besitzt, da die Hakul uns täuschten«, schlug die Brami vorsichtig vor.

Sie erntete einen beinahe mitleidigen Blick der Prawani: »Du kannst es versuchen, ehrwürdige Vareda, aber du kennst die Ersten deines Ordens. Sie sind stur, was die Gesetze Edhils angeht.«

»Und das mit Recht«, antworte die Brami ungewohnt bissig.

»Verzeiht einem einfachen Bogner seine Unwissenheit, aber soweit ich weiß, liegt dieses Land weit entfernt, hinter einer endlosen Ödnis aus Sümpfen und Seen. Ich habe Zweifel, dass ein großes Heer mit vielen hungrigen Kriegern und ebenso vielen Pferden diese Einöde durchqueren kann.«

»Das Bernsteinland der Akradhai jedoch ist fruchtbar, es kann mehr als ein Heer ernähren«, entgegnete die Fürstrichterin.

»Die Akradhai, ehrenwerte Fürstrichterin? Weißt du noch etwas, was wir nicht wissen?«, fragte Awin.

Die Prawani erlaubte sich ein dünnes Lächeln, als sie antwortete. »In der vergangenen Nacht kam einer unserer Späher zurück. Er meldete eine große Zusammenkunft der Hakul am Oberlauf des Dhurys. Es scheint, als habe Eri unter Strydhs Banner einen Hereban verkündet. Er zieht den Fluss Tewerin hinauf, und das führt ihn zwangsläufig ins Bernsteinland.«

Awin nickte düster. Das deckte sich mit dem, was der Händler vor einigen Tagen von einer großen Versammlung der Hakul berichtet hatte. Nur dass es gar keine Versammlung war – es war ein Hereban. Eri hatte alle Krieger der Hakul unter das Banner des Kriegsgottes gerufen.

»Diese Bauern sind wehrhaft, wie man so hört«, warf Tuge ein. »Schon seit langem streiten unsere nördlichen Stämme mit ihnen um Land und Weiden, aber ihre Dörfer sind gut befestigt und ihre Speere lang genug, jeden Reiter vom Pferd zu stoßen.«

»Sie mögen genügen, um ein paar räuberische Hakul von einem Zaun fernzuhalten. Aber sind sie auch lang und spitz genug, um einem Windskrol oder einem nach Tausenden zählenden Herrn Einhalt zu gebieten?«, fragte die Prawani giftig. Und daraufhin verstummte Tuge.

Ungeduldig fuhr die Fürstrichterin fort: »Nein, niemand kann einen Wind aufhalten. Das wird ein schlimmes Ende nehmen, vielleicht ist es sogar das Ende der Welt. Jetzt verstehe ich noch weniger, warum wir Isparra auch noch ein Pferd gegeben haben!«

Awin rechtfertigte sich: »Als Isparra mit Slahan brach, ließen ihre Geschwister sie im Stich. Es ist nicht mehr viel Liebe zwischen ihnen. Ich hoffe, dass uns das noch zum Vorteil gereicht. Die Unsterbliche kann eine Verbündete werden.«

»Das ist eine sehr schwache Hoffnung, Hakul«, beschied ihn die Prawani.

»Mir erscheint der Gedanke klug«, warf die Brami ein. »Der klügste, den ich bislang hörte. Denn ich höre hier sonst nur Verzagtheit und Mutlosigkeit.«

»Die Brami hat Recht«, meinte Awin. »Die Nachrichten sind schlimm, doch es ist weit bis ins Land der Kariwa, und viel mag unterwegs geschehen. Du sagst, dass niemand einen Wind aufhalten kann. Das ist wahr, und dennoch haben die Windskrole die Hakul in die Schlacht gerufen. Sie sind vielleicht nicht mehr so stark, wie sie es einst waren.«

»Das Siegel. Kein Unsterblicher außer Edhil kann sich ihm nähern oder es gar berühren«, erklärte Merege ruhig, »und solange es nicht gebrochen wird, bleibt das Tor geschlossen.« Und dann erzählte sie den Viramatai von dem Siegel in Form einer zwölfstrahligen Sonne, und dass es geschwächt worden war, weil ein Mensch einen dieser Strahlen gestohlen hatte. Sie erwähnte nicht, dass es der große Etys, der erste Fürst der Hakul, gewesen war, der das getan hatte. Seine Hand hatte er sich dabei verbrannt, aber er hatte den Hakul den Heolin und damit erstmals – und nur für wenige Jahre – die Einheit gebracht. Awin dachte daran, dass die meisten Hakul immer noch glaubten, dass der kühne Etys den Lichtstein von Edhils Sonnenwagen geraubt hatte.

Die Priesterin war aufgestanden. »Wenn die Xaima nur einen Menschen brauchen, um dieses Siegel zu brechen, warum gehen sie nicht hin und zwingen irgendeinen armen Bauern mit ihrer Macht? Nein, es muss andere Gründe dafür geben, dass sie ein ganzes Heer aufbieten.«

Awin kam ein Gedanke. Isparra hatte ihm sicher einiges verheimlicht, aber sie war nicht wie ihr Bruder Dauwe der Täuscher. Sie war keine geübte Lügnerin. »Isparra hat zugegeben, dass sie Macht verloren hat. Für ihre Geschwister wird das Gleiche gelten«, erklärte Awin nachdenklich. »Vielleicht sind sie viel schwächer, als wir wissen, und Isparra hat nicht aus Höflichkeit um Einlass ersucht, sondern weil sie es gar nicht mit Gewalt geschafft hätte!«

»Aber sie hat Wind aus dem Nichts herbeigerufen, ich habe den Staub wirbeln sehen, draußen auf dem Platz«, widersprach Wela.

»Und ihre Stimme. Jeder in der Festung hört, was sie spricht, als sie vor dem Tor steht«, warf Mahuk Raschtar ein. Der Ussar hatte bis dahin fast gar nichts gesagt. Er saß zusammengekauert in einer Ecke der Kammer und hielt seinen Stab fest umklammert.

»Ich sage nicht, dass sie schwach und hilflos sind«, erklärte Awin geduldig, »aber ich sage, dass sie nicht mehr so mächtig sind wie einst. Sie brauchen die Hakul, und zwar ein ganzes Heer, weil sie sonst niemals die Kariwa überwinden könnten. Und diese Hakul sind Menschen, meine Stammesbrüder. Sie mögen in die Irre geführt worden sein, aber ich bin ein Yaman und Seher der Hakul, und viele kennen meinen Namen. Ich kann ihnen die Augen öffnen, ich kann sie zur Umkehr bewegen, und ich werde es tun!«

Tuge räusperte sich. »Es mag sein, dass sie deinen Namen kennen, Yaman Awin, aber sie kennen auch deinen Beinamen – Awin der Abtrünnige. Dreimal hast du Eri die Gefolgschaft verweigert, und das wird er dir nie verzeihen. Er wird dich töten, lange bevor du zu seinen Kriegern sprechen kannst. Und selbst wenn – es ist ein gewaltiges Vorhaben, einen Hereban der Hakul nur mit Worten aufzuhalten.«

Awin starrte durch einen der schmalen Fensterschlitze der Kammer. Draußen malte die untergehende Sonne dramatische Farben auf dunkle Wolken. Er erinnerte sich an den Traum, den die alte Telia, die Älteste des Klans der Berge, am Sichelsee geträumt hatte: Eri stieß ein großes schwarzes Tor auf, und alles verzehrende Flammen schlugen daraus hervor. Das drohte sich nun zu bewahrheiten. Er musste auch daran denken, dass Telia zunächst behauptet hatte, dass er selbst es sei, der dieses Tor öffnen werde, und was das bedeutete, konnte er nicht sagen. Er wusste jedoch, was er nun zu tun hatte. Also sagte er: »Gewaltig? Sicher ist es eine große Aufgabe. Trotzdem werde ich sie aufhalten, und wenn es sein muss, mein Leben dafür geben. Sie wollen das Skroltor öffnen. Das müssen wir verhindern. Sonst ist es unser aller Untergang.«

Das Orakel

WIND STRICH LEISE durch die schmalen Fensterschlitze. Einige Atemzüge lang sprach niemand in der großen Kammer. Schließlich hustete Tuge und sagte: »Du hast doch wohl nicht vor, alleine zu gehen, oder?«

»Ich kann von niemandem verlangen, mit mir diesen gefährlichen Weg zu beschreiten«, erwiderte Awin ernst.

»Das ist Unsinn, Awin«, erwiderte Wela scharf. »Du bist der Yaman unseres Klans. Wir werden dir folgen, wenn du es befiehlst. Aber wir werden dir auch folgen, wenn du es nicht befiehlst! Es ist unser Volk, das da ins Verderben geführt wird, von diesem Narren Eri. Das geht uns alle an.«

Awin nickte. Wela hatte Recht: Ein Wort, und seine Krieger würden ihm folgen, ohne zu fragen. Er wollte seinen Leuten jedoch Gelegenheit geben, diesen Entschluss selbst zu fassen. Er wusste, wie tapfer sie waren. *Was nur daran liegt, dass sie keine Vorstellung davon haben, was uns erwartet*, mahnte seine innere Stimme.

»Wenn du willst, werde ich dir einige meiner Krieger mitgeben, Yaman«, erklärte die Fürstrichterin. »Wir haben den Hakul zugesichert, dass die Viramatai sich von ihren Weiden fernhalten, von den Ussar war jedoch keine Rede.«

»Ich danke dir für das Angebot, ehrwürdige Prawani, doch wir werden ohne Zweifel dem einen oder anderen Hakul begegnen, und die werden uns sehr misstrauen, wenn wir mit einer Schar Fremder an unserer Seite ihre Weiden betreten.«

Die Prawani nahm das mit einem Nicken hin.

Brami Vareda fragte: »Aber mit welchen Worten willst du dieses Heer aufhalten, Yaman?«

Awin antwortete: »Ich denke, ich muss zunächst mehr über das erfahren, was geschehen ist. Ich muss wissen, wie diese vier Alfskrole es vollbrachten, das Vertrauen der Hakul zu gewinnen, und was Eri den Stämmen dafür versprochen hat, dass sie ihm nach Norden folgen. Er führt sie weit weg von ihren Heimatweiden, und das jetzt im Sommer, wenn die Hirten viel zu tun haben. Er muss ihnen wirklich gute Gründe gegeben haben. Vielleicht lockt sie tatsächlich das Eisen, wie Wela sagte. Aber ich muss es genau wissen, wenn ich den Hakul die Augen öffnen will. Und deshalb werde ich nach Tiugar gehen.«

»In die Verborgene Stadt?«, fragte Wela. Ein Leuchten erschien in ihren Augen.

Awin nickte. »Eri kann ein so gewaltiges Vorhaben nur beginnen, wenn er mit einer guten Weissagung aufwarten kann. Also wird er sich an die weißen Stuten von Tiugar wenden. Sie sind das höchste Orakel der Hakul, und ihre Sprüche und Vorhersagen werden nicht angezweifelt. Gleichzeitig sind sie immer auch vieldeutig und ungenau; der Tiudhan wird heraushören, was ihm gefällt. Wenn nicht, wird er die Deuter vielleicht sogar bestechen, denn die Stuten mögen heilig sein, doch die Weisen, die den Willen der Götter aus ihnen lesen, sind Menschen, schwache dazu, nach allem was, ich hörte.«

»Sie lassen sich bestechen?«, fragte Tuge ungläubig.

»Auch du wirst gehört haben, dass sie sich ihre Dienste mit Geschenken vergelten lassen, und ich glaube, Eri wird nicht zögern, sie zu kaufen. Und falls doch – die Xaima haben gewiss keine Bedenken«, bekräftigte Awin. Ja, er war sicher, Eri würde das Orakel befragen, und er wollte es ihm gleichtun. »Wir sollten also ebenfalls die weißen Stuten aufsuchen, denn ich denke, wir können dort viel über die Pläne Eris und die der Alfskrole erfahren.« Er schlug das aus einem weiteren Grund vor, aber das sagte er nicht: Er hatte seine Gabe weggegeben. Er war blind, und kein Traum kam zu ihm und gab ihm einen Hinweis, wie er seine Aufgabe bewältigen und das drohende Verhängnis aufhalten konnte. Vielleicht wussten die heiligen Schimmel Rat.

»Ich weiß nicht viel über diese Stadt, Awin, nur dass sie schwer zu finden ist und gut verteidigt wird«, meinte Tuge. »Wie willst du an den Wachen vorbeikommen, die doch sicher dort stehen werden?«

Awin warf einen fragenden Blick zu Merege, hatte sie doch schon mehr als einmal mit Zauberkraft dafür gesorgt, dass sie unüberwindliche Hindernisse bezwangen. Merege blickte ihn ernst an – und dann schüttelte sie den Kopf.

»Yeku und ich, wir kennen einen Weg«, meldete sich Mahuk Raschtar plötzlich zu Wort, und auf die erstaunten Blicke der Hakul hin erklärte er: »Wir gehen nicht nur für Kräuter in die Berge. Es gibt viele Geheimnisse dort. Eines ist ein Weg.«

»Ein Weg in die Stadt, den die Hakul nicht kennen?«, fragte Tuge zweifelnd.

»Nicht in die Stadt. Aber in die Berge, zu den weißen Pferden«, erwiderte Mahuk mit einem zufriedenen Grinsen.

Die Prawani hatte längere Zeit geschwiegen, aber ihre Augen ruhten unverwandt auf Awin, so durchdringend, als versuche sie, seine Gedanken zu lesen. Jetzt sagte sie: »Wenn du nach Tiugar gehst, wirst du Zeit verlieren, Yaman. Und du solltest versuchen, das Heer so schnell wie möglich einzuholen.«

Awin schüttelte den Kopf: »Ich muss wissen, was Eri …«

Kalya unterbrach ihn: »Es ist ein großes Heer mit vielen Männern, die sich bei ihrem Vormarsch weit über das Land verteilen werden. Du wirst sicher einen von diesen Kriegern fragen können, was Eri ihnen versprochen hat.«

»Nun, ehrwürdige Prawani. Es ist mein Sger. Und ich entscheide, welchen Weg er einschlägt!«, fuhr Awin sie wütend an.

Die Fürstrichterin zuckte überrascht zurück. Sie starrte ihn finster an und antwortete: »Ich sehe, du bist fest entschlossen, Hakul. Das ist gut, denn diese Entschlossenheit wirst du noch brauchen. Dennoch halte ich diesen Umweg für töricht.«

Damit war die Beratung zu Ende. Tuge und Wela fragten Awin anschließend nach dem Grund für seinen Wutausbruch, aber er wich dieser Frage aus, weil er ihnen nicht sagen wollte, warum es ihn in Wahrheit nach Tiugar zog.

Es galt, einige Entscheidungen zu treffen, bevor sie aufbrechen konnten. Es stand fest, dass alle Krieger vom Klan der Dolche Awin begleiten wollten. Awin unternahm auch keinen Versuch, Wela von ihrem Wunsch abzuhalten, sich ihnen anzuschließen. Sie war die Schmiedin und Heilerin ihres Klans und hatte bei vergangenen Gefahren gezeigt, dass sie selbst neben den besten Kriegern bestehen konnte. Awin hatte das versteckte Lächeln der Fürstrichterin bemerkt, als er von »allen Kriegern« seines Klans gesprochen hatte. Das war kein Wunder, denn neben ihm, Tuge und Wela waren das nur noch der junge Mabak und Karak, der Sohn Tuges, den sie wie Awins Schwester Gunwa aus den Fängen Slahans befreit hatten. Limdin und Dare waren Krieger des Fuchs-Klans, Enkel von Harmin dem Schmied, die nun schon viele Wochen um die Gunst Gunwas wetteiferten. Auch diese beiden baten Awin darum, ihn begleiten zu dürfen, ein Angebot, das er gerne annahm. Seine Schwester war darüber nicht sehr glücklich. Er nahm sie also zur Seite und sprach mit ihr: »Ich werde jede Hilfe brauchen, die ich finden kann, Gunwa, also auch die dieser beiden tapferen Krieger. Allerdings können weder du noch Mabaks Weib Niwa uns begleiten. Ich werde also einen Krieger zurücklassen, der euch nach Wastu bringt. Und ich frage dich, wer ist dir als Begleiter lieber, Limdin oder Dare?«

Gunwa sah betreten zu Boden. »Du kannst nicht verlangen, dass ich das entscheide, kleiner Bruder«, sagte sie schließlich. Dann blickte sie ihn ernst an und fügte hinzu: »Denn wenn der, der mit dir zieht, stirbt, wird der andere es nie verwinden und sich nie verzeihen, dass er nicht an der Stelle seines Bruders gegangen ist. Sie sind einander sehr zugetan, vielleicht mehr, als sie im Augenblick wahrhaben wollen.«

Awin musste zugeben, dass er so weit nicht gedacht hatte. »Sicher, sie wären mir beide als Schwager willkommen, aber es wäre mir dennoch lieb, Gunwa, wenn du dich für einen der beiden entscheiden könntest«, drängte er. Aber sie blickte wieder zu Boden und schüttelte den Kopf. Dann sagte sie leise: »Bringe beide wieder zurück. Darum bitte ich dich. Und dann werde ich mich entscheiden.«

Awin versprach es. Dann redete er mit Tuge über diese Frage: »Die Viramatai werden sich sicher gut um unsere Frauen kümmern, dennoch würde ich Niwa und Gunwa ungern ohne Begleiter in Wastu wissen. Ich dachte an den jungen Mabak.«

»Ich würde deinem Gedanken zustimmen, wenn das eine Stadt der Akkesch oder Budinier wäre, aber es ist eine Stadt der Viramatai. Was soll ihnen da widerfahren? Mabak wird zwar nicht glücklich sein, dass er sich schon wieder von seinem jungen Weib trennen muss, hat er sie doch erst vor wenigen Wochen hierhergeholt, aber er wäre wohl noch unglücklicher, wenn er zurückbleiben müsste.« Plötzlich seufzte Tuge und fuhr mit gesenktem Blick fort: »Sie brauchen also keinen Schutz, aber … aber ich habe mich gefragt, ob ich dich bitten soll, meinen Sohn Karak zurückzulassen. Er ist tapfer, doch hat er den Schrecken seiner Gefangenschaft noch nicht überwunden. Ich habe Zweifel, dass er der Gefahr gewachsen ist. Aber das kann ich ihm doch nicht sagen, oder?«

»Ich werde mit ihm sprechen, Tuge«, versprach Awin, den ganz ähnliche Gedanken bewegten. Mehrfach hatte er nachts gehört, wie der junge Krieger stöhnend und schreiend aus Träumen aufschreckte, aber ebenso wie Awins Schwester, der Gleiches widerfuhr, konnte er nicht sagen, was ihm im Schlaf so Furchtbares begegnet war. Awin konnte ihn nicht auf einen Kriegszug mitnehmen, auch wenn er sonst für jeden zusätzlichen Speer dankbar gewesen wäre. Also sprach er Karak behutsam auf die Möglichkeit an, die Frauen vor den Gefahren der fremden Stadt zu schützen. Es war ein eigenartiges Gespräch. Awin erinnerte sich gut daran, dass noch vor einem Jahr der etwas ältere Karak ihn, den schlechtesten Bogenschützen des Klans, immer etwas herablassend belächelt hatte, und nun war der Sohn des Bogners verunsichert bis ins Mark und konnte Awin, seinem Yaman, kaum in die Augen schauen. Zurückbleiben wollte er dennoch nicht. Awin redete ihm gut zu: »Es ist möglich, dass wir scheitern, und dann werden Unholde und Daimonen über die Welt ziehen und Krieg gegen die Menschen führen. Dann muss ich wissen, dass ein tapferer Krieger meine Schwester und auch Niwa beschützt.« Das verstand Karak, aber er sah nicht ein, warum er dieser Krieger sein sollte. Schließlich sprach Awin ein Machtwort als Yaman. Dem fügte sich der Bognersohn, aber er wirkte dabei sehr unglücklich.

Später sprach Awin mit Merege. Er war eigentlich davon ausgegangen, dass sie sich ihnen bereitwillig anschließen wollte, doch er merkte schnell, dass er sich getäuscht hatte.

»Ich bin keine Seherin, Awin, doch habe ich deinen Weg deutlich vor Augen. Er wird dich von Kampf zu Kampf führen, du wirst Feind um Feind begegnen und Blut vergießen und Blut verlieren. Es ist kein Pfad, der mir gefällt. Vielleicht bin ich schneller, wenn ich den sicheren Weg über die Eisenstraße und den Dhanis hinauf nehme. Es mag weiter sein, doch lauern dort weniger Gefahren und Hindernisse. Und schnell sein muss ich, wenn ich mein Volk vor deinem warnen will.«

Dein Volk, wiederholte Awin betroffen in Gedanken. Es war ihm noch gar nicht bewusst gewesen, was genau gerade geschah: Die Hakul, *sein Volk*, machten sich daran, über die Kariwa, Mereges Volk, herzufallen. Nicht nur das, sie waren auf dem besten Wege, das Ende der Welt herbeizuführen. Aber sah Merege denn nicht, dass er bereit war, sich gegen seine eigenen Brüder zu stellen, um sie aufzuhalten? Dass der Weg gefährlich war, wusste er selbst, aber er wusste auch, dass Merege nicht davor Angst hatte. Bedächtig antwortete er: »Ich verstehe, dass unser Vorhaben dich schreckt, Merege. Ich verstehe auch, dass du deine Zauberkraft nicht einsetzen willst, und ich werde deinen Wunsch achten. Aber wir werden den Weg zu den Kariwa ohne dich nicht finden. Ich bitte dich also, uns zu leiten, weil wir nur dann Aussicht auf Erfolg haben.«

Merege sah ihm lange mit kühlem Blick in die Augen. Endlich sagte sie: »Gut, ich werde euch begleiten. Vielleicht führt euer Weg euch wirklich bis ins Schneeland, meine Heimat, doch will ich es nicht hoffen, denn das hieße, dass ihr das Heer der Hakul nicht rechtzeitig aufhalten konntet.«

Awin dankte ihr, aber sie schien mit ihren Gedanken schon wieder unendlich weit weg zu sein. *Vielleicht sehnt sie sich nur nach ihrer Heimat*, dachte Awin, aber er machte sich Sorgen. Seit er sie dem Reich des Todes entrissen hatte, wirkte sie noch in sich gekehrter und abwesender als zuvor, als sei ein Teil von ihr immer noch dort.

Im Grunde genommen hätten sie nun am nächsten Morgen aufbrechen können, doch die Fürstrichterin bat sie um einen Tag und eine Nacht Geduld, was Awin mit Stirnrunzeln zur Kenntnis nahm, denn Geduld war eigentlich nicht die Sache der Prawani. Sie erwarte wichtige Nachrichten von ihren Spähern, so ihre Begründung, und zum Ausgleich für den Zeitverlust versprach sie, den kleinen Sger mit eisernen Waffen auszurüsten und dazu noch mit allem anderen, was auf einem langen Ritt nützlich sein mochte. Nach kurzem Zögern ließ Awin sich darauf ein, denn diese Zeit konnten die Hakul außerdem nutzen, um Mahuk Raschtar in die Kunst des Reitens einzuweihen.

»Reiten? Ein Raschtar reitet nicht. Und Yeku sagt, Mensch und Pferd sind zwei Wesen. Die Götter wollen nicht, dass eines auf dem anderen sitzt.«

Aber alle Widerworte halfen ihm nicht, denn er sollte sie bis zum Orakel von Tiugar führen, und Awin machte ihm klar, dass sie scharf und schnell reiten mussten. Eri war mit seinem Heer schon aufgebrochen, und sie mussten ihn einholen, je eher, desto besser.

»Yeku sagt, Eile ist ein Freund des Unglücks«, wandte Mahuk ein.

»Dann sage Yeku, dass der Langsamste stets von den Wölfen gefressen wird«, wischte Tuge den Einwand beiseite.

Schließlich fügte sich Mahuk in das Unvermeidliche und willigte ein, sich in der »unseligen« Kunst des Reitens zu versuchen. Tuge setzte ihn auf das gutmütigste Pferd der ganzen Festung und führte das Tier am Zügel aus dem Tor. Um den Raschtar vor dem Spott seiner Männer zu schützen, fand der Unterricht weit draußen in der Steppe statt.

»Wie macht er sich?«, fragte Awin, als Tuge und Mabak, die beiden Reitlehrer, mit ihrem Schüler nach Sonnenuntergang in die Festung zurückkehrten.

»Ich habe Betrunkene reiten sehen und Männer die halbtot auf ihren Rössern hingen, aber sie alle ritten besser als dieser Ussar«, meinte Tuge trocken.

Ein Blick auf Mahuk bestätigte Awin die Einschätzung des Bogners. Der Raschtar krallte sich völlig verkrampft in die Mähne seines Tieres und kauerte auf eine Art auf dem Rücken des Pferdes, die Awin wirklich noch nie gesehen hatte. Erschwert wurden seine Bemühungen dadurch, dass er nach wie vor seinen schweren Stab in der Rechten hielt.

»Vielleicht geht es besser, wenn du Yeku für eine Zeit aus der Hand legst, Mahuk«, schlug Awin daher vor.

Mahuk starrte ihn finster an. »Ich kann Yeku nicht aus der Hand geben. Er macht sonst Unsinn, gefährlichen Unsinn.«

Awin unterdrückte ein Grinsen und riet dem Ussar, sich auszuruhen, da sie mit dem ersten Licht des nächsten Tages aufbrechen wollten. Später kam Kalya noch einmal zu Awin. Sie bot ihm an, ihre Steppenpferde gegen die Kriegspferde der Viramatai einzutauschen. »Sie sind schneller und stärker, Yaman Awin«, sagte sie zur Begründung.

Awin fragte sich, ob die Fürstrichterin wirklich so wenig über die Hakul wusste. »Unsere Pferde sind vielleicht nicht so stolz und schön wie die der Sonnentöchter, ehrwürdige Prawani, aber sie sind ausdauernd und zäh. Außerdem wirst du keinen Hakul finden, der sich freiwillig von seinem Ross trennt.«

Im Morgengrauen wurde Awin von Brami Vareda geweckt. »Wir werden bald die aufgehende Sonne begrüßen und Edhil mit reichen Opfern bitten, euren Weg zu behüten. Vorher jedoch will die Fürstrichterin dich noch einmal sprechen, Yaman Awin.«

»Wir haben die erwarteten Nachrichten aus dem Staubland«, begann die Prawani, nachdem er ihrer Einladung gefolgt war. »Unsere Späher melden, dass Eri einen Angriff auf die Stadt Borre plant. Es gibt eine große Brücke dort, die einzige über die Jurma.«

»Augenblick«, sagte Awin, »ich habe nicht gehört, dass Reiter in der Nacht nach Pursu gekommen wären, wie haben die Späher …?«

Die Prawani unterbrach ihn lächelnd: »Auch wir Viramatai verfügen über den einen oder anderen Zauber, wenn auch keiner davon so eindrucksvoll und mächtig wie die Kräfte der Kariwa sein mag. Jedenfalls ist diese Brücke der einzige Weg ins Herzland der Akradhai, aber auch der einzige Weg, wenn man weiter nach Norden will, denn die Nebelsümpfe und das Ödland kann kein Heer überwinden.«

»Borre«, wiederholte Awin nachdenklich.

»Er muss zuvor durch das Grünland, das Land der Ackerleute westlich des Flusses. Das wird ihn hoffentlich Blut und Zeit kosten. Und die Brücke ist gut verteidigt und wurde noch nie von den Hakul genommen. Vielleicht wird das Heer die Stadt noch belagern, wenn du dort eintriffst.«

»Es sei denn, die Windskrole bahnen ihnen den Weg, ehrwürdige Prawani«, meinte Awin zweifelnd.

Die Fürstrichterin zuckte mit den Schultern. »Du hast gesagt, dass sie schwächer sind als früher. Dort wird sich zeigen, ob du Recht hast. Doch jetzt solltet ihr aufbrechen. Wenn ihr auf geradem Weg nach Norden reitet, könnt ihr das Heer bald einholen. Und vielleicht kannst du mit Edhils Hilfe die Sache schon im Grünland zu einem guten Ende führen.«

Awin entging nicht, dass die Fürstrichterin damit nebenher zum Ausdruck brachte, dass sie den Besuch des Orakels immer noch für Zeitverschwendung hielt. Er würde dennoch nicht auf geradem Weg nach Norden reiten, denn er musste nach Tiugar, auch wenn die Prawani das nicht verstand.

Noch im Morgengrauen brachte die Brami ein Wein- und Fleischopfer auf dem weißen Platz und erflehte den Segen der Götter für Awins Schar. Dann verabschiedeten sich die Hakul von denen, die zurückblieben. Tuge sprach mit seinem Sohn Karak, Mabak verabschiedete sich mit vielen Umarmungen von der weinenden Niwa, und Awin sprach leise mit Gunwa. Sie wünschte ihm für seinen Weg alles Gute: »Ich möchte, dass du heil zurückkommst, kleiner Bruder«, sagte sie. »Und ich wünsche, dass du auch die anderen Männer und Frauen aus deinem Sger heil zurückbringst. Aber vor allem bitte ich dich, auf Limdin und Dare zu achten. Sie sind so kühn.«

Awin versprach es und sah mit einer gewissen Verwunderung, dass sich seine Schwester von den beiden Enkeln Harmins in jeweils gleicher Innigkeit verabschiedete. Sie schien sich wirklich nicht entscheiden zu können, welchen der beiden sie lieber mochte. Wela erschien als Letzte auf dem Platz. Sie trug eine lange Lanze, unter deren eiserner Spitze ein Sgertan baumelte. Es war aus Bronze, und Awin sah, dass ein Zeichen darauf gemalt war. Es war ein schlanker schwarzer Strich, von dem ein spitzes Dreieck nach links, und ein weiteres, etwas darunter, nach rechts wies.

»Die schwarzen Dornen, es ist das Zeichen unseres Klans, Awin«, erklärte Wela auf seinen fragenden Blick hin. »Es hat mich schon immer gestört, dass wir keine Sgerlanze hatten.«

Awin betrachtete die Bronzescheibe. »Wann hast du es angefertigt?«, fragte er.

»In der Nacht. Jetzt, da das Ende der Welt droht, haben die Sonnentöchter nichts mehr dagegen, dass ich ihre Schmiede benutze. Wäre ihnen das früher eingefallen, hätte ich sicher das eine oder andere über die Kunst des Eisenschmiedens lernen können.«

»Ich hoffe, du wirst dazu später noch viel Gelegenheit

haben, Wela, aber eines möchte ich dir sagen: Dieses Sgertan, das du gemacht hast, und dieses Zeichen, das du für unseren Klan gefunden hast – es gefällt mir. Ich denke, wir können stolz darauf sein, unter diesem Zeichen zu reiten.«

»Das ist ja wohl auch das Wenigste«, sagte Wela mit schlecht gespielter Bescheidenheit, und ihr Gesicht strahlte.

Dann waren die Opfer dargebracht, die Abschiede genommen und die kleine Schar konnte sich endlich in Bewegung setzen. Wela richtete die Sgerlanze auf, und sie verließen die Festung, die ihnen nun für mehr als zwei Monde eine Heimstatt gewesen war, in langsamem Trab.

»Glaubst du, wir kommen zurück, Awin?«, fragte Tuge.

Awin blickte sich um. Er vermeinte, auf der Mauer die Umrisse von Gunwa, Niwa und Karak zu sehen. Sie winkten. Dann ertönte ein wehmütiges Horn als Abschiedsgruß.

»Natürlich kehren wir zurück, Tuge«, erwiderte Awin, denn er war der Yaman dieses kleinen Sgers, und er durfte von nun an keine Spur des Zweifels oder der Schwäche mehr zeigen.

»Aber sicher nicht alle«, gab der Bogner düster zurück.

Sie hielten sich dicht unter den Bergen, denn dort war die Wahrscheinlichkeit gering, auf Hakul zu treffen, die für ihre Herden die weite Ebene bevorzugten. Mahuk Raschtar konnte nicht genau sagen, wie weit es nach Tiugar war: »Ich war zu Fuß. In den Bergen. Nicht auf diesem Daimon, den ihr Pferd nennt. Yeku hasst ihn.«

»Aber du weißt, wo wir den geheimen Pfad finden, der uns zum Orakel führt?«

»Achtet auf einen Berg mit drei Spitzen. Die mittlere ist die niedrigste. Dort liegt der Anfang«, antwortete der Raschtar.

Sie ritten zügig immer nach Norden, und von Tag zu Tag hielt sich Mahuk ein wenig besser im Sattel. Am ersten Abend mussten sie ihn noch von seinem Pferd heben, denn da war er ganz steif und auch wund geritten, aber dann zog er eine geheimnisvolle Salbe aus seinem großen Beutel, die seine Leiden linderte. Zur Belustigung der Hakul führte der Ussar auch einen kleinen Holzkäfig mit, in dem er zwei Tauben hielt. Sie fragten ihn, was er mit den Vögeln vorhabe, ob sie etwa auch für eine seiner gefürchteten Salben gedacht waren. Aber Mahuk beantwortete den Spott nur mit einem geheimnisvollen Lächeln und klammerte sich schweigend weiter an die Mähne seines Pferdes. Nach vier Tagen ritt er schon ganz ordentlich, auch wenn Tuge immer noch der Meinung war, dass jedes Hakul-Kind, das zum ersten Mal auf ein Fohlen gesetzt wurde, es besser machte. So kamen sie nun jeden Tag etwas schneller voran.

Am Morgen des fünften Tages meldete Dare, dass sie verfolgt wurden. »Es ist ein einzelner Reiter, ich sah ihn dort zwischen den Buchenhainen.«

Awin ließ den Sger halten, denn ein einzelner Reiter mochte ein Bote aus Pursu sein. Gerade, als er sich fragte, ob Dare sich vielleicht getäuscht haben konnte, tauchte der Reiter aus einer Senke auf. Es war ein Hakul. Er hielt sein Pferd kurz an, aber dann kam er näher. Awin bemerkte, dass Tuge sich verfärbte, und dann rief Dare auch schon: »Bei Mareket, es ist Karak!«

Es war tatsächlich der Sohn des Bogners, der sie auf seinem schweißtriefenden Ross nun einholte. Verlegen, aber mit Trotz im Blick hielt er sein Pferd an.

»Bringst du Botschaft aus Pursu?«, rief Tuge, und es schien, als könne er sich nur mit Mühe beherrschen.

Karak schüttelte den Kopf. »Meine Gefährten reiten in die Schlacht, wie könnte ich da zurückbleiben, Vater?«

Awin hatte Tuge noch nie so außer sich gesehen. Auf seinen Wangen wich das fahle Weiß einem dunklen Rot, dann herrschte er seinen Sohn an: »Weißt du nicht, wo dein Platz ist? Hat dein Yaman dir nicht einen Befehl erteilt? Du bringst Schande über mich, Karak, der du dich meinen Sohn nennst!«

Awin legte ihm begütigend die Hand auf den Arm, aber Tuge war nicht zu beruhigen. »Ich bitte dich um Verzeihung, Yaman Awin«, stieß er hervor. »Mein Sohn wird deine Befehle nie wieder in Frage stellen, er wird sich umdrehen und zurückreiten nach Pursu, oder …«

Hier unterbrach ihn Awin schnell und mit scharfen Worten: »Was dieser Krieger tun wird oder nicht, unterliegt meiner Entscheidung, Tuge!«

Tuge starrte ihn mit offenem Mund an.

»Ich grüße dich, Karak«, wandte sich Awin nun an den Bognersohn. »Du verstehst, dass ich verwundert bin, dich zu sehen?« Als er das sagte, ließ er Tuge nicht aus den Augen. Es tat ihm leid, dass er den väterlichen Freund so hatte anfahren müssen, aber der Bogner war kurz davor gewesen, mit unbedachten Worten sich und seinen Sohn ins Unglück zu stürzen. Nun musste Awin schnell entscheiden, wie er mit der Sache umging. Karak nickte auf Awins Frage hin. Er war leichenblass geworden. Sein Yaman fuhr nun wesentlich freundlicher fort: »Ich habe dir den Befehl erteilt, dich um die Frauen meines Klans zu kümmern. Hast du diesen Auftrag erfüllt?«

Karak schaute verlegen zu Boden, aber dann entdeckte er die goldene Brücke, die Awin ihm mit diesen Worten gebaut hatte. »Das habe ich, Yaman Awin. Ich habe sie der Obhut von Brami Vareda überlassen. Sie versprach, sie sicher nach Wastu zu bringen.«

»Das ist doch …«, fuhr Tuge auf, aber Awin schnitt ihm erneut das Wort ab.

»Das ist ganz in meinem Sinne, Tuge. Dein Sohn hat Klugheit bewiesen und wird vorerst weiter in meinem Sger reiten.

Nach Tiugar werden wir sehen, wie es weitergeht.« Dabei warf er Tuge einen sehr deutlichen Blick zu.

Der Bogner schluckte, aber er nickte schließlich. »Wenn du erlaubst, Yaman, würde ich mit meinem Sohn nun gerne einige Worte unter vier Augen wechseln.«

»Das erlaube ich nicht, Tuge, denn ich brauche dich an meiner Seite. Heute Abend, wenn wir lagern, werdet ihr genug Zeit haben, über diese Dinge zu reden.«

Tuge warf ihm einen wütenden Blick zu, aber er fügte sich, und Awin gab Karak den Befehl, mit Merege das Ende ihres kurzen Zuges zu sichern, eine Anweisung, die der Krieger gerne annahm. Bis zum Mittag schwieg Tuge Awin feindselig an, aber dann sagte er: »Ich weiß, warum du mich nicht mit meinem Sohn reden lässt. Du hoffst, dass mein Zorn während des Rittes schwindet.«

»Ich gehe davon aus, dass du mit jeder Länge, die wir heute zurücklegen, die Dinge etwas klarer siehst, Meister Tuge, denn ich kenne dich als einen sehr klugen Mann«, erwiderte Awin.

»Das hat sich vorhin jedoch nicht so angehört, Yaman«, sagte Tuge missmutig.

Darauf antwortete Awin nicht, aber er hoffte, dass der Bogner auch das bis zum Abend verstanden haben würde. Karak war nun einmal da, und Awin würde ihm die Möglichkeit geben, sich zu bewähren. Noch waren sie im Land der Hakul, noch konnte er ihn jederzeit wieder zurückschicken. Er trug ihm auch gleich die erste Wache auf, als sie am Abend lagerten, aber Karak schien sich sogar darüber zu freuen. Später sah Awin Vater und Sohn ein Stück vom Feuer entfernt miteinander reden – das hieß, eigentlich redete nur Tuge. Karak hörte schweigend zu.

»Ist es besser jetzt?«, fragte er, als Tuge zurückkehrte.

»Mein Zorn ist verraucht, Awin, wie du es vorhergesehen

hast, doch dafür ist die Sorge zurück. Slahan hat nicht viel von dem tapferen Krieger übrig gelassen, der mein Sohn einst war.«

»Dann lass uns hoffen, dass dieser Krieger zurückkehrt. Es war mutig von ihm, uns zu folgen. Nimm es als gutes Zeichen.«

»Wenn du es sagst«, erwiderte Tuge, doch Awin konnte ihm ansehen, dass er zweifelte.

Die Nacht war ruhig, und Karak hatte keine Gelegenheit, sich als Wache auszuzeichnen. Awin war sich ziemlich sicher, dass Tuge kein Auge zugetan hatte, solange die Sicherheit des Sgers in den Händen seines Sohnes lag. Am nächsten Tag ritt Karak wieder an der Seite Mereges, und Awin bemerkte, dass die beiden sich gelegentlich unterhielten. Auch das nahm er als gutes Zeichen.

»Zeichen, Zeichen«, brummte Tuge. »Alles schön und gut, solange wir hier friedlich durch die Hügel reiten, aber was geschieht, wenn wir kämpfen müssen?«

Darauf hatte Awin nun keine Antwort. Doch noch mussten sie nicht kämpfen. Das Land lag wie ausgestorben und die hohen Berge, die die Stadt Tiugar verbargen, rückten immer näher.

Einen Abend darauf kam Limdin zu Awin. »Du weißt, dass ich deine Schwester um die Ehe gebeten habe, Yaman Awin«, begann er etwas steif.

Awin nickte aufmunternd.

Limdin fuhr fort: »Für gewöhnlich verlangt der Brauch, dass der Bräutigam nach einem Jahr die Braut zu den Zelten seines Klans führt, wo sie von da an als neue Tochter der Sippe leben wird.«

Wieder nickte Awin. Er war gespannt, worauf der Fuchs-Krieger hinauswollte.

»Ich aber biete dir an, mit deiner Schwester beim Klan der

Dornen zu bleiben, Yaman Awin – wenn du mich denn aufnehmen wolltest.«

Awin runzelte die Stirn. »Das ist eine ernste Sache, Limdin. Dein Angebot ist ehrend, und jeder Yaman würde sich glücklich schätzen, einen Krieger wie dich in seinem Klan zu wissen. Ich nehme an, du erwartest nicht, dass ich Gunwa dazu zwinge, nun dich und nicht deinen Bruder zum Mann zu wählen?«

»Natürlich nicht, Yaman«, wehrte Limdin erschrocken ab.

»Das würde meine Macht wohl auch übersteigen«, sagte Awin lächelnd, um die Anspannung etwas zu lockern.

»Aber du kannst ihr zureden, oder?«, fragte Limdin.

Das war ernst. »Das werde ich nicht tun, junger Krieger«, erwiderte Awin, der kaum älter als Limdin war. »Ich achte dich, und ich achte deinen Bruder. Ich achte auch deinen Yaman, Auryd. Du weißt, dass du ihn um Erlaubnis fragen solltest, bevor du seinem Klan den Rücken kehrst, oder?«

Limdin nickte verdrossen. »Auryd ist weit fort, und wir haben lange nichts von ihm gehört. Hast du ihn nicht gesehen, bei einem deiner Gesichte, Yaman?«

Awin schüttelte den Kopf. Yaman Auryd war wirklich weit fort, irgendwo im Reich der Akkesch auf der Jagd nach jenem Räuber, der den Lichtstein aus Etys' Grab gestohlen und damit diese ganze Kette verhängnisvoller Ereignisse ausgelöst hatte.

»Vielleicht sollten wir das Orakel befragen, was aus ihm geworden ist, Yaman Awin«, meinte Limdin. »Vielleicht wissen die heiligen Stuten, was du ...« Er verstummte. Vermutlich dachte er, es stünde ihm nicht an, Awins Fähigkeiten in Frage zu stellen. Awin fühlte sich getroffen. Seine Gefährten hatten keine Fragen zu seiner Gabe gestellt, denn sie hegten eine gewisse Scheu vor diesen Dingen. Vermutlich gingen sie davon aus, dass nun, da er in Uos Reich gewesen war, seine Gabe wieder zu ihm zurückgekehrt war. Niemand wusste, dass genau das Gegenteil der Fall war. Awin überspielte seine Betroffenheit mit einem Lächeln: »Nun, vielleicht wissen sie wirklich mehr als dieser Seher. Wir werden es bald herausfinden, junger Krieger.«

Das Wetter war ihnen gewogen, es war kühl und frisch am Fuß der hohen Berge, weder drückend heiß am Tag noch bitterkalt in der Nacht. Sie fanden auch immer ausreichend Wasser für die Tiere, und ihre Vorratsbeutel waren so gut gefüllt, dass sie nicht einmal auf die Jagd gehen mussten. Es regnete gelegentlich, doch waren das meist nur kurze Schauer. Edhil schien ihnen wirklich wohl gesonnen, auch wenn Tuge meinte, dass alles zu glatt und zu leicht ginge.

»Und Karak?«, fragte Awin.

Tuge seufzte. »Mein Sohn hält sich gut bis jetzt. Ich meine, er spricht nicht viel, und wenn, dann meist mit der Kariwa, und ich bin nicht sicher, was ich davon halten soll. Er schläft unruhig, das wird dir nicht entgangen sein, Yaman, aber es ist nicht wie in Pursu, als er noch fast jede zweite Nacht schreiend aufgewacht ist.«

»Der Ritt scheint ihm also gutzutun«, meinte Awin.

»Ich möchte dir zustimmen, doch schmerzt es mich, zu sehen, wie schwermütig er stets am Ende unseres Sgers reitet. Ich bin gar nicht sicher, ob es gut ist, dass er so viel mit der Kariwa zusammen ist. Auch dir wird nicht entgangen sein, dass sie seit ihrer Rückkehr zu den Lebenden noch schweigsamer und zurückhaltender als zuvor geworden ist.«

Awin nickte. Natürlich war ihm das aufgefallen. »Es scheint, dass sie etwas verbindet, was wir nicht verstehen, Tuge. Vielleicht, dass sie beide ins Antlitz einer schrecklichen Gottheit blicken mussten.«

»Ein seltsames Band, wenn du mich fragst. Aber ist das nun gut oder schlecht, Awin?«, fragte Tuge.

»Gut«, behauptete Awin, aber sicher war er sich da nicht.

Am selben Abend sprach er Merege vorsichtig darauf an, doch sie war kühl und abweisend und gab vor, nicht zu verstehen, was Awin meinte.

Am Nachmittag des zehnten Tages entdeckte Limdin die von Mahuk beschriebene Bergspitze.

»Und jetzt?«, fragte Awin den Raschtar.

»Ich kam von oben, nicht aus der Ebene. Ich sehe den Weg nicht. Wir müssen hinauf. Ein langer Hügel, ohne Bäume«, antwortete der Ussar.

Das Land stieg rasch an. Sie erkletterten einige sanfte Hügel. Bald jedoch mussten sie absteigen, um ihre Pferde steilere Hänge hinaufzuführen.

»Wo liegt Tiugar?«, fragte Awin, als sie auf einer schmalen Kuppe rasteten.

»Hinter jener Bergkette dort«, antwortete Mahuk und wies auf einen weitläufigen Grat, der sich wie ein langer Riegel hinaus in die Ebene schob. Sie schienen sich schon etwas oberhalb der Stadt zu befinden.

»Und das Orakel?«

»Dort ist der dreispitzige Berg. Wir müssen nicht ganz hinauf. Der Pfad verläuft darunter.«

Sie mussten weitere Hänge erklimmen und noch zweimal in schmale Täler hinabsteigen, bevor sie am Fuße des besagten Berges angekommen waren. Dort beschlossen sie zu rasten, denn es wurde bereits dunkel. Awin schickte Limdin und Mabak hinauf. Sie sollten Ausschau nach Wachposten der Hakul halten.

Als die beiden fort waren, kam Dare zu Awin und sagte: »Ich sah vor einigen Tagen, dass du lange mit meinem Bruder Limdin gesprochen hast, Yaman.«

»Nun, er kam zu mir, so wie du jetzt, Dare.«

»Darf ich dich fragen, welches Anliegen er an dich hatte, Yaman Awin?«

»Ich schlage vor, dass du ihn das selbst fragst«, entgegnete Awin freundlich.

»Das habe ich längst getan, doch wich er mir aus. Er behauptete, er habe mit dir über Yaman Auryd und das Orakel gesprochen, doch glaube ich, dass er mir etwas verschweigt.«

Awin runzelte die Stirn. »Ihr solltet einander nicht misstrauen, Dare. Ihr seid Brüder, Söhne derselben Mutter.«

»Daran solltest du Limdin erinnern, nicht mich, Yaman«, antwortete Dare und ging Feuerholz suchen.

Awin sah ihm nach. Die beiden Brüder waren bisher, wie Gunwa es gesagt hatte, sehr innig miteinander verbunden gewesen. Er nahm sich vor, darauf zu achten, dass es auch so blieb.

Die beiden Kundschafter kamen bald darauf wieder vom Berg heruntergestiegen. Mabak meldete, dass keine Spur eines Feindes zu sehen war. Awin dankte dem jungen Krieger, aber dann fügte er hinzu: »Es sind deine Stammesbrüder, Mabak, du solltest sie noch nicht als Feinde betrachten.«

Mabak lief rot an und erwiderte: »Verzeih, Yaman, ich werde es nicht wieder tun. Auch wenn sie mich, als Krieger eines angeblich abtrünnigen Klans, ihrerseits vermutlich kaum als Freund ansehen werden.«

»Er hat nicht Unrecht, Awin«, sagte Tuge leise, als Mabak weitergegangen war. »Ich weiß, dass du es verabscheust, gegen dein eigenes Volk die Waffe zu erheben, und mir geht es ebenso, aber *sie* werden nicht zögern, uns als Feinde zu betrachten und uns auch entsprechend zu behandeln. Für sie sind wir Abtrünnige«, fuhr der Bogner fort.

»Siehst du das ebenso, Tuge, dass wir abtrünnig sind?«, fragte Awin.

»Was meinst du?«

»Ich sehe doch, wie es dich schmerzt, dass wir die Gemeinschaft des Stammes verlassen haben, aber vielleicht solltest du es anders herum betrachten. Nicht wir haben Eri verraten – sondern er uns. Nicht wir haben die Gesetze des Staublandes gebrochen, sondern er. Wenn du so willst, sind alle, die ihm folgen, Abtrünnige, denn sie bedrohen die Zukunft unseres Volkes! Sie sind doch sogar eine Gefahr für die ganze Welt geworden!«

Awin hatte sich in Rage geredet, und Tuge starrte ihn mit großen Augen an. Schließlich sagte er: »Ich hoffe, du bist ähnlich überzeugend, wenn du zu Eris Kriegern sprichst, denn ich erkenne nun meinen Irrtum. Du solltest das auch den Jungkriegern sagen. Sie folgen dir gerne, aber sie werden dir noch lieber folgen, wenn du ihnen das begreiflich machst, was du mir gerade erklärt hast.«

Awin nickte. Er konnte den inneren Zwist seiner Leute gut verstehen, denn er hatte ihn selbst lange genug ausgefochten. Seit sie im Sattel saßen, hatte er sich mit dieser Frage herumgeschlagen. Sein Kopf wusste, dass er im Recht war, aber sein Herz war schwerer davon zu überzeugen, dass er sich gegen sein eigenes Volk stellen musste, gegen seine Brüder. Er folgte Tuges Rat und erklärte seinem Sger, dass nicht sie, sondern Eris Männer den Pfad der Hakul verlassen hatten, also die wahren Abtrünnigen waren. Die Krieger nickten, aber er sah, dass sie untereinander fragende Blicke austauschten. Nur Karak starrte ins Nichts, als ginge ihn das alles nichts an.

Am nächsten Morgen umgingen sie einige felsige Höhen, bis sie gegen Mittag auf einen schnell fließenden Bach stießen, den Mahuk wiedererkannte. Sie führten ihre Pferde bachaufwärts durch eine verwinkelte Schlucht, bis sie auf einen kleinen

Talkessel mit einem Teich stießen, der von einem lebhaften, schmalen Wasserfall gespeist wurde.

»Das Orakel ist dort oben«, erklärte der Raschtar.

»Wie hast du es entdeckt?«, fragte Tuge erstaunt. Nichts deutete darauf hin, dass dort oben irgendetwas anderes zu finden war als weitere Felsen, Täler und Bäche.

»Ich suche Kräuter. Sie wachsen an Gebirgsbächen. Ich finde dieses Wasser. Und einen Hakul, der darin badet. Er steigt dort drüben hinauf. Ich folge ihm. Dort sind die weißen Pferde.«

Awin starrte die steile Wand an. Es schien dort wirklich eine Art Treppe zu geben, grob behauene Stufen, die einem natürlichen Felsvorsprung folgten. Hätte Mahuk sie ihm nicht gezeigt, hätte er sie wohl kaum entdeckt.

»Als du dort oben warst, hast du da viele Wachen gesehen?«, fragte Tuge nach dem Wichtigsten.

Mahuk schüttelte den Kopf. »Zwei, vielleicht drei Krieger. Dann einige würdige Männer. Und Frauen. Vielleicht Sklavinnen. Und natürlich die Pferde. Schneeweiß.«

»Seltsam, sollten sie das heilige Orakel nicht stärker bewachen?«, murmelte Tuge misstrauisch.

Awin zuckte mit den Schultern. »Sie fühlen sich wohl sicher. Schließlich kommt doch sonst jeder Besucher von unten aus der Stadt. Uns soll es recht sein. Aber denkt daran, wir wollen mit ihnen reden.«

»Mit den Deutern, aber nicht mit den Wächtern«, schränkte Tuge ein.

»Dennoch. Ich will an dieser heiligen Stätte kein Blut vergießen. Nicht, wenn es sich irgendwie vermeiden lässt.«

Dem stimmte Tuge nickend zu, aber sein Blick verriet, dass er nicht daran glaubte, dass es friedlich ablaufen würde.

Awin befahl Dare und Karak, bei den Pferden zu bleiben, dann schärfte er Limdin und Mabak ein, sich zurückzuhalten.

Er brauchte dort oben keine Jungkrieger, die im Übereifer vielleicht etwas Unbesonnenes unternahmen. Vorsichtig kletterten sie die steile Treppe hinauf. Mahuk ging voraus, Awin und die anderen folgten ihm, Merege als Letzte. Awin hatte eigentlich erwartet, dass sie bei den Pferden bleiben würde, um sich aus dem vorhersehbaren Streit herauszuhalten. Er hatte sie deshalb gar nicht erst gefragt, aber er war froh, dass sie sich ihnen anschloss. Die Treppe führte sie in einen dichten Bergkiefernhain. Mahuk wies auf den ausgetretenen Pfad, aber Awin entschloss, sich abseits dieses Weges zu halten. Leise schlichen sie unter den Bäumen weiter. Sie hatten schnell den Rand des Wäldchens erreicht. Vor ihnen erstreckte sich eine kleine Bergmatte, eine ansteigende Wiese, nur von einigen ausladenden Wachholderbüschen bestanden. Auf der gegenüberliegenden Seite wuchsen zwei mächtige Felsplatten in die Höhe. Sie lehnten sich aneinander, so dass unter ihnen eine große Höhle entstanden war. »Dort wohnen alle. Pferde und Menschen«, raunte Mahuk.

Awin runzelte die Stirn. Er hätte erwartet, dass die Pferde auf einer offenen Weide gehalten würden. Die heiligen Stuten, eingezwängt in Fels? Das war seltsam. Weiter links, auf der Talseite, zog sich der Wald näher an die Höhle heran, ehe er jäh an einer Kante endete. Awin gab seinen Gefährten einen Wink. Langsam schlichen sie unter der Deckung der Kiefern weiter. Mahuk hob plötzlich die Hand.

In der Luft war ein Summen. Schritte näherten sich. Ohne Zweifel, da schlenderte ein summender Mann heran. Er kam jetzt hinter den Wachholderbüschen hervor. Dem ersten Anschein nach war es einer der Wächter, auch wenn er außer dem Dolch an seinem Gürtel keine Waffen führte. Er trug aber einen ledernen Brustpanzer und hielt jetzt auf den Pfad zu, den sie so vorausschauend gemieden hatten. Awin gab Tuge einen

Wink. Dieser verstand und schlich zum Weg hinüber. Der Wächter – es war ein älterer Krieger – bog auf den Trampelpfad ein. Tuge schoss aus seinem Versteck hervor, packte den Überrumpelten an der Kehle und hatte ihn am Boden, bevor er schreien konnte. Die Kiefern knarrten, und eine Drossel flog schimpfend davon. Sonst blieb alles ruhig. Awin spähte hinüber zu der Höhle. In den Schatten war Bewegung. Als Awin genauer hinsah, meinte er, helles Licht am Ende der Höhle zu sehen. Nun, er würde sie sich später anschauen. Er schlich hinüber zu Tuge und seinem Gefangenen. Der Hakul lag stocksteif im Moos und starrte sie erschrocken an. Tuges Blutdolch lag an seiner Kehle, die Hand des Bogners auf seinem Mund.

»Wenn mein Freund seine Hand wegnimmt, wirst du nicht schreien, sondern leise und ruhig meine Fragen beantworten. Du musst heute nicht sterben, allerdings hat Mareket vielleicht schon ein Ross für dich gesattelt. Hast du das verstanden?«, fragte Awin.

Der Mann nickte eifrig. Auf Awins Zeichen hin löste Tuge den Griff ein wenig.

»Wie viele Wachen gibt es hier oben?«

»Mit mir … nur zwei«, antwortete der Wächter zögernd und schielte dabei stets auf die Klinge an seiner Kehle.

»Wenn du mich noch einmal anlügst, wird es deine letzte Lüge sein, Mann. Wisse, ich bin ein Seher«, erklärte Awin ruhig.

»Drei, wir sind zu dritt, ehrwürdiger Seher«, rief der Mann eilig, als Tuges Dolch seine Haut ritzte.

»Wo sind die anderen beiden?«

»Einer steht unten am Weg, einer ist drinnen bei den Mägden und Deutern.«

»Wie viele Deuter, wie viele Mägde?«, fragte Awin ruhig.

»Drei und vier«, lautete die Antwort.

Tuge drückte die Klinge wieder etwas fester an den Hals des

Kriegers. Ein Tropfen Blut trat hervor. »Ich hoffe, du hast dich nicht verzählt, Mann«, knurrte er.

Der Gefangene schüttelte ängstlich den Kopf.

Awin dachte nach. Die Wachen waren nicht an einem Ort versammelt. Das war schlecht.

»Einer steht am Weg nach Tiugar?«, fragte er noch einmal.

Der Mann nickte. Awin gab Limdin einen Wink, und der Krieger schlich zur Felskante, um nach diesem Wächter zu suchen. Als er zurückkam, hatte er keine guten Nachrichten: »Der Weg liegt teilweise unter dem Fels, und ich kann den Wächter nicht sehen. Wir müssen auf den Pfad, aber der beginnt dort vorne, dicht bei der Höhle«, flüsterte er.

Für einen Augenblick war Awin ratlos. Sie mussten diesen Wächter unschädlich machen. Wenn er nach Tiugar entkam, wäre alles verloren. Aber die Höhle und der dritte Wächter waren im Weg.

»Gib mir Limdin mit. Wir schleichen uns an der Höhle vorbei und überraschen den Wächter von hinten«, schlug Tuge jetzt vor. »Und, ja, ich werde versuchen, ihn nicht zu töten, Yaman. Ihr aber solltet dort am Waldrand sein. Wenn jemand in der Höhle etwas merkt, wenn jemand Alarm schlägt, dann muss schnell und entschlossen gehandelt werden!« Tuge sah Awin bei dieser Bemerkung scharf an.

Awin überlegte einen Augenblick – dann stimmte er zu.

»Und wie verhindern wir, dass dieser Held hier alles verdirbt?«, fragte Wela leise.

»Ich kann helfen«, sagte Mahuk. Er holte aus den Tiefen seines Beutels nach einigem Suchen ein pelziges Blatt hervor. »Spinnenblatt nennen wir es. Sehr giftig.« Er packte den überraschten Hakul am Kiefer und zwang ihn, den Mund zu öffnen. Dann stopfte er ihm das Blatt gedankenschnell in den Mund und schloss ihn wieder, bevor einer der Hakul eingreifen konnte. »Es schläft, solange Mund geschlossen bleibt, Hakul. Öffnest du ihn, erwacht es. Frisst dich von innen auf. Es sei denn, ich gebe dir anderes Kraut. Sehr alter Ussar-Zauber«, verkündete Mahuk düster. »Du hast verstanden?«

Der Mann war kreidebleich geworden und nickte heftig. Sie fesselten ihn mit seinem Gürtel und ließen ihn unter der Bewachung von Wela und ihrem Dolch zurück. Der Mann sah nicht so aus, als würde er noch Schwierigkeiten machen.

»Wir hätten ihn auch einfach knebeln können«, meinte Tuge, als sie leise an den Rand der Lichtung schlichen.

»Yeku sagt, Kraut ist besser, mehr Spaß.«

»Und was hast du ihm da gegeben, Mahuk?«, fragte Awin stirnrunzelnd.

»Ziegenblatt. Gut, wenn Bauch schmerzt. Aber furchtbarer Geschmack.«

Tuge grinste breit. »Die Ussar sind wahrhaft Grauen erregende Gegner, voller List und Tücke«, flüsterte er anerkennend.

»Weiter jetzt«, befahl Awin streng und verbiss sich das Lachen. Noch war die Sache nicht ausgestanden.

Limdin und Tuge nahmen ihre Bögen zur Hand. Im Schatten der Höhle war wieder eine schemenhafte Bewegung erkennbar. Eine rothaarige Frau trat aus der Höhle, einen Ledereimer in der Hand. Sie hatte die Ärmel ihres Gewandes hochgekrempelt und lief rasch zu einem kleinen Bach, der durch die Wiese floss. Sie schöpfte Wasser, dann lief sie eilig zurück. Awin gab das Zeichen. Kaum war die Frau im Inneren der Höhle verschwunden, hasteten Tuge und Limdin los. Sie hielten sich am Rand der Wiese und nutzten, wo möglich, die Deckung der Büsche. Jetzt waren sie am Eingang der Höhle vorbei. Schon bogen sie auf den Pfad zur Stadt ein. Plötzlich stieß jemand einen hellen Warnruf aus. Tuge und Limdin hielten nicht an, und Awin sah, dass Tuge noch im Laufen einen Pfeil auf die Sehne legte. Dann verschwanden sie hinter der Kante. Aus der Höhle kam ein Krieger hervorgestürmt, begleitet von der Frau, die eben den Eimer am Bach gefüllt hatte. Der Krieger trug Speer und Schild, ließ aber jetzt beides fallen und rief nach seinem Bogen. Eine zweite, jüngere Frau kam aus der Höhle gestolpert und brachte Pfeil und Bogen. Der Krieger riss ihr beides aus der Hand und lief zum Weg. Es sah aus, als würde er nun Tuge und Limdin in den Rücken fallen können. Er starrte den Weg hinab, nahm einen Pfeil zur Hand und spannte den Bogen. Awin hörte ein leises Zischen. Mabak hatte nicht erst auf einen Befehl gewartet, sondern schon sein Geschoss von der Sehne schnellen lassen. Awin verfolgte den Flug des gefiederten Schaftes. Leichthin, wie ein harmloser Vogel, flog er über die sonnige Wiese. Der Krieger bemerkte das Verhängnis erst, als es ihn in die Brust traf. Er taumelte einen Schritt zurück, starrte ungläubig auf das schlanke Stück Holz, das aus seinen Rippen hervorragte und brach dann stöhnend zusammen. Die junge Frau schrie entsetzt auf.

»Los jetzt!«, rief Awin und sprang mit gezogenem Schwert auf die Lichtung. Die anderen folgten ihm. Die beiden Frauen schienen vor Schreck erstarrt. Dann verlor die jüngere die Nerven und rannte davon. Sie lief den Weg hinunter. Vermutlich wollte sie in die Stadt, Hilfe holen. Ein markerschütternder Schrei durchschnitt die klare Bergluft. Awin unterdrückte einen Fluch. Offenbar war es dem Bogner nicht gelungen, den dritten Wächter lebend zu bekommen.

»Was hat das zu bedeuten?«, donnerte eine volltönende Stimme aus der Höhle. Awin spähte in das Halbdunkel. Ein älterer Mann trat ins Sonnenlicht. Er war groß und dick, trug ein reich besticktes hellgraues Gewand, und sein Gesicht war vielfach vernarbt. Nur sein unsteter Blick trübte den Eindruck von Würde, den dieser Mann ganz offensichtlich zu vermitteln suchte. Zu Awins Beruhigung trug er keine Waffe.

»Mörder!«, schrie die Frau, die bei dem getroffenen Wächter geblieben war. Er lag in seinem Blut, und es sah aus, als würde es mit ihm zu Ende gehen.

»Dieser Mann ist noch nicht tot. Und er muss vielleicht auch nicht sterben«, erklärte Awin ruhig. »Wir haben eine Heilerin und diesen Raschtar bei uns. Sie werden ihm helfen«, sagte Awin.

»Ein Fremder?« rief der Alte aufgebracht. »Und dieses Weib dort« – er deutete auf Merege – »ist wohl ebenfalls eine Fremde! Ihr bringt Fremde an diesen heiligen Ort? Ihr vergießt Blut an dieser heiligen Stätte?«

»Kein Fremder wird meinen Schwager anrühren!«, keifte die Frau.

»Ich verlange Auskunft! Wer seid ihr, und was geht hier vor?«

Awin hatte den Mann schon gleich für einen Wichtigtuer gehalten und beschloss, ihn vorerst nicht zu beachten. Der Deuter sollte ruhig begreifen, wer hier das Sagen hatte. Awin gab Mahuk einen Wink. »Sage Wela, sie kann den Gefangenen herbringen. Und du kannst ihm jetzt ruhig das Gegenmittel geben.«

Mahuk grinste unter seinem schwarzen Bart. »Yeku meint, ich soll ihm Steinwurz geben. Schmeckt schlimmer als Ziegenblatt.«

Awin lächelte schwach. Sie hatten kämpfen müssen. Das war schlechter gegangen, als er gehofft hatte. Gerade, als er sich besorgt fragte, was aus dem geflohenen Mädchen geworden war, kamen Tuge und Limdin keuchend den Weg herauf. Sie schleppten die widerstrebende junge Frau hinter sich her. Wenigstens ihr war nichts geschehen.

»Der Wächter?«, fragte er, obwohl er die Antwort kannte.

Tuge schüttelte den Kopf. »Er sah uns und floh. Ich traf ihn am Bein, weil ich ihn nicht töten wollte, aber der Narr hielt nicht an, sondern humpelte weiter. Der Weg ist schmal dort. Er trat fehl und stürzte in die Tiefe.«

Wela kam aus dem Wäldchen gelaufen. Mahuk folgte ihr und schob den gefesselten Wächter vor sich her. Dieser sah immer noch reichlich blass aus. Er hustete und würgte, während er vor dem Raschtar herstolperte.

Schritte kamen aus dem Inneren der Höhle, die, wie Awin nun feststellte, gar keine Höhle, sondern ein gewaltiger Durchgang unter den Steinplatten war. Er beschrieb weiter hinten einen seltsamen Knick, aber Awin konnte Tageslicht am anderen Ende entdecken. Dahinter schien eine weitere Bergwiese zu liegen. Mehrere Menschen kamen jetzt durch den Gang heran. Zwei Männerstimmen riefen laut und fragten ungehalten nach dem Grund für den Lärm. Endlich traten sie ans Licht. Der eine war untersetzt, und obwohl er sicher älter war als der erste Deuter, war sein Haar von hellem Blond, ohne auch nur eine Spur von Weiß zu zeigen. Der Mann neben ihm war von durchschnittlicher Größe. Seine unscheinbaren Gesichtszüge waren von einem üppigen weißen Bart gerahmt. Er atmete schwer. Wie seine beiden Gefährten trug er eindeutig zu viel Fett auf den Hüften. Hinter den beiden tauchten die ängstlichen Gesichter zweier Frauen auf. Wela hatte sich unterdessen über den Verwundeten gebeugt und begonnen, die Wunde zu untersuchen. »Der Pfeil steckt nah am Herzen. Lasse ich ihn dort, stirbt er. Ziehe ich ihn hinaus, stirbt er ebenfalls. Meine Kunst endet hier.«

»Mörder!«, zischte die Rothaarige noch einmal.

»Mahuk kann ihm helfen«, erklärte der Raschtar.

Aber da blickte der stöhnende Krieger auf, hob abwehrend die Hand, und die Frau erklärte stolz: »Er stirbt lieber in der

Schlacht als durch die schwarze Kunst eines Feindes. Er ist ein Hakul.«

»Er ist ein außerordentlich dummer Hakul, wenn er sein Leben wegwirft«, hielt Tuge dem trocken entgegen.

Nun mischte sich der blonde Deuter ein: »Lass den Fremden helfen, Inwa«, sagte er begütigend.

Die Rothaarige zögerte einen kurzen Augenblick, dann nickte sie mit verkniffenem Mund.

»Du bist Awin, Kawets Sohn«, stellte der Unscheinbare plötzlich fest.

Awin war für einen Augenblick überrascht, aber dann war ihm klar, dass der Deuter das anhand seiner Gefährten erraten hatte. Er verstand offenbar sein Handwerk. Der Narbengesichtige zerstörte jedoch den Eindruck, den die kühne Schlussfolgerung auf Awins Gefährten gemacht hatte: »Ein junger Yaman, in Begleitung einer blassen Fremden mit einem Zeichen im Gesicht, die Heilerin, die mit den Männern reitet, dann noch der Ussar – natürlich. Du bist Awin der Abtrünnige!«

Awin lächelte. »Ich hoffe, ihr versteht den Ernst eurer Lage, ehrwürdige Deuter. Und ich nehme an, ihr seid weise genug, nichts Unbesonnenes zu unternehmen. Auch werdet ihr den Frauen zureden, besonnen zu bleiben, nicht wahr?«

Der Blonde nickte. »Ich denke, es besteht kein Grund für weiteres Blutvergießen, ja, es bestand überhaupt kein Anlass, mit Gewalt hierher vorzudringen! Das Orakel steht allen offen, Awin von den Dornen.«

»Allen, ehrwürdiger Deuter? Auch mir, dem Abtrünnigen? Und der Tiudhan hätte nichts dagegen gehabt?«, fragte Awin mit kaltem Spott.

»Nun, es ist wahr«, sagte der Blonde, »du bist auf den Weiden der Hakul nicht mehr wohl gelitten, Yaman. Wundert dich das? Du hast dem Tiudhan den Gehorsam verweigert, den du ihm schuldest, den wir alle ihm schulden! War er es doch, der die Schlacht von Pursu zu einem guten Ende gebracht hat. Hat er dir nicht sogar das Leben gerettet, als dein Meister dich töten wollte?«

Awin starrte den Deuter völlig verblüfft an. Eine gröbere Verdrehung der Tatsachen war kaum denkbar.

»Ich sage es wieder, wir hätten ihn fallen lassen sollen, diesen Knaben, damals, als der Schild unter ihm zerbrach«, fluchte Tuge, eine Bemerkung, die dazu führte, dass die drei Deuter fragende Blicke austauschten.

»Wenn ihr wollt, erzählen wir euch gerne ausführlich, wie Eri zu seinem Beinamen ›Schildbrecher‹ gekommen ist, ehrwürdige Deuter. Es hat wenig mit den ruhmvollen Geschichten zu tun, die man sich heute auf den Weiden erzählt«, erklärte Awin kühl. »Doch bin ich eigentlich nicht hier, um alte Geschichten auszutauschen.«

»Ich weiß, Awin, Kawets Sohn, du hast Fragen«, erklärte der Unscheinbare, »doch das Orakel hat keine Antworten für jene, die mit Gewalt eindringen. Du musst sühnen, was du getan hast. Dann erst steht das Orakel dir offen – wenn du ihm die nötige Wertschätzung erweist.«

Awin traute seinen Ohren nicht. Der Deuter verlangte *eine Bezahlung*? Das war unverfroren. »Sühne? Die schulde ich der Familie des Getöteten, doch nicht dem Orakel. Ich schätze es, ohne Frage, sonst wäre ich nicht hier, aber im Augenblick könnte ich meine Achtung nur mit weiterem Blut erweisen. Ich bezweifle, dass das in eurem Sinne ist, Ehrwürdiger.«

»Bei Drohungen oder Gewalt hüllen sich die Stuten in Schweigen!«, rief der Narbengesichtige laut und mit übertriebener Geste. Seine beiden Gefährten tauschten einen Blick aus, der Awin verriet, dass sie nicht allzu viel von ihm hielten.

»Die Stuten. Ich will sie sehen«, verlangte Awin schlicht.

»Das darfst du nicht!«, keifte der erste Deuter.

»Willst du mich daran hindern, Hakul?«, fragte Awin freundlich.

»Wir können dich nicht aufhalten, denn wir sind keine Männer des Schwertes, doch die Götter werden deinen Frevel ahnden, Abtrünniger«, erwiderte der Deuter.

Der Verwundete stöhnte auf. »Hier endet mein Wissen. Und Yeku ist auch ratlos«, erklärte Mahuk düster.

»So stirbt er also!«, rief der Narbengesichtige anklagend.

»Vielleicht. Vielleicht nicht. Die Götter werden entscheiden. Menschen haben getan, was Menschen tun können«, antwortete der Raschtar ernst.

Die rothaarige Frau wollte nicht von ihrem Schwager weichen. Mahuk riet ihr, die Wunde mit einem bestimmten Moos und frischem Wasser zu kühlen, woraufhin sie ihn nur feindselig anstarrte. Awin erteilte seine Befehle. Er ließ Limdin auf dem Pfad Stellung beziehen, und Mabak sollte den Verwundeten und seine Pflegerin bewachen.

»Ich bin sicher, du wirst noch Gelegenheit haben, die heiligen Rösser zu sehen, Mabak«, tröstete Awin den Enttäuschten.

Wela hatte sich ein Stück von der Höhle entfernt. Awin sah sie an der Abbruchkante der kleinen Bergmatte stehen und ging zu ihr. »Wonach hältst du Ausschau, Wela Schmiedetochter?«, fragte er.

»Dort unten soll irgendwo die Stadt liegen, Tiugar, aber ich kann sie nicht sehen.«

Awin folgte ihren Blicken. Bergrücken reihte sich an Bergrücken. Sie wurden niedriger, aber sie schienen sich endlos weit in die Ebene hinauszuziehen. Irgendwo zwischen diesen Bergen musste die Stadt liegen. Awin sah in einiger Ferne eine immer wieder auf den Hängen erscheinende helle Linie, den Pfad, der das Orakel mit der Stadt verband. Aber von der

Verborgenen selbst war nichts zu sehen. »Nach allem, was ich weiß, liegen einige Stunden zwischen Orakel und Stadt, Wela«, sagte er.

»Genau weißt du es nicht?«

»Nein, aber frage doch eine von den Frauen. Sie werden dir Auskunft geben können.«

Wela folgte dem Rat und erfuhr zu ihrer Enttäuschung, dass Tiugar, eingebettet in ein enges Tal, mehr als sechs Stunden entfernt lag.

»Und man sieht es erst nach der letzten Wegbiegung«, erklärte die junge Frau, die hatte fliehen wollen. »Es hat schon seinen Grund, warum die Stadt ›die Verborgene‹ heißt.«

»Ihr hättet eben den Weg aller ehrlichen Hakul nehmen sollen«, giftete die Rothaarige, »und euch nicht wie Diebe und Mörder anschleichen dürfen. Dann hättet ihr sie gesehen.«

Wela schnaubte verächtlich, aber Awin spürte ihre Enttäuschung. Abhilfe konnte er allerdings nicht schaffen. Sie trat wieder an die Kante und blickte hinab. Dann winkte sie Awin mit einer unauffälligen Geste heran. Awin runzelte die Stirn und trat an ihre Seite. »Was gibt es?«, fragte er leise.

»Dort kommt jemand«, lautete die geflüsterte Antwort.

Awin starrte hinab. Tatsächlich, dort, wo der helle Weg auf einem weit entfernten Hang sichtbar war, konnte man Bewegungen erkennen. Dort kamen mehrere Menschen den Berg hinauf. Es war schwer abzuschätzen, wann sie hier sein würden. In drei Stunden vielleicht.

Awin versuchte, sich seine Beunruhigung nicht anmerken zu lassen, aber er wusste, es war Eile geboten. Er ließ die Deuter und ihre Dienerinnen vorausgehen. Die Höhle, oder vielmehr der Durchgang unter den Felsplatten, war überwältigend hoch und breit. Awin hatte noch nie etwas Vergleichbares gesehen. Einige kleine Kammern waren in die Felsen teils hineingeschlagen, teils durch Mauerwerk geschaffen worden, und Awin fragte sich, wie ein Hakul es unter so viel Stein aushalten konnte. Nach etlichen Schritten beschrieb der Durchgang einen Knick, und sie stellten erstaunt fest, dass sich hier zwei weitere kleinere Felsplatten, etwas versetzt zu ihren großen Geschwistern, aneinanderlehnten. Und dann sah Awin im Licht der Nachmittagssonne die heiligen Stuten. Es waren vier, und sie weideten auf einer schmalen Wiese.

»Vollkommen«, stieß Tuge hervor.

Staunend gingen sie weiter. Awin konnte dem Bogner nur beipflichten, denn diese Pferde waren schneeweiß, und das Sonnenlicht, das ihr Fell zurückwarf, erhellte das kleine Tal, in dem sie gehalten wurden.

»Wunderbar«, stammelte Wela ergriffen.

»Yeku mag sie nicht«, murmelte Mahuk Raschtar, aber auch er konnte nicht verhehlen, dass er beeindruckt war.

»Es sind wirklich schöne Tiere«, meinte Merege, »doch mir scheint, sie vermissen die Steppe.«

»Weib, was verstehst du davon?«, widersprach der Narbengesichtige.

»Auch die Kariwa halten Pferde«, lautete die trockene Antwort.

»Wann immer in der Steppe ein Tier geboren wird, das so rein und vollkommen ist wie jene vier, wird es zur Prüfung zu uns gebracht«, erklärte der Unscheinbare stolz. »Wir Deuter erkennen, ob seine Seele von den Göttern ebenso gesegnet wurde wie sein Äußeres. Nur diese Tiere dürfen auf dieser Weide grasen. Wir verehren sie, wir pflegen sie, denn in ihnen offenbart sich der Wille Marekets, und durch die Schimmel können wir ihn erkennen.«

»Der Wille Marekets«, murmelte Awin. Er konnte sehen, dass es den Tieren an nichts mangelte. Es gab einen kleinen

Wasserlauf am Rande der Wiese, und es gab sogar einen fest gemauerten Stall, in dem sie im Winter Schutz finden würden, eine für Hakul äußerst ungewöhnliche Einrichtung. Dennoch, Merege hatte Recht. Das war nicht die Steppe, in der diese Tiere geboren waren. Aber wenn die Götter durch sie sprachen?

»Dir wollen sie jedoch nichts sagen, Awin, und du weißt, warum«, erläuterte der Blonde überheblich. »Und wir können und wollen sie nicht zwingen.«

»Du bist ein Deuter, und ich nehme an, du verstehst dich darauf, Zeichen zu enträtseln und die Gedanken der Menschen zu erraten. Was mich betrifft, so bist du allerdings im Irrtum. Ich selbst habe keine Frage an die Stuten«, behauptete Awin, obwohl er gerne ihren Rat eingeholt hätte. Er dachte wieder an die Menschen auf dem Pfad. Der Zugang zum Orakel war leicht zu verteidigen, aber er konnte doch nicht noch einen Kampf beginnen. Er fuhr möglichst gelassen fort: »Ich will jedoch wissen, was sie zu Eris Plänen sagten.«

»Was weißt du schon von den großen Vorhaben des Tiudhan, Abtrünniger?«, entgegnete der erste Deuter herablassend.

»Mehr, als gut für euch ist«, entgegnete Awin trocken. »Also?«

Die Deuter sahen einander an, sie schienen verunsichert. Der Unscheinbare räusperte sich schließlich und antwortete stolz: »Der Tiudhan befragte das Orakel – und es antwortete. Doch diese Antwort muss unberufenen Ohren vorenthalten bleiben, Yaman.«

Vielleicht rechneten sie damit, dass die Ehrfurcht, die alle Hakul vor dem heiligen Orakel verspürten, sie schützen würde. Aber Awin hatte sie gesehen und durchschaut. Ohne Zweifel waren es kluge Männer, vielleicht sogar mit seherischen Fähigkeiten, doch sie waren zu reich gekleidet und zu gut genährt.

Sie lebten gut, und sie lebten gern – sie sahen nicht aus, als seien sie bereit, ihr Leben für Eri zu opfern. Also erklärte er ruhig: »Ich verstehe und schätze deine Zurückhaltung, ehrenwerter Deuter, doch muss ich dir leider sagen, dass ich darauf keine Rücksicht nehmen kann. Nimm einfach an, meine Ohren seien ebenfalls berufen. Das ist jedenfalls das, was mein Schwert behauptet, und du willst ihm doch nicht widersprechen, oder?«

»Sag es ihm ruhig«, schnaubte der blonde Deuter. »Wir haben nichts zu verbergen.«

Der Narbengesichtige nickte zustimmend, und so sagte der dritte Deuter: »Der Tiudhan kam mit der Frage zum Orakel, was geschähe, wenn er gen Norden zöge mit seinem Heer. Dies war eine große und gewichtige Frage. Drei Tage ließen wir die Stuten weiden, bis wir wirklich sicher waren, sie verstanden zu haben. Sie weideten bedächtig, den Hang hinauf. Und das Spiel ihrer Ohren, die Neigung ihres Halses, ihr bald unruhiger Schritt, all das offenbarte uns ihr Wissen, das die Götter selbst ihnen schenkten. Feuer, Blut und Schlacht sagten sie voraus. Eine große Schlacht. Eine strahlende Fackel wird die dunkle Zeit der Hakul beenden. Mit Eri reitet der Sieg! Er wird eine Zeitenwende herbeiführen, und der Schlachtruf der Hakul wird Berge erschüttern und die Mauern vieler Städte wanken lassen.«

»Und das war alles? Das war Eris Frage und die Antwort des heiligen Orakels?«, fragte Awin zweifelnd. Er spürte, dass der Mann ihm etwas verheimlichen wollte. Zwei der Deuter nickten sofort, vielleicht sogar etwas zu schnell. Ein leichtes Zögern beim dritten bestärkte Awin in seinem Verdacht. »Ihr solltet mich nicht belügen. Ihr seid doch sicher unterrichtet, dass ich ein Seher bin«, erklärte er ernst.

»Er fragte … er fragte nach einem Schwarzen Tor«, stotterte der Unscheinbare. »Ob es gefährlich sei, es zu öffnen.«

»*Das* hat er gefragt?«

»Die Stuten wollten die Frage nicht beantworten, Yaman. Aber die vier Mächtigen sagten uns, wir sollten ihm erklären, dass es ihm unsterblichen Ruhm einbringe, denn hinter dem Tor schlafe ein gewaltiges Heer, das nur auf den Ruf warte, um zu erwachen und unter dem Banner der Hakul in die Schlacht zu ziehen.«

Tuge stöhnte, und Wela starrte den Deuter fassungslos an. Awin schwieg eine Weile und versuchte, im Gesicht des Mannes zu lesen. Offenbar glaubte er, was er sagte, er wusste nicht, was für ein Heer hinter dem Skroltor verborgen war. Der Deuter fuhr verlegen fort: »Und da die heiligen Stuten auch nichts Gegenteiliges sagten, war es das, was wir Eri mitteilten.«

Awin biss sich auf die Lippen. Diese Deuter waren unfassbar dumm. Begriffen sie wirklich nicht, was vorging? »Die vier Mächtigen … ihr habt also diese sogenannten Zauberer gesehen?«

»Das haben wir, Yaman. Es sind Zauberer, vielleicht die größten, die je auf dieser Welt wandelten, den berühmten Maghai in allem überlegen. Wir sind die Deuter des Orakels, wir verstehen uns auf diese Zeichen. Der Sieg ist auf ihrer Seite, das hättest selbst du erkannt, blinder Seher, denn niemand kann dieser Macht widerstehen, auch dieses blasse Weib nicht«, rief der Narbengesichtige und deutete auf Merege. Die hörte ihm jedoch nicht zu. Sie stand am Gatter und betrachtete gedankenverloren die friedlich grasenden Schimmel.

Plötzlich stieg sie über das einfache Gatter. Die Mägde schrien entsetzt auf.

»Was macht dieses unglückselige Weib da?«, rief der blonde Deuter aufgebracht. Er wollte Merege hinterher, doch Awin packte ihn am Kragen und hielt ihm sein eisernes Schwert unter die Nase. Auch Tuge und Wela hatten ihre Schwerter gezogen und hielten die Deuter und Mägde in Schach. Merege schien die Aufregung gar nicht zu bemerken. Sie ging in die Mitte der Wiese und schnalzte mit der Zunge. Die vier Stuten näherten sich ihr gemächlich und knabberten kurz darauf an den Halmen, die die Kariwa ihnen anbot. Die Deuter stöhnten laut auf, als Merege begann, die Pferde zu streicheln.

»Eine Fremde. Sie entweiht die heiligen Stuten«, zischte der Unscheinbare wütend.

»Es wachsen sicher neue auf den Weiden des Staublandes heran, Deuter«, antwortete Tuge rau. Aber Awin sah die Besorgnis in seinen Blicken. Für die Schwarzen Hakul war das Orakel von Tiugar immer etwas Heiliges, wenn auch sehr weit Entferntes gewesen. Nun sah der Bogner diese wunderschönen Stuten aus nächster Nähe. Awin war nicht entgangen, wie sehr ihn das beeindruckte. Selbst er konnte sich der Schönheit dieser Tiere kaum entziehen – und er hätte nicht gewagt, sie zu berühren. Merege kehrte zurück zum Gatter. Die vier Schimmel folgten ihr.

»Sie wissen nicht viel von Feuer und Schlacht«, erklärte die Kariwa, »aber sie sind beunruhigt. Sie spüren, dass der Welt eine schwere Erschütterung bevorsteht. Und seht sie euch an: Sie sind unglücklich, und sie sehnen sich sehr nach der weiten Steppe.«

»Ich sollte dich töten, Weib«, keifte der Narbengesichtige.

»Versuche es, und du stirbst«, erklärte Awin ruhig. Er betrachtete die vier Rösser. Sie waren wunderschön, aber Merege hatte Recht, das schneeweiße Fell war ohne Glanz, sie waren unglücklich.

»Aber die Stuten! Entweiht …«, jammerte der Unscheinbare.

»Das wurden sie schon lange vorher, scheint mir«, erwiderte Awin, »und zwar an dem Tag, an dem sie in eure fetten Hände gerieten!« Er war wütend, sehr wütend. Er sah diese drei feisten Männer, die keine Ahnung hatten, was sie anrichteten, und konnte sich kaum noch beherrschen. »Ein großer Sieg?«, rief er. »Wenn Eri diesen Sieg erringt, bedeutet das den Untergang, nicht nur für die Hakul! Ihr seid doch Deuter! Habt ihr euch nicht gefragt, warum diese Zauberer euch die Antwort für Eri vorgesagt haben? Und sollte es nicht unter eurer Würde sein, das nachzuplappern, was andere euch einflüstern?«

»Aber es sind Zauberer, große Zauberer«, erwiderte der Unscheinbare, als sei damit alles gerechtfertigt.

»Dummköpfe!«, rief Awin und wandte sich ab.

»Du nennst uns dumm, Abtrünniger?«, höhnte der narbengesichtige Deuter. »Das tust du nur, weil du blind bist, Seher, und die Wahrheit nicht erkennen kannst!«

Awin stockte. »Welche Wahrheit soll das sein?«, fragte er mit erzwungener Ruhe. Wusste der Mann, dass er seine Gabe verloren hatte, oder wollte er ihn nur verhöhnen?

»Eri wird siegen. Das ist gewiss. Er hat den Lichtstein, und alle Stämme der Hakul folgen ihm. Wie sollte er da nicht siegen? Du solltest wissen, dass auch ich ein Seher bin. Es ist wahr, sehr oft spricht Tengwil nicht zu mir, doch dieses Mal war sie mir gewogen. Sie zeigte mir die brennenden Dörfer der Akradhai und das stolze Heer der Hakul, angeführt von Eri und den vier Zauberern. Sie eilen von Sieg zu Sieg, wie Feuer durch trockenes Gras, und niemand kann sie aufhalten. Gestern zeigte die Schicksalsweberin mir dann noch etwas – etwas, das vielleicht dich betrifft.«

Awin wandte sich dem Sprecher zu. Der Mann war eitel und selbstgefällig, aber möglicherweise wirklich ein Seher.

Der Deuter fuhr fort: »Ich sah einen Adler in meinem Traum, verfolgt von einem kleineren Vogel. Zunächst dachte ich, es sei ein Falke, denn es kommt vor, dass diese geschickten Räuber selbst den mächtigen Adler angreifen, um ihn von ihrem Horst fernzuhalten. Doch dann wurde der Traum deutlicher. Ein Sperling war es, der den Adler jagte.« Die Stimme des Deuters troff jetzt vor Herablassung. »Es ist leicht zu verstehen, nicht wahr, Seher? Was glaubst du: Wird der Sperling diese Jagd nicht bereuen? Denn was kann er tun, wenn er den Adler stellt? Gar nichts, außer sterben! Und das habe ich gesehen.«

»Das kann alles Mögliche bedeuten«, antwortete Awin unwirsch.

Der Narbengesichtige lachte. »So bist du wirklich blind, Abtrünniger?«

»Wenn du ihn noch einmal so nennst, wird dein Hals es bereuen, ehrwürdiger Deuter und Pferdeschinder«, fuhr ihn Wela wütend an.

»Lass ihn, Wela, lass ihn nur reden. Er weiß nichts«, sagte Awin.

»Ich weiß mehr, als du auch nur ahnst, Yaman«, höhnte der Deuter.

»Dann weißt du sicher auch, was als Nächstes geschieht?«, fragte Awin grimmig.

Der Deuter öffnete den Mund, doch kam nichts heraus.

»Das dachte ich mir«, sagte Awin lächelnd. »Sperrt diesen und jenen dort irgendwo ein. Ich will mich noch ein wenig mit diesem Weißbart hier unterhalten.«

Tuge brachte die beiden anderen Orakelausleger in den Pferdestall und stieß sie unsanft über die Schwelle. Der Stall hatte sogar eine Pforte, die der Bogner nun sorgsam verschloss.

»Was willst du von mir, Awin, Kawets Sohn?«, fragte der verbliebene Deuter, den Awin trotz seines prächtigen weißen Bartes in Gedanken den Unscheinbaren nannte.

»Zunächst deinen Namen, ehrwürdiger Deuter.«

»Man nennt mich Mandek.«

»Ich danke dir, Mandek. Etwas sagt mir, dass du mehr von der Kunst des Sehens und Deutens verstehst als deine beiden Gefährten.«

Mandek zuckte mit den Achseln. Als Awin ihn aber durchdringend ansah und dabei mit seinem Schwertgriff spielte, wich der aufgesetzte Gleichmut. »Was möchtest du wissen, Yaman Awin?«, fragte er hastig.

Awin hatte viele Fragen, und er hatte keine Zeit, lange darum herum zu reden: »Ich will wissen, wie ihr den Willen der Götter bei den Stuten lest.«

Mandek zögerte einen Augenblick, dann begann er, umständlich zu erklären: »Dieser Platz ist gesegnet. Die Götter lieben ihn, und sie lieben diese Stuten, das ist gewiss. Sie weihen sie in ihre Geheimnisse ein, und sie erlauben ihnen, uns ein wenig davon zu verraten. Das ist nicht einfach, doch haben wir die Überlieferung. Sie ist alt und reich. Jedes Spiel der Ohren, jede Bewegung und ihre mögliche Bedeutung ist von Deuter zu Deuter weitergegeben worden. Ich denke, bei euch Sehern ist es doch ähnlich, oder? Wir üben beide eine Kunst aus, die sehr alt ist, Yaman.«

»Es mag eine Kunst sein, die Hakul so lange zu täuschen, Mandek, aber es hat wenig mit dem zu tun, was ein echter Seher vollbringen kann. Ich zweifle nicht daran, dass die Götter diese Tiere lieben – wie könnten sie nicht? Doch glaube ich nicht, dass einer von euch Deutern, die ihr euch kaufen lasst, auch nur ein wenig von dem versteht, was die Götter in diesen Tieren *vielleicht* offenbaren. Ich würde gerne hören, was der alte Kluwe dazu sagen würde, doch ist er wohl gestorben, wie ich erfuhr.«

»Oh, Kluwe war hier, lange vor meiner Zeit. Er hat aber nie an der Weisheit der Stuten gezweifelt!«

Awin nickte. Das würde dem Alten sogar ähnlich sehen.

Kluwe hatte die Dinge laufen lassen, hatte den Standpunkt vertreten, dass ein Seher sich am besten aus allem heraushalten sollte, jedenfalls meistens. Aber Awin war nicht Kluwe. Er würde sich nicht mit einer Lüge abfinden, nur weil es für alle das Bequemste war. Er sagte: »Ich habe verstanden, dass ihr selbst auch betrogen worden seid, Mandek, also erlaube mir, dir die Augen zu öffnen. Eri wird nach Norden ziehen, das ist wahr. Er wird das Land der Akradhai verwüsten, aber nicht erobern, denn er will weiter, bis ins Schneeland, das Land der Kariwa. Dort, ehrwürdiger Deuter, will er das Schwarze Skroltor öffnen …«

Mandek unterbrach ihn, eifrig nickend. »Ja, das weiß ich, wie ich schon sagte. Mit dem Lichtstein wird der Tiudhan das schlafende Heer aufwecken, das die Kariwa vor der Welt verbergen, in ihren Bergen voller Eisen. Unter dem Banner Strydhs und mit dem Heolin in der Faust wird Eri dieses Heer in die Schlacht führen, und es werden große Zeiten für die Hakul anbrechen. Wie der Wind das Herbstlaub, so werden wir unsere Feinde vor uns hertreiben. Das Land, das uns einst geraubt wurde, wird wieder uns gehören, und die Städte und Festungen unserer Feinde auch.«

Awin sah dem Mann in die Augen. Mandek schien wirklich zu glauben, was er sagte. Awin versuchte es erneut: »Die vier Mächtigen haben euch getäuscht, ehrwürdiger Mandek. Hinter dem Skroltor finden sich keine schlafenden Krieger, sondern Alfskrole und Unholde, denn dort liegt das Land der Daimonen, das Land, in das Edhil vor der Zeit der Menschen die Ausgeburten seiner Albträume verbannte. Wenn Eri dieses Tor öffnet, bringt er der ganzen Welt den Tod.«

Der Deuter schüttelte zweifelnd den Kopf. »Du irrst dich, Yaman. Warum sollten sie so etwas wollen? Was hätten sie vom Ende der Welt? Es sind mächtige Zauberer, und sie haben dem

Tiudhan geholfen, die Hakul zu vereinen. Sie haben bewiesen, dass sie Freunde unseres Volkes sind. Warum sollten sie uns also täuschen?«

Awin holte tief Luft. »Weil es keine Zauberer, sondern Alfskrole sind, blinder Narr!«

»Das ist ein Lüge«, widersprach der Deuter ruhig. »Die vier Mächtigen werden den Hakul zu Sieg und Ruhm verhelfen, und auch unser Orakel wird berühmt werden, selbst bei den Völkern, die bisher nicht an die Weisheit der heiligen Stuten glauben.«

Awin starrte den Deuter ungläubig an. War es das, worum es ihnen ging? Dass ihr Orakel berühmter und wichtiger wurde?

»Vielleicht ein Zauber«, meinte Mahuk, der zugehört hatte.

»Was meinst du?«, fragte Awin, ungehalten über die Unterbrechung.

»Yeku sagt, der Mann steht vielleicht unter Zauber. Glaubt, was er sagt. Kein schwerer Zauber, meint Yeku, denn er glaubt Lügen gerne, wenn sie so groß und schön sind. Alfskrole haben ihm gesagt, was er hören wollte.«

Awin schüttelte unwillig den Kopf und versuchte, dem Deuter klarzumachen, dass sie getäuscht worden waren, aber Mandek stellte sich stur. Er wunderte sich nicht einmal darüber, dass die vier Mächtigen, wie er sie stets nannte, keine Namen führten. Immerhin konnte er sie beschreiben: Ein schweigsamer Alter, ein kraftstrotzender Hüne, ein schwarzhaariger Knabe und ein verführerisches Weib – es waren ohne Zweifel die vier Xaima.

»Diese vielen Lügen und vernebelten Wahrheiten – wenn du mich fragst, riecht das sehr nach Dauwe dem Täuscher«, meinte Tuge, nachdem er auch den dritten der Orakeldeuter in den Stall gesperrt hatte.

Awin seufzte. »Welcher von den vieren es war, ist nicht so wichtig, Tuge, wichtig ist, dass wir nun wissen, womit sie Eri verführten. Sie versprachen ihm großen Ruhm und leichte Siege. Würden sie Wort halten, wäre er der größte Herrscher, den die Hakul je gesehen hätten. Größer noch als Etys.«

»Aber sie halten nicht Wort, oder?«

»Natürlich nicht, Tuge. Dieses Orakel ist eine Enttäuschung. Diese Männer sollten Weisheit besitzen, aber sieh sie dir an: feist und selbstgerecht sind sie. Sie träumen davon, dass das Orakel über die Weiden der Hakul hinaus berühmt – und wohl auch mächtig wird. Sie wissen nichts, und sie denken nicht weiter als bis zu ihrer nächsten Mahlzeit.«

Tuge sah sich um. Niemand war in ihrer Nähe. Wela und Merege waren bei den Schimmeln. Wela schien aber immer noch davor zurückzuscheuen, sie zu berühren. Leise fragte Tuge: »Kann es sein, dass du das Orakel noch etwas anderes fragen wolltest, Yaman Awin?«

Awin schnaubte verächtlich. »Ich wüsste nicht, was.«

Tuge lächelte. »Weißt du, ich habe dich beobachtet. Du träumst nicht, jedenfalls hast du von keinem Traum berichtet, seit wir reiten. Du hast auch nicht versucht, auf die Reise zu gehen. Kann es sein, dass deine Gabe wieder schweigt? Und dass wir auch deshalb hier sind?«

Awin sah dem Bogner scharf in die Augen. »Du bist klug, Tuge, klüger als diese erbärmlichen Orakelausleger.« Er zögerte jedoch, dem Bogner die ganze Wahrheit zu sagen, und fuhr daher fort: »Du hast Recht, meine Gabe schweigt im Augenblick, und ich … ich wollte das Orakel nach Zeichen befragen, nach Hinweisen, wie wir unsere Aufgabe lösen können. Aber das war ein Fehler. Selbst wenn die Stuten eine Antwort wüssten, würden diese feisten Deuter wohl kaum verstehen, was sie sagen. Und sollten sie es doch verstehen, nun, es würde wohl

Tage dauern, und diese Zeit haben wir nicht. Ich nehme an, dass Wela dir gesagt hat, dass wir bald Besuch bekommen?«

Tuge nickte.

»Aber wenigstens haben wir Gewissheit, was die Xaima betrifft«, fuhr Awin fort, »und wir haben erfahren, dass sie auch in ihrer menschlichen Gestalt noch über Macht gebieten. Sie setzen sie anders ein, als ich erwartet hatte. Sie kommen nicht mit Gewalt, sondern sie lügen, verführen und täuschen. Das macht es vielleicht noch schwerer, sie zu besiegen.«

»Vor allem, wenn unsere eigene Zauberin nicht mehr zaubern will«, murmelte Tuge mit Blick auf die Kariwa, die immer noch am Gatter stand und sich um die Stuten kümmerte.

»Wir können sie doch schlecht zwingen, Tuge.«

»Das ist wohl war, aber sie könnte ruhig etwas Dankbarkeit zeigen, wenn du mich fragst, Yaman. Immerhin hast du sie von den Toten zurückgeholt.«

Awin zuckte mit den Achseln. »Sie braucht einfach noch etwas Zeit.«

»Das ist möglich, Yaman. Aber es ist auch möglich, dass wir diese Zeit nicht haben.«

Awin nickte, sie mussten weiter. Aber vorher würde er noch etwas erledigen.

Sie brachten alle Gefangenen in den Stall. Als sie den Verwundeten aufheben wollten, stellten sie fest, dass er gestorben war. Die Rothaarige hatte es mit grimmiger Erbitterung hingenommen, und als sie sie einsperrten, warf sie Awin einen Blick von tödlichem Hass zu. Aber er konnte es jetzt nicht mehr ändern.

»Betet zur Mareket, dass er euren Stuten genug Weisheit eingeben möge, ihren Weg zu finden«, sagte Awin.

»Die Stuten? Was hast du vor, ehrwürdiger Yaman?«, fragte Mandek beinahe kriecherisch höflich. Seine Stimme zitterte.

»Wenn ich könnte, würde ich sie selbst hinunter in die Steppe führen, doch leider lässt unsere Aufgabe das nicht zu. Ihr müsst also hoffen, dass sie ihren Weg alleine finden.«

»Warte! Du willst sie freilassen? Das kannst du nicht!«

Awin schloss die Tür. Das wütende Hämmern und die entrüsteten Schreie der Eingesperrten tat er mit einem Achselzucken ab.

Dann ließen sie die Schimmel frei. Merege öffnete das Gatter. Die vier Stuten folgten ihr durch den steinernen Durchgang, und ihre Hufe hallten laut von den leeren Wänden wider. Die Hakul folgten den Pferden mit einer Mischung aus Bewunderung und Scheu. Auf der vorderen Bergwiese flüsterte Merege einer der weißen Stuten etwas zu. Schnaubend wandte sich das Pferd ab und begann, zwischen den Holunderbüschen zu grasen. Ihre Schwestern folgten ihr.

»Was hast du ihr gesagt, Merege?«, fragte Awin.

»Sie ist die Älteste und Führerin der Herde. Sie hat Heimweh, und es zieht sie in die Steppe, denn sie hat das weite Land nie vergessen. Ich habe ihr eine gute Reise gewünscht. Die Hakul haben hoffentlich genug Ehrfurcht, sie nicht aufzuhalten.«

Limdin legte über den Leichnam des Wächters eine Decke. Awin wünschte ihm still einen guten Ritt auf Marekets Weiden. Er biss sich auf die Lippen. Sie hatten nur wenig über Eris Pläne und die Xaima erfahren, zwei Hakul hatten dafür mit ihrem Leben bezahlt, und es war gut möglich, dass ihnen schon bald wütende Verfolger auf den Fersen sein würden.

Die Geisterebene

ALS SIE AM kleinen Teich wieder auf ihre Pferde stiegen und Limdin seinem Bruder und Karak aufgeregt von seinen Abenteuern und den heiligen Stuten erzählte, bemerkte Awin, dass Mahuk sich an seinem Taubenkäfig zu schaffen machte.

»Was tust du da, ehrwürdiger Raschtar?«, fragte er höflich.

»Sonnentöchter-Zauber«, antwortete der Ussar. Er knüpfte jeder der Tauben ein schwarzes Band an einen Fuß. Dann küsste er sie und warf sie hoch in die Luft. Awin sah, wie sie zweimal über dem Talkessel kreisten und dann nach Süden verschwanden.

»Und was für eine Art von Zauber soll das sein, mein Freund?«, fragte Tuge mit spöttischem Unterton. »Bringst du den Vögeln das Fliegen bei?«

»Tauben-Zauber. Die Vögel finden den Weg nach Pursu. Erzählen der Prawani, was geschah.«

»Und die schwarzen Bänder?«, fragte Awin.

»Die Prawani gab sie mir. Wenn wir erfahren, dass Hakul nur Bauernvolk angreifen, soll ich weiße Bänder schicken. Ziehen sie aber weiter ins Schneeland, zum Skroltor, dann schwarze Bänder.«

Awin ging ein Licht auf. »Und mit diesem Zauber tauschen die Sonnentöchter auch untereinander Nachrichten aus, nicht wahr?«

Mahuk nickte mit einem breiten Grinsen. »Es gibt viele Tauben in Pursu. Kluger Zauber. Sehr nützlich.«

Jetzt endlich verstand Awin, warum die Fürstrichterin so gut unterrichtet war über alles, was die Erste Sonnentochter in der fernen Hauptstadt Dama dachte. »Das ist wirklich ein nützlicher Zauber«, sagte er anerkennend.

»Und finden die Tauben den Weg dann auch wieder zu dir zurück, Meister Mahuk?«, fragte der junge Mabak schüchtern.

Mahuk schüttelte den Kopf. »Sie wissen nicht, wohin ich gehe. Ich selbst weiß es ja auch nicht.«

»Aber – du begleitest uns doch, oder?«, fragte Awin überrascht. Er hatte gar nicht bedacht, dass der Ussar seine Aufgabe erfüllt hatte und nun kein Grund für ihn bestand, weiter mit ihnen zu reiten.

»Ich bin Ussar. Weit weg von meinem Heim, meinen Brüdern.«

»Wir brauchen dich, ehrwürdiger Raschtar«, sagte Awin. »Und bedenke, wenn wir versagen, sind die Daimonen vielleicht vor dir in deiner Heimat.«

»Yeku hat Heimweh. Aber ich werde mit ihm reden. Wir entscheiden am Fuß dieser Berge.«

Noch eine Entscheidung galt es zu treffen.

»Karak hält sich gut, Tuge«, begann Awin das fällige Gespräch.

Der Bogner sah nachdenklich hinüber zu seinem Sohn, der am Teich kniete und seinen Trinkschlauch füllte. »Bislang sind wir noch keiner echten Gefahr begegnet, Yaman«, erwiderte er.

»Du fürchtest, er könnte versagen?«

»Nein, Yaman, aber er wirkt so … gleichgültig. Ich weiß nicht, wie ich es ausdrücken soll. Ich glaube nicht, dass er Reißaus nimmt, wenn es gefährlich wird, eher, dass er noch aushält, wo er besser fliehen sollte. Und das ist es, was mir Sorgen bereitet.«

»Ich verstehe, was du meinst, Tuge, dennoch werde ich ihn nicht zurückschicken. Ich glaube, es hätte auch keinen Zweck.

Er würde sich wohl fügen, aber am nächsten Tag sicher umkehren und uns wieder folgen.«

»Ich sehe ein, dass du nicht zulassen kannst, dass er sich erneut deinem Befehl widersetzt, Yaman«, sagte der Bogner leise.

»Darum geht es nicht, Tuge, aber als Yaman sollte ich von einem Krieger nichts Unmögliches verlangen. Und unseren Sger, seine Freunde zu verlassen, das ist etwas, was Karak nicht kann. Also wird er uns weiter begleiten.«

Awin teilte es dem Bognersohn mit, bevor sie aufbrachen. Die Augen des jungen Kriegers leuchteten auf, und er nickte dankbar. Als sie aufsaßen, schien es Awin jedoch, als sei dieses kurze Strahlen bereits wieder erloschen.

Sie ließen die hohen Berge am nächsten Tag hinter sich und hielten sich grob nach Westen. Der Tewerin, der Fluss, an dem Eri die Hakul versammelt hatte, würde irgendwann ihren Weg kreuzen. Dort würden sie die Spur aufnehmen können. Zu ihrer Rechten zog sich das Vorgebirge weit hinaus in die Ebene. Nach allem, was Awin wusste, bildete es die natürliche Grenze zwischen den Weiden der Hakul und den Feldern der Akradhai.

»Wäre es nicht günstiger, etwas mehr auf die Berge zuzuhalten, Yaman?«, fragte Tuge vorsichtig. »Eri ist uns voraus und vielleicht schon nicht mehr am Fluss. Aber er muss über diese Berge, wenn er zu den Akradhai will. Also werden wir irgendwo dort auf die Spur des Heeres stoßen.«

»Ich habe meine Gründe, diesen Weg einzuschlagen, Tuge«, antwortete Awin schlicht, und der Bogner nickte und fragte nicht weiter. Sie trieben den Sger zur Eile. Ihr Vorsprung vor ihren Verfolgern konnte nicht viel mehr als einen halben Tag betragen.

Mahuk schob die Entscheidung über sein Verbleiben im Sger noch einmal auf. »Dieser Fluss. Er mündet in den großen Strom Dhurys. Den habe ich noch nie gesehen«, erklärte er abends am Feuer.

Awin nahm es mit einem Lächeln hin. Er zog Wela später zur Seite und sagte: »Ich möchte, dass du in den folgenden Tagen an Mahuks Seite reitest. Vielleicht kannst du ihm die Entscheidung, bei uns zu bleiben, etwas erleichtern.«

Wela warf ihm einen seltsamen Blick zu, war aber schließlich einverstanden.

Sie ritten schnell und rasteten wenig, die Hakul schliefen tagsüber im Sattel, eine Kunst, die Mahuk nicht beherrschte, wie er schmerzhaft feststellte, als er vom Pferd rutschte. Von da an stellten sie ihn wenigstens während ihrer kurzen, nächtlichen Rast vom Wachen frei. Das Land war hügelig, und das kam ihnen entgegen, denn so konnten sie sich in den Senken halten, um den Augen aufmerksamer Hirten oder Verfolger zu entgehen. Die Tage waren jetzt gegen Ende des Frühlings lang und hell, der Himmel wolkenlos und blau, und sie kamen gut voran. Am vierten Tag in der Ebene wurden sie jedoch von einem heftigen Frühlingsregen eingeholt. Awin musterte die Wolken. Sie waren dicht und grau. Den ganzen Tag schon hatten sie sich schwer über der Schar zusammengeballt. Es sah aus, als würde es tagelang gießen, auf jeden Fall aber lang genug, um all ihre Spuren zu verwischen.

»Jetzt, Tuge, sollten wir die Richtung wechseln«, sagte Awin.

Tuge lachte, schüttelte das Wasser aus seinen Haaren und trieb die Reiter zur Eile. Awin führte sie weiter nach Norden, auf das Vorgebirge zu. Irgendwo dort musste es einen Pass in das Land der Akradhai geben. Keiner von ihnen war je zuvor in dieser Gegend gewesen und konnte sagen, wo dieser Übergang liegen mochte, aber sie vermuteten ihn weiter im Nordwesten, wo die Berge niedriger und für Reiter leichter zu überwinden waren.

»Yeku sagt, er will sehen, wo diese Berge enden.«

»Dies führt uns aber vielleicht nicht zum Tewerin, Mahuk«, gab Awin zu bedenken.

Der Ussar seufzte. »Yeku sagt, es ist gefährlich für Ussar, die Steppe alleine zu durchqueren. Selbst wenn der Ussar einen mächtigen Freund wie Yeku hat. Wir werden wohl bei euch bleiben müssen.«

»Sage Yeku meinen Dank für diese Einsicht.«

»Danke ihm nicht, Yaman. Yeku sagt, vor uns liegen Gefahr und Tod. Er hofft immer noch, dass viele von euch sterben.«

»Dieser Yeku wird immer unverschämter. Eines Tages werfe ich ihn noch ins Feuer«, murmelte Tuge, als Mahuk außer Hörweite war.

Awin blickte nachdenklich auf den knorrigen Stock, in den Mahuks Worten zufolge der Geist eines bösen Raschtar gebannt war. Yeku blieb ein schwieriger Verbündeter. Er hasste alle Menschen, vor allem Hakul. Nach dem, was Mahuk erzählt hatte, würde er aber erst aus seinem Gefängnis befreit werden, wenn er die bösen Taten seines Lebens durch gute aufgewogen hatte. Er hatte sich schon mehrfach als nützlich erwiesen, aber er hatte sie auch schon getäuscht. Verlassen konnte man sich auf ihn nicht.

»Wenn er Mahuk überredet, bei uns zu bleiben, ist mir sogar dieser Stab willkommen«, antwortete Awin. »Und du solltest ihn das mit dem Feuer nicht hören lassen, Tuge. Er ist rachsüchtig.«

»Ich werde mich vorerst zurückhalten, Yaman«, erklärte Tuge würdevoll, aber mit einem Augenzwinkern.

Der Regen hielt drei Tage an, und das gab ihnen das beruhigende Gefühl, dass sie ihre Verfolger – so es denn überhaupt welche gab – abgeschüttelt hatten. Die Stimmung im Sger war gut, obwohl sie alle bis auf die Haut durchnässt waren. Selbst Karak erlaubte sich das ein oder andere flüchtige Lächeln.

An ihrem neunten Tag in der Ebene entdeckten sie in der Ferne eine schmale Rauchfahne.

»Es war wohl nicht zu erwarten, dass wir ewig unbemerkt durch dieses Land kommen, Awin«, meinte Tuge.

Awin nickte seufzend. Zu ihrer Rechten zogen sich immer noch die steilen Hänge des Vorgebirges in beeindruckender Höhe nach Westen, aber das weite Land vor ihnen war jetzt flach und eben. Kein Hügel und keine Senke boten ihnen noch Schutz vor fremden Augen. Er rief seinen Sger zusammen. »Wir werden dieses Feuer aufsuchen und mit den Menschen dort sprechen. Vielleicht wissen sie etwas von Eri. Aber wir werden niemanden töten, nicht, wenn es sich irgendwie vermeiden lässt.«

»Soll ich die Sgerlanze aufrichten, Yaman?«, fragte Wela.

Awin nickte. »Lasst die Leute am Feuer ruhig unser Sgertan sehen. Wir haben nichts zu verbergen. Aber noch einmal – wir sind nicht im Krieg mit jenen dort.«

»Noch nicht«, brummte Tuge.

Sie ritten weiter in Zweierreihe, auch wenn Tuge vorgeschlagen hatte, den Sger zum Kampf auffächern zu lassen. Awin wollte jedoch nicht kriegerischer erscheinen als unbedingt nötig. Langsam näherten sie sich der Rauchfahne. Bald sahen sie in der Ferne eine kleine Herde Pferde friedlich grasen, dann entdeckten sie das Rundzelt. Es war nur eines, wie Awin erleichtert feststellte. Er hielt nach den Hirten Ausschau, die es geben musste, aber er konnte sie nicht finden. Erst als sie dem

Feuer schon sehr nahe waren, sah er, dass dort ein einzelner Mann saß. Der Wind trug Awin ein seltsames, aber angenehmes Geräusch zu. Es klang beinahe wie Vogelgesang.

»Was ist das für ein Geräusch, Yaman?«, fragte Tuge misstrauisch.

»Gefährlich klingt es jedenfalls nicht«, antwortete Awin. »Vielleicht eine Hirtenflöte?«

»Dann ist es keine, wie ich sie je gehört hätte«, knurrte Tuge.

Sie ritten weiter. Der Hirte musste sie irgendwann bemerkt haben, aber er blieb am Feuer sitzen, bis Awin den Sger anhalten ließ. Der Mann war kahlköpfig, und weiße Bartstoppeln zeigten sich auf seinem wettergegerbten Gesicht. Er spielte wirklich auf einer Flöte, doch war ihr Klang vielfältiger und schöner als der der schlichten Hirtenpfeifen der Schwarzen Hakul. Der Hirte ließ einen letzten Ton verklingen, dann setzte er die Flöte ab und blickte endlich auf.

»Ich grüße dich, Hakul. Ich bin Yaman Awin vom Klan der Schwarzen Dornen. Darf ich fragen, an wessen Feuer unsere Pferde stehen?«

Der Mann ließ seinen Blick über den kleinen Sger schweifen, erst dann antwortete er ruhig: »Awin von den Dornen? Ich glaube, ich habe von dir gehört. Ich bin Yaman Corian vom Roten Huf.«

»So gehörst du zum berühmten Stamm der Roten Hakul?«, fragte Awin höflich. Eigentlich war es üblich, dass ein Hakul einen Reisenden an ein Feuer bat und ihm heißen Kräutersud anbot, bei dem man sich gegenseitig Neuigkeiten aus der Steppe erzählen konnte. Dieser Mann schien jedoch keinerlei Lust auf diese sonst selbstverständliche Geste zu haben. Er nickte nur flüchtig und sagte: »Was führt dich an mein Feuer, Yaman Awin vom Schwarzen Dorn? Du bist weit von den Weiden deines Stammes entfernt.«

»Ich bin auf der Suche nach Eri, der sich nun Tiudhan aller Stämme der Hakul nennt«, erklärte Awin.

»Den Tiudhan suchst du also, Awin von den Dornen? Er war hier, das heißt, einige seiner Leute kamen hier durch. Ein Yaman mit seinen Kriegern, der meine besten Pferde und meine drei Söhne mitnahm. Zum Hereban hat er sie gerufen.«

»Aber dich nicht, Yaman Corian?«, fragte Tuge.

»Ich war ihnen zu alt«, sagte der Hirte seltsam gleichgültig, »und die vielen Wunden, die ich bei unseren Beutezügen gegen die Ackerleute erworben habe, machen mir das Reiten beschwerlich. Der Yaman wusste das, denn wir kennen uns gut. Früher hätte ich ihn vielleicht einen Freund genannt. Doch hat er meine Söhne mitgenommen für den großen Krieg, und mir nicht einen gelassen.«

»Er hat deine Söhne *gezwungen*, ihm zu folgen?«, fragte Awin ungläubig.

Der Hirte schüttelte den Kopf. »Sie sind gerne mitgeritten, und ich habe ihnen nicht die Schande bereitet, den Yaman um Schonung zu bitten. Ich bin ein Hakul und ein Yaman, auch wenn mein Klan vielleicht gerade seinem Ende entgegenreitet.«

Er ist verzweifelt, aber er bewahrt Haltung, dachte Awin, und laut sagte er: »Vielleicht kann ich dir deine Söhne wiederbringen, denn ich habe vor, Eri aufzuhalten und sein Heer zur Umkehr zu bewegen.«

Der Yaman starrte ihn an, dann schüttelte er den Kopf. »Es ist ein großes Heer, und seine Anführer sind zu allem entschlossen. Niemand kann sie aufhalten, kein Feind, und sicher auch kein einzelner abtrünniger Yaman. Nein, meine Söhne kehren siegreich zurück – oder gar nicht.«

Die Hoffnungslosigkeit in seiner Stimme ließ Awin vermuten, dass Corian mit Letzterem rechnete.

Wela trieb ihr Pferd ungeduldig an Awins Seite. »Aber wenn sie nicht aufzuhalten sind, warum glaubst du dann, dass sie nicht siegreich zurückkehren, Yaman?«

»Du bist die berühmte Schmiedin, das Weib, das Männerhandwerk tut, nicht wahr?«, fragte Corian.

Wela nickte und schien sich an den warnenden Blicken, die ihr Tuge und Awin wegen ihrer Einmischung zuwarfen, nicht zu stören.

»Sie wollen nicht nur das Land der Akradhai erobern, Schmiedin, auch wenn das alleine schon eine gewaltige Aufgabe wäre. Sie sitzen auf fruchtbarem Land, diese Bauern, und sie wissen sich zu wehren. Aber das Bernsteinland ist dem Tiudhan nicht genug. Er will weiter, bis zum Rand der Welt. Das können die Götter nicht gutheißen, mag er den Lichtstein haben oder nicht. Und deshalb ist sein Heer dem Untergang geweiht.«

»Du bist ein weiser Mann, Yaman Corian vom Huf«, erwiderte Awin höflich. »Ich sehe die Dinge ganz ähnlich, und deshalb werde ich den Tiudhan aufhalten. Ich weiß, er will nach Norden, über diese Berge, doch kenne ich die Pässe und Wege nicht. Ich hoffe, du kannst mir weiterhelfen?«

Der Hirte rieb sich nachdenklich seine Bartstoppeln, bevor er antwortete: »Ich hörte viel Schlechtes über dich, Yaman Awin, doch nun sehe ich dich und muss meine Meinung vielleicht ändern. Wenn du den Tiudhan und sein Heer suchst, so kannst du sie kaum verfehlen. Es sollen viele, sehr viele Männer sein, Tausende. Das größte Heer, das die Hakul jemals versammelten. Reitest du immer nach Westen, kannst du ihre Spur nicht verfehlen.«

Awin dachte nach. Der Mann sagte ihm nur das Offensichtliche, aber er sagte nicht alles.

»Du hast vielleicht gehört, Yaman Corian, dass ich auch ein

Seher bin, und ich sehe, dass du einen Weg weißt, der mich schneller an mein Ziel bringen würde.«

Corian lächelte zurückhaltend. »Je weiter du nach Westen kommst, desto mehr Wege wirst du über diese Berge finden, die doch jetzt sehr bald niedriger werden. Das Heer wird sich westlich vom Tewerin halten und über die Wasserhöhen ziehen. Dort gibt es gute Weiden, um die wir schon lange mit den Bauern streiten. Sie haben einige wehrhafte Dörfer und Gehöfte auf die Höhen gesetzt. Das Heer kann dort reichlich Beute machen, aber es wird Blut und Zeit kosten. Da du es aber eilig hast, sage ich dir einen etwas gefährlicheren Weg: Es gibt einen Händlerpfad, etwa sechs oder sieben Tage von hier. Er führt dich hinauf auf eine Hochebene, den letzten Ausläufer des Vorgebirges, wenn du so willst, denn westlich davon beginnen schon die Wasserhöhen. Diese Ebene liegt wie ein breiter Riegel zwischen unseren Weiden und dem Grünland, wie die Ackerleute ihr Land dort nennen. Du kannst dich auf der Ebene nach Nordwesten wenden, wie es die Händler mit ihren Karren tun, oder du steigst im Norden hinab in das schmale Tal der Jurma, und folgst diesem Fluss, der das Kornland der Akradhai vor uns beschützt. Auf beiden Wegen gelangst du zu ihrer Stadt Borre. Es gibt dort eine Brücke, doch glaube ich nicht, dass sie dich hinüberlassen. Es kann sein, dass du deinen Freund Eri dort triffst, denn es ist der einzige Übergang über die Jurma auf viele Tage. Oft haben wir die Brücke schon nehmen wollen, aber noch nie ist es uns gelungen.«

»Wo finde ich diesen Pfad?«

»Du kannst ihn nicht verfehlen, Yaman. An seinem Anfang stehen große steinerne Geister, die ihn bewachen. Deshalb meiden ihn die Hakul.«

»Geister?«, fragte Tuge beunruhigt.

»Die Ahnen der Akradhai wohnen in diesen Steinen, heißt es, doch sind sie nicht an sie gebunden, und es heißt, dass sie in bestimmten Nächten ruhelos umhergehen. Ihr findet sie dort am Beginn des Pfades und dann auch viele auf der Hochebene, die ja deshalb auch die Ebene der Steingeister genannt wird. Ihr solltet euch fern von ihnen halten, vor allem in der Nacht.«

»Ich danke dir, ehrwürdiger Yaman. Du hast uns sehr geholfen. Ich frage mich, ob du vielleicht die Zeit hast, uns bis dorthin zu führen?«, erkundigte sich Awin höflich.

Aber jetzt lachte Corian. »Verzeih, Yaman Awin, aber du bist ein Abtrünniger, vielleicht sogar ein Feind. Ich habe mit dir gesprochen, weil ich nur einer bin, und ihr seid neun, ich habe dir sogar einen Weg über diese Berge verraten, aber mehr will ich mit dir und deinem Sger nicht zu tun haben. Weder lade ich euch ein, an meinem Feuer zu sitzen, noch werde ich euch führen. Ich werde hierbleiben und weiter versuchen, diese Flöte besser zu verstehen, die ich vor vielen Jahren einem toten Akradhai abgenommen habe. Ich hoffe, ihr Lied führt meine Söhne eines Tages zu mir zurück.«

»Sehr höflich war er nicht«, meinte Tuge, als sie weiterzogen.

»Aber mutig«, erkannte Awin an. »Er hat mir immerhin ins Gesicht gesagt, was er von mir hält. Und das, obwohl er ganz alleine gegen uns stand.«

»Saß«, berichtigte Tuge mürrisch, »nicht mal aufgestanden ist er.«

»Er hat uns geholfen, und da er ehrlich zu uns war, als es gefährlich für ihn werden konnte, gehe ich davon aus, dass er auch die Wahrheit sagte, was den Pass angeht.«

Tuge sah Awin nachdenklich von der Seite an. »Ich habe es schon einmal gesagt, und ich sage es wieder – du glaubst einfach zu sehr an das Gute im Menschen, Awin, und das ist erstaunlich für einen Seher, der schon so viel an Verrat und Niedertracht erlebt hat.«

»Du denkst an Eri?«

»Nein, eigentlich an unseren alten Freund Curru. Aber ich kann dir nicht sagen, warum ich jetzt gerade an den Alten denken muss. Wir haben doch lange nichts mehr von ihm gehört.«

Awin nickte. Curru war nach der Schlacht um Pursu von Eri verstoßen worden, denn er hatte Harmin den Schmied erstochen und versucht, Awin zu töten, als dieser noch kein Abtrünniger, sondern ein Stammesbruder gewesen war. Seither war er verschwunden. »Das ist wahr«, sagte Awin. »Auch ich musste vorhin an ihn denken, vielleicht, weil der Yaman ihm in gewisser Weise ähnlich sah.«

»Möglich. Aber eines ist gewiss: So schön die Flöte zu spielen verstand Curru nicht.«

Wieder stimmte Awin ihm zu. Noch lange folgte ihnen der wehmütige Klang der Akradhai-Flöte über die Ebene.

Sechs Tage später entdeckte Dare den ersten Steinernen Geist. Sie waren sich auf dem Ritt lange in Vermutungen ergangen, wie so ein Geist wohl aussehen mochte. Jetzt, da sie ihn sahen, stellten sie fest, dass er ihren Vorstellungen nicht entsprach. Zwischen verkrüppelten Büschen saß ein unbehauener Stein auf einem zweiten. Wäre er nicht bemalt gewesen, hätten sie ihn vermutlich gar nicht bemerkt. So aber sah Dare schon von weitem etwas Rotes im grauen Felshang leuchten. Sie ritten näher heran. Der Yaman hatte ihnen zwar abgeraten, sich den Geistern zu nähern, aber es war heller Tag, und sie wollten sich das Ding aus der Nähe ansehen. Es stand fast am Fuß des steilen Hügels, ein wenig oberhalb der offenen Ebene. Die Farbe war verwittert und abgeblättert, auf dem Rücken war der Geist von

Moos überwachsen. Aus der Nähe sah Awin, dass einst weiße Streifen auf die rote Grundfarbe aufgetragen worden waren, aber das war nur noch zu erahnen.

»Und darin wohnen die Ahngeister der Akradhai?«, fragte Wela.

»Yeku sagt, kein Geist. Stein ist leer«, meinte Mahuk.

»Aber glaubst du, ehrwürdiger Raschtar«, fragte Wela weiter, »dass darin einst ein Geist gewohnt hat?«

»Vieles ist möglich«, lautete die ausweichende Antwort des Ussar.

»Seht ihr hier irgendwo einen Weg?«, fragte Tuge unruhig. Er schien sich in der Nähe dieser Steine unwohl zu fühlen.

»Er kann nicht mehr weit sein«, meinte Awin.

Damit sollte er Recht behalten. Sie entdeckten nach und nach weitere Steinfiguren. Die nächste war hoch oben auf den Hügeln nur aus der Ferne zu sehen, dann fand sich eine Gruppe von dreien auf halber Höhe eines Hanges. Sie wirkten alt, und es war nur noch wenig Farbe auf ihnen. Eine hatte sogar ihren runden Kopf verloren. Er lag am Fuße des Hügels, und Tuge achtete sorgsam auf Abstand. Aber Mahuk warf nur einen mitleidigen Blick darauf und sagte: »Keine Geister. Tote Steine.«

Dann, am späten Nachmittag, stießen sie endlich auf den gesuchten Pfad. Er führte steil den Hügel hinauf. Wagenspuren zeigten an, dass er wenigstens von Zeit zu Zeit benutzt wurde. Eine besonders große Steinfigur beschützte ihn. Sie bestand im Gegensatz zu denen, die sie bisher gesehen hatten, aus vier Steinen. Zwei waren wie Beine nebeneinander in den Hang eingegraben, darüber folgte ein mächtiger blau und rot bemalter Körper, auf dem ein roter, viel zu kleiner Kopf saß.

»Wie haben sie diese Steine aufgestellt, Yaman Awin?«, fragte Limdin.

Das war eine gute Frage, denn es bedurfte sicher der Kraft vieler Männer, um diese mächtigen Blöcke zu bewegen.

»Wir sind bald im Land der Akradhai, vielleicht können die es uns erklären, denn ich weiß keine Antwort«, sagte Awin beeindruckt.

Mahuk Raschtar sprang vom Pferd. Er kletterte den Hang hinauf, bis er am Fuß der Figur angekommen war. Tuge schüttelte den Kopf über diesen Leichtsinn. Dann presste der Ussar sein Ohr und seinen Stab an den Stein. Als Karaks Pferd schnaubte, machte Mahuk unwillig ein Zeichen, es möge still sein. Der junge Krieger versuchte beinahe ängstlich, sein Tier zu beruhigen, was ihm schließlich auch gelang. Lange horchte Mahuk in den Fels hinein. Schließlich richtete er sich auf, nickte düster und erklärte: »Geist war hier. Aber ist fort. Yeku sagt, er kommt vielleicht wieder.«

»Dann sollten wir uns beeilen, damit wir den Weg hinter uns haben, bevor er zurückkehrt«, meinte Awin. »Ich denke, wir könnten bis Einbruch der Dämmerung oben sein.«

»Sie hat doch schon eingesetzt«, gab Tuge zu bedenken.

»Aber in diesem Land dauert sie viel länger als bei uns«, erwiderte Awin.

»So ist es im Norden«, erklärte Merege. »Es ist nicht mehr sehr lang bis zum Mittsommertag. Zu dieser Zeit dauert die Dämmerung im Schneeland viele Stunden, und einige Tage lang geht die Sonne nicht mehr ganz unter.«

»Und wann ist es dann Nacht?«, fragte Wela verständnislos.

»Gar nicht, Schmiedin. Du wirst es vielleicht bald selbst erleben. Je weiter wir nach Norden kommen, desto länger werden jetzt die Tage. Dafür meidet die Sonne unser Land im Winter, und es gibt einen Tag, an dem sie sich gar nicht zeigt.«

Die Hakul starrten Merege an. Nicht nur, weil schwer zu glauben war, was sie sagte, sie hatte seit Tagen auch nicht mehr so viel an einem Stück gesprochen, jedenfalls mit niemandem außer Karak. Awin beschloss, das als gutes Zeichen zu nehmen. *Vielleicht kehrt sie ja doch noch ganz aus dem Land der Toten zurück*, dachte er, und er fragte sich, ob seine Gabe nicht auch den Weg zu ihm zurückfinden würde. Vielleicht würde ihm Uo die Gabe ja wiedergeben, wenn Merege sein Reich ganz verlassen hatte. Er versuchte, nicht zu oft darüber nachzudenken. Es war eigenartig, dieser blinde Fleck in seinem Geist, der nicht schmerzte, aber ein immer beunruhigenderes Gefühl der Leere erzeugte. Er hatte seine Gabe weggegeben. Es war ihm am Tor in der Unterwelt gar nicht schwergefallen, denn schon zuvor hatte sie ihm nichts mehr genutzt. Doch jetzt vermisste er sie jeden Tag mehr.

Tuge war nicht begeistert, als Awin den Befehl gab, den steilen Pfad sofort zu erklimmen, aber er widersprach nicht. Der Steig war in den Hang geschnitten, an einigen Stellen sogar befestigt, und immer wieder tauchten am Wegesrand steinerne Figuren auf. Aber der Weg war auch steil, und es war schwer vorstellbar, dass ihn ein Wagen bewältigen konnte.

»Wer immer diesen Pfad benutzt, er muss sein Handwerk verstehen, wenn er einen Karren hier hinauf-, und noch beachtlicher, auch heil hinunterbringen will«, meinte Wela, als sie etwa die Hälfte des Weges hinter sich gelassen hatten. Es gab dort ein flacheres Stück, und Awin hielt den Sger an, um die Pferde rasten zu lassen.

»Es waren vielleicht Händler. Sie sind sehr geschickt in solchen Dingen«, erwiderte Merege. »Und sie kommen weit herum und kennen sicher Mittel, die sie vor diesen Geistern schützen.« Ihre ungewohnte Gesprächigkeit schien fortzudauern.

»So kommen die Händler auch ins Land der Kariwa, ehrwürdige Zauberin?«, fragte Dare.

Merege starrte ihn an, dann lachte sie plötzlich. »Ich werde eines Tages einmal eine Wächterin des Schwarzen Tores sein, aber ich bin sicher keine Zauberin, tapferer Krieger, und ehrwürdig musst du mich auch nicht nennen.«

Dare lief rot an.

»Wir müssen weiter«, drängte Tuge, der das kleine Wunder, dass Merege soeben laut gelacht hatte, offenbar nicht zu würdigen wusste. Aber natürlich hatte der Bogner Recht. Auch Awin hielt es nicht für ratsam, nach Anbruch der Nacht noch auf dem schmalen Weg zu sein, also gab er dem Sger den Befehl, wieder aufzusitzen.

Mit dem Ende der langen Dämmerung erreichten sie die Hochebene. Vor ihnen öffnete sich eine überwältigende Landschaft. Zu ihrer Rechten ragten die letzten Gipfel des Vorgebirges in den Himmel, und die Strahlen der untergehenden Sonne ließen sie rötlich leuchten. Vor ihnen breitete sich die weite Hochebene aus, die von vereinzelten Bäumen und etlichen Steinfiguren bestanden war. Zu ihrer Linken schließlich zeichneten sich in einiger Entfernung die sanften Hügel der Wasserhöhen ab, und hinter ihnen versank das Staubland im Dämmerlicht.

»Irgendetwas scheint mit der Sonne nicht zu stimmen, Yaman«, stellte der junge Mabak fest.

Awin sah nach Nordwesten, wo die Sonne den Blicken schon entschwunden war. Er wusste, was Mabak meinte, denn die Dämmerung schien den Himmel an der falschen Stelle zu färben.

»Dort brennt es«, meinte Limdin.

»Viele große Feuer«, ergänzte Dare.

»So brennen unsere Brüder dort die Dörfer der Akradhai nieder?«, fragte Mabak beeindruckt.

Awin nickte.

»Ich weiß nicht, was ich denken soll, Awin«, seufzte Wela. »Sie kämpfen gegen Feinde, die uns vor langer Zeit aus diesen Hügeln vertrieben haben. Du sagst, es ist verkehrt, und ich glaube dir, aber der eine oder andere unserer Verwandten wird dort unter den Kriegern sein. Denk nur an die Männer des Fuchs-Klans! Ich kann ihnen doch nichts Schlechtes und schon gar kein Unglück wünschen.«

»Es bleibt dennoch falsch, Wela Schmiedetochter«, sagte Awin. »Eri geht es nicht darum, Unrecht zu rächen, Weiden für unsere Herden zu finden, oder Beute zu machen, die uns über den Winter bringt. Das hier ist sinnlose Zerstörung, und du weißt, was an ihrem Ende steht. Er will das Skroltor öffnen. Dann werden diese Feuer in allen Ländern der Welt brennen. Auch die Zelte der Hakul werden in Flammen aufgehen, und wenn du unseren Verwandten in diesem Heer etwas Gutes wünschen willst, dann wünsche ihnen Einsicht. Sie sollten umkehren, bevor sie im Schneeland den Daimonen gegenüberstehen, die Eri freilassen will.«

Etwas später fanden sie einen guten Lagerplatz unter drei alten windgebeugten Buchen, der zu Tuges Beruhigung weit von den nächsten Steingeistern entfernt lag. Die Krieger sprachen über die fernen Feuer, und Awin merkte ihnen an, dass sie gerne mitgekämpft hätten. Wela war allerdings ruhig und nachdenklich geworden und beteiligte sich nicht an den Erzählungen von vergangenen oder künftigen Heldentaten, in denen sich, bis auf den schweigsamen Karak, die jungen Krieger des Sgers ergingen. Später trat Awin einige Schritte vom Lagerfeuer fort, um nachzudenken. Die Hochebene versperrte ihm den Blick auf das flache Land im Norden, aber am Himmel zeigte sich der helle Schimmer der brennenden Dörfer und Gehöfte von Westen bis nach Nordwesten.

»Zwei Tage bis dort, vielleicht drei«, meinte Mahuk, der plötzlich aus der Dunkelheit auftauchte.

»Wo bist du gewesen, ehrwürdiger Raschtar?«, fragte Awin.

»Die Bäume. Einer erlaubte mir, ihn zu erklettern. Bessere Sicht. Anderer Wind. Es ist etwas hier oben.«

»Was meinst du?«, fragte Awin besorgt. »Haben die Geister die Steine verlassen?«

»Das ist möglich, Yaman. Aber ich höre ein Pferd.«

»Ein Pferd? Vielleicht ein Hakul-Späher?«

»Yeku sagt, es riecht vertraut, aber er verrät nicht, woher vertraut. Vielleicht meint er Pferd, vielleicht Späher, vielleicht etwas anderes.«

»Dann werde ich den Wachen sagen, dass sie besonders aufmerksam sein müssen.«

»Und ich frage die Steine«, sagte Mahuk und verschwand. Der Raschtar schien die Ahngeister der Akradhai nicht zu fürchten. Beunruhigt ging Awin zum Lagerfeuer zurück. Ein Reiter in der Nacht? Das konnte alles Mögliche bedeuten, aber vermutlich nichts Gutes.

Die Nacht würde kurz werden, weshalb sie nur zwei Wachschichten brauchten. Awin übernahm die erste, obwohl Tuge missbilligend anmerkte, dass dies nicht Sache eines Yamans sei.

»Ich muss nachdenken, Tuge, und das kann ich am besten in der Nacht.«

»Aber du hast nicht vor, auf irgendwelche Reisen des Geistes zu gehen, oder? Nein? Gut, denn ich glaube, mit diesen Geistern hier auf der Hochebene wäre das noch gefährlicher als sonst.«

Awin beruhigte den Bogner, und bald lauschte er auf die ruhigen Atemzüge der Schläfer und das unruhige Stampfen der Pferde. Die Tiere waren schon den ganzen Abend unruhig, als würde es ihnen auf dieser Geisterebene ebenso wenig gefallen wie Tuge. Awin schüttelte diese Gedanken ab. Er war allein am Lagerfeuer und betrachtete das Sternenzelt. Hinter ihm stöhnte der Sohn des Bogners in einem seiner dunklen Träume. Awin fragte sich, ob er selbst je wieder träumen würde. Nachdenken wollte er, aber sein Kopf war wie leergefegt. Die Feuer im Nordwesten brannten lange. Vielleicht würde er Eri und seinen Windskrolen schon in zwei oder drei Tagen gegenüberstehen. Und dann? Er war weit davon entfernt zu wissen, was er dann unternehmen sollte. Wenn er nur seine Sehergabe nicht hergegeben hätte.

Leise Schritte unterbrachen seine Gedanken. Am regelmäßigen Klopfen des schweren Stabes, das diese Schritte begleitete, erkannte er Mahuk. Der Ussar trat aus der Dunkelheit und setzte sich schweigend ans Feuer. Eine Weile saßen sie stumm unter den Sternen.

»Es sind Geister in diesen Steinen«, begann der Raschtar nach einer Weile. »Alte Geister. Schwach. Beinahe verblasst.«

Er stocherte mit einem Zweig lange im Feuer, bevor er schließlich leise raunte: »Sie fürchten sich.«

»Die Geister? Aber wovor denn?«, fragte Awin erstaunt.

»Sie raunen. Yeku versteht sie kaum. Es ist etwas auf dieser Ebene. Macht. Fremde Macht.«

»Der Reiter?«, fragte Awin.

Mahuk zuckte mit den Achseln. »Ich weiß es nicht. Aber geh schlafen, Yaman. Du brauchst einen Traum. Sonst finden wir den Weg nicht.«

Awin folgte diesem Rat. Die Nächte waren wirklich viel kürzer als in seiner Heimat, den Schwarzen Bergen. Die Morgendämmerung schien nicht mehr fern. Awin bat Tengwil um einen Traum, denn auch Menschen ohne Sehergabe konnten doch wohl träumen, aber auch in dieser Nacht schenkte die Schicksalsweberin seiner Bitte kein Gehör.

Am nächsten Morgen wurde Awin vor den anderen wach. Er fühlte eine innere Unruhe, die ihm den Schlaf raubte. Bald würden sie auf Eri und sein Heer stoßen. Er setzte sich auf. Immer noch lag der düstere Schein vieler Feuer über dem Land. Es sah aus, als würde sich das Morgenrot über den ganzen nördlichen Himmel spannen wollen. Dann entdeckte er Karak, der in einiger Entfernung vor einem der Steingeister stand. Ein schneller Blick zu Tuge sagte ihm, dass der Bogner noch schlief. Awin schälte sich aus seiner Decke und lief hinüber zu dem Krieger.

»Du scheinst die Geister nicht zu fürchten, Karak«, begann er.

Der Bognersohn zuckte erschrocken zusammen. Er schien völlig in Gedanken versunken gewesen zu sein. »Ich ... ich frage mich nur, wie es ist, in so einem Stein zu wohnen«, antwortete er schließlich verlegen.

»Mahuk Raschtar sagt, dass die meisten dieser Figuren verlassen sind«, erwiderte Awin und hatte das Gefühl, nicht die richtigen Worte zu finden.

»Verlassen«, murmelte Karak.

Awin hatte, seit sie Tiugar hinter sich gelassen hatten, ebenso wie Tuge immer wieder versucht, mit dem Krieger zu reden, aber er war stets einsilbig und ausweichend geblieben.

»Was beschäftigt dich, Karak?«, fragte Awin nun, da er eine günstige Gelegenheit sah, vielleicht mehr über die Seele seines Gefährten zu erfahren.

Karak zuckte mit den Achseln. »Nichts, Yaman, ich fragte mich eben nur, was das für ein Gefühl ist.«

»Ein Geist zu sein?«, fragte Awin behutsam nach.

»Die Kariwa sagte, es sei sehr ruhig im Land des Todes, Yaman.«

Der Seelenverweser hatte ihm verboten, einem Sterblichen

von den Dingen zu erzählen, die er dort erlebt und gesehen hatte. Aber die Sache mit Karak war ernst, und er konnte erzählen, was er *nicht* gesehen hatte. »Ich habe Marekets immergrüne Weiden dort nicht gesehen, Karak. Und auch sonst wenig, was die Augen erfreute. Hörst du die Lerche, die den neuen Tag begrüßt? Sie muss dort schweigen, denn es wird niemals Morgen oder Abend, und es gibt gar keine richtigen Farben. Sieh dir diesen prachtvollen Himmel an! So etwas findest du dort nicht.«

Karaks Blick wanderte nach Norden. »Aber dieses Rot, das ist doch vom Feuer und vom Krieg, Yaman«, sagte er.

Awin hätte sich am liebsten auf die Zunge gebissen. »Dennoch hat es mir im Land des Todes nicht gefallen, Karak. Und lass uns gehen, bevor dein Vater dich hier sieht und sich noch mehr um dich sorgt, als er es ohnehin schon tut.«

Als sie aufsaßen, war der Himmel im Norden immer noch rötlich verfärbt, und erst die aufgehende Sonne tilgte diesen beunruhigenden Lichtschimmer. Sie folgten den Wagenspuren, die die Karren der Händler hier in Jahrzehnten in die Erde gegraben hatten. Immer wieder säumten Steingeister den Weg, manchmal einzeln, dann wieder einige in kleinen Gruppen. Sie alle wirkten alt, sehr alt. Ihre Farben waren verwittert, ihre Köpfe bemoost, in einigen hatten sogar schüttere Wachholderbüsche Wurzeln geschlagen. Es waren so viele, dass sich sogar Tuge beinahe an sie gewöhnte. Gegen Mittag teilte sich der Weg plötzlich. Awin ließ den Sger halten. Eine Wagenspur führte nach Nordwesten, eine andere, schmalere nach Norden.

»Wohin jetzt, Awin?«, fragte Wela.

»Beide führen wohl letztendlich zur Stadt mit der Brücke, wenn Corian uns nicht belogen hat; der nördliche unterhalb der Ebene, entlang des Flusses Jurma, der andere weiter über diese Hochebene«, erklärte Awin.

»Ich habe von diesem Fluss gehört«, sagte Merege plötzlich. »Er mündet bei der Hafenstadt Karno ins Eismeer. Manchmal segeln unsere Fischer dorthin, um zu tauschen.«

»Das heißt, wenn wir dem Fluss folgen, kommen wir in deine Heimat, Merege?«, fragte Limdin.

»Nein, nur bis zum Meer. Von dort ist es noch weit bis ins Schneeland. Und ich weiß nicht, ob der Weg offen ist.«

»Folgen wir also dem Fluss?«, fragte Wela.

»Je eher wir von diesen Geistern wegkommen, desto besser«, pflichtete ihr Tuge bei.

Awin dachte nach. Eigentlich war das das Einfachste. Aber etwas in ihm war dagegen. Wind zog über die Ebene. Für einen Augenblick glaubte Awin, er würde ihn rufen. Nach Nordwesten. Er betrachtete beide Wege noch einmal. Einer sah nicht besser aus als der andere. Dann fielen ihm die beiden Punkte auf, die in einiger Entfernung am Himmel kreisten. Es gab viele Sehersprüche, in denen es um Geier ging, auch wenn Awin im Augenblick kein einziger einfallen wollte. Aber seine Neugierde war geweckt. »Wir reiten nach Nordwesten und bleiben vorerst auf dieser Hochebene«, entschied er.

»Ah, die Geier!«, sagte Tuge, als sie eine Weile geritten waren. »Ein Seherzeichen«, fügte er mit Kennermiene hinzu, und als Awin immer noch nicht antwortete, fuhr er fort: »Dem alten Curru wäre dazu sicher etwas eingefallen.«

Awin warf ihm einen bösen Seitenblick zu. »Es sind nur zwei Geier. Wenn sie hier kreisen, heißt das, es ist wahrscheinlich irgendein Tier verendet, mehr nicht. Vielleicht ein Wolf oder ein Reh, oder was es hier sonst geben mag.«

»Natürlich, Yaman Awin«, sagte Tuge mit wissendem Lächeln. »Allerdings habe ich hier keine Spur von Wolf oder Reh gesehen.«

»Das ist dir also auch aufgefallen?«, sagte Awin. »Ich sah

nicht einmal ein Kaninchen, und das ist schon seltsam. Man könnte glauben, dass Tiere diese Ebene meiden. Selbst unsere Pferde sind unruhig. Die Geier mögen also etwas bedeuten. Immerhin war, was immer dort liegt, so freundlich, nah am Weg zu verenden, wenn mich nicht alles täuscht, und das erspart uns einen Umweg«, setzte er hinzu.

In der Tat führten die Wagenspuren jetzt schnurgerade auf die beiden kreisenden Aasfresser zu. Awin gab dem Sger ein Zeichen, sich kampfbereit zu machen. Er hatte ein ungutes Gefühl. Es gab hier Buschwerk und windgebeugte Baumgruppen, hinter denen sich Feinde verbergen mochten, und die stumm starrenden Steingeister taten ein Übriges zu dem Gefühl der Bedrohung.

Vorsichtig rückten sie weiter vor. Bald konnten sie sehen, was auf dem Weg verendet war. Es war ein Pferd, und es trug Sattel und Zaumzeug. Langsam ritten sie näher heran. Irgendwo krächzte eine Krähe.

»Es ist kein Hakul-Pferd«, stellte Wela nüchtern fest.

»Viramatai«, ergänzte Tuge. »Das Zaumzeug. Es stammt ganz sicher von den Sonnentöchtern.«

Awin nickte. »Es ist das Pferd, das wir Isparra in Pursu gegeben haben«, erklärte er.

»Du hast Recht! Die Blesse – das ist es!«, rief der Bogner.

Merege sprang aus dem Sattel und kniete neben der Tierleiche nieder. »Es ist gestürzt. Seht ihr, ein Bein ist gebrochen.«

»Ich sagte ja, sie ist eine schlechte Reiterin«, knurrte Tuge.

»Sie hat die Leiden des Tieres nicht beendet«, stellte die Kariwa fest, und Awin hörte Zorn in ihrer Stimme.

Awin nickte düster. Auch ihm war aufgefallen, dass das Tier noch im Liegen den Boden zerwühlt hatte. Ein Hakul hätte dem Pferd mit einem Messer geholfen und gehofft, es eines Tages auf Marekets Weiden wiederzutreffen. Es qualvoll verenden zu lassen, war grausam. »Sie ist eine Windskrole. Sie versteht nichts von solchen Dingen«, sagte er rau.

»Verteidigst du sie etwa?«, fuhr Wela ihn empört an.

»Nein, ich versuche nur, es zu erklären«, antwortete er ernst.

»Ich würde ihr auch gerne das eine oder andere erklären«, murmelte Tuge mit finsterer Miene.

Auch Mahuk war vom Pferd gestiegen und besah sich den leblosen Körper. »Gestorben ist es heute. Vielleicht noch vor dem Morgen. Gestürzt gestern. Oder früher.«

»Dann ist es nicht der Reiter, den du gestern gehört hast«, sagte Awin.

Mahuk hob ein Stück roten Stoffes auf, der sich unweit des Weges in einem niedrigen Busch verfangen hatte. »Yeku sagt, sie ist nicht weit.«

»Sie soll mir nicht unter die Augen kommen«, rief Wela.

»Bedenke, wer sie ist«, mahnte Awin.

»Verteidigst du sie schon wieder?«, lautete die aufgebrachte Antwort.

»Nein, ich warne dich nur, Wela, Tuwins Tochter. Sie ist mächtig. Das solltest du nicht vergessen.«

Wela schnaubte verächtlich. Awin hoffte, dass sie sich beruhigen würde. Wenn sie so wütend war wie im Augenblick, würde sie sich vielleicht sogar mit einer Alfskrole anlegen.

»Ich dachte, sie hätte mehr Vorsprung«, meinte Tuge, als sie schließlich weiterritten. Die Geier kreisten schon etwas tiefer.

»Sie ist eine schlechte Reiterin, das hast du selbst gesagt. Und wir wissen nicht, welche Wege und Umwege sie eingeschlagen hat«, antworte Awin nachdenklich.

»Glaubst du, wir werden ihr begegnen, Yaman?«

»Ich bin sogar sicher. Sie ist fremd in diesen Hügeln, und sie wird sich ebenso an den Weg halten wie wir selbst, Tuge.«

»Sie ist gefährlich«, meinte der Bogner.

»Das ist sie. Ich hoffe aber, sie richtet ihre Macht gegen ihre Geschwister, nicht gegen uns. In Pursu war sie uns nicht feindlich gesinnt.«

»Aber das war in Pursu. Viel kann seitdem geschehen sein, Yaman.«

»Du solltest wirklich nicht immer so schwarzsehen, Tuge. Sieh, Yeku sagt, dass die Geister, die in diesen Steinen wohnen, sich vor ihr fürchten. Und das ist doch gut für uns.«

»Yeku sagt das?«, fragte Tuge mit einer hochgezogenen Augenbraue.

»Das hat Mahuk mir jedenfalls berichtet.«

»Mahuk sagte aber auch etwas von einem Reiter auf der Ebene, Yaman«, sagte Tuge gedehnt.

»Es ist dir also nicht entgangen«, stellte Awin fest.

»Natürlich nicht. Wann hattest du vor, uns von diesem Reiter zu berichten?«

»Vielleicht gar nicht, Tuge, denn ich kann dir nicht sagen, was das zu bedeuten hat, und es erschien mir daher unsinnig, dich oder die anderen damit zu beunruhigen.«

»Ein Hakul?«

»Das ist ebenso möglich wie nicht möglich. Ich hätte es euch gesagt, wenn ich erhöhte Wachsamkeit von euch verlangen würde, doch seit wir zwischen diesen Geistern reiten, ist doch ein jeder von uns ohnehin schon auf das Äußerste angespannt.«

Gegen Mittag entdeckten Limdin und Dare, die Awin ein Stück vorausgeschickt hatte, einen baumbestandenen Hügel, der ihnen, ohne dass sie dafür einen genauen Grund nennen konnten, seltsam erschien. Auch dieser Hügel lag in unmittelbarer Nähe des Weges, und als sie näher kamen, schloss sich Awin der Einschätzung der beiden jungen Krieger an. Dieser

Hügel *war* seltsam. Er war beinahe kreisrund und ragte aus der flachen Hochebene auf wie etwas, das dort nicht hingehörte.

»Dort ist jemand«, rief Dare. »Ein Mensch. In einem grauen Gewand.«

Etwas Rotes schien von dem Gewand zu leuchten.

»Isparra«, murmelte Awin.

»Sollen wir uns kampfbereit machen, Yaman?«, fragte Tuge besorgt.

Awins Hand lag schon am Schwertgriff, aber dann erinnerte er sich wieder daran, mit wem er es zu tun hatte, und er erinnerte sich an die Pfeile in der Schulter Isparras, die ihr nichts ausgemacht hatten. Nein, mit ihren Waffen konnten sie der Windskrole kaum etwas anhaben.

»Was tut sie?«, fragte er Dare.

»Sie sitzt nur dort, Yaman. Ich glaube, sie hat uns gesehen und wartet auf uns.«

»Dann will ich sie nicht länger warten lassen. Ihr bleibt hier. Und bedenkt: Sie ist eine Unsterbliche. Also steckt die Pfeile wieder in den Köcher und die Schwerter zurück in ihre Scheiden.«

»Und wenn sie dich angreift, Yaman?«, fragte Tuge warnend.

»Das wird sie nicht.«

»Woher willst du das wissen?«

»Ich bin ein Seher, Tuge, vergiss das nicht«, antwortete Awin mit aller Überzeugungskraft, die er aufbringen konnte. Dann setzte er sein Pferd in Bewegung. Das Tier war ebenso unruhig wie er selbst, aber er hoffte, dass er seine Furcht besser verbarg als sein Brauner.

»Sie fürchten mich«, hauchte Isparras Stimme, lange bevor Awin sie erreicht hatte. Sie schien aus dem sanften Wind zu ihm zu sprechen.

»So ist es, Isparra«, antwortete er leise.

»Nur dieses Weib deines Stammes. Das zürnt mir.«

»Das Pferd, Ehrwürdige, du hättest es von seinen Leiden erlösen sollen.«

»Aber es starb doch ohnehin«, flüsterte es aus dem Wind.

»Es quälte sich. Das hätte nicht sein müssen, Isparra.« Awin krochen Schauer über den Rücken. Immer noch war die Windskrole viele Schritte entfernt, aber ihre Stimme war so klar, als würde sie neben ihm stehen und ihm ins Ohr flüstern.

»Ein Pferd. Der Totengott hat in diesen Tagen viel zu tun in diesem Landstrich. Was kümmert euch ein Pferd?«

»Es ist eben so«, antwortete Awin. Endlich war er nahe genug, um sich auf Art der Menschen mit ihr zu unterhalten. Sie trug immer noch den etwas zu weiten Hakul-Mantel, den sie inzwischen nicht nur mit roten Stofffetzen, sondern auch mit Federn geschmückt hatte.

»Schmeckst du sie?«, fragte sie. »Die Vergänglichkeit, die diesen Ort durchdringt?«

Awin sah sich um. Diesem Hügel haftete etwas Schwermütiges an. Niedriges Buschwerk und verkrüppelte Bäume hatten hier und dort Fuß gefasst, raues Gras deckte den Boden. Er entdeckte seltsame, schmale Erhebungen hier und dort. Erst auf den zweiten Blick erkannte Awin, dass es sich um die Überreste alter Mauern handelte.

»Sie sind lange fort. Verjagt vielleicht, vielleicht aber auch nur entmutigt, wie es die Menschen schnell sind, und ihre Ahngeister haben sie zurückgelassen. Vielleicht hat die Göttin der Einsamkeit sie vertrieben, denn sie hält sich gern an Orten wie diesen auf.«

Awin kannte diese Göttin nicht, aber er glaubte jetzt auch, ihre Anwesenheit zu spüren. Diese nackte Ebene mit ihren alten Steinfiguren hatte etwas unsagbar Trostloses an sich.

»Auch ich werde hier nicht länger bleiben«, verkündete Isparra. Sie erhob sich und streckte mit herrischer Geste die Hand aus. »Gib mir dein Pferd, Hakul!«

Der Braune scheute leicht und wich unruhig zurück, als hätte er die Windskrole verstanden. Awin beruhigte ihn und schüttelte dann bedächtig den Kopf. »Ich werde es nicht hergeben. Und sieh, es will dich nicht tragen.«

»Ich bin in Eile, Mensch. Meine Geschwister haben schon den Fluss überschritten.«

»Das Heer hat die Brücke von Borre genommen?«, fragte Awin überrascht.

»Meine Geschwister waren es. Sie haben die Verteidiger hinweggefegt. Die Hakul kämpften erst danach. Sie brachten Feuer über die Stadt. Du kannst es riechen.«

Awin roch nichts dergleichen. »Woher weißt du das alles, Ehrwürdige?«, fragte er.

Isparra zischte herablassend. »Die Winde dieses Landes reden mit mir. Sie verachten mich, sie bemitleiden mich, aber sie erzählen mir, was im Norden geschieht. Brennende Höfe, tote Menschen. Ihr braucht keine Daimonen für Zerstörung und Tod, scheint mir.«

»Wie viel Vorsprung haben sie?«, fragte Awin.

»Wäre ich noch die, die ich einst war, würde ich sie binnen weniger Stunden einholen. Doch für einen Reiter sind es zwei Tage bis zum Fluss. Und dieser Pfad, dem ihr folgt, führt nicht auf kürzestem Weg dorthin.«

»Du kennst einen kürzeren?«

»Ich kenne ihn, und wenn du mir dein Pferd gibst, werde ich ihn dir zeigen, junger Seher.«

»Weder dieses Pferd, noch ein anderes aus meinem Sger, ehrwürdige Isparra«, erklärte Awin ruhig.

»Weißt du nicht, wie unhöflich und gefährlich es ist, einer

Unsterblichen einen Wunsch abzuschlagen, Hakul?«, zischte Isparra, und der Zorn vertrieb den Hochmut aus ihren ebenmäßigen Zügen.

Awin wusste es, und doch sagte eine innere Stimme ihm, dass die Xaima ihm – vorerst – nichts tun würde. Er spürte, dass sie dafür einen Grund hatte, aber dieser Grund hatte nichts mit Freundlichkeit oder gutem Willen zu tun. Sie gebot über Macht, das war keine Frage, aber sie setzte sie aus Gründen, die er noch nicht kannte, einfach nicht ein. Mit seiner Sehergabe hätte er es vielleicht enträtseln können. Plötzlich kam ihm ein kühner Gedanke: »Ich habe ein Angebot für dich, Isparra. Mein Pferd könnte uns für eine Weile beide tragen, doch erwarte ich von dir Hilfe und Rat in einer schwierigen Frage.«

Isparra sah ihn ausdruckslos an und schwieg. Sie schien den Vorschlag zu überdenken, und Awin wusste, wie tollkühn es war, mit einer Unsterblichen handeln zu wollen. Aber er konnte ihr Fragen stellen, die er keinem Menschen stellen konnte, denn das hatte Uqib, der Seelenverweser ihm verboten. Gerade, als er schon glaubte, zu weit gegangen zu sein, sagte Isparra: »Dann frage, Hakul.«

Awin zögerte, er war dabei, der Unsterblichen einen schwachen Punkt zu enthüllen, aber dann sagte er: »Du weißt, dass ich ein Seher bin. Wir haben uns auf der Ebene des Geistes getroffen, dort, wo die Körper der sterblichen Menschen keinen Platz haben.«

Isparra nickte ungeduldig.

»Ich habe diese Gabe verloren. Ich musste sie dem Seelenverweser in Uos Reich überlassen. Und jetzt erhört Tengwil meine Bitten nicht mehr. Weder Traum noch Gesichte kann ich herbeirufen.«

»Ein Seelenverweser? Warum lässt sich ein Mensch auf

einen Handel mit einem Diener des Totengottes ein?«, fragte Isparra gleichmütig.

»Die Kariwa. Sie war dort, und ich … musste sie zurückholen«, stotterte Awin.

»Nun, wenn du diese Fähigkeit hergegeben hast, warum beschwerst du dich nun, dass sie fort ist? Finde dich damit ab«, erklärte die Windskrole herablassend.

»Ich dachte … ich meine … ich hoffte, du kennst einen Weg, wie ich sie wiedergewinnen kann.«

Isparra sah ihn gleichgültig an. »Nun, ich weiß nichts über diese Gabe, Seher. Wir Windholde gehen über jene Ebene, die du die Ebene des Geistes nennst, so selbstverständlich, wie ihr Menschen über die eurige. Kannst du mir erklären, wie du das machst, wie du atmest und schläfst? Nicht? Wieso erwartest du dann so etwas von mir? Ich brauche Tengwils Erlaubnis nicht, um dort zu wandeln, und ich kann dir nicht sagen, wie du erlangst, was ich niemals brauchte.«

Awin biss sich auf die Lippen. Er spürte, dass die Alfskrole ehrlich zu ihm war. Sie wusste wirklich nichts über die Kunst des Sehens.

»Du hast Uos Reich betreten, hast du gesagt?«, fragte Isparra plötzlich.

Awin nickte.

»Ich staune, dass er dir das erlaubt hat. Vielleicht solltest du noch einmal dorthin gehen und deine Gabe zurückfordern. Doch sei gewarnt, der Gott des Todes ist launisch, und seine Diener sind oft grausam. Tengwil ist eine Riesin, ihr Gleichmut ist beinahe unerschöpflich, die Götter aber sind von anderer Art. Ihre Gunst ist schwer zu gewinnen, aber leicht zu verlieren.«

»Du meinst, Uo könnte mir helfen?«

Isparra lachte höhnisch. »Es ist wahrscheinlicher, dass er

dich für immer in sein Reich holt, wenn du ihn noch einmal belästigst. Und jetzt lass uns reiten. Ich habe meinen Teil der Abmachung eingehalten, nun ist es an dir.« Isparra erhob sich und streckte Awin die Hand entgegen, damit er ihr aufs Pferd half.

Awin starrte die schlanke, makellose Hand an. »So kann ich andere Götter um Hilfe bitten?«

Die Windskrole schnaubte verächtlich. »Versuchen kannst du es, doch werden sie deine schwachen Rufe kaum hören.« Immer noch hielt sie ihre schöne, bronzefarbene Hand ausgestreckt.

Awin konnte nicht verhindern, dass er zitterte, als er sie endlich ergriff und der Unsterblichen hinauf auf sein unruhig tänzelndes Pferd half. Sie ritten zurück. Er konnte seinen Leuten ansehen, wie beunruhigt sie waren, als er mit Isparra näher kam. Sie steckten die Köpfe zusammen, flüsterten und warfen einander besorgte Blicke zu.

»Sie haben Recht, wenn sie mich fürchten«, sagte die Alfskrole, »doch werde ich ihnen nichts tun.«

»Du hörst sie flüstern?«, fragte Awin besorgt.

Isparra lachte. »Ich bin der Wind, ich höre alles.«

»Die Alfholde Isparra wird uns vorerst begleiten«, verkündete Awin knapp, als sie den Sger erreicht hatten. Tuge öffnete den Mund, aber dann wagte er doch keinen Widerspruch. Selbst Wela verstummte, als sie die Unsterbliche aus der Nähe sah.

»Mehr als das. Ich werde euch den Weg weisen, Hakul«, sagte Isparra leise. Doch obwohl sie flüsterte, wusste Awin, dass sie jeder im Sger sehr gut verstanden hatte. Er konnte es an den besorgten Blicken sehen. Er hoffte, seinen Gefährten war bewusst, dass Isparra auch jedes ihrer Worte hören würde.

»Dann zeige uns den Weg, Isparra«, forderte er.

»Dort entlang«, sagte sie und wies nach Norden.

Awin gab seinem Pferd die Fersen, und sein Sger folgte ihm. Er fragte sich, was daraus werden würde. Isparra mitzunehmen war gefährlich, solange er nicht wusste, wie mächtig sie noch war – und warum sie die Macht, über die sie zweifellos gebot, nicht einsetzte. Sie verließen den nach Nordwesten führenden Weg und begaben sich hinaus in die karge Ebene. Isparra nahm immer den geraden Weg, auch wenn er sie sehr dicht an einer der alten Figuren vorbeiführte. Awin wandte sich nicht um, aber er konnte sich vorstellen, dass sich Tuges Unbehagen dadurch wohl noch steigern würde. Das Schweigen lastete schwer auf dem Zug. Es war wie kurz vor einem Gewitter, nur dass Awin hoffte, dass das Unwetter sich in diesem Fall nicht entladen würde. Stunde um Stunde ritten sie immer auf geradem Weg nach Norden. Die Ebene stieg leicht an, so dass das Land dahinter Awins Blicken verborgen blieb. Nach einer Weile jedoch meinte er, Brandgeruch in der Luft zu riechen.

»Es ist nicht mehr weit«, flüsterte Isparra.

Awin nickte nur. Die Spannung über dem Sger war mit Händen greifbar. Er bereute schon, der Alfskrole Hilfe angeboten zu haben. Sie hatte ihm nicht viel helfen können, und ihre Anwesenheit lag wie eine schwere Last auf seinen Leuten und auch auf ihm selbst. Er spürte ihren unsterblichen Körper hinter sich, und das Gefühl war beängstigend, weil er sich einfach nicht menschlich anfühlte. Er mochte so aussehen, mit Haut und Fleisch und Knochen, aber irgendetwas war einfach fremd.

Das Land wurde felsiger. Rote Steinplatten hoben sich aus dem Gras. Sie kamen nur noch an wenigen Steingeistern vorbei, und das Gras wurde dünner. Bald wirbelten ihre Pferde roten Staub auf.

»Da vorn«, flüsterte Isparra endlich.

Die Sonne stand schon tief, aber nach den Erfahrungen der letzten Tage wusste Awin, dass es noch sehr lange dauern würde, bis sie wirklich hinter dem Horizont verschwunden war. Awin hielt sein Pferd an. Er sah, was die Windskrole meinte. Sie waren am Rand der Geisterebene angekommen. Zu ihren Füßen lag das Grünland.

»Seht nur, dort brennt es«, rief Limdin und wies nach Westen.

»Dort auch«, antwortete Tuge trocken, ohne sich die Mühe zu machen, irgendwohin zu zeigen. Das war auch nicht nötig, denn weit über das Land verstreut standen fast überall Rauchsäulen in der trüben Abendluft.

»Viele einzelne Gehöfte, vielleicht auch ein oder zwei Dörfer«, meinte der Bogner nach einer Weile.

»Dein Volk liebt das Feuer, scheint mir«, sagte Isparra spöttisch.

»Ist das die Art, wie die Hakul Krieg führen?«, fragte Merege ruhig.

Awin schwieg. Wie es aussah, ging Eri mit äußerster Härte vor. Es genügte ihm nicht zu plündern – er zerstörte.

»Kein Hirte schlachtet die Ziege, die er noch melken will«, antwortete Tuge an seiner Stelle mit rauer Stimme. »Hier werden die Klans auf viele Jahre keine Beute mehr finden. Was für eine Verschwendung.«

Die Kariwa warf dem Bogner einen feindseligen Blick zu und sagte: »Ist das alles, was dir dazu einfällt, Hakul?«

»Seht, dort! Ist das die Stadt?«, rief Wela plötzlich.

Awins Blick löste sich von den vielen Feuern im Westen und Nordwesten. Ein dunkler Wald, der unweit der Hochebene seinen Anfang nahm und sich schier unendlich weit in den Norden erstreckte, unterbrach diese Kette des Unheils. An seiner Ostflanke glitzerte es. Das musste der Fluss Jurma sein, von dem der Yaman der Roten Hakul gesprochen hatte. Und dort stieg dichter Rauch auf. Ja, das musste Borre sein, die Stadt an der Brücke, und ganz ohne Zweifel hatten die Hakul sie bezwungen. Der Rauch war dick und verhinderte, dass sie viel erkannten. Nur, dass es ein großes Feuer war, das konnten sie sehen. Es war nicht mehr weit bis dorthin. Bei vollem Galopp vielleicht drei oder vier Stunden. Allerdings gab es ein Hindernis. Awin war abgestiegen und zur Kante gelaufen. Jetzt blickte er in die Tiefe.

»Wenn das der kürzere Weg ist, den du meintest, Isparra, so können wir ihn nicht gehen«, stellte er fest. »Die Pferde kommen doch niemals diese Steilwand hinunter, und selbst ein Mensch müsste Glück haben, in diesen Felsen einen Weg zu finden.«

Isparra glitt jetzt ebenfalls vom Rücken des Braunen und schritt langsam zur Kante. Sie sah hinunter. Als sie sich ihm zuwandte, sah Awin Ärger und Verunsicherung in ihrem Blick. »Der Wind hat ihn mir verraten. Ein kurzer Weg für einen Wind, aber nicht für die Sterblichen«, murmelte sie. Dann lächelte sie kalt. »Nun, es ist ein Weg. Wenn auch nicht für euch. Doch hätten wir uns ohnehin spätestens am Fluss trennen müssen.«

»Augenblick«, sagte Awin, doch es war zu spät.

Isparra sprang.

»Was tut sie da?«, rief Tuge.

Awin blickte ihr erschrocken nach. Es ging dort viele, viele Längen nach unten. Isparra stürzte nicht, fiel nicht – sie flog, beinahe wie eine Feder. Da, wo ein Mensch auf dem Fels zerschmettert worden wäre, landete sie sichtlich weich und sprang wieder. Weit bauschte sich ihr graues Gewand. Dreimal sprang sie, dann war sie unten angekommen und lief weiter.

Stumm blickten ihr die Hakul noch eine ganze Weile nach.

»Dieses verdammte Weib!«, fluchte Tuge endlich.

»Ich bin froh, dass wir sie los sind«, meinte Wela.

Awin starrte dem grauen Punkt hinterher, der schnell über die Ebene lief, bis er ihn in einem kleinen Wald aus den Augen verlor. Er fühlte sich erleichtert, sie nicht mehr im Sattel hinter sich wissen zu müssen, aber Isparra hätte auch eine machtvolle Verbündete sein können, und nun war sie fort.

Grünland

EINE WEILE NOCH starrten die Hakul in die Ebene hinab, obwohl Isparra bald nicht mehr zu sehen war.

»Yeku sagt, wir sehen sie wieder«, meinte Mahuk trocken.

»Ist er unter die Seher gegangen?«, fragte Awin unwirsch.

»Nein, aber er wittert viel Wasser dort unten. Bäche. Sümpfe, Flüsse. Hält sie auf.«

»Sie ist vielleicht nicht so wasserscheu, wie Slahan es war«, widersprach Tuge.

»Wir sollten erst einmal sehen, wie wir selbst von dieser Ebene herunterkommen«, meinte Awin und stieg wieder auf sein Pferd. »Wir reiten nach Westen. Spätestens, wenn wir wieder auf den Weg für die Wagen stoßen, werden wir hinunter in das Grünland kommen. Und dann werden wir herausfinden, ob diese Unsterbliche schneller laufen kann als unsere Pferde.« Er schnalzte mit der Zunge und setzte sein Pferd in Galopp. Die anderen folgten ihm. Awin war erleichtert, dass er Isparra nicht mehr hinter sich ertragen musste, und sein Pferd schien ähnlich zu fühlen. Es sprang, vergnügt schnaubend wie ein Füllen, in weiten Sätzen über die staubige Ebene. Awin schmiegte sich an den Hals des Tieres und ließ es laufen. Und hinter ihm jagte sein Sger mit ihm um die Wette. Seit fast dreißig Tagen waren sie nun schon unterwegs. Immer hatten sie mit ihren Kräften und denen ihrer Pferde hausgehalten, doch jetzt ließen sie die Zügel schießen und jagten mit dem Wind um die Wette, einem Wind, der nicht Isparra hieß.

Irgendwann wurde Awins Ross von selbst langsamer. Es hatte

sich ausgetobt. Nach und nach schloss der Sger auf. Mahuk kam als Letzter, und er fluchte über den Daimon, der seinem Pferd in den Leib gefahren war.

Tuge rief ihm zu: »Immerhin, ehrwürdiger Raschtar, du hast dich nicht abwerfen lassen. Noch zwei oder drei Monde im Sattel, und du darfst dich vielleicht wirklich Reiter nennen.«

Selbst Mahuk lachte über diesen Scherz. Die Stimmung im Sger war gelöst. Sie ließen ihre Pferde wieder im Schritt gehen. Es war immer noch nicht dunkel, und solange die Sonne noch zu sehen war, wollten sie weiterziehen. Awin war fest entschlossen, schneller an der Brücke zu sein als die Windskrole, die sie erst vom Weg abgebracht und dann einfach im Stich gelassen hatte.

»Wir könnten auch die Nacht durchreiten«, schlug Tuge sogar vor. »Der Mond ist fast voll, und wir werden genug Licht haben.«

»Genug Licht für den Weg, aber vielleicht nicht für die Gefahren, die hier auf uns lauern«, antwortete Awin. »Wenn wir erst einmal von dieser Höhe herunter sind, sind wir im Land des Feindes. Es mag dort unten Flüchtlinge geben, oder versprengte Krieger, die uns im Dunkeln auflauern. Sie werden sich nicht damit aufhalten, uns erst zu fragen, was wir im Grünland wollen. Wir sollten also nicht leichtsinnig werden.«

»Du kannst einem aber auch jeden Spaß verderben, Yaman«, meinte Tuge mit einem Augenzwinkern. »So werden wir nie vor dieser Alfskrole am Fluss sein.«

»Abwarten, Tuge. Aber jetzt nimm mit Wela für eine Weile die Spitze, ich habe mit Merege zu reden.«

»Wie du es wünschst, Yaman Awin«, erwiderte Tuge und winkte Wela an seine Seite.

Awin hielt sein Pferd an und reihte sich am Ende des Zuges neben Merege und Karak wieder ein.

»Was gibt es, Awin?«, fragte die Kariwa.

Awin musterte sie. Sie wirkte entspannt, und ihre bleichen Wangen hatten sogar etwas Farbe bekommen. Die Jagd zu Pferde schien ihr Spaß gemacht zu haben, falls es in ihrem Leben überhaupt Platz für so etwas wie Spaß gab, schränkte Awin in Gedanken ein. Aber es war unbestreitbar so, dass sie seit einigen Tagen deutlich weniger schwermütig und ernst war als zuvor.

»Wir kommen heute in das Land der Akradhai, Merege. Weißt du, wie weit es noch von hier bis in deine Heimat ist?«

Merege deutete nach Norden. »Siehst du das Glitzern von Wasser, dort neben dem endlosen Wald? Dort beginnt das Nebelland mit seinen Seen, Mooren und Sümpfen. Es erstreckt sich viele Tage nach Norden und noch mehr nach Westen. Es leben Menschen dort, aber es sind wenige, sie sind scheu, und sie behandeln jeden Fremden als Feind. Wir nennen sie die Nebelmenschen, denn dieses Land ist an vielen Tagen von Nebeln verhüllt. Die Kariwa haben es vor langer Zeit aufgegeben, einen Pfad durch dieses Land zu suchen. Könnten wir auf geradem Weg reisen, so läge vielleicht noch die Hälfte der Strecke vor uns. Der Weg um diese Einöde herum ist jedoch viel länger.«

Awin blickte über die im Dämmerlicht schimmernden Wasserflächen. »Ich hätte nicht gedacht, dass es noch so weit ist. Also werden wir erst nach Mittsommer im Schneeland eintreffen?« Er überlegte eine Weile, dann fuhr er fort: »Das ist eigentlich sogar gut, denn je länger der Weg ist, desto eher besteht die Möglichkeit, Eri noch rechtzeitig einzuholen. Er hat doch schon jetzt nur noch zwei oder drei Tage Vorsprung.«

Merege blickte ihn ernst an und erwiderte: »Er ist aber über die Brücke gezogen, und ich weiß nicht, ob uns dieser Weg offen steht. Auf der anderen Seite des Flusses gibt es gute Wege, denn dort liegt das Kornland der Akradhai, das ihr ›Bernsteinland‹ nennt. Auf dieser Seite sieht es hingegen ganz anders aus. Wir müssten erst durch diesen Wald, und was danach kommt, kann ich nicht sagen. Ich weiß auch immer noch nicht, wie du Eri aufhalten willst. Er hat ein Heer, und du nur diese Handvoll Jungkrieger. Hast du vielleicht vor, ihn zum Zweikampf zu fordern?«

Awin schwieg. Er hatte das in Erwägung gezogen, aber schnell wieder verworfen. Er sagte: »Eri hat keinen Grund, sich auf so ein Wagnis einzulassen. Und falls doch, hat er vier Windskrole, die schon dafür sorgen würden, dass er jeden Zweikampf gewinnt. Nein, das ist leider kein Weg, den ich gehen kann, Merege.«

»Ich hoffe, du zählst nicht auf meine Zauberkräfte«, sagte sie leise.

»Du hast gesagt, dass du Uo nicht anrufen willst, und diesen Wunsch achte ich, Merege«, antwortete Awin. Das war aber nur die halbe Wahrheit. Er hatte zwar gesagt, dass er dem Heer die Augen öffnen und es damit zur Umkehr bewegen wolle, aber eigentlich hatte er noch keine Ahnung, wie er das anstellen sollte, und insgeheim hoffte er schon, dass Merege ihm mit ihrer Macht irgendwie beistehen würde.

Sie hielten sich nah der steilen Kante, die die Hochebene vom Grünland trennte. Der Brandgeruch wurde stärker. Bald sahen sie, dass sie sich einem Dorf, oder eher einem großen Gehöft näherten, das nicht viel mehr als einen Pfeilschuss von der Geisterebene entfernt dort unten lag. Die Häuser waren bis auf die Grundmauern zerstört, seltsamerweise war nur der Holzwall, der die Ansiedlung hatte schützen sollen, fast unversehrt geblieben.

»Wie viele mögen dort unten gelebt haben?«, fragte Wela.

Awin wusste es nicht, aber Merege sagte: »Auch an der Küste leben die Akradhai in solchen Höfen. Zwei oder drei Familien und ihre Knechte, ihr Vieh.«

»Seht nur, sie haben Rinder getötet«, rief Dare und wies auf einige braune Flecken unweit des Dorfes hin.

»Sicher, dass es keine Pferde sind? Im Kampf verletzt und aus Gnade getötet?«, fragte Tuge.

Dare war sich sicher.

»So ein Rind kann eine ganze Sippe über den Winter bringen«, murmelte Tuge düster.

»Wir müssen weiter«, drängte Awin.

Die gute Laune im Sger war verflogen. Nun hingen sie schweigend ihren Gedanken nach, während ihre Pferde langsam nach Westen trotteten, der Sonne entgegen, die nun doch endlich den Himmel verließ. Awin bemerkte die Spur eines einzelnen Pferdes im Gras, und er musste sofort wieder an den geheimnisvollen Reiter aus der vergangenen Nacht denken. Er war sicher, dass auch den anderen Hakul die Fährte nicht entging, aber niemand sprach darüber.

»Ist es dir aufgefallen, Yaman?«, fragte Tuge, als sie das Lagerfeuer entzündeten.

»Was denn?«, fragte Awin.

»Es gibt hier keine Steingeister mehr. Ist das nicht eigenartig? Eigentlich kommen wir dem Land der Akradhai doch näher. Müssten es da nicht immer mehr werden?«

»Ich glaube, diese Figuren gehörten alle zu der großen verlassenen Siedlung, von der Isparra erzählt hat, Tuge. Aber wenn du die Geister vermisst, kann ich nur hoffen, dass wir Glück haben und unten im Grünland noch mehr finden«, erklärte Awin grinsend.

»Wirklich, manchmal sehne ich mich nach der Zeit zurück,

in der du nur ein einfacher Jungkrieger warst, Yaman Awin«, brummte Tuge.

»Ich mich auch, Tuge, ich mich auch«, lautete Awins schlichte Antwort.

Später besprach sich Awin noch einmal mit Mahuk und Merege über das, was Isparra ihm geraten hatte. Er wählte seine Worte mit Bedacht, denn er durfte seinen Gefährten weit weniger verraten als der Unsterblichen.

»Du denkst daran, noch einmal in Uos Reich zurückzukehren, Awin?«, fragte Merege ungläubig. »Wozu? Es wäre doch ohne Gewinn für uns, denn deine Fragen betreffen die Zukunft und das Reich der Menschen – der lebenden, nicht der toten.«

Awin starrte in die kleine Flamme ihres Feuers, um das sich in einiger Entfernung seine Gefährten scharten. Er konnte Merege nicht sagen, was er wirklich im Totenreich wollte.

»Yeku sagt, er riecht ein Geheimnis«, brummte Mahuk Raschtar. »Er sagt, da ist etwas, das du uns verraten solltest, aber nicht willst – oder nicht kannst.«

Awin antwortete nicht.

»Das macht es uns nicht gerade leicht, dir zu helfen, Awin«, meinte Merege. Ihr blasses Gesicht wurde plötzlich weich. »Du hast eine große Gefahr auf dich genommen, um mich zu retten, und ich habe dir noch nicht dafür gedankt.«

Awin starrte sie verblüfft an. Er hatte schon lange nicht mehr erwartet, dass das je geschehen würde.

Dann sagte Merege: »Trotzdem sollten wir diese Beratung vielleicht besser fortsetzen, wenn du bereit bist, uns mehr über deine letzte Reise zu sagen.«

»Ich habe schon in Pursu erklärt, dass mir Schweigen auferlegt wurde«, erwiderte Awin verärgert.

»Aber mit Isparra hast du darüber gesprochen«, stellte die Kariwa fest.

»Sie ist auch keine Sterbliche«, brummte Awin missmutig.

»Wenn sie dir wirklich geraten hat, ins Totenreich zurückzukehren, dann taugt ihr Rat nicht viel«, erwiderte Merege kühl.

»Ich verstehe es«, meinte Mahuk. »Du siehst nicht mehr seit der Schlacht von Pursu. Du hast es oft versucht. Der schwarze Raum. Die Stimmen. Haben dich die Toten gerufen?«

Awin schwieg. Der Raschtar hatte gut geraten.

»Und du hast gedacht, hinterher wird es wieder gehen.«

»Das habe ich gehofft, ja, ehrwürdiger Raschtar.«

»Aber es geht nicht. Es ist schlimmer geworden. Du sprichst nicht einmal mehr davon. Versuchst es nicht.«

Jetzt starrte Merege Awin an. »Ist es meine Schuld, dass du deine Gabe verloren hast, junger Seher?«, fragte sie mit sanfter Stimme.

Awin schüttelte den Kopf. »Nein, ist es nicht. Aber ich darf euch eben nicht sagen, woran es liegt.«

»Ein Verbot der Toten für einen Lebenden. Eigenartig«, murmelte Mahuk.

»Und du glaubst, die Gabe kehrt zurück, wenn du das Reich Uos noch einmal betrittst? Ist es das, was Isparra gesagt hat?«

Awin biss sich auf die Lippen. »Nein, das hat sie nicht. Es wäre ein verzweifelter Schritt. Vielleicht habt ihr Recht. Ich sollte einen anderen Weg suchen. Aber wenn uns kein anderer Weg mehr offen steht … ach nein. Es ist wohl hoffnungslos.«

Plötzlich lachte die Kariwa laut auf.

Awin fuhr sie verärgert an. »Ich weiß nicht, was es da zu lachen gibt, Merege!«

»Ein Seher, der nicht sieht, und eine ›Zauberin‹, die nicht

zaubern will, gegen vier mächtige Windskrole und ein vieltausendköpfiges Heer – wenn das nicht wahrhaft zum Lachen ist …« Dann stand sie auf und ging in die Dunkelheit davon. Und immer noch hörte Awin sie leise lachen. »Wenn das ein Witz ist, verstehe ich ihn nicht«, brummte er übellaunig.

»Die Kariwa lacht. Gutes Zeichen«, meinte Mahuk und klopfte Awin aufmunternd auf die Schulter.

Im ersten Licht des Tages saßen sie auf ihren Pferden. Bei Sonnenaufgang stießen sie dann endlich wieder auf die Spuren, die die Wagen der Händler in vielen Jahrzehnten in die Ebene gegraben hatten.

»Es kann nicht mehr weit sein«, meinte Tuge.

»Hoffentlich«, erwiderte Awin nur.

Es war wirklich nicht mehr weit. Keine Stunde später senkte sich die Ebene nach Norden immer mehr ab, und dann führte der Pfad über eine steile, natürliche Rampe hinab ins Grünland. Die Wand war hier viel niedriger als auf der anderen Seite der Ebene, und auch niedriger als an der Stelle, an der Isparra gesprungen war.

»Endlich haben wir diese Ebene und ihre Geister hinter uns«, murmelte der Bogner, als sie den Weg hinabritten.

»Dafür haben wir ein Land voller Feinde vor uns, Tuge. Ob das besser ist?«, erwiderte Awin.

Tuge zuckte mit den Achseln. »Wir haben Bögen, Speere und Schwerter. Damit können wir es mit jedem Feind aufnehmen, solange er nur einen sterblichen Leib hat.«

Der Weg führte sie hinab in eine sumpfige Senke. Zuerst freuten sie sich über das offene Wasser, das in den flachen Teichen stand, doch wurden sie dort von Tausenden von Stechmücken empfangen. Also gaben sie ihren Pferden die Fersen und machten, dass sie weiterkamen.

»Von oben sah dieses Land viel schöner aus«, meinte Wela und schlug einen der Plagegeister auf ihrem Unterarm tot.

»Kein gutes Land. Das Gras, der Boden. Sie schmecken nicht«, erklärte Mahuk, der vom Pferd gestiegen war und ausgiebig auf einem Grashalm kaute.

Die Hakul sahen einander befremdet an, aber Awin beschloss, nicht näher auf das Verhalten des Raschtar einzugehen. Auch er war überrascht von dem, was sie hier vorfanden. Das satte Grün, das aus der Ferne saftige Weiden versprochen hatte, entpuppte sich als Sumpf und Moor. Dazwischen gab es undurchdringliche Dickichte aus Dornenhecken und dichte, dunkle Waldstücke, in die kein Hakul freiwillig eingedrungen wäre.

»Es muss doch irgendwo besser werden. Schließlich haben die Akradhai unsere Vorfahren von hier vertrieben. Und ich kann mir nicht vorstellen, dass ein Hakul hier seine Pferde weiden lassen will«, meinte Wela.

»Du vergisst, dass das in der Zeit geschah, bevor Etys uns das Reiten beibrachte«, belehrte sie Awin.

»Na, selbst eine Ziege würde ich hier nicht weiden lassen«, warf Tuge ein. »Wenn sie nicht in einem Sumpf ertrinkt, verirrt sie sich im Wald oder wird von den Mücken gefressen. Nein, das ist kein Land für Hakul.«

»Aber für Akradhai. Sieh nur!« Awin wies voraus. Am Rande des Weges standen einige qualmende Trümmer, die Überreste eines großen Holzhauses.

Sie hielten an, um die Ruine zu untersuchen, und fanden einen Toten – einen älteren Mann, der viele Wunden erlitten hatte. Sonst gab es jedoch keine Spur von den früheren Bewohnern.

»Sie werden in die Wälder geflohen sein, Yaman«, meinte Tuge und untersuchte die Leiche.

»Das ist gut, denn es bedeutet, dass die Menschen hier rechtzeitig gewarnt wurden«, sagte Awin nachdenklich.

»Ich weiß nicht, ob das gut ist, Yaman«, murmelte Tuge besorgt.

Hinter dem Haus stand eine große, hölzerne Figur. Sie war aus einem einzigen Stamm geschnitzt, bunt bemalt und stellte einen hockenden Mann dar. Das Gesicht war eine grob gehauene Fratze mit einem riesigen Mund. Es sah beinahe aus, als würde das Standbild das Elend dieses Hauses beklagen. Die Hakul hatten es nicht verschont. Einige Pfeile spickten den Stamm, und auf einer Seite war er angesengt worden.

»Yeku sagt, Hakul sind dumm«, meinte Mahuk trocken, »verärgern Ahngeister.«

Der junge Mabak entdeckte am Waldrand noch einige kleinere dieser Figuren. Sie ähnelten der ersten, waren aber weder bemalt noch so ausdrucksstark wie diese.

»Dieses Land gefällt mir nicht, Awin«, stellte Tuge fest, »zu viele Geister. Und sieh nur, auch diese sind mit Pfeilen beschossen worden. Der Raschtar hat Recht, Eris Krieger sind wirklich dumm, wenn sie den Ahnen ihrer Feinde keine Achtung entgegenbringen.«

Awin betrachtete den zerschlagenen Hausrat, denn er wollte wissen, mit was für Leuten er es hier zu tun hatte. Es war armselig: Ein paar irdene Töpfe, eine gesprungene Schale aus Kupfer, halb geschmolzen im Brand. In einer Ecke lagen zerrissene Decken auf einer Lage Stroh. Offenbar hatten alle Bewohner dort gemeinsam ihr Nachtlager gehabt. Viel konnte hier nicht zu holen gewesen sein.

Plötzlich tauchte Mahuk Raschtar neben Awin auf und flüsterte: »Yeku sagt, es sind viele Augen in den Wäldern.«

Awin erstarrte. Rund um das Haus waren dem verfilzten

Wald durch Brandrodung einige armselige Felder abgerungen worden. Das Wenige, das auf ihnen wuchs, war von vielen Füßen und Hufen niedergetrampelt worden. Dahinter begann ein undurchdringliches Dickicht aus Büschen und Bäumen. Er fühlte ein warnendes Prickeln im Nacken.

»Wie viele Augen?«, fragte er.

»Yeku kann nicht gut zählen«, lautete die beunruhigende Antwort.

Awin schalt sich wegen seiner Sorglosigkeit. Hatte er nicht selbst gesagt, dass sie nun im Feindesland waren? Er stieß einen warnenden Pfiff aus, um den Sger zusammenzurufen.

»Was gibt es, Yaman?«, fragte Mabak.

»Feinde im Wald. Vielleicht die Bewohner dieses Hofes.«

»Ich sehe niemanden«, meinte Dare.

»Ich schon«, sagte Limdin und wies auf ein Waldstück. Dort bewegten sich einige Äste.

»Das ist jedenfalls nicht der Wind«, murmelte Tuge.

»Mabak, Dare, Karak, schnell! Bringt die Pferde auf die andere Seite des Hauses. Ihr seid mir dafür verantwortlich, dass ihnen kein Haar gekrümmt wird.«

Die Jungkrieger liefen. Wela half ihnen, die Pferde hinüberzubringen, obwohl Awin ihr keinen Befehl gegeben hatte. Eigentlich hatte er sie an seiner Seite wissen wollen. Er war der Yaman, sie konnte nicht einfach tun, was sie wollte! Er gab Tuge und Limdin Zeichen, sich an den Ecken des niedergebrannten Hauses eine gute Stellung zu suchen. Merege war hinter einem umgestürzten und zerschlagenen schweren Tisch in Deckung gegangen. Mahuk lehnte an einer verbrannten Wand. Awin selbst suchte den Waldrand ab. Etwas bewegte sich dort, das konnte er sehen, doch waren es einzelne Akradhai, oder Dutzende? Das war nicht auszumachen.

»Karak!«, rief Tuge plötzlich.

Awin entdeckte den Jungkrieger auf einem der niedergetrampelten Felder, ein Dutzend Schritte von sicherer Deckung entfernt. Ein Pfeil bohrte sich dicht neben Awins Kopf federnd ins qualmende Holz. Tuge stieß einen Fluch aus und schickte einen Pfeil zurück. Er verschwand im Dickicht, aber da es ruhig blieb, konnten sie nicht annehmen, dass der Bogner etwas getroffen hatte. »Karak! Hierher!«, rief Tuge, aber sein Sohn stand dort, nahm weder Schwert noch Schild zur Hand und starrte in den Wald. Ein misstönendes Rasseln und Klappern stieg aus dem Dickicht auf. Plötzlich sprang Tuge aus der Deckung, rannte hinaus, packte seinen Sohn hart am Arm und zerrte ihn zurück in Sicherheit. Ein Stein zischte aus dem Unterholz heran und verfehlte Tuge nur knapp. Wieder rasselte und klapperte es unter den Bäumen.

»Was ist das?«, flüsterte Wela, die nun doch neben Awin aufgetaucht war.

Er lauschte. Es klang, als würden Äste aneinandergeschlagen, aber da waren noch viele andere Geräusche. Sie schienen von allen Seiten zu kommen. Das Klappern war wild, aber nach und nach fand es einen Rhythmus, ein bedrohliches Stampfen kam dazu, und raue Stimmen stießen dunkle Rufe aus.

»Ein Dutzend oder mehr«, rief Tuge leise herüber. Karak hockte teilnahmslos neben ihm auf dem Boden.

Awin nickte. Es waren sicher mehr als ein Dutzend, vielleicht sogar doppelt so viele, und sie schienen den Hof eingekreist zu haben. Aber warum griffen sie nicht an? Und warum deckten sie den Sger nicht mit Pfeilen ein? Ein schriller, durch Mark und Bein schneidender Schrei beendete den Lärm. Dann kamen die Pfeile. Sie kamen von überall her, schwirrten heran und bohrten sich hier und dort ins Holz und in den Lehmboden. Sie waren nicht besonders gut gezielt, aber auch ein zufälliger Treffer wäre ein Treffer. Tuge wagte sich kurz aus seiner Deckung, ließ ein Geschoss von der Sehne schnellen und war schon wieder verschwunden, als im Wald jemand getroffen aufstöhnte. Wela, die neben Awin und Mahuk an der verbrannten Holzwand kauerte, sprang plötzlich in den Raum, schnappte sich einen der Pfeile und kehrte zurück. Ein Pfeil kam aus dem Wald, er war gut gezielt, aber die Schmiedin warf sich im letzten Augenblick zur Seite.

»Was soll das?«, herrschte Awin sie wütend an. Das hätte schiefgehen können.

Sie zeigte ihm grinsend den Pfeil. Er hatte nur eine Steinspitze. Der Beschuss hatte aufgehört.

Awin nahm Wela den Pfeil aus der Hand, und warf ihn dem Bogner zu. »Was hältst du davon?«

Tuge besah sich das Geschoss und schüttelte missbilligend den Kopf. »Schlechte Arbeit, ganz schlechte Arbeit«, rief er.

Im Wald tat sich etwas. Awin hörte das Buschwerk rascheln, und auch die eine oder andere Baumspitze bewegte sich. Dann wurde es still.

»Yeku sagt, sie gehen«, rief Mahuk leise.

»Ist er da sicher?«, fragte Awin.

»Er sagt, es kommen andere.«

Awin starrte den dreigesichtigen Stock an. Was sollte das nun wieder bedeuten – zogen sie sich zurück, oder griffen sie an?

Limdin tauchte plötzlich neben Awin auf. »Da kommen Reiter, Yaman, viele Reiter. Ich kann es hören.«

Awin hörte es jetzt selbst. Im Wind waren Stimmen. Ein in den Ohren schmerzendes Kreischen, das ihn entfernt an einen gequälten Esel erinnerte, wehte heran. Daneben wurde gerufen und geflucht, Pferde wieherten und jemand gab laut Befehle. Und da war noch etwas, ein schweres, schleifendes Rollen. Das waren nicht nur Reiter, sie hatten auch einen Wagen. Awin fragte sich, was nun wieder auf sie zukommen würde. Er erhob sich. »Steht auf, es sind Hakul.«

Sie sammelten sich um Awin, auch Karak, der als Einziger im Sger nicht besorgt wirkte. Merege sprach leise auf ihn ein.

»Hakul? Kommen wir da nicht vom Wind in den Sturm?«, fragte Tuge, der sich krampfhaft bemühte, so zu tun, als sei mit seinem Sohn nichts vorgefallen.

Awin wollte um jeden Preis Gelassenheit ausstrahlen. Er fragte Tuge in aller Seelenruhe nach dem Akradhai-Pfeil mit der Steinspitze, den der Bogner immer noch in der Hand hielt.

»Ich muss sagen, dass ich schon als Knabe bessere Pfeile als diesen hier zum Spiel gefertigt habe«, erklärte der Bogner. »Der Schaft ist krumm, der ganze Pfeil nicht im Gleichgewicht. Es ist ein Wunder, dass er überhaupt irgendwohin geflogen ist.«

»Meinst du, das waren Kinder?«, fragte Wela.

Awin schüttelte den Kopf. »Nein, ihr habt die Stimmen gehört. Männer waren dort. Zu unserem Glück sind sie offenbar nicht sehr gut bewaffnet.«

»Das wird für diese Hakul sicher nicht gelten«, meinte Tuge jetzt. »Sollten wir nicht aufsitzen und verschwinden, Yaman? Sie sind mit Eri geritten.« Sein Blick glitt wieder hinüber zu Karak, auf den Merege immer noch leise einredete.

»Aber nun sind sie nicht mehr bei ihm, Tuge, und ich wüsste gerne den Grund«, sagte Awin. »Wir sitzen auf, und du, Wela, richtest die Sgerlanze auf. Dann werden wir sehen, was geschieht. Wenn ich diese paar Hakul nicht von unseren guten Absichten überzeugen kann, wie soll es mir da mit dem großen Hereban gelingen?«

»Dann will ich hoffen, dass diese kleine Übung uns nicht den Kopf kostet«, murmelte der Bogner.

Kurz darauf saßen sie auf ihren Pferden, und das Sgertan mit dem Zeichen des Dornen-Klans schimmerte matt im Sonnenlicht. Die Hakul waren inzwischen recht nah herangekommen. Die kleinen Waldstücke verbargen sie noch, aber man konnte schon gut verstehen, was da gerufen und geflucht wurde. Eine laute, volle Stimme trieb offenbar einige Krieger zu vermehrter Anstrengung an. Dann tauchte ein einzelner Reiter an der Wegbiegung auf. Er sah die Wartenden und schien einen Augenblick unschlüssig, was er tun sollte. Awin hob die Hand zum Gruß. Der Reiter wendete sein Pferd und sprengte davon.

»Nicht sehr höflich«, meinte Tuge.

»Wir werden nicht die Waffen gegen unsere Brüder erheben, jedenfalls nicht als Erste«, schärfte Awin seinen Leuten noch einmal ein. Er sah Merege ruhig auf ihrem Pferd sitzen. Er hätte sich besser gefühlt, wenn er auf ihre Zauberkraft hätte bauen können.

Der Lärm hinter dem Wäldchen verstummte kurz – das war vermutlich der Augenblick, in dem der Späher ihre Anwesenheit meldete. Doch dann hob das Schreien und Fluchen von neuem an und wieder erklang das misstönende Kreischen, das Awin entfernt an einen Esel erinnerte. Es näherte sich langsam, aber noch bevor die Ursache für dieses seltsame Geräusch sichtbar wurde, zeigte sich ein Trupp Reiter an der Biegung des Weges. Es waren siebzehn Männer, die sich ohne allzu große Eile näherten. Eine Sgerlanze konnte Awin nicht entdecken, doch immerhin verriet ihm die dunkelrote Färbung der Mäntel, dass es sich um Rote Hakul handelte. Vorneweg ritt ein nicht sehr großer Mann mit einem etwas wirren, grauen Bart. Der lederne Helm saß ihm schief auf dem Kopf, und sein Gewand war so zerknittert, als hätte er noch soeben darin geschlafen. Irgendwie wirkte alles an diesem Menschen, der vermutlich der Yaman der Schar war, unordentlich, fand Awin. Er ließ den Yaman herankommen. Der Fremde hob die Hand, und der Sger fächerte sich auf, bis er eine Reihe bildete und hielt. »Ich grüße dich, Yaman«, begann der Fremde höflich. »Ich bin Yaman Jeswin vom Klan des Roten Wassers. Erlaube mir, auch nach deinem Namen und deinem Klan zu fragen, Hakul.«

Awin nickte dem Fremden zu und antwortete: »Ich bin Yaman Awin von den Schwarzen Dornen.«

Awin betrachte sein Gegenüber. Dieser zeigte keinerlei Regung. Wenn er wusste, wer Awin war, ließ er es sich nicht anmerken.

Unterdessen war an der Wegbiegung auch die Quelle des großen Lärms sichtbar geworden. Es war ein Wagen. Seine Räder waren offensichtlich nicht geschmiert, denn sie kreischten, dass es durch Mark und Bein ging. Eine Handvoll Hakul mühte sich, ihn voranzubringen. Ein junger Mann zu seiner Rechten beugte sich zu Jeswin und flüsterte ihm etwas zu. Die Augen des Yamans leuchteten auf. »Ah, du bist jener, den sie den Abtrünnigen nennen.«

Awin bemühte sich, ruhig zu bleiben, vor allem, um seine Leute von Dummheiten abzuhalten.

»Manche, die mich nicht kennen, nennen mich so, und es ist wahr, ich bin Eri nicht gefolgt. Doch wenn ich dich hier treffe, ehrwürdiger Yaman Jeswin, bedeutet das doch, dass auch du nicht mehr an seiner Seite reitest.«

Zu Awins Überraschung kratzte sich Jeswin in einer Geste der Verlegenheit am Hinterkopf. »Es ist nur zu wahr, ich habe den Hereban verlassen. Doch nicht aus Untreue, eher, weil Tengwil mich so reich beschenkte.«

Awin sah den Wagen, und er begann zu verstehen, was geschehen war. Das Fahrzeug war völlig überladen, ein Ochse und zwei Pferde waren davorgespannt, und außerdem bemühten sich auch die Männer, den Wagen auf dem schlammigen Boden voranzubringen.

»Was hatte die Schicksalsweberin damit zu tun?«, fragte Awin freundlich.

»Sie hat mich und meinen Sger an die rechte Flanke des Heeres geführt. Dort stießen wir auf ein versteckt liegendes Gehöft, das bis dahin von unseren Kriegern nicht entdeckt, also auch verschont geblieben war. Seine Bewohner waren geflohen, doch ließen sie in ihrer Eile diesen Wagen und viele andere höchst brauchbare Dinge zurück.«

Awin betrachtete das Fahrzeug. Er sah hölzerne Gegenstände, die er für Ackergeräte hielt, einen riesigen Kupferkessel, und mittendrin einen unförmigen, schweren Tisch, ähnlich dem, der zerschmettert in der Ruine hinter ihm lag.

Yaman Jeswin kratzte sich wieder verlegen am Hinterkopf, als er fortfuhr: »Wir beluden den Wagen und offenbar verloren wir dabei zu viel Zeit, denn als wir endlich die Brücke erreichten, war das Heer bereits fort und die Brücke gesperrt.«

»Welcher Art ist diese Sperre?«, fragte Awin.

»Oh, die Akradhai haben einen mit Türmen gesicherten Holzwall auf dieser Seite des Flusses, um Feinde von ihrer Brücke fernzuhalten. Er ist groß und stark, und ich weiß nicht, wie Tiudhan Eri ihn so schnell überwinden konnte. Wirklich, ich nahm an, er würde die Stadt belagern müssen, und dann, wie es den Roten Hakul stets erging, unverrichteter Dinge wieder abziehen. Doch die Götter sind auf der Seite des jungen Tiudhan. Er hat die Brücke genommen. Und uns hat er zurückgelassen.«

Awin fand den Mann erstaunlich offenherzig. Er hätte einem Fremden gegenüber nicht so freimütig von seinem Fehler berichtet. Er fragte: »Und ihr habt nicht versucht, den Fluss an anderer Stelle zu überqueren?«

»Die Jurma?«, wehrte der Mann erschrocken ab. »Man merkt, dass du weit von den Weiden deiner Heimat entfernt bist, Yaman. Auf viele Tage gibt es keine Möglichkeit, über den Fluss zu gelangen. Oberhalb der Stadt schneidet er tief durch die Felsen des Vorgebirges, und unterhalb liegt der Femewald mit seinen Sümpfen. Kein Hakul würde je versuchen, dort den Fluss zu überqueren.«

»Und so bist du notgedrungen umgekehrt«, stellte Awin verständnisvoll fest.

»So ist es. Nun, ich denke, Tengwil wird ihren Grund gehabt haben, das Heer ohne uns über den Fluss zu lassen. Aber ich bin ihr nicht böse. Immerhin haben wir auf diesem Kriegszug erst zwei Männer verloren. Ich habe Zweifel, dass die Klans, die nun durch das Kornland ziehen, ähnlich glücklich wiederkehren. Und wir kehren nicht mit leeren Händen heim.« Bei diesen Worten drehte er sich zu dem Wagen um, der hinter ihm zum Stehen gekommen war. Er sah Awins verwunderten Blick und verstand ihn falsch, denn er sagte: »Ich werde der erste Hakul sein, der sein Zelt mit einem Tisch schmückt. Xiwil, mein Weib, wird sehr zufrieden mit mir sein.«

»Da bin ich sicher, Jeswin vom Wasser«, bestätigte Awin ernst.

»Doch darf ich dich nun fragen, Awin von den Dornen, was dich in diese Gegend führt?«

»Das ist dein gutes Recht, Yaman Jeswin. Die Antwort wird vielleicht etwas Zeit erfordern. Vielleicht sollten wir ein Feuer entzünden und uns dort beraten, denn ich denke, Tengwil hatte einen Grund, uns beide hier zusammenzuführen.«

Der Yaman willigte ein und stellte einige seiner jüngeren Krieger ab, um die Beratung und seine Beute zu bewachen.

»Was ist mit Isparra?«, fragte Tuge leise, als sie abstiegen.

»Wenn wir hier lange beraten, holen wir sie nie rechtzeitig ein. Und dann stehen wir ebenso dumm vor der Brücke wie dieser seltsame Mensch mit seinen Kriegern.«

»Ich werde versuchen, es kurz zu machen, Tuge, aber vielleicht können wir hier Verbündete gewinnen, die zuverlässiger sind als dieser unstete Wind, dem wir nachjagen.«

»Dennoch kommen wir ohne Isparra nicht über die Brücke, fürchte ich.«

»Und ohne diese Männer kommen wir vielleicht nicht mal bis an den Fluss, Tuge. Das ist Feindesland, und wir sind nur wenige. Du hast es doch gerade erlebt.«

Tuge sah Awin kurz an, dann nickte er und sagte: »Verzeih, dass ich an deiner Weisheit zweifelte, Yaman. Du hast natürlich Recht.«

Awin gab Tuge und Wela ein Zeichen, sich zu seiner Rechten und Linken niederzusetzen. Er drängte zur Eile, aber natürlich ging es bei weitem nicht so schnell, wie er es sich gewünscht hätte. Yaman Jeswin erteilte seinen Jungkriegern erst umständlich weitere Befehle, bevor er sich endlich mit seinen Yamanoi am Feuer niederließ, das Mabak und Limdin mit Holzresten aus dem niedergebrannten Haus entzündet hatten.

»Du hast gefragt, was mich hierhergeführt hat, Yaman Jeswin«, begann Awin dann zu berichten. »Es ist eine große Geschichte, so groß, dass du vielleicht schon das eine oder andere auf den Weiden gehört hast. So hast du sicher vernommen, dass der Lichtstein geraubt und Slahan geweckt wurde?«

Der Yaman und seine Krieger blickten einander an. Es konnte gar nicht sein, dass sie nichts davon gehört hatten, aber Jeswin antwortete: »Es gab Gerüchte, das eine oder andere wurde erzählt. Nachrichten wandern schnell über die Steppe, doch verändern sie auch ebenso schnell ihr Gewand.

Ich hörte von diesen Ereignissen, doch weiß ich leider nichts Genaues.«

Awin seufzte. Der Raub des Heolin und der Kampf mit der Gefallenen Göttin waren vermutlich die meist besprochenen Ereignisse des Staublandes, aber ganz offensichtlich wollte der Yaman eine gute Geschichte hören. Also tat er ihm den Gefallen. Er berichtete von ihrer Jagd nach dem Grabräuber und dem Kampf mit den Akkesch, bei dem so viele vom Klan der Berge gefallen waren. Dann erzählte er vom Abstieg in Uos Mund und der ersten Begegnung mit Slahan, die sie mit dem Heolin vertreiben, aber nicht vernichten hatten können. Schließlich kam er zu der furchtbaren Rache, die Slahan genommen hatte, und zu der großen Jagd der Schwarzen Hakul, die in der Festung Pursu ihr Ende gefunden hatte. Awin fasste sich so kurz wie möglich und ließ einiges aus, aber dennoch verging viel Zeit, bevor er mit dem Sieg über die Göttin seine Erzählung beendete.

Die Augen seiner Zuhörer waren unterdessen immer größer geworden, jetzt rief Jeswin: »Und der Totengott selbst hat Slahan geholt? Ich habe viel von diesen Ereignissen gehört, doch das war mir neu! Und du hast ihn gesehen? Wirklich, ich glaube nicht, dass ich je zuvor eine bessere Geschichte gehört habe! Du hast gut erzählt, Yaman.«

»Es ist keine Geschichte«, antwortete Awin.

»Auch endet sie etwas zu früh«, warf ein Krieger ein, der zur Rechten des Yamans saß. Die Kleidung des großen Mannes drückte einen gewissen Wohlstand aus. Sein Mantel war mit Pelz besetzt und feiner gewebt als der des Yamans. Dieser Mann fuhr jetzt fort: »Ist es nicht so, dass du den Heolin unseren Feinden, den Männertöterinnen, überließest, und dass der tapfere Eri sein Leben daran wagte, ihn zurückzuholen? Du hast dich von den Hakul abgewandt, Awin von den Schwarzen Dornen. Ja, du bist ein Abtrünniger!«

Yaman Jeswin legte dem Krieger die Hand begütigend auf den Arm. »Du musst Lamban verzeihen, Yaman Awin. Er ist ein Freund offener Worte und hält mit seinen Gefühlen und Gedanken nicht hinter dem Berg.«

»Ich höre das nicht zum ersten Mal, Yaman Jeswin, doch hat es sich vielleicht nicht ganz so zugetragen, wie Lamban glaubt. Eri hat den Lichtstein geraubt, bevor die Weisen entscheiden konnten, was damit geschehen sollte. Und noch etwas hat Tiudhan Eri euch nicht erzählt: Ich berichtete euch doch eben von den Xaima, den vier Windskrolen, mit denen wir in der Festung Pursu kämpften. Sie sind nicht mit Slahan vernichtet worden.«

»Nicht? Wie bedauerlich!«, rief Jeswin. »Was ist mit ihnen geschehen, und was hat das mit dem Tiudhan zu tun?«

»Sehr viel, denn die vier nahmen menschliche Gestalt an und gingen nach Tiugar.«

»In die Verborgene Stadt, aber …«, begann der Yaman und verstummte. Vermutlich ahnte er, was daraus folgte. Awin wollte keine Zweifel mehr bestehen lassen und fügte hinzu: »Es sind die vier Zauberer, die Eri leiten und ihn und sein Heer nach Norden locken.«

»Die Xaima? Locken? Aber …«

»Lüge!«, rief Lamban.

Tuge sprang auf und zog seinen Dolch. »Wer nennt meinen Yaman einen Lügner?«

Auch Lamban erhob sich schnell und riss dabei seinen Blutdolch aus dem Gürtel.

»Ruhig, ihr Krieger!«, rief Jeswin. »Ich will hören, was dieser Yaman vorzubringen hat. Erst dann werden wir entscheiden, ob er lügt, und ob wir ihn töten müssen.«

»Dein Mann nannte ihn bereits einen Lügner!«, rief Tuge zornig.

»Er wird um Entschuldigung bitten und weiter zuhören, nicht wahr, mein Freund?«

Zu Awins Überraschung steckte Lamban wirklich seinen Dolch wieder weg, verneigte sich knapp und murmelte dabei etwas, das eine Entschuldigung sein mochte. Awin gestand sich ein, dass er den Yaman unterschätzt hatte. Er war freundlich und leutselig, wirkte beinahe arglos, aber er hatte seinen Sger fest im Griff. Tuge, ebenso verblüfft wie Awin, stand noch eine Weile da, dann setzte er sich wieder und rammte seinen Blutdolch wütend in den Boden. Dort steckte er nun, bereit, das Leben eines jeden zu fordern, der den Yaman der Schwarzen Dornen beleidigen würde.

»Du behauptest, die vier Mächtigen seien Alfskrole? Hast du Beweise?«, setzte Jeswin die Beratung fort.

Awin wusste, dass er eigentlich keine hatte. Er sagte: »Ihr könnt sie an ihren Absichten erkennen. Sie wollen das Skroltor öffnen, ist es nicht so?«

»Und sie werden ein Heer von Daimonen herbeirufen, das an unserer Seite in die Schlacht zieht«, bestätigte Jeswin.

»Und das glaubt ihr?«, fragte Awin schlicht.

Der Yaman sah ihn verblüfft an. Lamban öffnete den Mund, um zu antworten, aber er blieb stumm.

Awin spürte, dass er den Schleier der Lügen, der über den Hakul lag, ein wenig gelüftet hatte. Nun musste er ihn noch ganz zerreißen: »Überlegt doch! Wie könnten Menschen, seien es auch mächtige Zauberer, all die Unholde, Daimonen und Alfskrole, die hinter diesem Tor auf den Tag ihrer Rückkehr warten, beherrschen? Ich glaube, nicht einmal ein Gott könnte es, außer dem großen Edhil selbst. Aber Zauberer? Und die wollen es auch noch zum Wohl der Hakul tun? Wann hätte je ein Zauberer für uns etwas getan?«

Lamban schüttelte unwillig den Kopf, aber Jeswin starrte

Awin mit offenem Mund an. »Bei Mareket – ich glaube, du hast Recht!«

Der Bann war gebrochen, erstaunlich schnell, wie Awin später dachte, aber es bedurfte noch vieler Erläuterungen und Erklärungen, bis die Hakul vom Klan des Roten Wassers wirklich begriffen, dass sie betrogen worden waren. Jeswin sprang irgendwann auf und hielt sich die Ohren zu. »Hör auf!«, rief er. »Ich ertrage meine Schande nicht länger. Ich bin einem Daimon gefolgt. Und die Siege, die wir hier erfochten, sind beschmutzt, denn unser Anführer hat uns belogen. Du hast mir die Augen geöffnet, Yaman Awin, und dafür danke ich dir. Doch warum erzählst du mir das alles, warum beschämst du mich so?«

Awin blickte dem aufgebrachten Yaman lange ins Gesicht, bevor er antwortete: »Ich bin hier, weil ich das Heer aufhalten will. Und ich hoffe, dass du mir dabei hilfst, Jeswin.«

Für einen Augenblick glotzte Jeswin ihn ungläubig an. Dann lachte er laut auf, stockte, lachte wieder und rief dann: »Das Heer aufhalten? Den Windskrolen willst du entgegentreten? Und wir sollen dir helfen? Das ist Wahnsinn!« Er wirkte tief erschüttert.

Awin ließ nicht nach. »Es wäre vielmehr Wahnsinn, es nicht zu versuchen, denn wenn das Skroltor erst einmal geöffnet ist, werden die Daimonen über die Welt kommen, um sie den Menschen zu entreißen. Dann wäre jede Hoffnung verloren und das Ende aller Völker und Stämme gekommen.«

Jeswin starrte ihn wieder an, dann wurde er plötzlich ganz ruhig und erklärte: »Nein, ich kann das nicht übereilen, ich kann das auch nicht alleine entscheiden. Erlaube, dass ich mit meinen Kriegern spreche.«

Awin nickte. »Doch nicht zu lange, denn wir sind in Eile, Jeswin.«

»Yeku lobt dich«, sagte Mahuk, als sich Awin mit seinen Gefährten beriet.

»Wofür?«, fragte Awin.

»Er sagt, da liegt ein Zauber über diesen Männern. Du hast ihn aufgehoben.«

»Ein Zauber?«

»Yeku sagt, nicht sehr stark, viele halbe Wahrheiten, vieles, was die Männer hören wollten, aber er staunt, dass ein Mensch ihn durchdringen konnte.«

»Auch ich glaube, dass die Männer geblendet waren, und zwar nicht nur durch die Versprechungen ihres Anführers«, fügte Merege hinzu. »Allerdings«, sagte sie weiter, »all dieses Kämpfen, Sengen und Plündern – ich glaube nicht, dass die Xaima bislang irgendetwas von den Hakul verlangten, was ihnen gegen die Natur ging.«

Awin nickte düster.

»Was glaubst du – werden sie uns helfen?«, fragte Tuge mit einem zweifelnden Blick hinüber zu dem Haufen Krieger, der sich um Yaman Jeswin scharte.

»Ich denke schon, wenn wir nicht zu viel von ihnen verlangen. Zunächst würde es mir reichen, wenn sie uns bis zu dieser Brücke bringen. Sie kennen den Weg, und mit ihnen sind wir zahlreich genug, um die Vertriebenen, die sich hier überall in den Dickichten verstecken, von einem Überfall abzuhalten.«

Tuge zog vielsagend eine Augenbraue hoch. »Sie haben reichlich Beute gemacht, ich kann mir schwer vorstellen, dass sie sie unseretwegen aufgeben, Yaman.«

Nach einer überraschend kurzen Beratung kam Jeswin wieder zu ihnen herüber. »Meine Männer sind ebenso empört wie ich über den Betrug, der uns widerfahren ist. Doch fragen sie sich, was sie gegen Unsterbliche ausrichten könnten, und einige meinen, dass es besser wäre, wenn wir unsere Beute nach Hause brächten und den Göttern reichlich opfern, auf dass sie euch beistehen mögen in eurem kühnen Vorhaben.«

Awin sah Jeswin in die Augen, bis dieser den Blick senkte. Dann sagte er: »Ich verstehe deine Krieger, Yaman Jeswin, und danke für die Opfer, die sie bringen wollen, doch solltest du ihnen erklären, dass ihre Zelte nicht sicher sind, wenn das Tor erst einmal geöffnet ist, und kein Tisch ist stark genug, um sich darunter vor einem Daimon in Sicherheit zu bringen«, sagte er in Anspielung auf das Kernstück der Beute Jeswins. Aber da Awin spürte, dass der Yaman hin- und hergerissen war, kam er ihm entgegen. »Ich erwarte von deinen Kriegern auch nicht, dass sie uns bis ins Schneeland begleiten, oder gar gegen die Unsterblichen ins Feld ziehen, doch wäre uns sehr daran gelegen, dass ihr uns bis zur Brücke über die Jurma bringt. Von da werden wir unser Glück wieder alleine versuchen.«

»Die Brücke? Die ist doch gesperrt«, antwortete Jeswin, der vielleicht noch gar nicht merkte, dass er gerade dabei war einzuwilligen.

»Wir werden sehen, ob das auch für uns gilt«, meinte Awin. »Vielleicht haben wir eine Überraschung für diejenigen, die die Brücke verteidigen.«

»Eine Überraschung? Was soll das sein?«

»Nun, ich will nicht zu viel versprechen, aber es ist möglich, dass wir mächtige Hilfe bekommen.«

»Möglich ...«, wiederholte Jeswin gedehnt.

»Warte es ab«, sagte Awin lächelnd.

»Aber die Beute«, wandte der Yaman des Roten Wassers ein.

»Versteckt sie. Es kann doch nicht weit sein bis zur Jurma,

und ihr seid bald wieder hier. Mit etwas Glück ist es eure Beute dann auch noch.«

»Glück«, murmelte Jeswin mit einem sehnsüchtigen Blick zum schwer beladenen Wagen.

»Wir helfen dir auch, ihn zu verstecken«, sagte Awin lächelnd.

»Du bist ein furchtbarer Mensch, Awin von den Dornen. Du bringst mich dazu, die Dinge anders zu sehen, als ich sie sehen will. Und leider sehe ich nun klarer. Wir werden dich begleiten. Aber nur bis zur Brücke, nicht weiter!«

»Mein Dank ist euch gewiss, Yaman«, erwiderte Awin mit einer leichten Verbeugung.

Schon brüllte Jeswin seine Befehle, und die Krieger schoben den Wagen in das nächste Waldstück, wo sie ihn mit Ästen abdeckten, um ihn besser zu verbergen.

»Glaubst du wirklich, dass ihre Beute noch hier ist, wenn sie zurückkommen? In diesen Dickichten wimmelt es doch nur so von geflohenen Akradhai«, fragte Tuge leise.

»Ich wünsche es ihnen, aber ich glaube es nicht«, erwiderte Awin schlicht.

»Ich wundere mich, dass sie nicht erwarten, dass wir uns ihnen dafür verpflichten«, meinte der Bogner.

»Und ich hoffe, du bringst sie nicht auf diesen Gedanken, und bitte auch kein anderer aus meinem Sger. Sei so gut und sprich mit unserem Freund Mabak. Er soll seine Zunge im Zaum halten.«

Tuge lächelte. »Vielleicht können wir ihn damit beschäftigen, dass er den Kriegern ausführlich von deinen Heldentaten berichtet, Yaman.«

»*Unseren* Heldentaten«, berichtigte Awin. Aber dann lächelte er ebenfalls. Der junge Mabak redete wirklich oft zu viel, aber das mochte sich jetzt als nützlich erweisen.

Kurz darauf saßen sie im Sattel und preschten nach Westen, dem Fluss zu. Zu Awins Enttäuschung kannte Jeswin keinen kürzeren Weg als den, den auch die Wagen nahmen. Also folgten sie den tief eingegrabenen Radspuren. Bald mussten sie ihre Pferde wieder Schritt gehen lassen, um sie zu schonen, und Jeswin erzählte Awin, was er über das Grünland wusste: »Es ist ein merkwürdiges Land, grün ist es, aber doch unfruchtbar. Disteln wachsen hier gut und Nesseln gedeihen, es gibt Sümpfe und Dickichte und diese zerrissenen schwarzen Wälder, aber kaum gute Weiden. Ich habe nie verstanden, warum die Akradhai hier siedeln, denn im Sommer fressen sie die Fliegen auf, und im Winter – kommen die Hakul.« Er grinste breit, als er das sagte.

»Vielleicht haben sie kein besseres Land«, vermutete Awin.

»Aber das haben sie, denn auf der anderen Seite des Flusses ist das Gras viel fetter und die Weide viel fruchtbarer, nach allem, was die fahrenden Händler uns erzählen. Doch sollten wir dankbar sein, denn diese Bauern hier sind fleißig, und das hat uns schon so manchem Winter überstehen lassen.«

»Ich fürchte, Jeswin, dass du in den nächsten Wintern deine Beute anderswo suchen musst«, meinte Awin, da sie gerade wieder an einem niedergebrannten Hof vorüberritten.

»Wenn ich dich richtig verstanden habe, muss ich froh sein, wenn wir überhaupt einen nächsten Winter erleben«, erwiderte der Yaman des Wassers düster.

»Ich bin zuversichtlich, dass wir Eri einholen, wenn wir erst auf der anderen Seite des Flusses sind«, meinte Awin.

Jeswin warf ihm einen zweifelnden Blick zu. »Ich bin sehr gespannt, wie du dieses Wunder vollbringen willst. Ich verstehe nicht einmal, wie es dem Heer gelungen ist, die starken Mauern der Akradhai so schnell zu überwinden. Ich kann nur vermuten, dass die Zauberer … oder Windskrole ihnen den Weg gebahnt haben.«

Awin entschloss sich, Isparra noch nicht zu erwähnen. Er war sich nicht sicher, ob sie die Unsterbliche vor der Brücke einholen würden, und er wollte die Krieger des Wasser-Klans nicht vor der Zeit beunruhigen. Er hatte allerdings nicht mit dem jungen Mabak gerechnet. Nach einiger Zeit tauchte Lamban, der, wie Awin erfahren hatte, der größte Pferdezüchter des Klans war, an der Seite seines Yamans auf und flüsterte ihm einige Dinge ins Ohr. Awin bemerkte, dass Jeswins Augen immer größer wurden. Er musste erstaunliche Dinge zu hören bekommen. Lamban verschwand wieder, und Jeswin sah sehr nachdenklich aus, ohne jedoch etwas zu sagen. Schließlich brach Awin das Schweigen. »Was gibt es, Yaman Jeswin? Du wirkst sehr in Gedanken vertieft.«

»Das bin ich, Yaman Awin, denn ich versuche zu entscheiden, was ich glauben kann, und was nicht.«

»Kann ich dir vielleicht helfen?«

»Es geht um das, was einer deiner Jungkrieger erzählte. Er ist entweder ein sehr großer Lügner, oder ich reite hier neben einem Mann, wie ihn das Staubland noch nicht gesehen hat.«

Awin unterdrückte ein Lächeln und sagte: »Mabak neigt dazu, die Dinge etwas auszuschmücken, doch ein Lügner ist er nicht.«

»So stimmt es, dass du auf einer Seeschlange geritten bist?«

Awin seufzte. »Nun, das ist wirklich sehr stark übertrieben. Ich sah einst eines dieser riesigen Tiere, als ich auf einer Reise des Geistes war.«

Jeswin nickte. »War das die Reise, bei der du Uo die Seele der Zauberin gestohlen hast?«

Awin überdachte seine Worte sorgfältig, bevor er antwortete: »Nein, es war eine andere Reise, und ich habe Uo nichts gestohlen, sondern nur etwas zurückgeholt, was dort nicht hingehörte.«

Jeswin schüttelte den Kopf. »Du bist bescheiden, und das zeigt nur, wie wahr dein Krieger gesprochen hat. Ich muss dir leider sagen, dass diese Dinge meinen Verstand übersteigen, vor allem, dass du der Geliebte einer Windholden bist!«

Awin glotzte den Yaman ungläubig an, aber der fuhr offensichtlich tief beeindruckt fort: »Ein Mensch und eine Unsterbliche? Es ist fast wie in den alten Geschichten. Aber immerhin verstehe ich jetzt, warum du es so eilig hast, zum Fluss zu kommen.«

Tuge, der hinter ihnen ritt, bekam einen Hustenanfall. Vermutlich versuchte er, ein Lachen zu unterdrücken. Später bemühte sich Awin vorsichtig, das eine oder andere zu berichtigen, aber Jeswin sah ihn meist nur kopfschüttelnd an und schien viel lieber Mabak als Awin glauben zu wollen.

Der Weg war gut, und so oft wie möglich ritten sie Galopp oder wenigstens Trab. Jeswin war der Meinung, dass sie an der Brücke ohnehin nicht weiterkämen, dann würden Ross und Reiter genug Gelegenheit bekommen, sich auszuruhen. Awin hoffte, dass er sich irrte. Er fühlte eine wachsende Beklemmung, je weiter sie vordrangen. Er konnte nicht genau sagen, was es war, vielleicht waren es die versteckten Beobachter, die sich mit Sicherheit in diesen undurchdringlichen Wäldern verbargen, vielleicht die Gewissheit, an der Brücke auf einen kampfbereiten Feind zu stoßen – einen Feind, der nicht vor ihren paar Kriegern davonlaufen würde –, vielleicht auch die Frage, ob sie Isparra einholen würden – und die Unsicherheit, ob die mächtige Windskrole überhaupt bereit war, ihnen zu helfen. Aber das war nicht alles. Awin schien es bald, als würde ihm das ganze Land, jeder Strauch, jeder Baum feindselig gegenüberstehen. Und dieses Gefühl wurde er einfach nicht los.

»Suog«, sagte Jeswin irgendwann.

»Was?«, fragte Awin, der aus seinen düsteren Gedanken aufschreckte.

»So nennen die Akradhai den bösen Geist dieses Landes. Suog lauert hier in den Sümpfen, den Wäldern. Er beobachtet uns und wartet nur auf eine Gelegenheit, uns zu schaden. Ich sehe dir an, dass du seine Anwesenheit ebenfalls spürst.«

Ein ungutes Gefühl im Nacken sagte Awin, dass das von Bedeutung sein könnte. Er ließ sich etwas zurückfallen, um Mahuk zu fragen.

Der Raschtar hielt stumme Zwiesprache mit seinem knorrigen Stock, dann antwortete er: »Yeku sagt, wir werden gesehen von vielen. Verstecken sich im Wald. Verfluchen uns. Viel Hass. Viel Ohnmacht. Aber er weiß nicht, ob ein Geist darunter ist.«

»Weiß er es nicht, oder will er es nicht sagen?«

Mahuk zuckte mit den Schultern. »Er hofft, dass wir nach Norden gehen. Großer Wald. Fast wie im Land der Ussar. Und schlecht für Pferde und Hakul.«

Awin wusste, dass Yeku Recht hatte – sie wurden von vielen Augen beobachtet, auch wenn sie niemanden sahen. Und ein Daimon? Das fehlte ihnen noch, war doch die Aufgabe auch so schon schwer genug.

Awin begab sich zurück zu Jeswin, denn er hatte noch viele Fragen. So wusste er bisher wenig über den Hereban, nur, dass Eri und die Xaima ihn anführten, also befragte er den Yaman, während sie zwischen den bedrückenden Wäldern langsam weiterritten. Über die genaue Zahl der Krieger konnte ihm der Yaman keine Auskunft geben: »Nur, dass es wahrhaftig Tausende sind, das ist gewiss. Es sind mehr, als ein Mensch zählen könnte. In Hundertscharen sind die Sgers geordnet, und die Führung des Herebans hat Eri in die Hände erfahrener Yamane gelegt. Uredh von der Schwarzen Faust befehligt das Erste Treffen, die Vorhut, die in der Schlacht die linke Flanke nehmen wird. Den rechten Flügel, die Nachhut auf dem Marsch, hat der alte Blohetan unter sich. Die Mitte aber befehligt Dheryak der Einarmige, der schon dem alten Tiudhan treu gedient hat.«

Awin kannte diese Männer. Uredh und Blohetan hatten sich am Sichelsee ihrer Jagd auf Slahan angeschlossen, und mit Dheryak hatte er zu Füßen der Festung Pursu über den Schlachtplan beraten. Eri umgab sich also mit alten Bekannten. Viele konnte er davon nicht haben, die Gefährten seiner Jugend waren entweder tot, oder sie ritten an Awins Seite. »So befehligt Eri das Heer gar nicht selbst?«, fragte er nun.

»Oh, doch, ihm obliegt der Oberbefehl. Außerdem …«, Jeswin senkte die Stimme, »… hat er Getreue um sich geschart. Sie haben mit ihrem Blut beeidet, Eri bis in den Tod zu folgen, weswegen sie sich die Blut-Yamanoi nennen. Sie kennen keine Angst, tragen weder Helm noch Rüstung in der Schlacht, dafür erschrecken sie ihre Feinde mit der roten Farbe, mit der sie sich bemalen. Eine Leibschar für den Tiudhan, die ihm aufs Wort gehorcht. Du solltest diesen Männern besser nicht in die Quere kommen.«

»Ich werde es mir merken«, meinte Awin. Noch eine andere Frage drängte sich ihm auf, eine, die ihn schon seit Tiugar beschäftigte: »Was sagen eigentlich die Seher zu diesem Zug?«, fragte er.

»Die Seher?«

»Nun, es gibt doch außer mir noch viele andere Seher im Staubland. Haben die den Klans nicht gesagt, was sie von diesem Kriegszug zu halten haben?«

Jeswin kratzte sich am Kopf. »Natürlich, die Seher. Jetzt, da du es erwähnst. Ich erinnere mich daran, dass einige vor diesem Krieg gewarnt haben. Jedoch haben die Zauberer, also, vielmehr die Xaima, sie haben sie zusammengerufen, am Tewerin, noch bevor Eri zur Versammlung sprach. Danach gab es keinen, der noch Bedenken geäußert hätte. Die vier waren also sehr überzeugend.«

Awin nickte. Ganz offensichtlich waren sie das. Sie hatten die Deuter ohne Schwierigkeiten auf ihre Seite gezogen, und bei den Sehern war es ihnen wohl ebenfalls gelungen. Vielleicht hatten sie sie auch mit Zauberei getäuscht. Es gab also niemanden im Heer, der Eri noch widersprechen würde. Das war schlecht. Und er hatte eine ergebene Leibschar um sich versammelt. Awin erzählte Tuge von diesen Männern. Wie er es erwartet hatte, hielt der Bogner wenig von dieser Schar: »Sie haben dem Tiudhan Treue geschworen – vor ihrem Klan? Seltsame Sitten sind das, die der Knabe einführt. Das ist gegen altes Recht und alte Ordnung. Man muss kein Seher sein, um zu sagen, dass das nicht gut enden kann.«

Nach einiger Zeit, die lange Dämmerung war schon angebrochen, bemerke Awin leichten Brandgeruch, der schnell stärker wurde.

»Das ist Borre, die Stadt der Ackerleute. Wir sind bald da«, erklärte Jeswin. Das Land war unterdessen hügeliger geworden, ein Zeichen, dass sie sich den Ausläufern des Vorgebirges näherten. Die Wälder wurden lichter, und Awin sah viele Baumstümpfe, Opfer der Axt – ein weiteres Zeichen, so Jeswin, dass Borre nicht mehr fern war. Schließlich überquerten sie einen steilen Hügel und sahen die Stadt vor sich liegen, oder vielmehr das, was von ihr übrig war. Borre war auf einem Hügel errichtet worden. Sie war von einer hohen, hölzernen Mauer umgeben und außerdem durch den breiten Fluss und ein unüberwindlich steiles Ufer bestens gegen Angriffe geschützt. Die Brücke, von der Awin schon so viel gehört hatte, lag außerhalb der eigentlichen Stadt, war aber durch eine eigene, mit starken Türmen gespickte Holzmauer geschützt. Awin konnte sich gut vorstellen, dass hier schon so manches Hakul-Heer, das es nach den Reichtümern der anderen Flussseite gelüstet hatte, unverrichteter Dinge wieder abgezogen war. Doch dieses Mal waren die Hakul nicht alleine erschienen, sondern hatten vier mächtige Alfskrole mitgebracht. Ein großes Stück des Walles, der die Brücke schützen sollte, fehlte, ein Holzturm lag eingestürzt in Trümmern. Es war nicht schwer zu erraten, wer dafür verantwortlich war.

»Nyet der Zerstörer«, murmelte Tuge beeindruckt.

Awin nickte. Der Sturmwind hatte den Wall zerstört, und er hatte nicht an der Brücke Halt gemacht, sondern auch die Verteidigungswerke der Stadt vernichtet. Danach war es für die Hakul wohl ein leichtes Spiel gewesen. Awin konnte sich gut vorstellen, wie sie mit Kriegsschreien über die Brücke und in die Stadt gestürmt waren, die Verteidiger niedergemetzelt, geplündert hatten.

»Ich verstehe nicht, warum sie die Stadt auch noch niederbrennen mussten«, meinte Wela.

Auch Tuge hatte dafür kein Verständnis: »Ich an Eris Stelle hätte die Stadt besetzt. Das Heer braucht doch einen sicheren Rückweg. Und wenn die Akradhai die Brücke abbrechen, dann sitzen sie da drüben in der Falle.«

»Nicht, wenn ihnen ein Heer von Daimonen folgt, Tuge«, erklärte Awin.

»Oh, sie können die Brücke auch nicht so leicht abbrechen«, warf Jeswin ein. »Früher, ja, da war es ein schmaler Holzsteg, über den sich die Händler beklagten, weil sie immer fürchteten, hinunterzustürzen mit ihren schweren Wagen, und er war so schwach, dass er keinem Hochwasser widerstand. Doch vor einigen Jahren soll ein Maghai hier gewesen sein, einer dieser geheimnisvollen Zauberer aus dem Süden. Er zeigte den

Ackerleuten, wie sie eine Brücke aus Stein errichten konnten, so, wie es die Akkesch machen. Jetzt ist sie stark und fest, und kein Eisgang und kein Hochwasser kann ihr etwas anhaben. Sie dachten wohl nicht, dass sie sich jemals wünschen würden, sie einreißen zu können.«

»Mir scheint, dieser Maghai hätte ihnen besser beibringen sollen, ihre Mauern aus Stein zu bauen«, meinte Tuge trocken.

Von ihrem erhöhten Standpunkt zeigte sich, dass viele Menschen mit allerlei Gerätschaften an der hölzernen Wehrmauer beschäftigt waren. Awin sah Zimmerleute, die Baumstämme bearbeiteten, um die Bresche im Wall zu schließen. Er sah aber auch eine weitere Gruppe, die jenseits des Flusses, etwas entfernt von der Stadt, eine große Grube aushob. Einige hoch beladene Karren standen dort. Erst auf den zweiten Blick wurde ihm klar, dass Tote darauf gestapelt waren. Die Akradhai waren dabei, die Opfer der Schlacht zu beerdigen. Unten erklang ein Horn, das geschäftige Treiben endete jäh, und die Akradhai begannen durcheinanderzurennen.

»Sie haben uns entdeckt«, stellte Jeswin fest.

Awin seufzte. Er hatte gehofft, die Bewohner der Stadt überzeugen zu können, ihn und seinen Sger einfach über den Fluss zu lassen, da er ja kein Verbündeter, sondern ein Feind von Eri war, doch jetzt, als er sah, wie viele Menschen seinen Stammesbrüdern zum Opfer gefallen waren, wurde ihm klar, wie schwer das werden würde.

»Und deine Geliebte? Ist sie hier?«, fragte Jeswin plötzlich.

»Isparra ist nicht meine Geliebte, Yaman«, erklärte Awin, nicht zum ersten Mal. »Und nein, ich kann sie nicht entdecken.«

Jeswin nickte mit einem verständnisvollen Grinsen, wohl um anzudeuten, dass er Awins Versuch, diese Liebe zu verheimlichen, durchaus verstand, aber durchschaute.

»Und was tun wir jetzt?«, fragte Tuge.

»Limdin, hol mir einen Zweig«, bat Awin. »Ich will versuchen, mit den Akradhai zu reden.«

»Einen großen Zweig, Limdin, sie sollen ihn auf keinen Fall übersehen«, rief Tuge dem jungen Krieger hinterher.

Wela mischte sich ein: »Mit den Ackerleuten reden? Du weißt, dass sie dir nicht zuhören werden, oder? Sie werden dich vermutlich umbringen, wenn du dich ihrer Stadt näherst.«

»Ich muss es aber versuchen, Wela, denn wir können ja nicht hier warten, bis die Daimonen über uns kommen.«

Die Schmiedin wurde zornig. »Dann tu, was du nicht lassen kannst. Aber sage nicht, ich hätte dich nicht gewarnt!«

Awin sah Tuge an, dass er mit Wela einer Meinung war. Im Gegensatz zur Schmiedin widersprach er seinem Yaman aber nicht in Gegenwart Fremder. Leider wusste Awin, dass die beiden vermutlich im Recht waren. Jeswin schien hingegen fest an den Erfolg von Awins Ritt zu glauben: »Du hast den Gott des Todes beraubt und bist auf einer Seeschlange geritten – du wirst auch dieses Tor für uns öffnen. Oder deine Geliebte erscheint, und sie tut es für dich.«

Limdin kam mit dem Zweig zurück, und Awin ersparte sich eine Antwort auf die Bemerkung des Yamans. Er nahm das Friedenszeichen, schnalzte mit der Zunge und lenkte sein Pferd den Hügel hinab. Er durchquerte einige Weizenfelder, die die Bauern auf dieser Seite des Flusses angelegt hatten. Das Korn war von unzähligen Hufen niedergetrampelt worden und hatte sich noch nicht wieder aufgerichtet. Viel würden die Akradhai dieses Jahr hier nicht ernten. Vorsichtig näherte er sich dem Holzwall, den Friedenszweig deutlich sichtbar in der Hand. Etwas flog sirrend heran. Awin hielt sein Pferd an. Ein Pfeil bohrte sich einige Längen vor ihm in den weichen Boden.

»Ich komme in Frieden!«, rief er hinüber.

Als Antwort kam ein weiterer Pfeil geflogen. Ein Stück rechts von Awin blieb er in der Erde stecken.

»Verschwinde oder stirb, Hakul!«, rief eine raue Stimme.

»Wir haben gemeinsame Feinde«, versuchte Awin es weiter. Sein Pferd tänzelte unruhig.

Die Antwort ließ nicht lange auf sich warten. Ein ganzer Schwarm Pfeile stieg über der Mauer auf. Awin gab seinem Pferd die Fersen und ließ es zur Seite ausbrechen. Er widerstand der Versuchung umzukehren, um schnell Abstand zu gewinnen, und das war sein Glück. Diese Bogenschützen der Akradhai verstanden ihr Handwerk, ihre Pfeile schlugen dort ein, wo Awin gewesen wäre, wenn er einfach umgedreht hätte. Als der zweite Schwarm herangeflogen kam, war er schon außer Reichweite, aber er hielt seinen Braunen erst an, als er wieder bei seinen Gefährten auf dem Hügel war.

»Wie du siehst, Jeswin, vollbringe ich heute wohl doch keine Wunder«, keuchte er.

»Der Tag ist ja noch nicht vorüber, Yaman«, erwiderte Jeswin grinsend. Im Gegensatz zu Awins Gefährten schien er sich keine Sorgen um den Boten gemacht zu haben.

»Sie beleidigen die Götter, wenn sie auf einen Abgesandten schießen«, zürnte Tuge.

»Sieh dir ihre Stadt an, Tuge«, erwiderte Awin, »da ist ihr Zorn nicht verwunderlich.«

»Seht, ist das nicht Isparra?«, rief Dare plötzlich.

Alle Blicke folgten seinem ausgestreckten Arm. Tatsächlich, am nördlichen Rand der weiten Brachfläche vor dem Wall war eine einsame, grau gekleidete Gestalt aufgetaucht – Isparra. Sie kam aus einem Waldstück hervor und näherte sich langsam der Stadt. Dann blieb sie stehen. Sie hatte die Hakul entdeckt.

»Kommt sie hierher? Kommt sie hierher?«, fragte Jeswin aufgeregt. Unter seinen Kriegern machte sich Unruhe breit.

»Bleibt ruhig, ihr Männer!«, rief Awin, »und haltet eure Zunge im Zaum. Sie kann euch hören.« Es half nicht viel, die ersten Pferde scheuten, weil sie sich von der Unruhe ihrer Reiter anstecken ließen. Awin war klar, dass es umso schlimmer werden würde, je näher Isparra kam. »Ich reite ihr entgegen. Willst du mich begleiten, Yaman?«

»Nicht für alles auf der Welt! Sie ist deine Geliebte, nicht meine, also halte sie mir vom Leib.«

»Ich begleite dich, Awin«, erklärte Merege plötzlich.

Er sah sie kurz an. Ihre Miene war ausdruckslos. Er verstand nicht, warum die Kariwa dabei sein wollte, aber er war doch froh, nicht alleine reiten zu müssen. Aus dem Augenwinkel heraus sah er, dass Wela offenbar mit sich rang. Aber das war ihm zu gefährlich, denn Wela hegte wegen des qualvoll verendeten Pferdes immer noch Zorn gegen Isparra.

»Dann komm, Merege«, rief er, bevor die Schmiedin sich entschließen konnte, ihn zu begleiten, und setzte sein Pferd in Bewegung. Die Kariwa folgte ihm.

»Habt ihr nun ein Pferd für mich, Mensch?«, hauchte es im Wind, lange bevor sie Isparra erreicht hatten.

»Kannst du uns den Weg bahnen, wie es dein Bruder tat?«, fragte Awin zurück.

Eine ganze Weile blieb es still, und sie hatten die Unsterbliche fast erreicht, als sie ein leises »Nein« flüsterte.

»Warum sollte ich dir dann ein Pferd geben, Isparra?«

Ein wütendes Zischen durchschnitt die Luft. Awin spürte eine Gänsehaut. Sein Brauner sträubte sich plötzlich gegen die Zügel und ließ sich nur mit harter Hand dazu bewegen weiterzugehen.

Aus der Nähe bot die Unsterbliche einen seltsamen Anblick.

Das graue Gewand war fast bis zur Schulter mit Schlamm besudelt, unter dem Mantel trug sie jedoch ein neues Untergewand, das deutlich besser aussah. Der Weg war wohl so schwierig gewesen, wie sie es von der Hochebene aus vermutet hatten. Sie war eine Windskrole, die einen viele Längen hohen Abhang hinabsprang, ohne einen Kratzer davonzutragen – aber Sümpfe, Morast und Bäche hielten sie auf? Awin verstand es nicht.

»Du hast diesen Männern erzählt, ich sei deine Geliebte?«, fragte Isparra kalt.

»Nein, das haben sie sich nur in den Kopf gesetzt, Ehrwürdige«, versicherte Awin.

»Was versteht ihr Sterblichen von der Liebe der Götter?«, fragte die Windskrole verbittert. »Einst war Liebe zwischen Xlifara und mir, doch als Fahs sie verbannte, änderte sich alles. Nun ist sie fort, und es ist nur Leere geblieben. Wie kann ein Mensch nur denken, dass ein Sterblicher groß genug wäre, dieses Loch zu füllen?«

Awin wusste nicht, was er dazu sagen sollte. Diese Offenheit sah Isparra nicht ähnlich.

»Du trägst ein neues Gewand, wo hast du es her?«, fragte Merege plötzlich.

Auch wenn Awin froh über diese Ablenkung war, war ihm nicht klar, was die Kariwa mit dieser Frage bezweckte.

»Uo hat hier ein Festmahl gefeiert. Das Land ist übersät mit den toten Gästen seiner finsteren Tafel. Einem davon nahm ich dieses Gewand. Und einer von euch sollte mir sein Pferd überlassen.«

»Wenn du keinen Weg durch die Verteidiger für uns schaffst, wird dir ein Pferd nichts nutzen, denn der einzige Weg über diesen Fluss führt über jene Brücke«, versuchte Awin es erneut.

»Ich sagte nicht, dass ich den Weg nicht bahnen kann, doch

steht er euch nicht offen, Hakul. Viele Menschen sind dort gestorben, und ich müsste noch mehr töten, um euch hinüberzubringen. Das …« Sie stockte, bevor sie fortfuhr: »Das will ich nicht.«

»So weißt du einen anderen Weg für uns? Du sprichst mit den Winden. Haben sie dir keinen anderen Pfad verraten?«

Isparra sah ihn nicht einmal an, als sie sagte: »Dieser Fluss fließt nach Norden. Ihr könnt ihm auf diesem Ufer folgen. Ich aber will den schnelleren Weg wählen, denn dann werde ich meine Geschwister einholen und sie bezahlen lassen für ihren Verrat. Also gib mir dein Pferd, Hakul.«

Awin schüttelte den Kopf. Ein schneidend kalter Wind kam auf.

»Ich frage dich nicht noch einmal, Mensch.«

»Meine Antwort wäre die gleiche, Isparra. Mein Pferd will dich nicht tragen, und ich werde es nicht hergeben.«

Isparra stieß ein scharfes Zischen aus. Awins Pferd bäumte sich erschrocken auf und stellte sich auf die Hinterbeine. Awin benötigte all sein Geschick, um sich im Sattel zu halten. Auch Mereges Ross scheute und trug sie wild ausschlagend davon. Ein erneutes Zischen durchschnitt die Luft. Awin hatte das Gefühl, plötzlich Eis zu atmen. Sein Brauner bockte, taumelte zur Seite – und stürzte. Awin sprang ab, um von seinem Tier nicht überrollt zu werden. Als er sich wieder aufrappelte, saß Isparra schon im Sattel, und mit einem lauten Schrei schoss sie davon, auf den Holzwall zu. Sie breitete die Arme aus, schrie wieder, und eine Staubwolke erhob sich, folgte ihr, überholte, umhüllte und verbarg sie. Sie schrie abermals, durchdringend und schrill, und entsetzte Rufe aus der Stadt antworteten ihr. Rasend schnell hielt die Wolke auf die Lücke im Wall zu. Awin sah viele Männer, die sich dort gesammelt hatten – vermutlich, um einen möglichen Angriff der Hakul zurückzuschlagen – und er sah, wie sie ihre Schilde und langen Speere wegwarfen und davonrannten. Aber nicht alle Akradhai verloren die Nerven. Auf den Türmen waren Bogenschützen, und sie sandten Pfeile in die heranstürmende Staubwolke. Plötzlich ertönte wieder ein markerschütternder Schrei, doch der kam nicht von Isparra. Awin kannte den Klang, es war der Schrei eines verwundeten Pferdes. Die Schleier aus Staub, die Isparra gewoben hatte, stockten, verharrten auf der Stelle. Die Verteidiger des Walles kamen wieder zur Besinnung. Sie blieben stehen, hoben ihre Waffen auf, rückten hinter ihren Schilden zusammen und reckten die Hälse, um zu sehen, was geschehen war. Plötzlich brach das Pferd aus der Staubwolke hervor. Sein schmerzerfülltes Wiehern zerriss Awin das Herz. Ein gefiederter Pfeil ragte aus seiner Kruppe. Wild ausschlagend stürmte es über die Ebene, dem Wald zu. Awin sah, dass Merege, die ihr eigenes Pferd wieder im Griff hatte, ihm nachjagte.

»Stellt euch mir nicht in den Weg, Menschen«, zischte eine Stimme.

Sie jagte Awin einen Schauer über den Rücken, denn er hatte wieder das Gefühl, dass die Sprecherin ihm ins Ohr flüsterte, dabei erhob sie sich gerade unweit der Mauer aus dem Staub. Langsam schritt sie voran. Ein einzelner Pfeil kam geflogen. Isparra hob die Hand, und der Pfeil fiel weit von ihr entfernt kraftlos zu Boden.

»Ich bin Isparra die Zerstörerin, Dienerin und Gefährtin Xlifara Slahans. Ich habe Festungen geschleift und ganze Heere vernichtet. Stellt euch mir nicht in den Weg«, flüsterte sie, und Awin wusste, dass vermutlich jeder in der Stadt und auch noch die Hakul auf dem Hügel sie hören und verstehen würden. Sie streckte die Arme aus, die Wolke aus Staub erhob sich wieder, verbarg sie und rollte auf die Stadt zu. Das war zu viel für die Verteidiger. Sie warfen ihre Waffen fort und rannten. Awin sah zu, wie die Staubwolke, die Isparra verbarg, die Lücke durchquerte, über die Brücke wallte und schließlich das jenseitige Ufer erreichte. Längst waren dort alle Akradhai geflohen. Der Staub verwehte, und Isparra, eine kleine graue Gestalt in der Abenddämmerung, schritt über die Ebene davon. Sie ging langsam.

Tuge kam herangesprengt, Jeswin, Lamban und Wela waren an seiner Seite. »Schnell, Yaman, die Brücke wird nicht verteidigt. Jetzt oder nie«, rief Jeswin von weitem.

Awin sah Merege am anderen Ende der Ebene, sie hatte sein Pferd eingefangen, war abgestiegen und kümmerte sich um die Wunde. Jeswin hatte vielleicht Recht. Awin sah die Hakul auf dem Hügel, die sich kampfbereit machten. Er konnte erkennen, dass sie ihre bronzenen Kriegsmasken aufsetzten, und auch Jeswin nestelte schon an seiner Satteltasche, um sie hervorzuholen. Aber Awin sah auch, dass die Akradhai den Schock schnell überwanden. Es war immerhin schon das zweite Mal, dass ihnen eine Unsterbliche begegnete. Er konnte sich gut vorstellen, dass sie beim ersten Mal zu entsetzt gewesen waren, um Eris Heer viel Widerstand entgegenzusetzen. Das hatten sie bitter bereut, und vermutlich hatten sie daraus gelernt. Auf der Brücke und in der Mauerbresche sammelten sich die Speerträger, und Awin sah Bogenschützen über die Mauern zu den Türmen rennen. Nein, es war zu spät. In Isparras Schatten wären sie vielleicht hinübergelangt, doch dieser Weg war ihnen jetzt versperrt.

»Es ist zu spät, ihr Krieger. Seht ihr nicht, dass die Verteidiger der Stadt die Brücke wieder besetzt halten? Selbst mit deinen tapferen Kriegern werden wir ihren Schildwall nicht überwinden können, Yaman Jeswin. Nein, wir ziehen uns zurück.«

Jeswin starrte eine Weile hinüber. Die Dämmerung war inzwischen weit fortgeschritten, und die Umrisse der Verteidiger verschwammen mit denen der Stadt. Es sah so aus, als hätten sie in der Bresche und auf der Brücke rasch neue Mauern hochgezogen, Mauern aus Schilden und Leibern, die mit tödlich langen Stacheln bewehrt waren. Jeswin nickte, und Lamban blies mit einem Hornsignal den Angriff ab. Die Brücke war ihnen versperrt. Sie mussten einen anderen Weg nach Norden finden.

Femewald

SIE SCHLUGEN IHR Nachtlager ein gutes Stück von der Stadt entfernt auf. Awin kümmerte sich mit Wela um seinen Braunen. Zum Glück erwies sich die Wunde nicht als sehr tief, und Wela meinte, dass das Pferd schon bald wieder ganz das Alte sein würde. »Und vielleicht passt sein Besitzer in Zukunft etwas besser auf das treue Tier auf und lässt es sich nicht wieder von der nächsten halbwegs ansehnlichen Frau unter dem Hintern wegstehlen.«

Awin hatte schon den Mund zu einer scharfen Erwiderung geöffnet, doch Tuge, der zugehört hatte, schüttelte warnend den Kopf. Also ließ Awin Wela ihren kleinen Sieg.

Jeswin stellte doppelte Wachen, denn er fürchtete einen nächtlichen Überfall. »Unsere Brüder haben ihnen böse mitgespielt. Die Ackerleute sind zwar in vielem anders, aber auch sie werden nach Rache für ihre Toten schreien.«

»Ich verstehe es nicht«, meinte Awin zu Merege, etwas abseits des Lagerfeuers. »Ich verstehe nicht, warum Isparra so gehandelt hat. Du hast sie gehört. Angeblich wollte sie keine Menschen töten. Das klingt seltsam, wenn man es aus dem Munde der Zerstörerin hört.«

»Sie ist eine Windskrole. Erwarte nicht, dass du sie verstehst, Awin«, entgegnete Merege.

»Ich weiß nur, dass sie uns etwas verheimlicht. Und es kann wichtig sein herauszufinden, was das ist. Wie dankbar wäre ich jetzt dafür, die Zukunft sehen zu können! Vielleicht könnte ich auf der Ebene des Geistes die Geheimnisse dieser Unsterblichen ergründen.«

Merege sah ihn nachdenklich an, dann sagte sie: »Wenn dir dieser Weg versperrt ist, dann versuche es auf anderen. Du hast einen scharfen Verstand. Nutze ihn!«

Darauf sagte Awin nichts. Sein Verstand? Der konnte nur raten, und das war ein schwacher Ersatz für die Gewissheit, mit der er auf seinen Reisen Dinge ergründet hatte. Er vermisste seine Gabe von Tag zu Tag mehr. In den Wochen nach der Schlacht um Pursu war sie noch da gewesen, und er hatte sie nur für nutzlos gehalten, weil sie ihn immer in jenen dunklen Raum mit den flüsternden Stimmen geführt hatte. Dabei war es Uos Seelenverweser gewesen, der nach ihm rief. Schließlich war er, ohne sich dessen bewusst zu sein, diesem Ruf gefolgt, und seine Fähigkeit war im Reich der Toten geblieben. Und jetzt war ein schwarzes Loch in seinem Inneren, eine taube Stelle, und er hatte das Gefühl, einen Teil seiner selbst verloren zu haben, fast wie beim Verlust einer Hand oder eines Armes.

Awin schob diese Gedanken zur Seite. Er ging zum Feuer zurück, denn es gab da etwas anderes, das er mit Yaman Jeswin zu besprechen hatte. »Sag, ehrwürdiger Yaman«, begann er höflich, »habe ich das vorhin richtig verstanden, du wärest bereit gewesen, mit uns über den Fluss zu gehen?«

Jeswin blickte überrascht auf und erwiderte: »Nun, das war wohl die Hitze der Schlacht, die mich erfasst hatte. Ich dachte nicht nach, sondern handelte, wie ein Krieger eben handelt. Und vielleicht hätten wir es sogar geschafft, sie zu überrennen!«

»Vielleicht, Yaman, vielleicht. Aber es hätte uns viel zu viel Blut gekostet«, entgegnete Awin und fuhr fort: »Und jetzt, wo dich das Schlachtfieber wieder verlassen hat, wie denkst du über deinen weiteren Weg?«

»Ich denke, er endet hier. Wir werden umkehren, von der

Beute einsammeln, was die diebischen Akradhai uns gelassen haben, und dann zu unseren Zelten heimkehren. Ich hoffe, wenigstens der große Tisch ist noch dort. Denn Xiwil, mein Weib, würde sich sehr über ihn freuen.«

»Du weißt, dass ihre Freude nicht lange währen wird, wenn Eri sein Ziel erreicht, oder?«, fragte Awin.

»Das Daimonentor. Ich habe es nicht vergessen«, brummte Jeswin, der es, entgegen dieser Bemerkung, wenigstens vorübergehend verdrängt zu haben schien.

»Ich kann nicht verlangen, dass du oder deine Männer uns weiter begleiten, Yaman Jeswin«, erklärte Awin ruhig. »Ich kann sogar gut verstehen, dass ihr die Sicherheit eurer Weiden, sei sie auch kurzlebig, großem Ruhm und Abenteuern vorzieht.«

Der Yaman brummte etwas Unverständliches. Awin hatte vermutlich einen wunden Punkt getroffen. Er kannte die Hakul gut genug, um zu wissen, dass sie sich Ruhm und Ehre ungern entgehen ließen. Er hielt inne, denn ihm war klar, was er von diesem Klan verlangte: Wenn sie ihm folgten, würden wohl nicht alle von ihnen die Heimat wiedersehen. Ruhm und Abenteuer? Das klang gut, viel besser als Tod und Gefahr, die sich hinter den schönen Worten verbargen. Aber Awin sah keine andere Möglichkeit. Er musste verhindern, dass Eri das Ende der Welt herbeiführte, und er war entschlossen, jede Hilfe in Anspruch zu nehmen, die er finden konnte.

»Hast du denn einen Plan, ehrwürdiger Yaman?«, fragte Jeswin jetzt, offensichtlich schon halb überredet.

»Nein, Yaman, ich weiß nur, dass ich nach Norden muss. Da uns die Brücke versperrt ist, müssen wir eben auf dieser Seite der Jurma bleiben, wenigstens, bis wir eine Furt gefunden haben«, antworte Awin.

»Das wird nicht so leicht gehen, wie du denkst, Yaman«, entgegnete Jeswin bedächtig. »Im Norden erstreckt sich auf viele Stunden der Femewald, den selbst die Akradhai meiden. Er ist finster, voller böser Geister und Menschen, die man nicht sehen kann. Und falls du auf einen Weg zu einer nahen Furt hoffst, muss ich dich enttäuschen. Die Jurma ist auch unterhalb der Stadt ein reißender Strom. Es gibt dort auf viele Tage keine Furt, wenigstens keine, von der die Hakul wüssten. Sonst hätten wir diese Bauern doch längst einmal auch auf der anderen, reichen Seite des Flusses heimgesucht.«

»Können wir diesen Wald nicht umgehen?«, fragte Tuge.

»Das würde viele, sehr viele Tage dauern. Westlich des Waldes beginnt das Ödland mit den Nebelsümpfen. Sie tragen ihren Namen zu Recht. So mancher Mann, der so dumm war hineinzugehen, fand nie wieder hinaus. Oder er wollte nach Norden, fand sich aber plötzlich im Westen oder Osten wieder, oder sogar genau dort, wo er aufgebrochen war. Es ist eine fürchterliche Gegend, düster und unwirtlich, nie scheint die Sonne, immer wabern Nebel über die Moore und Sümpfe, und die wenigen Menschen, die dort hausen, sind feindselig, und sie hassen alle, die außerhalb der Sümpfe leben. Ich war dort, damals, als ich jung war, und Xiwil, die noch nicht mein Weib war, für mich gewinnen wollte. Ich versprach ihr, eine der großen Sumpfschlangen zu erlegen, auf dass sie sich aus der Haut einen schönen Gürtel machen könne. Ich hatte Erfolg, und ich weiß, Xiwil war alle Gefahren wert, aber ich würde es nicht wieder tun. Dieser Weg ist uns also versperrt. Aber das wusstet ihr doch schon, oder? Warum wolltet ihr sonst über die Brücke von Borre?«

»Man hat uns Ähnliches berichtet, doch kann es nicht schaden, einen erfahrenen Hakul zu fragen, der dieses Land gut kennt, oder?«, meinte Awin höflich und folgerte: »Also müssen wir durch den Femewald, mag es dort nun Geister geben oder nicht.«

»Es gibt sie, in großer Zahl«, bekräftigte Jeswin, »dafür fehlt es an Wegen, und das dichte Dach dieses Waldes verhindert, dass sich ein Reiter nach Sonne oder Sternen richten kann.«

»So warst du also auch schon im Femewald?«, fragte Awin.

Der Yaman blickte ihn erschrocken an: »Bei Mareket, ich bin doch nicht verrückt! Doch kenne ich einen Hakul, dessen Bruder dort verschwand. Und auch die Händler erzählen schlimme Geschichten über den Wald.« Jeswin beugte sich vor und flüsterte: »Er soll unter dem Schutz einer mächtigen Waldskrole stehen, heißt es.«

»Und du kennst einen Hakul, der diese Alfskrole gesehen hat?«

»Nein, aber das heißt nicht, dass es sie nicht gibt. Es heißt, die Nebelmenschen verehren sie als Göttin.«

Awin seufzte, dann sagte er: »Wenn sie verehrt wird, tötet sie also nicht alle Menschen, oder?«

Jeswin starrte ihn nachdenklich an, sagte aber nichts. Also hakte Awin nach: »Ist sie denn schlimmer als Suog, der böse Geist des Grünlands, von dem du mir erzählt hast? Der hat uns bislang jedenfalls nichts getan, oder? Jedes Land hat seine Geister, Jeswin, aber nicht alle sind von Übel. Wir werden dem Wald mit Achtung begegnen und versuchen, die Wesen, die dort leben, nicht zu beleidigen.«

Jeswin runzelte die Stirn, aber dann schüttelte er lachend den Kopf und rief: »Du verstehst es, einem Mann die Gedanken im Kopf herumzudrehen, Yaman Awin. Ich glaube, wenn ich noch ein wenig mit dir plaudere, werde ich all meine Bedenken vergessen und fröhlich singend in diesen Wald hineinreiten. Du bist ein gefährlicher Mann, Awin von den Dornen, ein sehr gefährlicher Mann.«

Gegen Morgengrauen wurde Awin von Mahuk Raschtar geweckt. »Da sind Stimmen im Wald. Sie flüstern, sie warnen.«

»Warnen?«, fragte Awin schlaftrunken. Die Nächte in diesem Land waren einfach zu kurz.

»Vor uns. Sagen, dass wir nach Norden gehen.«

Jetzt war Awin wach. »Was sind das für Stimmen, Mahuk?«

»Leise Stimmen. Menschen, sagt Yeku, aber vielleicht auch Ahngeister.«

»Sagt er auch etwas über einen Weg, den wir nehmen könnten?«, fragte Awin und unterdrückte ein Gähnen.

Mahuk schüttelte den Kopf. »Kein Weg. Nur eine Spinne im Netz, die auf uns wartet. Yeku freut sich auf den Wald.«

»Und sagt dieser Stock auch, was für eine Spinne das sein soll?«

»Nein, Yaman. Er lacht. Weil Hakul so dumm sind. In Wald hineingehen.«

Awin starrte zu Boden. Ein Vogel kündigte mit schwermütigem Flöten den Morgen an. »Sag den anderen vorerst nichts, Mahuk. Unser Weg führt nun einmal dort hinein, und sie sollen sich nicht mehr beunruhigen, als unbedingt nötig.«

Mahuk nickte und verschwand im Wald, seine große Tasche hing über der Schulter. *Vielleicht sucht er Kräuter, vielleicht lauscht er dem, was die Bäume sagen*, dachte Awin. *Es ist gut, ihn dabeizuhaben, so kennt sich wenigstens einer von uns in Wäldern aus.* Er sah einige der Roten Hakul am Feuer stehen. Ihr Yaman war unter ihnen und redete auf sie ein. Die Krieger sahen nicht sehr begeistert aus.

Lange vor Sonnenaufgang brachen sie auf.

»Wohin jetzt, Yaman Awin?«, fragte Jeswin.

»Ihr begleitet uns also?«, fragte Awin.

»Ich habe mit meinen Männern geredet. Ich bin der Yaman, und sie folgen mir, wenn ich es befehle, so wie dir auch deine Gefährten folgen, doch hier kann ich ihnen nichts befehlen. Dieser Wald ist verflucht, das wissen sie. Ihre Mütter haben es ihnen schon in der Wiege erzählt, ihre Väter, als sie ihnen das Reiten beibrachten, ihre älteren Brüder, wenn sie von den Beutezügen zurückkehrten. Kein Hakul meines Stammes hat den Femewald je freiwillig betreten. Also habe ich ihnen gesagt, dass sie heimkehren können, ich habe ihnen aber auch gesagt, wie viel Ruhm auf der anderen Seite des Waldes auf sie wartet, so wie du es gestern Abend zu mir sagtest. Sie haben sich für den Ruhm entschieden, allesamt, und das erfüllt mich mit Stolz.« Jeswin legte eine Hand auf Awins Arm und senkte seine Stimme. »Ich weiß jedoch sehr wohl, dass nicht alle von uns diesen Ruhm erleben werden, und dass nicht Ehre, sondern vor allem Tod und Verderben in diesem Wald und jenseits davon auf uns warten, Yaman Awin.«

»Und dennoch hast du deine Krieger überzeugt, uns zu begleiten?«, fragte Awin.

»Natürlich. Wäre es nicht das Ende der Welt, wenn der Tiudhan sein Ziel erreicht? Das hast du jedenfalls gesagt, und ich halte dich für ehrlich, auch wenn du trotz deiner jungen Jahre schon verstanden hast, dass ein Yaman nicht immer und jederzeit die Wahrheit aussprechen kann. Aber lass uns ein anderes Mal darüber reden. Unsere Krieger warten schon darauf, dass wir ihnen endlich sagen, wohin es gehen soll. Also?«

»Wir reiten zum Fluss und folgen ihm nach Norden, so weit es geht. Vielleicht finden wir doch einen Weg hinüber, wenn nicht, werden wir uns einen Weg in diesen Wald hinein suchen – oder ihn uns selbst bahnen, wenn es sein muss!«

Der Fluss war schnell erreicht. Sie sahen vereinzelt verkohlte Baumstämme, die ans Ufer geschwemmt worden waren, und in der Luft lag immer noch der Geruch von verbranntem Holz, denn die Stadt war nicht weit. Awin blickte hinab in die Jurma. Sie war breiter als in Borre, die Ufer waren steil, und das Wasser strömte reißend schnell dahin. Er sah ein, dass eine Überquerung nicht möglich war. Also folgten sie dem Strom. Bald waren sie gezwungen, das Ufer zu verlassen, denn dichte Waldstücke drängten sich bis an den Fluss. Die Waldgebiete wurden ausgedehnter, die Schneisen zwischen ihnen schmaler. Awin fand sie bedrückend, er mochte Wälder einfach nicht. Sie stießen auf eine breite Rodung, die tief in den Wald hineinlief. Awin betrachtete die vielen abgehauenen Stümpfe. Einige frisch geschlagene Stämme lagen noch dort, wo sie gefällt worden waren. Die Akradhai schienen den Kampf mit diesem finsteren Wald aufgenommen zu haben. Sie würden jedoch einen langen Atem brauchen, wenn sie ihn besiegen wollten.

»Gutes Holz, alte Bäume. Buchen, gerade gewachsen«, meinte Mahuk.

Am Waldrand stand einer der hölzernen Ahngeister und starrte sie aus aufgemalten Augen durchdringend an. Auch er war aus einem einzigen Stamm geschnitzt worden, eine hockende Gestalt mit zu großem Kopf und düsterer Miene. Tuge drängte zur Eile. Sie folgten der Rodung, die immer schmaler wurde und schließlich in einen ausgetretenen Pfad mündete. Awin drehte sich um. Die lange Reihe der Reiter folgte ihm. Der letzte wurde noch von der Sonne beschienen, doch jetzt verschluckte auch ihn der Wald.

»Hier gehen viele Ochsen, schleppen Bäume«, erklärte Mahuk, der jetzt voranritt, weil Awin und Jeswin stillschweigend übereingekommen waren, ihm die Führung zu überlassen. Der Pfad wurde immer schmaler. Bald konnten sie nicht mehr in Zweierreihe reiten, und kurz darauf mussten sie absteigen und ihre Pferde am Halfter führen. Die Sonne warf lange Strahlen durchs dichte Geäst. Es würde ein warmer Tag werden. Awin rieb sich den Schweiß aus dem Nacken und stapfte weiter über den unebenen Waldboden. Dann blieb Mahuk stehen. »Ochsenpfad endet hier. Doch Wild geht weiter. Wir folgen ihm.«

Tatsächlich war da ein schmaler Weg zu erahnen, der sich zwischen den hochgewachsenen Baumstämmen hindurchschlängelte. Das Blätterdach wurde immer dichter, und je weiter sie in den Wald vordrangen, desto abgestandener und modriger roch die Luft. Bald war nicht mehr zu erkennen, ob über dem Wald die Sonne schien oder Wolken aufgezogen waren. Die Männer waren still. Awin wusste, dass sie sich in diesem Wald ähnlich unwohl fühlten wie er selbst. Mahuk blieb plötzlich stehen.

»Was gibt es?«, rief Awin leise.

»In der Nähe fließt Wasser. Das ist gut. Weiter«, antwortete der Raschtar.

Bald darauf hörte auch Awin das gedämpfte Murmeln eines Baches.

Es war ein schmales Rinnsal, das über bemooste Steine lief. Sie tränkten die Pferde und berieten über den weiteren Weg.

»Wir sollten dem Bach folgen, so sind wir wenigstens sicher, dass wir nicht im Kreis gehen«, schlug Jeswin vor.

Mahuk schnaubte verächtlich. »Ussar kennen den Wald. Gehen nicht im Kreis. Wir folgen dem Wild. Bach endet irgendwo am Fluss. Wild findet immer einen Weg.«

Awin stimmte dem Vorschlag zu, und bald zogen sie schweigend weiter. Es war fast nur das Stampfen der Hufe auf dem Waldboden zu hören, dazu das leise Klirren der Waffen, das Knarren von Zaumzeug und das gelegentliche Schnauben eines Pferdes. Darüber lag das leichte Rauschen des Blätterdaches. Der Wind schien mit den Wipfeln zu spielen, doch er drang nicht bis zu ihnen durch. Es wurde bald schwieriger, dem Wildpfad zu folgen. Die Buchen, die ihnen bislang einigermaßen Raum gelassen hatten, wurden von anderen, fremdartigen Bäumen mit fleckiger Rinde abgelöst, die selbst dicht über dem Boden noch kräftige, meist kahle Äste trugen. Irgendwann griff Mahuk zum Schwert und begann, sich den Weg frei zu hacken. Sie wurden dadurch immer langsamer, wie Awin besorgt feststellte. Er musste an das Heer des Tiudhan denken. Nach allem, was Jeswin von Händlern gehört hatte, war das Land auf der anderen Seite des Flusses eben, fruchtbar und durch Wege zwischen den verstreut liegenden kleinen Siedlungen erschlossen. Das Heer würde gut vorankommen, aufgehalten nur, wenn es plünderte und brandschatzte, und mit jedem Tag, den sie selbst in diesem elenden Wald auf der falschen Seite des Flusses verbrachten, würde der Abstand größer werden.

Das Schwert, das sich durch das Unterholz gehackt hatte, hielt inne. Mahuk blieb stehen. Awin wollte fragen, was der Grund dafür war, doch dann hörte er es selbst: Ein leises hölzernes Klappern wehte mit einem leichten Wind durch den Wald. Es erinnerte ihn an das Geräusch, das er beim Angriff der unsichtbaren Gegner am niedergebrannten Haus gehört hatte. Es war anders, leiser, feiner, aber ebenso bedrohlich, und schien von irgendwo hinter den Bäumen zu kommen. Awin konnte nichts entdecken, aber seine Hand wanderte zum Dolch. Auch mit dem nächsten Windhauch wehte dieses unbestimmte, leise Klappern und Schlagen durch den Wald.

»Ein Windskrol?«, flüsterte Jeswin.

Awin wusste es nicht. Das Klappern verstummte. Jeswin befahl dreien seiner Krieger, sich umzuschauen. Die anderen Hakul warteten, umzingelt von fremdartigen Bäumen und unbekannten Geräuschen. Die Späher kehrten zurück, sie hatten nichts Verdächtiges finden können. Sie rückten weiter vor. Das leise, hölzerne Klappern kam immer wieder. Es schien nie besonders nahe zu sein, verstummte von Zeit zu Zeit, um dann an anderer Stelle wieder zu erklingen.

»Vielleicht Tiere«, meinte Awin irgendwann, obwohl er es selbst nicht glaubte.

Mahuk schüttelte den Kopf. »Keine Tiere. Bewegen sich nicht. Sitzen hoch oben. Vielleicht Baumgeister.«

Dieser Verdacht sprach sich herum, und das war nicht dazu angetan, die Stimmung im Sger zu heben. Das Klappern verstummte nach einer Weile. Aber gerade, als sie erleichtert glaubten, es hinter sich gelassen zu haben, ertönte es irgendwo voraus von neuem. Wieder begleitete sie das beunruhigende Geräusch ein Stück, dann blieb es zurück. Sie schlichen leise weiter. Jeder Tritt der Hufe erschien Awin nun unnatürlich laut. Seine Sinne waren auf das Äußerste angespannt, warteten geradezu auf das hässliche Klappern. Es kam. Dieses Mal ertönte es von zwei Seiten und zerrte nun doppelt an ihren Nerven. Schließlich, als sie wieder einmal anhielten, um zu beraten, kam Limdin nach vorne. »Lass mich in den Wald gehen, Yaman Awin. Ich will einen dieser Geister fangen.«

Awin zögerte. Irgendetwas sagte ihm, dass sie es nicht mit Geistern zu tun hatten, aber er befürchtete, dass Menschen – Feinde – hinter diesen unheimlichen Geräuschen steckten. Schließlich nickte er aber. Sie mussten ergründen, was es damit auf sich hatte, bevor die Männer so verunsichert waren, dass sie sich umdrehten und davonliefen. Am liebsten hätte er sie ausschwärmen lassen, aber er hatte das Gefühl, dass es jetzt besser war, die Krieger zusammenzuhalten. Limdin verschwand im Dickicht. Bald hörten sie ihn durchs Unterholz brechen, und die Krieger raunten einander zu, wie sehr sie Limdin für seinen Mut bewunderten. Awin sah ihnen an, dass keiner von ihnen es gewagt hätte, diese Waldgeister herauszufordern, keiner, selbst Dare nicht, der nun mit verschlossenem Gesicht auf die Rückkehr seines Bruders wartete. Bald hatte der Wald die Geräusche von Limdin verschluckt. Das leise schnarrende Klappern erklang wieder. Awin begann sich Vorwürfe zu machen. Wieso hatte er den Krieger alleine gehen lassen? Einmal brach in einiger Entfernung ein Ast, die Blätter rauschten, aber sonst blieb es ruhig. Hin und wieder schnaubte ein Pferd, die Männer flüsterten miteinander. Sie warteten, und jedes Mal, wenn das leichte Klappern von irgendwoher heranwehte, fühlten sie sich unbehaglicher. Dann kamen schnelle Schritte durch den Wald. Limdin hatte es offenbar eilig. Schließlich sahen sie ihn zwischen den Bäumen. Limdin lachte und reckte etwas in die Höhe. »Ich habe einen der Waldgeister gefangen, ihr Krieger, seht her«, rief er laut.

Mahuk brummte irgendetwas Missbilligendes, aber Awin betrachtete neugierig das Ding, das Limdin mitgebracht hatte. Es war unzweifelhaft von Menschenhand gemacht, ein Gewirr von dünnen Stricken, an denen unterschiedlich lange, ausgehöhlte und mit Augen bemalte Hölzer baumelten. Als Limdin sie frei schwingen ließ, begannen sie gegeneinanderzuschlagen, und das leise, schnarrende Klappern erklang. »Ich habe lange gesucht, denn immer, wenn ich glaubte, unter dem richtigen Baum zu stehen, erklang das Geräusch an anderer Stelle. Schließlich sah ich etwas hoch oben in einem Baum. Fast hätte ich es nicht erreicht«, berichtete der junge Krieger. Viele Männer klopften ihm auf die Schulter und priesen seinen Mut.

»Und davor haben wir uns gefürchtet?«, rief Tuge, halb erleichtert, halb belustigt.

Sie ließen das Ding durch die Reihen wandern, und bald hörte Awin das leise Lachen der Krieger. Nur Mahuk wollte nicht einstimmen.

»Was ist mit dir, ehrwürdiger Raschtar?«, fragte Awin. »Bist du enttäuscht, dass wir nicht von Geistern umgeben sind?«

Mahuk schüttelte den Kopf. »Sind wir das nicht? Seltsames Ding. Hängt im Wipfel. Aber wozu? Und wer hängt es auf? Ich rieche, es wohnt kein Geist darin, aber ich weiß es nicht von den anderen, die wir hörten.«

Das war ernüchternd. Der Ussar hatte Recht. Irgendjemand hatte sich viel Mühe gegeben, dieses fremde Ding und die anderen seiner Art hoch oben im Blätterdach zu verstecken. Doch warum hier, tief im Wald, wo kaum je ein Mensch hinkam? Awin teilte seine Gedanken mit Jeswin, der ihm zustimmte, als er zu verschärfter Wachsamkeit mahnte. Mit gezogenen Schwertern setzten sie ihren Weg fort.

Das leise Klappern blieb von nun an ein immer wiederkehrender Begleiter, und hätte Mahuk nicht von den Geistern gesprochen, hätte es sie wohl kaum noch beunruhigt. Dann, es musste schon nach Mittag sein, erlebten sie eine Überraschung: Vor ihnen wurde es plötzlich heller. Und als Awin sich noch fragte, ob sie vielleicht auf eine Lichtung gestoßen waren, brach er hinter Mahuk durch einige Sträucher – und fand sich auf einer Straße wieder. Verblüfft blieb er stehen. Es war ein deutlich sichtbarer, breiter Pfad. Das war zwar keine Händlerstraße wie die, der sie im Grünland und auf der Geisterebene gefolgt waren, aber auch hier hatten Wagen ihre Spuren im weichen Waldboden hinterlassen. Die Hakul kamen nach und nach aus dem dichten Wald hervor und staunten. Awin blickte auf. Über den Bäumen zeigte sich endlich wieder blauer Himmel.

»Ein Reiter war hier, gestern, in großer Eile«, sagte Mahuk und deutete auf ein paar Abdrücke im Boden.

»Die Akradhai haben nicht viele Pferde, aber ganz unbekannt ist ihnen die Reitkunst nicht«, meinte Jeswin mit einem Achselzucken. Offenbar wollte er der Spur keine besondere Bedeutung beimessen.

»Und ein Wagen ist hier gefahren. Zwei, vielleicht drei Tage her«, murmelte Mahuk. »Ein schwerer Wagen.«

»Führt der Weg nach Norden, ehrwürdiger Raschtar?«, fragte Awin. Er musterte die Spur. Sie unterschied sich in nichts von all den anderen Pferdespuren, die er gesehen hatte, aber dennoch hatte er das fast sichere Gefühl, dass sie von jenem geheimnisvollen Reiter stammte, den Mahuk auf der Geisterebene entdeckt hatte.

Der Raschtar wies jetzt mit ausgestrecktem Arm in eine Richtung, die sich nicht ganz, aber doch ungefähr mit der Richtung des Weges deckte. »Dort ist Norden. Weg führt in den Wald. Ist vielleicht gefährlich, denn das ist Menschenweg. Yeku sagt, Ackerleute.«

»Akradhai? So tief im Wald?«, fragte Jeswin verwundert.

»Vielleicht haben sie weniger Angst vor der Waldskrole als vor dem bösen Geist des Grünlands«, meinte Awin mit einem leichten Lächeln.

»Du solltest nicht über sie spotten, Yaman, nicht, solange wir in ihrem Wald sind«, erwiderte Jeswin düster. »Und vielleicht führt dieser Pfad uns geradewegs zu ihr.«

Awin nickte, aber dann wies er nach oben. »Verzeih, aber dieser blaue Himmel über uns macht mir das Herz und auch die Zunge leicht. Außerdem glaube ich nicht, dass eine Alfskrole einen derart breiten Weg braucht.«

»Mag sein«, murmelte Jeswin verstimmt.

»Und wo führt er dann hin?«, fragte Wela ungeduldig.

»Das werden wir wohl am ehesten herausfinden, wenn wir ihm folgen«, antwortete Awin, »doch sollten wir den Pferden eine Rast gönnen. Dieser Weg durch den Wald hat ihnen ebenso wenig gefallen wie uns.«

Wela sah nach der Pfeilwunde des Braunen, die gut verheilte. Awin überließ ihr das Tier und nutzte die Zeit, um sich etwas abseits der anderen mit Merege zu unterhalten. »Ich weiß, dass du noch nie in diesem Land warst, Merege, und wenn ich dich richtig verstanden habe, kennt dein Volk eigentlich auch nur die Küste des Bernsteinlandes, aber hast du vielleicht schon etwas über diesen Wald und die Alfskrole, die in ihm wohnen soll, gehört?«

Die Kariwa schüttelte bedächtig den Kopf. »Ich hörte von dem finsteren Femewald ebenso wie von den Nebelsümpfen, und wir wissen auch, dass beide nicht gänzlich unbewohnt sind, auch wenn man sich kaum vorstellen mag, dass Menschen hier freiwillig leben wollen. Und natürlich erzählen auch die Kariwa ihren Kindern Geschichten von bösen Geistern und Unholden, die in Sümpfen und dunklen Wäldern hausen. Ich kann aber nicht sagen, ob mehr dahintersteckt als die Absicht, die Kinder von ihnen fernzuhalten.«

Awin nickte. »Ich habe Jeswin gefragt, wie groß dieser Wald ist, doch konnte er es mir nicht sagen. Wissen die Kariwa vielleicht mehr?«

»Die Kariwa möglicherweise schon, ich jedoch nicht«, erwiderte Merege mit einem flüchtigen Lächeln.

Awin fand, dass sie öfter lächeln sollte. Er hatte sich schon fast abgewandt, als er sich plötzlich sagen hörte: »Es scheint dir besser zu gehen, Merege. Das ist … schön.«

Merege lächelte wieder, doch dieses Mal war das Lächeln abweisend und kühl. »Ich werde dennoch nicht für dich zaubern, Hakul«, erklärte sie ruhig.

Verstimmt kehrte er zu Wela zurück.

»Die Wunde heilt gut, Awin, dein Pferd hatte Glück. Darüber solltest du dich freuen.«

»Tue ich«, murmelte er.

Welas Augen verengten sich: »Was aber die bleiche Ziege angeht, der du nachläufst wie ein Hund einem Knochen, da musst du Mahuk um Rat fragen. Ich habe keine Ahnung, was ihr fehlt, ich kann dir nur sagen, dass ihr irgendetwas fehlen muss, so wie sie mit anderen Menschen umgeht.«

Awin starrte Wela mit offenem Mund an.

»Sehr starke Frau«, meinte Mahuk grinsend, als sie davongestapft war. »Yeku hat immer noch Angst vor ihr. Ist nicht dumm. Die Kariwa bedrückt etwas. Eine Last, die sie trägt.«

»Sie ist Uo begegnet. Ich glaube, das hat sie mehr mitgenommen, als wir uns vorstellen können«, erwiderte Awin. »Aber eigentlich hatte ich den Eindruck, dass es ihr umso besser geht, je näher wir ihrer Heimat kommen.«

Sie saßen wieder auf und setzten ihre Reise fort, umgeben von dunklem Grün, das Awin bald wieder vor Feindseligkeit zu strotzen schien. Dare bot sich an vorauszureiten, um den Weg auszukundschaften. Offenbar hatte er das Gefühl, sich beweisen zu müssen, nachdem sein Bruder im Ansehen der Männer so stark gestiegen war. Awin hätte ihn ohnehin darum gebeten, und Jeswin, der seine Gedanken erriet, befahl Raiwe, einem seiner Jungkrieger, Dare zu begleiten.

Zunächst blieb ihr Ritt ereignislos. Nur das leise Schnarren und Klappern aus den Bäumen hörte nicht auf und ließ sie wieder beklommen schweigen.

Mahuk, der immer noch vor Awin und Jeswin ritt, hielt sein Pferd an und hob die Hand. Der Sger blieb stehen.

»Eure Männer sollten ihre Waffen festhalten«, sagte der Ussar. »Kein Specht, kein Vogel, kein Hirsch im Dickicht. Zu ruhig hier. Schlechtes Zeichen.«

Awin, der nicht viel über Wälder wusste, fragte: »Kann es nicht sein, dass die Tiere vor uns fliehen, da sie uns kommen hören?«

Mahuk warf ihm einen mitleidigen Blick zu. »Ich würde sie hören. Aber versteckte Menschen bleiben vielleicht durch unseren Lärm vor meinen Ohren verborgen.«

Awin verstand, was der Raschtar meinte, und gemeinsam mit Jeswin mahnte er die Krieger zur Ruhe, obwohl sie doch schon schwiegen und leiser kaum sein konnten. Bald war wieder das Stampfen der Hufe, das leise Klirren der Waffen und das gelegentliche Schnauben der Pferde zu hören, untermalt vom Rauschen der Blätter im Wind und dem flüsternden Schnarren der hölzernen Gestelle, die irgendjemand dort über ihnen in die Bäume gehängt hatte.

Sie ritten bis zum späten Nachmittag. Der Weg blieb breit, umging einige Felsen, aber führte dabei immer weiter in nördlicher Richtung tiefer in den Wald hinein. Awin zerbrach sich den Kopf darüber, wer ihn angelegt haben mochte und zu welchem Zweck. Wagen waren hier gefahren, das konnte er sehen, doch warum und wohin? Er hoffte, bald eine Antwort zu finden. Im Augenblick war er jedoch froh, dass dieser Weg es ihm erlaubte, halbwegs schnell voranzukommen. Sie würden vielleicht trotz des Umweges nicht so weit hinter Eri zurückfallen, wie er befürchtet hatte. Vielleicht würden sie sogar vor ihm das Meer erreichen. Aus diesen Gedanken wurde er durch einen Ruf von Jeswin gerissen. Die beiden Späher erwarteten sie an einer Wegbiegung.

»In der Ferne waren Hörner zu hören, ehrwürdiger Yaman«, berichtete Dare, »und hier sind viele Männer über den Weg gekommen, aber nicht auf ihm geblieben.«

Awin musterte den Boden. Es mussten viele Menschen gewesen sein.

»Noch nicht lange her«, meinte Mahuk. »Heute. Aber nach dem Reiter. Pferdespur verschwindet hier, kommt da vorne wieder.«

Awin nickte, denn er war zu demselben Schluss gekommen. In das dichte Buschwerk waren einige Lücken gerissen, es mussten wirklich viele Männer gewesen sein. Zwanzig, dreißig, vielleicht auch mehr. Doch warum waren sie nicht auf dem Weg geblieben?

»Hörner in der Ferne, sagst du?«, fragte er Dare.

Der Jungkrieger nickte.

»Was hältst du davon, Yaman?«, fragte Jeswin.

Awin dachte nach. Eigentlich musste man kein Seher sein, um zu ahnen, was da vor sich ging: »Dieser Weg muss zu einer Siedlung führen, die anscheinend dort irgendwo im Wald liegt. Wenn diese Männer nicht auf dem Weg bleiben, um dorthin zu gelangen, dann führen sie nichts Gutes im Schilde. Und wenn sie die Straße schon verlassen, obwohl die Siedlung noch fern ist, dann wird der Weg überwacht. Das heißt wiederum, dass, wer immer dort wohnt, mit Feinden rechnet.«

»Hast du das *gesehen*?«, fragte Jeswin ehrfürchtig.

»Nur in diesen Spuren, Yaman«, entgegnete Awin lächelnd.

»So bist du nicht sicher?«

Awin seufzte, offenbar hätte der Yaman ihm sofort geglaubt, wenn er es aus irgendeinem Zeichen gelesen hätte, jetzt hegte er Zweifel. Aber die hatte Awin selbst auch, die Hörner waren vielleicht für die Jagd, nicht den Kampf, und schließlich war es auch gar nicht sicher, dass wirklich eine Siedlung mitten im Wald lag. Nach allem, was er gehört hatte, mieden die Akradhai den Femewald, und diese geheimnisvollen Waldbewohner würden doch sicher keine breite Straße für Fremde weit in ihren Wald hineinschlagen. Es passte nicht zusammen. Dennoch war Awin sich aus irgendeinem Grund sehr sicher, dass er Recht hatte – da war ein Kampf im Gange, tief im Wald. Und sie würden bald wissen, wer dort gegen wen kämpfte.

Sie schickten Dare und drei weitere Späher zu Fuß voraus und folgten ihnen langsam und mit verdoppelter Wachsamkeit.

Laute drangen aus der Ferne heran: Ein dumpfes, regelmäßiges Stampfen und bedrohliche Rufe. Sie hielten die Pferde an.

»Das klingt böse«, sagte Tuge leise. »Es ist wie das, was wir an dem niedergebrannten Haus hörten, gestern.«

Awin nickte. War das wirklich erst gestern gewesen? Es war viel geschehen seither. Plötzlich stieg ein einzelner schmerzerfüllter Schrei aus dem Wald auf. Einer ihrer Späher kam über den Weg zurückgerannt.

»Was gibt es, Raiwe, mein Sohn?«, fragte Jeswin den Jungkrieger, als er völlig außer Atem endlich angekommen war.

»Da ist eine Lichtung. Dare hat sich ganz herangeschlichen. Er sagt, es steht ein großes Haus darauf. Dort wird gekämpft, und es sind viele Krieger zwischen den Bäumen«, rief der Jungkrieger keuchend.

»Worum wird gekämpft?«, wollte Jeswin wissen.

»Das weiß ich nicht, Yaman«, sagte Raiwe, was ihm einen sehr tadelnden Blick einbrachte. Eilig rief er: »Aber es sind Ackerleute, die angreifen. Wir sahen einen tot auf dem Weg liegen.«

Jetzt ertönte ein vielstimmiger Schlachtruf, Hörner erklangen und dann das wilde Gebrüll angreifender Krieger. Awin rann ein Schauer über den Rücken.

»Es sieht so aus, als würde Uo ein Fest feiern«, meinte Jeswin mit ausdrucksloser Miene.

»Was tun wir jetzt, Awin?«, fragte Tuge.

Die wilden Schreie waren verstummt, aber Waffenklirren und lautes Stöhnen klangen durch den Wald. Ein weiterer Späher kam herangelaufen. »Sie kämpfen, die Akradhai greifen das Haus an!«

»Wie viele?«, wollte Jeswin wissen.

»Dare sagt, es seien fünf oder sechs Dutzend.«

»Dare sagt, Dare sagt – haben meine Späher keine eigenen

Augen mehr?«, klagte Jeswin, woraufhin der Jungkrieger rot anlief.

»Lasst sie kämpfen, dann kümmern wir uns hinterher um die, die übrig bleiben«, riet Lamban der Pferdezüchter.

Aber Awin war anderer Ansicht. »Nein, es sind Akradhai, die Feinde angreifen. Ich sage, der Feind meines Feindes ist mein Freund. Oder wenigstens will ich erreichen, dass die Bewohner dieses Hauses im Wald das sagen. Wir fallen den Angreifern in den Rücken, zu Pferd, nach Hakul-Art. Das wird sie in die Flucht schlagen, denn die Überraschung ist auf unserer Seite.«

»Mareket gebe, dass du Recht hast, Yaman«, rief Jeswin. Kampfeslust leuchtete in seinen Augen. Er nahm seinen Speer aus dem Halfter und schwenkte ihn. Sofort machten seine Krieger sich kampfbereit. Bald verschwanden die Gesichter der Yamanoi hinter den Furcht erregenden Masken aus Bronze.

»Was ist mit dir, Yaman, willst du ohne Kriegshelm kämpfen?«, fragte Jeswin, als er seine Maske am Helm einhängte.

Awin starrte in die ausdruckslosen, viereckigen Augen der Maske und nickte. Er besaß keinen Kriegshelm, weil die Sonnentöchter Wela nicht erlaubt hatten, ihre Ambosse zu benutzen. Jetzt hätte er sein Gesicht gerne hinter so einer Fratze verborgen. Er fasste seinen kleinen Lederschild fester. »Kein Hornzeichen, Tuge, wir wollen sie doch überraschen«, befahl er, als er sah, dass der Bogner sein Horn schon an die Lippen brachte.

»Seid ihr bereit, ihr Krieger?«, rief Jeswin.

»Hakul!«, antwortete es vielstimmig.

»Wela, die Sgerlanze – aber halte dich im Hintergrund«, befahl Awin, als die Schmiedin neben ihm auftauchte.

Sie antwortete nicht, aber ihre Augen sagten, dass sie ihm nicht gehorchen würde.

»Wela!«, mahnte er.

»Hakul!«, rief Jeswin, stieß seinem Pferd die Stiefel in die Flanken und galoppierte los.

»Hakul!«, riefen die Krieger und folgten ihrem Yaman.

Awin reckte seinen Speer in die Höhe. »Hakul!«, rief er, und dann stürmte er mit den anderen voran. Tuge und Mabak waren neben ihm. Das Schlachtfieber hatte ihn gepackt. Es ging noch ein gutes Stück über den breiten Weg. Awin hörte das Donnern der Hufe und das Keuchen der Pferde und konnte es selbst kaum noch erwarten, endlich auf den Feind zu treffen. Der Weg weitete sich zur Lichtung, und in den roten Strahlen der Abendsonne stürmten die Hakul in den Kampf. Karak war plötzlich ganz vorne.

»Hakul!«

Awin brüllte mit, aber mitten im Schrei spürte er mit einem Mal eine kristallene Klarheit, und ein Stimme aus seinem Inneren fragte: *Was tust du hier, Awin?* Das »Haus« tauchte vor ihm auf. Die Späher hatten es nur unzureichend beschrieben. Es waren zwei große Langhäuser aus grobem Holz, die tief gezogenen Dächer mit Stroh gedeckt. Die Angreifer waren auf allen Seiten, und auf den Dächern wurde gekämpft. Männer standen dort und hieben aufeinander ein. Awin sah, dass sie schlecht bewaffnet waren. Ihm fielen Äxte, aber auch Sicheln und einfache Holzknüppel auf, nur ein oder zwei Schilde. Auf dem Dachfirst des einen Hauses saßen Frauen, die die Männer, die versuchten, sich über das Dach hochzuarbeiten, mit irgendetwas bewarfen. *Ist das dein Kampf, Awin?*, fragte seine innere Stimme. Er kannte die Antwort, aber er trieb sein Pferd voran. Auf einem niedrigen Holzwall standen Bogenschützen und wehrten Männer ab, die auf langen Stangen emporkletterten.

»Hakul!«

Für einen Augenblick schien die Schlacht zu gefrieren. Die Hakul donnerten auf ihren Pferden heran, und Angreifer und

Verteidiger erstarrten gleichermaßen vor Schreck. Dann schrie jemand schrill auf, es war eine der Frauen auf dem Dachfirst. Unter ihr war ein Mann vom Dach gestürzt, dem ein Hakulpfeil in den Leib gefahren war.

»Lauft! Lauft!«, brüllte eine laute Stimme, und: »Hakul, es sind Hakul!«

»Hakul!«, brüllten die Reiter.

Es gab keine Gegenwehr. Die Angreifer warfen ihre Äxte, Sicheln und Knüppel fort und liefen davon. Sie hatten Glück, dass die Hakul mit mehr Widerstand gerechnet hatten und in geschlossener Schlachtreihe angriffen. Als die Akradhai nun nach allen Seiten davonstoben, konnten dadurch viele ihrem Verhängnis noch einmal entkommen. Schlimm war es für jene, die das Haus vom Süden her angegriffen hatten, von der Seite, an der die Krieger der Steppe aufgetaucht waren. Dort wurden Männer von Speeren oder Pfeilen durchbohrt, von Schwertern niedergehauen oder einfach über den Haufen geritten und niedergetrampelt.

Awin war ein wenig zurückgefallen, aber auch er schleuderte jetzt den Männern auf der Lichtung das laute »Hakul« entgegen und legte seinen Speer zum Stoß ein. Sein Pferd wich einigen Baumstümpfen aus und trug ihn so immer dichter an eines der Langhäuser heran. Vom Dach kam ein Pfeil auf ihn zugeflogen. Awin sah ihn gerade noch rechtzeitig und riss seinen Schild hoch. Mit dumpfem Schlag fuhr der Pfeil ins Leder. Dann tauchten vor ihm, nur noch wenige Pferdelängen entfernt, zwei Männer auf. Sie waren vielleicht vom Dach gestürzt, Ackerleute der Kleidung nach, Angreifer, die wohl nicht schnell genug geflohen waren. Erst auf den zweiten Blick erkannte Awin, dass die beiden Männer miteinander rangen. Messer blitzten in ihren Händen. Plötzlich sah einer der beiden Awin heranstürmen. Für einen Augenblick schien er verunsichert, und diese

Unsicherheit brachte ihm den Tod, denn sein Gegner, der Awin den Rücken zukehrte, konnte seine Messerhand aus dem Griff des anderen lösen und stach ihn nieder. Dann hörte er wohl das Ross herankommen, fuhr herum und erstarrte. Awin riss hart am Zügel. Sein Brauner schnaubte, knickte in den Hinterläufen ein, seine Hufe rutschten ein Stück über den Boden, aber dann stand er. Awin hatte so mit dem Tier zu kämpfen, das er erst, als es unruhig zum Stehen kam, bemerkte, dass er die ganze Zeit seinen Speer zum Angriff gesenkt gehalten hatte. Die eiserne Spitze war nur eine Handbreit von der Brust des Fremden entfernt, der sie jetzt ungläubig anstarrte.

Die Schlacht war vorbei. Die Angreifer waren fort, verschwunden zwischen den Bäumen, und die Hakul, die schnell einsahen, dass sie ihnen dorthin mit ihren Pferden nicht folgen konnten, kehrten zur Lichtung zurück. Awin sah einige reglose Körper im Gras liegen und auch zwei stöhnende Verwundete. Er sah aber auch, dass die Verteidiger unsicher ihre Bögen spannten.

»Wir sind nicht eure Feinde!«, rief er laut.

»Aber ihr seid Hakul«, erwiderte der Fremde, der immer noch Awins gesenkten Speer anstarrte.

Awin stellte die Waffe hastig auf.

»Dennoch sind wir nicht eure Feinde«, wiederholte er.

»Praane, alles in Ordnung?«, rief eine Stimme vom Dach.

»Alles in Ordnung, Nokke«, erwiderte der Mann vor Awin.

»Aber was sollen wir jetzt tun? Das sind doch wirklich die Hakul, die …«

Praane schnitt ihm das Wort ab: »Aber anscheinend kommen sie nicht in feindlicher Absicht. Also senkt die Waffen. Aber behaltet sie im Auge!«

»Aber …«

»Nokke! Stellst du meinen Befehl in Frage?«

»Nein, Ore Praane, natürlich nicht«, lautete die kleinlaute Antwort.

Awin fragte sich, was der Mann vom Dach hatte sagen wollen. Es klang fast, als hätten sie sie erwartet. Der Mann vor seinem Speer war also der Herr dieses Hofes. Dafür war er ziemlich jung.

Jeswin kam auf seinem Rappen herangetrabt. »Ein leichter Sieg«, rief er, während er seine Kriegsmaske wieder abnahm. »Ein wenig zu leicht, wenn du mich fragst. Ich glaube, wir haben nicht einmal Verwundete. Diese Bauern verstehen es einfach nicht zu kämpfen.«

»Tretet uns in offener Schlacht entgegen, und wir zeigen euch, dass wir tapfer sind«, rief Praane zornig.

»Wieso streiten hier Akradhai gegen Akradhai?«, fragte Awin.

»Warum mischen sich die Hakul ein?«, stellte Praane mit düsterer Miene die Gegenfrage.

»Ich kann dein Misstrauen verstehen, Akradhai, doch gehören wir nicht zu dem Hereban, der das Grünland und die Stadt Borre verwüstete.«

Praane sah ihn nachdenklich an. »Ich weiß nicht, zu wem ihr gehört oder nicht, aber ich sehe wohl, dass vieles an euch nicht ist wie bei anderen Hakul. Ich sehe eine junge Frau, die ein Feldzeichen trägt, und ich sehe zwei Fremde in euren Reihen, und eine davon scheint mir wahrhaftig eine Kariwa zu sein. Wer seid ihr?«

»Ich bin Yaman Awin vom Klan der Schwarzen Dornen, das ist Yaman Jeswin vom Roten Wasser. Du bist ein guter Beobachter, Ore Praane, und ich sichere dir im Namen der Hüter zu, dass keiner unserer Männer die Waffe gegen euch richten wird, wenn wir heute Nacht hierbleiben.«

»Ihr wollt hierbleiben?«, fragte der Ore.

»Es wird bald dunkel, und wir werden nicht weiterziehen«, stellte Awin ruhig fest. »Ich glaube, es wäre auch für euch besser, wenn dieser Hof heute Nacht von einigen bewaffneten Männern mehr verteidigt würde.«

»Und du gelobst Frieden im Namen der Hüter? Das ist ein heiliges Versprechen. Für einen Hakul siehst du zwar ehrlich aus, doch wirst du verstehen, dass ich zögere, dir unsere Gastfreundschaft anzubieten. Denn ihr seid, was ihr seid, Räuber aus der Steppe, und wir haben wenig Gutes von den Hakul erfahren.«

»So bist du nicht der Meinung, dass wir euch soeben vor euren Feinden gerettet haben?«, fragte Awin mit kühler Freundlichkeit.

Praane zögerte, aber dann gab er nach. »Auch ich gelobe im Namen der Hüter, dass wir euch heute nicht angreifen werden. Ihr könnt im Schatten unseres Walls eure Zelte aufschlagen, doch werde ich euch nicht anbieten, unsere Häuser zu betreten.«

»Du willst, dass wir hier ungeschützt auf der Lichtung lagern, während der Wald voller Feinde ist?«, fragte Awin ruhig.

Praane nickte. Ein flüchtiges Lächeln spielte um seine Lippen. Awin betrachtete den Mann genauer. Er war jung, nicht viel älter als er selbst, schlank, beinahe schmächtig, aber doch auch sehnig, im Kampf sicher ein nicht zu unterschätzender Gegner. Eine Narbe am Kinn deutete darauf hin, dass er nicht seine erste Schlacht schlug. Er war offensichtlich kaltblütig, denn er stand schutzlos auf einer Lichtung, umringt von zwei Dutzend Hakul, und wirkte nicht im Geringsten eingeschüchtert. Und er war gerissen, wenn er versuchte, die Hakul als lebenden Schild zwischen sich und seine Feinde zu schieben. Awin begriff, dass er hier Druck ausüben musste, um etwas zu erreichen, auch wenn es ihm gegen den Strich ging: »Ich kenne die Regeln der Gastfreundschaft in diesem Land nicht, Akradhai, doch ich bin sicher, wir werden heute innerhalb dieser Wälle schlafen. Mit oder ohne eurer Erlaubnis.« Das war eine kaum verhüllte Drohung.

Plötzlich lachte Praane, er schien gute Miene zum bösen Spiel machen zu wollen. »Verzeih, Fremder. Ich war unhöflich. Im Namen der Hüter, ich biete euch den Schutz des Gastrechts auf Praanes Hof – für diese Nacht.«

»Hältst du das für klug, Yaman?«, fragte Jeswin, als sie abstiegen, um die Pferde durch den niedrigen Torbogen zu führen.

»Für klüger, als hier auf der Lichtung oder gar im Wald zu übernachten. Wenn wir wachsam sind, wird es keine Überraschungen geben.«

»Dein Wort in Marekets Ohr, Yaman«, murmelte Jeswin zur Antwort.

Awin erntete viele finstere Blicke, als er an der Seite von Praane durch das Tor schritt. Das Misstrauen, das zwischen Hakul und Akradhai stand, war beinahe mit Händen zu greifen.

»Du kannst dich geehrt fühlen, Hakul, noch nie hat einer deines Volkes diesen Hof betreten«, sagte Praane.

Awin nickte höflich und sah sich um. Der Innenhof war klein, eingezwängt von den beiden Langhäusern und an den Schmalseiten von Verschlägen, in denen er einige Felle und Häute entdeckte, die zum Trocknen aufgespannt waren. In einem anderen sah Awin drei zugedeckte Körper, vermutlich Opfer des Kampfes, den die Hakul beendet hatten. Ein schwerer Wagen stand neben dem Tor. Bogenschützen hatten dort Stellung bezogen und starrten sie nun misstrauisch an. Awin wurde bewusst, dass sie sehr viel Glück gehabt hatten. Der Pfeil steckte immer noch in seinem Schild, das schien der einzige Schaden zu sein, den ihr Sger genommen hatte.

»Der Platz wird nicht für unsere Pferde reichen«, stellte er jetzt fest.

Praane zwinkerte ihm zu. »Im Hof sicher nicht.«

Er führte Awin nach rechts und öffnete ein breites Tor. Überrascht stellte Awin fest, dass dieses Haus ein Stall war. Ein halbes Dutzend Kühe sowie etliche Ziegen und Schafe standen dort in Gattern. Ihre Pferde würden jedoch auch noch Platz finden.

»Ich habe mich schon gefragt, ob ihr hier kein Vieh haltet«, meinte Awin beeindruckt.

»Eure Rösser werden es hier drin nicht schlechter haben als wir Menschen – aber du kannst es auch so sehen, dass wir Menschen es hier nicht viel besser haben als die Tiere. Wir sind nicht reich.«

Awin beruhigte die misstrauischen Hakul, die es nicht gewohnt waren, ihre Pferde in Ställen unterzubringen, dann folgte er Praane in das zweite Haus. Es war wirklich nicht viel besser als der Stall. Es gab nur zwei Räume, im ersten lag ein einzelner Mann auf Stroh gebettet. Er setzte sich auf. »Dies ist Uref, der Älteste unseres Hofes«, erklärte Praane und stellte Awin dem Ältesten vor. Dieser begrüßte ihn höflich, aber kühl, und sagte: »Ihr habt uns gerettet, wie ich höre, dafür meinen Dank. Doch viel mehr als den werdet ihr nicht bekommen, Hakul.«

»Welcher Art ist deine Wunde, Ältester Uref?«, fragte Awin höflich. »Wir haben Heiler bei uns, die danach sehen könnten.«

»Es ist nichts, nichts, was wir nicht selbst versorgen könnten, danke«, erklärte Uref steif.

Awin nahm es mit einem Nicken hin. Sein Blick fiel jetzt auf eine offen stehende Tür. Dahinter lag die zweite, die Vorratskammer des Hauses. Die erwies sich als außerordentlich gut gefüllt, mit Fleisch, Körben voller Früchte, Honigwaben,

Ackergeräten und noch vielen anderen Dingen, die Awin nicht kannte.

»Wenn ihr das ›nicht reich‹ nennt, verstehe ich, warum die Roten Hakul eure Höfe immer wieder überfallen«, meinte Awin anerkennend. »Ich habe deine Leute gezählt, Praane. Ihr seid kaum mehr als dreißig, aber mit diesen Gaben würden selbst hundert Hakul über den Winter kommen. Und ihr habt doch noch viel Zeit, eure Vorräte weiter aufzufüllen.«

»Der Wald war gut zu uns«, erwiderte Praane und verschloss hastig die Pforte.

»Der Wald«, murmelte Awin, der roch, dass hier etwas nicht stimmte. »Ist diese Kammer vielleicht der Grund für den Überfall, Ore?«, fragte er.

»Du bist scharfsinnig«, erwiderte Praane, was kein klares Ja, aber noch weniger ein Nein war. Der eintretende Nokke unterbrach sie. Er war jünger als Praane, mager und durch einen leichten Buckel über der linken Schulter gezeichnet. »Ore Praane, wie sollen wir mit den Toten verfahren?«

»Tragt sie an den Waldrand. Mögen ihre Leute sie heute Nacht holen. Wenn sie das nicht tun, werden wir sie morgen beerdigen. Wie viele sind es?«

»Neun. Es gibt auch einen Verwundeten, Praane«, fügte Nokke hinzu.

»Schwer verwundet? Dann leg ihn dazu. Vielleicht hat er Glück, und sie kümmern sich um ihn. Wenn nicht, nun, dann werden wir morgen entscheiden, was wir tun.«

»Halt«, sagte Awin. »Wir haben Heiler in unserem Sger. Sie werden sich um den Mann kümmern.«

»Dies ist mein Haus, Hakul, und ich entscheide, wie wir mit unseren Gefangenen verfahren.«

»Wenn ich es richtig verstehe, liegt der Mann noch auf der Lichtung und nicht in deinem Haus, und es waren Hakul, die ihn verwundeten. Meine Heiler werden seine Wunden versorgen.«

Es sah kurz aus, als wollte Praane widersprechen, aber dann tat er die Sache mit einem Achselzucken ab. »Tu, was du nicht lassen kannst. Aber er kommt mir nicht über die Schwelle. Und wenn ihr ihn da draußen versorgt, solltet ihr vorsichtig sein. Die Sonne geht bald unter, und die Grünländer sind immer noch in der Nähe.«

»Ich kann dem Yaman dieser Sippe nur Recht geben«, meinte Wela, als sie neben Awin und Mahuk durch das Tor lief. »Wieso willst du, dass wir uns um einen verwundeten Feind kümmern?«

»Sie nennen ihn Ore, nicht Yaman, Wela Schmiedetochter«, berichtigte Awin.

»Ein verwundeter Feind weiß mehr als ein toter«, erklärte Mahuk der Schmiedin leise.

Die Dämmerung war weit fortgeschritten. Einige der Hofbewohner schafften die Leichen zum Waldrand. Auch Hakul waren noch dort. Awin sah einen Krieger des Wasser-Klans, der seinen Blutdolch reinigte. Er hatte sich wohl gerade die Kraft des Mannes genommen, den er getötet hatte, bevor die Akradhai ihn wegschafften.

»Viel wirst du von dem hier nicht mehr erfahren«, stellte Wela nüchtern fest, als sie den Verwundeten erreichten. Es war ein großer Mann mit kräftigen Armen. Eine Axt, deren Bronzeklinge aus dem Schaft gesprungen war, lag neben ihm.

»Sein Blut gehört mir«, sagte eine Stimme hinter ihnen. Es war Lamban der Pferdezüchter.

»Noch ist er nicht tot«, entgegnete Awin ruhig.

»Deshalb bin ich hier. Ich verstehe mich zwar nicht auf die Heilkunst, aber ich sehe, dass er die Nacht nicht überstehen wird.«

»Mahuk?«, fragte Awin.

»Er wird Uo heute begegnen«, bestätigte der Raschtar.

»Ich hoffe, du willst mir diesen Sieg in der Schlacht nicht streitig machen, Yaman«, sagte Lamban.

Awin sah ihn ruhig an. Lamban war sicher doppelt so alt wie er selbst, ein Krieger mit viel Erfahrung. Seine Unterstellung war eine Unverschämtheit.

»Ich werde diesen Mann nur etwas fragen, Pferdezüchter, dann kannst du den Sterbenden töten, wenn dir danach ist. Wenn du aber noch einmal behauptest, dass mich nach Blut verlangt, das mir nicht gehört, werde ich mir deines nehmen.«

Lamban erbleichte, das konnte Awin selbst im Zwielicht sehen, und seine Hand wanderte zum Gürtel. Aber dann drehte er sich wortlos um und verschwand.

»Ich beglückwünsche dich, Awin Sehersohn«, sagte Wela spöttisch, »du hast dir soeben einen Feind gemacht.«

»Und vielleicht für nichts. Der Mann kann nicht reden. Hustet Blut«, stellte Mahuk fest.

Awin beugte sich zu dem Sterbenden hinab, der irgendetwas sagte, aber Awin konnte ihn nicht verstehen. Plötzlich war es vorbei. Der Kopf des Mannes fiel zur Seite, und er war tot.

»Yeku sagt, die Seele geht im Zorn zu ihren Ahnen.«

»Zorn auf die Hakul?«, fragte Awin.

»Zorn auf Hofleute.«

»Was sagt Yeku noch?«, fragte Wela.

»Nichts, die Seele ist fort, zu den dunklen Wäldern ihrer Ahnen – oder wohin ihre Seelen sonst gehen mögen.«

Awin schloss die Augen, um nachzudenken. Hatte er sich etwa ganz umsonst mit dem Pferdezüchter des Wasser-Klans angelegt? Zorn auf die Hofleute? Nur weil sie von den Hakul verschont worden waren und sie so viele Vorräte besaßen? Und warum lebten sie überhaupt so tief in diesem unheimlichen

Wald? Dieser Ort war voller Geheimnisse. Awin nahm sich vor, wenigstens einige davon zu ergründen.

Als sie durch das Tor zurückgingen, sah Awin Lamban mit verschränkten Armen vor dem Stall stehen. Er zog es in Erwägung, mit dem Mann zu reden, aber dann wurde ihm klar, dass das nicht möglich war. Der Mann hatte ihn beleidigt, und er, der Yaman, hatte ihn zurechtgewiesen. Damit war der Fall eigentlich erledigt. Den Groll, den Lamban hegte, würde er mit Worten nicht ausräumen können, nicht, wenn er sich nicht selbst bloßstellen wollte.

Ein Knabe kam ihm entgegen, er hielt einen Jagdbogen in der Hand und sah ihn mit zusammengekniffenen Augen an. Neugierig musterte Awin den Jungen, der offensichtlich etwas von ihm wollte. Jetzt streckte er die Hand aus und sagte: »Meinen Pfeil, kann ich ihn wiederhaben?«

Awin stutzte. »Du bist also der tapfere Krieger, der auf mich geschossen hat?«, fragte er.

Der Knabe nickte. Er sah nicht aus, als sei er deswegen verlegen. Awin fiel auf, dass auch dieser Knabe ziemlich mager war. Sie schienen hier wirklich sparsam mit ihren Vorräten umzugehen.

»Der Pfeil steckt noch im Schild, den du an den Sattel gehängt hast, Awin«, sagte Wela jetzt. »Beides findest du hinter dem Stalltor. Ich habe mir erlaubt, mich um dein armes Pferd zu kümmern, während du mit dem Ore die Zeit verplaudert hast.«

Awin nahm den versteckten Vorwurf hin. »Ich danke dir, Wela Schmiedetochter«, erklärte er. »Dann komm, tapferer Krieger, ich gebe dir deinen Pfeil wieder. Und du, Heilerin unseres Klans, könntest Uref, den Ältesten, dort im Haus aufsuchen. Er braucht deinen Rat vielleicht nötiger als ich.«

Wela zog grinsend ab. Im Stall fand Awin seinen Schild an

der bezeichneten Stelle, und er zog den Pfeil vorsichtig aus dem Leder. Seine Spitze war klein und ohne Widerhaken, und die Bronze erschien Awin von minderer Güte. »Es ist kein sehr guter Pfeil. Seid ihr so knapp an Waffen, dass ihr selbst die schlechten Pfeile wieder einsammeln müsst?«, fragte Awin. Er stellte die Frage nicht ohne Grund, denn natürlich sammelten die Hakul ihre Geschosse nach der Schlacht ebenfalls wieder ein, gerade, wenn sie tief im Feindesland waren. Wo sollten sie sonst Ersatz hernehmen? Doch er fand, es konnte nicht schaden, mehr über die Bewaffnung der Hofleute zu erfahren, auch wenn er dazu dumme Fragen stellen musste.

Der Knabe zuckte mit den Achseln. »Unsere Jäger haben viel bessere. Aber Praane sagt, jeder ist für seinen Köcher selbst verantwortlich. Und wenn er leer ist, muss ich sehen, wo ich neue Pfeile herbekomme. Aber du kannst mir welche von deinen schenken, Hakul.«

Awin lachte. »Du wirst nicht erleben, dass ein Hakul seine Waffen verschenkt, Krieger. Aber sag, wie kommt es, dass Praane diesen Hof führt, und nicht der Älteste?«

»Es ist Krieg. Da führt eben der Ore. Ist das bei den Hakul anders?«

»Das ist es«, antwortete Awin.

»Und ich bekomme sicher keinen von deinen Pfeilen? Du hast so viele.«

»Vielleicht, wenn du größer bist«, gab Awin zur Antwort.

Leicht enttäuscht trottete der Junge davon.

Falls die Akradhai den Hakul dankbar für ihr Eingreifen waren, verstanden sie es, das zu verbergen. Sie luden sie zwar zum Mahl ein, aber angesichts der Vorräte, die Awin gesehen hatte, fiel es geradezu kärglich aus. Die Stimmung war angespannt, Praane hatte die Wachen verdoppelt, angeblich, weil er einen erneuten Angriff befürchtete, aber Awin glaubte ihm das nicht. Praane verfügte über ein Dutzend Krieger, meist junge Männer, daneben gab es noch einige Frauen, die aussahen, als wüssten sie sich ihrer Haut zu wehren, und auch die größeren Kinder verstanden es wenigstens, mit dem Bogen umzugehen. Die Zahl der Angreifer schätzte Awin zwar auf vier oder fünf Dutzend, aber jetzt waren noch fast zwei Dutzend Hakul auf dem Gehöft, und die waren weit besser bewaffnet als die Akradhai. Nein, in dieser Nacht war der Hof sicher. Es war klar, dass Praane ihnen immer noch nicht traute und deshalb die vielen Wachen aufbot.

»Die Wachen auf dem First sind sehr verwundbar, Ore Praane«, sagte Tuge irgendwann während des Essens. »Warum schützt ihr die Häuser nicht durch einen weiteren Wall? Es ist für einen Angreifer nicht schwer, auf das Dach zu gelangen.«

»Bislang war das nie nötig, Hakul«, antwortete Praane. »Unsere Ansiedlung ist jung, erst wenige Jahre alt. Sie ist hinreichend geschützt, um uns gegen das Unsichtbare Volk zu verteidigen, aber noch nicht, um gegen unsere eigenen Leute zu kämpfen.«

»Das Unsichtbare Volk?«, fragte Tuge.

»Die Unsichtbaren, die Nebelleute, so nennen wir die, die schon immer in diesem Wald und in den Sümpfen wohnen. Es gibt sie, doch sie meiden andere Menschen und lassen sich nicht sehen. Seit zehn Jahren lebe ich nun in diesem Wald, ich habe ihn der Länge und der Breite nach durchwandert, und ich bin sicher, ich bin ihnen auf der Jagd schon oft nahe gewesen, aber noch nie habe ich einen von ihnen zu Gesicht bekommen.«

»Ich hörte, sie stehen unter dem Schutz einer Alfskrole«, warf Jeswin kauend ein.

»Die Behüterin wird sie genannt, und wir nennen sie nicht mit jenem Wort, das du soeben benutzt hast, Yaman, denn wir wollen sie nicht beleidigen. Wir hatten Ärger mit ihrem Volk, zu Beginn. Manchmal kam ein Pfeil aus dem Nichts, kleiner als ein Geschoss der Hakul, aber ebenso tödlich, und wir haben einige Gräber ausheben müssen. Aber dann erinnerten wir uns an einen Rat, den ein wandernder Maghai unseren Brüdern im Grünland vor vielen Jahren gab.«

»Diese klappernden Holzgebinde, die in den Ästen hängen!«, rief Awin.

Praane nickte. »Ihr habt sie gefunden? Es hält sie fern von uns.«

»Und ihr habt eure Wege nach Borre ebenfalls mit diesen Gebinden gegen die Unsichtbaren gesichert«, ergänzte Awin, der plötzlich den Sinn dieser Maßnahme begriff.

»Du bist klug«, meinte Praane anerkennend.

»Er ist ein Seher«, warf der junge Mabak ein.

Die Akradhai sahen einander an. »So hat deine Gabe euch hierhergeführt?«, fragte der bucklige Nokke.

»Eigentlich vor allem der breite Weg, den ihr in den Wald geschlagen habt. Eine beachtliche Leistung in so wenigen Jahren«, erwiderte Awin.

Praane lächelte. »Wir stehen auf den Schultern unserer Väter, wie wir Akradhai sagen. Es gab bereits früher ein Jägerlager an dieser Stelle, aber das haben die Unsichtbaren eines Tages zerstört.«

»Aber der Überfall heute, das waren keine Unsichtbaren, sondern eure eigenen Brüder, oder?«, fragte Lamban.

Praane wurde ernst. »Du hast Recht, Hakul. Es waren unsere eigenen Leute. Sie flohen vor dem großen Heer der Hakul aus dem Grünland in den Wald. Ich nehme an, es sind noch weit mehr Flüchtlinge am Rand des Femewaldes, so wie auch immer noch versprengte Hakul durch das Grünland ziehen. Die Angreifer aber hatten wohl von uns gehört, jedenfalls kamen sie, um uns das Wenige zu nehmen, was wir haben.«

»Und warum habt ihr ihnen nicht einen Teil davon abgegeben, es hätte den Kampf vielleicht verhindert?«, fragte Wela vorwurfsvoll.

»Es ist seltsam, Heilerin, dass die Räuber Mildtätigkeit einfordern«, entgegnete Praane gelassen, »denn die da draußen wären nicht am Bettelstab, wenn die Hakul sie nicht heimgesucht hätten. Ich jedenfalls bin verpflichtet, zuerst meine Sippe und meine Gefährten zu versorgen.«

Awin dachte über das Gehörte nach. Er konnte fast schmecken, dass da etwas nicht stimmte. Das Wenige, was sie hatten? Die Kammer war fast zu klein für die Vorräte, und im Stall stand genug Vieh für hundert Menschen. Er fragte sich, woher dieser Reichtum stammen mochte. Mahuk hatte davon gesprochen, dass der Mann vor dem Gehöft im Zorn gestorben war. War das der Hass, weil diese hier noch hatten, was jenen genommen worden war? Er ahnte, dass es um mehr ging, aber er beschloss, erst ein anderes Rätsel zu lösen, das ihn beschäftigte, seit sie hier eingetroffen waren. Es ging um das, was Nokke auf dem Dach gesagt hatte. »Ihr habt uns erwartet, oder?«, fragte er.

Praane blickte ihn überrascht an, und die Akradhai raunten einander zu. Awin meinte, gelegentlich das Wort »Seher« zu hören.

»Wir wurden vor euch gewarnt, das ist richtig«, antwortete der Ore schließlich.

»Von wem?«, fragte Wela.

»Nokke?«, forderte Praane den Buckligen zur Antwort auf.

Der beugte sich vor und stocherte mit einem Ast nachdenklich in der Glut, bevor er antwortete: »Ich stand gestern im Morgengrauen auf Wache am Weg ins Grünland, als ich plötzlich Hufschlag hörte. Ich verbarg mich tief im Dickicht, und ich bin darin geübt, wie wir alle, doch der Reiter hielt sein Tier an, gerade, als könne er mich durch die dichtesten Blätter hindurch noch sehen. Ihr wisst, ich habe in vielen Kämpfen meinen Mann gestanden, und Furcht ist mir fremd, doch der Anblick dieses Reiters ließ mich schaudern, denn er hatte den Kopf und Rücken eines Wolfs, aber die Hände und Beine eines Mannes. Auch sein Ross schien zum Teil Wolf zu sein, und ich sah Rauch aus Nüstern und Maul quellen, ja, ich bin sicher, wenn der Reiter es befohlen hätte, hätte es Feuer gespien.«

»Suog«, murmelten die Akradhai andächtig, und Awin lief ein seltsamer Schauer über den Rücken.

»Ja, so ist es, Suog, der Geist des Grünlands, ritt durch den Wald, aufgeschreckt durch die rücksichtslosen Horden der Hakul. Und er hatte eine Botschaft für uns. Er sagte: *Es werden Reiter zu euch kommen. Aus der Steppe. Mit ihnen reitet tausendfacher Tod und nach ihnen kommt das Ende der Welt.* Das waren seine Worte, so wahr ich hier sitze.«

»Aber er sagte doch noch mehr, oder?«, rief eine der Frauen dazwischen.

Praane warf ihr einen bösen Blick zu. »Du solltest besser schweigen, Sala!«

»Das stimmt, sie sollte Nokke ausreden lassen. Denn ich *sehe*, dass er noch etwas hinzufügen wollte«, warf Awin ein und legte viel Nachdruck in seine Worte. Solange die Leute glaubten, dass er noch ein Seher war, solange musste er diesen Vorteil nutzen.

Nokke blickte unruhig zu Praane, der ihm schließlich missmutig zunickte. »Suog sagte … er sagte, ihr dürftet den Wald nicht lebend verlassen«, stieß der Bucklige schließlich hervor.

Jetzt war es an den Hakul, einander besorgte Blicke zuzuwerfen. Awin spürte, wie die Anspannung, die gerade etwas nachgelassen hatte, zurückkehrte. »Ich kann verstehen, dass du uns diesen Teil vorenthalten wolltest, Nokke. Doch sag mir, was danach geschah«, forderte Awin, und es gelang ihm, seine tiefe Beunruhigung zu überspielen.

»Er … er ritt davon, tiefer in den Wald hinein. Und dann, bei Hirth, heulten plötzlich alle Wölfe. Ja, es war Suog, und er hat uns vor euch gewarnt, Hakul«, beschloss Nokke seine Geschichte, und er blickte dabei zu Boden.

Awin bemerkte, dass die Bogenschützen auf den Dächern nach ihren Pfeilen griffen. Aber auch die Hakul hatten ihre Hände an den Waffen. Das heilige Gastrecht schien vergessen.

»Und habt ihr jetzt vor, uns am Verlassen des Waldes zu hindern?«, fragte Yaman Jeswin ungehalten. Awin überlegte fieberhaft, wie er das heraufziehende Unglück verhindern könnte. Ore Praane kam ihm jedoch zuvor: »Suog ist ein böser Geist, Hakul. Es wäre dumm, auf ihn zu hören. Und wir sind nicht dumm.«

Belagerung

DIE MÄNNER UNTERHIELTEN sich leise, doch Akradhai sprachen nur mit Akradhai, Hakul nur mit Hakul. Nur die Kinder, die sich im Eingang des Hauses drängten, betrachteten die fremden Reiter tuschelnd und mit unverhohlener Neugier, und wenn Yaman Jeswin so tat, als wolle er aufspringen und sich auf sie stürzen, liefen sie schreiend und lachend zurück ins Haus, nur um bald darauf zurückzukehren und das Spiel von vorne zu beginnen. Awin war nicht sehr zuversichtlich, dass die Nacht so ruhig bleiben würde. Es gab schließlich noch Feinde draußen im Wald. Er hatte sich nicht getäuscht. Bald drangen Rufe aus dem Wald. Raue Stimmen, die sich einzelne Laute zuriefen, dunkle Vogelrufe nachahmten oder gar wie die Wölfe heulten. Sie kamen von allen Seiten. Am Feuer kehrte Schweigen ein, und die Kinder lachten nicht mehr. Dann kam das Stampfen dazu, das Klappern, das sie schon kannten.

»Werden sie angreifen, Ore?«, fragte Yaman Jeswin.

Praane lauschte auf die dunklen Laute. »Nicht vor dem Morgen, denke ich. Vermutlich warten sie darauf, dass ihr wieder verschwindet.«

Tuge brummte unzufrieden: »An ihrer Stelle würde ich zwei oder drei Dutzend Brandpfeile schicken, um uns auf die Lichtung zu treiben. Denn wenn diese Strohdächer einmal brennen, ist der Hof schnell verloren. Sie hätten leichtes Spiel.«

»Das werden sie nicht tun«, gab sich Ore Praane zuversichtlich.

»Natürlich nicht«, stimmte Awin zu. »Ein Feuer würde doch das vernichten, was sie wollen, nämlich die Vorräte.«

»Seit wann berauben sich die Ackerleute eigentlich gegenseitig?«, fragte Yaman Jeswin.

Die Gespräche verstummten.

»Seit die Not durch die Hakul so groß ist«, erwiderte Praane scharf.

Awin sah die Gesichter der Akradhai, die Blicke, die sie sich zuwarfen. Jetzt wusste er, was hier vor sich ging. Er räusperte sich und sagte betont ruhig: »Ich denke, es hängt auch damit zusammen, dass die vielen Dinge in eurer Vorratskammer noch nicht sehr lange dort liegen.«

An den Mienen der Hofleute sah Awin, dass er richtig geraten hatte. Praane warf ihm einen zornigen Blick zu, und Nokke erbleichte und schloss die Augen. Er schien ein viel schlechteres Gewissen bei dieser Sache zu haben als sein Ore.

»Ihr habt eure eigenen Leute bestohlen?«, fragte Wela angewidert.

»Das haben wir nicht!«, erwiderte Praane wütend.

»Wir … wir sind doch keine Hakul!«, presste Nokke hervor.

Die Hakul sprangen auf, die Akradhai taten es ihnen gleich, und so mancher Dolch wurde gezogen, während Awin, Jeswin und Praane versuchten, ihre Leute wieder zu beruhigen. Aus dem Wald tönte hämisches Gelächter.

»Hört ihr das?«, rief Praane. »Sie lachen über uns!«

Das wirkte.

»Wenn wir heute Nacht vielleicht den Kopf für euch hinhalten müssen, dann wäre es das Wenigste zu erfahren, was hier vorgefallen ist, Ore Praane«, sagte Awin.

Praane zögerte, aber dann antwortete er: »Dann ist es wiederum an Nokke, euch zu berichten.«

»Wir hatten eine Ladung Felle nach Borre gebracht und

dort eingetauscht«, begann Nokke, als die Männer wieder saßen. »Wenig genug haben wir dafür bekommen, wie üblich. Auf dem Rückweg erreichte uns die Meldung, dass die Hakul in nie gesehener Zahl über die Wasserhöhen kämen. Wir beeilten uns, den Wald zu erreichen, denn wir wussten, dass die Pferdeleute ihn meiden. Jedenfalls dachten wir das bis heute. Da kam mir der Gedanke, dass es vielleicht gut wäre, uns dort auf die Lauer zu legen. Wir waren zu zehnt, vielleicht würde es uns gelingen, einige versprengte Hakul anzugreifen und sie zu lehren, sich von unseren Äckern fernzuhalten. Es war furchtbar. Das Grünland verschwand unter dichten Rauchschwaden, und die Wälder füllten sich mit Flüchtlingen. Dann kam der endlose Strom von Reitern. Noch nie sah ich so viele Krieger. Wir hörten die Schreie derer, die so töricht waren, diesem großen Heer Widerstand zu leisten, und so brannten wir umso mehr auf Rache.« Nokke hielt einen Augenblick inne.

Allmählich verstand Awin die Akradhai, ihre ohnmächtige Wut, ihren Hass auf den überlegenen Feind. Es war ein Wunder, dass sie in den Hof eingelassen worden waren.

Der Bucklige fuhr fort: »Unsere Gelegenheit zur Rache sollte kommen, denn bald tauchte am Waldrand eine Schar Hakul mit einem Wagen voller geraubter Schätze auf. Sie trieben Ziegen, Schafe und Rinder vor sich her und sangen vergnügt von ihrem großen und leichten Sieg. Sie waren uns überlegen an Zahl, dennoch waren wir entschlossen, sie anzugreifen, als etwas Seltsames geschah. Ein Reiter tauchte auf, ein Knabe war er, schwarzhaarig, von dunklerer Haut als die Hakul und von gebieterischem Wesen. Er herrschte die Männer an, dass sie keine Zeit zu verlieren hätten, denn es gälte, die Brücke am Fluss zu nehmen. Und das Erstaunliche geschah – die Männer gehorchtem dem Knaben. Sie ließen ihre Beute einfach stehen und folgten ihm nach Osten.«

»Skefer«, murmelte Wela.

»Und da habt ihr euch die Güter angeeignet?«, fragte Jeswin, als Nokke nicht weitersprach.

Der Akradhai nickte. »Es erschien mir Verschwendung, den Wagen und die Tiere den Wölfen zu überlassen – oder den Hakul.« Nokke wirkte sehr unglücklich, als er das sagte.

»Und dann tauchten die Eigentümer eurer Beute hier auf?«

»Diese Grünländer behaupten jedenfalls, Besitzer dieser Güter zu sein, und verlangten zurück, was angeblich ihnen gehörte«, erklärte Ore Praane. »Und sie forderten eine Sühne in doppelter Höhe. Das aber würde für uns den sicheren Hungertod bedeuten. Und deshalb kämpfen wir.«

Awin schwieg nachdenklich. Hakul nahmen für gewöhnlich nichts, was sie nicht selbst durch Kampf gewonnen hatten, aber er konnte verstehen, dass Nokke der Versuchung erlegen war. Damit hatte er seine Leute jedoch in eine schier ausweglose Lage gebracht.

»Warum verhandelt ihr nicht mit den Grünländern?«, fragte Wela jetzt.

»Hast du nicht zugehört, Heilerin? Das haben wir doch versucht!«, erwiderte Praane gereizt.

»Dann versucht es eben noch einmal«, antwortete Wela ungehalten. »Schließlich sieht die Sache doch jetzt ganz anders für euch aus.«

Praane blickte sie überrascht an. Awin fragte sich hingegen, warum er nicht selbst auf diesen so nahe liegenden Einfall gekommen war. »Natürlich«, rief er, »jetzt werden sie verhandeln, denn sie wissen ja nicht, dass wir nur eine Nacht hierbleiben wollen. Und sie sind zu schlecht bewaffnet, um sich mit einem Sger Hakul anzulegen.«

»Diese Nacht ist jedoch bald vorbei«, wandte Praane nachdenklich ein. »Ihr müsstet schon ein wenig länger hierbleiben, um sie zum Einlenken zu bewegen«, fügte er hinzu. Aus dem Wald drangen immer noch die bedrohlichen Rufe der Belagerer, begleitet von langsamem, schwerem Stampfen. Es klang, als würden Riesen durch die Nacht heranschreiten.

Jeswin schüttelte den Kopf über Praanes Ansinnen. Awin überlegte; sie würden Zeit verlieren, Zeit, die sie nicht hatten. Aber der Wald war groß. Wenn sie einen Weg hindurchfinden wollten, wäre ein Führer reines Eisen wert. Er sagte daher: »Unsere Pferde werden gerne hier rasten – wenn sie wissen, dass sie hinterher sicher und schnell durch diesen Wald geführt werden.«

Praane verstand ihn. »Die Frage ist«, erwiderte der Ore, »wohin eure Pferde wollen, denn es gibt Wege, die kein Akradhai gehen wird, Wege in Gebiete, die nur die Unsichtbaren betreten. Für andere Pfade würde sich jedoch unter Umständen ein kundiger Führer finden lassen. Wo also liegt euer Ziel?«

»Wir wollen so schnell wie möglich über den Fluss, und dann weiter nach Norden«, sagte Awin schlicht.

Er spürte, dass der Ore sofort wieder misstrauisch wurde. »Ich dachte, ihr gehört nicht zum Heer der Hakul?«

»So ist es auch«, erwiderte Awin knapp.

»Und doch wollt ihr ihm folgen?«, fragte Praane nach.

»Nein, wir wollen ins Schneeland. Wenn du einen Weg weißt, der uns schneller dorthin bringt als jener, der durch das Bernsteinland führt, werden wir ihn gerne nehmen.«

Praane schüttelte den Kopf, und Nokke raunte ihm zu: »Führen? Die Hakul? Ich weiß, du hegst einen Groll gegen das Kornland, aber du kannst doch den Feind nicht über den Fluss bringen.«

Praane zuckte mit den Schultern. »Wenn ich das richtig sehe, ist der Feind schon längst auf der anderen Seite, und das in großer Zahl. Du kannst doch bis hierher riechen, dass Borre brennt. Es wird also stimmen, was die Grünländer uns erzählten, die Brücke ist genommen, die Stadt zerstört. Ist es nicht so, Hakul?«

Awin nickte. »Das Heer hat den Fluss überschritten und die Stadt hat schwer gelitten. Aber unsere Brüder haben sie nicht besetzt, sondern sind weitergezogen.«

Mit gerunzelter Stirn fragte Praane: »Und ihr wollt euch ihnen anschließen?«

»Nein, aber das sagte ich bereits.«

»Willst du mir nicht verraten, was das alles zu bedeuten hat, Yaman? Ein Heer, das eine Brücke nicht sichert, Hakul, die nicht mit Hakul reiten wollen, aber eine Kariwa geleiten …«

»Vielleicht später, Ore Praane, wenn wir unterwegs sind«, erklärte Awin mit einem Lächeln.

»Gut. Einer von uns wird euch durch den Wald bringen, aber nur, wenn es euch gelingt, mit den Grünländern ein Übereinkommen zu erzielen.«

»So sei es«, rief Awin, und mit einem Händedruck wurde der Pakt besiegelt. Sobald der Tag anbrach, würde man versuchen, mit den Grünländern zu verhandeln.

Den Rest der Nacht klangen die unheimlichen Geräusche der Belagerer durch den Wald. Awin war dennoch müde genug, um zwei oder drei Stunden zu schlafen. Im Morgengrauen wurde er geweckt.

»Es tut sich etwas da draußen, Yaman«, flüsterte Tuge, der ihn aus seinem traumlosen Schlaf riss.

Awin setzte sich auf. »Ein Angriff?«, fragte er gähnend.

»Praane meint, ja, denn der Lärm hat aufgehört.«

»Weck die anderen!«

Awin trat aus der Pforte. Es war wirklich verdächtig still im

Wald. Selbst die hölzernen Gestelle, die die Akradhai in die Bäume gehängt hatten, waren verstummt. Die Verteidiger des Hofes kauerten hinter der Brustwehr und auf den Dächern, die meisten Hakul hielten sich jedoch noch im Schutz der Gebäude auf. Plötzlich prallte etwas dicht neben Awin dumpf gegen die Hauswand. Es war ein faustgroßer Stein. Ihm folgte ein zweiter, dann prasselte ein ganzer Hagel von Steinen auf die Dächer und in den Hof.

»Gebt Acht!«, rief Praane. »Sie haben Steinschleudern.«

Wieder prasselte es im Stroh. Jemand fluchte. Offenbar war einer der Verteidiger getroffen worden. Awin trat ins Haus zurück. Tuge war bei ihm. »Fünf von dort, drei von der anderen Seite, vielleicht zwei oder drei dort drüben«, meinte der Bogner und wies mit dem Kinn jeweils in die Richtung, in der er die Schleuderer vermutete.

»Sie können nicht sehr tief im Wald sein«, ergänzte Mabak, der hinzugetreten war.

»Wir sollten hinausgehen und ihnen den Garaus machen«, meinte Lamban übellaunig.

»Wir wollen aber mit ihnen verhandeln«, rief ihm Awin in Erinnerung.

Der Pferdezüchter schnaubte verächtlich.

»Vielleicht können wir aber wenigstens dafür sorgen, dass dieser lästige Hagel aufhört«, sagte Tuge halblaut. »Lass mich und Mabak nur machen, Awin.«

»Gut, aber erst will ich versuchen, mit ihnen zu reden.«

Lamban schüttelte den Kopf, und Tuge zuckte mit den Schultern, als glaube er nicht an den Erfolg dieses Versuchs, aber mit Mabak folgte er Awin, der auf das Dach des Wohnhauses kletterte. Praane war ebenfalls dort. Die Morgendämmerung war noch nicht sehr weit fortgeschritten. Zwielicht lag über der Lichtung, und es war kalt.

»Das Wetter ist nicht sehr gut heute, wie mir scheint«, begrüßte ihn der Ore grimmig. »Es hagelt!«

Awin nickte. »Hast du versucht, mit ihnen zu reden?«

»Nein, ich will damit warten, bis der Steinschlag aufhört.«

»Ich fürchte, es gibt sehr viele Steine in diesem Wald«, meinte Tuge trocken.

Mabak riss seinen Schild hoch und wehrte einen Stein ab.

»Haltet mir den Rücken frei!«, sagte Awin. Er sprang auf, formte die Hände zu einem Trichter und rief: »Hier spricht Yaman Awin von den Hakul. Wir bieten euch Verhandlungen an.«

Hohngelächter antwortete ihm, und dann hörte Awin Steine heransausen. Aber da lag er schon wieder flach hinter dem Dachfirst. Ein Stein durchschlug neben ihm das Stroh. Ein zweiter folgte.

»Wenn sie uns hinter dem First noch sehen können, müssen sie irgendwo in den Bäumen stecken«, meinte Tuge und spannte seinen Bogen.

»Dort! Ich sehe einen!«, rief Mabak leise. Auch er legte einen Pfeil auf die Sehne.

»Yaman?«, fragte Tuge.

Awin seufzte und nickte. »Aber nur den einen«, mahnte er.

Ein zweifaches Sirren erklang. Es durchschnitt hell das leise Sausen der geschleuderten Steine, zog über die Lichtung und verklang. Ein erstickter Schrei antwortete. Dann brachen Äste, und ein schwerer Aufschlag verriet, dass dort ein Mann vom Baum gestürzt war.

»Bemerkenswert«, lobte Praane leise. Wieder kamen einige Steine aus der Dunkelheit des Waldes herangeschwirrt, und Tuge stöhnte auf und fluchte: »Bei Mareket, meine Rippen. Sie haben mich getroffen!«

Mabak sandte zur Antwort einen Pfeil in den Wald. Mehrere

Rote Hakul sprangen jetzt ebenfalls auf die Dächer und schossen Pfeile ab. Ein Schrei verriet, dass sie getroffen hatten. Dann ertönte im Dickicht ein durchdringender doppelter Pfiff, und der Steinhagel endete.

»Ist es sehr schlimm?«, fragte Awin besorgt.

»Nein, nur schmerzhaft, Yaman. War wohl mehr der Schreck«, erklärte Tuge, konnte dabei ein leichtes Stöhnen aber nicht unterdrücken.

»Ihr hattet Erfolg, es hat aufgehört«, meinte Praane.

Awin reckte sich. Nichts rührte sich am Waldrand. »Seid ihr jetzt bereit, zu verhandeln, oder wollt ihr noch mehr Männer verlieren?«, rief er laut. Er bekam keine Antwort. Eine Weile blieb es still, dann begann wieder das dumpfe Stampfen und das leise, bedrohliche Schnarren und Klappern der Grünländer. Die Belagerung dauerte also fort.

»Ich habe Kraut gegen den Schmerz. Gelbe Bergblume«, sagte Mahuk, der mit Wela gemeinsam die Wunde des Bogners begutachtete.

»Halb so wild«, meinte Tuge, der mit verkniffener Miene im Stall auf einem Haufen Stroh lag. Karak gab mit einer Fackel Licht. Sein Blick ruhte beinahe ängstlich auf seinem Vater.

»Eine Rippe, geprellt, vielleicht gebrochen«, urteilte Wela. »Du solltest ruhen.«

»Es ist nichts«, murmelte der Bogner und machte Anstalten, sich zu erheben.

»Wirklich?«, fragte Wela lächelnd und drückte mit einem Finger leicht auf die Wunde.

Tuge schrie leise auf, verfärbte sich und fiel ächzend zurück ins Stroh. »Wela! Du verfluchte Dienerin des Schmerzes!«, stöhnte er.

»Der Schmerz dient ebenso der Heilung wie ich, Onkel Tuge, und wir beide raten dir, vorerst hier liegen zu bleiben.

Du wirst noch genug Gelegenheit haben, dich zu quälen, wenn wir erst wieder im Sattel sitzen. Ich gehe Wasser holen, denn diese Wunde muss gekühlt werden.«

»Jetzt das Kraut gegen den Schmerz, Hakul?«, fragte Mahuk freundlich.

»Zur Unterwelt mit dir und deinen … ach, gib schon her, Ussar«, meinte Tuge und schloss die Augen.

»Wie schlimm ist es?«, fragte Awin, der zugesehen hatte.

»Er wird nicht daran sterben. Ein paar Tage Ruhe wären das Beste für ihn«, sagte Wela halblaut.

»Ich fürchte, die können wir ihm kaum gewähren«, meinte Awin.

»Aber wenn ich das richtig sehe, kommen wir doch vorerst hier nicht weg«, meinte die Schmiedin.

»Wir werden sehen«, erwiderte Awin. »Ewig können wir ja nicht hierbleiben. Vergiss nicht, welche Aufgabe noch vor uns liegt, Wela, Tuwins Tochter.«

»Nun, du bist der Yaman, ich bin die Heilerin, und ich sage dir nur, was ich dir sagen muss. Ich glaube nicht, dass Tuge in den nächsten zwei Wochen einen Bogen spannen kann. Reiten wird er können, aber er wird dabei leiden.«

Als Awin aus dem Stall trat, wurde er von Praane erwartet. »Eure Heilerin, kann sie auch noch einmal nach Uref und nach unseren anderen Verwundeten sehen?«

Awin nickte. »Auch der Ussar ist ein Heiler. Er kann ebenfalls helfen.«

»Aber er ist meinen Leuten unheimlich.« Praane senkte die Stimme. »Er redet mit seinem Stock.«

Awin lächelte. »Der Stock redet auch mit ihm, Ore Praane, und er hat oft Erstaunliches zu berichten.«

Der Akradhai sah ihn zweifelnd an, als glaube er, Awin wolle ihn auf den Arm nehmen.

»Auch das werde ich dir ein anderes Mal erklären, Praane. Gibt es neues von den Grünländern?«

»Nur wieder Steine, Yaman«, seufzte Praane. Tatsächlich schlug gerade wieder ein faustgroßer Stein im Hof auf. Awin sah Dare und einige Hakul vom Wasser-Klan am Wehrzaun. Sie spähten hinaus in den Wald, spannten von Zeit zu Zeit ihre Bögen, ließen sie aber stets wieder sinken. Offenbar fanden sie im Dickicht kein Ziel.

»Die Grünländer haben schnell gelernt, dass sie nicht an einem Fleck stehen bleiben dürfen«, sagte Praane. »Sie wollen uns mürbe machen, dazu müssen sie nicht einmal jemanden treffen.«

»Und was sollen wir jetzt tun?«, fragte Awin. »Wir können nicht lange bleiben, denn unser Auftrag ist eilig.«

»Aber du willst mir nicht verraten, was euch so zur Eile treibt?«

»Sag es ihm schon, Awin«, forderte Wela, die gerade mit dem ledernen Wassereimer an ihnen vorbei in den Stall lief. »Oder hast du etwas Besseres zu tun?«

Awin sandte ihr einen tadelnden Blick hinterher, den sie aber leider nicht bemerkte. Ore Praane grinste. »Ist sie dein Weib, Yaman?«

»Wela? Natürlich nicht. Sie ist unsere Schmiedin!«, erwiderte Awin, der nicht bedachte, dass der Akradhai kaum wissen konnte, dass Hakul nicht innerhalb eines Klans heirateten.

»Schmiedin und Heilerin? Beeindruckend«, murmelte Praane und sah Wela versonnen nach.

»Willst du nun hören, was ich zu erzählen habe oder nicht, ehrwürdiger Ore?«, fragte Awin.

Praane lächelte und nickte. Sie suchten eine Ecke, in der sie ungestört – und unbelauscht – reden konnten, denn Awin wollte die Hofleute nicht unnötig beunruhigen. Dann erzählte er vom Lichtstein, von Slahan, von der Schlacht bei Pursu und der Rückkehr der Xaima. »Dein Freund Nokke hat einen gesehen: Skefer den Peiniger, wie wir ihn nennen. Er erscheint in Gestalt eines Knaben«, erklärte Awin.

Praane hatte schweigend zugehört, den Blick zu Boden gerichtet. »Und du sagst, sie haben euren Tiudhan verführt, weil sie mit Hilfe der Hakul das Skroltor öffnen wollen?«

»So ist es«, bestätigte Awin mit einem flüchtigen Nicken.

»Es ist eine seltsame Geschichte, und sie ist wirklich beunruhigend. Ich könnte sie kaum glauben, wenn Nokke nicht den Knaben gesehen und beschrieben hätte. Ein Windskrol also. Jetzt verrate mir doch noch, wie du sie aufhalten willst, Yaman Awin. Hast du einen Weg gesehen in deinen Träumen oder vielleicht auf einer deiner Reisen, von denen du berichtetest?«

»Nein. Meine Gabe … schweigt«, erklärte Awin ausweichend.

»Das ist Pech«, stellte Praane nüchtern fest.

»Wenn du jedoch einen Pfad kennst, der uns schnell aus diesem Wald und über den Fluss bringt, dann wäre ich dir sehr dankbar, Ore Praane.«

»Ich werde dich an diese Worte erinnern, Yaman«, antwortete Praane mit einem hintergründigen Lächeln. Sie zogen unwillkürlich die Köpfe ein, als über ihnen zwei Steine ins Dach schlugen. Dann sagte der Ore: »Doch zunächst könntest du dich meiner Hilfe versichern, indem du diese Belagerung endlich beendest, Hakul, wie du es versprochen hast.«

Awin forderte bis zum Mittag die Grünländer noch mehrfach zu Verhandlungen auf, aber sie antworteten nicht einmal, außer mit höhnischem Gelächter und Drohungen.

»Versuchst du wieder, Frieden zu stiften, Awin von den Dornen?«, sagte Merege, als er wieder einmal enttäuscht vom Dach stieg. Außer ein paar schlecht gezielten Steinen hatte er keine Antwort bekommen.

»Ich versuche es, Merege. Doch ich vermag es nicht einmal in diesem kleinen Teil der Welt, der aus nicht mehr als ein paar Balken und Bäumen besteht. Du hattest Recht, als du sagtest, dass es keinen Frieden geben könne.«

»Vielleicht ... vielleicht kann ich helfen, Awin.«

»Du?«, fragte Awin erstaunt.

»Ich habe den ganzen Tag darüber nachgedacht. Wir müssen weiter, und da du aus gutem Grund nicht willens bist, diese Menschen einfach ihrem Schicksal zu überlassen, müssen wir sie zum Frieden zwingen. Ich bin eine Kariwa, keine Hakul. Sie hören vielleicht eher auf mich als auf dich.«

»Daran zweifle ich. Sie hören ja nicht einmal auf Akradhai. Und vielleicht glauben sie dir nicht einmal, dass du aus dem Schneeland stammst. Du reitest schließlich mit uns Hakul.«

Merege lächelte. »Aber das färbt nicht ab, Awin von den Dornen. Außerdem habe ich Wege, sie zu überzeugen.«

Awin stutzte. »Augenblick. Du willst deine Zauberkraft einsetzen?«

Sie schüttelte den Kopf und sagte langsam: »Nein, das will ich nicht. Aber wenn es nicht anders geht, werde ich es tun. Wir verlieren Zeit, Awin, und das können wir uns nicht leisten. Es steht zu viel auf dem Spiel.« Sie zögerte, und ihre blassblauen Augen blickten unstet, als sie fortfuhr: »Es gibt auch Zauber, bei denen ich Uos Hilfe nicht brauche, und die sollten genügen, um den Grünländern zu zeigen, mit wem sie es zu tun haben.«

Awin nickte und versuchte, seine Freude nicht zu deutlich zu zeigen. Er hatte nicht damit gerechnet, dass Merege je wieder zaubern würde, und als hätte sie seine Gedanken erraten, sagte sie jetzt: »Eines noch, Awin. Ich werde meine geringeren Kräfte einsetzen. Uo werde ich nicht anrufen, weder heute noch in Zukunft.«

Awin biss sich auf die Lippen. »Ich werde nicht von dir verlangen, den Gott des Todes um Hilfe zu bitten«, sagte er schließlich. Das würde er wirklich nicht, aber insgeheim hoffte er, dass die Kariwa, wenn die Umstände es erzwangen, ihren Vorsatz wieder vergessen würde.

Kurz darauf schritt Merege aus dem Tor. Ein Stein kam aus dem Wald herangeflogen, aber er verfehlte sie. Sie ging langsam weiter, ihr langes schwarzes Haar wehte leicht im Wind. Auf der weiten Lichtung wirkte sie schmal und verloren. Sie hielt einige frisch geschnittene Zweige in der Hand.

»Glaubst du, sie achten auf das Zeichen der Unterhändler?«, fragte Yaman Jeswin.

»Deswegen hat sie sie nicht mitgenommen«, erwiderte Awin.

Ein weiterer Stein verfehlte die Kariwa äußerst knapp. Sie blieb stehen, breitete die Arme aus und rief: »Ich bin Merege von den Kariwa, Wächterin des Schwarzen Tores und Schützling Uos. Ich biete euch Verhandlungen – oder Tod!« Dann flüsterte sie leise einige Worte, streckte den linken Arm aus – und eine kleine Lichtkugel stieg aus ihren Fingerspitzen auf. Sie schwebte über Mereges Handrücken, verharrte einen Augenblick und stieg dann etwas höher. Es wurde totenstill, im Hof ebenso wie im Wald.

»Bekomme ich eine Antwort?«, rief sie mit heller Stimme.

Awin war, als würde er aus dem Wald leise Stimmen hören. Offenbar berieten die Männer. Merege flüsterte wieder einige Worte. Plötzlich tanzten blaue Flammen über dem Wipfel einer Buche, teilten sich und sprangen dann vielfach aufgefächert über ihre Äste hinab, auf andere Bäume über und dann weiter in den Wald hinein, bis sie mit einem Zischen jäh erloschen. Aufgeregte Rufe zeigten, dass es Merege gelungen war, die Grünländer zu beeindrucken, und ein Raunen lief auch durch die Reihen der Verteidiger. Awin bemerkte aber auch, dass Merege die meisten der Zweige, die sie mitgenommen hatte, jetzt fallen ließ. Sie hatte den Rest Leben, der in ihnen steckte, schon verbraucht.

»Was willst du uns anbieten, Kariwa?«, fragte endlich eine raue Stimme aus dem Dickicht.

Awin atmete erleichtert auf.

»Verhandlungen«, rief Merege. »Dort in der Mitte der Lichtung.«

»Wir verhandeln nicht mit Hakul!«

»Dann verhandelt mit Akradhai.«

»Wirst du dabei sein?«, fragte die Stimme nach einer kurzen Pause.

»Wenn du es wünschst«, antwortete Merege.

»Nur du und der Ore dieses Hofes. Niemand sonst«, forderte die Stimme.

»Und zwei von euch! In einer Stunde«, rief Merege hinüber.

»So sei es«, schallte es aus dem Wald.

Awin, der gehofft hatte, dass es nun schnell gehen würde, sah sich getäuscht. Das Treffen begann am frühen Nachmittag, und es zog sich hin bis zur langen Dämmerung.

»Ich hätte Praane sagen sollen, dass er nicht zu viel feilschen darf«, brummte Awin.

Nokke, der neben ihm am Tor stand, meinte: »Es dauert eben. Wir Akradhai sind gründlich in solchen Sachen. Ich bin sicher, der Grünländer hat bis ins Einzelne aufgezählt, was er von uns verlangt. Außerdem wird er seine Verluste nennen. Es sind Männer gestorben, auf beiden Seiten dieses Wehrzaunes. Ich wundere mich, dass er keine Sühne von euch fordert, Yaman Awin.«

»Von uns? Er würde nichts bekommen, Nokke. Es war ein ehrlicher Kampf. Wir verlangen und wir geben keine Sühne nach offener Schlacht.«

»Unsere Bräuche sind wohl anders. Wir Akradhai kämpfen nicht oft. Schon gar nicht gegeneinander.«

»Mir war, als hättest du gesagt, dass Praane einen tiefen Groll gegen die Akradhai auf der anderen Seite des Flusses hegt.«

»Groll ist kein Kampf, Yaman«, erwiderte Nokke ausweichend.

»Und verrätst du mir den Grund für seinen Zorn?«

»Ich denke, das solltest du ihn selbst fragen, Yaman.«

»Natürlich«, seufzte Awin. Er sah hinüber zu der kleinen Feuerstelle, an der Merege mit den drei Akradhai saß und seit vielen Stunden nur zuhörte. Es schien, als würde sie nicht viel zu den Verhandlungen beitragen, aber vielleicht wurde sie als eine Art Schiedsrichterin gebraucht.

Endlich kamen die Verhandlungen zu einem Ende. Merege und die Ackerleute erhoben sich, und die Männer reichten einander die Hände. Plötzlich ging alles sehr schnell. Noch in der Dämmerung schafften die Hofleute Rinder, Schafe, Ziegen, Säcke mit Getreide und allerlei Ackergerätschaften hinaus auf die Lichtung, und die Grünländer erschienen und schleppten es fort.

»Was haben sie vereinbart?«, fragte Awin Merege, die im Tor stand und dem Austausch zusah.

»Sie haben zugegeben, dass ihre Ansprüche schwach sind und sich schließlich mit der Hälfte des Geraubten zufriedengegeben. Es ist immerhin besser als nichts. Und die Waldleute haben sich verpflichtet, drei Jahre lang jeder Sippe eines Getöteten im Winter ein Wolfsfell zu bringen. Übrigens auch für die Männer, die von den Hakul getötet wurden.«

»So ist es«, sagte Praane, der dazukam. »Wir werden also eure Schulden bezahlen, wenn du so willst, Yaman Awin.«

»Du hast eine eigenartige Sicht der Dinge, Ore Praane«, antwortete Awin. »Ich glaube nicht, dass ihr den Angriff überstanden hättet, wenn wir nicht gekommen wären.«

»Wir sind zäh«, widersprach Praane, »und zur Not hätten wir uns tief in den Wald zurückgezogen, dahin, wohin uns die Grünländer niemals gefolgt wären.«

»Wenn du es sagst, Ore«, meinte Awin.

Ore senkte seine Stimme. »Du hast es vielleicht noch nicht begriffen, Hakul, aber gleich hinter diesem Hof beginnt das Reich der Unsichtbaren. Es ist gefährlich dort, sehr gefährlich. Es stimmt schon, diese Menschen gehen uns meist aus dem Weg, aber sie sind unberechenbar. Drei meiner Jäger sind in diesem Wald schon verschwunden, und die haben sicher weder Bär noch Wolf geholt.«

Awin nickte nachdenklich. »Und sie stehen unter dem Schutz einer Alfskrole?«

»Der Behüterin«, berichtigte Praane. »Doch gesehen hat sie noch niemand. Angeblich lebt sie in einer Grotte am Rande der Nebelsümpfe, doch ich kenne den Weg dorthin nicht und will ihn auch nicht kennen. Ich nehme an, du hast nichts dagegen, dass ich euch auf anderen Pfaden nach Luuta führe.«

»Luuta?«

»Eine unserer Siedlungen. Sie liegt fast am nördlichen Ende des Waldes, jenseits der Jurma. Dort kommt ihr leicht über den Fluss und weiter ins Kornland, wenn ihr wollt.«

Awin runzelte die Stirn. »Natürlich wollen wir das. Oder hast du noch einen besseren Weg für uns?«

»Vielleicht, Hakul. Doch kann ich erst in Luuta sagen, ob er euch offen steht.«

»Und wie soll der aussehen?«, fragte Yaman Jeswin, der gerade dazugekommen war und den Grünländern nachblickte, die schwer bepackt im Wald verschwanden.

»Ich habe meine Gründe, euch das erst zu sagen, wenn wir dort sind.«

»Da soll doch einer aus diesem Menschen schlau werden«, brummte Jeswin, als Praane wieder hinaus auf die Lichtung gegangen war, um die Übergabe abzuschließen.

»Er führt uns, das ist die Hauptsache«, meinte Awin mit einem Achselzucken.

Yaman Jeswin kratzte sich am Bauch. »Und du traust ihm?«

»Ja, allerdings nicht blind«, erwiderte Awin.

Noch in der Nacht hoben die Hofleute ein Grab für ihre drei Toten aus. »Unser Schnitzer wird morgen einen geeigneten Stamm aussuchen, der ihre Seelen aufnehmen wird. Ist er erst einmal geweiht, werden sie von dort über uns wachen«, erklärte Praane.

»Ich habe mich schon gewundert, dass ich hier keine dieser hölzernen Figuren sah«, meinte Awin. »Du sagtest schließlich, dass hier schon früher Menschen deines Volkes gesiedelt haben.«

»Als sie das Lager aufgaben, haben sie ihre Ahnenstele mitgenommen. Aber wir haben selbst schon eine Stele errichtet. Du wirst sie morgen früh sehen, wenn wir aufbrechen.«

Das Ende der Belagerung wurde nicht gefeiert. Hakul und Akradhai saßen zwar gemeinsam am Feuer, aber es ging still zu. Das Misstrauen war immer noch nicht ganz gewichen, und der feindselige Wald und der beengende Hof waren immer noch da. Awin wünschte sich zurück auf die Steppe, irgendwohin, wo er mehr als drei Pferdelängen überblicken konnte und der Himmel weit war. Die meisten Hakul hingen ihren Gedanken nach oder sprachen halblaut über diejenigen, die in der Heimat auf sie warteten. Nur Limdin unterhielt sich angeregt mit zwei der jüngeren Frauen, die immer wieder über irgendeine seiner

Bemerkungen kicherten. Damit waren sie die Einzigen unter den Hofleuten, die guter Dinge waren. Die anderen haderten mit ihrem Schicksal: Sie hatten drei Verwandte verloren, und mit Wehmut sprachen sie von den vielen Dingen, die sie hatten hergeben müssen, und von den Wolfsfellen, die sie künftig für ihre Feinde beschaffen sollten.

»Ich finde, ihr habt Glück gehabt«, meinte Wela am Feuer, »und ihr solltet euch freuen, denn euch ist doch viel geblieben. Ich glaube, kein Klan der Hakul hatte je zu Beginn des Sommers schon für den kommenden Winter ausgesorgt.«

»Aber es ist teuer bezahlt, Heilerin«, erwiderte Praane. »Nicht nur, dass wir drei Männer zu Grabe tragen mussten, nein, wir sind nun auch auf drei Jahre diesen Menschen verpflichtet.«

»Ihr werdet doch wohl ein paar Wölfe erlegen können«, meinte Wela verwundert.

»Ja, davon gibt es hier genug, im Gegensatz zu allem anderen. Aber wir sind nicht in diesen Wald gegangen, um uns anderen Akradhai zu verpflichten, Heilerin«, antwortete Praane ungehalten.

»Ich frage mich ohnehin, was Menschen dazu bewegt, freiwillig in dieser Wildnis zu hausen«, warf Jeswin ein. »Kein Hakul würde hier je sein Zelt aufschlagen.«

»Und doch seid ihr hier, Yaman Jeswin«, erwiderte Praane kühl.

»Du weißt, wir haben besondere Gründe«, brummte Jeswin.

»Wir ebenso«, erklärte Praane knapp, aber weder er noch einer seiner Leute verrieten an diesem Abend, was das für Gründe waren.

Im Morgengrauen saßen sie auf. Awin drückte sein Bedauern aus, dass sie für Praane und Nokke, die sie führen wollten, kein

Pferd übrig hatten. Praane lächelte flüchtig, wenn Awin das im schwachen Dämmerlicht richtig sah, und antwortete: »Ich weiß deine Fürsorge zu schätzen, Hakul, aber wer diesen Wald durchqueren will, wird durch ein Pferd nur aufgehalten. Ihr werdet nicht sehr lange in euren Sätteln über mir thronen.«

»Das fängt ja gut an«, knurrte Tuge, der sich unter großen Anstrengungen auf sein Pferd gequält hatte.

»Wird es gehen?«, fragte Awin besorgt.

»Keine Angst, Yaman. Die Wunde ist nicht so groß, dass ihr mich zum Sterben zurücklassen müsstet«, versuchte Tuge zu scherzen. Awin sah ihm jedoch an, dass ihn jeder Atemzug schmerzte.

Ore Praane sprach länger mit Uref, dem Ältesten, der durch Welas Kunst schon wieder auf den Beinen war. Da der Kampf vorüber war, oblag Uref nun wieder die Führung des Hofes. Awin entdeckte den Knaben, der auf ihn geschossen hatte. Er lenkte sein Pferd zu ihm, griff in seinen Köcher, zog drei seiner Pfeile heraus und hielt sie dem Knaben hin. »Hier, junger Krieger. Es sind Hakul-Pfeile, vom besten Bogner unseres Stammes gefertigt. Behandle sie gut. Ich hoffe, du brauchst sie nur für die Jagd, und nie wieder für die Schlacht.«

Der Knabe riss ihm die Pfeile aus der Hand, öffnete den Mund, brachte keinen Ton heraus, drehte sich um und verschwand im Haus.

»Du verschenkst meine Pfeile?«, fragte Tuge ächzend, als Awin an die Spitze des Zuges zurückkehrte.

Awin zuckte mit den Achseln. »Warum nicht?«, fragte er.

»Du hast Recht. Der Knabe wird sicher kein schlechterer Bogenschütze werden als ein gewisser Yaman, den ich kenne, und wenn doch, liegt es nicht an meinen Pfeilen«, erwiderte Tuge mit einem schmerzverzerrten Grinsen.

Awin lachte. Er war gut gelaunt. Sie kamen voran. Sie hatten einen Führer, der sie durch diesen Wald bringen würde, und würden vielleicht sogar in der Lage sein, Eris Heer einzuholen. Dann hörte er plötzlich die Schläge einer Axt, irgendwo im Wald, gar nicht weit entfernt.

»Was ist das?«, fragte er Nokke.

»Unser Schnitzer. Er hat einen geeigneten Stamm für die Seelen unserer Gefallenen gefunden, Yaman.«

Endlich hatte der Ore seine Angelegenheiten geregelt, und sie brachen auf. Awin blickte noch einmal zurück. Der Hof lag in der Düsternis des anbrechenden Morgens. Nur zwei Fackeln erhellten das Zwielicht, aber in ihrem Schein waren alle Bewohner des Hofes versammelt. Auf dem Dach des Stalles stand ein einzelner Junge und grüßte ihn mit drei Pfeilen in der Faust. Dann erreichten sie den Waldrand. Sie ritten weiter. Als Awin sich noch einmal umwandte, war vom Hof und seinen Bewohnern nichts mehr zu sehen. Vor ihm lag nachtschwarz der Wald.

Die Pfade der Unsichtbaren

DER WALD WANDELTE sich bald zu einem Dickicht. Über ihnen hingen die Holzgestelle der Hofleute und klapperten leise. Awin fand das Geräusch inzwischen beruhigend. Es sagte ihm, dass sie noch in einem halbwegs sicheren Bereich des Waldes waren.

Der Pfad war schmal, und wer im Sattel bleiben wollte, musste bald Ast um Ast zur Seite schlagen. Als Tuge zum dritten Mal ein starker Zweig, den er im Dämmerlicht zu spät gesehen hatte, in die Rippen schlug, sah Awin ein, dass sie zu Fuß besser vorankommen würden. Jeswin stimmte zu, und so ließen sie den Sger absteigen.

»Es tut mir leid, Hakul, dass ich euch keine anderen Wege anbieten kann«, sagte Praane lächelnd. »Dies sind eben Pfade für Jäger, nicht für Reiter und ihre Pferde.«

»Auch Hakul können marschieren«, entgegnete Jeswin.

Auch wenn sie es nur sehr ungern tun, setzte Awin in Gedanken hinzu.

Eine Zeit lang lief der Pfad zwischen dicht stehenden Bäumen gerade nach Norden, gelegentlich gekreuzt von anderen, schmalen Pfaden.

»Es sind Wildwechsel. Hirsch, Wolf und Bär sind hier gelaufen. Es ist möglich, dass wir einem von ihnen hier begegnen«, erklärte Praane, der mit Nokke vorauslief.

»Mit Bären werden wir fertig«, behauptete Awin, obwohl er noch nie einem solchen Tier begegnet war und es nur aus den Erzählungen Mahuks kannte.

»Kein Bär. Aber Wölfe«, meinte der Raschtar. Er war bester Laune. Ganz offensichtlich gefiel es ihm in diesem Wald.

»Ist es hier so wie in deiner Heimat?«, fragte Awin bei einer Rast an einem kleinen Bach, an dem die Hakul Pferde tränkten und Tuge seine schmerzenden Rippen mit Wasser kühlte.

»Nein. Andere Bäume. Anderes Wild. Selbst das Laub rauscht anders.«

»Mit dem Laub ist es bald vorbei«, erklärte Praane. »Hinter dieser Felsengruppe dort beginnt der Föhrenwald. Unsere Jäger gehen für gewöhnlich nicht dorthin.«

»Aber du schon?«, fragte Wela neugierig.

»Wir haben Freunde in der Stadt Luuta. Einige von uns sind sogar von dort, und wir halten die Verbindung. Außerdem bin ich der Ore. Ich muss das Land kennen.«

»Und das Unsichtbare Volk?«, fragte die Schmiedin.

»Es ist möglich, dass sie uns bereits beobachten, auch wenn sie selten auf dieser Seite der Bärenfelsen sind. Du hörst vielleicht noch das Klappern unserer Windfänger. Sie scheinen sich wirklich davor zu fürchten.«

»Warum hängt ihr dann nicht den ganzen Wald damit voll?«, wollte Wela wissen.

Praane lächelte. »Wir sind nur eine Handvoll Jäger. Der ganze Femewald wäre ein bisschen zu groß für uns. Außerdem will ich den Bogen auch nicht überspannen, wenn du verstehst, was ich meine.«

Wela nickte. Als sie kurz darauf die von Praane bezeichneten Bärenfelsen erreichten, veränderte sich der Wald völlig. Die Laubbäume traten zurück und wurden von hochgewachsenen Föhren und stachligen Schwarzfichten abgelöst. Awin erschien der Wald nun noch fremdartiger, doch immerhin ließen ihnen die Bäume genug Platz, um wieder zu reiten.

»Ich hoffe, der Rest des Waldes sieht ebenso aus, denn ich sehe den Himmel, und das ist ein weit schönerer Anblick, als dieses furchtbar dichte Geäst, das einem den Atem nimmt«, sagte Tuge.

»Heute und morgen werdet ihr reiten können, Bogner«, erklärte Nokke, »aber danach werdet ihr wieder auf euren eigenen Füßen laufen müssen.«

»Auch du scheinst diesen Wald gut zu kennen, Nokke«, meinte Yaman Jeswin.

»Nicht halb so gut wie unser Ore. Aber ich habe ihn gelegentlich begleitet.«

Den Rest des langen Tages konnten die Hakul tatsächlich im Sattel bleiben. Die Sonne schien von einem leicht bewölkten Himmel, und es wurde sommerlich warm. Es roch nach Harz, Hummeln schwirrten über die Lichtungen, auf die ihr Weg sie immer wieder führte, und Vögel sangen in den Föhren. Awin fand Gefallen an dieser Landschaft und war fast bereit zu vergessen, weswegen sie hier unterwegs waren. Als sie gegen Abend wieder über eine weite Lichtung ritten, rief Dare plötzlich ein halblautes »Halt« nach vorne. Awin und Jeswin gaben fast gleichzeitig das Zeichen zum Anhalten. »Was gibt es?«, rief Awin leise dem Jungkrieger zu, der einige Längen hinter ihm ritt.

Dare nahm seinen Bogen zur Hand und deutete mit der Linken stumm an den Waldrand. Awin kniff die Augen zusammen. Dort bewegte sich etwas.

»Ein Hirsch! Verflucht sei meine Wunde«, flüsterte Tuge, der stöhnend zusammenzuckte, als er nach seinem Bogen greifen wollte.

»Halt!«, rief Praane. »Nicht!«

Doch es war zu spät. Dare hatte bereits den Pfeil von der Sehne schnellen lassen.

»Die Jäger, schnell!«, rief Jeswin, als der Hirsch getroffen zusammenzuckte und davonstob.

Ein halbes Dutzend Rote Hakul, aber auch Limdin, Dare und Mabak machten sich an die Verfolgung.

»Narren! So haltet doch ein!«, rief Praane, aber die Hakul hörten nicht auf ihn.

»Was hast du?«, fragte Awin erstaunt.

»Das ist das Land der Unsichtbaren. Sie könnten es uns sehr übel nehmen, wenn wir ihr Wild töten!«

»Sie werden es überleben«, rief Jeswin, dessen Pferd aufgeregt tänzelte, als wolle es selbst dem Hirsch nachhetzen.

Awin starrte den Akradhai an. »Warum hast du das nicht früher gesagt?«

»Ich habe einfach nicht mit eurer Dummheit gerechnet«, rief Praane.

»Wir werden sehen, wer hier dumm ist«, zürnte Jeswin.

Aber Awin sah Praane an, dass seine Warnung ernst gemeint war.

»Soll ich sie zurückrufen?«, fragte Tuge.

Awin sah die Jäger schon zwischen den Bäumen verschwinden. Sie schwärmten aus, um das Tier in die Enge zu treiben. Er schüttelte den Kopf. »Es ist zu spät. Das Wild ist aufgestört und schon verwundet. Hoffen wir, dass uns dieses geheimnisvolle Volk die Jagd verzeiht.«

Sie hörten noch eine Weile die aufgeregten Rufe der Jäger. Dann wurde es stiller. Merege war nach vorne gekommen. »Sag, Akradhai«, begann sie, »dieses Volk, das du das Unsichtbare nennst: Es wird von einer Alfskrole beschützt?«

»Ich würde sie nicht so nennen, nicht in ihrem Wald, Kariwa«, antwortete Praane leise. »Die Behüterin des Waldes wird von den Unsichtbaren verehrt. Und es heißt, dass auch die Nebelleute aus den Sümpfen ihr Opfer bringen. Manche meinen daher, dass eigentlich nur ein Stamm in Wald und Sumpf haust. Das mag sein, denn gemeinsam ist diesen Menschen doch, dass sie sich vor anderen verborgen halten.«

»Du weißt viel über dieses Land«, stellte Wela fest.

Praane runzelte die Stirn. Vielleicht fragte er sich, ob die Schmiedin ihn verspottete – das war jedenfalls die Frage, die sich Awin stellte. Aber ihrer Miene nach meinte sie es ernst. Der Ore antwortete: »Ich weiß nur wenig, Schmiedin, gemessen an dem vielen, was es über diesen Wald zu wissen gäbe.«

»Mir würde es schon reichen, wenn ich wüsste, wo diese sogenannten Jäger bleiben«, brummte Tuge schlecht gelaunt. »Das Wild war doch schon getroffen.«

Praanes Miene verdüsterte sich. »Wenn die Behüterin diesen Hirsch schützt, werden eure Männer ihn niemals bekommen.«

»Dann hätte sie ihn besser schon vor dem ersten Pfeil bewahrt«, meinte Lamban. »Sterben wird das Tier nun auf jeden Fall, entweder schnell und gnädig durch weitere Pfeile, oder langsam und qualvoll, und das kann doch nicht der Wille dieser sogenannten Behüterin sein.«

»Sie *ist* die Behüterin«, warf Nokke ein. »Vielleicht hatte sie ihre Gründe, uns dieses Wild zu senden.«

»Dort kommen die Jäger!«, rief Wela.

»Und sie haben den Hirsch!«, rief Lamban zufrieden aus.

In der Tat kamen die Reiter nun zwischen den Bäumen hervor. Dare hatte das erlegte Wild vor sich im Sattel liegen. Es war ein prachtvolles Tier, und die Hakul lobten den jungen Krieger für seinen guten ersten Schuss. Zwei weitere Pfeile anderer Jäger hatten die Beute zur Strecke gebracht, aber Dare gebührte die Ehre der erfolgreichen Jagd. Selbst Tuge lobte den jungen Krieger, auch wenn Awin ihm ansah, dass er sich immer noch darüber ärgerte, wegen seiner Wunde nicht an der Jagd teilgenommen haben zu können. Praane und Nokke tauschten jedoch besorgte Blicke, und auch Awin konnte sich nicht recht freuen. Plötzlich rief Jeswin: »Ihr Jäger – wo ist Raiwe?«

Schlagartig war die gute Stimmung verflogen. Die Jäger sahen einander betroffen an. »Er war doch dicht hinter mir«, sagte einer.

»Ich sah ihn zuletzt an deiner Seite«, stimmte ein anderer zu.

»Er wich einer Senke aus, dann verlor ich ihn aus dem Auge«, meinte Mabak.

»Er ist vielleicht nur gestürzt«, vermutete Lamban, »die Jagd unter diesen Bäumen ist nicht einfach, und du weißt, Yaman, dass Raiwe nicht der Geschickteste ist.«

»Dann sucht ihn!«, donnerte Jeswin.

Erschrocken gehorchten die Jäger. Yaman Jeswin schickte seinen halben Sger los, auch Mahuk und die jungen Krieger Awins schlossen sich der Suche an.

»Aber reitet in Paaren!«, rief der Ore. »Oder besser noch zu dritt! Und du begleite sie, Nokke, du kennst die Zeichen.«

»Du glaubst, es sind Feinde im Wald?«, fragte Awin beunruhigt.

»Ich glaube es nicht, ich weiß es! Sie beobachten uns spätestens seit den Bärenfelsen, wie ich es sagte. Ich hoffe jedoch, dass dieser Mann wirklich nur vom Pferd gestürzt ist. Für ihn und für uns.«

»Es wird bald dunkel«, warf Tuge ein. »Wenn sie ihn finden wollen, müssen sie sich beeilen.«

»Sollten wir ihn nicht alle suchen gehen?«, fragte Wela.

Aber Jeswin schüttelte den Kopf. »Nein, zu viele Jäger verderben die Spur, wie es heißt. Und wenn Raiwe dort noch irgendwo ist, finden meine Krieger ihn. Wir sollten uns um das Lager kümmern. Am besten, wir schlagen es gleich hier auf, denn die Nacht ist wirklich nicht mehr fern.«

Der erlegte Hirsch lag fast vergessen auf dem Boden und blickte die Hakul aus gebrochenen Augen an. Die Sonne war verschwunden, und der Wald, der Awin vor kurzem noch beinahe schön erschienen war, wirkte nun wieder dunkel und bedrohlich. »Sind wir hier sicher, Ore Praane?«, fragte er.

Praane starrte den ausschwärmenden Hakul hinterher. Dann seufzte er und sagte: »Nicht sicherer oder unsicherer als an irgendeinem anderen Ort im Femewald. Yaman Jeswin hat Recht. Wir sollten hierbleiben.«

Es dauerte nicht lange, und ein Hornsignal verriet, dass die Suchenden etwas gefunden hatten. Jeswin ließ kein Auge mehr vom Waldrand. »Raiwe ist der Schwestersohn meines Weibes, und Xiwil würde es mir nicht verzeihen, wenn ihm etwas zustieße.«

Awin hörte dem Yaman aber an, dass er es vor allem sich selbst nicht verzeihen würde.

»Das Horn sagt doch, dass sie etwas gefunden haben. Warum kommen sie nicht?«, fragte Wela.

Ein weiteres Hornsignal schallte durch den Wald, dann noch eines.

Endlich tauchten die Reiter wieder zwischen den Bäumen auf. Lamban ritt vorneweg. Er führte einen reiterlosen Falben am Zügel.

Jeswin starrte den leeren Sattel lange an, bevor er fragte: »Keine Spur von Raiwe?«

Lamban schüttelte den Kopf. »Er ist wie vom Erdboden verschluckt.«

Mahuk Raschtar brummte unzufrieden und erklärte dann: »Nicht die Erde, Fremde haben ihn. Ich sah Spuren. Doch sie endeten.«

»Und ihr habt nicht weiter gesucht?«, herrschte Jeswin seine Leute an.

»Wir suchten«, rechtfertigte sich der Pferdezüchter. »Doch wie es der Raschtar sagte, die Spur endete plötzlich. Vielleicht ist es auch einfach schon zu dunkel. Wir fanden die Stelle, an der er vom Pferd stürzte, und ich kann immerhin sagen, dass dort kein Blut war, ehrwürdiger Yaman. So besteht also noch Hoffnung.«

»Morgen beim ersten Licht des Tages nehmen wir die Verfolgung auf«, verkündete Jeswin.

»Ich glaube nicht, dass du morgen noch irgendetwas finden wirst, ehrwürdiger Yaman«, erklärte Praane ruhig.

»Das lass meine Sorge sein, Akradhai!«

»Der Ore hat Recht. Großer Wald. Tausend Verstecke. Tausend Wege«, warf Mahuk ein.

»Ich lasse keinen meiner Männer zurück«, erklärte Jeswin wütend.

Auch Awin hätte keinen seiner Gefährten einfach zurückgelassen. Aber eine Verfolgung durch diesen Wald?

Praane sagte jetzt: »Ich hatte euch davor gewarnt, diesem Hirsch nachzujagen. Nun ist das Unglück geschehen. Und was immer ihr vorhabt, ich sage euch eines: Ich werde euch nicht führen, falls ihr den Verschwundenen suchen wollt.«

»So lässt du uns im Stich, Ore?«, fragte Jeswin kalt.

»Ich kann niemanden leiten, der meinen Worten keine Beachtung schenkt, Yaman.«

Awin versuchte zu vermitteln: »Es ist zu dunkel, um jetzt der Spur zu folgen, und ich glaube, die Zeit ist auch ungünstig, um weise Entscheidungen zu treffen. Ich schlage vor, dass wir morgen früh den Ort, an dem Raiwe verschwand, noch einmal in Augenschein nehmen. Dann werden wir sehen, was wir tun können, und erst dann sollten wir entscheiden, was wir tun werden.«

»Du hast leicht reden!«, rief Lamban. »Es ist kein Mann aus

deinem Sger, der verschwunden ist. Aber ich hoffe, du vergisst nicht, dass es einer deiner Krieger war, der diese unglückselige Jagd eröffnete, Yaman Awin.«

»Genug jetzt!«, rief Jeswin. »Yaman Awin hat Recht. Heute können wir nichts mehr tun. Wir werden morgen entscheiden.«

Es war still am Feuer. Mahuk schlug vor, das Tier als Sühne der Behüterin des Waldes zum Opfer zu bringen, ein Vorschlag, der schnell angenommen wurde. Also entzündeten sie ein eigenes Opferfeuer, und der Raschtar verbrannte die Schenkel des Tieres darin. Den Kopf schnitt er ab und hängte ihn in einen Baum. Niemand wollte von dem Hirsch essen.

»Glaubst du, ehrwürdiger Raschtar, dass uns dieses Opfer das Wohlwollen der Behüterin verschafft?«, fragte Awin später, etwas abseits der anderen.

»Es kann helfen«, meinte der Ussar ausweichend.

»Was sagt Yeku?«

»Er sagt, die Hakul bekommen, was sie verdienen. Er hofft, dass viele von euch sterben.«

Awin seufzte. Die Feindseligkeit dieses Stockes hatte also nicht nachgelassen. »Eigentlich habe ich gefragt, ehrwürdiger Raschtar, weil ich hoffte, dass Yeku vielleicht etwas über die Alfholde weiß, die diesen Wald beschützen soll.«

»Yeku sagt, er weiß nichts von ihr.«

»Und du glaubst ihm?«

Mahuk Raschtar dachte einen Augenblick nach, dann sagte er: »Nein. Yeku hegt Geheimnisse. Böser Raschtar, das weißt du. Und er will heute keine Sünden tilgen. Ihm gefällt dieser Wald. Gefährlich für Hakul.«

Später kam Dare zu Awin. »Wirst du deiner Schwester Gunwa sagen, was hier vorgefallen ist, Yaman Awin?«

»Ich werde ihr sagen, dass du ein guter und schneller Schütze bist, Dare.«

»Ich wollte, ich hätte nicht geschossen«, antwortete der junge Krieger verdrossen.

»Unsere Führer hätten uns sagen müssen, dass wir hier nicht jagen dürfen. Dann wäre das Unglück nicht geschehen.«

Dare dachte eine Weile über die Worte nach, dann erklärte er: »Dennoch fühle ich Schuld, Yaman.«

»Das solltest du nicht, Dare. Du hast schnell und entschlossen gehandelt, so, wie ein Mann auf einem Kriegszug handeln muss. Ich hoffe, dass du es wieder tust.«

Aber Dare sah nicht überzeugt aus. »Ich werde zu Yaman Jeswin gehen, und ihm Sühne anbieten.«

»Damit solltest du warten, Dare. Noch wissen wir nicht, was Raiwe geschehen ist, und es wäre nicht klug, ein böses Schicksal zu berufen.«

»Ich werde dennoch mit ihm sprechen. Ich reite in deinem Sger, doch bin ich noch kein Mann deines Klans und muss selbst entscheiden, was ich für das Beste halte. Ich werde deinen Rat aber bedenken und versuchen, die Schicksalsweberin nicht herauszufordern.«

Awin sah Dare nach. Er verhielt sich ehrenvoll und tapfer. Gunwa würde stolz auf ihn sein.

Am Morgen suchten sie den Wald in weitem Umkreis nach einer Spur des verschwundenen Kriegers ab, aber selbst die besten Jäger fanden nichts. Es war wirklich, als hätte ihn der Erdboden verschluckt.

»Yeku sagt, nicht Erde, sondern Bäume«, erklärte Mahuk, ohne dass diese rätselhafte Bemerkung ihnen weiterhalf.

Sie suchten lange, zu lange nach Awins Gefühl, aber schließlich sah auch Yaman Jeswin ein, dass sie seinen Neffen nicht finden würden. »Und du hast keine Ahnung, wohin die Unsichtbaren ihn bringen könnten, Ore Praane?«, fragte er und versuchte, seine Niedergeschlagenheit zu verbergen, was ihm nur unvollkommen gelang.

Praane schüttelte den Kopf. »Der Femewald ist groß, sehr groß, und nicht einmal ich weiß, wo dieses Volk seine Lager hat.«

Jeswin straffte sich. »Gut, Lamban, ruf die Krieger zurück. Wir werden unseren Weg fortsetzen.«

»Aber Raiwe …«, wandte der Züchter ein.

»Dies ist ein Kriegszug, Lamban, das solltest du nicht vergessen. Und ich fürchte, Raiwe wird nicht der letzte Mann sein, den wir verlieren. Wir müssen weiter.«

Hier ergab sich jedoch eine unvorhergesehene Schwierigkeit. »Ich habe mich in der Nacht lange mit Nokke beraten«, sagte Ore Praane. »Ich habe versprochen, euch durch den Wald zu führen, doch hat sich nun alles geändert. Ihr habt die Unsichtbaren herausgefordert, und ich fürchte, dass sie vielleicht nun noch mehr von euch holen wollen.«

»Das lass unsere Sorge sein, Akradhai, wir wissen uns zu wehren«, rief Jeswin ungehalten.

»Es ist aber auch meine Sorge, Yaman, denn es ist möglich, dass sie keinen Unterschied machen zwischen euch und uns. Ich halte es für zu gefährlich weiterzuziehen.«

»Was bist du nur für ein Mann, dass du beim ersten Anzeichen von Gefahr umkehrst«, rief Wela empört.

Praane sah sie überrascht an, aber dann lächelte er und erwiderte: »Einer, der gelernt hat, im Femewald zu überleben, Schmiedin.«

»Du hast es gelobt, Ore«, warf Awin ein.

»Aber die Hirschjagd hat alles verändert.«

»Alles? Oder nur den Preis?«, fragte Awin kühl.

Praane lächelte wieder. »Ich habe keinen Preis verlangt, Yaman Awin. Ihr habt uns Frieden gebracht, ich gelobte, euch durch den Wald zu führen. Nun habt ihr den Frieden des Waldes gebrochen, also sehe ich mich an mein Wort nicht mehr gebunden.«

Awin nickte ernst und schwieg. Der gesamte Sger schloss sich diesem Schweigen an. Er verharrte darin wie ein Schwert in einer Scheide, so lange, bis auch Praane die stumme Drohung verstand. Er ließ sich jedoch nicht so leicht einschüchtern: »Ich habe nicht die Absicht, einen höheren Preis von euch zu fordern, Hakul, jedoch denke ich, dass vielleicht eine weitere angemessene Gegenleistung angebracht wäre.«

»Und wie soll die aussehen, Akradhai?«, fragte Jeswin verbittert.

»Ich werde darüber nachdenken und es euch sagen, wenn wir am Ziel sind.«

»Und wenn uns deine Forderung nicht gefällt?«, fragte Jeswin weiter.

»Ich halte euch für Männer von Ehre. Ihr werdet erkennen, dass ich nicht zu viel verlange. Denn auch ich habe Ehre.«

»Das ist ein seltsamer Vorschlag, Ore«, sagte Awin.

»Nehmt ihn an oder lehnt ihn ab. Ich habe keinen anderen.«

Jeswin und Awin tauschten einen kurzen Blick aus. Dann erklärte Jeswin ruhig: »Wir nehmen ihn an.«

Wela schnaubte verächtlich, aber Awin sandte ihr einen warnenden Blick, und sie schwieg. Er sah ihr an, wie schwer ihr das fiel.

»Warum lasst ihr euch auf diesen Handel ein, Awin?«, fragte sie leise, als der Sger aufbrach. »Nachher verlangt dieser Bauer etwas, was ihr ihm eigentlich nicht geben wollt, aber ihr faselt dann sicher wieder irgendetwas von Ehre und gebt es ihm doch.«

»Das ist möglich, Wela, Tuwins Tochter, doch glaube ich es nicht. Praane ist nicht dumm. Er weiß genau, wie weit er gehen kann.«

»Du verteidigst ihn auch noch?«

»Er ist im Recht, Wela. Dies ist ein fremdes Land. Nur er kann uns führen. Doch wie soll er das tun, wenn wir seinem Rat nicht folgen? Den Hirsch zu töten war ein Fehler. Raiwe hat dafür teuer bezahlt. Lass uns hoffen, dass es nicht noch schlimmer kommt.«

Wela wirkte unzufrieden, aber sie setzten das Gespräch nicht fort, denn der Sger brach nun auf.

Noch bis zum Mittag blieb der Föhrenwald licht genug, um zu reiten. Die Hakul waren bedrückt, weil sie einen Mann verloren hatten, über dessen Schicksal sie noch dazu im Unklaren waren. Die meiste Zeit über ritten sie schweigend, eine Hand immer an Bogen oder Schwert, und ihre Blicke wanderten unruhig zwischen den Bäumen umher. Awin schlug vor, Späher vorauszuschicken, aber Praane riet ihm ab: »Es könnte ihnen das gleiche Schicksal drohen wie eurem Jäger. Der beste Schutz, den wir haben, ist es, zusammenzubleiben. Die Unsichtbaren greifen größere Gruppen für gewöhnlich nicht an.«

»Bist du dir da sicher, Ore?«, fragte Tuge.

»Nein. Jedoch habe ich selbst schon zweimal eine kleine Schar durch diesen Wald geführt, und wir wurden nicht behelligt. Doch wer sich hier nur wenige Schritte von den anderen entfernt, wagt sein Leben. Ihr habt es erlebt.«

»Aber du warst auch schon alleine hier unterwegs, oder?«, fragte Awin.

Praane nickte. »Ein Mal, doch würde ich es nicht wieder tun.«

Kurz nach Mittag rückten die Föhren wieder dichter zusammen, und die Hakul mussten absteigen und zu Fuß weiter. Praane und Nokke gingen mit Mahuk voran, immer nach Gefahren und Spuren Ausschau haltend. Awin gefiel der Wald nicht. Er schien jetzt viel älter zu sein als zuvor. Die Föhren waren knorrig und ihre Äste vielfach verflochten, viele Bäume sahen krank aus, einige Fichten waren mit grauem Schimmel überzogen, und es roch modrig. Eine bedrückende Stille lag über dem Waldboden, der unter jedem ihrer Schritte nachgab. Hatten sie zuvor noch von dem einen oder anderen Hügelkamm einen Blick auf die schier endlose Weite des Waldes werfen können, so schienen sie jetzt in einem Talgrund gefangen, und Awins Blick, die Steppe gewohnt, ermüdete schnell im Gestrüpp der Bäume. Die Föhren wurden kurz darauf weniger und durch Arten abgelöst, die Awin nicht kannte. Praane murmelte von Fleckkiefer, Schwarzbuche und Graueiche, und Mahuk verschwand gelegentlich einige Schritte im Dickicht, um mit Händen voller Pilze oder roter Beeren zurückzukehren. Aber Nokke riet ihm bald davon ab: »Verzeih, ehrwürdiger Raschtar, aber wir sind nicht alleine. Und es wäre nun besser, in der Schar zu bleiben.«

Auch Awin hatte längst das Gefühl, beobachtet zu werden. Er sah niemanden, er hörte nichts außer dem Tritt der Männer und Pferde auf dem bemoosten Boden, aber er spürte, dass dort hinter den Bäumen Menschen waren. Mahuk brummte etwas Unverständliches, aber er folgte Nokkes Rat.

Stunde um Stunde marschierten sie weiter, immer nach Norden, und das Gefühl, beobachtet zu werden, wurde irgendwann zur Gewissheit, obwohl Awin im tiefen Grün niemanden entdecken konnte. Er bemerkte, wie unruhig die Hakul wurden. Immer wieder zuckte eine Hand zum Bogen, immer wieder wies ein Krieger einen anderen darauf hin, dass sich irgendwo zwischen den Baumstämmen etwas bewegt hatte, aber stets sah dort kein anderer etwas. Mit Jeswin schärfte er den Kriegern ein, dass sie nur ja nichts Unüberlegtes tun sollten. »Dass mir keiner von euch einen Pfeil auf einen Vogel, ein Reh oder einen Busch verschwendet«, mahnte der Yaman des Roten Wassers, und seine Krieger nickten angespannt.

»Es wäre auch unklug, auf einen der Unsichtbaren zu schießen, selbst wenn wir sie sehen könnten«, erklärte Praane ruhig. »Sie beobachten uns, aber es ist möglich, dass sie sich mit dem einen Mann zufriedengeben und uns ziehen lassen. Wir sollten auf keinen Fall einen Kampf mit ihnen beginnen, denn sie könnten uns sicher mit hundertfacher Übermacht angreifen, wenn sie wollten.«

Am Abend rasteten sie auf einer kleinen, abschüssigen Lichtung. Limdin erkletterte eine nahe Eiche, kehrte aber enttäuscht zurück. »Ich sehe Bäume, so weit das Auge reicht. Nur im Nordwesten ragen einige Felsen über die Wipfel, aber ein Ende des Waldes konnte ich auch dort nicht sehen.«

»Diese Felsen müssen wir meiden. Riesenfelsen werden sie genannt, denn die Legende sagt, dass einst ein Riese sie dort auf einen Hügel legte, um sich daraufzustellen und endlich einmal den ganzen Wald überblicken zu können. Viel wichtiger aber ist, dass dort die Behüterin in einer Grotte haust«, meinte Praane.

Die Behüterin? Awin fragte sich wieder, was für ein Wesen das sein mochte.

»Ist es ihm gelungen? Dem Riesen, meine ich, ist es ihm gelungen, diesen ganzen verfluchten Wald auf einmal zu sehen?«, fragte Tuge. »Oder, besser gefragt, wie lange dauert es noch, bis diese elenden Bäume endlich hinter uns liegen?«

»Wenn es gut geht, vier Tage«, meinte Praane, »und nein, es ist dem Riesen nicht gelungen. Und deshalb kehrte er um und ging zurück in die Sümpfe, wie es heißt.«

Awin bemerkte, dass Merege Praanes Ausführungen mit besonderer Aufmerksamkeit lauschte. Wenn stimmte, was sie ihm einmal erzählt hatte, war Senis, die Ahnmutter der Kariwa, zur Hälfte eine Riesin. Das glaubte er immer noch nicht so recht, da er die kleine, bucklige Gestalt der uralten Senis vor

Augen hatte. Ob sie das Todeskraut, das sie am Schlangenmeer suchte, inzwischen gefunden hatte? Der Gedanke an die Kariwa gab ihm einen Stich. Er war ihr auf seinen Reisen des Geistes begegnet, und wie es aussah, würde er nie wieder auf eine solche Reise gehen können. Wie gerne hätte er seinem Sger den Weg durch dieses undurchdringliche Dickicht gewiesen, aber er war blind, und er konnte Senis nicht warnen vor dem, was Eri vorhatte.

Der nächste Tag glich dem vorigen, nur dass ein kalter Regen über dem dichten Blätterdach niederging. Er fügte den vielen fremden Tönen des Waldes einige neue hinzu. Das leise Rauschen und Tropfen des Wassers schien sie einlullen zu wollen, aber die Hakul fielen nicht darauf herein. Sie blieben wachsam, starrten in das dichte Unterholz und warteten darauf, dass sich der Feind, den sie dort wussten, endlich einmal zeigen und seine Absichten enthüllen würde. Die Unsichtbaren taten ihnen den Gefallen jedoch nicht, und so blieb es dabei, dass Awin bei jedem Rascheln, jedem Knarren oder Knacken von Holz zusammenzuckte und wie von selbst nach seinem Schwert griff. So ging es bis zum Abend. Da der Regen anhielt, schlugen sie ihr Lager am Rande einer Lichtung unter einigen Buchen auf. Männer und Pferde waren müde und die Stimmung angespannt. Dann fuhr Wela Ore Praane an, weil der sich nicht an der Suche nach trockenem Feuerholz beteiligen wollte, aber Praane blieb gelassen und erklärte, ein Ore sei dazu ebenso wenig verpflichtet wie ein Yaman. Ungeschickterweise fügte er jedoch hinzu, dass dies in seinem Volk ohnehin Frauensache sei. Awin fürchtete kurz, Wela würde dem Ore nun die Augen auskratzen, aber sie wurde plötzlich sehr ruhig und sagte nur: »Es ist vielleicht auch besser, diese Dinge den Frauen zu überlassen, Ore, denn sie sind geschickter und bringen sicher besseres Holz zum Feuer als ein Mann, der erst schachert, bevor er seinen Gefährten hilft!« Damit ließ sie ihn stehen.

Awin suchte sich einen halbwegs trockenen Platz unter einer alten Buche und starrte in den immer dichter fallenden Regen. Er war sicher, dass irgendwo hinter diesem Vorhang aus Wasser die Unsichtbaren sie beobachteten, und es blieb unangenehm, dieser Gefahr nicht ins Auge sehen zu können. Es mochte täuschen, aber er hatte das Gefühl, dass ihr Weg auf einen Punkt zulief, an dem sie ihrem Feind begegnen würden. War das etwa ein Rest seiner Sehergabe? Er wusste es nicht, und seine Laune verschlechterte sich, weil er sich wieder einmal blind und nutzlos fühlte. Praane kam herangeschlendert und setzte sich zu ihm. »Eure Schmiedin trägt ihr Herz auf der Zunge, wie man so sagt«, begann er.

Awin nickte.

»Selbst dir erweist sie wenig Achtung, wie mir scheint, und du bist der Yaman deines Klans.«

Wieder nickte Awin schweigend.

»Zunächst dachte ich deshalb, sie sei dein Weib«, fuhr Praane fort, »aber du sagtest, dass sie das nicht ist.«

Als Awin immer noch nichts erwiderte, sagte Praane: »Ich nehme an, sie ist sehr begehrt bei den Hakul, oder?«

Jetzt starrte Awin den Ore mit großen Augen an. »Begehrt? Wie kommst du darauf?«

»Nun, sie ist Heilerin, Schmiedin, und kann doch mit deinen Männern mithalten auf eurem Kriegszug. Ist es nicht das, wovon ein Hakul träumt?«

Awin verkniff sich ein Grinsen. Er wusste, dass die meisten Hakul eine Frau vor allem dann schätzten, wenn sie sich im Hintergrund hielt, und er musste daran denken, was für eine Unruhe es im Klan der Berge gegeben hatte, als Tuwin der Schmied seine Tochter zu seiner Nachfolgerin erkoren hatte.

»Worauf willst du eigentlich hinaus, ehrwürdiger Ore?«, fragte er höflich.

»Ach, nichts eigentlich«, erwiderte Praane, erhob sich und ging.

Die Nacht über wurden sie von ausgiebigen Schauern geplagt, gegen die das Blätterdach nur unvollkommenen Schutz bot. Die Stimmung war gedrückt, und die Männer sprachen wenig. Erst am Morgen ließ der Regen nach, und es wurde schnell sehr warm und stickig. Der Waldboden dampfte, und die Luft war so schwül, dass das Atmen schwerfiel. Praane überließ Nokke und Mahuk die Spitze und lief länger an der Seite Welas, wie Awin mit einem Stirnrunzeln feststellte. Zunächst schien die Schmiedin recht einsilbig zu sein, aber später hörte er, dass sie sich sehr angeregt mit dem Ore unterhielt, jedoch zu leise, als dass er etwas verstanden hätte.

»Wenn ich nicht diese unnützen Schmerzen hätte, würde ich mich auch öfter umdrehen, um zu sehen, was die beiden da zu tuscheln haben«, sagte Tuge irgendwann.

»Mir würde genügen, es zu hören, aber eigentlich geht es uns nichts an, oder?«, antwortete Awin.

»Natürlich nicht, Yaman«, bestätigte der Bogner. »Andererseits, du bist der Yaman, du solltest schon wissen, was in deinem Klan vorgeht«, fügte er hinzu.

»Sie unterhalten sich. Es ist doch gut für uns, wenn wir mehr über diesen Mann erfahren«, sagte Awin.

»Wie du meinst, ehrwürdiger Yaman«, erwiderte Tuge spöttisch.

Etwas später war sich Nokke über den weiteren Weg unsicher, und Praane übernahm wieder die Führung. Awin ließ sich einige Zeit darauf zurückfallen und nahm den Platz an Welas Seite ein. »Du könntest gelegentlich nach Tuge sehen. Er klagt zwar nicht, aber ich glaube, er leidet immer noch sehr«, begann er.

»Mir schien es heute Morgen, als sei es schon viel besser geworden.«

»Das Pferd, immer wenn es am Halfter zieht, schmerzt es ihn wohl, auch wenn er es leugnet«, meinte Awin.

Wela sah ihn zweifelnd an.

Awin räusperte sich. »Ich habe gesehen, dass du dich länger mit dem Ore unterhalten hast.«

»Darf ich das nicht?«, fragte Wela spitz.

»Ganz im Gegenteil. Ich begrüße es, wenn Akradhai und Hakul einander besser verstehen lernen, und das Misstrauen, das uns beherrscht, allmählich schwindet.«

»So, du begrüßt es«, wiederholte Wela gedehnt.

»Ja, außerdem erfahren wir vielleicht so etwas mehr über dieses Volk.«

Wela schwieg eine Weile, bevor sie antwortete: »Ich habe tatsächlich etwas erfahren, Awin, etwas, das mich bestürzt und empört, mir aber auch vieles erklärt. Vielleicht solltest du es auch wissen, und da ich denke, dass Praane nicht gerne darüber spricht, sollte ich es dir vielleicht sagen.«

Awin wartete gespannt, während Wela offenbar versuchte, die richtigen Worte zu finden. Schließlich sagte sie: »Dieses Volk ist uns fremder, als ich dachte, Awin, denn denk dir, diese Bauern, sie verstoßen ihre Kinder!«

»Was meinst du damit, Wela?«, fragte Awin verwundert.

»Drüben im Kornland, wo sie herkommen und die allermeisten von ihnen leben, verlangt der Brauch, dass der älteste Sohn den Hof des Vaters erbt. Der zweite Sohn darf sich im Kornland ein ungenutztes Stück Land suchen und dort einen eigenen Hof gründen. Gibt es jedoch mehr als zwei Söhne, so müssen alle folgenden über den Fluss und versuchen, im Grünland ihr Glück zu machen, dort, wo der Boden unfruchtbar und sumpfig ist, dort, wo fast jeden Winter die Hakul kommen.«

»Und Praane ist ein solcher Sohn?«

»Er ist der vierte Sohn eines Dorfältesten, aber auch für ihn gilt dieses Gesetz. Denk dir, es ist ihm sogar verboten, das Kornland vor Ablauf von zweimal zwölf Jahren wieder zu betreten!«

»Wirklich ein seltsamer Brauch«, murmelte Awin.

»Seltsam? Unmenschlich nenne ich das! Sie zerreißen kalten Herzens ihre Familien! Für die Töchter gilt übrigens Ähnliches. Jede, die nicht am Mittwintertag ihres siebzehnten Jahres verheiratet oder wenigstens versprochen ist, muss das Kornland verlassen!«

»Und deshalb hegt Praane einen Groll gegen seine Heimat?«

»Er hat zwei jüngere Schwestern im Grünland verloren, Awin, am Fieber sind sie gestorben. Ich verstehe nun seine Verbitterung und sein Misstrauen besser. Ich glaube, ich werde ihn noch um Entschuldigung bitten für alles, was ich ihm an den Kopf geworfen habe. Verstoßen vom Vater, einfach, weil ein dummer Brauch es so verlangt!«

Awin fragte sich im Stillen, welche Gründe die Akradhai für dieses Gesetz hatten. Vermutlich waren die Äcker im Kornland knapp, und sie versuchten auf diese Weise, neues Land an der Grenze zu gewinnen. Dennoch, für einen Hakul war dieses Vorgehen undenkbar. Nichts war wichtiger als die Familie, der Klan, und ein Sippenmitglied wurde nur bei einem sehr schweren Verbrechen aus der Gemeinschaft verstoßen.

Sie zogen weiter durch den dampfenden Wald, immer wieder durch kurze, aber heftige Schauer belästigt, und unter ständiger Anspannung. Immer noch schreckte jedes Rascheln oder lautere Knacken die Männer auf, und immer wieder mahnten Awin und Jeswin zu Ruhe und Besonnenheit. Am Nachmittag stießen sie auf einen Hohlweg, der sich zwischen einigen

Hügeln hindurchschlängelte. Das steigerte die Anspannung, denn der tiefe Weg und das dichte Unterholz, das ihn säumte, schränkten ihre Sicht noch mehr ein als zuvor.

»Wenn sie uns angreifen wollen, wäre das der beste Platz«, brummte Tuge.

Awin teilte seine Besorgnis. Er sprach mit Praane darüber, doch der erklärte ihm, dass er keinen anderen Weg kenne. Also folgten sie dem alten Hohlweg. Ein weiterer Schauer durchdrang das Laubdach, und das Rauschen in den Bäumen mochte manches Geräusch des Waldes übertönen. Umso angestrengter lauschten sie. Zweimal scheuchten sie Rehe auf. Als die erschreckten Tiere davonsprangen, sorgte das dafür, dass zwei Dutzend Hände zu den Waffen griffen. Awin schien es, als sei das gelegentliche Knarren und Ächzen der Bäume, das unruhige Tropfen von den Blättern, das Rascheln im Laub nun noch bedrohlicher als zuvor. Er sah Mahuk an, dass er ähnlich beunruhigt war. Irgendein Unheil schien sich anzukündigen, und es schien näher zu kommen, je weiter sie dem Hohlweg folgten.

Plötzlich ließ Praane den Sger halten.

»Was gibt es, Ore Praane?«, fragte Awin.

»Der Weg ist versperrt, Yaman«, lautete die Antwort.

Jetzt sah Awin es selbst. Der Hohlweg mündete ein Stück voraus in eine weite Wasserfläche.

»Da kommen wir doch hindurch, oder?«, fragte Jeswin zweifelnd.

»Du kannst es versuchen, Yaman, doch ich muss dich warnen. Ich kenne diese Stelle. Es ist ein Bach, der zur Jurma fließt, und er hat sich zwischen Steinen ein tiefes Bett durch den Wald gegraben. Irgendetwas muss ihn gestaut haben, denn zu dieser Jahreszeit ist er sonst nicht viel mehr als ein etwas breiteres Rinnsal.«

Sie gingen weiter bis zum Ufer und sahen, dass der Bach

etliche Längen breit war. Die Wipfel junger Erlen ragten aus den Fluten auf.

»Yeku sagt, wir sollen es versuchen. Er sagt, er kann schwimmen«, meinte Mahuk und kratzte sich am Hinterkopf.

Awin starrte hinüber zum anderen Ufer. Es sah nicht unmöglich aus, aber er erkannte auch, dass der Grund dieses Gewässers außerordentlich tückisch war. Durch das klare Wasser sah er große Steinblöcke und halb versunkene Bäume, die ein Gewirr schwer zu bezwingender Hindernisse ergaben.

»Gibt es einen anderen Weg hinüber?«

»Ein Stück aufwärts, auf der anderen Seite dieser Hügel, sollte es uns gelingen, diesen Bach zu überschreiten«, meinte Praane.

Nokke sah besorgt aus und schüttelte den Kopf.

»Du bist anderer Meinung?«, fragte Awin.

»Nein. Doch bringt uns das weiter nach Westen, als vielleicht gut für uns ist«, erwiderte der Akradhai.

»Die Behüterin?«, riet Awin ins Blaue.

»Wir sind immer noch ein gutes Stück von den Riesenfelsen entfernt«, meinte Praane. »Allerdings kann es sein, dass dieser Bach seine Quelle in ihrer Grotte hat.«

Sie mussten ein gutes Stück zurück, bis sie eine Stelle fanden, an der sie die Pferde ohne Gefahr über die steile Böschung des Hohlweges bringen konnten. Dann drangen sie in den Wald ein. Es ging einen großen Hügel hinauf. Ein schwerer Sturm musste hier vor einigen Jahren gewütet haben, denn viele Baumriesen lagen kreuz und quer übereinander. Dazwischen hatten zahllose junge Schwarzerlen und langstachlige Nadelbäume Wurzeln geschlagen. Das Totholz zwang sie zu vielen Umwegen. Sie überquerten den Hügel schließlich knapp unterhalb seiner Kuppe und sahen zunächst nichts anderes als weiteren, schier endlosen Wald. Zu seiner Linken entdeckte

Awin aber plötzlich über den Wipfeln drei hoch aufragende Felsen. Er blieb stehen. Das mussten die sogenannten Riesenfelsen sein. Sie waren viel näher, als er angenommen hatte, keinen halben Tag entfernt. Er sah sich um. Die Männer waren damit beschäftigt, die Pferde unbeschadet durch den Windbruch zu führen. Niemand außer ihm hatte ein Auge für die Umgebung. Er beschloss, seine Entdeckung für sich zu behalten, die Anspannung war groß genug.

Es dämmerte bereits, als sie den Bach wieder erreichten. Sie mussten eine ganze Weile suchen, bis sie im Steingewirr seines Ufers eine Stelle fanden, die auch die Pferde gut überwinden konnten.

»Ich bin sicher, diese Menschen sind in der Nähe«, meinte Tuge misstrauisch. Er sah zu, wie sein Pferd von Karak über den Bach geführt wurde, denn Wela hatte es ihm selbst wegen seiner Rippenprellung verboten.

»Wir haben nicht einmal eine Spur von ihnen gesehen«, sagte Jeswin leise. »Ist das nicht eigenartig? Wenn sie uns gefolgt sind, dann müssten wir doch beiderseits des Hohlwegs irgendwo Fußabdrücke oder irgendetwas anderes von ihnen finden, aber da war nichts!«

»Es sei denn, sie wussten, dass wir umkehren würden«, erwiderte Awin nachdenklich.

»Das heißt, die Unsichtbaren haben den Bach gestaut – eine Falle?«, fragte Tuge mit großen Augen.

»Nein, ich hoffe nicht«, antwortete Awin leise.

Die Männer brachten die letzten Pferde über den Bach, dann zogen sie eilig weiter. Awin lauschte auf die Geräusche des Waldes. Das Rauschen des Gewässers verklang allmählich hinter ihnen, Wasser tropfte von den langen Nadeln der Bäume, in der Ferne klopfte ein Specht, und darüber lag das schwere

Stampfen der Hufe auf dem Waldboden und das laute Keuchen der Männer. Awin wusste, dass sich darunter viele weitere Geräusche verbergen konnten, auch jene, die sie vor Gefahr gewarnt hätten.

Erst als es endgültig zu dunkel geworden war, um weiterzuziehen, schlugen sie das Lager auf.

»Sind wir weit vom Weg abgekommen?«, fragte Awin den Ore am Feuer.

»Ein wenig schon. Vielleicht hast du gesehen, dass uns zur Rechten, im Osten, Tannengehölze den Weg versperren. Nirgendwo findest du sie so dicht wie hier. Aber morgen sollten wir wieder auf unseren eigentlichen Pfad stoßen. Der Hohlweg endet in dem Bach, doch gibt es hier einen guten Pfad, der uns schnell voranbringen wird. Es ist ein kleiner Umweg, mehr nicht, Yaman.«

Die Hakul drängten sich schweigsam ums Lagerfeuer. Nachdem der Tag so quälend schwül begonnen hatte, war es nun empfindlich kühl geworden.

»Eine furchtbare Gegend, ein furchtbares Wetter«, murmelte Tuge mürrisch.

Praane nutzte die Gelegenheit, mit Wela – sie saßen zufällig nebeneinander am Feuer – ein Gespräch über das Staubland anzutreten.

»Yeku ist unruhig«, sagte Mahuk.

»Weswegen?«, frage Awin.

»Die Kälte gefällt ihm nicht.«

»Ist das Wetter in den Wäldern der Ussar anders, Mahuk?«, fragte Awin.

»Eher wie am Mittag. Heiß. Auch Bäume sind anders. Freundlicher. Wärmer. Yeku sagt, das Wetter ist falsch.«

»Was meint er damit?«, fragte Awin nach.

»Das sagt er nicht. Nur, dass es falsch ist.«

»Das ist nicht sehr hilfreich, ehrwürdiger Raschtar«, meinte Awin.

»Wir sollten aufmerksam sein. Doppelte, dreifache Wachsamkeit heute Nacht«, meinte Mahuk.

Awin blickte auf. Zwischen den Zweigen der Eiche, unter der sie gelagert hatten, blitzten einzelne Sterne. Soweit er das erkennen konnte, lag immer noch ein Rest Helligkeit über dem westlichen Wald. »Hier wird es überhaupt nicht mehr richtig Nacht«, stellte er gähnend fest.

»Die Kariwa sagt, bald kommt der Tag ganz ohne Nacht. Mittsommer«, erwiderte Mahuk.

»So einen Tag könnten wir heute schon gebrauchen. Die Nacht ist uns nicht freundlich gesonnen, solange wir in diesem Wald sind, fürchte ich.«

Mahuk zuckte mit den Achseln. »Wir sehen die Unsichtbaren nicht am Tag, nicht in der Nacht. Es macht keinen Unterschied.«

Awin konnte nicht widersprechen. Er legte sich kurz darauf hin und versuchte zu schlafen. Aber er fühlte eine starke innere Anspannung, die einfach nicht weichen wollte. Es war wie ein Albdruck, aber als er dann doch endlich einschlief, blieben ihm auch in dieser Nacht Träume versagt. Nur dass er vermeinte, Wölfe heulen zu hören.

Awin spürt eine sanfte Hand an der Schulter. »Wach auf, Awin, und sieh dir das an.«

Er schlug die Augen auf. Da klang wirklich Wolfsgeheul durch das Dickicht. Etwas stimmte nicht.

»Nebel«, sagte Merege.

Er setzte sich auf. Dass ausgerechnet die Kariwa ihn weckte, hielt Awin sofort für ein schlechtes Zeichen, denn das tat sie sonst nie. Er versuchte, die Müdigkeit abzuschütteln, und erhob sich. Der Wald hatte sich verändert. Man konnte fast glauben, er sei verschwunden. Die Umrisse der nächsten Bäume waren weich, die dahinter waren zu bloßen Schatten verblasst, und schon in vielleicht dreißig Schritten Entfernung lösten sie sich zur Gänze im milchweißen Dunst auf.

»Dieser Nebel ist nicht gut«, flüsterte Merege.

Ringsum sah Awin schwarze Schemen, die sich aus ihren Decken schälten. Es war kalt.

»Er kam sehr plötzlich auf, Yaman«, meldete Mabak, der Wache gestanden hatte. »Es fing gerade an zu tagen, da begann es. Noch nicht die Hälfte einer Stunde ist das her. Es ist beinahe, als würden die Bäume selbst den Nebel machen.«

Awin erinnerte sich an das Ahnental, wie er durch den Nebel geirrt war, um Merege zu suchen. Aber das war im Winter gewesen. »Praane? Habt ihr hier oft solchen Nebel?«, fragte er einen Schatten, den er für den Ore hielt.

»Ja, doch nicht zu dieser Jahreszeit«, antwortete Praane heiser.

Wieder heulte in der Ferne ein Wolf.

»Nun, der Bach, das kommt vor«, brummte Jeswin, und Lamban pflichtete ihm bei: »Bei den Schwarzen Hakul kennt man die Nebelgöttin Aghil vielleicht nicht, aber wir treffen sie oft bei den Wasserhöhen und am Rande der Sümpfe. Wenn es kalt wird und vorher sehr feucht war, dann erscheint sie, auch im späten Frühling. Es ist nicht ungewöhnlich.«

»Dein Wort in Marekets Ohr«, murmelte Tuge, der sich ächzend erhob.

»Auf jeden Fall sollten wir schnell aufbrechen«, drängte Awin. »Denn hier sehen wir den Feind erst, wenn er schon über uns gekommen ist. Vielleicht steigt dieser Nebel wirklich vom nahen Bach auf, und wenn wir erst einmal weiter weg sind und die Sonne über den Bäumen steht, wird er sehr schnell verschwinden.«

Eiliger als sonst machten sich die Hakul auf den Weg. Jeswin gab die Losung aus, unter allen Umständen dicht beieinander zu bleiben. Ein angemessener Rat, denn wenn Awin sich umwandte, konnte er das Ende ihrer Reihe schon nicht mehr sehen.

Sie hasteten voran. Hinter den weißen Schwaden schien alles in Bewegung geraten zu sein. Selbst die schattenhaften Umrisse der Bäume und Büsche schienen ihnen zu folgen. Die Pferde waren unruhig, vielleicht angesteckt durch die Unruhe ihrer Reiter, die sie durch das Unterholz zerrten. Awin stolperte hinter den beiden Akradhai und Mahuk her, so schnell er konnte. Hinter sich hörte er Tuge fluchen und stöhnen, aber heute konnten sie keine Rücksicht auf seine Verletzung nehmen. Der Nebel dämpfte alle Geräusche, und Awin begann sich darüber zu wundern, wie still der Wald geworden war. Er lauschte. Das Stampfen der Hufe und die schnellen Schritte der Stiefel im Laub, das kalte Klirren der Waffen, das Keuchen von Mensch und Tier – aber sonst war es ruhig. Kein Wind ließ die Blätter rauschen, kein Wasser tropfte aus den Wipfeln, nirgendwo ein singender Vogel oder Specht. Selbst die Wölfe waren wieder verstummt. Er versuchte, ruhig zu bleiben, seine Aufmerksamkeit auf die Bäume und ihre Schatten in den weißen Schleiern zu lenken. Da – hatte sich dort nicht etwas bewegt? Oder war das nur ein Streich, den ihm seine Sinne spielten? Er eilte weiter. Noch eine Bewegung, da war er sich beinahe sicher. Vor ihm hielten die Akradhai plötzlich an. Awin hätte Mahuk fast über den Haufen gerannt. Hinter ihm fluchte Tuge, als er sein widerstrebendes Pferd trotz aller Schmerzen zum Stehen bringen musste. Da – wieder huschte ein Schatten durch den Nebel. Die Männer hielten ihren Pferden die Nüstern zu und lauschten. Zwischen den Bäumen raschelte es im Laub, das Geräusch vieler Füße, ein oder zwei Augenblicke nur, dann wurde es wieder völlig still. Awin hörte nur noch seinen eigenen Atem und den seines Pferdes, dann den der anderen Männer und Tiere. Hier und dort knarrte Sattelzeug oder klirrte Metall auf Metall. Er hörte all dies überdeutlich – aber um sie herum war nur Stille, als hätte der Nebel die Welt verschluckt.

»Sollen wir zu den Waffen greifen, Awin?«, flüsterte Jeswin.

»Nein, denn wenn sie uns angreifen wollten, hätten sie es längst getan«, behauptete Awin, auch wenn er sich da keineswegs sicher war. Vielleicht warteten sie einfach nur auf eine noch günstigere Gelegenheit. Ja, vermutlich warteten sie, bis sich die Hakul im Nebel müde gelaufen hatten.

»Aber was wollen sie nur?«, fragte Wela leise.

»Uns im Auge behalten«, behauptete Praane, aber seine Stimme zitterte unsicher.

»Und nun?«, fragte Jeswin.

»Es hat wohl keinen Sinn, weiter kopflos voranzuhetzen. Wir können die Unsichtbaren nicht abschütteln. Ich schlage vor, wir ziehen einfach weiter, ruhig, denn Eile schadet uns doch viel mehr als ihnen.«

Die beiden Yamane ermahnten ihre Männer wieder, dicht zusammenzubleiben und sich nicht zu unbedachten Handlungen hinreißen zu lassen. So marschierten sie schließlich weiter und hofften, dass sich der schwere Dunst bald auflösen würde.

»Ich glaube fast, Aghils weiße Schleier werden eher noch dichter«, flüsterte Jeswin nach einer Weile.

Awin nickte. Er kannte die Nebelgöttin nicht, aber sie schien in diesem Wald wirklich sehr umtriebig zu sein.

Auf ein Zeichen von Nokke blieb der Sger wieder stehen. »Hört ihr das?«, fragte er leise.

Die Hakul lauschten. Zuerst hörten sie nichts, aber dann wehte ein klagender Ton aus der Ferne heran. Ein zweiter Ruf antwortete, aber es war unmöglich zu sagen, woher er kam.

»Wölfe«, flüsterte Tuge.

»Wie heute Morgen«, meinte Awin.

»Heute Morgen? Da muss ich noch geschlafen haben«, antwortete Tuge.

»Aber du hast sie gehört, Mabak, oder?«

»Nein, Yaman«, antwortete der Jungkrieger langsam. Er hatte einen Pfeil auf die Sehne gelegt. »Da war der Nebel, die Stimmen der Männer, Yaman. Sonst nichts.«

»Steck den Bogen wieder weg, Mabak«, mahnte Awin leise, »oder willst du jetzt auf Töne schießen?«

»Ich will auf irgendetwas schießen, Yaman, denn dieser Nebel lässt meine Hände zittern, und ich denke, sie werden sich wieder beruhigen, wenn sie den Klang meiner Sehne hören«, antwortete der Jungkrieger mit bebender Stimme, aber dann, ruhiger: »Verzeih, du hast Recht, Yaman.« Mabak schob den Bogen in sein Halfter zurück. »Es wird nicht wieder vorkommen«, versicherte er.

Awin erkundigte sich bei Yaman Jeswin und Mahuk Raschtar nach den Wölfen, aber auch die hatten sie nicht gehört. Awin fragte sich, was das zu bedeuten hatte. Er spürte eine wachsende Unruhe, in sich selbst – und im Nebel.

Stunde um Stunde wanderten sie zwischen den Bäumen weiter, und immer dichter schienen die Schleier der Nebelgöttin zu werden. Awin bemerkte bald, dass noch etwas nicht stimmte: Praane nahm kleine Richtungsänderungen vor. Sie waren abseits des Weges, das wusste er, und irgendwo zu ihrer Rechten musste ihr eigentlicher Pfad liegen, aber ihm kam es vor, als würden sie seit einiger Zeit im Zickzack marschieren. Er rief dem Ore ein leises »Halt« zu.

»Was gibt es, Yaman?«, fragte Praane zurück. Obwohl er keine zehn Schritte vor ihm lief, konnte Awin ihn kaum noch erkennen.

Awin rief ihn leise zu sich. »Sag, ist es möglich, dass du dir über unseren Weg nicht mehr im Klaren bist?«, fragte er.

Praane starrte ihn an. »Ich bin fast sicher«, erwiderte er schließlich.

Jeswin rief gereizt: »Bei Mareket! Weißt du nun, wo wir sind, oder weißt du es nicht?«

Praane schwieg eine Weile, dann sagte er: »Ich habe versucht, uns zurück auf den Weg zu bringen, den wir gestern wegen des Baches verlassen mussten, und habe mich daher seit unserem Aufbruch eher rechts gehalten. Aber auf dieser Seite ist es kein Hohlweg mehr, und ich fürchte, wir haben ihn schon überquert, ohne es zu bemerken. Deshalb gehen wir nun ein wenig mehr in die andere Richtung. Vielleicht haben wir ihn nur um wenige Längen verfehlt, ja, vielleicht läuft er nur drei Schritte neben uns durch diesen Wald. Jedenfalls halten wir ungefähr unsere Richtung.«

»Yeku lacht über uns«, verkündete Mahuk unvermittelt.

Jeswin starrte ihn ausdruckslos an, und die beiden Akradhai schielten leicht beunruhigt auf den Stock mit den drei grob geschnitzten Gesichtern.

»Warum lacht Yeku?«, fragte Awin.

»Er sagt, wir gehen schon lange nicht mehr nach Norden.«

Awin biss sich auf die Lippen. »Sondern?«, fragte er mit gezwungener Ruhe.

»Er sagt, wir gehen im Kreis.«

»Verflucht sei dieser Nebel, und verflucht dieser Stock, dass er uns das erst jetzt verrät«, rief Jeswin ungehalten.

»Kann Yeku uns die Richtung weisen, Mahuk?«, fragte Awin.

Der Raschtar schüttelte den Kopf. »Wir können ihm nicht trauen. Ihm gefällt es.«

Awin seufzte. »Es hilft nichts, wir müssen weiter, denn bleiben können wir hier nicht.«

Kaum hatten sie sich wieder in Bewegung gesetzt, als erneut Wolfsgeheul durch den Nebel wehte. Ein dunklerer Ruf antwortete, ein dritter fiel ein. Dann kam ein weiterer hinzu. Awin lief ein Schauer über den Rücken. Sie konnten nicht sehr weit weg sein.

»Es ist Sommer, da fallen sie niemals Menschen an«, meinte Lamban, aber er klang unsicher.

»So, wie es im Sommer auch nicht solchen Nebel gibt?«, fragte Tuge gereizt.

»Lamban hat Recht«, behauptete Awin, und er bemühte sich, Zuversicht in seine Stimme zu legen.

»Sie werden genauso blind sein wie wir. Deshalb heulen sie«, sprang ihm Jeswin bei.

Das Heulen verklang.

»Weiter«, rief Praane.

Awin legte die Hand auf sein Schwert und folgte den Schemen, die vor ihm durch den schweren, weißen Dunst marschierten. Er war jetzt fast mit Händen zu greifen, und die Bewegungen der Männer verursachten kleine Wirbel darin. Awin hörte Mahuk mit den Akradhai leise über den richtigen Weg sprechen, aber er begriff, dass sie eigentlich nur noch rieten. Sie tasteten sich wie Blinde durch das Gewirr von schwarzen Baumstämmen. Irgendwann berieten die Führer sich auch nicht mehr, und die bedrückende Stille, in der jeder Huftritt und jeder Atemzug unnatürlich laut klang, schien sich immer enger um sie zusammenzuziehen. Awin lauschte auf die Geräusche. Die Wölfe heulten wieder. Manchmal schienen sie vor, dann hinter ihnen, bald auf allen Seiten zu sein. Awin konnte die drei Männer an der Spitze kaum noch sehen, und nur Mahuks Pferd gab ihm die Gewissheit, dass er ihnen noch folgte. Einmal hielt er sogar schon einen abgeknickten Baumstamm für einen der Akradhai, der aus irgendeinem Grund stehen geblieben war. Er bemerkte seinen Irrtum erst, als er ihn fast berühren konnte. Wenn er sich umwandte, konnte er noch Jeswin, Tuge und ihre Pferde sehen, dahinter löste sich alles in Weiß auf. Awin biss die Zähne zusammen. Er wollte nicht darüber nachdenken, welche Ursachen dieser seltsame Dunst haben konnte, er wollte nicht wissen, ob die Wölfe näher kamen oder nicht, er wollte diesen Nebel nur noch hinter sich lassen.

Er war müde und konnte nicht einmal schätzen, wie lange sie nun schon durch diese weißen Schleier wanderten. Mahuk schien ebenfalls eine Pause zu brauchen, denn sein Pferd blieb stehen. Dankbar nutzte Awin die kleine Rast, um durchzuschnaufen. Er versuchte, sich klarzumachen, dass auch dieser Nebel irgendwann ein Ende haben würde, aber er konnte sich nicht einmal selbst überzeugen. Er ging weiter, um nachzusehen, warum Mahuk gehalten hatte, und stand plötzlich vor einem Busch, dessen Umriss er für Mahuks Pferd gehalten hatte. Mehr verblüfft als erschrocken blieb er stehen. Er drehte sich um, um Tuge oder Jeswin von seinem Irrtum zu berichten, aber dort war niemand. Awins Herz setzte einen Schlag lang aus. Er lauschte: nur erdrückende Stille, und darüber der Tritt von Stiefeln im Laub. Sie waren nicht weit entfernt. Awin packte das Halfter seines Braunen fester und stolperte in die Richtung, aus der die Geräusche kamen. Aus irgendeinem Grund scheute er sich davor zu rufen. Es war wie verhext, er konnte die Schritte hören, aber er schien den Abstand nicht verkürzen zu können. Er blieb noch einmal stehen. Die Schritte klangen anders. Dann fiel ihm auf, dass er keine Pferde mehr hörte. Er erbleichte. Er folgte hier nicht seinem Sger – sondern den Unsichtbaren, die vor ihm durch den Wald huschten. Lockten sie ihn etwa in eine Falle? Ein süßer Ton stieg wie aus dem Nichts auf. Das war kein Wolf. Das war eine Flöte. Es klang nah. Awin drehte sich um und rannte in die entgegengesetzte

Richtung. Er lief, zerrte seinen Braunen durch das Unterholz, bis er völlig außer Atem war, dann blieb er keuchend stehen. Kein Ton drang mehr durch den Nebel zu ihm. Er hatte seine Gefährten verloren.

Awin sammelte sich, es würde nicht helfen, wenn er die Nerven verlor. Er war ein Krieger der Hakul, er fürchtete sich nicht. Mit belegter Stimme rief er nach seinen Gefährten. Es kam keine Antwort, und jeder Ruf, ja, jeder Atemzug, schien den wallenden Nebel noch zu verstärken. Dann war ihm, als würde er in der Ferne leise Stimmen hören. Er rief wieder, bekam keine Antwort, aber er zog trotzdem sein Pferd in die Richtung, in der er die Stimmen vermutete. Es war ein gedämpftes Murmeln. Vielleicht eine Beratung? Bald erkannte er jedoch, dass es ein Bach sein musste, der dort im Nebel wisperte. *Der* Bach? Er blieb stehen. Waren sie nun so lange gelaufen, um dann doch wieder an jenem unglückseligen Gewässer anzugelangen, das sie zu diesem Umweg genötigt hatte? Er blieb stehen und rief wieder und wieder. Lange Zeit kam keine Antwort, aber dann war ihm, als würde er eine helle Stimme hören. Er lauschte angestrengt. Da, eine Stimme rief seinen Namen. Es war eine Frauenstimme. Da war er sich nun sicher. »Merege? Wela?«, rief er in den Dunst. Ein kleines Licht flackerte durch den Nebel. »Merege? Bist du das?«

Sie musste es sein, vermutlich versuchte sie, dieses alles verschlingende Weiß mit einem Lichtzauber zu durchdringen. Er lief in die Richtung, aus der das Flackern gekommen war. Wieder zuckte eine kleine Flamme durch den Wald und für einen Augenblick traten die Umrisse der Bäume klarer hervor. *Feuer*, dachte Awin. *Warum haben wir keine Fackeln entzündet?*

»Merege?«, rief er heiser. Ein dunkler Flötenton wehte heran und verging im Nebel. Es war unmöglich, auch nur die Richtung zu bestimmen, aus der dieser Laut gekommen war. Awin hielt inne und lauschte. Wieder ein klagender Ton. Sein Pferd wurde unruhig. Witterte es vielleicht Gefahr? Jetzt waren Geräusche im Nebel. Ein Atmen. Nein, ein Keuchen, ein Hecheln – von Wölfen! Das Feuer – Wölfe fürchteten das Feuer. Awin zerrte sein Pferd in die Richtung, in der er die Flamme zuletzt gesehen hatte. Sie war wieder verschwunden. Leise Geräusche folgten ihm durchs Laub. Waren das die Wölfe, die ihn jagten, oder die Unsichtbaren, die schon Raiwe verschleppt hatten? Wieder flackerte es hell. Das Feuer. Es musste einfach Merege sein. Wenn er die Flammen schon sah, konnte die Kariwa doch nicht weit sein. Es ging einen steilen Hang hinauf. Awin stolperte durch das Unterholz voran, ohne Rücksicht auf die Äste, die ihm ins Gesicht schlugen. Wieder flackerte ein Licht auf. Es war jetzt wirklich viel näher. »Merege?«, rief er wieder.

Warum antwortete sie denn nicht? Awin rutschte eine Böschung hinab, sein Pferd schnaubte unwillig und ängstlich. Ein heiseres Knurren klang durch den Nebel. Awin legte die Hand auf sein Schwert und hastete weiter. Er stieß auf einen Pfad und versuchte, es als gutes Zeichen zu nehmen. Plötzlich traten vor ihm zwei mächtige schwarze Schatten aus dem Nebel. Es waren zwei große Felsen, die ihm einen schmalen Durchlass anboten. Wie hoch sie waren, konnte Awin nicht einmal schätzen, denn der Nebel verbarg den größten Teil vor ihm. Von der anderen Seite der Spalte leuchtete es hell herüber. Ein dunkler Flötenton schwebte aus dem Nebel heran. Wölfe antworteten heulend. Sie waren überall. Awin wusste nun, wo er war. Er hatte die Riesenfelsen gefunden. Und nun fürchtete er sich doch.

Norgis

AWIN VERSUCHTE, SEIN Pferd zu beruhigen, dabei brach ihm selbst der kalte Schweiß aus. Jenseits der Felsen schien ein Feuer zu brennen. War er auf ein Lager der Unsichtbaren gestoßen – oder erwiesen sich die Legenden der Akradhai als wahr, und er stand vor der Behausung einer Alfskrole? *Du wirst es nie erfahren, wenn du hier stehen bleibst*, flüsterte seine innere Stimme. Er fluchte. Er war Awin von den Hakul, ein Krieger und Yaman. Er atmete tief durch und ging einen Schritt vorwärts, dann noch einen. Er durchquerte den langen, schmalen Spalt. Am Ende wartete ein Licht auf ihn, aber was noch? Seine Gefährten? Seine Feinde? Der Hufschlag seines Pferdes dröhnte zwischen den Felsen. Endlich erreichte er das Ende des Weges. Der Nebel war auf dieser Seite in Bewegung. Er schien sich am Fuß eines der beiden Felsen zusammenzuziehen und gab den Blick frei auf eine Lichtung, die von dunklen Bäumen und drei mächtigen Felsen eingeschlossen war. Ein unruhiges Feuer flackerte im Nebel, der jetzt sehr schnell verschwand. Awin entdeckte die seltsamste Behausung, die er jemals gesehen hatte: Unbehauene Holzstämme waren zu beträchtlicher Höhe aufeinandergeschichtet worden. Sie lehnten sich an einen der Riesenfelsen an und waren mit Schlingpflanzen, Gräsern, Moosen und sogar kleinen Büschen bewachsen. Und vor dieser Hütte stand plötzlich eine schlanke Gestalt am Feuer, schwarzhaarig, mit heller Haut und in ein dunkles Gewand gehüllt.

»Merege!«, rief er halblaut.

Der letzte Dunst schwand, und er erkannte seinen Irrtum. Das war nicht die Kariwa.

»Komm näher, Awin von den Schwarzen Dornen«, lockte die Frau mit dunkler Stimme.

Awins Pferd tänzelte unruhig und wollte nicht weiter auf die Lichtung hinaus.

»Lass es nur laufen, es hat Angst. Aber Bruder Wolf wird ihm nichts tun«, sagte die Fremde.

Erst jetzt bemerkte Awin das Rudel grauer Wölfe, das am Rand der Lichtung lauerte und ihn nicht aus den Augen ließ. Widerstrebend ließ er das Halfter los, der Braune bäumte sich kurz auf, drehte sich um und galoppierte durch den Spalt davon. Awin starrte ihm nach. Warum hatte er nur auf die Fremde gehört?

»Es wird ihm nichts geschehen«, versprach die Fremde. Dann fragte sie: »Willst du nicht näher kommen, Wanderer?« Ihre Worte waren freundlich, aber es war nicht viel Wärme in ihrer Stimme.

Awin straffte sich. Er war ein Yaman der Hakul. »Lädst du mich im Namen der Hüter an dein Feuer?«, fragte er mit allem Stolz, den er noch aufbringen konnte.

Die Frau lächelte kurz. »Nein«, antwortete sie schlicht.

»Warum sollte ich deiner Einladung dann Folge leisten?«, fragte Awin.

Die Wölfe sprangen auf. Sie begannen unruhig auf und ab zu laufen, ohne jedoch näher zu kommen.

»Es ist dir überlassen, junger Mensch. Doch bedenke, dass Wölfe das Feuer meiden.«

Die Wölfe knurrten, und einer begann, die Felsen anzuheulen. Was blieb ihm übrig? Awin legte die Hand auf den Knauf seines Schwertgriffs und trat näher ans Feuer heran. Die Fremde drehte ihm unterdessen wieder den Rücken zu und kümmerte sich um ihren dampfenden Topf. Awin blieb stehen, als er fand, er sei nah genug.

»Ich bin Yaman Awin vom Klan der Schwarzen Dornen, Ehrwürdige«, stellte er sich noch einmal vor, obwohl die geheimnisvolle Frau seinen Namen offenbar – und er fragte sich, woher – schon kannte. »Darf ich dich nun auch nach deinem Namen fragen?«, fuhr er höflich fort, da die Fremde ihm immer noch den Rücken zuwandte.

Jetzt warf sie ihm über die Schulter einen schwer zu deutenden Blick zu. »Ich habe viele Namen. Man nennt mich Aghil, Herrin der Nebel, Wolfsmutter, Behüterin, Waldhexe und sogar Alfskrole, aber du kannst mich Norgis nennen, junger Reiter.« Dann drehte sie sich um, und plötzlich stand sie dicht vor ihm. Awin fuhr erschrocken zurück. Die Frau war groß, einen halben Kopf größer als er, und sie war überraschend jung. Ihre Stimme klang alt und hart, aber ihre Züge waren ebenmäßig, ihre Haut hell und makellos, ihr Haar rabenschwarz. Sie sah in gewisser Weise Merege wirklich ähnlich – es war kein Wunder, dass er die beiden verwechselt hatte. Nur ihre Augen lagen tief in den Höhlen, und sie waren gelb wie die der Wölfe. Sie trug ein einfaches schwarzes Gewand und einen weiten Umhang derselben Farbe. Aus der Nähe erkannte Awin, dass ihre Kleider mit dunklen Flechten und Moosen bewachsen waren, und er sah Spinnen und Tausendfüßler, die über ihren Mantel krochen.

»Du hast Angst vor mir, junger Mensch?«, fragte sie mit kalter Freundlichkeit.

»Du hast mich hierhergelockt«, wich Awin aus.

Sie lächelte auf eine Art, die Awins Angst noch vergrößerte, ihr Blick ging ins Leere, dann sagte sie mit beinahe sanft klingender Stimme: »Es musste sein. Es erreichen mich Nachrichten. Vom Reitervolk, das in unendlicher Zahl über die Hügel kommt, das Land verwüstet und die Bauern in meinen Wald treibt, wo sie nichts zu suchen haben. Und die Reiter verfolgen sie, bis unter meine Bäume, brennen Höfe nieder und Städte. Bis hierher wehte der Brandgeruch. Meine Kinder fürchten sich, aber sie lauschen auch. Hören, was die Pferdemenschen sagen. Nach Norden wollen sie. Bis ins Schneeland wollen sie. Ich frage meine Kinder, ob sie auch gehört haben, was die Pferdemenschen dort wollen, aber das wissen sie nicht. Und dann verschwinden die Reiter, wie der Rauch. Sie gehen auf die andere Seite des Flusses. Meine Kinder sagen, es sei nun alles gut, denn der Feind käme nicht in unser Land. Aber was wollen die Pferdemenschen im Norden? Darauf hatte ich keine Antwort. Dann höre ich von Reitern, die einen anderen Weg wählen. Die in meinem Wald Blut vergießen, die ihre Pferde auf meinen Wegen führen. Also bitte ich meine Kinder, mir einen dieser Fremden zu bringen. Und sie erfüllen mir diesen Wunsch.«

»Raiwe!«, rief Awin aus.

»War das sein Name? Ich fragte ihn vieles, denn ich wollte verstehen, was hier vor sich geht, nach seinem Namen fragte ich ihn jedoch nicht.«

»Was ist mit ihm geschehen?«, wollte Awin wissen.

Norgis' Blick verdunkelte sich. »Er erzählte mir von dir, Awin von den Dornen. Von einem Seher aus jenem Land, das sie das Staubland nennen. Als ich dort war, vor langer Zeit, gab es keine Pferdemenschen, nur leeres Land. Das ist sehr lange her. Der Mann, den du Raiwe nennst, erzählte mir auch andere Dinge. Er verriet mir, warum dein Volk nach Norden zieht, berichtete von Windskrolen, die sie führen und die das Schwarze Tor öffnen wollen. Er behauptete auch, du seiest aufgebrochen, das zu verhindern.«

»So ist es auch, ehrwürdige Norgis, doch sage mir, was mit meinem Gefährten geschehen ist.«

Für einen Augenblick schien die Fremde eine Antwort auf die Frage in Betracht zu ziehen, aber dann verlangte sie: »Gib mir deine Hand, Awin von den Dornen.«

»Aber …«, begann Awin und zog sich ein Stück weiter zurück. Er wollte dieser Fremden nicht die Hand geben. Sie war eine Alfskrole, daran bestand kein Zweifel. Und was sie über Raiwe gesagt hatte – er musste tot sein. Er wollte nicht das gleiche Schicksal erleiden.

Ein warnendes Knurren erklang dicht hinter ihm.

»Es ist gut, Bruder Wolf. Er wird tun, worum ich ihn bitte – nicht wahr, junger Reiter?«

Awin wagte nicht, sich umzudrehen, aber das war auch gar nicht nötig, denn der Wolf war so nah, dass er ihn riechen konnte. Norgis' Hand schoss nach vorne und fasste seine Rechte. »Ich muss dich berühren, um in dir zu lesen, Wanderer, und noch hast du keinen Grund, mich zu fürchten«, versicherte sie. Awin glaubte ihr kein Wort. Ihr Griff war hart, aber überraschend warm. Sie zog seine Hand zu sich und starrte sie regungslos an. »Ah. Du hast die Gabe, aber sie schweigt. Warte – Uo? Du bist Uo begegnet?« Jetzt wirkte sie überrascht.

Awin nickte verwirrt. Sprach sie davon, dass er die Sehergabe noch hatte? Er hatte sie doch weggegeben.

»Nein, das hast du nicht«, antwortete Norgis auf seinen unausgesprochenen Gedanken. »Der Seelenverweser, ah, er hat einen Bann daraufgelegt. Ich spüre seine Anwesenheit. Weißt du seinen Namen, Hakul?«

Die Wärme ihrer Hand steigerte sich zu brennender Hitze.

»Uqib. Der Seelenverweser hieß Uqib«, stieß Awin hervor. Konnte sie wirklich seine Gedanken lesen?

»Nicht alle«, murmelte sie, und dann: »Lass sehen.« Plötzlich blickte sie Awin scharf in die Augen. »Es mag sein, dass Uqib dir damit einen Gefallen getan hat.«

»Ich verstehe nicht, was du meinst«, antwortete Awin und versuchte, seine Hand aus ihrem Griff zu lösen, denn die Hitze wurde jetzt unerträglich.

»Später, junger Seher, später werde ich es dir vielleicht erklären. Ah!«, sie stockte, dann fragte sie beinahe verwundert: »Du bist meiner Schwester begegnet?«

Er starrte sie verständnislos an. Sprach sie von Isparra?

»Nein, von Senis spreche ich. Sie hat dir geholfen, oder etwa nicht?«

Ein Tausendfüßler krabbelte aus Norgis' Ärmel und glitt rasch über Awins Hand. Dann fiel er hinab zu Boden und kroch davon.

»Ahnmutter Senis ist deine *Schwester*?«, stieß Awin nach einer langen Pause schließlich hervor.

Norgis antwortete mit einem verächtlichen Schnauben. »Natürlich bist du ihr begegnet. Sie hat dir die Gabe erst gegeben. Nein, nein, nicht gegeben, sie war schon vorher da. Geerbt hast du sie von deinem Vater. Geweckt! Ja, das trifft es eher. Geweckt hat meine Schwester, was jetzt unter Uqibs Bann schlummert.«

»Dann … dann bist du eine Kariwa?«, fragte Awin, der ihr nicht folgen konnte.

Sie ließ seine Hand los. Awin zog sie hastig zurück. Sie schmerzte, und kleine Brandblasen bedeckten die Haut.

»Ich sehe, ich muss dir das eine oder andere erklären, junger Reiter. Du hast eine große Aufgabe übernommen, vielleicht zu groß, und es ist wichtig, dass du begreifst, welche Kräfte hier am Werk sind. Wenn du das überhaupt zu verstehen vermagst.« Sie sah ihn mit ihren gelben Augen durchdringend an. Awin hatte das Gefühl, sie würde durch ihn hindurchsehen. »Also höre, Seher – ich bin Norgis, und ich gehöre keinem Volk der Menschen an. Vielleicht war ich einmal eine Kariwa, vor sehr langer Zeit, doch wenn, dann nur zur Hälfte, denn ich teile mit Senis die gleiche Mutter: Ani, die Riesin.«

Awin versuchte zu verstehen, was die Frau sagte, doch es überstieg sein Fassungsvermögen.

»Aber …«, begann er, dann wusste er nicht mehr, was er sagen sollte.

Norgis hatte sich halb abgewandt. Auch die anderen Wölfe waren inzwischen nahe herangekommen. Sie knurrten, schlichen kaum zehn Schritte von Awin entfernt ums Feuer, duckten sich zum Sprung, aber sprangen dann doch nicht. Jetzt gab die Frau ihnen einen schlichten Wink, und sie huschten davon.

»Wo hast du sie hingeschickt, ehrwürdige Norgis?«, fragte Awin besorgt. Seine Gefährten waren da draußen im Wald. Er fragte sich, ob sie immer noch durch den Nebel irrten.

»Nirgends. Sie sind frei und mögen gehen, wohin sie wollen«, lautete die Antwort.

»Meine Gefährten …«, begann Awin vorsichtig.

»Du solltest dich um andere Dinge sorgen, junger Seher. Ich habe gesehen, dass eine junge Wächterin mit dir reitet. Ist es nicht so?«

»Merege? Ja, sie ist eine Kariwa.«

»Ja, ich sehe es. Sie soll sich fernhalten von mir! Ah, sie hat Mut, ist einer Unsterblichen entgegengetreten, hat mit dem Sturm gekämpft. Ihre Hilfe kann von unschätzbarem Wert für dich sein, junger Seher.«

»Aber sie will nicht mehr zaubern, seit sie Uo begegnet ist«, stieß Awin hervor.

Wieder schnaubte Norgis verächtlich. »So sind sie, die Wächter. Mächtig, doch von Furcht vor der eigenen Kraft erfüllt.«

»Ich glaube nicht, dass das der Grund ist, warum Merege …«, wandte Awin schüchtern ein, doch Norgis schnitt ihm das Wort ab.

»Ich selbst war eine Wächterin. Ja, wie Senis, meine ältere Schwester, wurde ich überhaupt nur geboren, um das Skroltor zu bewachen – halb Mensch, halb Riesin, oder, wenn du so willst, weder ganz das eine, noch ganz das andere. Die Riesen konnten die Wache nicht übernehmen, denn sie mussten die Welt der Menschen verlassen, keiner von ihnen durfte noch auf unserer Seite des Schwarzen Tores bleiben, und den Menschen trauten die Götter nicht zu, eine so dauerhafte und schwere Aufgabe zu erfüllen, denn wankelmütig und unbeständig sind die Sterblichen. Also wurden Senis und Norgis in die Welt gesetzt. Aus uns sollte ein Geschlecht der Wächter hervorgehen, zu nichts anderem bestimmt, als im kalten Norden ein Tor zu bewachen – bis ans Ende der Zeit.«

Awin hörte mit offenem Mund zu. Er hatte die Geschichte, dass Senis die Tochter von Riesen war, immer für ein Märchen gehalten, mit dem die Ahnmutter sich über ihn hatte lustig machen wollen, und nun erfuhr er von ihrer Schwester, dass sie Wort für Wort stimmte?

Norgis fuhr fort: »Unsere Mutter Ani schenkte uns Kräfte, die jene gewöhnlicher Menschen weit übersteigen. Kinder sollten wir gebären, die das Tor bewachen für alle Zeit. Wir folgten unserem Auftrag.« Sie starrte nachdenklich in das unruhige Feuer. Viel Bitterkeit lag in ihrer Stimme. »Wir wurden zu den Müttern unseres eigenen Volkes, der Kariwa, doch die Götter wissen nichts von dem Schmerz, den es bereitet, die eigenen Kinder sterben zu sehen, und vor meinen Augen fielen sie wie Blätter im Herbst. Ich alterte langsam und sah jedes meiner Kinder dahingehen. Doch bemerkte ich bald, dass ich wiederum viel schneller als meine Schwester alterte, denn mir war das ewige Leben vorenthalten worden, das Senis geschenkt worden war. Diese Närrin. Du hast sie gesehen – und ich sah sie durch deine Augen. Alt ist sie geworden und müde, will wegwerfen, was ich so sehr begehre! Nun, dafür habe ich andere Fähigkeiten und bin in vielem stärker als meine Schwester. Dann lernte ich, die Kraft eines Menschen zu nehmen, um meine eigene zu erhalten, ja, sogar verlorene Kraft, verlorene Jahre zurückzugewinnen. Zunächst war es ein Unglück, denn Bor, mein Gefährte, starb, als ich mich in seinen Armen vergaß.«

Sie hielt inne und seufzte. »Es ist lange her, und noch immer bedaure ich den unglücklichen Bor. Einem Menschen seine Kraft zu nehmen, war uns nicht neu, doch verboten die Regeln der Wächter, es zum eigenen Nutzen zu tun. Aber sollte ich sterben, nur weil es den Göttern so gefiel? Nein! Also verließ ich die Kariwa, bevor sie ein Urteil über mich fällen und vollstrecken konnten. Später erfuhr ich, dass sie meinen Tod verlangten. Ich durchwanderte die weite Welt und nahm mir stets, was ich brauchte – nicht mehr, aber auch nicht weniger. Schließlich kam ich hierher in dieses Land und fand dieses friedfertige Volk, schutzlos den Wölfen und seinen gierigen Nachbarn ausgeliefert. Also nahm ich mich seiner an. Ich schloss für sie Frieden mit dem Wolf und weihte sie ein in die Kunst, sich zu verbergen in Nebel und Wald. So bewahrte ich sie vor ihrer Vernichtung, bis heute! Und ich verlange dafür nicht viel von ihnen. Zweimal im Jahr, immer zur Sonnenwende, bringen sie mir einen jungen Mann, mit dem ich mich vereine. Zuletzt waren es welche von jenen Narren, die glauben, dass sie in meinem Reich siedeln dürfen, ohne mir dafür zu danken. Aber nicht immer sind es Gefangene, die meine neuen Kinder mir opfern, denn sie betrachten es als Ehre, ihr Leben für den Stamm zu geben, und hohes Ansehen ist dem Mutigen über seinen Tod hinaus gewiss.«

Awin wurde kalt. Norgis tötete Menschen, um ihre Jugend zu erhalten? Er ahnte nun, was mit Raiwe geschehen war, und die Furcht, die er zu unterdrücken versuchte, kehrte mit Macht zurück. Stand ihm selbst nun etwa das gleiche Schicksal bevor? Seine Hand klammerte sich an den Schwertgriff. *Was willst du mit der Waffe? Sie wäre nicht so alt geworden, wenn sie so leicht zu töten wäre*, warnte ihn seine innere Stimme. Doch vorsichtig, ganz vorsichtig zog er seine Klinge Stück für Stück aus der Scheide.

Norgis fuhr fort. »Lange habe ich mich damit begnügt, mein Volk zu schützen, doch nun scheint es, als würden die Fäden des Schicksals auch mich wieder berühren, und Ereignisse weit fort vom Femewald das Schicksal meines Volkes bestimmen. Du bist hier, Seher, und ich muss überlegen, was ich mir dir mache.«

Awin riss sein Schwert heraus, holte zum Schlag aus – und ließ es entsetzt fallen, denn es verwandelte sich in seiner Hand in eine zischende Schlange. Mit einem Schrei ließ er sie los – und klirrend fiel sie, wieder in eine Waffe verwandelt, zu Boden.

»Du kannst dein Schwert ruhig wieder wegstecken, junger Seher«, sagte Norgis ruhig. »Es wird dich nicht beißen, solange es bleibt, wo es hingehört.«

Er bückte sich, hob verlegen sein Schwert auf und schob es zurück in die Scheide. In der Ferne heulten Wölfe. Ein leichter Wind war aufgekommen. Awin fragte sich, ob er auch die Nebel jenseits der Felsen vertreiben würde. Er sah den Spalt, durch den er gekommen war. Würde er schnell genug laufen können, um Norgis zu entkommen? Warum nur hatte er sein Pferd fortgeschickt?

Dann, ganz plötzlich, wurde ihm klar, dass Norgis auch eine wertvolle Verbündete sein konnte. »Du weißt, was geschieht, wenn das Skroltor geöffnet wird?«, fragte er vorsichtig.

»Besser als du, Mensch, denn ich war dort, als die Daimonen hindurchschritten und es geschlossen und versiegelt wurde.«

»Dann solltest du uns helfen!«, stieß Awin hervor.

Norgis sah ihn lange an. »Nein«, sagte sie schließlich.

»Aber es ist das Ende der Welt, wenn Eri und die Xaima das Skroltor öffnen!«, rief er.

»Vielleicht ist es auch Zeit, dass diese Welt endet, Awin«, entgegnete Norgis, und auf einmal wirkte sie unglaublich alt und von der Last der Jahre gebeugt.

Awin hatte bislang nicht einmal daran gedacht, dass es der Wille der Götter sein könnte, dass Eri Erfolg haben würde. »Dann … dann … dann ist es vorherbestimmt?«, stotterte er.

Norgis schüttelte unwillig den Kopf. »Als mir der Gefangene von diesen Dingen berichtete, habe ich meine Muhme Tengwil befragt. Sie hat viele Fäden in der Hand, Awin von den Dornen. Es mag sein, dass das Tor geöffnet wird, es mag aber auch sein, dass ihr das verhindern könnt. Hast du noch nicht gelernt, dass nichts vorherbestimmt ist, dass die Schicksalsweberin die Fäden so spinnt, wie wir es Tag für Tag neu entscheiden?«

Awin nickte verunsichert. Senis hatte Ähnliches behauptet, doch war es nicht das, was die Hakul glaubten.

Norgis lachte plötzlich: »Du hast Uos Reich betreten, bist auf den Pfaden des Geistes gewandelt und hast mit einer Unsterblichen gekämpft – und doch hängst du immer noch an dem Kinderglauben deines Volkes?«

Hat sie das geraten? Oder liest sie immer noch meine Gedanken?, fragte sich Awin. Er sammelte sich und sagte: »Wenn es nicht vorherbestimmt ist, können wir es verhindern. Also frage ich dich noch einmal: Bist du bereit, uns zu helfen, ehrwürdige Norgis? Du hast Macht. Du kannst einen Nebel hegen, der das Heer der Hakul zerstreut, du kannst die Kariwa vor dem Verhängnis warnen. Es gibt so vieles, was du tun kannst!«

Die Behüterin schüttelte unwillig den Kopf. »Ich werde nichts von dem tun, was du verlangst, junger Seher. Den größten Teil meiner Macht habe ich mit Wald und Sumpf verwoben, und wenn du die Reiter deines Volkes nicht dazu bringst hierherzukommen, kann ich wenig gegen das Heer unternehmen. Und die Kariwa warnen? Sie würden nicht auf mich hören, und wenn die Wächter ihre Kunst verstehen, wissen sie längst von dem nahenden Unheil.«

»Und wenn nicht?«, fragte Awin zornig.

Die Frau sah ihn mit ihren gelben Augen durchdringend an. »Nein, ich habe wenig Grund, den Kariwa in diesem Streit beizustehen. Verurteilt haben sie mich – mich, ihre Ahnmutter! Aber wenn das Tor geöffnet wird, wird auch mein Volk vergehen, und das will ich nicht. Also werde ich *dir* helfen, blinder Seher«, sagte sie mit einem kalten Lächeln.

»Was meinst du damit?«, fragte Awin vorsichtig.

»Uo hat dafür gesorgt, dass der Seelenverweser einen Bann auf deine Gabe gelegt hat, nicht wahr?«

Awin schüttelte den Kopf. »Ich habe sie gegeben, weil ich sonst das Tor nicht hätte durchschreiten können.«

Norgis lachte verächtlich: »Diese Gabe ist mit dir verknüpft, du solltest sie nicht verschenken wie ein Stück Fleisch. Doch du kennst den Namen des Seelenverwesers, und das ist gut, denn so kann ich ihn zwingen, sie dir wiederzugeben – wenn du das willst.«

Etwas in der Art, wie sie das sagte, verunsicherte Awin. Sie versprach ihm etwas, das er sich seit Wochen wünschte, doch irgendwo schien ein Haken zu sein. Als sie in seiner Hand gelesen hatte, hatte sie eine Bemerkung gemacht, die ihm nun wieder in den Sinn kam: »Du … du hast vorhin gesagt, Uo habe mir möglicherweise einen Gefallen getan, als er meine Gabe nahm, ehrwürdige Norgis. Was meintest du damit?«

Norgis schüttelte ihren Mantel aus, und dutzende Käfer fielen herab. »Du bist nur ein Mensch, deine Kräfte sind armselig«, sagte sie. »Vielleicht ist es ja besser, wenn du gar nicht siehst, was dich erwartet, Seher. Ich fragte Tengwil nach dir und konnte einen Blick auf die vielen Fäden erhaschen, aus denen dein Schicksal gewoben wird. Vielfältig sind sie, jeder anders, doch die meisten zeigen Tod, Kampf und Schmerz, wenn du weiter nach Norden gehst. Hättest du gesehen, was ich sah, wärest du möglicherweise gar nicht erst aufgebrochen, sondern hättest dich zitternd vor Entsetzen in irgendeinem Loch verkrochen und würdest dort heute noch sitzen.«

Awin schluckte. Sie sagte das mit spöttischem Unterton, doch er spürte, dass sie ihre Warnung bitterernst meinte.

»Dennoch«, erwiderte er, »ich werde diese Gabe brauchen. Ich muss sehen, was meine Feinde tun. Und ich werde hoffentlich Hilfe finden auf den Pfaden des Geistes, von denen du sprachst, ehrwürdige Norgis.«

»Du denkst an meine Schwester Senis, nicht wahr?«, fragte sie lauernd.

Awin nickte.

»Du kannst dich nicht auf sie verlassen, Seher. So wenig, wie ich es konnte. Vielleicht hatte sie inzwischen Erfolg mit ihrer Suche nach dem Tod, aber auch, wenn sie noch leben sollte, ist noch lange nicht gesagt, dass sie nur einen Finger für dich rührt. Hat sie sich nicht geweigert zu helfen, als du sie das letzte Mal batest?«

»Sie hatte ihre Gründe. Tengwil hätte nicht zugelassen, dass sie sich einmischt«, entgegnete Awin.

Norgis lachte laut auf. »Und das hast du geglaubt, einfältiger Narr? Nein, es ist die Art von Senis, wie von allen Wächtern, diese Dinge anderen zu überlassen. Vermutlich wollte sie sehen, ob ihre Ahntochter der Gefahr gewachsen ist. Kalt muss ihr Herz geworden sein, wenn sie bereit ist, die eigene Nachkommenschaft auf dem Altar ihrer Regeln und Gesetze zu opfern.«

»Du lügst!«, stieß Awin hervor. Er konnte – er wollte – ihr nicht glauben. Senis sollte Merege und ihn kaltblütig der tödlichen Gefahr eines Kampfes mit Slahan ausgesetzt haben? Das war unvorstellbar!

Norgis setzte ein Lächeln auf, so fein wie die Schneide eines Messers: »Du nennst mich eine Lügnerin, junger Seher, aber du bittest mich dennoch um meine Hilfe?«

Awin biss sich auf die Lippen. Es nutzte ihm nichts, wenn er diese Frau kränkte. Sie war gefährlich, Raiwe hatte das erfahren müssen. Aber konnte er wirklich die Mörderin seines Gefährten um Hilfe bitten? Der Mann hatte doch ebenso unter Awins Führung gestanden wie unter der von Yaman Jeswin. Er war für ihn verantwortlich gewesen. Aber er wusste auch, dass er jede Hilfe annehmen musste, die er bekommen konnte. Er musste das Ende der Welt abwenden, koste es, was es wolle. Er würde sich auf einen Pakt mit dieser Frau einlassen. Er sagte: »Ja, ehrwürdige Norgis, wenn du mir meine Sehergabe wieder verschaffen kannst, dann bitte ich dich, dies zu tun.«

»Und was gibst du mir dafür?«, fragte sie gelassen.

Awin öffnete den Mund, doch zunächst wusste er nicht, was er sagen sollte. Sie verlangte etwas für ihre Hilfe? Dann schüttelte er den Kopf. Diese Zauberin hatte nicht das Recht, etwas von ihm zu verlangen. Er rief: »Ist es nicht genug, dass ich versuche, alle Menschen, also auch dich und dein Volk, vor dem drohenden Verhängnis zu bewahren, ehrwürdige Norgis? Reicht es nicht, dass mein Gefährte Raiwe sein Leben für dich lassen musste?«

Norgis trat einen Schritt zurück und starrte ihn mit ihren unheimlichen Augen an. Offenbar war es ihm gelungen, sie zu überraschen. Dann lächelte sie wieder. »Ich sehe, du hast gelernt, wie du mit uns Mächtigen umzugehen hast. Nun, du wirst etwas opfern müssen, um wiederzuerlangen, was verloren ist.«

»Und wenn ich mich weigere? Wenn ich mich nun umdrehe und gehe?«

»Der Weg steht dir offen, Seher«, sagte Norgis kühl. »Aber du wirst ihn nicht nehmen.«

Awin biss sich auf die Lippen. Sie hatte Recht. Diese Gelegenheit konnte er sich nicht entgehen lassen. Aber was, wenn sie ihn betrog? »Und du kannst mir meine Gabe wiedergeben?«, fragte er zögernd.

»Ein winziger Funke davon ist noch in dir und hält die Verbindung zu dem, was dir genommen wurde. Ich kann dafür sorgen, dass sich die Leere, die diesen Funken umgibt, wieder füllt. Doch sei gewarnt, all diese Bilder und Träume gleichen einem breiten Fluss, den der Seelenverweser nur daran hindert, zu dir zu kommen, wie ein Damm, der ein Gewässer staut. Fällt dieser Damm, wird sich der Fluss wie ein reißender Strom in dich ergießen. Du wirst vielleicht mehr sehen, als du ertragen kannst, Seher. Es ist gefährlich für deinen Geist.«

»Ich bin bereit, das Wagnis einzugehen, ehrwürdige Norgis.«

»Wirklich?«, fragte sie spöttisch. »Und du wirst geben, was erforderlich ist? Es muss etwas – oder jemand – sein, der dir am Herzen liegt.«

Awin stieß hervor: »Aber keinen meiner Gefährten! Auch nicht Merege oder Wela!«

Norgis runzelte ihre so unnatürlich glatt und jung wirkende Stirn, aber dann nickte sie.

»Und auch die Akradhai von dem Hof im Wald wirst du verschonen!«, fügte Awin schnell hinzu.

Die Behüterin zögerte, aber dann sagte sie: »Sie seien für diesen Sommer verschont. Wir werden etwas anderes finden.«

Er blickte in ihre tief liegenden, gelben Augen und versuchte, ihre Gedanken zu erraten. Es gelang ihm nicht. »Dann will ich es wagen«, erklärte er. Was blieb ihm übrig, da diese Frau, die viel mächtiger und stärker war als er selbst, jede andere Hilfe verweigerte?

»Dann komm in mein Haus, tapferer Hakul. Wir müssen dich vorbereiten.«

Das »Haus« entpuppte sich als dunkler und kalter Verschlag. Es roch modrig, Wasser tropfte von dem nackten Felsen, der die Rückwand bildete, und sammelte sich in kleinen Pfützen auf dem Boden. Es gab keine Fenster, und als Norgis die schwere Tür hinter ihm schloss und verriegelte, drang Licht nur noch durch die zahllosen Spalten zwischen den unbehauenen Stämmen ein. Ein schwaches Feuer glomm zwischen einigen Feldsteinen, und der Rauch zog träge durch die Ritzen davon. Awin fragte sich, wie es ein Mensch in dieser trostlosen Behausung aushalten konnte. Drei Krähen hockten unter dem Dach, und große Käfer und Eidechsen hasteten davon, als die Behüterin durch die Hütte schritt.

»Dort, setz dich dort auf den Boden, junger Seher. Es wird eine Weile dauern, bis ich gefunden habe, was ich brauche.« Dann zog sie eine Flöte aus einer Falte ihres Gewandes und betrachtete sie nachdenklich. »Und ein Kraut brauchen wir, für den Trunk. Und Farbe. Kraut, Farbe und Ton – und natürlich etwas Blut, junger Mensch.«

Sie griff in eine Vertiefung in der Wand und zog einen langen Bronzedolch hervor. Mit dem Daumen prüfte sie die Schärfe. »Du besitzt auch einen Dolch, nicht wahr, junger Seher?«, fragte sie mit einem schneidenden Lächeln.

Awin nickte. Im Gürtel trug er natürlich seinen Blutdolch, den Wela eigens für ihn angefertigt hatte. Die Viramatai hatten ihm vor dem Aufbruch eine Klinge aus Eisen angeboten, aber die hatte er abgelehnt. Der Blutdolch war etwas Heiliges, von Wela mit dem Schmiedezauber der Hakul gefertigt.

»Gib ihn mir«, befahl Norgis rau.

Awin zögerte. War das der Preis, den sie verlangte? Ein Hakul würde sein Schwert und seinen Schild hergeben, aber niemals seinen Blutdolch. Awin schluckte, dann zog er ihn aus der Scheide und legte ihn in die ausgestreckte Hand der Frau.

»Sehr gut«, murmelte sie, als sie die Klinge begutachtete. »Gute Zeichen, eingegraben von kundiger Hand. Ich kann ihre Kraft spüren. Ich borge mir deine Waffe für eine Weile aus, junger Hakul.«

Awin schluckte und sah ihr zu. Zunächst durchwühlte Norgis einige weitere Löcher im Fels, bis sie das gesuchte Kraut fand. Dann zog sie verschiedene Tiegel hervor, deren Inhalt Awin nicht erkennen konnte. Sie schürte das Feuer unter dem Kessel. Dabei summte sie einige abgehackte Töne, die dunkel und drohend in Awins Ohren klangen. Es wurde warm in der Hütte, und Awin begann zu schwitzen.

»Es ist erforderlich, dass du dich ausziehst, Awin von den Dornen«, verkündete Norgis.

Awin gehorchte zögernd. Er legte die lederne Rüstung, die Stiefel, den Mantel und sein Obergewand ab, aber Norgis forderte ihn auf, sich auch seines Untergewandes zu entledigen. Awin dachte an das, was die Frau über ihre Liebhaber gesagt hatte, denen sie das Leben nahm, um ihre Jugend zu erhalten.

»Du hast Angst?«, fragte Norgis. »Das ist gut, denn Angst schärft die Sinne. Und es ist angebracht, denn dir werden vielleicht furchtbare Dinge begegnen.« Sie öffnete die Tiegel, die mit blauer, roter und schwarzer Paste gefüllt waren, nahm davon, verdünnte sie mit Wasser, und begann, Awins nackte Haut mit verschlungenen Mustern zu bemalen.

»Nur zum Schutz, junger Seher, nur zum Schutz. Es wird dir helfen, dich vor deinen Feinden zu verbergen.«

Awin spürte brennenden Schmerz überall dort, wo ihre Finger über seine Haut fuhren. Die Brust und den Rücken bemalte sie mit blauen und roten Zeichen, im Gesicht zog sie schwarze Linien. Dabei brummte sie leise vor sich hin. Schließlich trat sie einen Schritt zurück, betrachtete ihr Werk von allen Seiten und besserte an der einen oder anderen Stelle nach. »Besser, es gründlich zu machen. Sie haben wache Augen, deine Feinde. Und es wäre viel zu früh, dich ihnen heute schon zu offenbaren.«

Awin wusste nicht, was sie meinte. Er schwieg und sah ihr zu, wie sie nun das Kraut mit anderen in einem kupfernen Kessel aufkochte. Schwerer Dampf stieg auf, und Awin fühlte eine leichte Benommenheit. Er hoffte, dieses eigenartige Ritual würde bald vorüber sein.

»Noch lange nicht«, murmelte Norgis. Sie nahm eine kleine Hacke und zog zu Awins Füßen einen Kreis in den Lehmboden, dann einen zweiten großen Kreis, der am Ende fast den ganzen Innenraum der Hütte einnahm. Zweimal ging sie beide Kreise Stück für Stück ab und besserte sie nach. Awin saß auf seinem Schemel und fühlte sich zunehmend unwohl. Jetzt zog sich auch Norgis aus, und er sah, dass ihr ganzer Körper mit feinen schwarzen Linien überzogen war. Ohne weitere Umstände packte sie ihn an der Hand und zog ihn zum dampfenden Kessel. Ein schneller Schnitt, und aus seinem Unterarm tropfte Blut in den Sud. Awin blickte verwirrt in das brodelnde Gebräu, das nach Sauerampfer roch. Er vermeinte, jeden einzelnen seiner Blutstropfen sehen zu können, wie er durch den Kessel wirbelte. Mit harter Hand schob ihn Norgis zurück und nötigte ihn, sich wieder auf den Boden zu setzen.

»Unser Blut wird sich vermählen, Seher«, verkündete die

Behüterin ruhig. Awin schnürte es die Kehle zu. Hatte sie doch vor, ihn zu töten?

»Nur ein wenig, nur ein wenig«, murmelte sie, und dann zog sie den Dolch durch die eigene Hand und ließ einige Tropfen in den Kessel fallen.

Sie schaute lange hinein, dann sagte sie: »Du wärest schon ein würdiger Bräutigam, junger Hakul.«

Awin wollte aufstehen, aber die Beine versagten ihm den Dienst, dabei hatte er noch gar nichts von dem Gebräu getrunken!

»Aber du atmest es ein«, erklärte Norgis ruhig. Sie nahm eine grob geschnitzte hölzerne Schale, schöpfte aus dem Kessel und nahm einen kleinen Schluck. Dann trat sie zu Awin, drückte ihm rüde den Kopf in den Nacken und flößte ihm wie einem kranken Kind den Trank ein. Er brannte wie Feuer in der Kehle. Awin wollte nicht schlucken, aber die harte Hand der Behüterin ließ ihm keine Wahl. Erst als er die Schale geleert hatte, ließ sie ihn endlich los. Hustend rang er nach Luft.

Ungerührt setzte Norgis sich ihm gegenüber auf den Boden, zog die Flöte hervor und begann darauf zu spielen. Leise Töne erfüllten den Raum. Awin dachte an die Töne im Nebel und die Wölfe, die zuerst nur er allein gehört hatte. Hatte Norgis ihn damit gelockt?

Norgis setzte die Flöte ab. »Vertreibe diese Gedanken, Seher. Sammle dich, denn du wirst all deinen Mut und deine Kraft brauchen. Und was auch geschieht – du musst schweigen. Überlasse mir das Reden.« Dann spielte sie weiter.

Die Töne lullten Awin ein. Ihm fielen die Augen zu. Einmal drang aus der Ferne ein durchdringender, unmenschlicher Schrei zu ihm durch. Er riss die Augen auf, und es wurde ihm bewusst, dass er keine Ahnung hatte, was er tun sollte. Norgis war bei ihm. Sie hatte aufgehört zu spielen, und ein großer kupferner Kelch stand vor ihr. Er war mit einer dunklen Flüssigkeit gefüllt. Hatte er eben schon dort gestanden? Die Flöte begann erneut ihr schwermütiges Spiel. Awin schwitzte, die Schwaden aus dem Kessel machten ihm das Atmen schwer. Seine Sinne schienen geschärft. Er roch den Sauerampfer jetzt so stark, als stecke er ihm in der Nase, er schmeckte Blut und fremde Kräuter auf der Zunge, und er hörte das leise Trippeln der Käfer über den Lehmboden und das Zirpen weit entfernter Zikaden. Dann setzte die Flöte aus. »*Uqib Jega*«, hauchte eine Stimme. »*Uqib Akuna!*« Dann ging sie in unverständliches Murmeln über. Awin blinzelte. *Merege?*, dachte er.

Aber es war nicht Merege, das wurde ihm im nächsten Augenblick wieder klar, und er kämpfte gegen die Verwirrung an, die seinen Geist zu befallen schien.

»Wehre dich nicht, Seher, lass es geschehen«, befahl eine Stimme und verfiel dann wieder in geheimnisvolles Murmeln.

Awin blinzelte. Er konnte nicht klar sehen. Der Boden schien zu zittern. Ein seltsamer Geruch nach Tod wehte von irgendwo heran. Die Krähen unter dem Dach krächzten unruhig. Etwas geschah. Awin bemerkte ein Flimmern in der Luft, hinter dem Norgis' Umrisse zu verschwimmen schienen. Dann wurde es plötzlich dunkel und eiskalt. Ein Schemen nahm rasch Gestalt an und füllte als riesiger, schwarzer Umriss den Raum aus. Er verharrte einen Augenblick, dann begann er zu wittern, sich schnüffelnd nach allen Seiten zu drehen. Seelenlose Augen blickten Awin durchdringend an – und wandten sich plötzlich wieder ab. Awins Herz setzte für einen Schlag aus. Uqib – der Seelenverweser – war in Norgis' Hütte eingedrungen!

»Ich grüße dich, Diener Uos«, rief eine feste Stimme.

»Wer hat mich gerufen?«, zischte der Seelenverweser wütend.

»Ich bin eine Tochter der Ani. Gib zurück, was du dem Sterblichen genommen hast. Das verlange ich!«

Der Seelenverweser drehte sich auf der Stelle, schnüffelte misstrauisch in alle Richtungen und verharrte. »Was mischst du dich da ein, Riesentochter? Er soll sich zeigen. Der Mensch hat gegeben, nur er kann zurückfordern!«

»Du bist schlau, Uqib. Du weißt, dass er das nicht kann, solange dein Bann wirkt. Aber er ist hier, und ich spreche für ihn. Hier ist frisches Blut. Gib die Gabe zurück und es gehört dir.«

Da war eine zweite Gestalt, hell und mit schwarzen Linien geschmückt. Sie hielt einen Kelch in der Hand. Awin hörte die Balken der Hütte knirschen. Staub rieselte herab. Der Seelenverweser wandte sich immer schneller nach allen Seiten. Wieder zischte er. »All diese Bilder, all diese Welten, die ich sehe. Nein, ich will es nicht zurückgeben, nicht für alles Blut der Welt!« Er richtete sich zur vollen Größe auf, und die Schatten, in die er gehüllt war, entfalteten sich wie riesige Flügel. Awin sah schwarze Funken stieben, als sie in der Luft auf ein unsichtbares Hindernis stießen. Die ganze Hütte erbebte, aber dann heulte Uqib plötzlich auf, und die Schatten fielen in sich zusammen.

»Du kannst den Kreis nicht verlassen, Uqib. Nimm das Blut als Preis, gib zurück, was dir nicht gehört, dann kannst du heim in dein leeres Reich. Sonst bleibe – und leide«, sagte die Stimme kalt. Es regnete Reisig und Holzstücke von der Decke. Uqib krümmte sich unter Schmerzen. Er schrie ein schrilles »So sei es!«, und gleichzeitig rissen seine schwarzen Arme der hellen Gestalt den Kelch aus der Hand. Awin sah atemlos zu. Uqib trank, Blut tropfte aus seinen Mundwinkeln, dann spuckte er aus, brüllte: »Pferdeblut? Nur Pferdeblut? Betrügerin! Aber er wird es bereuen! Du kannst ihn nicht ewig vor mir verstecken, Hexe!«

Awin fühlte einen Schlag gegen die Brust. Er taumelte einige Schritte zurück, aber saß er nicht eigentlich auf dem Boden in Norgis' Behausung? Die Hütte war fort. Uqib und Norgis ebenso. Er fiel ins bodenlose Nichts. Sein Herz raste, setzte aus – dann war für einen Augenblick Stille und Schwärze. Es donnerte, ein lang anhaltender, grollender Donner. Ein Spalt Helligkeit tat sich im Schwarz auf. Jemand schrie vor Schmerz. Der Spalt weitete sich, und Awin wurde durch eine Feuerwalze viele Schritte zurückgeschleudert. Dumpf schlug er auf harter Erde auf. Er stöhnte, kam wankend auf die Knie und sah, wie zwei mächtige schwarze Torflügel sich öffneten.

Zwischen Feuersbrünsten wurden Menschen in dichten Rauschschwaden sichtbar. Sie schrien. Und dahinter schlugen Flammen bis in den Himmel, und in ihrem Schutz stürmten die Daimonen heran. Awin sah sie kommen, schemenhaft, gewaltig, wild. Die Berge erzitterten, stürzten ein, und die Geschöpfe aus Edhils Albträumen kamen über ihn. Awin wandte sich entsetzt ab. Rauschen. Ein totes Pferd lag vor ihm in grauem Wasser. Er schluckte tief getroffen, obwohl dieses Tier nicht das seine war. *Es musste sein, der Verweser gibt nichts, wenn er nichts bekommt*, sagte eine Stimme. Da trieb die Leiche eines Reiters. Seinem Mantel nach gehörte er zum Stamm der Roten Hakul. Awin stand bis zu den Oberschenkeln im Wasser, er beugte sich nach vorne, um den Reiter umzudrehen und blickte plötzlich in Welas Gesicht, die ihn verwundert anstarrte. Awin stöhnte auf. Feuerlohen schlugen über ihm zusammen, und wo eben noch Wasser gewesen war, stand nun ein Häusermeer in Flammen. Rauch nahm ihm den Atem. Und jemand rief laut und verzweifelt: *Mein Bruder, mein Bruder.* Die Stimme kam Awin bekannt vor. Er drehte sich um und sah sich plötzlich einem tausendköpfigen Heer der Hakul gegenüber. Eingezwängt von hohen Bergen, wälzte es sich in endlosem Strom heran. Der

Heolin leuchtete hell über vielen Sgerzeichen. Da war Eri. Er war eigentlich zu weit weg, als dass er ihn hätte erkennen können, aber Awin wusste sicher, dass es Eri war. Dann war das Heer fort, und Eri stand über ihm und holte mit seiner Axt zum tödlichen Schlag aus. Awin duckte sich und fühlte plötzlich lange, üppige Korngarben unter seinen Händen. Er blickte auf. Da war ein Fluss. Eine kleine weißhaarige Gestalt stapfte am Ufer entlang. Senis?

Awin stand auf und rief – aber sie hörte ihn nicht. Er rief noch einmal, doch wieder beachtete sie ihn nicht. Aber hatte sie nicht eben zu ihm gesprochen? *Narr. Du kannst dich nicht auf sie verlassen*, mahnte eine dunkle Stimme. Awin schüttelte unwillig den Kopf. Die Weizengarben lösten sich in Rauch auf. Das Feld brannte. Es musste ein anderes Feld sein, denn die Halme waren schütter und ärmlich. Awin hörte ein schnüffelndes Geräusch. Er wandte sich um. Da war der Seelenverweser. Er schien etwas zu suchen. Wo war der Torbogen? Er tauchte vor Awin auf. Aber es war das Skroltor. Helles Licht blendete Awin. Eri mit der Axt war dort, und als Awin erneut versuchte, ihm auszuweichen, sah er plötzlich eine gebeugte Gestalt am Feuer. Ein Wesen, halb Wolf, halb Mensch, das in die Flammen starrte und Beschwörungen murmelte. Awin trat näher heran. Flammen rasten über die Ebene. Er wollte schreien, aber er konnte nicht. Er konnte sich kaum rühren. Eine schwarze Wolke. Dann sah er Merege tödlich getroffen in den Schnee sinken. Und dann kamen die Bilder so schnell und in so großer Zahl, dass Awin sich auf den Boden warf, um dieser alles zermalmenden Flut zu entgehen. Er hätte geschrien, wenn er nur gekonnt hätte. Endlose Wellen von Bildern spülten seinen Geist fort. Da war Blut, Feuer, tausendfacher Tod und dann die Daimonen. Eine Staubwolke, aus der das große Heer der Hakul mit blitzenden Speeren hervorbrach und auf eine lange schwarze Mauer aus Schilden und Speeren zuhielt. Ein Reiter auf einem weißen Pferd. Der Lichtstein. Dann er selbst, bis zur Hüfte im Wasser. Und dann Bilder aus Vergangenheit und Zukunft, fremde Städte, ferne Meere und unbekannte Länder. Dazwischen vertraute Gesichter. Eri, Wela, Merege, die ihn kühl ansah, und dann wurde Merege zu Norgis, die ihn auslachte, Norgis, die ihm unverständliche Worte ins Ohr flüsterte, Norgis, die ihn in Eis erstarren ließ, aus der Hütte schleifte und den Wölfen zum Fraß vorwarf. Norgis, die im Dickicht des Waldes verschwand. Die Welt bewegte sich. Sie schaukelte. Awin wurde übel. Er öffnete die Augen.

Er saß auf einem Pferd. Es war aber nicht seines. Es war Nacht, vor ihm ritten Hakul. Er wandte sich um.

»Halt«, rief eine helle Stimme. »Er ist endlich wach!«

Awin blinzelte. Die Stimme erschien ihm vertraut. Er wollte absteigen, aber er konnte nicht.

»Nur ruhig, mein Freund«, sagte jemand. »Wir mussten dich festbinden, damit du uns nicht vom Pferd fällst.«

»Yaman Jeswin?«, fragte Awin.

»Wer sollte ich wohl sonst sein? Bringt eine Fackel. Wir wollen rasten und ein wenig Licht in die Angelegenheit bringen.«

»Wo bin ich, und was ist denn geschehen?«, fragte Awin.

»Wir sind immer noch im Femewald, doch Praane sagt, die Jurma sei nicht mehr weit. Noch vor dem Morgen können wir sie erreichen«, erklärte Jeswin.

Jemand half Awin aus dem Sattel. Er fühlte sich schwach. Jeswin fuhr fort: »Was aber geschehen ist – nun, ich nehme an, dein Teil der Geschichte ist weit aufregender als der unsere, denn wir irrten nur weiter durch den Wald und merkten erst spät, dass du nicht mehr bei uns warst. Wir hielten an und suchten dich, als der Nebel endlich wich. Dann erschien der Wolf.

Lamban wollte ihn töten, doch Mahuk verbot es ihm. Angeblich hat Yeku gesagt, dass dieser Wolf uns zu dir führen würde. Das war schwer zu glauben, und obwohl es stimmte, glaube ich es immer noch nicht. Wir fanden dich im Gras. Deine Kleider und Waffen lagen neben dir. Und deine Haut, nun, du weißt schon …«, endete Jeswins kurze Erzählung.

»Nun lasst ihm doch ein wenig Luft zum Atmen«, rief Wela. Awin hatte sie noch gar nicht bemerkt. Jetzt sah er im Fackelschein in ihr besorgtes Gesicht. »Geht es dir gut, Awin? Was ist denn nur geschehen? Ich fürchtete schon, du würdest nie wieder erwachen, aber Mahuk meinte, es sei nur eine Frage der Zeit.«

»Yeku ist enttäuscht. Er hofft, dein Geist ertrinkt«, erklärte Mahuk mit einem breiten Lachen und schlug Awin auf die Schulter.

Awin schloss die Augen. *Ertrinken, ja so muss sich das anfühlen*, dachte er. Dann schlug er die Augen wieder auf. »Was meintest du mit ›nie wieder erwachen‹, Wela? Wie lange habe ich denn geschlafen?«

»Beinahe zwei Tage, mein Junge«, rief Tuge und schlug ihm ebenfalls kräftig auf die Schulter.

»Zwei Tage«, murmelte Awin. Es fiel ihm schwer zu glauben, dass es *nur* zwei Tage gewesen waren. Er hatte Bilder für ein ganzes Leben gesehen. Dann begann er zu erzählen, was ihm widerfahren war, wie er den Sger aus dem Auge verloren hatte und Norgis begegnet war.

»Ahnmutter Norgis?«, rief Merege erstaunt. »Das ist nicht möglich! Sie muss seit Jahrhunderten tot sein!«

»Lass ihn doch reden, Kariwa!«, forderte Wela.

Aber das fiel Awin schwer. Die Vielzahl bedrückender Bilder mischte sich mit dem, was er tatsächlich erlebt hatte. Merege! Er hatte sie sterbend in den Schnee sinken sehen. Aber das konnte er ihr doch nicht sagen. Er gab einen kurzen und groben Bericht seiner Erlebnisse an den Riesenfelsen und schloss mit den Worten: »Das Wichtigste ist, sie hat mir geholfen, meine Sehergabe wiederzugewinnen.«

»So bist du wirklich der Behüterin begegnet?«, fragte Praane, der ihn die ganze Zeit schon mit großen Augen anstarrte.

Awin nickte.

»Hat sie … hat sie etwas über uns gesagt?«, fragte der Ore.

»Es wird Leben kosten, wenn ihr weiter in ihrem Wald siedelt, Praane. Das Unsichtbare Volk, es opfert ihr zur Sonnenwende Menschen«, erklärte Awin knapp.

Praane erbleichte, aber er nickte, als habe er das bereits geahnt.

»Und Raiwe?«, fragte Jeswin in die Stille, die diesem Satz folgte.

»Auch ihn«, bestätigte Awin den Verdacht.

Jeswin trat einen Schritt zurück. »Du hast deine Gabe wieder, sagst du – war Raiwe etwa der Preis dafür?«

»Aber nein!«, rief Awin entsetzt. »Er war tot, lange bevor sie mich zu ihren Felsen lockte.«

»Und das kannst du beweisen?«, fragte Lamban feindselig.

Awin verschlug es fast die Sprache, aber dann sagte er: »Mit meinem Blut, wenn du darauf bestehst, Pferdezüchter!«

Lamban starrte ihn finster an.

»So hat sie Raiwe getötet – und dennoch hast du mit der Alfskrole einen Handel geschlossen?«, fragte Yaman Jeswin düster.

Awin nickte. Was sollte er auch sagen?

»Yeku ärgert sich«, sagte Mahuk mit einem Seitenblick auf den finster brütenden Yaman. »Er sagt, Awin hat verhindert, dass böser Geist uns alle tötet.«

Lamban lachte bitter auf, drehte sich um und verschwand, und Jeswin sagte: »Ich muss darüber nachdenken, was das bedeutet, Yaman. Das wirst du verstehen. Raiwes Blut steht nun zwischen uns. Am Fluss werde ich entscheiden, ob ich dich weiter begleiten kann.« Dann folgte er Lamban in das Zwielicht jenseits der Fackeln.

»Wie weit ist es noch bis zu diesem Fluss, Praane?«, fragte Awin matt. Das fehlte ihm noch, dass sein Verbündeter ihn nun verließ.

Der Ore schreckte aus seinen Gedanken auf. »Zur Jurma? Nicht weit«, murmelte er. »Kurz nach Sonnenaufgang können wir dort sein.«

»Und das ist auch gut, denn du solltest unbedingt ein Bad nehmen, wenn du mir die Bemerkung erlaubst, ehrwürdiger Yaman«, sagte Wela mit schiefem Grinsen.

Er starrte sie verständnislos an.

»Du siehst aus wie einer von diesen Farwiern aus dem Waldland, die sich doch auch die Körper bemalen.«

Verblüfft schob Awin die Ärmel seines Gewandes hoch. Da waren wirklich noch überall die blauen und roten Linien, mit denen Norgis ihn bemalt hatte. In gewisser Weise beruhigte ihn das, denn es sagte ihm, dass er wenigstens diesen Teil des Rituals nicht nur geträumt hatte.

»Zauberzeichen. Sehr mächtig. Behalte sie«, meinte Mahuk.

»Und es war wirklich Norgis?«, fragte Merege noch einmal.

Awin nickte. Er fühlte sich plötzlich leer und ausgebrannt. Irgendetwas war vorgefallen, das er nicht recht einordnen konnte. Dann sah er Raiwes Falben friedlich zwischen den Bäumen grasen. Sie waren immer noch im Wald, doch war er weit lichter und freundlicher als jenes Stück, in dem er sich verirrt hatte. »Mein Pferd«, stieß er hervor. Norgis' Stimme klang wieder in seinen Ohren. Das Blut, Pferdeblut. Norgis hatte sein Pferd getötet, geopfert, damit er seine Gabe wiederbekam. Der Gedanke gab ihm einen tiefen, schmerzhaften Stich.

»Dein Brauner war leider nicht dort, wo wir dich fanden, und du wirst verstehen, dass wir nicht umkehren wollten, Yaman«, meinte Tuge verlegen. »Du sitzt auf Raiwes Falben, auch wenn Lamban das nicht gefällt.«

Merege sagte plötzlich: »Ich sollte umkehren und sie aufsuchen. Ich habe viele Fragen, und vielleicht kann ich sie überzeugen …«

»Nein, Merege, sie sagte, dass du dich fernhalten solltest. Es scheint, als hege sie einen tiefen Groll gegen alle Wächter.«

Merege nickte. »Und die Wächter gegen sie. Du hast Recht. Wie konnte ich auf den Einfall kommen, sie um Hilfe bitten zu wollen? Sie hat uns im Stich gelassen. Sie ist eine Verräterin, und sie tötet mit dunkler Kunst, zu einem Zweck, den ich mir nicht einmal vorstellen will. Aber das kann nicht hingenommen werden.«

»Es muss hingenommen werden, Merege, jedenfalls jetzt. Und ich würde dir auch abraten, ihr alleine entgegenzutreten. Sie verfügt wirklich über große Macht.«

Die Kariwa schien einen Augenblick über seine Worte nachzudenken. Wieder sah er sie vor seinem inneren Auge sterbend in den Schnee sinken. Das Bild war verschwommen, aber eindeutig.

»Gibt es einen Grund dafür, dass du mich so ansiehst, Awin?«, fragte die Kariwa und klang gereizt.

»Nein, nein, nur, dass sie dir in gewisser Weise ähnlich sieht«, antwortete er stotternd.

Sie nahm es mit einem Nicken hin und sagte: »Ich werde nicht vergessen, wo sie zu finden ist.« Dann ging sie und kümmerte sich um ihr Pferd.

Sie brachen wieder auf. Limdin reichte Awin einen Trinkbeutel, und Dare gab ihm etwas von seinem Trockenfleisch ab. Awins eigene Vorräte hingen an seinem Sattel, der mit seinem

Pferd zurückgeblieben war. Der Morgen graute bereits. Es war Zeit, dass sie endlich diesen Wald hinter sich ließen.

Praane und Merege hielten sich nun abwechselnd bei Awin auf, wo immer der Wald es erlaubte, und sie bedrängten ihn mit Fragen zu Norgis. Er erzählte ihnen, was er wusste.

»Die Sonnenwende. Es ist so, wie ich es fürchtete«, sagte Praane leise, als Awin noch einmal auf die Menschenopfer zu sprechen kam. »Dann muss ich umkehren und die Meinen warnen. Mittsommer ist doch nicht mehr fern.«

Awin schüttelte den Kopf. »Diesen Sommer wird sie euren Hof verschonen, Ore, das hat sie mir versprochen.«

Praane sah ihn kurz nachdenklich an, dann erwiderte er: »Dann wird sie sich irgendwo anders ein Opfer holen, und es wird vermutlich ein Akradhai, also jemand aus meinem Volk sein. Vielleicht sollten wir der Sache ein Ende machen, alle Männer zusammenrufen und dieses Übel ausmerzen.«

»Es würde euch kaum gelingen, Ore«, warf Merege ein. »Ihr würdet sie nicht einmal finden, wenn sie es nicht will. Denke an den Nebel! Wenn ihr sie aber findet, würdet ihr es bereuen. Sie ist sehr mächtig, vergiss das nicht.«

Praane seufzte. »Verflucht soll sie sein, und verflucht seien auch die Kornländer, die uns zwingen, in Reichweite ihrer Klauen zu leben!«

Jurma

BALD DARAUF HÖRTEN sie in der Ferne ein lautes Brausen, das Awin nicht einordnen konnte.

»Das sind die großen Stromschnellen der Jurma«, erklärte ihm Praane, »von hier ist es nicht mehr weit bis zu den Holzplätzen von Luuta.«

Der Ore behielt Recht. Sie bekamen den Fluss nicht zu sehen, aber das Rauschen begleitete sie eine ganze Weile. Als es allmählich verklang, wurde das Blätterdach schnell lichter, dann tauchte unvermittelt eine helle Linie vor ihnen auf – sie hatten den Waldrand erreicht. Die Hakul atmeten auf.

»Endlich wieder freier Himmel, ich konnte ihn mir schon gar nicht mehr vorstellen«, sagte Tuge.

Vor ihnen lag eine große Rodung, und Hunderte Baumstümpfe zeigten an, dass sich hier die Äxte der Akradhai unermüdlich in den Wald fraßen. Gefällte Baumstämme lagen kreuz und quer. Einige waren entastet, andere noch nicht. Etwas weiter glitzerte in ausladender Breite das Wasser der Jurma. Awin hatte noch nie einen so großen Fluss gesehen.

»Wo sind die Männer, die diese Bäume fällten?«, fragte Jeswin.

»Und wo ist die Stadt, die du mir versprochen hast, Praane?«, fragte Wela.

Ore Praane lächelte. »Die Stadt liegt auf der anderen Seite des Flusses, und die Arbeiter kommen erst mit dem Sonnenaufgang in den Wald. Beides hat denselben Grund – sie fürchten die Unsichtbaren und die Behüterin. Sie werden sehr staunen, dass du ihr begegnet bist, Yaman Awin.«

Awin betrachtete das Durcheinander gefällter Bäume. Er konnte sich gut vorstellen, dass Norgis dieser Anblick nicht gefallen würde. Die Akradhai hatten Grund, ihren Zorn zu fürchten.

»Gibt es denn hier eine Brücke?«, fragte er.

»Nein, doch überqueren die Holzfäller mit Flößen und Booten den Fluss. Auf diese Weise könnt auch ihr auf die andere Seite gelangen. Jedoch müssen wir uns noch etwas gedulden. Die Sonne ist zwar gerade aufgegangen, aber an den langen Tagen vor Mittsommer werden die Männer ein wenig später hier eintreffen.«

Sie lagerten am Ufer, und staunend betrachteten die Hakul das Werk, das die Akradhai hier vollbracht hatten. Unzählige Stämme lagen am Ufer, mit Bastseilen zu großen Flößen vertäut, und weitere grob behauene Bäume waren bereit, den Flößen noch hinzugefügt zu werden. Nokke erklärte ihnen, wie das gemacht wurde, und sie erfuhren bei dieser Gelegenheit, dass er aus Luuta stammte. »Mein Vater war nur ein einfacher Holzfäller und Flößer, aber auch ihm erlaubten die Ältesten nicht, mehr als zwei Söhne auf der anderen Seite des Flusses aufzuziehen. Nun war ich zwar der Älteste, doch dieser Buckel über meiner Schulter verhinderte, dass ich das Handwerk meiner Vorfahren erlernen konnte. Also ging ich freiwillig ins Grünland. Ich wäre sicher zugrunde gegangen, wenn Ore Praane mich nicht aufgelesen und als Jäger mit in den Wald genommen hätte.«

»Praane hat dich aufgenommen? Er scheint ein großes Herz zu haben«, meinte Wela.

»Das hat er, Heilerin, auch wenn er es gerne versteckt.«

»Aber was werdet ihr tun, Nokke, jetzt, da ihr wisst, dass die Behüterin Blutzoll von euch fordert?«, fragte Awin.

Nokke zuckte mit den Schultern. »Ich habe mit Praane darüber gesprochen. Vielleicht werden wir im Grünland einen der zerstörten Höfe wieder aufbauen, vielleicht werden wir aber auch im Femewald bleiben. Wir kennen nun die gefährliche Zeit und werden uns in Acht nehmen.«

»Wie tapfer ihr seid!«, rief Wela.

»Oder dumm«, warf Tuge mürrisch ein. Seine Verletzung schmerzte ihn offensichtlich immer noch. Während der Tage im Wald hatte er nur wenig Gelegenheit gehabt, seine Rippen zu schonen.

Awin betrachtete die großen Flöße. Er zählte vier, und jedes bestand aus mehreren Dutzend großer Baumstämme. »Sag, Praane, warum binden sie die Stämme zusammen, wenn sie sie nur auf die andere Seite des Flusses bringen wollen?«

Praane warf ihm einen belustigten Seitenblick zu. »Keines dieser Flöße wird den Fluss überqueren, Yaman. Sie bringen sie flussabwärts, bis in die Hafenstadt Karno. Auch dort brauchen sie Holz für ihre Häuser, den Herd und die Schmiede, aber es gibt nur wenige Wälder am Meer.«

»Das Meer«, murmelte Awin. Ihm kam ein Gedanke. »Diese Flöße wären doch groß genug, unseren Sger aufzunehmen, oder?«, fragte er.

Praane lächelte hintergründig. »Groß genug sind sie.«

»Dann wäre es doch möglich, auf so einem Floß bis ans Meer zu reisen!«, rief Awin.

»Möglich ist es, Awin, doch ist nicht gesagt, dass auch nur ein Flößer bereit wäre, euch mitzunehmen. Aber vielleicht kann ich ein gutes Wort für euch einlegen.«

Awin stutzte. »Ist das etwa der Weg, von dem du vor unserem Aufbruch gesprochen hast, Praane?«

»Er ist es, Yaman. Doch wie gesagt, ich kann nicht versprechen, dass jemand sich darauf einlässt. Es hängt vielleicht auch davon ab, wie die Dinge auf der anderen Seite des Flusses stehen.«

Awin nickte. Er hatte fast vergessen, dass auf dem anderen Ufer der Jurma Krieg herrschte. Eris Heer zog sengend und plündernd durch das Bernsteinland. Was, wenn sie nun Luuta angriffen oder vielleicht schon angegriffen hatten? Awin rechnete nach. Sie hatten im Wald Zeit verloren. Er schätzte, dass Eri drei oder vier Tage Vorsprung hatte. Wenn sie den Fluss überquerten, konnten sie ihn vielleicht einholen.

Wela kam herangeschlendert und warf einen langen, prüfenden Blick auf Awin.

»Was ist?«, fragte er schließlich, da sie nichts sagte.

»Nichts weiter, ich frage mich nur, wann du endlich dein Bad nehmen willst, um uns von diesem fremdartigen Anblick zu befreien, Awin von den vielen Farben. Oder willst du warten, bis es hier vor Fremden wimmelt?«

Awin seufzte, aber Wela hatte Recht. Also badete er im Fluss. Tuge und Mabak halfen ihm, sich von den Zeichen zu befreien, so gut es eben ging, wobei Mabak mit Awin die Hauptarbeit verrichtete, und Tuge eher beriet, als selbst Hand anzulegen. Sie schrubbten ihn abwechselnd mit Wasser und Sand, bis seine Haut ganz rot war.

»Yeku sagt, es ist ein Fehler«, warf Mahuk Raschtar vom Ufer aus ein. »Er sagt, Baden ist immer ein Fehler, aber heute besonders. Gute Zeichen. Bieten Schutz. Warum abwaschen?«

»Wir wollen doch die Akradhai nicht erschrecken, ehrwürdiger Raschtar«, entgegnete Tuge.

Der Ussar zuckte mit den Schultern. »Ich glaube nicht, dass Farbe sie erschreckt.«

Als Awin aus dem Wasser stieg, fühlte er sich sauber, angenehm erfrischt und gestärkt. Die Sonne war inzwischen vollständig aufgegangen, und auf der anderen Seite des Flusses zeigten sich Menschen. Aber sie machten keine Anstalten überzusetzen. Auch auf ihrer Seite des Flusses tat sich etwas: Jeswin besprach sich mit Lamban. Awin ahnte, dass sie darüber berieten, ob sie weiter mit ihm reiten wollten. Lamban war ganz offensichtlich dagegen. Aber wie würde Jeswin sich entscheiden?

»Ich verstehe nicht, was sie aufhält«, murmelte Praane nachdenklich und meinte die Akradhai auf der anderen Seite des Flusses.

»Der Krieg«, warf Merege kühl ein. »Der Ussar hat Recht, es bedarf keiner Farbe, sie zu erschrecken, dazu reicht der Anblick einiger Hakul.«

»Das hatte ich nicht bedacht«, murmelte Praane betroffen.

»Gibt es denn kein Zeichen, das ihnen zeigen würde, dass wir in friedlicher Absicht hier sind?«, fragte Awin.

»Ein Hornsignal«, meinte Praane nachdenklich. »Das würde ihnen immerhin sagen, dass wir reden wollen.«

Tuge versuchte sein Glück. Er ließ sein Jagdhorn erschallen, dann warteten sie. Aber immer noch standen auf dem anderen Ufer nur viele Menschen beisammen und schienen zu beraten. Awin verlor die Geduld. »Wir haben zwar keine Boote hier, aber Baumstämme. Vielleicht können wir einen davon verwenden, um hinüberzuschwimmen«, sagte er.

»Du kannst schwimmen?«, fragte Nokke erstaunt.

Awin starrte ins gurgelnde Wasser des Flusses. »Nein, aber der Baum kann es hoffentlich.«

»Du würdest weit abgetrieben werden. Und wenn du drüben aus dem Wasser steigst, dann erschlagen sie dich vielleicht wie einen Hund.«

»Ich hoffe doch, dass mich einer von euch begleitet«, meinte Awin.

»Hast du vergessen, dass es uns verboten ist, das Kornland zu betreten?«, fragte Praane düster.

»Dann gehe ich eben allein. Wir können nicht länger warten!«

»Seht!«, rief Dare plötzlich.

Endlich schien sich auf der anderen Seite etwas zu tun. Ein Boot wurde ins Wasser geschoben, fünf Männer stiegen hinein und setzten es in Bewegung.

»Also doch. Ich dachte wirklich, sie würden sich niemals entschließen«, murmelte Jeswin, der seine Beratung mit Lamban beendet hatte, aber auf Awins fragenden Blick nicht einging.

»Oh, irgendwann mussten sie«, meinte Nokke. »Wenn du so willst, lagern wir zwischen ihnen und ihrem Brot.«

»Es ist aber auch schade«, meinte Tuge, »denn ich hätte doch gerne gesehen, wie Awin sich im tiefen Wasser hält.«

Awin warf ihm einen bösen Blick zu. »Ich hätte dich auch gerne mitgenommen, Tuge. Aber dieses Vergnügen bleibt uns wohl beiden vorerst verwehrt.«

Vier der Männer in dem plumpen Kahn ruderten, einer – ein sehr großer und dicker Mann – stand vorne im Bug. Als sie auf Rufweite herangekommen waren, rief der Dicke: »Was wollt ihr, Hakul? Reicht es nicht, dass ihr Höfe niederbrennt und Korn und Vieh stehlt? Wollt ihr nun auch noch unser Holz rauben?«

»Sperr deine Augen auf, Kerre, dann siehst du, dass nicht nur Hakul an diesem Ufer stehen«, rief Praane hinüber.

»Praane, bist du das? Machst du dich etwa mit diesen Räubern gemein? Tief bist du gesunken.«

»Es sind keine Räuber, Kerre. Ganz im Gegenteil, sie haben uns aus großer Gefahr gerettet. Und auch euch können sie aus tödlicher Gefahr retten. Kommt ans Ufer, es wird euch nichts geschehen. Du hast mein Wort!«

Der Dicke besprach sich kurz mit den Ruderern, offenbar waren sie unterschiedlicher Meinung, aber schließlich schien sich Kerre durchzusetzen, und sie ruderten den Kahn zwischen zwei Flößen hindurch ans Ufer.

Kerre sprang erstaunlich behände an Land, die anderen Männer blieben im Kahn zurück und betrachteten die Hakul mit einer Mischung aus Furcht und Neugier.

Praane hatte Awin gebeten, allein mit Kerre reden zu können, und Awin hatte zugestimmt. Er verfolgte das Gespräch aus der Ferne. Immer wieder hörte er Ausrufe des Erstaunens von Kerre. Offenbar gelang es Praane also, ihn zu beeindrucken.

»Was glaubst du, wie das ausgeht?«, fragte Tuge.

»Ich kann es nicht sagen. Ich hoffe sehr, dass Praane Erfolg hat, denn nach allem, was ich weiß, würden wir auf dieser Seite des Flusses nicht mehr weit kommen.«

»Das ist wahr, ich habe mit Nokke darüber gesprochen. Er sagt, es sei ein endloser Sumpf, unterbrochen nur von Bächen, Flüssen und Seen. Nichts, wohin ein Mensch freiwillig geht, obwohl das Land dennoch nicht unbewohnt sein soll.«

»Das Unsichtbare Volk?«, fragte Awin. Norgis' Worten hatte er entnommen, dass auch die Menschen in den Sümpfen unter ihrem Schutz standen.

»Nokke sagt, nein. Angeblich sind es verstoßene Akradhai, doch nicht von der Art, wie sie im Grünland leben. Es sollen Verbrecher und Verfemte sein, die dort hausen.«

Jeswin kam heran. Er blickte sehr ernst drein.

»Du hast dich entschieden, ehrwürdiger Yaman?«, fragte Awin höflich.

Jeswin schloss die Augen. »Du kannst dir denken, dass es Männer in meinem Sger gibt, die am liebsten sofort umkehren würden, dennoch werden wir weiter an deiner Seite reiten.« Als Awin ihm danken wollte, hob Jeswin die Hand und sagte: »Wir folgen dir, weil mein Kopf mir sagt, dass wir dir beistehen müssen in deinem schweren Kampf. Er sagt, dass das Ende der Welt kommt, wenn wir es nicht tun. Und ich folge meinem Verstand, auch wenn mein Herz etwas anderes verlangt. Du hast dich mit der Mörderin meines Neffen Raiwe eingelassen, um deine Gabe wiederzugewinnen, Awin, und das ist etwas, was ich weder leicht vergessen noch verzeihen kann.«

Tuge erhob sich wütend von dem Baumstumpf, auf dem er gesessen hatte: »Er hat Frieden geschlossen mit einer gefährlichen Feindin, und das hätte er auch getan, wenn sie mich oder einen anderen aus seinem Klan getötet hätte. Es war weise von ihm, diese Feindschaft zu beenden. Hast du nicht gehört, was der Raschtar sagte? Diese Zauberin hätte wohl keinen von uns lebend aus ihrem Wald gelassen, wenn Awin nicht gewesen wäre.«

»Ist das so? Er beruft sich auf seinen Stock, dieser Ussar. Das ist nicht viel«, entgegnete Jeswin.

»Ich danke dir für deinen Entschluss, Yaman Jeswin«, sagte Awin schnell, um den aufziehenden Streit zu unterbinden. »Mein Klan wird sich deinem verpflichtet fühlen.«

»Eine Verpflichtung?«, fragte Jeswin überrascht.

Awin nickte. »Ich hoffe wirklich, dass du verstehst, dass ich nicht anders handeln konnte, Jeswin, denn meine Gabe wird uns noch eine große Hilfe sein. Raiwes Tod war dafür jedoch ein zu hoher Preis, und ich kann dir zum Ausgleich nicht mehr anbieten als eben diese Verpflichtung, die mein Klan eines Tages einlösen wird.«

»Wir werden das nicht vergessen«, erwiderte Jeswin schlicht.

Inzwischen hatten Praane und Kerre ihre Beratungen abgeschlossen. Sie kamen heran, und Kerre musterte vor allem Awin mit unverhohlener Neugierde. »Du bist also der Seher, der die Behüterin getroffen hat?«, fragte er. Und als Awin nickte, sagte er: »Ich bin Kerre, Holzmeister von Luuta, und ich denke, wir können euch vielleicht helfen.«

»Vielleicht?«, fragte Tuge misstrauisch.

»Ore Praane hat vorgeschlagen, euch auf einem Floß nach

Norden zu bringen. Das ist nicht unmöglich, doch ist es auch harte Arbeit, ein solches Floß zu bauen, und die Zeiten sind gefährlich. Die Hakul ziehen nach Norden. Es mag sein, dass sie die Jurma bei Karno nur erneut überqueren wollen, es mag aber auch sein, dass sie dort bleiben. Ein Flößer bräuchte einen guten Grund, um sich jetzt auf den Weg zu machen.«

»Was verlangst du?«, fragte Awin geradeheraus.

»Ich sehe, du machst nicht viele Umstände, Yaman Awin. Dann will ich es dir gleichtun. Ein Barren Bronze wäre ein angemessener Lohn, denkst du nicht auch?«

»Diebstahl nenne ich das, nicht Lohn!«, entgegnete Jeswin scharf.

»Mir ist gleich, wie du es nennst, solange du mir einen Bronzebarren gibst, Yaman Jeswin«, antwortete Kerre gelassen.

»Einen halben Barren, diese Flöße sind doch schon fast fertig!«, rief Jeswin.

»Wir werden viele Männer und viele Stunden brauchen, damit eines dieser Flöße auch Pferde aufnehmen kann. Ein Barren«, entgegnete der Holzmeister lächelnd.

»Drei Viertel«, erwiderte Jeswin. Awin hörte staunend zu. Sie hatten keinen Barren Bronze, nicht einmal einen halben. Was sollte also diese Feilscherei?

»Andere Arbeit wird darüber liegen bleiben, Yaman«, erklärte Kerre freundlich. »Außerdem werden unsere Nachbarn erfahren, dass wir euch geholfen haben, und im Kornland ist der Ruf der Hakul im Augenblick nicht der beste, wenn ich das sagen darf. Ein Barren.«

Fluchend willigte Jeswin ein.

»Im Voraus«, fügte Kerre hinzu.

»Es ist Diebstahl, Akradhai«, meinte Jeswin düster, »aber du sollst deinen Barren bekommen.« Dann winkte er Lamban heran und flüsterte mit ihm. Awin sah, dass der Pferdezüchter sich sträubte, aber schließlich verschwand er zu den Pferden und kehrte kurz darauf mit zwei halben Barren zurück. Kerre nahm sie mit einem sehr freundlichen Lächeln entgegen. Dann fuhr er mit dem Boot auf die andere Seite, um zu berichten, was geschehen war, und um die Männer für die Arbeit zu holen.

»Glaubst du, wir sehen ihn wieder?«, fragte Tuge, als der Kahn über den Fluss glitt.

»Er kennt als Händler keine Gnade, aber er ist ehrlich«, versicherte Praane.

»Wo habt ihr diese Barren her?«, fragte Awin den Yaman des Roten Wassers leise.

»Nun, wir haben vielleicht nicht die ganze Beute im Grünland zurückgelassen, Yaman Awin«, entgegnete Jeswin. »Aber es bleibt dennoch Raub, wenn sie für ein wenig Holzfällerarbeit so viel von unserer hart erkämpften Bronze verlangen.«

»Ein Floß?«, fragte Tuge, als er mit Awin alleine war. »Hältst du das für einen guten Einfall? Ich sah Flöße auf dem Dhanis. Sie sind sehr langsam, viel langsamer als ein Pferd.«

»Aber sie ermüden nicht, Tuge, und die Jurma fließt schnell. Praane meinte, dass wir Karno in drei oder dreieinhalb Tagen erreichen könnten. Kein Pferd würde das schaffen.«

Der Holzmeister kehrte bald darauf zurück, und viele Männer folgten ihm. Sie überquerten die Jurma in großen und kleinen Booten, sprangen an Land und gingen unverzüglich an die Arbeit. Awin entging nicht, dass der eine oder andere dieser Männer die Faust ballte, wenn er in die Nähe eines Hakul kam, und er entdeckte viele finstere Gesichter bei den Holzfällern. Er kam daher mit Jeswin überein, ein neues Lager etwas weiter vom Ufer entfernt aufzuschlagen. Kerre entging das nicht. Der Holzmeister war eigentlich damit beschäftigt, seine Leute durch die Rodung zu scheuchen, aber jetzt kam er herüber, wischte sich den Schweiß von der runden Stirn und ließ sich schwer atmend neben Awin auf einen Baumstamm fallen. »Es ist der Krieg, Yaman«, erklärte er die Feindseligkeit seiner Männer, »aber nicht nur das. Wir wurden vor euch gewarnt.«

Awin runzelte die Stirn. Gewarnt? Das kam ihm irgendwie bekannt vor. »Suog?«, fragte er.

»Praane erzählte mir schon, dass der Geist auch seine Leute gegen euch aufhetzen wollte, und er sagt, er sei froh, dass Suog dies nicht gelungen ist.«

»Und er war auch bei euch?«, fragte Tuge besorgt.

»So ist es. Vor zwei Tagen, es war schon spät, und die meisten Männer waren schon wieder drüben in Luuta. Einer meiner Männer, Fren mit Namen, ging noch einmal zurück in den Wald, weil er seine Kappe dort vergessen hatte, da trat plötzlich der Geist aus dem Unterholz. Fren ist kein furchtsamer Mensch, aber er erschrak fast zu Tode, als ihm plötzlich der böse Geist des Grünlands entgegentrat.«

»Wie sah er aus?«, fragte Tuge.

»Er war riesig groß, halb Wolf, halb Mensch, sprach mit Donnerstimme und atmete Feuer und Rauch. So hat Fren ihn jedenfalls beschrieben, aber ich glaube, er hat übertrieben, denn er war wohl halb ohnmächtig vor Angst. Jedenfalls warnte Suog ihn vor Fremden, die durch den Wald kämen und das Ende der Welt brächten.«

»Was geschah dann?«, fragte Awin.

»Rätselhaftes, denn der Geist verwandelte sich in ein Wesen, das nun halb Wolf und halb Pferd war. Es überquerte eilig die Lichtung und verschwand hinter jenen Bäumen dort nach Norden. Dann sah ihn einer unserer Fischer. Suog sprang in den Fluss und verwandelte sich wieder. Nun war er halb Wolf, halb Flussechse, er durchquerte den Fluss und stieg, erneut verwandelt, am anderen Ufer wieder an Land. Am Tag darauf wurde er drüben im Kornland gesehen, von zwei Frauen, die im Wald unweit der Stadt Beeren sammelten. Doch mit denen sprach er nicht, denn sie versteckten sich, als sie ihn sahen.«

»Er ist weit von seinem Zuhause fort, dieser Daimon des Grünlands«, sagte Awin bedächtig.

»Er ist ein Daimon, ein böser Geist, und nur weil wir ihn vorher nie sahen, heißt es doch nicht, dass er nicht auch hier sein Unwesen trieb. Ja, es erklärt auch die Unfälle, die selbst vorsichtigen Männern immer wieder widerfahren sind. Seltsame Zeiten sind dies, in denen böse Geister und Alfskrole am hellen Tag durch unser Land wandeln. Hätte Praane nicht für euch gebürgt, wir hätten sicher auf Suogs Rat gehört.«

Bevor Awin etwas erwidern konnte, sprang Kerre auf, kletterte erstaunlich schnell über einige im Weg liegende Baumstämme und rief seinen Arbeitern wütend Anweisungen zu.

Das Floß wuchs. Einige Männer waren damit beschäftigt, weitere Stämme mit Bastseilen anzubinden, andere legten eine Schicht dünne Querhölzer aus, errichteten ein Gatter und streuten Reisig und Holzspäne, damit die Pferde guten Stand hatten. Wieder andere bauten ein lang gestrecktes Gestell, das sie mit Schilf deckten. Selbst Jeswin gab zu, dass sie beeindruckend schnell und hart arbeiteten. Dennoch war absehbar, dass sie wenigstens bis zum nächsten Tag brauchen würden, um das Floß fertig zu stellen.

Awin sah Wela etwas abseits am Ufer stehen und ging zu ihr. Sie wirkte niedergeschlagen. »Was ist mit dir, Wela Schmiedetochter?«

»Das weißt du nicht? Ich dachte, du hast deine Gabe wieder, Awin Sehersohn«, antwortete sie übellaunig.

»Und muss ich erst auf eine Reise des Geistes gehen, um zu erfahren, was dich beschäftigt?«, fragte er.

Sie seufzte. »Es ist die Stadt. Ich kann den Rauch ihrer Herdfeuer sehen, und dort drüben ragt die Spitze ihres Tempels über das Unterholz, das den Rest der Stadt vor mir verbirgt. Als Praane sagte, dass wir nach Luuta gehen, dachte ich, dass ich nun endlich eine Stadt sehen würde. Aber wieder kann ich sie nicht erreichen. Ich habe Nokke gefragt, ob er mich hinüberbringen würde, aber er hat abgelehnt. Ich hatte vergessen, dass der Bann ihm und Praane verbietet, das andere Ufer zu betreten. Allerdings hat er mir auch abgeraten. Er meinte, es könne sein, dass sie mich dort erschlagen, einfach weil ich bin, was ich bin. Sag, Awin, sind die Hakul bei all ihren Nachbarn so verhasst?«

»Sie kennen uns eben nur als die Räuber, die im Winter ihre Höfe überfallen. Mehr wissen sie nicht über uns. Aber wenn es dich tröstet, ihre Städte sind nicht sehr beeindruckend. Praane sagte mir, dass Luuta viel kleiner als Borre sei, und du hast diese Stadt ja, wenn auch nur aus der Ferne, gesehen. Ich muss dir sagen, dass die Städte der Akradhai klein und hässlich erscheinen, wenn man einmal die hohen Mauern von Serkesch gesehen hat.«

»Die Stadt, die du mir nicht beschreiben kannst oder willst, Awin?«, fragte Wela mit einem bösen Blick.

Awin öffnete den Mund, doch wie so oft fehlten ihm die richtigen Worte, wenn er mit der Schmiedin sprach. Verdrossen zog er sich ans Feuer zurück.

Kerre beschäftigte fähige Aufseher, und so fand er bald wieder etwas Zeit, sich mit den Anführern der Hakul und Ore Praane bei einem Kräutersud zusammenzusetzen. »Die Arbeit geht voran, was vielleicht auch daran liegt, dass unsere Männer euch loswerden wollen. Wir sind nicht daran gewöhnt, dass Hakul versuchen, uns zu helfen«, begann Kerre die Unterhaltung.

»Nun, im Augenblick helft ihr eher uns«, gab Awin höflich zurück.

»Wenn auch nicht völlig selbstlos«, fügte Jeswin hinzu.

Kerre nahm die kleine Spitze mit einem Lächeln und trank einen Schluck Sud aus der Holzschale.

»Ich kann euch verstehen, Meister Kerre, denn unsere Stammesbrüder ziehen wohl gerade mitten durch euer Land, und sie werden viel Schaden anrichten«, meinte Awin vorsichtig.

»*Viel* ist noch weit untertrieben, Yaman. Das Kornland hat seit Menschengedenken nicht mehr so gelitten, und noch länger ist es her, dass fremde Krieger das Land verwüsteten. Es sind viele Flüchtlinge in der Stadt. Die meisten von denen würden euch gerne tot sehen, ehrwürdiger Yaman.«

»Verzeih meine Neugier, Kerre, aber haben die Akradhai keine Krieger, die sich dem Heer entgegenstellen?«, fragte Jeswin.

Kerre nippte wieder an seiner Schale. »Oh, es gab eine Schlacht, gar nicht sehr weit von Luuta entfernt. Von Manse, unserer Hauptstadt, zog den Hakul unser Heer entgegen. Auch einige von unseren Männern rückten aus, als uns der Ruf zu den Waffen ereilte. Es sind aber nicht viele zurückgekommen. Es muss ein Gemetzel gewesen sein, denn es gelang den Hakul, den Schildwall unserer Männer zu durchbrechen. Die, die dabei waren, sprachen von einem plötzlichen Sturm, der unsere Krieger verwirrte und so heftig war, dass er so manchem Mann den großen Schild aus den Händen riss und andere gar von den Füßen hob. Dahin war die wohlgeordnete Reihe der Speere, die jeden Reiter aufgehalten hätte. Und gleich nach dem Sturm kamen die verfluch…, verzeih, es kamen die Hakul.«

»Nyet«, murmelte Tuge.

Awin lauschte. Die Reihe der Speerträger, eine Staubwolke, Hakul, die daraus hervorbrachen – er hatte dieses Bild gesehen.

Er fragte sich, ob seine Gabe ihm auch irgendwann ein Bild der Hoffnung zeigen würde.

»Nyet? Ist das einer der mächtigen Windskrole, von denen Praane mir schon berichtete?«, fragte ihn Kerre jetzt und riss ihn damit aus seinen Gedanken. »Ich würde gerne mehr über sie erfahren.«

Awin blickte hinunter zum Fluss. Kräftige Männer schoben dicke Baumstämme ins Wasser, um das Floß zu verbreitern. Wie es aussah, würden sie noch eine Weile hier festsitzen. Sie hatten also notgedrungen Zeit, um Geschichten auszutauschen. Er berichtete Kerre vom Lichtstein, von Slahan, ihren Winden und von ihrem gefährlichen Plan, das Skroltor zu öffnen.

»Ich sehe, dass eine Kariwa mit euch reitet. Gehört sie zu jenen, die über Zauberkräfte verfügen?«, fragte Kerre, als Awin zum Ende gekommen war.

Awin nickte.

»Ich traf in Karno einige dieses Volkes, was ein seltenes Vergnügen ist. Sie kommen nicht oft in unsere Städte, nur wenn sie Felle oder eiserne Werkzeuge gegen Dinge tauschen müssen, die sie im Schneeland nicht haben. Sie sind keine sehr guten Händler, aber jeder weiß, dass einige von ihnen über Zaubermacht verfügen, und niemand wagt es, sich mit ihnen anzulegen. Doch wenn es stimmt, dass die Hakul mit vier Unsterblichen in ihr Land einfallen, werden diese Zauberer es schwer haben, sie aufzuhalten. Ich habe auch noch nicht ganz verstanden, wie dir dieses Kunststück gelingen soll, Yaman Awin.«

»Es sind Hakul, und ich bin ein Yaman und Seher. Mein Wort hat Gewicht, und wenn es mir gelingt, ihnen ihre Verblendung zu offenbaren, dann werden sie Eri nicht länger folgen.«

»Ich bin sehr gespannt, ob du ein Wort findest, das so viel Macht besitzt, und wenn du es finden solltest, bitte ich dich, wiederzukommen, und mir dieses Wort zu verraten.« Es klang halb bewundernd, halb spöttisch, wie Kerre das sagte.

»Meister Kerre, diese Schlacht, wann hat die stattgefunden?«, wollte Jeswin wissen.

»Vor fünf, nein, sechs Tagen, ehrwürdiger Yaman. Doch wie gesagt, es war eher ein Gemetzel als eine Schlacht.«

Die Hakul tauschten besorgte Blicke. »Sechs Tage schon? Eri ist schnell wie der Wind«, sprach Tuge ihre Gedanken aus.

»Und Suog folgt ihm«, fügte Awin hinzu.

»Du hast ihn *gesehen*?«, fragte Jeswin beeindruckt.

Awin nickte. Er hatte diesen Daimon im Strom der Bilder gesehen, die ihn in Norgis' Hütte fortgerissen hatten. Das Bild war verschwommen. Eine Gestalt am Feuer. Halb Wolf, halb Mensch. Awin hatte eine Ahnung, dass er diesem bösen Geist noch begegnen würde.

Bis zum späten Abend arbeiteten Kerres Männer, um das Floß fertig zu stellen. Sie errichteten zwei kleine Masten, die es den Flößern erleichtern sollten, das Gefährt zu steuern, auch wenn Awin nicht verstand, wie das gehen sollte. Am nächsten Morgen sollte es losgehen. »Der ist nicht mehr fern, Hakul«, sagte der dicke Kerre lächelnd, als er Awins Ungeduld bemerkte. »Die Nacht dauert doch nur noch drei Stunden, und wenn ihr rechtzeitig ins Schneeland kommt, könnt ihr sogar einen Tag ohne Nacht erleben.«

Über der Geschäftigkeit des Tages hatte Awin beinahe vergessen, dass Praane seine Abmachung erfüllt hatte. Er war gespannt, was er nun verlangen würde. Er fand ihn am Feuer. »Du sagtest, du würdest eine weitere Forderung an uns stellen, wenn der Wald hinter uns liegt, Ore Praane«, begann er.

»Das sagte ich, doch haben wir nicht vor, euch schon zu verlassen, Yaman Awin.«

»Aber der Wald liegt hinter uns«, warf Lamban der Pferdezüchter ein, »und wir benötigen deine Dienste nun nicht mehr.«

»Nimm einfach an, Hakul, dass ich meine Gründe habe, euch noch bis nach Karno zu begleiten«, sagte Praane und stocherte im Feuer.

»Wenn du keine Belohnung dafür erwartest, soll es mir recht sein, Ore«, brummte Yaman Jeswin jetzt. »Oder ist das etwa die Forderung, die du an uns stellen wolltest – uns weiter begleiten zu dürfen?«

Praane lachte laut auf. »Ganz so billig werdet ihr nicht davonkommen, Yaman, aber glaube mir, du wirst noch dankbar sein, dass ich an deiner Seite bin.«

Jeswin sagte darauf nichts, aber er sah nicht so aus, als ob er sich das vorstellen könnte.

Awin verließ die Feuerstelle wieder, denn er hatte Merege am Waldrand entdeckt, wo sie in Betrachtung einer der großen Geisterfiguren der Akradhai versunken war. Sofort trat ihm das Bild aus seiner Reise vor Augen – Merege, die sterbend in den Schnee sank. Was sollte er nur tun? Er spürte deutlich, dass es unklug wäre, ihr das zu sagen. »Du sagtest, diese Zeichnung in deinem Gesicht, sie sei ein Sternbild?«, begann er umständlich.

Die Kariwa blickte zum Himmel. Die ersten Sterne wurden sichtbar. »Uos Sichel«, bestätigte sie. »Doch zeigt sie sich nur im Winter.«

»Winter … Sag, liegt eigentlich immer Schnee in deiner Heimat? Nennt man sie deshalb das Schneeland?«

Merege lächelte. »Nein. Der Winter ist ein ausdauernder Gast in meiner Heimat, aber irgendwann geht er doch. Es wird bald Sommer, und wenn wir das Schneeland erreichen, wirst du lange suchen müssen, um unterhalb der höchsten Berggipfel noch etwas Schnee zu finden. Warum fragst du?«

Er zuckte mit den Schultern. »Freust du dich darauf, nach Hause zu kommen, Merege?«, wich er aus.

»Ich bin nicht mehr sicher, dass es mein Zuhause noch gibt, wenn wir es erreichen, Awin. Es ist wie in einem bösen Traum. Immer ist Eri uns einen Schritt voraus. Er wird vor uns am Meer sein, und wenn wir ihn nicht bald aufhalten, wird er mit den Xaima das Skroltor aufbrechen. Dann wird nicht nur für meine Heimat das Ende kommen.«

Awin dachte an die Bilder, die ihm genau das gezeigt hatten. »Norgis sagte, die Wächter wüssten sicher längst, dass die Hakul auf dem Marsch sind.«

Merege seufzte. »Aber die Wächter sind so wenige. Um die Hakul aufzuhalten, würden sie ausreichen, wenn auch mehr durch Angst und Schrecken, die sie mit ihrer Zaubermacht verbreiten, als durch die Macht selbst, denn dazu sind die Hakul zu zahlreich. Aber jetzt, wo die Xaima dem Heer vorangehen? Ich sehe nicht, wie die Wächter das Schlimmste verhindern könnten.«

»Ich werde Senis um Hilfe bitten, wenn ich sie finden kann, Merege.«

»Du willst auf die Reise des Geistes gehen?«

Awin nickte.

»Die Nächte sind kurz, Seher«, gab Merege zu bedenken. »Glaubst du, du kannst Senis erreichen, bevor der Sonnenwagen dich verbrennt?«

»Ich muss es versuchen. Ich hoffe, ich finde auf dem Floß dazu die Gelegenheit. Hier sind einfach zu viele Akradhai.«

»Und Unsichtbare«, fügte Merege hinzu. »Sie beobachten uns.«

Awin starrte in den dunklen Wald. Er konnte dort nichts sehen. »Bist du sicher?«

»Mahuk kam vorhin aus dem Wald. Er hat dort nach Kräutern gesucht, aber wohl nur Spuren dieses Volkes gefunden. Yeku will sogar einige von ihnen gesehen haben.«

Awin lächelte. »Da ist er wohl der Einzige von uns.«

Eine Weile schwiegen sie, und Awin betrachtete die Umrisse der Ahnenstele, die schwarz in den bestirnten Himmel ragte. Er fragte sich, für wen sie errichtet worden war, aber ihn beschäftigte noch etwas anderes, etwas, das er von Norgis gehört hatte. Er wusste nur nicht, wie er Merege danach fragen konnte.

Er räusperte sich verlegen, dann sagte er: »Norgis erwähnte, dass sie die Kraft von Männern raubt, um sich selbst jung zu erhalten.«

»Es verstößt gegen das oberste Gesetz der Wächter. Sie ist verschwunden, sonst wäre sie von meinen Vorfahren hart bestraft worden. Senis hat mir von ihr erzählt. Irgendwie konnte ich mir nicht vorstellen, dass sie noch lebt.«

»Und habt ihr euch nie gefragt, was es mit der Behüterin des Femewaldes auf sich haben könnte?«

Merege schwieg eine Weile, bevor sie sagte: »Wir haben geglaubt, dass sich eine Göttin oder eine Alfholde dieser Menschen angenommen hat, denn nichts Böses drang je von hier nach außen.« Sie seufzte. »Wir fragen jedoch nie viel nach dem, was außerhalb des Schneelandes vor sich geht, Awin. Wir bewachen das Skroltor, das ist unsere Aufgabe. Alles andere kümmert uns wenig. Vielleicht war Senis der Meinung, dass sich das ändern muss. Deshalb nahm sie mich mit auf diese Reise, die doch ihre letzte sein sollte.«

»Ihr wusstet also nichts von den … Menschenopfern?«, kam Awin noch einmal auf den Ursprung seiner Frage zurück.

Merege schüttelte den Kopf, was Awin im Dunkeln mehr erahnte als sah. »Das scheint dich sehr zu beschäftigen, Seher.«

»Es ist nur, Norgis sagte, also, sie sagte, dass es beim ersten

Mal ein Unglück war – dass sie … dass sie ihren Geliebten versehentlich tötete«, stotterte er.

Die Kariwa seufzte. Dann fragte sie: »Und nun willst du wissen, ob auch ich einen Geliebten versehentlich töten könnte?«

Awin nickte und fürchtete sich vor der Antwort.

Merege schwieg wieder lange, aber gerade, als Awin dachte, er würde gar keine Antwort mehr erhalten, sagte sie leise: »Ja, Awin, dieses Unglück könnte auch mir und meinem Gefährten widerfahren.«

Awin hatte das Gefühl, in einen gähnenden Abgrund zu blicken. Er wusste nichts mehr zu sagen. Eine Weile standen sie noch stumm bei der schwarzen Ahnensäule, dann trennten sie sich, ohne ein weiteres Wort gewechselt zu haben.

In der Nacht hatte Awin wieder einen Traum. Er sah Tausende Hakul, die in einer lichtdurchfluteten Staubwolke über die Ebene zogen. Sie kamen auf ihn zu und schickten sich an, einfach über ihn hinwegzureiten. Er spürte den Boden erzittern. Awin wachte schweißgebadet auf. Die Morgendämmerung war bereits weit fortgeschritten. Axtschläge zeigten, dass die Akradhai schon wieder an der Arbeit waren.

»Böse Träume?«, fragte Mahuk Raschtar, der neben Awin saß.

Awin setzte sich auf und nickte. Nur ein Traum. Er schüttelte sich, aber so schnell wollte die Beklemmung nicht weichen. Wochenlang hatte er Tengwil um Träume gebeten, nun hatte sie seine Bitte erhört. Er brauchte kaltes Wasser. Er stand auf, lief hinunter zum Fluss und wusch sich umständlich. Danach fühlte er sich etwas besser. Er war froh, dass sie viel zu tun hatten. Die Akradhai hatten das Floß vollendet, und nun mussten sie die Pferde auf das Gefährt führen. Der schwankende Boden unter ihren Hufen beunruhigte die

Tiere, aber Merege sprach ihnen gut zu, und schließlich ließen sie sich ins Gatter bringen. Gegen einen weiteren halben Barren Bronze waren die Akradhai sogar bereit, den Hakul frisch geschnittenes Futtergras zu überlassen, etwas, woran sie einfach nicht gedacht hatten.

»Ich danke dir für deine Großzügigkeit, Yaman Jeswin«, sagte Awin, als der Yaman des Roten Wassers den halbierten Barren an den lächelnden Kerre übergeben hatte.

»Du musst mir nicht danken, denn ich bin sicher, dass du mir den Schaden ersetzt, Yaman Awin«, antwortete Jeswin grimmig.

»Natürlich«, murmelte Awin, dem klar war, dass er das gar nicht konnte.

Er sprach mit Tuge darüber, als der im Fluss stand und sich die Rippen mit Wasser kühlte. Fast die Hälfte seines Brustkorbs war blau und rot verfärbt. »Solche Verpflichtungen sollten nun wirklich deine geringste Sorge sein«, sagte der Bogner fröhlich. »Wenn du Glück hast, überleben wir dieses Abenteuer gar nicht, dann bist du die Schulden auf einen Schlag los.«

»Das ist ein Trost, Tuge«, murmelte Awin. »Warum so gute Laune?«

»Die Schmerzen lassen nach, und ich habe zum ersten Mal wieder gut und ruhig geschlafen, was man wohl nicht von jedem in deinem Sger behaupten kann.«

»Du sprichst von Karak?«

»Ich spreche von dir, Yaman Awin. Oder glaubst du, so etwas bleibt unbemerkt?«, sagte der Bogner, der wieder ernst geworden war. »Du bist ein Seher, und du hattest einen Traum, wie ich vermute. Es scheint ein Albdruck gewesen zu sein, nach allem, was ich hörte. Und nun machen sich die Männer Sorgen, denn sie fürchten, dass der Traum ein böses Vorzeichen für unseren Sger ist.«

»Nein, Tuge, du kannst sie beruhigen. Er betraf mich, soweit ich das sagen kann, denn er war unklar.«

Mit den ersten Sonnenstrahlen legten sie ab. Zwölf Flößer steuerten das breite und plumpe Gefährt. Sie stießen es mit langen Stangen vom Ufer ab, stakten hinaus in die Mitte des Flusses und übergaben es der Strömung. Rasch nahm es Fahrt auf.

»Es schwimmt schneller, als ich dachte«, stellte Tuge halb überrascht, halb beunruhigt fest.

Awin blickte zurück. Die ganze Stadt schien sich am Fluss versammelt zu haben. Sie sahen ihnen nach, und Awin entdeckte Rauch, der aus Opfergefäßen aufstieg.

»Wem opfern sie?«, fragte er Praane.

»Jurma, dass sie uns sicher ans Ziel bringe, aber auch Strydh, dem Gott des Krieges, auf dass er uns verschone, denn, falls du es vergessen haben solltest – unser Ziel ist Karno. Und diese Stadt liegt auf dem Weg der Hakul, falls sie weiter ins Schneeland wollen.«

Awin hatte es nicht vergessen. Er fragte den Floßmeister, einen schweigsamen Mann namens Pallwe, wie lange ihre Fahrt dauern würde.

»Solange, wie es Jurma gefällt«, lautete die schlichte Antwort.

Nokke, der zugehört hatte, grinste breit und erklärte: »Dreieinhalb Tage, wenn alles gut geht, aber die Flößer wollen Jurma nicht herausfordern und es etwa wagen, ihr vorzuschreiben, wie schnell sie zu fließen hat.«

Awin blickte zweifelnd ins tiefe Wasser. Er fühlte sich nicht wohl auf dem schwankenden Floß.

Nokke verstand seinen besorgten Blick falsch und sagte: »Wir haben Glück, denn es hat viel geregnet in den letzten

Wochen, und sie führt viel Wasser. Außerdem ist es lange hell, und wir können beinahe die ganze Nacht durchfahren.«

»Du scheinst dich gut auf dem Fluss auszukennen, Nokke.«

Der Akradhai seufzte. »Mein Vater nahm mich drei Mal mit, bevor ich das Kornland verlassen musste.«

Die Hakul sammelten sich unter dem schilfgedeckten Verschlag in der Mitte des Floßes. Zunächst fanden vor allem die jungen Krieger diese neue Erfahrung aufregend, aber bald stellte sich Langeweile ein. Das Floß trieb dahin, und die Flößer hatten nur gelegentlich damit zu tun, es in der Mitte des Flusses zu halten.

»Karno, was ist das für eine Stadt, Praane?«, fragte Wela irgendwann.

»Es ist eine Stadt der Fischer, die mit großen Booten das Eismeer befahren. Auch Händler kommen dorthin, und die Menschen, die den Sommer über an der Küste wohnen, bringen Muscheln und Bernstein auf den Markt.«

»So liegt die Stadt gar nicht am Meer?«

»Sie liegt ein Stück flussaufwärts an der Jurma, denn das Eismeer wird im Winter von schweren Stürmen gepeitscht, die das Land überschwemmen und verheeren.«

»Aber du sagtest, es leben Menschen dort an der Küste.«

»Nur im Sommer, aber auch dann können sie einer plötzlichen Flut zum Opfer fallen.«

Awin hörte zu, denn Wela stellte die Fragen, die er eigentlich hätte stellen müssen. »Und wie sieht sie aus, diese Stadt?«, fragte die Schmiedin.

»Oh, es gibt den Hafen, Märkte, viele kleine Hütten, und es riecht immer nach Fisch. Sie ist nicht sehr schön, fürchte ich.«

»Sag, Ore Praane, eines verstehe ich nicht«, mischte sich jetzt Tuge ein. »Du sagtest, dass du das Kornland vor Ablauf einer bestimmten Zeit nicht betreten darfst. Schließt das Karno nicht mit ein?«

»Ich habe nicht gesagt, dass ich die Stadt betreten werde, Meister Tuge. Und auch ihr solltet das vielleicht besser nicht tun. Ihr seid Hakul und werdet womöglich als Feinde angesehen. Pallwe kann uns auf der anderen Seite des Flusses absetzen, im Marschland, denn der Weg ins Schneeland führt durch die Salzmarsch. Es wäre besser, Karno zu meiden.«

»Vielleicht haben wir aber auch Glück, und Eri hat die Stadt genommen«, mischte sich Lamban ein und warf damit einen Schatten auf die Unterhaltung, der zu ihrem Ende führte.

Die Hakul begannen, sich auf dem Floß einzurichten. Nach den langen und ermüdenden Ritten und Märschen der vergangenen Tage lagen die meisten träge im Schatten und verdösten den Tag. Nur Awin fühlte eine seltsame Unruhe. Er musste immer wieder an seinen Traum zurückdenken, und auch das Gespräch mit Merege vom Vorabend ging ihm nicht aus dem Sinn. Sie konnte ihre Geliebten töten, noch dazu, ohne es zu wollen – das war etwas, was er verdauen musste. Er hatte noch viele Fragen, aber er hob sie für später auf. Merege saß auf einem der äußersten Baumstämme und ließ die Beine im Wasser baumeln. Offenbar hatte sie weit weniger Angst vor dem unberechenbaren Strom als die Hakul. Er dachte auch über das nach, was Praane über die Stadt gesagt hatte.

»Sag, Praane, diese Fischer, sie befahren das offene Meer?«, fragte er schließlich.

»So ist es, Yaman Awin. Aber meist halten sie sich in Sichtweite des Landes, denn das Eismeer ist rau und hat schon so manches Boot verschlungen. Warum fragst du?«

Aber Awin gab nur eine ausweichende Antwort. Ein Plan reifte in ihm, aber noch war er nicht sicher, ob er durchführbar war. Sie glitten über den Strom, nicht sehr schnell, aber ohne zu rasten – was, wenn sie den Weg ins Schneeland auf gleiche Weise zurücklegen würden? Nicht auf einem Floß, das war ihm klar – aber wenn es in Karno Boote gab? So konnten sie das Heer vielleicht überholen. Noch wollte er nicht mit Jeswin oder Tuge darüber sprechen. Er sah den beiden Männern an, dass sie sich auf dem Wasser unwohl fühlten, aber er hoffte, dass sie nach drei Tagen bequemer und schneller Reise ihre Abneigung überwunden haben würden. Erst dann würde er mit seinem Vorschlag herausrücken. Er fragte sich, ob die Boote groß genug waren, auch Pferde aufzunehmen.

Diese Gedanken beschäftigten Awin eine Weile, aber irgendwann schlief er ein. Ein seltsamer Traum kam zu ihm. Er stand auf einem staubigen Platz und sprach mit einer Frau, die er nicht recht erkennen konnte. Eine Feder wehte über den Platz. Plötzlich entlud sich über ihm ein Unwetter, und schwerer Hagel prasselte auf ihn nieder. Awin schreckte hoch. Er brauchte eine Weile, um zu begreifen, wo er war. Immer noch glitten sie ruhig über die Jurma, und über ihnen breitete sich ein wolkenloser Frühsommerhimmel aus. Es war später Nachmittag. Der Traum war ein böses Vorzeichen. Wieder einmal. Curru hätte sicher etwas darüber zu sagen gewusst. Hagel und Feder? Awin schüttelte sich, um die Beklemmung loszuwerden. Das war sicher eine Warnung, aber was bedeutete sie? Er hatte in den langen Wochen seiner Blindheit fast vergessen, wie schwierig Träume manchmal zu deuten waren, und wie bedrückend sie sein konnten.

Tuge nickte ihm zu. Er wirkte beunruhigt. »Du kannst mich misstrauisch nennen, Awin, aber ich finde, das geht zu glatt.«

Awin stand auf und sah sich um. Aus einem unbestimmbaren Grund teilte er die Einschätzung des Bogners. Auf der Westseite des Flusses verschwand der Wald, und ödes, sumpfiges Heckenland erstreckte sich in unübersehbare Ferne. Auf der Ostseite zeigten sich kleine Hügel, dazwischen Wälder und Felder. Awin entdeckte auch einzelne Gehöfte. Der Krieg schien sich ein Stück vom Fluss entfernt gehalten zu haben, denn die Höfe und Siedlungen wirkten unversehrt.

Von Pallwe erfuhr Awin, dass er vorhatte, bei Einbruch der Nacht anzulegen. »Stromschnellen«, sagte der Floßmeister nur, als Awin nach dem Grund dafür fragte. Wieder erläuterte Nokke, was Pallwe damit meinte: »Bald erreichen wir ein Dorf. Es liegt etwas oberhalb der Stromschnellen, die er meint. Sie sind tückisch, und er will nicht wagen, sie in der Nacht zu überqueren, Yaman. Er würde wohl im Dorf Halt machen, doch fürchtet er, dass er nicht willkommen ist, wenn er euch als ungeladene Gäste mitbringt. Also werden wir ein gutes Stück unterhalb des Dorfes für die Nachtstunden anlegen.«

Der Abend war schon weit fortgeschritten, als sie endlich besagtes Dorf erreichten. Es wirkte friedlich, aber Awins Unruhe, die den ganzen Tag über nicht von ihm gewichen war, wuchs schlagartig an. Er konnte riechen, dass etwas nicht stimmte.

»Kein Rauch«, sagte Mahuk plötzlich. Der Ussar hatte sich den ganzen Tag über unter dem Strohdach aufgehalten. Ihn schien die Fahrt auf dem Fluss noch viel mehr zu beunruhigen als die Hakul. Jetzt fiel auch Awin auf, dass aus keiner der kleinen Hütten eine Rauchfahne aufstieg. Das war es, was ihn gestört hatte. Das Dorf lag da wie ausgestorben. Die Hakul wurden aufmerksam, und die Akradhai tauschten besorgte Blicke. Pallwe gab Anweisungen, und seine Knechte begannen, das Floß näher ans Ufer zu bringen.

»Was hat das zu bedeuten, Meister Pallwe?«, rief Jeswin.

»Nachsehen«, lautete die einsilbige Antwort.

Sie glitten näher ans Ufer. Einige Schilfboote waren dort

hinaufgezogen worden. Dann rief Dare, dass jemand dort war. Jetzt entdeckte auch Awin die einsame Gestalt. Sie stand nahe der Uferböschung zwischen den Booten. Er sah noch einmal hin. Ein zerrissener grauer Umhang, geschmückt mit bunten Tüchern und Federn, verhüllte eine hochgewachsene, stolze Gestalt.

Tuge neben ihm fluchte und rief: »Wo kommt die denn her?«

Awin hielt das für eine sehr berechtigte Frage, denn dort, inmitten des verlassenen Dorfes, stand Isparra und schien auf sie zu warten.

»Um Marekets willen! Bleib auf dem Fluss, Pallwe!«, rief Tuge.

»Isparra, Isparra!«, murmelten die Hakul aufgeregt. Die meisten von ihnen hatten sie bei Borre nur aus großer Entfernung gesehen. Nun stand sie keinen Steinwurf von ihnen entfernt am Ufer und ließ sie ohne Regung näher kommen.

Awin zögerte. Die Windskrole schien auf sie zu warten. Das hatte etwas zu bedeuten. Das Floß glitt schon an Isparra vorbei. Pallwe schien dem Rat des Bogners folgen zu wollen. Aber Awin hielt das für falsch. »Ans Ufer, Pallwe, ans Ufer!«, rief er laut.

Die Hakul verstummten, die Flößer zögerten, aber dann nickte Pallwe, und sie stemmten sich mit ihren langen Stangen ächzend gegen die Strömung. Schließlich schob sich das Floß knirschend ans Ufer.

»Kümmert euch um die Pferde«, rief Jeswin, und das war angebracht, denn die harte Anlandung hatte die Tiere erschreckt, und das Gatter wankte bedenklich. Mit großen Augen starrten Akradhai und Hakul gemeinsam auf die Windskrole, die immer noch dort stand, wo sie sie zuerst gesehen hatten. Ihr grauer Mantel hing in Fetzen, und der seltsame

Schmuck, den sie daran befestigt hatte, hob sich von den Lumpen ab, aber immer noch wirkte sie stolz und schön.

»Ich grüße euch, tapfere Reiter«, flüsterte sie, und obwohl Awin schon wusste, dass Isparra zu jedem von ihnen sprechen konnte, ohne die Stimme zu erheben, jagte es ihm wieder einen Schauer über den Rücken. Er sprang an Land. Merege folgte ihm, und auch Jeswin schloss sich ihnen zögernd an. Isparra machte keine Anstalten, ihnen entgegenzugehen. *Das ist vielleicht auch besser, bevor die Pferde oder die Männer Reißaus nehmen*, dachte Awin.

»Bleibt ruhig, ihr Männer!«, rief er laut, um die Krieger und Flößer zu beruhigen.

»Bei Hirth!«, rief Praane und sprang an Land.

Awin sah ihm an, wie viel Mut er dazu aufbringen musste. Zu viert gingen sie der Unsterblichen entgegen.

»Ich hörte, dass ihr auf dem Fluss seid«, flüsterte der Wind. Praane stöhnte. Für ihn war es das erste Mal, dass er Isparras Stimme hörte.

»Und du hast auf uns gewartet?«, fragte Awin.

»Ist das nicht offensichtlich, junger Seher?«

Awin nickte grimmig. Immer noch wich sie Fragen aus. »Ich nehme an, du erwartest unsere Hilfe«, sagte er. Sie waren inzwischen nah genug, um mit ihr zu reden, aber Isparra flüsterte weiter.

»Ich erwarte, dass ihr klug seid«, hauchte es.

»Yeku sagt, wenn Hakul klug wären, hätten sie nicht gehalten«, sagte Mahuk Raschtar, der ihnen unbemerkt gefolgt war.

Isparras Augen verengten sich. »Ich höre ihn. Schon seine Stimme klingt nach Lüge. Er soll mich nicht reizen.«

»Was also führt dich hierher, ehrwürdige Isparra?«, fragte Awin vorsichtig. Immer noch war er sicher, dass sie etwas vor ihm verbarg, etwas, das er unbedingt in Erfahrung bringen musste. Er betrachtete sie verstohlen. In ihr Gesicht hatte sich ein Zug von Müdigkeit eingegraben. Müdigkeit? Bei einer Unsterblichen?

»Dieses Gefährt. Ich will es nutzen«, sagte Isparra.

»Du willst uns begleiten?«, fragte Awin. Er wollte sie hinhalten, bis er mehr wusste.

Isparra musterte ihn, als sähe sie ihn zum ersten Mal, dann sagte sie: »Ich spüre eine Veränderung. Deine Gabe, sie ist zurückgekehrt.«

Awin nickte.

»Weißt du, was mit den Leuten hier geschehen ist, ehrwürdige Isparra?«, fragte Merege plötzlich.

Isparra sah sie kalt an. »Sie waren schon fort, als ich diesen Ort betrat. Vielleicht sahen sie mich kommen, vielleicht flohen sie vor den Reitern.«

»Das Heer – ist es in der Nähe?«, fragte Awin. Er hatte eigentlich erwartet, dass Eri ihm immer noch Tage voraus war. Sollte er unerwartet aufgehalten worden sein? Doch Isparra zerstörte seine aufkeimende Hoffnung: »Nein, aber Scharen von Reitern ziehen umher. Zahlreich genug, dass die Bauern hier sie fürchten. Ich traf einige von ihnen und nahm ihnen ein Pferd ab, doch weigerte es sich, mich zu tragen. Dieses Floß aber wird mich tragen.«

»Ich weiß nicht, ob unsere Krieger deine Nähe aushalten, ehrwürdige Isparra«, sagte Awin vorsichtig.

»Sie werden es lernen – oder hierbleiben«, lautete die gleichmütige Antwort.

Jeswin schnappte nach Luft. »Wer bist du, dass du …«, begann er. Ein scharfer Windstoß fegte über den Platz. Jeswins Stimme verebbte. Er hatte wohl kurz vergessen, mit wem er es zu tun hatte, und jetzt fiel es ihm wieder ein.

»Ich bin Isparra die Zerstörerin, eine Gefährtin der Göttin Xlifara Slahan! Stell dich mir nicht in den Weg, Sterblicher!«, hauchte sie, und Awin fröstelte von der Kälte in ihrer Stimme.

»Und wirst du uns helfen, wenn wir dir helfen, Isparra?«, fragte Awin.

»Ich werde euch nicht töten«, sagte die Unsterbliche gleichmütig.

»Sicher nicht«, entgegnete Awin, der sich nicht einschüchtern lassen wollte. »Denn wer sollte dieses Gefährt lenken, wenn du uns getötet hast?«

Isparra zischte: »Was willst du, Seher?«

»Ich will wissen, was du vor uns verbirgst, Isparra, denn jetzt, da meine Gabe zurückgekehrt ist, sehe ich umso klarer, dass du etwas verheimlichst.«

Isparra zischte wieder: »Willst du wirklich die Geheimnisse der Unsterblichen erfahren, Seher? Fürchtest du nicht, dass es zu viel für deinen armseligen menschlichen Geist sein könnte?«

»Ich fürchte mich nicht«, erklärte Awin schlicht. Er spürte, dass die Windskrole ihm auswich, und sie glich dabei einem in die Enge getriebenen Tier. Sie musste verzweifelt sein.

»Ich werde deine Fragen beantworten, Sterblicher, doch nicht in Gegenwart der vielen anderen. Auf der Ebene der Götter kannst du mich treffen. Wenn deine Gabe dir wirklich wieder gehorcht, sollte es deinem Geist möglich sein, mir dorthin zu folgen.«

»Warum diese Umstände?«, fragte Awin. Eine Reise des Geistes erforderte eine zeitraubende Vorbereitung, und Zeit war etwas, das sie kaum hatten.

»Dort oder nirgendwo, Seher«, sagte Isparra, und der Stolz kehrte in ihre Augen zurück.

Awin nickte. Dann musste es eben sein.

»Auf ein Wort unter vier Augen, Awin«, sagte Jeswin jetzt und winkte ihn beiseite.

»Es ist sinnlos zu flüstern, Yaman«, erklärte Awin, der dem Wink dennoch gefolgt war. »Isparra kann jedes Wort hören, das wir sprechen.«

Jeswin nickte düster. »Ein Grund mehr, der Windskr… der Windholden die Gefälligkeit zu verweigern, um die sie uns bittet.«

»Sie hat Antworten auf wichtige Fragen, Jeswin«, erwiderte Awin.

»Aber wir wissen doch alles, was wir wissen müssen. Eri zieht mit dem Heer nach Norden und will für die Xaima das Schwarze Skroltor öffnen. Außerdem ist sie doch selbst eine Xaima. Wie kannst du ihr nur vertrauen?«

Awin fragte sich, ob Jeswin wirklich klar war, dass Isparra jedes seiner geflüsterten Worte verstehen konnte, und antwortete: »Ich bin ein Seher, vergiss das nicht. Ich werde erkennen, ob sie mich täuscht.«

»Ich bin eine Unsterbliche, warum sollte ich euch armselige Geschöpfe belügen?«, hauchte es.

Jeswin erbleichte. Awin seufzte und sagte: »Dennoch müssen diese Geschöpfe sich beraten, Isparra, denn das ist nicht mein Floß, und ich kann nicht alleine entscheiden, was geschieht.«

»Dann beeilt euch. Die Nächte sind kurz, und ihr Seher braucht stets viel zu lange, um die Ebene der Götter zu erreichen.«

Awin berief eine Versammlung am Ufer ein und versuchte, Pallwe, Praane und Jeswin davon zu überzeugen, dass es besser wäre, die Unsterbliche mitzunehmen. »Sie kann eine Verbündete sein, oder eine Feindin. Ich denke, als Verbündete ist sie uns allen lieber«, schloss er.

»Ist sie *dir* lieber«, berichtigte Wela.

»Sie könnte auch gar nichts sein – ich meine, sie könnte sich fern von uns halten«, murmelte Jeswin.

»Ich fürchte die Götter und ihre Diener«, sagte Pallwe.

»Was meinst du damit?«, fragte Awin, da der Floßmeister nicht fortfuhr.

»Wir Sterblichen haben sie zu achten. Doch diese Windholde hat sich gegen die Götter gestellt, wenn stimmt, was der junge Krieger aus deiner Sippe mir von deiner Geliebten berichtet hat.«

Awins Augen suchten den jungen Mabak. Seine Geliebte? Warum hatte er dem Floßmeister ausgerechnet *das* erzählt?

»So bist du also auch dagegen, sie mitzunehmen?«, fragte Jeswin.

Der Flößer zögerte, dann sagte er: »Ich bin dagegen, sie zu beleidigen.«

»Es wird dunkel«, warf Mahuk plötzlich ein und fügte hinzu: »Das Ritual. Die Nacht ist kurz.«

Awin stand auf. »Der Raschtar hat Recht. Ich sollte mich auf die Reise begeben. Dann werde ich wissen, was ihre Geheimnisse wert sind.«

»Ich habe Zweifel, dass das weise ist, Yaman Awin«, erklärte Jeswin ruhig. Aber er nahm hin, dass die Entscheidung gefallen war. Wela sah aus, als wolle sie noch etwas sagen, dann schüttelte sie nur den Kopf und schwieg.

Während sich die Flößer mit Ausnahme von Pallwe weigerten, ihr Gefährt zu verlassen, waren die Hakul inzwischen an Land ausgeschwärmt. Sie schlugen einen weiten Bogen um Isparra, die einsam und stolz am Ufer stand, aber dennoch hatte Awin den Eindruck, dass sie ihre Scheu erstaunlich schnell überwunden hatten.

»Mabak«, sagte Tuge nur, als er ihn darauf ansprach. »Er hat den Roten Hakul schon viel über die Windholde erzählen können. Vielleicht vertrauen sie aber auch darauf, dass sie den treuen Gefährten ihres Geliebten nichts tun wird«, fügte er grinsend hinzu.

Awin seufzte. Diese Geschichte würde er wohl nicht so schnell loswerden. »Hilf mir lieber, eine geeignete Stelle für das Ritual zu suchen, Tuge«, erwiderte er.

»Eine Hütte vielleicht?«, schlug der Bogner vor.

»Nur, wenn sie kein Dach hat«, sagte Awin.

»Das ist nur Schilf. Es sollte nicht schwierig sein, es zu entfernen. Oder ist dein Gemüt inzwischen schon zu zart, um den Dorfbewohnern dieses Opfer abzuverlangen?«

Awin runzelte die Stirn. Was sollte nun das wieder bedeuten? Tuge bemerkte den ernsten Blick und sagte: »Verzeih einem alten Hakul, Yaman, aber es juckt mich einfach in den Fingern, wenn ich diese verlassenen Hütten sehe. Selten war es so leicht, Beute zu machen.«

»Und die willst du dann auf unser Floß laden und später ins Schneeland schleppen?«, fragte Awin ruhig.

»Nein … ich meine, es ist nur, seit Wochen verfolgen wir Eri, und wir verbünden uns mit Menschen, die eigentlich unsere Feinde sein sollten, wenn du verstehst, was ich meine.«

Awin bedachte seine nächsten Worte genau. Tuge war sonst nicht der Mann, der seinen Yaman in Frage stellte. Er konnte jedoch nicht zulassen, dass auch nur einer seiner Gefährten im Sger an ihm zweifelte. Also sagte er: »Nein, Tuge, ich verstehe dich nicht. Wir haben eine Aufgabe, größer und schwerer als je ein Hakul vor uns, und das Einzige, was du dabei vielleicht gewinnen kannst, ist etwas Ruhm. Wenn du plündern willst, wenn du auf Eisen und Bronze aus bist, dann solltest du umkehren.«

Tuge starrte ihn erschrocken an. »Aber so war das nicht gemeint, Awin«, stammelte er.

»Ich weiß, Tuge. Also nimm dir ein paar Krieger, such eine Hütte, und wenn es sein muss, reißt ihr das Dach herunter. Doch macht schnell, denn die Nacht ist wirklich sehr kurz.«

Wenig später sah Awin, wie Tuge mit Limdin, Karak und Mabak eine armselige Kate von ihrem Dach befreiten. Isparra stand immer noch zwischen den Schilfbooten am Ufer. Merege war bei ihr. Es sah jedoch nicht so aus, als würden die beiden miteinander reden.

Mahuk näherte sich Awin. »Kräuter. Vielleicht hilfreich«, sagte er.

Awin blickte auf die ausgestreckte Hand des Raschtar, in der sich einige zerrupfte Blätter verloren.

»Sind es andere als in Pursu?«, fragte er.

»Anderer Wald, andere Kräuter. Aber Yeku sagt, sie sind besser. Stärker. Vielleicht gefährlicher.«

»Ich hoffe, ich kann die Reise ohne die Hilfe dieser Kräuter antreten, ehrwürdiger Raschtar«, sagte Awin höflich.

Mahuk kratzte sich am schwarzen Bart. »Du musst schnell sein. Die Nächte werden immer kürzer.«

Awin nickte. Vielleicht erklärte das die Unruhe, die er empfand. Er musste die Reise vor dem Morgen beendet haben. Er blickte sich um. Die Hakul hatten Fackeln entzündet und durchwühlten die Hütten. Vermutlich suchten sie jetzt doch nach Essbarem, um ihre Vorräte aufzufüllen. Praane stand mit Nokke und Pallwe am Ufer. Sie besprachen sich leise, und Awin konnte erkennen, dass Pallwe nicht gefiel, was er sah. Der Mann hatte Recht. Sie waren Gast der Akradhai, sie hatten nicht die Erlaubnis, hier etwas fortzunehmen. War das so schwer zu verstehen? Er würde Jeswin gleich sagen, dass er seine Leute zurückrufen musste. Aber nun war er für einen Augenblick allein, und das war gut, denn er musste sich auf das Ritual einstellen. In einer Böe wirbelte eine Feder von Isparras Gewand über den Platz. Ein Schauer rann ihm den Rücken hinunter. Er hatte genau dieses Bild in seinem Traum gesehen! Er blickte zum Himmel. Die ersten Sterne zeigten sich, aber nicht eine Wolke deutete auf den Hagel hin, den er gesehen hatte. Das Dorf lag friedlich und still. Außer den Hakul war nichts zu sehen oder zu hören. Selbst die Vögel waren verstummt. Dann sah er Isparra, die mit gemessenen Schritten zum Floß lief. Sie warf einen verstohlenen Blick in die Dunkelheit jenseits der Fackeln. Jetzt begriff Awin, was der Traum ihm hatte sagen wollen: »Tuge! Das Horn, wir werden angegriffen!«, rief er laut.

Tuge sah ihn an, als hätte er nicht richtig gehört. Die Hakul kamen aus den Hütten heraus und starrten in die Dunkelheit, die das Dorf umgab.

»Die Dorfbewohner, sie kommen zurück!«, rief Awin, da die Hakul nicht zu verstehen schienen. Ein Sausen warnte ihn, und er rannte los. Die ersten Pfeile bohrten sich in den Boden.

»Auf das Floß, auf das Floß!«, brüllte Jeswin, und Tuge blies sein Jagdhorn.

Die Flößer waren behände. Sie begannen schon, das schwere Gefährt vom Ufer abzustoßen. Awin rannte. Er sprang an Bord, und Pfeile schlugen neben ihm ins Holz. Mabak tauchte auf und schoss Pfeile in die Finsternis. Jetzt kamen auch die Hakul aus den Hütten gerannt. Pallwe schien nicht auf sie warten zu wollen. Merege zerrte Karak an Bord. Tuge und Limdin waren jetzt mit den anderen Hakul am Ufer angelangt. Sie wurden langsamer.

»Es ist nicht tief!«, rief Awin ihnen zu. Die Hakul sprangen ins flache Wasser, rannten, stolperten und kletterten fluchend und durchnässt an Bord des Floßes. Jemand schrie auf. Jetzt zeigten sich die Angreifer im Licht jener Fackeln, die die Hakul am Ufer fallen gelassen hatten. Sie schrien, jubelten und schossen immer noch Pfeile auf das Floß ab. Der eine oder andere schlug in die Stämme ein, aber die meisten gingen zu kurz. Awin fiel Mabak in den Arm. »Warum schießt ihr auf diese Menschen, die nur ihr Dorf verteidigen? Spart eure Pfeile lieber für den Tag, da wir Eri gegenübertreten.«

Nicht alle Hakul hatten ihn gehört, und Awin sah am Ufer einen Akradhai zu Boden stürzen. »Habt ihr nicht verstanden?«, rief Jeswin laut. »Verschwendet eure Pfeile nicht an diese Bauern!«

Murrend senkten die Krieger ihre Bögen. Awin nickte dem Yaman dankbar zu.

»Es ist nur, wie du sagtest – es wäre Verschwendung, Yaman Awin«, meinte Jeswin knapp.

Die Flößer brachten das Floß in die Strömung und dann nah ans andere Ufer.

»Haben wir Verluste erlitten?«, fragte Awin.

Sie hatten, wie durch ein Wunder, keine Toten zu beklagen. Drei der Roten Hakul waren pfeilwund, doch Wela und Mahuk Raschtar untersuchten die Wunden im Licht der Fackeln und waren dann zuversichtlich, dass sie keinen Mann verlieren würden. »Ihre Pfeile sind wirklich schlecht, wie Tuge gesagt hat«, urteilte Wela. »Sie haben weder Widerhaken, noch sind sie besonders scharf oder spitz. Und Mahuk sagt, er kennt einen Pilz, der den Wundbrand verhindern kann. Wir hatten Glück.«

»Wir hatten einen Seher«, berichtigte Tuge.

»Das ist wahr«, pflichtete ihm Jeswin jetzt bei. »Hättest du uns nicht gewarnt, wären wir wohl nicht so glimpflich davongekommen. Aber war das nicht ein seltsamer Überfall? Ich meine, warum greifen sie uns erst nach Stunden an? Und warum uns? Sie hatten das Dorf schon verlassen, lange bevor wir dort ankamen, oder hat einer von euch dort noch warme Herdglut gefunden?«

Awin kam nicht umhin, dem Yaman Recht zu geben. Es war merkwürdig. Er war auch nicht der Einzige, der diesen Angriff vorhergesehen hatte. Isparra stand weit vorne auf dem Floß, ganz allein, denn die Flößer und Krieger achteten auf Abstand.

Awin ging zu ihr. »Warum hast du uns nicht gewarnt?«, fragte er schlicht.

Sie blickte hinaus auf den schwarzen Strom. »Euer Streit mit diesen Menschen geht mich nichts an, und ich habe nicht bedacht, wie zerbrechlich eure sterblichen Hüllen sind.«

»Und doch hast du dich zu uns aufs Floß geflüchtet, Isparra.«

»Ihr hättet mich in eurer Angst sicher nicht gebeten, euch zu begleiten.«

Awin unterdrückte ein Seufzen. Sie wich ihm aus, wie stets. »Du hast gesagt, du würdest mir meine Fragen nur auf der Ebene der Götter beantworten. Doch hier sind wir ungestört, ehrwürdige Isparra, und meine Männer sind mit der Versorgung ihrer Wunden beschäftigt.«

»Und doch gibt es einen, der uns zuhört, und deshalb werde ich schweigen.«

Wenn er ihren Blick im ungewissen Licht der Fackeln richtig deutete, traf er den Raschtar, und Awin begriff, dass sie Yeku meinte.

»Ich kann aber die Reise nicht antreten, solange wir auf dem Floß sind, Isparra, denn ich brauche festen Grund für dieses Ritual.«

»Ich kann nichts dafür, dass deine Gabe so unzuverlässig und schwach ist, Seher. Also richte deine Vorwürfe nicht an mich.« Dann wandte sie sich ab, wohl um zu zeigen, dass sie das Gespräch für beendet hielt.

Awin entdeckte Bewegungen am Ufer, ungewiss in der Dunkelheit, aber es schien, als würden die Dorfbewohner dem Floß folgen.

Er ging zu Pallwe, der von Flößer zu Flößer wanderte, halblaut mit den Männern sprach und sie zu ermutigen schien. »Wie geht es jetzt weiter, Meister Pallwe?«, fragte er.

»Die Stromschnellen. Gefährlich in der Nacht.«

»Und willst du nicht anlegen? Am anderen Ufer vielleicht?«

Pallwe schüttelte den Kopf. »Noch gefährlicher. Böse Menschen hausen dort.« Damit ließ er Awin stehen, um mit dem nächsten seiner Männer zu sprechen.

»Was hat er gesagt?«, fragte Nokke, der herangehumpelt kam.

»Dass er nicht anlegen will und wir die Stromschnellen überqueren werden. Bist du verletzt?«

»Beim Sprung habe ich mir den Knöchel verstaucht, es ist nichts. Er will bei Nacht über die Stromschnellen?«

»Das hat er gesagt. Ist das denn sehr gefährlich?«

»Das kommt darauf an. Die Jurma führt viel Wasser, das ist vielleicht gut, vielleicht aber auch nicht. Ein Boot käme leicht zwischen den Untiefen und den verborgenen Steinen hinüber, doch mit einem so großen Floß ist das eine andere Sache. Die Jurma spielt nämlich gerne mit Inseln und großen Felsen, die sie in ihr Bett setzt, fortspült und an anderer Stelle wieder aufstellt. Und bei Nacht …«

»Also sollten wir doch landen?«, fragte Awin.

Aber Nokke verneinte das: »Pallwe hat schon Recht. Die Dörfler verfolgen uns, und auf der anderen Seite wohnen Ausgestoßene, die noch weit gefährlicher sind als diese friedliebenden Bauern.«

»Dann sag Pallwe, dass meine Krieger seinen Leuten helfen

werden, wenn sie können, und geh zu Wela oder Mahuk und lass sie nach deiner Verletzung sehen.«

»Ich danke dir für das Angebot, für beide Angebote, aber ich habe schon mit dem Raschtar gesprochen, und er meinte, ich hätte nicht das Recht zu klagen. Mit Pallwe werde ich nun sprechen. Ich zweifle jedoch, dass er euch viel zutraut, was das Flößen angeht.« Und damit humpelte Nokke davon.

Kurz darauf kam er zurück. »Pallwe meint, deine Krieger sollten sich um die Pferde kümmern und sie nur ja gut festhalten, denn der Ritt auf dem Fluss könnte nun wild und rau werden.«

Schon jetzt spürte Awin, dass das Floß schneller wurde, die Stromschnellen konnten nicht mehr weit sein. Yaman Jeswin schickte darauf die Krieger ans Gatter. Awin ging zu Merege, um sie um Hilfe zu bitten.

»Erwartest du, dass ich den Flößern mehr Licht biete, als es diese Fackeln könnten?«, fragte sie.

»Nein, aber ich weiß, dass du dich besser auf Pferde verstehst als jeder Hakul, und ich bitte dich, dort zu helfen, wenn es möglich ist.«

Merege nickte. »Du hast mit Isparra gesprochen?«, fragte sie.

»Ja, doch wollte sie keine meiner Fragen beantworten.«

»Sie sieht müde aus«, stellte die Kariwa fest.

»Dennoch verfügt sie noch über ein ausgezeichnetes Gehör«, sagte Awin warnend.

Merege zuckte mit den Achseln. »Ich fürchte sie nicht. Ich habe mit ihren Geschwistern gekämpft und sie besiegt. Und da waren die Xaima noch weit mächtiger, als sie es heute sind.«

Awin nickte. Damals hatte Merege die Stärke des Lichtsteins zur Verfügung gehabt, und keine Zweifel an ihrer Zauberkraft hatten sie geplagt. Aber es war wohl unnötig, das zu erwähnen.

Die Kariwa hatte das sicher nicht vergessen, und Isparra musste nicht alles wissen.

Ein dumpfes Poltern beendete die Unterhaltung.

»Nur ein Stein, ihr Hakul«, rief Nokke den aufgeschreckten Kriegern beruhigend zu.

»Aufgepasst, Männer, es geht los!«, brüllte Pallwe von ganz vorne.

»Heja, Jurma!«, antworteten die Flößer.

Merege lief zum Gatter, und Awin, der nicht recht wusste, was er tun sollte, folgte ihr. Bei den Pferden konnte er wohl noch am nützlichsten sein. Ein hässliches Knirschen und Schleifen zeigte, dass das Floß wieder auf ein Hindernis gestoßen war.

»Nach links, Männer, nach links!«, schallte es von vorn.

»Heja!«, riefen die Flößer und hasteten mit ihren langen Stangen über das Floß, um es weiter nach links zu lenken. Es krachte und knirschte, und die Pferde wurden unruhig. Die Hakul hielten sie fest und sprachen leise auf sie ein.

»Weiter nach links, weiter nach links, ihr Helden!«, brüllte Pallwe, aber es war zu spät. Mit einem heftigen Ruck fuhr das Floß auf ein Hindernis auf, die Erschütterung lief durch das ganze lange Gefährt. Die Hakul stöhnten erschrocken auf, und die Pferde wieherten. Holz knirschte, und das Floß begann sich zu drehen.

»Sie kommt quer, Achtung Männer!«, rief Pallwe und wieder sah Awin die Flößer über die Baumstämme hasten, um sich gegen diese Drehung zu stemmen. Es gelang ihnen nicht. Das Floß geriet quer zur Strömung und wurde kurz darauf gegen ein weiteres unsichtbares Hindernis gedrückt. Wieder brüllte Pallwe seine Befehle und wieder rannten seine Flößer, um mit der schwachen Kraft ihrer Arme gegen die Jurma zu kämpfen. Und so ging es weiter. Das Floß trieb schwerfällig und nahezu unsteuerbar über die Stromschnellen, drehte und wendete sich, kam quer und wurde mit viel Mühe wieder auf Kurs gebracht, nur um von neuen Strudeln gedreht zu werden. Wild schäumendes Wasser löschte eine Fackel nach der anderen, und in tiefer Dunkelheit schossen sie weiter den Strom hinab. Immer, wenn das Wasser etwas ruhiger wurde und die Hakul dachten, es sei überstanden, folgte eine neue Untiefe und die Fahrt ging wilder als zuvor weiter. Der sonst so schweigsame Pallwe brüllte und fluchte, und seine Männer hasteten von vorne nach hinten, von rechts nach links und wieder zurück, um noch halbwegs zu bestimmen, wohin ihr Gefährt steuerte.

»Wir sind in Jurmas Hand, Yaman«, rief Nokke Awin zu, als er mit einer Flößerstange in der Hand an ihm vorüberhumpelte. Awin nickte ihm zu und versuchte weiter, Raiwes Falben ruhig zu halten. Merege war da. Sie rief den Pferden etwas zu, das Awin im Donnern des Flusses nicht verstand. Er konnte nur hoffen, dass es wirkte. Er blickte nach vorn. Die Jurma hatte sich verändert. Der unergründliche, schwarze Strom war zu einem weiß schäumenden Gewässer geworden, und ein Stück voraus, aber schnell näher kommend, sah Awin etwas hoch, mächtig und schwarz aus dem Wasser ragen. Für einen Augenblick glaubte er, es sei Uqib, der Seelenverweser aus dem Reich des Todes, der sie dort erwartete, aber dann erkannte er, dass es ein mächtiger, schwarzer Fels war.

»Die Schwarze Braut, die Schwarze Braut! Nach rechts, schnell nach rechts, ihr Hunde!«, überbrüllte Pallwe das Tosen des Flusses. Seine Männer rannten. Sie schienen an dem Fels vorbeizukommen, aber dann wurde das ganze Floß von einer unsichtbaren Kraft getroffen, und die schweren Stämme wurden mit Wucht angehoben. Es war eine Welle, die bei den vorderen Stämmen begann und sich dann Reihe um Reihe durch das ganze lange Gefährt fortpflanzte. Awin sah sie auf sich zurollen, sie packte die Stämme unter seinen Füßen, drückte sie jäh nach oben und ließ sie genauso schnell wieder fallen. Das Gatter brach, die Pferde scheuten, und ein zweiter Schlag hätte Awin fast von den Beinen geholt. Er klammerte sich an den verängstigten Falben, und es war nicht klar, wer hier wem Halt gab. Die Hakul fluchten, die Pferde wieherten, und dann sah Awin, wie drei Pferde sich losrissen und in die Fluten sprangen. Entsetzt musste er mit ansehen, wie zwei Männer, die sich an die Halfter ihrer Tiere klammerten, von ihnen mit ins Wasser gerissen wurden.

»Karak!«, brüllte eine verzweifelte Stimme. Awin sah den Bogner, der drauf und dran war, in den Fluss zu springen. Ein weiterer Schlag erschütterte das Floß. Der Falbe bäumte sich auf, und Awin verlor das Gleichgewicht. Er stürzte, und die Hufe des Pferdes schwebten für einen Augenblick gefährlich dicht über seinem Kopf. Dann riss eine Hand das Ross zur Seite, und Wela war plötzlich da und half ihm auf. Kräftige Hände hatten Tuge gepackt und hielten ihn zurück. Die Hakul starrten entsetzt ins Wasser. Ein dritter Schlag und ein hässliches Knirschen folgten, dann lief ein gewaltiges Zittern durch das Floß, es drehte sich wieder quer, schien kurz auf der Stelle zu verharren und nahm dann langsam wieder Fahrt auf. Einen kurzen Augenblick gönnte der Fluss ihnen Ruhe, und Awin nahm Wela das Halfter seines Pferdes wieder aus der Hand. Dann schäumte das Wasser erneut auf, schüttelte das Floß noch einmal lang und kräftig durch, schleifte es über Steine, drehte es und entließ es endlich in ruhigere Gewässer.

»Es ist überstanden, es ist überstanden! Dankt Jurma für ihre Gnade!«, rief Pallwe laut.

Aber den Hakul war nicht nach Dank zumute. Zwei ihrer Gefährten waren verschwunden. »Sie war noch gnädig«, brummte der Floßmeister, als er davon erfuhr. »Die Schwarze Braut hat schon viele Männer in ihr Bett geholt.«

»Aber das waren keine von meinen«, herrschte Jeswin ihn an.

Widerwillig lenkte Pallwe das Floß ins Schilf, das hier dicht das Ufer säumte. Tuge hatte sein Pferd schon losgebunden. Er wollte ans Ufer, um nach seinem Sohn zu suchen.

»Im Fluss wirst du ihn eher finden«, meinte Pallwe ungerührt.

Awin schluckte seinen Ärger über die Gefühllosigkeit des Akradhai hinunter. Der Mann hatte möglicherweise Recht. »Merege, Dare, habt ein Auge auf den Fluss. Limdin, Mabak und Mahuk, geht mit Tuge, und denkt daran, dass vielleicht Feinde an diesem Ufer sind.«

Merege hatte einen der jungen Krieger der Roten Hakul ans Ufer geschickt, Schilf zu schneiden, und der kam nun mit einem ganzen Bündel Halme zurück. Schon ließ die Kariwa blasse Lichtkugeln über das Wasser ziehen.

»Da!«, rief Dare und deutete aufgeregt in den Fluss. Ein Pferd, ein Schecke, kämpfte sich durch die Flut. Seinen Reiter brachte es jedoch nicht mit. Lamban sprang vom Ufer ins Wasser und zog das verängstigte Tier schließlich an Land. Merege schickte weitere Lichtkugeln über den weiten Strom, ängstlich beäugt von den Flößern, die bis dahin nur Gerüchte von ihrer Zauberkraft gehört hatten. Aber die kurzlebigen Lichter zeigten nur einen tiefschwarzen Strom, der breit und schnell weiter nach Norden floss.

»Wenn diese zwei Toten dich so erschrecken, wie willst du dann ertragen, dass bald Hunderte, vielleicht Tausende sterben müssen?«, fragte Isparra kalt.

Awin hatte die Windskrole ganz aus den Augen verloren. Nun stand sie plötzlich hinter ihm. Ihre Gleichgültigkeit brachte ihn auf.

»Warum gehst du von so vielen Toten aus?«, fragte er, mühsam beherrscht.

Isparra zuckte mit den Achseln. »Ein Heer marschiert nach Norden. Es wird Erfolg haben oder untergehen. Und für euch wäre es besser, es ginge zugrunde, oder?«

Darauf konnte Awin nichts erwidern. Er hatte doch vor, den Hereban aufzuhalten, nicht, ihn zu vernichten! Aber was, wenn es so war, wie Isparra sagte? Wenn das die Entscheidung war, die er zu treffen hatte? Er schüttelte den Kopf. Nein, er würde eine andere Lösung finden. Tuge hatte nicht abgewartet, bis das Floß sicher am Ufer war, er hatte sein widerstrebendes Ross ins Schilf gelenkt und preschte nun flussaufwärts in die Dunkelheit. Die anderen Hakul folgten ihm, die meisten zu Fuß. Weit entfernt war die Unglücksstelle nicht. Immer noch sandte Merege Licht über die Jurma. Nun konnten sie nicht viel mehr tun, als zu hoffen.

Ausgerechnet Karak, dachte Awin, dann führte er Raiwes Falben ans Ufer, sprang auf und schloss sich den Suchenden an. Er griff sich zwei von Jeswins berittenen Kriegern und schickte sie weiter stromaufwärts, um den Sger zu warnen, falls die Akradhai aus dem Dorf die Verfolgung fortgesetzt haben sollten. Dann lenkte er den Falben hinunter an den Fluss. Die Hakul suchten mit Fackeln im dichten Schilf. Sie hatten das zweite der Pferde gefunden, aber weder Karak noch Borwe, der andere Unglückliche, waren bisher entdeckt worden. Awin starrte in den wild wirbelnden Fluss. Dort ragte der Felsen auf, den die Flößer die Schwarze Braut nannten. Awin biss sich auf die Unterlippe. Sie waren zu weit oben. Die Krieger suchten fast an der Stelle, an der das Unglück geschehen war, denn dort waren sie auf das umherirrende Pferd gestoßen. Awin hielt es jedoch für sehr unwahrscheinlich, dass sich die beiden vermissten Männer gegen die Strömung hierhergekämpft hatten. Hatten denn Tuge und die anderen nicht bemerkt, dass dort drüben der verhängnisvolle große Felsen stand?

»Sucht weiter stromabwärts«, rief er und lenkte den Falben gleich dort in den Schilfgürtel. Wenn die beiden hier angeschwemmt worden waren, konnten sie leicht übersehen werden. Dann sah er plötzlich etwas Seltsames. Einen halben Pfeilschuss vom Ufer entfernt ragte ein Stein aus dem Fluss – und es schien, als bewege er sich! »Eine Fackel, ich brauche hier Licht!«, rief er.

»Hast du etwas gefunden, Awin?«, rief Tuge atemlos.

»Dort drüben. Vielleicht«, fügte er hinzu, um dem Bogner keine falsche Hoffnung zu machen.

»Karak? Karak?«, rief Tuge.

»Borwe? Bist du das?«, rief Jeswin hinüber. Aber der Umriss auf dem Stein bewegte sich nicht mehr.

»Bist du sicher, dass dort drüben etwas ist, Yaman?«, fragte Jeswin zweifelnd.

Awin nickte. »Wir brauchen Merege!«, rief er.

Zu seiner Überraschung war die Kariwa schon da. »Es war sinnlos, weiter den offenen Fluss abzusuchen«, erklärte sie ruhig.

»Dann schaff uns endlich Licht, Zauberin!«, drängte Tuge.

Merege folgte der Aufforderung. Sie murmelte etwas, eine Lichtkugel stieg über ihrer Hand auf und wanderte langsam hinaus über den Strom. Sie schwebte zu dem Stein, den Awin ihr gezeigt hatte, und dann sahen sie das bleiche Gesicht Karaks. Der Krieger saß bewegungslos dort, die angezogenen Beine mit den Armen umschlungen, und starrte stumm herüber.

Tuge ächzte und wollte sich sofort wieder ins Wasser stürzen, was Merege verhinderte. Sie stellte sich ihm einfach in den Weg und legte ihm die Hand auf die Schulter. Er kämpfte einen Augenblick mit sich, dann nickte er.

»Ein Seil, wir brauchen ein Seil«, rief Jeswin dann schon.

»Yeku sagt, es wird schwer, denn der Krieger will vielleicht gar nicht gerettet werden«, raunte Mahuk Awin zu.

Awin starrte hinüber. Das Licht war wieder erloschen, aber auch ihm war nicht entgangen, dass Karak keinerlei Regung gezeigt hatte.

»Wir werden ihn dennoch da rausholen, und wenn ich es selbst tun muss«, erwiderte er leise.

»Habt ihr nichts zu tun, ihr Männer?«, rief Jeswin jetzt. »Borwe ist immer noch nicht gefunden, also sucht ihn!«

Aber sosehr sie auch das Schilf durchsuchten, sie konnten den Krieger nicht finden.

Mabak brachte zwei lange Seile vom Floß, doch es blieb immer noch die Frage, wie sie es dort hinüberbringen sollten. Es war zu weit, um es zu werfen, und das Schwimmen im tosenden Wasser war selbst Nokke und Praane, die mit Mabak gekommen waren, zu gefährlich. Die Männer berieten noch, als Merege das zusammengeknotete Seil wortlos aus Mabaks Hand nahm, vorsichtig ein Stück hinaus ins Wasser watete, kurz innehielt und dann laut *»Skir suola!«* rief. Das Seil schnellte fort in die Dunkelheit. Auf dem Stein bewegte sich etwas. Offenbar hatte Merege ihr Ziel getroffen. Die Hakul schwiegen beeindruckt. Merege drehte sich um: »Was ist? Wollt ihr nicht helfen, ihn herüberzuziehen?«

»Aber hat er denn das Seil auch sicher?«, fragte Tuge besorgt.

Merege seufzte und sandte eine weitere Lichtkugel hinüber. Falls die Hakul bemerkten, dass um die Kariwa herum das Schilf verdorrt und zu Staub zerfallen war, behielten sie ihre Gedanken für sich. Karak hatte sich das Seil tatsächlich um den Leib geschlungen. So gelang es den Männern, ihn durch die reißende Strömung ans Ufer zu ziehen. Die von Awin ausgesandten Späher kamen herangaloppiert. »Yaman Jeswin! Die Akradhai, sie kommen!«, meldeten sie.

Jeswin warf einen Blick zu Awin, der ergeben nickte. »Wer ein Pferd hat, reite ihnen entgegen. Haltet sie auf, und lockt sie vom Ufer weg, wenn es möglich ist«, befahl Jeswin. Die Berittenen, kein ganzes Dutzend, sprangen auf ihre Pferde und preschten davon. Im Osten wurde es schon wieder hell. Karak war endlich am Ufer angelangt. Er befreite sich vom Seil und stieg selbst aus dem Wasser. Bleich und unsicher blieb er vor seinem Vater stehen, der ihn ansah und schließlich einfach umarmte.

»Nun kommt!«, rief Jeswin verbittert. »Ich habe meine Krieger nicht dem Feind entgegengesandt, damit ihr hier auf ihn wartet.«

Sie hoben den zitternden Karak auf Awins Falben, und dann machten sie, dass sie fortkamen. Awin blickte noch einmal zurück in das weiß schäumende Wasser. Er konnte den hohen Felsen gerade noch erahnen, der einem von ihnen zum Verhängnis geworden war. Aber der andere Bräutigam war der Schwarzen Braut noch einmal entronnen.

Lamban blies ins Horn, kaum dass sie das sichere Floß erreicht hatten. Die Reiter kamen, sprangen ab und führten ihre Pferde eilig an Bord. Pallwe stellte keine Fragen, und seine erschöpften Männer seufzten, aber machten sich an die Arbeit. Awin ging ihnen nun zur Hand, denn das Floß schien unwillig, sich aus dem zähen Schilf zu lösen. Andere Hakul folgten seinem Beispiel, und schließlich trieb ihr Floß gemächlich hinaus auf den breiten Strom. Schon tauchten die Akradhai am Ufer auf. Sie drohten und schrien, und einige schlecht gezielte Pfeile kamen geflogen.

»Ich glaube, sie haben kaum Pfeile«, meinte Limdin, der mit den Reitern zurückgekommen war. »Mit Steinen haben sie nach uns geworfen, und nicht einmal Schleudern hatten sie dabei.«

»Das war ein friedliches Land, Hakul«, sagte Praane, »sie sind nicht auf Krieg und Kampf vorbereitet.«

»Selbst wir Wenigen hätten sie eben leicht besiegen können, Yaman Awin«, erklärte Limdin, »aber ich denke, es war in deinem Sinne, dass wir dem Kampf ausgewichen sind. Der Sieg hätte wenig Ehre gebracht.«

»Hast du die Krieger geführt?«, fragte Jeswin mit einem Stirnrunzeln.

Limdin zuckte mit den Achseln. »Es hat sich so ergeben, Yaman Jeswin«, erwiderte er bescheiden und ging, um nach seinem Pferd zu sehen.

Etwas später kam Dare zu Awin. »Ich hörte, mein Bruder hat Ruhm erworben«, begann er.

Awin nickte.

»Ich bin hier an Bord geblieben, weil du es so befohlen hattest, Yaman Awin, aber ich hoffe sehr, dass du auch mir Gelegenheit geben wirst, mich auszuzeichnen. Oder hast du deine Entscheidung schon getroffen?«

»Es ist nicht meine, sondern die Entscheidung meiner Schwester, Dare, wie du wohl weißt. Ich bin außerdem sehr sicher, dass du noch viel Gelegenheit haben wirst, deine Tapferkeit unter Beweis zu stellen, und ich hoffe sehr, dass du deinem Bruder seinen Ruhm nicht neidest, Dare vom Klan des Fuchses.«

»Er ist mein Bruder, das habe ich nicht vergessen, Yaman Awin. Ich hoffe aber, dasselbe gilt auch für ihn«, erwiderte der Krieger.

Als die Sonne aufging, hatten sie die Stromschnellen schon weit hinter sich gelassen. Die Krieger der roten Hakul waren niedergeschlagen, denn sie hatten mit Borwe nicht nur einen Gefährten verloren, sie hatten ihn noch nicht einmal bestatten können. Awin bemerkte, dass einige der Männer damit haderten, dass es Borwe und nicht Karak getroffen hatte.

»Es ist wieder einer unserer Krieger, nicht eurer, der den Tod fand, Yaman Awin«, sprach Lamban der Pferdezüchter schließlich offen aus, was einige andere wohl dachten.

»Wir reiten in einem Sger, Lamban«, erwiderte Awin.

Lamban sah ihn beinahe hasserfüllt an und sagte: »Manche meinen, es läge an dir, Yaman Awin. Du warst im Reich des Todes, und wer weiß, was du Uo versprochen hast, damit er dich wieder zurückkehren ließ. Jedenfalls scheint es, dass der Totengott an deiner Seite reitet, dich beschützt, aber dafür deine Gefährten holt.«

Awin trat näher an Lamban heran und legte die Hand auf seinen Dolch. »›Manche meinen‹? Wer? Nenn mir ihre Namen, und ich werde mich mit ihnen unterhalten«, sagte er. Das Letzte, was er jetzt gebrauchen konnte, war ein Streit oder gar ein Messerkampf im Sger, aber er hatte eine gewisse Vorstellung davon, wie weit Lamban gehen würde. Lambans Augen flackerten unsicher, dann gab er klein bei. »Es ist nur Gerede, Yaman«, sagte er.

»Dann solltest du nichts darauf geben, Lamban vom Roten Wasser«, forderte Awin.

Der Pferdezüchter nickte schwach, kämpfte wohl noch einen Augenblick mit sich, zog sich dann aber wortlos zurück.

»Er ist nicht der Tapferste, aber er ist auch kein völliger Feigling – und er hat Einfluss. Eine Menge meiner Männer sind ihm zu Dank verpflichtet«, warnte Jeswin etwas später.

»Er ist ein Mann deines Sgers, und ich bin sicher, du weißt, wie du mit ihm umzugehen hast, Yaman«, erwiderte Awin ernst.

Jeswin seufzte. »Ich habe den Eindruck, dass du ihn weit besser zu nehmen weißt als ich. Doch achte darauf, ihn nicht zu sehr zu kränken, denn sonst könnte er eines Tages vielleicht doch noch zum Messer greifen.«

»Ich fürchte ihn nicht«, behauptete Awin. Es stimmte, er hatte schon ganz anderen Gegnern gegenübergestanden, dennoch war es immer gefährlich, einen Feind in den eigenen Reihen zu haben. Er versuchte später, mit Tuge darüber sprechen, doch der Bogner hörte kaum zu. Er ließ seinen Sohn nicht aus den Augen, der still bei den Pferden saß und in das dunkle Wasser starrte.

Pallwe hielt das Floß nach Möglichkeit von nun an in der Mitte des Stromes. Bald sah Awin, dass das angebracht war, denn immer wieder tauchten auf dem rechten Ufer Gruppen von Akradhai auf, die auf sie zu warten schienen. Sie brüllten Drohungen, manchmal schossen sie auch mit Pfeilen, aber die Jurma war breit, und selbst ein Hakul hätte Schwierigkeiten gehabt, so weit zu schießen oder gar zu treffen. Die Hakul rätselten lange darüber, woher die Akradhai von ihrem Kommen wussten, denn sie kamen schnell voran, schneller als jeder Reiter, der nicht gerade sein Tier zu Tode hetzen wollte. Schließlich hatte Awin einen Verdacht, und er ging zu Isparra, um ihn sich bestätigen zu lassen.

»Ehrwürdige Isparra, kannst du hören, was die Männer dort am Ufer sagen?«, fragte er sie.

Sie nickte leichthin.

»Dann weißt du auch, warum sie uns angreifen?«

»Ihr seid Hakul«, lautete die Antwort.

»Aber woher wissen sie, dass wir kommen?«, fragte Awin hartnäckig nach.

»Die im Dorf, die hat Suog gewarnt«, antworte Isparra.

Es war die Antwort, die Awin erwartet hatte. »Du kennst diesen Geist?«, fragte er.

Isparra ließ den Blick ins Weite schweifen. »Er ist mir nicht begegnet.«

Auch mit dieser Antwort hatte Awin insgeheim gerechnet. Er hatte längst einen Verdacht, was diesen Suog betraf, doch er würde auf eine Reise des Geistes gehen müssen, um endgültig Klarheit zu bekommen.

Das Verhalten der Akradhai fand er rätselhaft. Sie machten keinen ernsthaften Versuch, sie anzugreifen. Weder versperrten sie ihnen mit Booten den Weg, noch versuchten sie, auf irgendeine andere Art einen Kampf zu erzwingen. Das Floß fuhr den ganzen Tag und die ganze Nacht hindurch. Immer wieder tauchten zwar bewaffnete Männer am Ufer auf, aber sie gafften sie meist nur an oder stießen leere Drohungen aus, als sie erkennen mussten, dass sie das Floß mit ihren Waffen nicht erreichen konnten.

»Der Wind trägt die Gerüchte übers Land. Er hat ihnen erzählt, dass Hakul den Fluss hinabkommen«, meinte Isparra, als Awin sie fragte. »Er hat ihnen aber wohl nicht gesagt, was sie dagegen tun können«, fügte sie mit beißendem Spott hinzu.

Awin war das nur recht. Er konnte keine Kämpfe mit diesen schlecht bewaffneten Bauern gebrauchen. Der dritte Tag der Fahrt begann mit leichtem Regen, und die Hakul verkrochen sich unter das schützende Schilfdach des Verschlags. Sie hatten inzwischen die Annehmlichkeiten des Floßes schätzen gelernt.

»Ich sage dir, Awin, noch nie hat ein Sger in so kurzer Zeit eine so weite Strecke zurückgelegt«, meinte Yaman Jeswin, während sie ruhig dahinglitten.

Awin lächelte. Es war das eingetreten, worauf er gehofft hatte. Aber noch hielt er seinen Plan, das Eismeer in Booten zu überqueren, zurück. Offensichtlich hatte Merege aber dieselbe

Idee, denn sie kam später zu ihm und sagte: »Vielleicht sollten wir die Boote in Karno zu unserem Vorteil nutzen, Awin.«

Leider hatten einige Hakul sie gehört. Und als sie ihr Vorhaben erklärte, rief Jeswin entsetzt: »Das wilde Meer überqueren? Niemals!«

Awin seufzte. »Ich gebe zu, mir kam derselbe Gedanke, denn du siehst, Yaman, wie schnell wir vorankommen. Mit einem Boot, das anders als das beste Ross niemals müde wird, könnten wir vor Eri im Schneeland sein.«

»Oder auf dem Grund des Eismeeres. Hast du nicht gehört, wie gefährlich es ist?«, rief Jeswin.

»Ich nehme nicht an, dass du dich fürchtest, oder?«, fragte Awin.

»Du hast leicht reden, der du schon auf einer Seeschlange geritten bist, Awin von den Dornen. Aber wir einfachen Hakul, die wir die weite Steppe und nicht die See unsere Heimat nennen, wir scheuen das offene Wasser. Du siehst, dass wir selbst auf diesem großen Floß nicht sicher sind. Wie soll es da erst auf einem kleinen Fischerboot sein? Du hast sie doch gesehen. Zerbrechliche Gefährte aus Schilf sind es.«

»Das waren die Boote der Fischer auf dem Fluss, Yaman«, warf Merege ein. »Die Fischer am Meer verwenden weit größere, die man beinahe Schiffe nennen kann.«

»Und dennoch sagt Praane, dass schon viele von denen gesunken sind. Ich sage, ein Hakul sollte auf seinem Pferd sitzen, und nicht in so einer hölzernen Nussschale«, meinte Jeswin.

»Ich schlage vor, wir sehen sie uns einfach an, wenn wir dort sind«, warf Awin ein, »dann werden wir herausfinden, ob wir ihnen unser Leben anvertrauen wollen. Ich kann jedoch sagen, dass sie schon sehr schlecht sein müssten, damit ich nicht eines besteige, um ins Schneeland zu gelangen.«

In der Nacht kam wieder ein Traum zu Awin. Er sah eine Kerze, die in einem seltsamen Raum stand. Er war groß und hoch, aber er hatte kein Dach. Dann rollte plötzlich ein verbeulter Bronzekrug über gepflasterten Boden und nässte ihn mit einer dunklen Flüssigkeit. Awin blickte auf und sah, dass der Himmel in Flammen stand. Ein Rauschen drang an ihn heran, wie von Rabenfedern. Er fuhr herum. Dort war nichts. Aber es hätte da etwas sein müssen, das spürte er, und es ängstigte ihn, dass er es nicht finden konnte.

Am nächsten, dem dritten Tag ihrer Flussreise, wurde Pallwe allmählich unruhig, aber es dauerte eine ganze Weile, bis er mit der Sprache herausrückte. »Der Fluss teilt sich«, sagte er und blieb darauf abermals stumm. Nokke übersetzte: »Es ist nicht mehr weit bis Karno, und die Jurma verzweigt sich nun in zwei Arme. Nur einer davon ist für ein so großes Floß wie das unsere schiffbar. Unglücklicherweise ist es der östliche Arm. Wenn dort jemand auf uns wartet, werden wir in Schussweite seines Bogens kommen.«

»Wir verstehen es, uns zu wehren, Akradhai«, erklärte Jeswin, »und wenn ihre Bögen uns erreichen können, dann erwischen sicher auch unsere einen jeden, der so dumm sein sollte, sich mit den Reitern der Hakul anzulegen.«

»Mag sein«, brummte der Floßmeister missmutig, und Nokke erklärte: »Er will nicht in eine Schlacht zwischen euch und den Menschen unseres Volkes hineingezogen werden. Er überlegt, ob er euch bitten soll, das Floß vorher zu verlassen.«

»Er will uns im Feindesland aussetzen?«, fragte Jeswin ungehalten.

Awin hatte die ganze Zeit geschwiegen. Der Traum der vergangenen Nacht beschäftigte ihn. Feuer, wieder Feuer und Gefahr. Es war bedrückend. Und was hatte er dort in der Finsternis gesucht? Es musste wichtig sein, aber er hatte nicht die leiseste Ahnung, was es war. Jetzt schob er diese Gedanken zur Seite. Es brachte nichts, diesen Traum deuten zu wollen, und es gab auch in der Welt jenseits der Träume Dinge, um die er sich kümmern musste. Also versuchte er zu vermitteln: »Ich glaube, Meister Pallwe hat Recht. Wenn wir das Floß ungesehen verlassen können, ist doch allen gedient. Wir halten uns vom Ufer und vom Ärger fern, und wir schaffen auf dem Landweg das letzte Stück der Reise nach Karno sogar etwas schneller, denn unsere Pferde sind ausgeruht und frisch. Und unser Freund Pallwe kann diese Baumstämme ungefährdet in die Stadt bringen.«

»Das heißt, du willst wirklich in die Stadt?«, fragte Jeswin. »Was ist mit dem Vorschlag von Ore Praane, gleich auf der anderen Seite an Land zu gehen? Auch so könnten wir Zeit gutmachen.«

»Nur, dass es dort keine Boote gibt, Yaman Jeswin«, antwortete Awin.

»Aber wir wissen nicht, wer dort herrscht, wir wissen nur, dass sie uns vermutlich als Feinde betrachten werden. Denn sind es Hakul, so sehen sie uns als Abtrünnige, sind es aber Akradhai, so sind wir für sie Hakul«, meinte Jeswin.

»Sie sind nicht in Borre geblieben, warum sollte Eri also Krieger in dieser Stadt zurücklassen?«, fragte Tuge jetzt. Der Bogner war schweigsam geworden seit dem Unfall an der Schwarzen Braut. Awin sah ihm an, dass ihm die Sorgen um seinen Sohn zusetzten. Aber das war etwas, wobei er ihm nicht helfen konnte.

»Wenn sie klug sind, werden sie nicht das ganze Heer ins Schneeland führen«, sagte Merege jetzt.

Die Männer starrten sie verblüfft an. Es war ungewöhnlich, dass sich die Kariwa ungefragt an der Beratung der Männer beteiligte.

»Und was ist daran so klug, Männer zurückzulassen, da es doch nun endlich gegen den eigentlichen Feind geht?«, fragte Jeswin.

»Sie sind noch lange nicht in meiner Heimat, und ihr Weg führt sie durch das Marschland, ein raues Land mit salzigem Wasser und saurem Gras, das die Pferde nicht fressen wollen. Es gibt auch kaum Siedlungen dort, die sie plündern könnten. Eri wird es sehr schwerhaben, Ross und Reiter zu verpflegen.«

»Und werden wir unsere Tiere dort tränken und füttern können?«, fragte Lamban.

»Es wird nicht leicht. Auch deshalb halte ich es für klüger, die Pferde zurückzulassen und auf Boote umzusteigen.«

»Ich bin zwar kein Seher«, erwiderte der Pferdezüchter missmutig, »aber ich sage voraus, dass wir uns nicht von unseren Rössern trennen werden. Wir sind Hakul!«

»Und ich sage noch einmal, dass wir das entscheiden, wenn wir in Karno sind«, erklärte Awin.

Pallwe schlug vor, im Schutz der kommenden Nacht anzulanden, was einleuchtend war, und dann bot Ore Praane ihnen zu Awins Überraschung an, sie zu führen.

»Aber es ist dir doch verboten, ins Kornland zurückzukehren«, rief Wela besorgt.

Praane nickte. »Es sind Zeiten der Not, und ich denke, die Kornländer haben jetzt ganz andere Dinge zu tun, als sich um zwei Männer zu kümmern, die das Banngesetz verletzen.«

Der Ore schien davon auszugehen, dass Nokke ähnlich dachte, doch der lehnte entschieden ab, sie zu begleiten. »Ich will mich weder auf ein Pferd setzen noch nebenherlaufen, und schon gar nicht will ich gegen das Gesetz verstoßen, Praane. Hast du vergessen, dass es jeden, der vor der Zeit zurückkehrt, mit dem Tode bedroht?«

Aber Praane blieb bei seinem Entschluss.

Etwas später sprach er Awin an, als dieser alleine am Rand des Floßes stand und die endlosen Schilfflächen am Ufer betrachtete. »Du erinnerst dich, dass ich eine Bedingung stellte, als ich euch durch den Femewald führte?«, begann Praane.

»Und jetzt willst du deine Forderung stellen? Wir sollten Jeswin dazurufen, denn …«

»Das wird nicht nötig sein, Yaman Awin, denn meine Forderung, die doch mehr eine Bitte ist, betrifft nur dich und deinen Klan.«

Awin runzelte die Stirn. Der Ore wirkte verlegen und begann nun umständlich, sein Anliegen vorzutragen: »Es ist so, Yaman, dass unsere Gesetze streng sind, und nicht alle gelten nur im Kornland, wie das Banngesetz. So ist es zum Beispiel unseren Töchtern verboten, einen Fremden zum Mann zu nehmen, und ein Mann darf eine Fremde nur heiraten, wenn der Älteste der Siedlung oder des Hofes es gestattet.« Praane schien nach den richtigen Worten zu suchen. »Ich frage mich, ob das bei den Hakul ebenso ist«, begann er jetzt.

Awin glotzte den Akradhai ungläubig an, denn er ahnte, worauf der Mann hinauswollte. »Auch wir Hakul haben strenge Gesetze, Ore«, erwiderte er zurückhaltend.

»Und verbieten sie euren Töchtern, einen Fremden zum Mann zu nehmen?«, fragte Praane mit unsicherem Blick.

Awin zögerte. Mit einer kleinen Lüge konnte er beenden, was sich da anbahnte, aber dann hörte er sich sagen: »Nein, jedoch kann ein Yaman die Ehe verbieten, oder Bedingungen stellen, wenn es das Wohl der Sippe erfordert.«

Praane holte tief Luft. »Und würde ich, wenn ich dich fragte, die Erlaubnis bekommen, Wela, ich meine …«

Plötzlich musste Awin grinsen. Die Sache war zu verrückt. Dieser Bauer machte sich Hoffnungen, Wela zu erobern? Sie hatte schon ganz andere Bewerber abgewiesen. Er sagte: »Unsere Frauen entscheiden selbst, wen sie zum Mann nehmen wollen, Ore Praane. Ich kann dir jedoch die Erlaubnis geben, sie zu fragen. Doch wie immer sie sich entscheidet, ich kann ihr nicht erlauben, meinen Klan zu verlassen, denn sie ist unsere Schmiedin. Das solltest du wissen, Akradhai.«

»Aber ich darf um sie werben, Yaman Awin?«

»Wenn du den Mut dazu hast. Ich werde es dir jedenfalls nicht verbieten, Ore Praane.«

Der Akradhai atmete sichtlich erleichtert auf. »Ich danke dir, Awin, du hast eine schwere Sorge von mir genommen.«

Awin nickte freundlich und verbiss sich ein noch breiteres Grinsen. Der Akradhai würde sich schon noch wundern. Er erzählte Tuge davon, um den Bogner von seinen Sorgen abzulenken. Der sah ihn mit einem seltsamen Blick an und sagte: »Du solltest diesen Mann nicht unterschätzen, Yaman. Er ist zwar jung, doch hat er bei seinen Leuten viel Ansehen erworben. Und wenn mich nicht alles täuscht, hat meine Nichte das auch wohlwollend bemerkt. Ich weiß, du warst mit anderen Dingen beschäftigt, aber ist dir wirklich nicht aufgefallen, dass die beiden sich gut verstehen?«

»Wela versteht sich auch mit Nokke gut«, sagte Awin mit wenig Überzeugungskraft.

»Für einen Seher bist du manchmal erstaunlich blind«, sagte Tuge lächelnd. »Ich habe übrigens auch Zweifel, dass du sie aufhalten kannst, wenn sie den Klan verlassen will. Du weißt, wie stur sie sein kann«, fügte er hinzu.

Awin blickte hinüber zu den Pferden. Wela kümmerte sich um die Tiere und überprüfte ihre Hufe. Praane half ihr dabei. Wela den Klan verlassen? Sie war doch schon da gewesen, solange er denken konnte. Awin schüttelte den Kopf. Nein, dazu würde es sicher nicht kommen. Sie verstand sich eben gut mit dem Ore, mehr nicht. Oder?

Am späten Abend brachten die Flößer das schwere Gefährt ans Ufer. Pallwe brummte etwas Unverständliches zum Abschied, und seine Männer machten sich daran, das verräterische Gatter für die Pferde abzureißen. Jeswin fragte den Floßmeister, ob er wenigstens die drei Verwundeten bis nach Karno mitnehmen könne, aber das lehnte dieser rundheraus ab: »Eure Heiler sagen, sie überleben es.«

Das brachte Jeswin zwar auf, aber tatsächlich waren die Wunden der Männer nicht schwer, und sie würden reiten können. Awin beschwichtigte den Yaman, indem er ihm klarmachte, dass sie nicht wussten, was sie in Karno erwartete. »Es mag sein, dass der Hafen in der Hand der Hakul ist, es ist aber auch möglich, dass Eri weitergezogen ist, dann sind dort vielleicht Akradhai, die auf Rache aus sind. Drei verwundete Hakul würden ihnen leicht zum Opfer fallen.« Damit war Jeswin überzeugt, und seine Männer halfen den Verwundeten auf die Pferde.

Sie hatten ein Pferd übrig, aber Praane war noch nie geritten, und Wela bot ihm den Platz hinter sich im Sattel an. Awin sah es mit Missfallen. Er hätte den Ore gerne zu einem anderen Hakul aufs Pferd gesetzt, aber er spürte, dass es unklug gewesen wäre, deswegen mit der Schmiedin einen Streit anzufangen. Plötzlich tauchte Isparra am Ufer auf. Niemand hatte mit ihr gesprochen, keiner hatte ihr von ihrem Vorhaben berichtet oder sie gefragt, ob sie mitkommen wolle, aber natürlich hatte die Windskrole ihre Gespräche gehört. Jetzt nahm sie einem widerstrebenden Hakul das Halfter des herrenlosen Pferdes aus der Hand, sprang auf und wartete.

»Willst du sie wirklich mitnehmen?«, fragte Jeswin leise.

»Er will«, antwortete Isparra mit ihrer Flüsterstimme, die jeden von ihnen erreichte. Awin nickte grimmig. Er war sogar stillschweigend davon ausgegangen, dass sie ihn weiter begleiten würde, obwohl er wusste, dass er ihr nicht trauen konnte. Er war sich sicher, dass er ihre Hilfe noch brauchen würde. Er wusste aber auch, dass er schlecht mit einer Unsterblichen ganz offen in eine Stadt reiten konnte. Also sagte er: »Die Alfholde begleitet uns. Doch wenn jemand nach ihr fragt, so sagt, sie sei eine Zauberin aus dem Süden.« Dann gab er das Zeichen zum Aufbruch, und sie zogen im Schutz der Dunkelheit hinaus ins Feindesland.

Karno

DAS LAND WAR jenseits der Flussaue so leer, dass sich die Hakul an die Steppe ihrer Heimat erinnert fühlten. Sie kamen gut voran und stießen zunächst auf kein Hindernis und keinen Feind. Gegen Morgen tauchten die schwarzen Umrisse eines großen Gehöfts vor ihnen auf, aber ihre Späher meldeten, dass es verlassen und geplündert war. Brandgeruch stieg ihnen in die Nase. Bis zum Morgengrauen hatten sie drei weitere zerstörte Höfe hinter sich gelassen. Dann schwenkten sie nach Nordwesten. Kurz darauf sahen sie von weitem eine Schar Reiter durch die Ebene ziehen.

»Hakul«, stellte Jeswin überflüssigerweise fest.

»Sollen wir uns auf einen Kampf vorbereiten?«, fragte Lamban.

Awin beschattete die Augen, aber er war sich nicht sicher, mit wie vielen Hakul sie es zu tun hatten. »Dare! Kannst du sie zählen?«, rief er.

»Es sind siebzehn, mit neunzehn Pferden, Yaman Awin«, lautete die Antwort.

»Wir sind ihnen zwar überlegen, aber natürlich wollen wir einen Kampf vermeiden«, meinte Awin. Und als Jeswin zustimmend nickte, bat Awin den Bogner, ein Hornsignal zu geben. Die fremden Hakul bemerkten sie, hielten an und ließen sie herankommen. Lamban und Wela richteten die Sgerlanzen auf und auch die Wartenden zeigten ihr Feldzeichen. Langsam ritten sie näher. »Jemand, den du kennst, Yaman Jeswin?«, fragte Awin halblaut.

»Es sind Weiße Hakul, so viel kann ich dir sagen, aber es ritten unzählige Klans im Hereban, Yaman Awin, wer könnte die alle kennen?«, lautete die Antwort.

»Was sagen sie, Isparra?«, wandte sich Awin jetzt an die Windskrole.

Isparra sah ihn herablassend an, als sei es unter ihrer Würde, diese Frage zu beantworten, aber dann bequemte sie sich doch zu einer Auskunft: »Sie sehen, dass wir nicht vom selben Stamm sind, und sie fragen sich, ob wir versuchen werden, ihnen ihre Beute wegzunehmen.«

Der Yaman des anderen Sgers war alt, sehr alt sogar, sein Gesicht drückte Misstrauen aus, und wie es Brauch war, überließ er es den Neuankömmlingen, sich zuerst vorzustellen.

»Ich bin Yaman Awin vom Klan der Dornen, das ist Yaman Jeswin vom Klan des Wassers, mit wem haben wir die Ehre zu sprechen?«

»Ich bin Yaman Wesgian vom Klan des Weißen Wolfs. Ich habe von dir gehört, Yaman Awin«, sagte der Alte mit heiserer Stimme.

»Dann hoffe ich, du weißt, dass nicht alles, was auf der Steppe erzählt wird, der Wahrheit entspricht.«

Yaman Wesgian zuckte mit den Schultern und spuckte auf den Boden. »Ich gab noch nie viel auf das Geschwätz der Hirten, Yaman. Dennoch ist offensichtlich, dass du dem Tiudhan die Heerfolge verweigert hast. Das bringt mich zu der Frage, was dich so weit nach Norden führt.«

Seine Männer hatten die Hände an den Bögen. Wesgian mochte sich leutselig geben, aber es war noch nicht gesagt, dass dieses Treffen friedlich enden würde.

»Zunächst will ich nach Karno, Yaman Wesgian. Kannst du mir sagen, wie die Dinge dort stehen?«, fragte Awin.

»Vielleicht sollte ich das nicht tun, denn du giltst im Heer als Abtrünniger, Yaman Awin.« Wieder spuckte Wesgian aus, bevor er fortfuhr: »Andererseits ist mir das ziemlich gleich, denn die Dinge sind nicht, wie sie sein sollten. Wir haben das Land der Akradhai siegreich durchquert, und nun verlassen wir es wieder – ohne Beute?« Zum dritten Mal spuckte der Alte aus. Erst jetzt bemerkte Awin, dass die beiden ledigen Pferde schwer beladen waren. Was genau sie trugen, war nicht zu erkennen, denn die Beute war in Wolfsfelle gewickelt.

Mit viel Verbitterung in der Stimme fuhr der Yaman des Wolf-Klans fort: »Eri mag große Pläne haben, aber ich finde, er vergisst darüber den guten alten Brauch der Hakul. Karno ist genommen und besetzt. Besetzt, aber nicht geplündert, Yaman Awin, wenn du dir das vorstellen kannst! Yaman Blohetan muss die Stadt mit einigen Hundert Hakul halten, bis der Tiudhan siegreich aus dem Schneeland zurückkehrt und uns zu noch ruhmreicheren Siegen in noch fernere Länder führt. Uns hat er zurückgelassen, also sitzen wir seit beinahe einer Woche in diesem elenden Fischernest und warten. Aber ein paar von uns haben die Dinge jetzt selbst in die Hand genommen. Eri und seine Zauberer haben uns wenig Zeit gegeben, die Früchte unserer vielen leichten Siege einzufahren – das holen wir nun nach.«

»Der Älteste Blohetan befehligt die Stadt?«, fragte Awin überrascht.

»Man stelle es sich vor!«, rief Wesgian. »Dieser Mann, vor einem halben Jahr nur ein einfacher Ältester eines aussterbenden Klans, nennt sich nun Meister einer ganzen Stadt und Yaman des ruhmreichen Klans der Schwarzen Berge!«

Es war wirklich seltsam, das zu hören. Schließlich war das der Klan von Yaman Aryak gewesen, der Klan, in dem Awin aufgewachsen war. Doch hatten die wenigen Krieger, die die Kämpfe des vergangenen Jahres überlebt hatten, den Klan verlassen, um Awin zu folgen, und fremde Männer ritten nun unter dem Sgertan mit dem schwarzen Dreieck.

»Ich kenne Blohetan gut«, sagte Awin, »und ich denke, ich will mit ihm sprechen.«

Wesgian sah ihn lauernd an. »So müssen wir heute nicht kämpfen?«, fragte er.

Awin nickte. »Wir können in Frieden miteinander reiten, Yaman Wesgian, und ich hoffe, das können wir auch morgen noch.«

Erst jetzt entspannten sich die Krieger beider Seiten, und gemeinsam setzten sie ihren Weg nach Karno fort. Awin fragte sich, ob alle zurückgelassenen Hakul so unzufrieden waren wie der Yaman des Wolfs. Eri hatte sein Heer also geteilt, aber wenn er Hunderte zurückgelassen hatte, waren immer noch Tausende mit ihm.

Bald erhob sich die Stadt aus der Ebene. Karno lag auf einem niedrigen Plateau, der einzigen Erhebung weit und breit. Ein hoher, von einer Mauer gekrönter Erdwall schützte sie. Langsam ritten sie näher, und Awin suchte die Stelle, an der die Hakul den Wall überwunden hatten, aber er fand sie nicht. »Wie seid ihr in die Stadt gelangt?«, fragte er Yaman Wesgian schließlich.

»Nicht durch harten, ehrlichen Kampf, Yaman Awin, das muss ich zugeben«, sagte der Alte. »Das Zauberweib hat sie für uns genommen. Sie ging in der ersten Nacht der Belagerung zum Tor, ganz allein, und sprach mit den Wächtern. Und die öffneten uns. Sie sind mächtig, diese Zauberer. Der Starke hat die Mauern von Borre eingerissen, und seine Schwester hat nun durch sanfte Überredung diese Festung erobert. Denn als das Tor offen war, da stürmten wir die Stadt, und die Akradhai verließ der Mut. Sie ergaben sich, und so war nur eine Handvoll Toter zu beklagen. Leider hat das Zauberweib versprochen, dass wir nicht plündern würden, und so sitzen wir nun auf großem Reichtum, den wir nicht antasten dürfen.« Sie erreichten das Tor, das von einer Handvoll Krieger nachlässig bewacht wurde. Sie fragten nicht einmal nach ihren Namen, vermutlich gingen sie davon aus, dass auch Awins Sger zu Eris Hereban gehörte.

Awin konnte spüren, dass Wela, die dicht hinter ihm ritt, vor Ungeduld bereits platzte. Nun überquerten sie endlich die Schwelle des Stadttores. Awin wandte sich kurz um – und sah die Enttäuschung in Welas Gesicht. Sie hatte von den Städten der Akkesch und Viramatai gehört, stolze und schöne Siedlungen aus festem Stein mit hohen Mauern und ehrfurchtgebietenden Tempeln – und sie hatte wohl trotz Praanes Beschreibungen insgeheim gehofft, eine doch irgendwie beeindruckende Stadt zu Gesicht zu bekommen.

Aber Karno war eine Siedlung der Akradhai, aus Holz und Schilf errichtet, und so bot sie zunächst das Bild eines größeren Dorfes. Windschiefe Hütten mit schilfgedeckten Dächern lehnten sich aneinander, und von der Ordnung, für die die Städte im Süden bekannt waren, war hier nichts zu sehen. Es war ein einziges staubiges Durcheinander, und es roch überall durchdringend nach Fisch. Es gab eine breitere Straße, die sich in die Stadt hineinwand, und dieser folgten sie. Awin fiel auf, dass die Hütten sich in Gruppen zusammenballten und diese Gruppen von schmalen, verwinkelten Gassen getrennt wurden. Schweine wühlten im Dreck, und halbnackte Kinder rannten um die Ecken und versteckten sich, als der Sger herangeritten kam. Awin war, als würde er ferne Schreie aus der Stadt hören, und als sie weiterritten, sah er einige Hakul, die schwer beladen aus einem Haus traten. Ein zeternder Akradhai verfolgte sie, und eine weinende Frau versuchte, ihn zurückzuhalten. Es war eine Plünderung. Offensichtlich wurde Eris Verbot nicht mehr allzu ernst genommen.

Wesgian hatte es plötzlich eilig und ritt scharfen Trab. Die wenigen Akradhai, die sich auf der Straße blicken ließen, mussten sich an die Hüttenwände drücken oder in Seitengassen flüchten, wenn sie nicht niedergeritten werden wollten. Schließlich erreichten die Sgers einen freien Platz, einen Marktplatz wohl, der von zwei großen Gebäuden beherrscht wurde, die im Gegensatz zum Rest der Siedlung ganz aus Stein gemauert waren. Wesgian zügelte sein Pferd. »Das ist ihr Tempel, der Göttin der Äcker gewidmet«, erklärte er und zeigte auf einen abweisenden, fensterlosen Bau, »und das dort ist das Ordal, das Haus der Ältesten.«

Der Platz war beinahe menschenleer, nur auf den Stufen zum Haus der Ältesten, einem grauen Gemäuer mit schmalen Fensterschlitzen, saßen einige Hakul, die kaum aufblickten, als die drei Sgers sich über den Platz verteilten.

»Heda, Hakul, finde ich Blohetan im Ordal?«, rief Wesgian.

Einer der Männer auf der Treppe blickte auf. Er kratzte sich am Bart und sagte: »Vorhin war er noch dort, doch ich weiß nicht, ob er euch empfangen kann.«

»Bemühe dich nicht, mich anzumelden, Hakul, ich werde das selbst übernehmen«, meinte Wesgian und sprang vom Pferd.

Der Hakul nickte gleichgültig.

»Wenn diese Männer in meinem Sger wären, würde ich sie lehren, was es heißt, auf einem Kriegszug zu sein«, entrüstete sich Jeswin. Awin nickte zustimmend. Der Befehlshaber der Stadt schien die Dinge schleifen zu lassen.

Sie folgten Wesgian ins Innere des Ordals. An einen kleinen Hof schloss sich ein enger Gang an, der an mehreren Kammern vorbei in eine von hölzernen Säulen gestützte Halle führte. Diese immerhin war beeindruckend, und Wela strich mit Bewunderung über eine der schlanken, bunt bemalten Säulen. Im Saal herrschte große Unordnung, offenbar war ein Fest gefeiert worden. Tische und Bänke standen kreuz und quer oder waren sogar umgeworfen worden. Bronzenes Geschirr lag auf der Erde verteilt, und in einer Ecke sah Awin drei Hakul – die schliefen. Jeswin schnaubte verächtlich, und auch Awin hatte wenig Verständnis für dieses Bild der Verwüstung und der Sorglosigkeit. Die Hakul hatten eine feindliche Stadt besetzt. Wachsamkeit wäre angebracht gewesen, doch bislang hatte er davon nicht viel gesehen. Am Ende der Halle stand ein besonders breiter Tisch, dem ein Bein fehlte. Ein zerbrochenes Fass hatte seinen Platz eingenommen und hielt den Tisch nun mehr oder weniger gerade. Und auf einem Stuhl hinter diesem Tisch saß Blohetan und stierte sie aus glasigen Augen an. Er war ganz offensichtlich betrunken. Er sprang auf und warf dabei einen leeren Tonkrug um.

»Wen bringst du da, Wesgian, mein Freund? Ist das nicht … ist das nicht Awin der Abtrünnige?«

»Ich grüße dich, Yaman Blohetan«, erwiderte Awin, um die Form zu wahren.

»Hast du dich doch entschlossen, dich dem ruhmreichen Heer anzuschließen, Awin Sehersohn?«, fragte Blohetan mit schwankender Stimme.

»Eigentlich bin ich hier, um das Heer zur Umkehr zu bewegen«, antwortete Awin schlicht.

»Umkehr? Wozu Umkehr? Und wohin? Nein, wir warten hier! Bis Eri mit dem Heer der Unsterblichen kommt. Und dann werden wir wieder kämpfen. Kämpfen und siegen. Nicht wahr, Wesgian, mein Freund?«

»Wenn du es sagst, ehrwürdiger Blohetan«, erwiderte der Yaman des Weißen Wolfs ruhig. Er hatte nicht mit der Wimper gezuckt, als Awin davon gesprochen hatte, das Heer aufzuhalten.

»Und vielleicht haben wir dann einen Feind, der es wert ist, dass wir ihn besiegen!«, rief Blohetan. Er wischte mit einer Hand einige bronzene Becher vom Tisch, die mit hellem Klang über den Boden davonsprangen, und starrte ihnen hinterher, bis der letzte wieder zur Ruhe gekommen war. »Wie diese Becher sind sie, diese Bauern. Kämpfen nicht, verkriechen sich. Laufen davon. Ist es nicht so, Wesgian?«

»So ist es, ehrwürdiger Blohetan. Doch sollte das kein Anlass sein, in unserer Wachsamkeit nachzulassen. Die Akradhai sind uns in dieser Stadt doch sicher drei- oder vierfach überlegen«, erwiderte Wesgian.

»Bauern«, sagte Blohetan und ließ sich in seinen Sitz fallen. Er schnaufte einmal, als müsse er sich von der Anstrengung der vielen Worte erholen, dann schloss er die Augen, und sein Kopf sackte auf die Brust. Yaman Blohetan, Befehlshaber der Stadt Karno, war eingeschlafen. Awin starrte ihn an. Es war schwer zu glauben, dass das noch derselbe bedächtige Klan-Älteste war, den er am Sichelsee kennengelernt hatte.

»Wie ich sagte, Yaman Awin, die Dinge sind nicht, wie sie sein sollten«, murmelte Wesgian und spuckte noch einmal aus, bevor er sich umdrehte und die Halle verließ. Awin sah auch keinen Grund, länger zu verweilen, und folgte dem Yaman.

Draußen auf dem Platz schlug Merege vor, sich die Boote im Hafen anzusehen. Unterwegs erfuhr Awin, dass etwa die Hälfte der Hakul außerhalb der Stadt lagerte.

»Jenseits der Stadtmauer gibt es einen großen Platz, wo sie das Holz, das aus dem Süden herangeflößt wird, anlanden«, erklärte Wesgian. »Dort lagern jene von uns, die noch wissen, dass ein Hakul kein Dach über dem Kopf haben sollte, wenn er gut schlafen will. Außerdem ist dort Platz für unsere Pferde.

Mancher Krieger hat sein Ross jedoch mit in die Hütte geführt, die er einem unglücklichen Akradhai weggenommen hat. Es bleibt dir überlassen, ob du dein Pferd lieber auf eine Wiese oder unter so ein Strohdach stellen willst.«

Awin nickte. Sie ritten durch eine schmale Gasse zum Hafen. Awin bemerkte viele hasserfüllte Blicke und geballte Fäuste, als sie zum Fluss zogen. Eine Frauenstimme schrie »Verräter!«, und es war klar, dass ihr Ruf Praane galt, der neben Wela herlief.

Der Hafen war nicht sehr groß. Zwei Dutzend plumper Fischerboote lagen dort, dazwischen noch zahlreichere kleine Schilfboote, dicht an dicht ans Ufer gezogen. Einige Hakul bewachten sie, und Awin sah viele Akradhai, die sie mit verschränkten Armen beobachteten.

»Am besten, ihr überlasst es mir, zu fragen, ob einer der Fischer uns ins Schneeland bringt«, sagte Merege.

Awin nickte. Als Hakul hatte er hier nicht viel Entgegenkommen zu erwarten. Dann hatte er einen Einfall. »Nimm Mabak mit, Merege. Er soll den Fischern ruhig erzählen, mit wem sie es zu tun haben. Es mag helfen, sie zu überzeugen.«

Merege lächelte, und Mabak platzte fast vor Stolz, als er diesen wichtigen Auftrag erhielt.

»Sag, Wesgian«, fragte Awin, als Merege zu den Fischern hinüberschlenderte, »wie hat Eri das Heer eigentlich auf die andere Seite dieses Flusses gebracht?«

Der Alte grinste. »Komm, ich zeige dir das größte Wunder dieser Stadt.« Dann führte er sie auf die andere Seite des Hafens. Dort wuchs ein langer Damm hinaus in den Fluss, der von einem klotzigen Turm gekrönt war, und unterhalb dieses Dammes gab es etwas, das Awin noch nie gesehen hatte. Es wirkte beinahe wie ein Floß, war aber länger und schmaler.

»Was ist das?«, fragte er, da er sich keinen Reim darauf machen konnte.

»Eine Fähre. Siehst du das Seil, das hier aus dem Turm ins Wasser läuft? Und siehst du ferner dort drüben diesen zweiten Turm, auf der Insel im Fluss? Dort endet dieses Seil, mit dem sie die Fähre hinüberziehen, wenn sie übersetzen, um im Marschland nach Bernstein zu suchen. Und mit dem Seil kann sich die Fähre gegen die Strömung behaupten.«

»Aber damit kommen sie doch nur bis zur Mitte des Stromes«, warf Tuge ein.

»Es gibt eine zweite Fähre auf der anderen Seite der Insel, aber du kannst sie von hier aus nicht sehen.«

»Und damit hat Eri den Fluss überquert?«

»Den ganzen Tag und die ganze Nacht mussten die Fährmänner schuften, denn viel mehr als hundert Reiter kann dieses Ding nicht aufnehmen. Aber am Ende war das Heer auf der anderen Seite. Doch jetzt kommt weiter, ich zeige euch den Lagerplatz.«

Sie folgten Wesgian wieder aus dem Hafen hinaus. Es gab dort eine Gasse, die zum nördlichen Tor und zum Floßplatz führte. Auch an diesem Tor nahmen die Wachen ihre Aufgabe nicht sonderlich ernst. Sie überholten einige Hakul, die mit allerlei Dingen schwer beladen zum Lager wankten.

»Was bringt ihr da, tapfere Krieger?«, fragte Yaman Jeswin.

Die Männer glotzten ihn verwundert an. »Beute«, lautete die Antwort.

»Und welcher Art ist eure Beute?«, wollte Tuge wissen.

Die Männer lachten, sahen einander an und zuckten mit den Schultern. Sie schienen selbst nicht zu wissen, was sie da aus der Stadt schleppten.

»Es ist schlimmer, als ich dachte«, sagte Jeswin. Immerhin war er halbwegs zufrieden, als er die Einfriedungen sah, die die Hakul am Fluss angelegt hatten. Wenigstens die Pferde waren immer noch gut versorgt. Viele Kriegszelte waren dort aufgeschlagen, und das Lagerleben schien noch in einigermaßen geordneten Bahnen zu verlaufen.

»Wie viele Krieger lagern hier?«, fragte er Wesgian.

»Drei- oder auch vierhundert. Nicht einmal die Hälfte von uns. Die anderen …« Er beendete den Satz mit einem kräftigen Ausspucken.

»Du willst, dass wir hier lagern?«, fragte Jeswin.

»Nein, ich will mich weder hier noch in der Stadt aufhalten«, antwortete Awin. »Hoffen wir, dass sich Fischer finden, die uns aufnehmen. Ansonsten müssen wir sehen, wie wir über den Fluss kommen.«

»Dir ist schon klar, dass wir drei oder vier Boote bräuchten, um alle mitzukommen, von den Pferden ganz zu schweigen.«

»Die werden wohl hierbleiben müssen, Yaman«, erklärte Awin ruhig.

Jeswin starrte ihn an. Awin fand es erstaunlich, dass der Yaman des Wasserklans seine Führung inzwischen hinnahm. Jeswin war weit älter als er selbst, aber seit einigen Tagen tat er, was Awin vorschlug. Jetzt schien ihm das aber besonders schwerzufallen: »Du verlangst viel, Yaman«, sagte er.

»Es steht ja auch viel auf dem Spiel, Yaman«, gab Awin zur Antwort.

Etwas später kamen auch Merege und Mabak aus der Stadt. Sie hatten Nachrichten, die nicht allen im Sger gefielen. »Ich habe zwei Männer gefunden, die bereit sind, einige von uns über das Meer zu bringen. Doch bieten ihre Boote nur Platz für jeweils sieben Reisende.«

»Und was verlangen sie dafür?«, fragte Wela.

»Vier lange Zähne vom Walross, die sie bekommen werden, wenn wir im Schneeland sind.«

»Ich kann nicht meinen halben Sger führungslos zurücklassen, Yaman Awin«, sagte Jeswin.

Awin seufzte. »Ich verstehe das gut, Yaman. Vielleicht ist es ja an der Zeit, dass sich unsere Wege wieder trennen.«

Jeswin sah zu Boden. Awin konnte sehen, wie sehr es in ihm arbeitete. Dann sagte er: »Ich hoffe, du verstehst, dass es uns nicht an Mut mangelt. Nur an Platz, nur an Platz.«

»Niemand aus meinem Klan wird das Gegenteil behaupten, Yaman«, versicherte Awin. Er verzichtete jedoch nur ungern auf Jeswin und seine Reiter. Noch unwohler war ihm allerdings bei dem Gedanken, den Sger in dieser Stadt zurückzulassen. »Du solltest deine Männer so schnell wie möglich zurück nach Luuta führen, und vielleicht auch noch jeden andern Hakul, der genug Verstand hat, diese Stadt so schnell wie möglich zu verlassen. Glaubst du, ihr findet den Weg zurück durch den Femewald?«

Jeswin blickte zu Praane. »Wenn der Akradhai uns führt …«

Aber Praane schüttelte den Kopf. »Ihr müsst Nokke fragen, wenn er hier eintrifft. Ich werde Awin weiter begleiten, wenn er es erlaubt.«

Tuge warf Awin einen Blick zu, der vielleicht besagte, dass er die Gelegenheit nutzen sollte, den Ore loszuwerden, bevor er am Ende die Schmiedin aus dem Klan führte, aber Awin nickte und sagte: »Praane mag uns begleiten. Ich werde allerdings niemanden aus meinem Sger auffordern, weiter als bis hierher zu gehen. Wer das Meer scheut, kann mit Jeswin umkehren. Es wäre mir sogar lieber, denn so wüsste ich, dass wenigstens einige von uns zurückkehren.«

Tuge schüttelte den Kopf. »Es ist nicht so, dass ich mein treues Pferd gerne gegen eine Nussschale eintausche, um über das Wasser statt über gutes Land zu reiten, aber ich kann doch meinen Yaman nicht alleine ziehen lassen!«

Auch die anderen Krieger aus Awins Sger wollten sich hinaus aufs Meer wagen, selbst Mahuk Raschtar wollte auf keinen Fall zurückbleiben.

Awin dankte seinen Gefährten, denn er wusste, wie viel er von ihnen verlangte. »Wann können wir aufbrechen?«, fragte er die Kariwa.

»Die Fischer brauchen Zeit, die Boote vorzubereiten, so dass wir wohl erst morgen früh mit der Flut in See stechen können.«

»Also müssen wir doch hier lagern«, stellte Jeswin mit wenig Begeisterung fest.

»Und ich habe Zeit, ein lange fälliges Ritual durchzuführen«, meinte Awin.

Hier ergab sich jedoch eine Schwierigkeit, denn Awin brauchte einen ruhigen, abgeschiedenen Ort, einen Platz, an dem er ungestört und unbeobachtet auf seine Reise des Geistes gehen konnte. Es war klar, dass er einen solchen kaum in der Stadt oder in der Nähe des Lagers finden würde. Als sie schon in Erwägung zogen, hinaus in die Ebene zu ziehen, meldete sich Praane zu Wort. »Verzeih, Yaman, aber es gibt einen solchen Ort in der Stadt. Er ist der Ackergöttin Inne gewidmet, einer Dienerin der Hirth. Du hast ihn gesehen, denn er liegt am Markt, dem Haus der Ältesten gegenüber.«

»Ich danke dir für den Hinweis, doch ist es für das Ritual von Vorteil, den gestirnten Himmel über sich zu haben, und ich glaube nicht, dass eure Göttin Inne sehr erfreut wäre, wenn wir ihrem Tempel das Dach rauben«, erwiderte Awin höflich.

Zu seiner Überraschung lachte Praane laut auf. »Inne würde uns zürnen, wenn wir ihrem Haus ein Dach gäben, Hakul. Sie vermählt den Acker mit dem Regen, und das kann sie doch wohl nicht, wenn ihr Stroh, Schilf oder gar Ziegel im Weg wären.«

Während Jeswins Leute einen guten Platz für ihre Zelte suchten, ritt Awin zurück in die Stadt, um sich den Tempel anzusehen. Seine Gefährten begleiteten ihn, denn es war ihnen klar, dass Karno gefährlich für einen einzelnen – abtrünnigen – Hakul war. Als sie sich dem Marktplatz näherten, hörten sie großen Lärm, und nachdem sie ihn erreicht hatten, sahen sie eine Menge Krieger in wildem Gedränge. Es wurde geschrien und gebrüllt, und die Quelle der Unruhe schien auf den Stufen vor dem Ordal zu entspringen.

»Was ist hier los, Hakul?«, fragte Awin einen Krieger, der dicht an seinem Falben vorüberdrängte.

»Ein Streit. Er muss mit dem Dolch geklärt werden.«

»Worum geht es?«, fragte Wela.

Der Mann sah sie kurz verwundert an, vielleicht, weil er so weit von der Heimat entfernt nicht mit einer Hakul-Frau gerechnet hatte, dann sagte er: »Ein Streit eben. Eine Sache zwischen Kriegern, Weib. Blut wird die Angelegenheit schon klären.« Und dann lief er weiter und stürzte sich in das Getümmel.

Sie hielten sich dem Gedränge fern und stiegen im Schatten der hohen Tempelmauern ab. Awin ließ die Pferde in der Obhut von Limdin und Dare zurück. Dann durchschritten sie die breite Pforte.

Der Lärm von draußen drang fast ungehindert in die heiligen Mauern ein, denn, wie Praane gesagt hatte, fehlte dem Tempel das Dach. Genau genommen hatte er doch eines, aber das schützte nur einen schmalen, gepflasterten Streifen entlang der äußeren Mauern, so dass sich die Gläubigen unterstellen konnten, wenn es regnete, aber die weite Mitte des Gebäudes war Wind und Wetter schutzlos ausgesetzt. Eine hölzerne Statue mit übertrieben weiblichen Formen blickte die Eintretenden aus riesigen Augen an. Sie stand inmitten einer Blumenwiese, die ungehindert wucherte. Die Arme der Statue waren ausgestreckt, sie schien etwas gehalten zu haben, doch war es nicht mehr dort.

»Sie haben die Opferschale geraubt!«, stieß Praane hervor.

Awin entdeckte kleine Stoffbündel, die über die Wiese und den gepflasterten Weg verstreut lagen.

»Opfergaben?«, fragte er den Akradhai.

Praane nickte. »Ist euch denn nichts heilig, Hakul?«, fuhr er Awin an.

Awin ging nicht darauf ein. »Gibt es hier einen Priester?«, fragte er.

»Eine Priesterin, Hakul«, sagte eine Stimme. Eine Frau trat aus einer schmalen Tür auf der anderen Seite des Tempels. Sie war recht jung, wirkte jedoch verhärmt. Sie trug ein schlichtes, graugrünes Gewand.

»Ich grüße dich, Priesterin«, sagte Awin, »und ich bitte dich, unser Eindringen zu entschuldigen.«

»Wenn ihr etwas stehlen wollt, so seid ihr zu spät, Hakul, denn eure Brüder haben schon alles genommen, was auch nur halbwegs von Wert war«, sagte die Frau verbittert.

»Wir sind nicht hier, um zu rauben, ehrwürdige Priesterin«, versuchte Awin, sie zu beschwichtigen.

»Ihr seid aber doch sicher nicht hier, um Inne die ihr zustehende Ehre zu erweisen, oder?«

»Die Göttin ist nicht hier«, sagte Isparra plötzlich.

Die Priesterin fuhr sie zornig an: »Woher willst du das wissen, Weib?«

»Ich weiß es«, antwortete die Windskrole mit einem herablassenden Lächeln. Die Priesterin fasste sie jetzt näher ins Auge. Vermutlich versuchte sie zu erraten, wer diese schöne Frau in dem eigentümlichen, zerrissenen Mantel war.

»Yeku sagt, guter Ort. Starker Ort. Guter Platz für Rituale«, warf Mahuk ein.

Die Priesterin starrte von einem zum anderen. Offenbar bemerkte sie erst jetzt, dass sie nicht alle Hakul waren, und sie versuchte, sich einen Reim darauf zu machen. »Von welchem Ritual spricht dieser … Wilde?«, fragte sie unsicher.

Awin beschloss, ihr wenigstens das Nötigste zu sagen. »Es ist ein altes und heiliges Ritual der Seher, ehrwürdige Priesterin. Es erlaubt meinem Geist, eine Reise anzutreten. Ich werde es hier vollziehen, denn dieser Ort ist ruhig und scheint gesegnet. Ich bitte dich, mir zu glauben, dass ich nicht vorhabe, eure Göttin Inne zu beleidigen. Ja, ich werde ihr sogar ein Opfer bringen, denn dies ist ihr Haus, und ich bin nur Gast.«

»Das kann ich nicht erlauben, Hakul!«, sagte die Priesterin. Ihre Kiefermuskeln spannten sich. Sie schien fest entschlossen.

Awin seufzte. Er konnte die Frau verstehen, aber doch keine Rücksicht auf ihr Misstrauen und ihren Hass nehmen. »Ich werde es dennoch tun, Priesterin, denn das Schicksal der Welt kann davon abhängen.«

»Dies ist der Tempel der Inne. Sie wird nicht zulassen, dass …«

Sie wurde durch ein Flüstern unterbrochen. »Sie wird, Bäuerin«, hauchte Isparra, beinahe unhörbar, aber gerade noch so, dass es jedem Einzelnen in den Ohren klang.

Die Akradhai erbleichte und wich einen Schritt zurück.

»Wir werden deine Göttin ehren, Priesterin«, versprach Awin noch einmal. »Sie wird es verstehen, denn auch sie wird wissen, was auf dem Spiel steht.«

»Also geh uns aus dem Weg, sterbliches Weib«, flüsterte Isparra. Wieder jagte es Awin einen Schauer über den Rücken, dabei hatte er ihr Flüstern nun schon oft gehört. Die Priesterin aber starrte die Windskrole einen Augenblick entsetzt an, dann drehte sie sich um und rannte davon.

»Ich weiß nicht, ob das klug war«, sagte Tuge langsam.

»Sie ist fort. Wie ihre Göttin. Der Tempel gehört dir«, antwortete Isparra mit einem verächtlichen Schnauben.

»Yeku sagt, du hast sie beleidigt«, meinte Mahuk, und es blieb unklar, ob damit die Göttin oder ihre Dienerin gemeint war.

»Auf jeden Fall ist sie weg und stört uns nicht mehr«, meinte Wela jetzt. »Was sagst du, Sehersohn, ist der Platz für dein Ritual geeignet?«

Awin sah zum Himmel. Wolken zogen auf. Es würde noch einige Stunden dauern, bis es endlich dunkel werden würde. »Ja«, sagte er, »ja, dieser Tempel ist geeignet. Ihr müsst nachher nur dafür sorgen, dass ich ungestört bleibe.«

»Das erscheint mir leichter gesagt als getan, Yaman«, sagte Tuge. »Die Stadt ist voller Unruhe, die Hakul sind streitlustig, und die Akradhai werden nicht begeistert sein, wenn wir diesen Ort, der ihnen heilig ist, entweihen.«

Awin musste zugeben, dass Tuge nicht Unrecht hatte, aber dann sagte er: »Hört ihr nicht den Lärm? Unsere Stammesbrüder sind in einer gefährlichen Stimmung. Jede Kleinigkeit kann dazu führen, dass die Dolche gezogen werden und Blut fließt. Wenn die Akradhai klug sind, bleiben sie in den Häusern. Und unsere Brüder haben keinen Grund hierherzukommen, denn der Tempel ist bereits geplündert.«

»Dennoch wäre mir wohler, wenn wir uns irgendwo in die Ebene zurückziehen würden, Yaman«, meinte der Bogner verdrossen.

»Die Nacht ist kurz, Meister Tuge«, sagte Merege jetzt, »und im Morgengrauen stechen wir in See. Wenn Awin auf die Reise gehen will, dann nur hier und heute, innerhalb der Mauern dieser Stadt, denn du weißt, dass er das auf dem Wasser nicht kann. Und er wird in Karno keinen besseren Ort finden als diesen Tempel der Inne.«

Als sie den Tempel wieder verließen, stellten sie fest, dass die Unruhe auf dem Platz noch angewachsen war, denn der Streit, den der Krieger vorhin erwähnt hatte, wurde nun wirklich in einem Zweikampf ausgefochten. Awin sah von den Tempelstufen aus den hin- und herwogenden Kreis aus Hunderten brüllenden und schimpfenden Hakul, in dessen Mitte sich zwei Krieger mit gezogenem Blutdolch belauerten.

»Gibt es denn hier keinen Yaman, der für Ordnung sorgt?«, rief Tuge kopfschüttelnd.

»Offenbar nicht«, antwortete Awin. »In dieser Stadt scheinen die Hakul verrückt zu spielen.«

»Und es steckt an«, sagte Wela trocken.

Awin sah, was sie meinte, denn sie wurden Zeuge, wie sich Limdin und Dare heftig anfeindeten. Im allgemeinen Lärm verstand Awin nicht genau, was sie sagten, aber er erkannte, dass Dare seinem älteren Bruder vorwarf, ihn hintergangen zu haben, was dieser wütend zurückwies, und bevor Awin eingreifen konnte, hatte Limdin den Jüngeren einen Lügner genannt. Dare riss seinen Dolch aus der Scheide.

»Um Marekets willen!«, rief Awin laut. »Ist das eure Auffassung davon, unsere Pferde zu bewachen?«

»Halte dich da heraus, Yaman Awin. Dies ist nicht dein Streit«, rief Dare wütend.

»Ist er das nicht? Ihr reitet in meinem Sger, ihr bewerbt euch um die Hand meiner Schwester – wie könnte dieser Zwist mich nichts angehen?«

»Es ist eine Sache zwischen Brüdern«, sprang Limdin jetzt Dare bei.

Awin lächelte. »Wie ich sehe, versteht ihr es immer noch, zusammenzuhalten, wenn es erforderlich ist.«

Dare stieß seinen Dolch zurück in die Scheide. »So ist es,

weil weder im Guten noch im Bösen etwas zwischen uns treten kann, Yaman Awin. Auch du solltest es nicht versuchen.«

»Wie redest du mit deinem Yaman?«, fuhr Tuge den Krieger nun heftig an.

Aber dieser blieb ganz ruhig. »Mein Yaman heißt immer noch Auryd. Er ist im fernen Süden und jagt jenen Mann, den eure Sippe nicht fangen konnte, Meister Tuge.« Dann sprang der Krieger auf sein Pferd, riss es hart herum und preschte davon. Er verschwand in der nächsten Seitengasse.

»Mein Bruder ist ein Narr, Yaman Awin«, sagte Limdin, der ebenfalls schon auf sein Pferd gesprungen war. »Aber er hat in einem Recht. Versuche nicht, dich zwischen uns zu stellen. Dieser Streit schwelt schon lange, und deine Schwester war es, die den Funken gelegt hat. Wir werden das klären, unter Brüdern. Und kein Yaman kann das verhindern.« Und mit diesen Worten jagte er davon, seinem Bruder hinterher.

»Lass mich mit ihnen reden, Awin«, rief Wela. »Vielleicht hören sie auf eine Frau, die ihnen ein paar Dinge sagen wird, die ein Mann ihnen nicht sagen dürfte.«

Awin nickte, denn das fehlte ihm noch, dass die Brüder sich gegenseitig an die Gurgel gingen. »Aber nimm Mabak und Karak mit«, rief er. »Die Straßen sind nicht sicher.«

Augenblicke später waren die drei verschwunden.

»Und nun?«, fragte Tuge.

»Es ist noch Zeit, Blohetan einen erneuten Besuch abzustatten«, meinte Awin.

»Wozu? Willst du ihm zusehen, wie er sich weiter betrinkt?«, fragte der Bogner.

»Es gibt noch ein paar Fragen, die ich ihm nicht stellen konnte, solange Wesgian dabei war. Hoffen wir, dass er jetzt etwas nüchterner ist.«

Aber Blohetan war nicht nüchtern. Er saß ganz allein in der

großen Halle. Von draußen drang der Lärm des Zweikampfes durch die schmalen Fensterschlitze. Das ganze Haus wirkte gespenstisch leer. Die schlafenden Hakul waren nicht mehr dort, aber irgendjemand musste versucht haben aufzuräumen, denn die meisten Überreste des nächtlichen Gelages waren verschwunden.

»Ah, der ruhmreiche Abtrünnige! Wer hat dich in die Stadt gelassen, Awin von den Dornen, dich und deine Bande von Fremden?«, rief Blohetan laut.

Isparra zischte wütend, und ein leichter Windstoß ließ einen vergessenen Bronzebecher über den Fußboden rollen.

»Deine Wächter, Blohetan von den Schwarzen Bergen, denn sie versehen ihr Amt schlecht. Hörst du nicht das Geschrei in der Stadt? Deine Krieger kennen keine Ordnung mehr. Sie plündern und streiten, mit den Akradhai und mit ihren eigenen Brüdern!«

»Was geht es dich an, Seher?«, sagte der Alte mit schwerer Zunge. »Du bist keiner mehr von uns. Bist du hier, um den Ruhm zu ernten, den wir gesät haben?«

»Das hat keinen Sinn, Awin«, murmelte Tuge.

Aber Awin wollte herausfinden, was der Alte über die Xaima wusste. »Ich bin nicht hier, um mit dir zu streiten, ehrwürdiger Blohetan, auch will ich sicher nicht deinen Ruhm schmälern, Herr dieser Stadt, doch bin ich neugierig. Die vier Zauberer – erzähl mir von den vier Zauberern.«

»Ah, die Zauberer. Machtvoll, Awin. Sehr machtvoll, stärker als dieses blasse Mädchen, das du mit dir herumschleppst. Und Eri ergeben. Ja, sie verzehren sich, uns zu helfen.«

Das war nun eine eigenartige Bemerkung. »Verzehren sich?«, fragte Awin. Er sah, dass Isparra bei diesem Wort förmlich erstarrt war.

»Mächtig«, murmelte Blohetan. »Und sie werden dem Tiudhan das unsterbliche Heer verschaffen. Und dann – Gnade unseren Feinden. Städte werden wir nehmen. Viele Städte. Alle Städte! Größer und schöner als dieses Nest. Herren der Welt werden wir sein.« Die letzten Worte waren kaum noch zu verstehen. Blohetan erhob sich mühsam von seinem Stuhl, deutete auf Awin und lallte: »Und du wirst es nicht verhindern!« Er lachte, griff unsicher nach dem Becher, der vor ihm auf dem Tisch stand, verfehlte ihn und warf ihn um. Der verbeulte Bronzebecher rollte über den Tisch und fiel mit blechernem Klang zu Boden. Eine dunkle Lache breitete sich aus, wo er liegen blieb. Awin starrte auf den braunen Fleck. Genau dieses Bild hatte er in seinem Traum auf dem Floß gesehen. Ihm wurde heiß und kalt. Ein Zeichen. Hieß das etwa, dass stimmte, was der Alte sagte? Dass er es nicht schaffen würde, Eri aufzuhalten?

Blohetan murmelte einen Fluch, dann fiel sein Blick auf Isparra. »Dieses Weib da bei dir, wer ist das? Sie erinnert mich an jemanden. Aber an niemanden, an den ich mich erinnern möchte. Schön sieht sie aus, doch hässlich denkt sie, das kann ich riech…« Weiter kam Blohetan nicht. Isparra zischte, und ein plötzlicher Windstoß fegte durch die Halle. Der Alte verlor das Gleichgewicht und versuchte, sich an dem dreibeinigen Tisch festzuhalten. Dieser gab nach und glitt von dem Fass, das als sein viertes Bein diente. Blohetan rutschte mit dem Tisch ungelenk zu Boden und schlug mit dem Kopf auf. Er stöhnte, rollte zur Seite und blieb reglos liegen. Der Wind war fort. Erschrocken starrten die Gefährten auf den alten Hakul, der wie tot am Boden lag.

»Was hast du getan?«, fragte Awin entsetzt.

Aber Isparra war verschwunden.

Mahuk lief zu Blohetan und sah sich seinen Kopf an. »Tot ist er nicht. Kopfschmerzen wird er aber haben. Yeku sagt, auch ohne Sturz«, erklärte der Raschtar grinsend. Sie hoben den

Alten auf und legten ihn auf einen Tisch. Blohetan schnarchte, als sie die Halle verließen.

Der Zweikampf war noch nicht vorüber, und die Menge vor dem Ordal feuerte immer noch die beiden Kämpfer an. Awin betrachtete die gedrängte Menge, das Geschiebe und Gezerre, die geballten Fäuste, die einander beschimpfenden Männer. Er hatte keine Ahnung, worum es bei diesem Kampf ging, aber er baute darauf, dass es die Hakul davon ablenken würde, sich mit anderen Dingen zu beschäftigen. Als sie die Treppen vor dem Ordal hinunterliefen, um zum Lager zurückzukehren, spürte er jedoch, dass ihm Feindseligkeit entgegenschlug. Eine Gruppe Hakul hielt sich abseits des allgemeinen Getümmels. Das war mehr als ungewöhnlich. Sie schienen auf ihn zu warten, und er hätte gerne gewusst, was sie einander zuraunten. Als er sich nach Isparra umsah, war sie nirgends zu sehen. Er fragte die anderen.

»Ich brauche keine Windskrole, um zu erkennen, dass sich da Unheil zusammenbraut«, brummte Tuge. »Offenbar wissen inzwischen einige, wer heute in die Stadt gekommen ist.«

»Vorsicht, Awin«, rief Merege leise. Die Gruppe hatte sich in Bewegung gesetzt. Awin musterte die Männer. Es waren mehr als zwanzig, ihren Mänteln nach stammten sie von verschiedenen Stämmen, aber sie alle folgten einem großen, hageren Mann, der mit vorgerecktem Kinn und wildem Blick auf Awin zumarschierte.

»Du bist der, den man den Abtrünnigen nennt, oder?«, schrie der Hagere laut.

Aus den Augenwinkeln sah Awin, dass sich am Rande des Getümmels einige Hakul umdrehten. Sie hatten den Schreihals trotz des Lärms gehört. Das konnte gefährlich werden. Awin dachte nicht lange nach. Er lief dem Hageren kurz entschlossen entgegen und legte die Hand auf den Dolchgriff. »Wenn du mich noch einmal so nennst, wirst du mit deinem Blut dafür bezahlen«, rief er mit fester Stimme. Der Hagere stockte, seine Schritte verlangsamten sich. Seine Hand fuhr ein wenig fahrig zum Gürtel. »Also, wie nennst du mich, Hakul?«, setzte Awin scharf hinzu. Er wusste, er durfte nicht nachlassen.

Der Hagere ließ seinen Blick nach rechts und nach links schweifen. Er suchte offensichtlich Unterstützung bei seinen Gefolgsleuten, aber die warteten ab.

»Du bist doch der, den sie Awin nennen, oder?«, fragte der Hagere mit unsicherem Trotz in der Stimme.

»Ich bin Awin, Kawets Sohn, Yaman der Schwarzen Dornen. Ich habe Alfskrole bezwungen, eine Göttin besiegt und bin dem Totengott selbst entgegengetreten, und ganz sicher werde ich nicht vor einem Hakul zurückweichen, der nicht wagt zu sagen, was er denkt!«

»Es stimmt«, rief einer warnend aus der Menge. »Er hat Uo überlistet, und mächtige Zauberinnen beschützen ihn.«

»Er soll sogar eine Seeschlange getötet haben«, rief einer halblaut.

Der Hagere, der Awin um einen Kopf überragte, starrte ihn an. Furcht und Hass standen ihm ins Gesicht geschrieben.

»Nun, hast du etwas zu sagen, Hakul?«, fragte Awin und trat noch näher an seinen Gegner heran. Nicht einmal die Schneide eines Schwertes passte jetzt noch zwischen sie.

Der Hagere wich zurück, stolperte, drehte sich um, schob die Nächststehenden wütend zur Seite, drängte sich zwischen seinen Gefolgsleuten hindurch und verschwand in der Menge. Laute Schreie ertönten in diesem Augenblick aus dem Getümmel. Offenbar war der Zweikampf entschieden.

»Noch jemand, der etwas sagen möchte?«, fragte Awin in die Runde.

Doch die Männer schwiegen und zogen sich nach und nach zurück. Als der letzte sich abgewandt hatte, begann Awins Hand am Dolch zu zittern.

»Ich bewundere deinen Mut, Yaman«, erklärte Tuge anerkennend. »Es waren zwei Dutzend Krieger, aber keiner hat es gewagt, dir die Stirn zu bieten.«

Awin nickte schwach. »Es war leicht zu sehen, dass dieser Mann ein Großmaul ist, aber andere sind vielleicht nicht so schnell zu beeindrucken. Und wenn sie sich erst Mut angetrunken haben, werden sie sich sicher noch einmal zeigen und mich herausfordern.«

In diesem Augenblick kam Praane vom Hafen. Er hatte Pallwe mitgebracht, der inzwischen eingetroffen war. Nur war niemand da, um die Baumstämme, die er brachte, entgegenzunehmen. Und er kam jetzt ausgerechnet zu Awin und fragte ihn, ob er nicht etwas unternehmen könne. Zwei von Jeswins Männern gaben den beiden Akradhai Geleitschutz. »Die Hakul helfen nicht«, brummte der Flößer, gewohnt einsilbig.

Awin schlug ihm vor, ins Ordal zu gehen. »Du solltest dir jedoch nicht zu viel davon versprechen, Meister Pallwe, denn Blohetan ist vielleicht zu betrunken, um irgendetwas zu entscheiden.«

Wieder brandete Lärm vom Kampfplatz auf. Offenbar gab es einen neuen Streit. Es klang, als hätten weitere Krieger ihre Blutdolche gezogen. Pallwe schnaubte verächtlich, musterte die schreienden Hakul, dann das Ordal, schüttelte den Kopf und verschwand grußlos. Die beiden Männer von Jeswin folgten ihm mit einem Schulterzucken.

Sie kamen überein, dass es besser für den Sger wäre, wenn Awin sich bis zum Ritual verbergen würde. Nach einiger Überlegung schlug Awin vor, sich im Auge des Sturms zu verstecken:

»Ich bleibe einfach mit Merege hier, im Haus der Ältesten, dort werden sie mich sicher nicht suchen.«

»Das Ordal? Gewagt, aber nicht dumm«, meinte Tuge grinsend.

Awin lächelte flüchtig. »Ich bitte dich, Yaman Jeswin von unserem Vorhaben zu unterrichten. Wenn jemand nach uns fragt, soll er sagen, dass er uns bald zurückerwartet. Aber bitte ihn, im Morgengrauen am Tempel zu sein, denn es kann sein, dass wir schnell fortmüssen. Vielleicht müssen wir sogar kämpfen.«

Unterdessen kehrten Limdin und Dare zurück. Wela ritt zwischen ihnen. Sie sah nicht sehr zufrieden aus. »Sie gehen sich zwar nicht an die Gurgel«, erklärte sie Awin leise, »aber sie reden auch nicht mehr miteinander.«

»Sag ihnen, sie sollen sich zusammenreißen, denn ich kann keinen Streit im Sger gebrauchen, schon gar nicht heute.«

Wela sah ihn mit schief gelegtem Kopf an: »Was glaubst du eigentlich, habe ich die ganze Zeit versucht, Awin?«

Awin seufzte ergeben. Er nahm sich vor, mit den beiden Kriegern noch einmal einzeln zu reden, aber er hatte an viele andere Dinge zu denken. Er sprach mit Mahuk, denn er wollte einige Kräuter bereitliegen haben, falls er ohne ihre Hilfe die Reise nicht schaffte.

»Yeku sagt, du bist abgelenkt. Er denkt, du könntest scheitern.«

»Denkt er das, oder *hofft* er das, ehrwürdiger Raschtar?«, fragte Awin ungehalten.

»Er denkt es. Er sagt, es ist viel Unruhe über den Hütten.«

Awin seufzte. »Dann will ich hoffen, dass es auf der Ebene des Geistes etwas ruhiger zugeht, Mahuk.«

Sie entschieden, dass auch der Raschtar mit Merege und Awin im Ordal bleiben sollte, denn er und Yeku fielen zu sehr auf.

Dann trennten sie sich. Immer noch wurde auf dem Platz heftig gestritten, und immer noch war kein Wächter an der Pforte. Sie betraten das Haus, suchten und fanden eine Vorratskammer und beschlossen, dort zu bleiben. Es gab dort einen Stapel Tuchballen, hinter dem sie sich verstecken konnten. Zunächst wagte Awin noch einen Blick in den großen Saal. Blohetan saß da, trank, stierte ins Nichts und redete mit leeren Stühlen. Awin schlich zurück in die Kammer. Blohetan tat ihm leid. Ganz offensichtlich war die Aufgabe, die ihm Eri gegeben hatte, zu schwer für den Alten. Zu seinem Unglück wusste Blohetan das offenbar selbst, und er suchte das Vergessen in dem starken Bier, das die Akradhai brauten.

Mahuk begrüßte ihn mit einem breiten Grinsen. »Wir verstecken uns. Unter dem Mantel des Anführers. Gute Geschichte.«

»Hoffentlich haben wir noch Gelegenheit, sie zu erzählen«, brummte Awin. Er fragte sich, wo Isparra war. Praane hatte behauptet, er habe sie in der Nähe der Fähre gesehen. Sie hatte versprochen, ihm auf der Ebene des Geistes in einige Geheimnisse einzuweihen. Würde sie ihn wieder im Stich lassen?

Merege setzte sich zu Awin. »Es liegt Unruhe über der Stadt«, sagte sie leise.

»Die Krieger langweilen sich, das macht sie gefährlich«, stimmte Awin zu.

»Das meinte ich nicht. Es sind die Akradhai. Sie ducken sich, sie schweigen, aber sie sind voller Hass. Vielleicht sind sie sogar gefährlicher als deine Stammesbrüder.«

Awin seufzte. »Ich kann es nicht ändern. Aber das liegt morgen früh hinter uns, und ich will bei meiner Reise versuchen herauszufinden, was uns auf dem Meer und in deiner Heimat erwartet, Merege.« Wieder schoss ihm dieses Bild in den Sinn – von Merege, die sterbend in den Schnee sank. Hatte sie nicht gesagt, dass es in ihrer Heimat zu dieser Zeit keinen Schnee gab?

Die Kariwa sah ihn nachdenklich an. »Du solltest nach Senis Ausschau halten«, sagte sie ernst. »Sie ist bei weitem die Mächtigste unter den Wächtern, und ich fürchte, ohne sie werden wir die Xaima nicht aufhalten können.«

»Wir werden sehen«, murmelte Awin. Natürlich wollte er Senis suchen. Er setzte große Hoffnung in sie. Aber was, wenn sie die Hilfe verweigerte, wie damals, als sie Slahan alleine hatten entgegentreten müssen? Er seufzte. Es war später Nachmittag, und er konnte den Abend kaum noch erwarten. Warum nur waren die Nächte hier im Norden so kurz? Er schloss die Augen und bat Mareket und Tengwil um günstige Zeichen. Er konnte sie dringend gebrauchen. Plötzlich nahm Merege seine Hand. »Du solltest nicht verzagen, junger Seher. Du bist weit gekommen, weiter, als es jemand für möglich gehalten hätte. Und sind wir erst einmal auf See, ist das Schlimmste des Weges überstanden.«

»Des Weges vielleicht«, gab Awin zurück. »Aber was ist mit dem, was uns am Ende unseres Pfades erwartet? Ich glaube, alles, was uns bisher begegnet ist, wird uns klein und harmlos erscheinen, wenn wir erst den Xaima und Eris Heer entgegentreten.«

Merege lächelte. »So düstere Gedanken? Warum versuchst du nicht, das Gute zu sehen?«

Awin seufzte wieder. Seit seine Sehergabe zurückgekehrt war, hatte sie ihm jede Nacht dunkle Träume beschert. Wann endlich würde ein Traum zu ihm kommen, der ihm Hoffnung gab? Er spürte Mereges Nähe. Er hätte sie gerne vieles gefragt, aber das ging nicht, solange Mahuk bei ihnen war.

Die Stunden verrannen, und die Unruhe über der Stadt schien mit Einsetzen der Dämmerung noch zuzunehmen. Sie hörten das Grölen betrunkener Hakul und die wütenden oder verzweifelten Schreie der Akradhai. Nach und nach erschienen immer mehr Hakul im Ordal. Aus der Halle drangen Stimmen heran, es wurde anscheinend heftig gestritten. Gelegentlich ergriff Blohetan das Wort, aber er wurde oft unterbrochen, und Awin erkannte, dass es die Yamane waren, die sich dort versammelt hatte. Offenbar hatte Blohetan bei ihnen keinen großen Rückhalt mehr, denn alles, was sie hörten, klang nach Widerspruch und Streit. Awin spähte durch den Türspalt hinaus auf den Gang. Er sah Akradhai, die Fässer in die Halle rollten und Braten und andere Speisen heranschleppten.

»Wir hätten uns zu diesem Fest einladen sollen«, brummte Mahuk. »Bier und gutes Fleisch, nicht nur Trockenfleisch.«

»Ich bin sicher, wenn wir erst auf dem Meer sind und tagelang nichts als Fisch bekommen, wirst du dich noch nach Trockenfleisch sehnen, Mahuk«, erwiderte Awin halb im Ernst.

»Sollten wir nicht langsam aufbrechen? Die Dämmerung ist weit fortgeschritten«, meinte Merege.

Ein schmaler Fensterspalt zeigte einen glühend roten Himmel. Er erinnerte Awin an den Traum, den er auf dem Floß gehabt hatte. Der brennende Himmel. Stand er für Feuer oder vielleicht nur für einen dieser endlos langen Sonnenuntergänge? Aber die Kariwa hatte Recht. Sie schlichen sich aus der Kammer. In der großen Halle wurde laut gelacht, zu laut, wie Awin fand. *Vielleicht spüren auch sie die böse Spannung, die über diesem Tag und dieser Stadt liegt*, dachte er. Dann verließen sie das Ordal. Die Wächter hatten vor der Pforte ein eigenes kleines Gelage mit einem großen Krug Bier begonnen und beachteten sie gar nicht. Awin lief mit Merege und Mahuk schnell zum Tempel. Seine Gefährten waren schon dort. Sie lagerten auf der Treppe, bereit, jeden Fremden aufzuhalten, der das dachlose Heim der Inne betreten wollte. Limdin und Dare schienen peinlich genau darauf zu achten, dass sie sich nicht zu nahe kamen.

Awin besprach sich kurz mit Tuge und erfuhr, dass Jeswin im Morgengrauen hier sein würde. Merege und Wela waren unterdessen schon mit Mahuk Raschtar im Inneren verschwunden. Als Awin den Tempel betrat, kam ihm Mahuk aus der rückwärtigen Tür entgegen. Er deutete mit einem Kopfnicken auf den Durchgang. »Die Priesterin ist dumm. Will es immer noch nicht erlauben. Die Heilerin kümmert sich um sie. Starke Frau«, sagte der Ussar. Awin lächelte. Offensichtlich hatte Mahuk wirklich eine kleine Schwäche für Wela. Ebenso wie Praane. Awins Miene verdüsterte sich wieder. Er würde nicht zulassen, dass der Ore die Schmiedin seines Klans in die Fremde lockte. Dann schüttelte er den Kopf über sich selbst. Er hatte andere Dinge zu tun und zu bedenken.

Er zog den Kreis in das weiche Erdreich zu Innes Füßen. Die Göttin starrte mit ihren weit aufgerissenen Augen über ihn hinweg. Es würde nicht schaden, auch sie um Hilfe und Unterstützung zu bitten, dachte Awin. Er versuchte, sich zu sammeln. Die Sonne schickte sich endlich an, den Himmel zu verlassen. Viel Zeit würde sie ihm nicht geben. Mahuk überreichte ihm brummend einige gemahlene Kräuter, und Wela brachte ihm eine Kerze, einen Krug mit Wasser und eine kleine hölzerne Schale. »Wir haben die Priesterin davon überzeugt, dass sie uns gern damit aushilft«, sagte sie mit einem schiefen Grinsen.

Awin nickte flüchtig. »Lasst mich jetzt allein«, bat er.

Wela schüttelte den Kopf. »In Pursu waren wir auch bei dir.«

»Aber nicht zu Beginn! Ich brauche Ruhe, um die Reise anzutreten, Wela, und ich bitte dich, diesem heiligen Ritual die nötige Achtung entgegenzubringen«, erklärte er ruhig, aber bestimmt.

Wela verzog sich murrend in die hinteren Räume.

»Schon gut, Mahuk geht auch«, sagte der Raschtar und folgte der Schmiedin, ohne dass Awin ihn noch einmal bitten musste.

Awin schritt den Kreis ab. »Dies ist der Erdkreis, mein Geist wird ihn nicht verlassen«, murmelte er die überlieferten Worte. Er setzte sich, wandte sich an die Schicksalsweberin und bat sie, ihm die Zukunft zu offenbaren. Er musste plötzlich an Norgis und die Ereignisse in ihrer Hütte denken, und dann schossen ihm tausend andere Dinge in den Kopf. Er atmete tief durch und versuchte, alle störenden Gedanken zu verbannen. Senis, er musste vor allem Senis finden. Behutsam füllte er etwas Wasser in die Schale und nahm seinen Dolch. In seiner Handfläche war eine Narbe, die er noch von seiner allerersten Reise hatte. Curru hatte sie ihm zugefügt. Grimmig erinnerte er sich daran, dass sein Meister dabei versucht hatte, ihn mit der Rabenbeere zu vergiften. Aber auch diese Gedanken hatten hier nichts zu suchen. Er holte tief Luft und verbannte die alten Geschichten aus seinem Geist. Die Nacht war kurz, und er musste sich beeilen. *Senis*, dachte er wieder. Er zog sich den Dolch durch die Handfläche, ließ das Blut in die Schale tropfen und trank einen Schluck. Mit den Kräutern wollte er noch warten. Er atmete tief ein und bat Tengwil um Einlass in ihr Reich von Vergangenheit und Zukunft, um einen Blick auf die vielen Schicksalsfäden, die sie zum Teppich des Lebens verwob. Er sah zum Himmel auf. Die Sterne standen fern und unberührt. Sie kamen ihm fremd vor.

»Ich habe mich schon gefragt, ob ich dich je wieder sehen werde, Seher«, sagte eine vertraute Stimme. Eine weite, staubige Landschaft lag im Sternenschimmer. Die weißhaarige Senis saß ihm gegenüber an einem Feuer und musterte ihn mit einer Mischung aus Besorgnis und Neugier. Ihre schweren Zöpfe hingen bis auf den Boden.

»Wo bin ich?«, stieß er hervor. Er hatte nicht damit gerechnet, so schnell Erfolg zu haben.

»Weit im Süden, junger Seher. Sehr weit im Süden. Nahe bei der alten Stadt Akkesch. Es heißt, in ihren Ruinen ruhen viele Geheimnisse. Vielleicht finde ich dort das Kraut, das ich so lange schon suche.«

»Aber ... aber weißt du denn nicht, was vor sich geht?«, rief Awin.

»Ich blicke nicht zurück, junger Seher. Denn ich will das alles endlich hinter mir lassen. Du hast keine Vorstellung, wie lange ...«

Awin fiel ihr ins Wort: »Aber die Xaima, sie wollen das Skroltor öffnen!«

Senis starrte ihn einen Augenblick ungläubig an. »Unmöglich«, sagte sie mit gepresster Stimme.

»Hast du es denn nicht bemerkt, ehrwürdige Senis?«, rief Awin. »Merege hat Slahan besiegt, aber ihre Diener haben die Hakul verführt. Eri wird das Torsiegel zerschlagen. Ich habe es gesehen.«

Senis rührte sich nicht. Sie schien wie erstarrt.

»Wir brauchen deine Hilfe!«, drängte Awin.

»Die Xaima ... meine Hilfe«, murmelte die Alte. »Aber ich habe geschworen, mich nicht einzumischen, damit ...« Sie brachte den Satz nicht zu Ende, sondern starrte in das kleine Feuer, das vor ihr brannte. Plötzlich erhob sie sich und sagte: »Ich habe mich selbst betrogen. Wie viele Monde suche ich nun schon nach diesem verfluchten Kraut? Wie weit hat es mich in den Süden geführt? Zu weit, viel zu weit. Nein, es gibt keinen Tod für mich. Und nun das! Die Xaima, dieses Heer, wo sind sie jetzt?«

»Sie haben Karno hinter sich gelassen, ehrwürdige Senis.«

»Schon im Marschland?« Jetzt wirkte sie tief erschrocken.

»Und warum kommst du erst jetzt, Hakul?«, fuhr sie Awin an, aber als er sich erklären wollte, hob sie plötzlich die Hand. »Hörst du das?«, fragte sie.

Awin lauschte. In der Luft war ein Rauschen. Wie von Rabenfedern. Aus dem Augenwinkel heraus sah er etwas Dunkles herannahen. Er fuhr herum. Eine unübersehbare Zahl von Lagerfeuern leuchtete in der Nacht, und an jedem davon saßen Hakul. Awin stöhnte. Ein Schwindelgefühl überkam ihn. Sein Geist war hierhergesprungen. Dabei hatte er doch noch so viel mit Senis zu besprechen. Er schloss die Augen, dachte an Senis, um zurückzukehren, aber es gelang ihm nicht. Als er die Augen öffnete, war er immer noch im großen Lager der Hakul, das sich über eine weite Ebene erstreckte. Es war nicht kalt, und sie hatten darauf verzichtet, ihre Zelte aufzuschlagen, nur in einiger Entfernung ragte ein einzelnes großes Zelt aus der Ebene.

Awin verspürte immer noch ein Schwindelgefühl. Es war schwierig, diese plötzlichen Ortswechsel zu verkraften. Er atmete durch. Das Lager der Hakul. Hierhin hatte ihn seine Reise also geführt. Die Xaima! Natürlich, sie würden in dem Zelt sein. Awin überlegte, wie er sie belauschen könnte. Dann stand er plötzlich schon vor dem Eingang des Zeltes. Er zuckte zurück, denn damit hatte er nicht gerechnet. Die beiden Wachen beachteten ihn nicht, und er schritt zwischen ihnen hindurch. Er wusste nicht, ob es klug war, den Xaima einfach so entgegenzutreten – nein, er wusste, dass es sogar sehr gefährlich war, denn er war auch auf dieser Ebene keineswegs unverwundbar. Er sah Eri, den Tiudhan, der auf einem Sattel saß und düster ins Nichts schaute. Etliche Hakul waren bei ihm. Sie schienen ihm zuzutrinken. Ihre Gesichter und ihre Arme waren mit roter Farbe bemalt. Neben Eri ragte eine Stange aus dem Boden. Ihre Spitze war mit einem schweren Tuch verhüllt, dennoch drang ein Leuchten durch den Stoff. Der Heolin! Eri hatte den Lichtstein an seiner Seite, aber er hatte ihn verhüllt. Dann bemerkte Awin, dass die Hakul mitten in der Bewegung erstarrt schienen. Er trat näher heran. Sie bewegten sich nicht, nur der Heolin flackerte unter seiner Hülle. Das war seltsam, so etwas war ihm auf noch keiner Reise widerfahren. Aber er war nicht hier, um den Heolin zu sehen. Das große Zelt hatte zwei weitere Kammern. Awin hatte es längst wieder erkannt: Es war das Zelt von Heredhan Horket, dem Awin im Ahnental gegenübergetreten war. Die Erinnerung daran beunruhigte ihn, und für einen Augenblick glaubte er, schemenhaft den Heredhan dort stehen zu sehen. Er blinzelte, und die Erscheinung war fort. Awin trat in die zweite Kammer. Die Xaima waren dort. Sie saßen auf großen Kissen, und als er eintrat, blickten sie auf. Er fuhr erschrocken zurück.

»Er ist hier«, sagte eine helle, boshafte Stimme.

Sie gehörte Skefer. Ja, es war Skefer, aber das war nicht mehr der schwarzhaarige Knabe, den Awin an der Löwenquelle gesehen hatte, es war eine zum Skelett abgemagerte Gestalt.

»Wir sollten ihn töten«, rief Nyet und sprang auf. Er sah noch weit schlimmer aus als Skefer. Ausgemergelt und hohlwangig starrte der Windskrol Awin an.

»Spare deine Kräfte«, krächzte Dauwe. Seine Augen glühten noch, aber sie glühten aus dem Antlitz eines schattenhaften Greises. Seweti war nun ebenfalls aufgestanden. Wie bei ihrer letzten Begegnung war sie in ein Gewand gehüllt, das mehr offenbarte als verhüllte, aber die blauen Schleier wehten über einem knochigen Gerippe, und als sie lächelte, erschien es Awin wie das Grinsen eines Totenschädels.

»Lass ihn, Nyet, mein Bruder, ein anderer wird sich seiner annehmen. Siehst du ihn nicht?« Sie streckte ihre knochige Hand aus und deutete auf irgendetwas hinter Awin. Er drehte sich rasch um. Da war ein Schatten, aber bevor er Näheres erkennen konnte, rief jemand seinen Namen, und plötzlich fand er sich im Schatten eines Gebäudes wieder. Es glich dem Turm, den er an der Fähre in Karno gesehen hatte, aber war doch anders. Dann trat eine Frau aus der Dunkelheit. Sie trug einen zerrissenen Mantel, war gebeugt, faltig, das lange Haar war stumpf und unansehnlich, die Augen lagen tief in den Höhlen. Awin musste zweimal hinsehen. »Isparra?«, fragte er ungläubig.

Die Alfskrole sah ihn durchdringend an. »Hast du meine Geschwister gesehen, Seher?«, fragte sie. Awin nickte stumm. »Dann kennst du nun ihr und mein Geheimnis.«

»Ich verstehe es nicht«, sagte Awin verwirrt.

»Wirklich nicht? Ist es denn so schwer? Unsere Macht ist groß, aber nicht mehr unendlich. Und wenn wir sie nutzen, verzehrt sie uns. Wir schwinden, Sterblicher! Jeden Tag, den wir unsere Kräfte nutzen, werden wir schwächer und schwächer, denn Uo hat unsere Verbindung zur göttlichen Macht durchtrennt. Und auf dieser Ebene wird unsere Schwäche offenbar.«

Jetzt begriff Awin. »Und wenn das Skroltor geöffnet wird?«, fragte er.

Isparra blickte zu Boden. »Dann haben wir Uo vielleicht überlistet, denn dann ist die Grenze zwischen der Welt der Götter und der Welt der Menschen eingerissen.«

»Aber es wäre das Ende für die Menschen!«, stieß Awin hervor, als wüsste die Unsterbliche das nicht.

»Und du glaubst, das kümmert uns?«, fragte Isparra kühl. »Euch wurde geschenkt, was einst uns gehörte. Glaubst du, wir Alfholde werden den Menschen nachtrauern, wenn die Daimonen sie vertilgt haben?«

»Aber …«, begann Awin.

Die Alfskrole unterbrach ihn. »Still. Hörst du es nicht?«

Awin schwieg. Das Rauschen war wieder in der Luft, laut und gewaltig wie von hundert Raben. Ihm wurde kalt. Er wich zurück und wandte sich langsam um. Er war am Fluss. Awins Beine wurden schwach, und ein Ächzen entrang sich seiner Brust. Wo war er? Da kauerte eine Gestalt im schwachen Licht einer Kerze und murmelte Beschwörungsformeln. Ein Seher! Hatte der Seher ihn gerufen? Awin trat näher heran, um den Mann anzusprechen. Dann zögerte er, denn der Fremde verbarg sich unter einem Wolfsfell. *Suog*, durchzuckte es ihn. Er ging in die Hocke, aber das Gesicht des anderen blieb unter dem Wolfsschädel verborgen. Dennoch hätte er die Gestalt unter Tausenden wiedererkannt. »Ich grüße dich, Curru«, sagte Awin.

Der Mann hob den Kopf und murmelte weiter Beschwörungsformeln. Er sah durch Awin hindurch. Und als Awin ihn noch einmal ansprechen wollte, war er fort. Stattdessen sah er die Gestalt auf einem Schimmel in die Nacht davonjagen. Und als er blinzelte – fand er sich plötzlich am Hafen von Karno wieder. Er schüttelte den Kopf, um die wachsende Verwirrung abzuschütteln.

Suog, der eigentlich Curru war, schlich durch die Dunkelheit, und er war nicht allein. Dutzende Männer folgten ihm. Sie schlichen näher an die ahnungslosen Hakul heran, die dort wachen sollten, aber nicht auf die Nacht und ihre Schatten achteten. Awin sah Heugabeln, Knüppel und hörte die Männer murmeln. »Suog, Suog«, flüsterten sie. Dann flogen Steine. Die Hakul schreckten auf, griffen nach ihren Waffen, aber es war zu spät. Die Akradhai überrannten sie. Und plötzlich war der ganze Hafen voller kämpfender Männer. »Suog! Suog!«, brüllten sie. Awin folgte ihnen – und fand sich plötzlich bis zu den Knien im Wasser wieder. In der Stadt wurde gekämpft, aber da, am Hafen: Eine Gestalt, halb Mensch, halb Wolf, lief von Boot zu Boot und legte Feuer. Wie Zunder flammten die Schilfboote auf. Awin erstarrte vor Schreck. Die Boote, Curru zerstörte die Boote! Er musste Merege, er musste die anderen warnen. Der Tempel! Er stand hinter der Statue der Inne und sah sich selbst auf dem Boden liegen. Awin zitterte. Diese Reise, es ging alles so schnell, der Anblick des eigenen, schlafenden Körpers. Er lag dort allein und verlassen. Allein? Nein. Da war noch jemand, dort an der Wand neben der hinteren Tür. Awin trat näher heran. Für einen Augenblick glaubte er, Mahuk Raschtar säße dort, aber dann erkannte er seinen Irrtum. Es war ein Ussar, ohne Zweifel. Er kauerte am Boden, die Arme um die Knie geschlungen, den Kopf in den Armen verborgen. Awin sah Ketten aus Tierknochen, mit denen sich der Unbekannte geschmückt hatte. Er sah noch einmal hin. »Yeku?«, fragte er unsicher.

Der Fremde hob den Kopf und funkelte ihn böse an.

»Schnell, sag Mahuk, dass die Boote brennen. Und in der Stadt wird gekämpft! Du musst ihn warnen, hörst du!«

Aber Yeku schnaubte nur, und dann lehnte er sich zurück und lachte leise. Er sah zufrieden aus.

»Yeku! Die ganze Stadt brennt. Wir könnten alle im Feuer sterben – auch du!«, rief Awin. Er hatte eine plötzliche Eingebung: »Sag ihnen, sie sollen sich im Tempel verschanzen. Er ist aus Stein. Hier ist es sicher, sag ihnen das, Yeku!«

Das Lachen des Geistes erstarb, seine Miene veränderte sich. Awin sah Angst in seinen Augen aufflackern. Es rauschte in seinem Rücken. Awin spürte einen Hauch von Kälte. Er drehte sich vorsichtig um. Finsternis senkte sich über den Tempel, ballte sich in seiner Mitte zusammen, und Schatten wie riesige schwarze Flügel entfalteten sich. Awin spürte bleierne Furcht. Der Seelenverweser hatte ihn gefunden.

»Die Gabe, Seher, gib mir die Gabe!«, hauchte er kalt.

Er füllte fast den ganzen Tempel aus und stand zwischen Awin und seinem unbeseelten Körper. Aber er achtete sorgsam darauf, den Kreis, den Awin gezogen hatte, nicht zu berühren.

»Du hast sie mir zurückgegeben und Blut dafür bekommen«, erwiderte Awin.

Uqib zischte. »Pferdeblut nur. Gib mir deine Gabe. Uo will es.«

»Dann soll Uo mir das selbst sagen«, erwiderte Awin. Er fühlte die Wand in seinem Rücken. Brandgeruch und das Geschrei kämpfender Männer wehte durch das offene Dach heran. Die Wand gab nach. Awin taumelte, er drehte sich unwillkürlich um und starrte in ein bodenloses Nichts.

»Gib zurück, was du gestohlen hast, Sterblicher«, forderte Uqib mit dröhnender Stimme.

Sie waren an seinem Schwarzen Tor. Da war der riesenhafte, zur Hälfte eingestürzte Bogen, die flachen Stufen – und sonst nichts. Die Wüste war verschwunden, die Türme ebenso. Das Tor ruhte auf seinen Stufen über endlosem, grauenhaftem Nichts.

»Gib es zurück, oder bleib und leide!«, drohte der Seelenverweser. Er beugte sich zu Awin hinab und streckte seine knochige Hand aus. Awin wich zurück. Er musste hier weg! Er schloss die Augen. In der Welt der Sterblichen hatte Uqib keine Macht über ihn. Er öffnete die Augen vorsichtig wieder. Da lag die Stadt Karno vor ihm in der Ebene. Sie brannte. Feuer sprang vom Hafen in die Stadt. Hinter ihm rauschte es. Uqib verfolgte ihn! Awin rannte los. Ein fernes Donnergrollen sagte ihm, dass die Sonne bald aufgehen würde. Da war ein kleines Licht, gar nicht weit. Eine Kerze, die dort in der Ebene brannte. Daneben lag eine leblose Gestalt. Awin begriff, dass es seine Kerze war, und er hielt sich nicht mit der Frage auf, warum er nun hier in der Ebene und nicht im Tempel war. Karno war verschwunden. Er hörte Meeresrauschen und darüber den Donner der aufgehenden Sonne. Noch wies ihm die Kerze den Weg. Dann flackerte sie. Ein riesiger Schatten schob sich zwischen Awin und das kleine Licht, das ihm den Weg zurück zu den Lebenden wies – Uqib. Der Seelenverweser lachte heiser, dann löschte er die kleine Flamme. Die Welt versank in Finsternis und Stille.

Awin packte das Entsetzen. Uqib hatte ihm den Rückweg abgeschnitten. *Schnell, hebt ihn auf*, rief eine Stimme. Finsternis und Stille? Nein, die Welt zerbarst in Feuer und in Lärm. Awin drehte sich um und rannte. Er rannte durch eine verwinkelte Gasse voller Menschen. Es wurde gekämpft. Da waren Reiter, die Männer niederritten, und Krieger, die von ihren Pferden gerissen wurden. Awin sah einen wütenden Akradhai, der im Schein einer brennenden Hütte auf ihn losstürmte und ihn mit einer Heugabel durchbohrte. Aber er spürte nichts. *Wo ist Jeswin?*, rief jemand. Awin sah Tuge und Karak, die einen leblosen Körper auf den Platz hinaustrugen. Es war sein eigener. Dann umfing ihn wieder Finsternis. Ein Wald. Awin stolperte über Wurzeln, und hinter ihm brach sich der Seelenverweser die Bahn. Uqib jagte ihn. Und Awin wusste, wenn er ihn einholte, würde seine Seele für immer auf der anderen Seite bleiben. Es donnerte. Die Sonne ging auf, und blendende Helligkeit brannte sich durch das dichte Blattwerk. *Mein Bruder, mein Bruder*, rief eine Stimme, die Awin bekannt vorkam. Feuer umhüllte ihn. Die Bäume hatten sich in brennende Balken verwandelt. Hütten versanken in Qualm und Rauch. Jemand schrie in Todesqualen. Awin taumelte die Gasse entlang, zwischen Männern hindurch, die in tödliche Zweikämpfe verstrickt waren. *Hierher, Tuge*, rief jemand.

Awin sah Reiter auf dem Platz. Wela war da, und Merege verteidigte einen leblosen Körper mit ihrem Schwert. Es war seiner. Die Kariwa hob ihn mit Mabak auf den Rücken eines Falben. Plötzlich war Karak dort und wehrte einen Schlag mit dem Schild ab, der sonst die Kariwa getroffen hätte. Awin sah Merege lächeln. Und er sah Karak, der das Lächeln erwiderte und plötzlich vornübertaumelte. Rauch nahm Awin für einen Augenblick die Sicht. Dann erschien plötzlich Merege, sie stand inmitten von Feuer und Qualm und hielt den leblosen Karak in den Armen. Beinahe zärtlich strich sie ihm das Haar aus dem Gesicht. Ein gequältes Stöhnen fuhr Awin durch Mark und Bein. Tuge stand plötzlich neben ihm, streckte eine Hand nach seinem gefallenen Sohn aus und schluchzte auf. Neben ihm wurde ein Hakul von einem großen Stein getroffen, und dann sprangen Männer von den Dächern auf die Reiter hinab, rissen sie von den Pferden und versuchten, sie zu töten. Ein gefiederter Schatten fiel auf sie.

Awin wich zurück, plötzlich war er in einer Schlucht. Er kannte sie. Das war die Schlucht, in der Elwah der Träumer mit seinen Söhnen ermordet worden war, die Schlucht, aus der der Lichtstein geraubt worden war. Die Felsen warfen lange Schatten auf den Grund. Dahinter war blendende Helle. Und aus dem Licht trat Uqib hervor und streckte die Hand nach ihm aus. Awin drehte sich um und rannte – rannte, so schnell er konnte. Er versuchte zu denken. Ewig würde er dem Seelenverweser nicht entkommen können. Er musste sich etwas überlegen, aber er konnte keinen klaren Gedanken fassen. Doch wenn sein Geist sich verwirrte, würde Uqib leichtes Spiel mit ihm haben. Die Schlucht endete, und Awin stolperte ins Licht hinaus.

Ein Mann schrie, und Awin sah einen Hakul getroffen vom Pferd sinken. Es war so hell, als würde er in die Sonne blicken, und er konnte kaum etwas erkennen. Da waren Umrisse, Schatten, kämpfende Krieger. Gleißende Klingen bahnten sich einen Weg durch eine Mauer aus Feinden. Mahuk Raschtar war da, der mit seinem Stock einen Mann zur Seite stieß und Awin etwas zurief. Aber nein, sein Ruf galt nicht Awin, sondern Jeswin, der sich die blutende Seite hielt und jetzt den Kopf schüttelte. *Nicht in den Tempel*, brüllte er, und: *Raus aus der Stadt!*

»Jeswin, nein!«, rief Awin, aber sein Ruf blieb ungehört, und als er die Hand nach dem Yaman ausstreckte, verschwand die Stadt, und Awin fand sich auf einer weiten Ebene wieder. Er konnte kaum etwas sehen, so hell brannte das Licht in seinen Augen. Er spürte eine leichte Erschütterung des Bodens und drehte sich um. Ein Reiter. Sein Pferd keuchte und stöhnte in vollem Galopp. Awin erstarrte, schon flog das Pferd dicht an ihm vorüber. Der Reiter. Seine Arme hingen schlaff herab, er saß kraftlos im Sattel, und seine toten Augen waren weit aufgerissen. Das Pferd stürmte davon, löste sich auf in der gleißenden Ebene. »Jeswin!«, rief Awin.

Ein Pferd bäumte sich dicht vor ihm auf. Awin stolperte einige Schritte zurück und fand sich plötzlich wieder inmitten der Kämpfenden. Er sah Äxte, Dreschflegel, Schwerter, darunter schattenhafte Leiber. Er konnte den Blick nicht abwenden, obwohl ihn das grelle Licht blendete. Dann hörte Awin eine Stimme, die den Namen des Totengottes anrief. *Uo Jega*, rief sie, und Blitz und Donner folgten. Awin wandte sich halb erblindet ab. Merege hatte Uo gerufen, und wenn der Totengott erschien … Awin stolperte plötzlich durch einen Gang, beleuchtet von einem seltsamen Schimmer. Er war unter der Erde. Knochen ragten aus der Wand. *Uos Mund*, dachte Awin und rannte. Warum wurde es nicht dunkler? Er drehte sich nicht um. Er wusste den Seelenverweser dicht hinter sich, hörte das Rauschen seiner Rabenschwingen. Aber waren die Gänge der versunkenen Stadt nicht zerstört worden, damals, als sie Slahan vertrieben hatten? Awin rannte schneller. *Oder bin ich so tief unter der Erde, dass ich gleich Uos Reich betreten werde?* Er musste zurück. Seine Gefährten! Er musste ihnen doch irgendwie helfen!

Um ihn war Wasser. Awin trieb auf dem Rücken im Fluss. Der Strom trug ihn aus der Stadt. Ein Floß. Ein Mädchen weinte. Und vom Land drang das Gebrüll und Geschrei der untergehenden Stadt. Alles schien in weißen Flammen zu verbrennen, selbst das Wasser. Awin schlug mit den Armen, um nicht unterzugehen. Aber der Fluss war fort, er stolperte zwischen brennenden Balken umher. Awin zitterte, sein ganzer Leib bebte. Er versuchte, sich zusammenzureißen, denn er spürte, dass sein Geist am Rande des Wahnsinns entlangtaumelte. *Die Sonne, es ist nur die Sonne, die mich verbrennen wird, wenn ich länger hierbleibe*, dachte er. *Schatten. Ich brauche Schatten. Wald!* Wieder fand er sich zwischen hohen Stämmen wieder. Und er rannte. Wie lange konnte er das durchhalten? Er hörte Uqib durch den Wald brechen. Dicht hinter ihm knickte er mächtige Stämme wie Schilfstängel. *Norgis*, dachte er. Natürlich, er war in ihrem Wald. Sie musste hier irgendwo in der Nähe sein. Er rief ihren Namen. Uqib hinter ihm lachte. *Merege*, dachte er und stolperte plötzlich durch Wasser. Es wogte ihm bis zur Hüfte. Der Wald war fort, und ein totes Pferd trieb an ihm vorüber. Er blieb stehen. Sein Herz raste, seine Lungen brannten, er war erschöpft. Das Meer, er war am Meer. Aber auch die See schien in Flammen zu stehen. *Es ist nur die Sonne*, mahnte er sich zur Ruhe. *Norgis*. Das Meer verschwand.

Er fand sich in jener Behausung wieder, die er schon einmal betreten hatte.

»Du kommst ohne Einladung, Hakul«, sagte eine zornige Frauenstimme.

Awin nickte. Seine Augen brannten. Er konnte Norgis nicht sehen.

»Und du bringst einen ungeladenen Gast mit«, sagte sie. Der Boden erzitterte. »Schnell, tritt in den Kreis.« Awin erahnte eine leuchtende Linie, die einen Kreis in der Mitte der Hütte beschrieb. Er wollte sie überschreiten, aber er konnte es nicht. Die unsichtbare Norgis lachte. »Auf dieser Seite, Dummkopf.« Dort gab es eine winzige Unterbrechung. Awin überschritt den Kreis, und die Linie schien sich von selbst zu schließen. »Hättest du meine Zeichen nicht abgewaschen, könnte dein Verfolger dich auch nicht finden, junger Narr«, sagte die Frauenstimme. Die Hütte erbebte. Uqib tauchte aus dem Nichts auf. Seine riesige Gestalt füllte den ganzen Raum.

»Du bist nicht willkommen«, sagte Norgis.

»Wieder du, Weib? Wieder stellst du dich Uo in den Weg?«

»Du bist nicht Uo«, lautete die schlichte Antwort.

»Er hat mir eine Aufgabe gegeben. Ich handle in seinem Namen!«

»Ist das so, Seelenverweser?«, fragte Norgis.

»Warum zeigst du dich nicht, Hexe?«, zischte der Seelenverweser wütend.

»Ich bin nicht so dumm wie dieser Seher, der sich seinen Feinden offenbart, wo es besser für ihn wäre, unsichtbar zu bleiben.«

»Ich habe Zeit, Hexe. Irgendwann muss er diesen Kreis verlassen.«

»Oh, mit Sicherheit muss er das, Uqib. Aber wenn es so weit ist, werde ich ihn führen und behüten.«

»Ich werde hier sein und warten, dass du fehlgehst!«, drohte der mächtige Schatten.

»Geh oder bleib, Diener des Todes, es ist mir gleich. Und du, Seher, solltest ruhen.«

Awin spürte eine Berührung auf der Stirn. Und plötzlich war es still, das Brennen schwand, und es wurde dunkel. Schlief er? Träumte er? Sanfte Flötentöne drangen heran, und dann wieder markerschütterndes Wolfsgeheul. Er fühlte die Erde beben, und er hörte ein durchdringendes Flüstern. Jemand drohte ihm. Ein Schatten zog über sein Gemüt. Sein Geist kämpfte gegen diesen eigentümlichen Schlaf der Seele an. Der Seelenverweser, er wollte ihn töten. »Kämpfe dagegen an«, riet ihm eine leise Stimme.

Awin zitterte. Kälte durchdrang ihn, dann Hitze. Einmal war ihm, als würde er Haut auf seiner Haut spüren. Aber er war doch nicht mehr als eine zitternde Seele, verloren in der Dunkelheit. Dann folgte eine lange, tödliche Stille.

»Komm, ich zeige dir den Schlaf des Todes«, zischte es kalt.

»Nein, ich verbiete es!«, sagte eine andere Stimme.

Awin sank tiefer. Nach der gleißenden Helligkeit der Sonne war ihm das tiefe Schwarz, in das er sank, willkommen. Kurz zuckten noch einmal die Bilder von Kampf und Tod und von einer brennenden Stadt durch seinen Geist – aber es berührte ihn nicht mehr. Er fühlte sich auf einmal schwach und ermattet, aber er wusste, es war nur noch ein winziger Schritt, und er würde für immer ruhen. Er sank noch tiefer in die weiche Finsternis. Plötzlich leuchtete ein Licht. Klein, aber störend. Awin runzelte die Stirn. Gerne hätte er diese Flamme gelöscht. Sie stand zwischen ihm und dem tiefen, schwarzen Frieden. Etwas rauschte, in gleichmäßigen, wiederkehrenden Wellen. Awin wusste, dass es das Meer war. *Es war klug von euch, die Kerze aufzustellen*, lobte eine bekannte Stimme.

Seit fünf Tagen entzündet sie die Schmiedin in jeder Nacht. Und du sagst, er ist bei dir?

So ist es, Ahntochter.

Nenn mich nicht so, Abtrünnige!

Aber wie sollte ich dich sonst nennen, Merege von den Kariwa?

Nicht du bist die Mutter unseres Stammes, sondern Senis, lautete die zornige Antwort.

Awin runzelte unwillig die Stirn. Warum stritten sie? Warum störten sie seinen Frieden? Konnten sie nicht damit aufhören?

»Aufhören«, krächzte er.

»Bei Mareket – er ist zurück!«

Eismeer

ALS AWIN SICH aufsetzte, sah er in viele besorgte Gesichter. Sein Kopf dröhnte, und er fühlte sich elend. Es rauschte in seinen Ohren. Er schüttelte den Kopf, aber das Rauschen blieb. Die Luft roch nach Feuer – und Salz. Eine geborstene Lehmwand gab den Blick frei auf das Meer. »Wo bin ich?«, fragte er verwirrt.

»Marschland nennen sie es, mein Junge«, sagte Tuge.

Awin versuchte aufzustehen. Die Beine versagten ihm den Dienst, so dass Mabak herbeispringen musste, um ihn zu stützen. Awin starrte hinaus auf das wogende, graue Meer. Etwas stimmte nicht. Er stand in einem zerstörten Haus. Das Dach war eingestürzt und teilweise verbrannt. Auch die geborstene Mauer war schwarz. Awin schleppte sich bis zur Lücke. Das Meer hatte sie eingeschlossen. Zwei niedrige grüne Kuppen ragten über das Wasser, aber sonst war das Land verschwunden. Awin hörte Pferde schnauben. Da waren Männer, Hakul. Noch hatte er Schwierigkeiten, die Bilder, die er sah, zusammenzusetzen. Noch einmal schüttelte er den Kopf. Wild wirbelten seine Gedanken durcheinander: Der Seelenverweser, die brennende Stadt, seine Flucht, die Xaima, jemand hatte geweint, das gleißende Licht, der Reiter in der Ebene. Awin zuckte bei der Erinnerung noch einmal zusammen. Wieder schüttelte er sich und betastete vorsichtig die Lehmwand. Sie war fest, und er hoffte, sie würde sich nicht gleich auflösen oder in einen Wald oder einen unheimlichen Gang verwandeln. Ganz langsam begriff er, dass er wirklich zurückgekehrt war. Das Meer, die Pferde, die Männer, das Haus, das alles würde bleiben. Er hatte die Ebene des Geistes hinter sich gelassen. Aber er war auf einer Insel. Wie war das möglich? »Wie bin ich hierhergekommen?«, fragte er.

Mabak kratzte sich am Kopf. »Das ist schwierig zu beantworten, Yaman. Deinen Leib haben wir hierhergebracht, auf deinem Pferd. Dein Geist war jedoch für Tage fort, und wenn ich es richtig verstehe, hat diese unheimliche Frau ihn zu deinem Leib geführt.«

Norgis! Hatte er sie nicht eben mit Merege streiten hören? Er trat durch die Mauerlücke hinaus. Die beiden Frauen standen am Wasser. Jetzt wandten sie sich ihm zu.

»Sieh, er ist unbeschadet. Ich habe ihm nichts getan, Wächterin.«

»Und das Zeichen?«, fragte Merege.

»Es dient nur seinem Schutz, wie du eigentlich wissen müsstest.«

Zeichen? Eine Erinnerung drängte sich nach oben. Awins Hand fuhr zur Brust, und er riss sein Gewand auf. Da war ein handtellergroßer Kreis, und in seiner Mitte ein schwarzer Punkt auf seine Haut gemalt. Mit den Fingern fuhr er darüber. Nein, das war nicht gemalt. Es war tätowiert, wie die Sichel über Mereges Jochbein.

»Es erschien aus dem Nichts, vor zwei Tagen, Yaman«, erklärte Mabak flüsternd. »Wela wollte es abwaschen, obwohl die Kariwa ihr gesagt hat, dass das nicht möglich ist.«

»Du hättest ihnen ruhig sagen können, dass es ihm keinen Schaden zufügt, Ahntochter«, stellte Norgis fest.

Merege biss sich auf die blassen Lippen und sagte dann: »Es steht dir nicht das Recht zu, mich so zu nennen, Abtrünnige.«

»Aber ich sehe doch, dass mein Blut in deinen Adern fließt, junge Wächterin, auch wenn viele Alter vergangen sind, seit ich deinem ersten Vorfahren das Leben schenkte. Ob du es leugnest oder nicht, ich bin deine Ahnmutter, Merege, und ich bin nicht deine Feindin.«

»Aber vielleicht bin ich die deine, Norgis«, gab Merege aufgebracht zurück.

»Bitte«, sagte Awin und hob die Hand, um den Streit zu schlichten. »Ich verstehe immer noch nicht, was hier geschieht, oder was geschehen ist. Ich habe auf meiner Reise viele Dinge gesehen und nicht alles verstanden. Und nun stehe ich in den Trümmern eines Hauses, mitten im Meer, und begreife nicht, wie ich – wie ihr – hierhergelangt seid.«

Norgis lachte leise, und Merege schien sich ein wenig zu entspannen. Sie lächelte flüchtig und sagte: »Das Meer ist nicht immer hier, Awin von den Hakul. Eine Springflut hat sich weit ins Marschland ergossen und uns gezwungen, hier zu rasten. Die Ebbe hat jedoch schon wieder eingesetzt, und wir werden bald weiterziehen können.«

»Springflut«, murmelte Awin und blickte auf das graue, unruhige Wasser, das den Hügel umspülte.

»Du hast mir nicht gesagt, dass es so beeindruckend ist, Awin«, sagte Wela, die plötzlich neben ihm stand. Und als sie seinen verständnislos fragenden Blick sah, setzte sie fort: »Du hast mir einmal erzählt, wie du am Schlangenmeer warst, auf deiner Reise des Geistes. Aber du hast nie gesagt, wie … groß das Meer ist.«

Awin runzelte die Stirn. In Welas Augen lag Trauer, und das weckte eine Erinnerung in ihm. »Ich … ich habe dich weinen hören auf meiner Reise, Wela, Tuwins Tochter.«

Ihr Blick wurde noch trauriger. »Ach, Awin, ich wollte, ich hätte diese Stadt nie gesehen. Karak, Dare und so viele andere von uns sind dort geblieben.«

Awin erbleichte. Seine Verwirrung schwand allmählich, aber

sie schuf Platz für schreckliche Gewissheiten. Es gab ihm einen Stich. »Ich war dort«, stieß er hervor. »Der Kampf, das Feuer. Ich war dort, aber ich konnte euch nicht helfen.«

Mahuk Raschtar räusperte sich und sagte: »Yeku hat dich gesehen. Er sagt, du willst, dass wir im Tempel bleiben. Aber Yaman Jeswin hört nicht auf uns.«

»Jeswin!«, rief Awin. Wieder trat ihm ein Bild vor die Augen: Der leblose Reiter, den sein Pferd über die blendend helle Ebene davontrug.

»Er ist gefallen, Yaman Awin«, sagte Mabak leise. »Ebenso wie Dare und Karak. Auch viele vom Roten Wasser haben es nicht geschafft. Ich weiß nicht, ob sie alle gefallen oder nur verwundet oder verschollen sind, aber nicht viele von uns sind über den Fluss gekommen.«

»Karak«, flüsterte Awin. Er drehte sich um. Zwei Feuer brannten in der Hütte. Am ersten saß Tuge, der jetzt aufblickte und sagte: »Gefallen, Awin, gefallen. Wir haben Schlimmes erlitten in dieser verfluchten Stadt, und mein eigener Sohn Karak …« Der Bogner verstummte, rang um Fassung, stand plötzlich auf und verschwand durch eine Pforte. Die hölzerne Tür lag verbrannt auf dem Boden. Sie zerbrach unter dem Schritt des Bogners. Awin schluckte. »Am besten, du erzählst mir, was geschehen ist, Mabak«, sagte er leise.

»Trink das, hilft«, meinte Mahuk, der ihm einen stark riechenden Kräutersud reichte.

Awin nahm den Becher. Er fühlte sich immer noch schwach.

Mabak räusperte sich. »Es gab einen fürchterlichen Kampf, Yaman Awin«, begann er. »Die Akradhai erhoben sich in der ganzen Stadt gegen die Hakul. Männer, Frauen und selbst Kinder griffen auch uns an, kaum dass wir den Tempel verlassen hatten. Sie hatten wenige Waffen, aber viel Mut, und unsere Stammesbrüder waren sorglos oder betrunken, oder beides. Ich glaube nicht, dass außer uns noch viele aus Karno herauskamen. Und wir hätten es auch nicht geschafft, wenn Merege von den Kariwa uns nicht mit Donner und Blitz den Weg gebahnt hätte.« Die Erinnerung an ihren hellen Ruf durchzuckte Awin. Sie hatte den Namen des Totengottes angerufen. Jetzt stand sie dort draußen vor der Hütte, mit Norgis. Awin hätte gerne gehört, was diese beiden Frauen zu besprechen hatten.

»Mahuk Raschtar schlug Yaman Jeswin vor, sich in den Tempel zurückzuziehen«, fuhr Mabak fort. »Ich weiß nicht, ob das ein guter oder ein schlechter Rat war. Die halbe Stadt brannte, und das Atmen war schwer in Rauch und Qualm. Aber der Tempel war aus Stein. Jetzt, da ich weiß, dass du dem Raschtar, oder vielmehr Yeku dazu geraten hast, und da ich weiß, wie unsere Flucht endete, denke ich, wir hätten deinem Rat folgen sollen. Aber Jeswin wollte davon nichts hören. Er führte uns hinunter zum Hafen, denn er wollte auf der Fähre über den Fluss. Nun, der Gedanke war gut, doch die Fähre war fort, und alle Boote brannten, und ich verstehe immer noch nicht, wie das Feuer, das nur in der Stadt wütete, sie erreichen konnte.«

Awin wusste es. Suog, der eigentlich Curru war, hatte die Boote in Brand gesteckt – und die Stadt vermutlich auch, doch warum? Das war etwas, worüber er nachdenken musste. Zunächst aber lauschte er weiter Mabaks Erzählung.

»Es war Merege, die uns riet, Pallwes Floß zu besteigen, doch das war leichter gesagt als getan. Jeswin hatte schon auf dem Marktplatz eine schwere Wunde erhalten, und auf dem Weg zum Hafen noch mehr als das, wie die meisten von uns. Aber er führte uns weiter, bis zum Stadttor. Ich glaube, er war schon tot, als wir das Tor erreichten, aber er blieb im Sattel, als wolle er uns noch im Tode vorangehen. Dann wurde sein

Ross getroffen. Es ging durch und trug ihn durch das Schlachtgetümmel davon. Einige seiner Krieger folgten ihm, und wir wissen nicht, was aus ihm oder diesen Männern geworden ist, Yaman.«

»Wer führt Jeswins Sger jetzt?«, fragte Awin, als Mabak verstummte.

»Das ist nun meine Aufgabe, Yaman«, sagte Lamban der Pferdezüchter, der vom zweiten Feuer aufgestanden und während Mabaks Erzählung näher getreten war. Awin nickte ihm zu. Dann runzelte er die Stirn. Erst jetzt fiel ihm auf, dass am zweiten Feuer nur eine Handvoll Männer saßen. »Sind das alle verbliebenen Krieger des Roten Wassers, Lamban?«, fragte er betroffen.

Lambans Miene verdüsterte sich. »Die anderen reiten an der Seite von Jeswin über Marekets grüne Weiden. Vielleicht leben sie auch noch und sind nur auf der anderen Seite des Flusses zurückgeblieben. In der Stadt habe ich die meisten aus den Augen verloren. Nur sieben von uns sind hier, Yaman. Lass mich sagen, dass es uns kein Glück gebracht hat, dich zu begleiten.«

»Und doch bleibt ihr an unserer Seite?«, fragte Awin.

»Es war der Wunsch meines Yamans, dass wir so weit mit dir gehen, wie wir können, Yaman Awin.«

»Du bringst deinem Klan Ehre, Lamban«, sagte Awin, der wusste, dass es nicht die richtigen Worte waren, dem aber auch nicht einfiel, was er sonst sagen sollte.

»Und du bringst meinem Klan den Tod, Yaman«, erwiderte der Pferdezüchter verbittert, »du und dieses Weib, das da draußen steht und mit der Kariwa plaudert. Glaube mir, als wir erfuhren, dass sie die Mörderin Raiwes ist, da griffen wir zu unseren Waffen. Ich selbst schoss einen Pfeil auf sie ab, doch er fiel kraftlos zu Boden. Und die Schwerter verwandelten sich in unseren Händen in schreckliche Schlangen. Doch wäre es möglich, so würde ich sie mit bloßen Händen erwürgen, denn sie tötete Raiwe, und auch wenn dir das nichts zu bedeuten scheint, ich habe es nicht vergessen!«

Darauf wusste Awin nichts zu erwidern. Er schwieg einen Augenblick und zählte die Männer, die am anderen Feuer saßen. Im Grünland waren es noch über zwanzig gewesen. »Auch ich habe es nicht vergessen, Lamban, doch werde ich Norgis dennoch bitten, uns zu helfen. Nimm es als Teil einer Sühne, auch wenn sie selbst es nicht so sehen wird.«

Lamban blickte ihn finster an und setzte sich, ohne zu antworten, wieder ans Feuer. Awin konnte den Mann gut verstehen.

Er bat den jungen Mabak, weiter zu erzählen. »Wie seid ihr dem Verhängnis entkommen?«, fragte er.

»Wie gesagt, Jeswin war tot, und wir von Flammen und Tod umgeben, und ohne Führung. Auch im Lager vor der Stadt wurde gekämpft. Die meisten Yamane waren wohl noch im Ordal bei Blohetan, und ich nehme an, dass viele von ihnen dort nicht mehr herauskamen und jetzt mit Jeswin über Marekets Weiden reiten. So konnten sie ihre Männer in dieser Schlacht nicht leiten, und jeder Mann kämpfte nur für sich, und das machte es noch schlimmer. Wir kümmerten uns nicht mehr darum, denn wir wussten, dass wir dich in Sicherheit bringen mussten.« Mabak seufzte. »Die Stadt brannte lichterloh, ich glaube nicht, dass viel von ihr übrig geblieben ist. Es war furchtbar. Aber wir sind entkommen. Pallwe der Floßmeister hatte sich aus dem Streit herausgehalten, anders als seine Männer, und auch von denen kann ich dir nicht sagen, was mit ihnen geschehen ist. Wir überredeten Pallwe mit dem Schwert, uns auf die andere Seite zu bringen. Er jammerte viel, aber mehr um das Floß als um seine Knechte, denn bevor wir endlich das andere Ufer erreichten, trug uns die Strömung weit nach Norden, und er klagte sehr, dass er das Floß von dort nie zurück in die Stadt schaffen könne. Unser Freund Nokke blieb bei ihm, um ihm zu helfen, aber ich weiß nicht, ob sie es schafften. Wie du dir denken kannst, hatten wir andere Sorgen. Wir sammelten uns, und der Raschtar und Wela versorgten unsere Wunden. Wir trauerten um die, die wir zurücklassen mussten, aber dann brachen wir auf, denn Merege rief uns in Erinnerung, dass wir immer noch eine Aufgabe haben. Und es ist gut zu reiten, besser, als am Feuer zu sitzen und darüber nachzusinnen, wen wir alles verloren haben.«

»Dare!«, rief Awin plötzlich. Er erinnerte sich wieder daran, dass jemand verzweifelt nach seinem Bruder gerufen hatte, und jetzt wusste er, dass es Limdin gewesen war. Dieser saß mit düsterer Miene dort am Feuer und wandte sich nun Awin zu. Sein rechtes Auge war unter einem Verband verborgen und sein Gesicht von einer schlimmen Brandwunde gezeichnet.

»Er kämpfte an meiner Seite, Yaman«, sagte der Krieger. »Du erinnerst dich, dass wir dir auf den Stufen des Tempels sagten, dass weder im Guten noch im Schlechten jemand zwischen uns treten könne? Ich habe es wirklich geglaubt, doch ich habe nicht an den Tod gedacht. Er trennte uns und nahm mir die Hälfte meines Lebens. Ich hoffe, ich werde Dare einst auf Marekets Weiden wiedersehen, doch nun habe ich ihn verloren. Es geschah in einer brennenden Hütte, in die es uns beim Kampf verschlagen hatte. Sie stürzte ein.« Der Krieger stockte, dann sagte er düster: »Ich entkam. Dare nicht.«

Awin starrte ins Nichts. Wohin hatte er seinen Sger nur geführt? Der Tod hatte schon mehr als die Hälfte von ihnen geholt. Auch Karak und Dare. Er schloss die Augen.

Mabak seufzte. »Jedenfalls hat Merege uns weiter geführt. Und es ist gut, dass sie dieses Land kennt, wenn ich das sagen darf. Sonst würden wir vielleicht hier nicht sitzen, und du müsstest alleine durch dieses traurige Land ziehen, um Eri aufzuhalten.«

»Die Springflut, Awin«, erklärte Wela. »Die Kariwa wusste, wie hoch das Wasser noch steigen würde, und sie hat uns genötigt, hier zu rasten, als wir anderen uns noch fragten, warum sie eine Handbreit Wasser unter den Hufen unserer Pferde so fürchtet. Nun wissen wir es.« Ihre Miene verdüsterte sich. »Ich weiß jedoch nicht, ob Eri ebenfalls über eine so kundige Führerin gebietet«, fuhr sie fort. »Also frage ich mich, ob unsere Brüder nun alle zugrunde gegangen sind.«

Awin legte Wela die Hand auf den Arm. »Ihre Pferde sind schnell, und ich bin sicher, es ist ihnen nichts geschehen«, versicherte er, obwohl im gleichen Augenblick ein düsteres Bild vor seinem inneren Auge wieder auftauchte, ein Bild, das er auf seiner Reise und schon in seinen Träumen gesehen hatte: Pferde, die neben ihren Reitern tot im Wasser trieben. Wela rückte ein Stück von ihm weg, vielleicht spürte sie, dass er sie wider besseres Wissen zu trösten suchte. Ore Praane saß neben ihr, nahm nun ihre Hand und flüsterte ihr Trost zu. Vielleicht hätte Awin froh darüber sein sollen, dass der Ore Wela Mut zusprach, aus irgendeinem Grund war er es jedoch nicht.

Tuge kehrte zurück und setzte sich ans Feuer. Er schien sich wieder gefangen zu haben. »Nun, Seher«, sagte er grimmig, »ich hoffe, du hast etwas gesehen, das unsere Opfer rechtfertigt.«

Awin zögerte mit seiner Antwort. Dann sagte er: »Rechtfertigen? Ich weiß es nicht. Ich habe viel gesehen, und manches davon wird nützlich sein, aber vieles war auch eine Qual, Tuge.« Er suchte nach den richtigen Worten: »Ich sah euch kämpfen und konnte nicht helfen«, begann er. »Ich sah das Feuer und diesen schrecklichen, sinnlosen Kampf. Ich sah auch, wer dieses Verhängnis über uns und die Stadt Karno gebracht hat.«

Lamban schnaubte verdrossen. » Suog war es, wir haben sie diesen Namen immer wieder brüllen hören«, rief er.

Awin nickte. »Suog. Unter diesem Namen hat er die Akradhai zum Kampf angestiftet. Aber dieser Suog hat sie ebenso verraten wie uns, denn er war es, der eigenhändig Feuer an die Boote und in die Hütten legte. Doch ist er kein Daimon oder böser Geist, wie die Ackerleute glauben. Es ist jemand, den wir kennen, denn er ritt einst an unserer Seite.« Awin wandte sich Tuge zu. Der Bogner hatte die Stirn in Falten gelegt. Vielleicht ahnte er schon, was Awin jetzt enthüllte: »Es ist Curru. Curru der Seher, der sich in Wolfsfelle gehüllt als Suog ausgibt. Curru, mein ehemaliger Lehrer, der zweimal versucht hat, mich zu töten, und der so verblendet ist, dass selbst Eri ihn nicht mehr an seiner Seite ertrug, sondern verstieß.«

Awins Gefährten nahmen die Nachricht mit Bestürzung und Unglauben auf.

»Ein Hakul aus deinem Klan ist für dieses Unglück verantwortlich, Yaman Awin?«, fragte Lamban bitter.

Wela sprang auf: »Hast du nicht zugehört, Lamban von den Pferden? Es ist ein Verstoßener, und er war ein Reiter des Klans der Berge, und nie des Klans der Dornen!«

»Curru?«, fragte Tuge mit gepresster Stimme. Alle Farbe war aus seinem Gesicht gewichen, und in seinen Augen brannte Hass.

Awin nickte. »Ich weiß nicht, warum er das getan hat, Tuge. Vielleicht will er mich aufhalten, aber ich verstehe nicht, was er sich davon verspricht.«

Tuge atmete tief durch. »Du hast so viel Schlimmes gesehen, Awin, und doch bist du immer noch ohne Arg. Ich kann mir schon denken, was ihn antreibt. Er hasst dich, denn du hast ihn längst in allem übertroffen, was er dich lehren wollte, und bloßgestellt hast du ihn, vor Yaman Aryak und allen anderen. Deinetwegen wurde Curru von Eri verstoßen. Das ist auch der zweite Grund für seine Taten. Er will sich Eri andienen, indem er dich tötet. Liegt das nicht auf der Hand?«

Awin starrte den Bogner mit offenem Mund an. Es war einleuchtend, was Tuge sagte, dennoch widersprach er: »Aber er hat doch nun auch Hunderte von Hakul auf dem Gewissen. Wie soll ihn das bei Eri …« Er beendete den Satz nicht. Eri wusste ja nicht, dass es Curru war, der die Hakul in Karno ins Verderben gestürzt hatte.

»Ich sehe, du begreifst es allmählich, Awin. Ich kann verstehen, dass es dir schwerfällt, das zu glauben, denn auch in mir sträubt sich alles gegen die Gewissheit, dass mein alter Kampfgefährte, ja, beinahe Freund, den Tod meines …« Seine Stimme versagte. Er rang um Fassung, dann fuhr er mühsam beherrscht fort: »Wenn ich ihn das nächste Mal sehe, wird er sterben. Und wenn alle Daimonen der Welt zwischen ihm und mir stehen sollten.« Dann verschränkte er die Arme und sagte lange Zeit nichts mehr.

Für einen Augenblick kehrte Stille in das zerstörte Haus ein. Awin fragte sich, was aus den Bewohnern geworden war. *Vielleicht haben sie die Reiter verflucht, die es gebrandschatzt hatten, und diese Springflut ist ihretwegen über das Land gekommen*, dachte er. Das Meer rauschte gegen die Insel, auf der sie saßen, und Awin sah fremde weiße Vögel mit hellen Schreien über die Wellen ziehen.

»Was hast du noch gesehen, Yaman Awin? Hast du wieder eine Seeschlange gesehen?«, fragte Mabak, der das bedrückende Schweigen wohl nicht mehr ertrug.

Awin lächelte. »Nein, weder gesehen noch geritten, Mabak. Doch ich sah Zeichen der Hoffnung, denn die Xaima sind viel schwächer, als wir dachten! Und ihre Kraft schwindet weiter von Tag zu Tag.« Er wusste, dass das nicht sehr genau war, aber er wollte seinen Gefährten nach den dunklen Tagen, die hinter ihnen lagen, Mut machen.

»Heißt das, wir können sie bezwingen?«, fragte Mabak hoffnungsvoll.

Awin nickte. »Ich glaube, dass wir es können«, erklärte er.

»Sie sind immer noch weit stärker als jeder von euch«, hauchte eine kalte Stimme in Awins Ohr.

Ihn fröstelte. »Isparra?«, fragte er ungläubig. Aus irgendeinem Grund hatte er nicht damit gerechnet, die Windskrole wieder zu treffen. Gesehen hatte er sie allerdings noch nicht.

»Sie ist draußen, auf der anderen Seite dieser seltsamen Insel, und wenn es nach mir geht, hätte sie in der Flut ruhig ertrinken dürfen«, erklärte Wela. »Sie war nicht in Karno, als wir um unser Leben kämpften. Und eigentlich war ich sogar froh, sie nicht mehr in meiner Nähe dulden zu müssen. Dann kam die Flut, und mit ihr leider die Windskrole. Ihr Pferd hat sie gerettet, denn es schwamm hierher.« Die Miene der Schmiedin verfinsterte sich, als sie fortfuhr: »Sie hat zugegeben, die Stadt vor dem Brand auf der Fähre verlassen zu haben, und scheint nichts Besonderes dabei zu finden, dass uns das beinahe das Leben gekostet hätte. Ich möchte gerne wissen, wie sie den Fährmann dazu brachte, ihr zu gehorchen. Gesagt hat sie dazu nichts. Jedenfalls hält sie sich abseits, was mir ganz recht ist. Ich glaube, sie geht Norgis aus dem Weg.«

»Norgis!«, rief Awin jetzt und erhob sich. »Ich muss mit ihr sprechen.« Seine Beine trugen ihn wieder. Mahuks Kräutersud hatte Wunder gewirkt.

Awin trat durch die geborstene Lehmmauer hinaus. Er war sich nicht sicher, aber ihm schien es, als würden die Inseln, die er vorhin gesehen hatte, ein wenig weiter aus der See ragen.

»Das Wasser fällt«, erklärte Merege, als hätte sie seine Gedanken erraten.

»Ich … ich muss dir danken, Norgis«, begann Awin.

»Das musst du, junger Seher, in der Tat, das musst du.«

»Dieses Zeichen«, sagte er unsicher und fasste sich an die Brust.

»Da du so dumm bist, Schutzzeichen abzuwaschen, dachte ich, es sei besser, sie nach Art der Kariwa zu machen«, erklärte die Alte spöttisch.

»Und Uqib?«, fragte Awin.

»Wird dich nicht finden, solange dieser Kreis auf deiner Brust geschlossen bleibt, Seher. Doch suchen wird er dich, deine Nähe spüren vielleicht auch. Also sei auf der Hut. Wenn er dich zu fassen bekommt, kann er dich mitnehmen in sein verlassenes Reich.«

»Aber wie hast du das Zeichen … ich meine, mein Körper war doch hier, und nur mein Geist war …«, begann Awin.

Norgis lächelte. »Ich werde dir nicht alle Geheimnisse meiner Kunst enthüllen, junger Seher.«

Norgis wirkte jetzt, im Licht des neuen Morgens, beinahe harmlos. Aber wenn er näher hinsah, bemerkte er ihre tief liegenden gelben Augen und die Spinnen, die über ihren bemoosten Mantel krochen. Er durfte nicht vergessen, wie mächtig und gefährlich sie war. »Ich habe die Xaima gesehen, ehrwürdige Kariwa«, stieß er hervor.

»Ihre wahre Gestalt?«, fragte Norgis.

Awin nickte. »Du würdest sie kaum wiedererkennen, Merege«, erklärte er dann. »Sie sind abgemagert, kraftlos. Auch die stolze Isparra wirkt … schwach.«

»Ich warne dich, Sterblicher, du solltest mich nicht reizen!«, hauchte Isparras Stimme aus dem Nichts.

Norgis lachte. »Ich fühle, dass du mir aus dem Weg gehst,

Windskrole, und fast ertrunken wärst du doch in der Flut. Weit kann es mit deiner Macht also nicht mehr her sein.«

Awin wartete auf eine scharfe Antwort Isparras, aber sie unterblieb. Zögernd fuhr er mit seiner Erklärung fort: »Jedes Mal, wenn sie ihre Zauberkraft einsetzen, werden sie schwächer, Merege. Der alte Blohetan war weiser, als ich dachte, denn er hat geahnt, was wir nicht sahen: dass sie sich wirklich verzehren, um Eri ans Ziel zu führen.«

»Sie werden also schwächer«, wiederholte Merege nachdenklich.

»Du siehst, es besteht kein Grund, den Mut sinken zu lassen, Ahntochter«, erklärte Norgis.

»Noch einmal verbiete ich dir, mich so zu nennen, Norgis aus den Sümpfen«, stieß Merege zornig hervor.

Norgis lächelte auf eine gleichzeitig überhebliche und doch auch traurige Art. »Hat dir meine Schwester denn nie erzählt, dass nur *meine* Kinder die besonderen Begabungen erbten, die uns geschenkt worden waren? Alle, die als Wächter über das Skroltor wachen, sind meines Blutes, also auch du, Merege Eistochter.«

»Du lügst!«, zischte Merege.

»Warum sollte ich?«, sagte Norgis einfach und betrachtete ihre angebliche Ahntochter mit Anteilnahme. Dann wandte sie sich an Awin: »Sag, Seher, wie findest du das? Meine eigenen Kindeskinder waren es, die mich verurteilt und vielleicht sogar getötet hätten, wenn ich nicht vorher gegangen wäre. Und noch heute, nach Jahrhunderten, würden sie mich gerne tot sehen.«

Mereges rechte Hand lag auf dem Schwertgriff, dic Knöchel verfärbten sich weiß. Noch nie hatte Awin sie so aufgebracht gesehen.

»Senis«, stieß er schnell hervor. »Ich habe sie getroffen!«

Einen Augenblick lang schien es, als würden die beiden Kariwa ihn nicht hören, denn sie starrten unverwandt einander an, als ob jeden Augenblick ein Unglück geschehen könne. Doch dann senkte Norgis den Blick. »Also hat sie ihr Kraut nicht gefunden?«, fragte sie.

Awin schüttelte den Kopf.

»Was hat sie gesagt?«, wollte Merege wissen.

Awin versuchte, sich an die genauen Worte zu erinnern. Er hatte so viel gesehen, und die Erinnerungen verblichen schon. »Sie wird uns helfen, doch sah ich sie nur kurz und konnte ihr nur sagen, was die Xaima vorhaben.«

»Siehst du, Ahntochter, ein weiteres Zeichen der Hoffnung. Und du wolltest schon verzagen!«, rief Norgis.

»Wie will sie uns helfen, Awin?«, fragte Merege, ohne auf ihre Vorfahrin zu achten.

»Das weiß ich nicht. Ich weiß nur, dass sie ihre Suche nach dem Todeskraut aufgibt. Ich traf sie weit im Süden«, fügte er umständlich hinzu. »Noch weit südlich des Schlangenmeeres.«

»So weit fort?«, fragte Merege betroffen.

Awin nickte. »Aber sie kann doch schneller reisen als der Wind. Ich erinnere mich, dass sie euch doch samt eures Wagens ans Rotwasser zauberte.«

»Schnell reisen kann sie«, erwiderte Merege nachdenklich, »doch der Zauber ist nicht einfach. Er verlangt Zeit und starke Opfer, wenn er weit tragen soll. Selbst Senis wird Tage, vielleicht Wochen brauchen, bis sie das Schneeland erreicht.«

Awin schluckte. Er war davon ausgegangen, dass Senis im Handumdrehen überall auftauchen konnte, gerade, wie es ihr beliebte. »Aber wir haben Norgis auf unserer Seite«, sagte er dann unsicher.

»Wir werden sie nicht brauchen!«, stieß Merege wütend hervor.

»Und sie wird euch nicht helfen«, zischte Norgis. Dann wandte sie sich an Awin und sagte beinahe freundlich: »Nein, Seher, dies ist nicht mein Kampf, und die Kariwa sind nicht mehr mein Volk. Siehst du nicht, dass mein eigen Fleisch und Blut nach dem Schwert greift, um ein uraltes Urteil zu vollstrecken? Abtrünnig nennen sie mich, töten wollen sie mich, aber nicht um irgendeines Gesetzes willen, wie sie behaupten, nein, sondern weil ich ihnen ihre eigene dunkle Seite offenbare, die Seite, die sie gerne vor der Welt verstecken. Alle Wächter können mit Leichtigkeit einen Menschen töten. Meine Ahntochter hat es doch selbst schon getan! Ich kann das fremde Leben und die Kraft an ihr riechen, die sie nahm. Es macht sie stark, und sie könnten noch viel stärker werden, wenn sie meinem Weg folgten, ja, sie könnten sogar einen Daimon bezwingen. Aber die Dunkelheit, die sie über diesem Weg sehen, die erschreckt sie, die fürchten sie, und deshalb fürchten sie mich und wollen mich töten. Und deshalb werde ich meinen Kindern nicht helfen, junger Seher.«

»Aber du *musst* uns helfen. Du kannst mich in das Land der Kariwa bringen. Du musst doch mit niemandem …«

Aber Norgis schnitt Awin brüsk das Wort ab. »Gar nichts muss ich! Ich habe für dich die Grenze meines Reiches überschritten, Hakul, obwohl ich meine neuen Kinder nur ungern alleine lasse. Weiter will und werde ich nicht gehen, und geholfen habe ich dir doch wohl genug, oder hast du das schon wieder vergessen, Seher?«

Awin schüttelte den Kopf. »Ich werde das nie vergessen, und … und … ich werde mit den Kariwa reden, wenn du das willst.«

Norgis starrte Awin einen Augenblick lang an, dann lachte

sie schallend. »Der junge Mensch will sich für Norgis ins Zeug legen? Nimm lieber Abstand davon, denn du legst dich da mit einer Macht an, so alt wie das Skroltor.«

Awin wurde rot, doch nicht aus Scham, sondern vor Zorn. Er sagte: »Das ist für mich nichts Neues, ehrwürdige Norgis. Ganz im Gegenteil. Seit vielen Monden schon kämpfe ich gegen solche alten Mächte – Mächte, die im Reich der Sterblichen schon lange nichts mehr verloren haben!«

Norgis warf ihm einen belustigten Blick zu. »Dann sorge dafür, dass nicht noch weit ältere und viel gefährlichere Mächte hinzukommen.«

Das Wasser fiel nun immer schneller, aber Awin blieb noch Zeit zu frühstücken. Er hatte das Gefühl, einen ganzen Ochsen verspeisen zu können, aber dann war er doch früher satt, als er dachte.

»Ich meine, dafür, dass du tagelang nichts gegessen und getrunken hast, wirkst du nicht so ausgehungert, wie man erwarten könnte«, meinte auch Wela, die ihm beim Essen zusah.

Awin zuckte mit den Schultern. »Wisst ihr eigentlich, wie weit Eri uns noch voraus ist?«

Wela schüttelte den Kopf. »Drei oder vier Tage vielleicht. Wir wissen es nicht. Aber die Kariwa meint, sie kenne einen Weg, ihn vielleicht zu überholen.«

»Mir scheint, du redest viel freundlicher von ihr als früher«, merkte Awin kauend an.

Die Schmiedin seufzte. »Ich kann nicht behaupten, dass ich sie ins Herz geschlossen hätte, aber sie hat uns gut geführt, das muss ich anerkennen. Nach Karno waren wir mutlos und verzagt, aber Merege hat uns angetrieben. Überhaupt, je weiter wir nach Norden kommen, desto mehr scheint sie aufzutauen. Und selbst Isparra bringt ihr Achtung entgegen.«

Awin nickte. Er hatte mit der Windskrole zu reden, doch das konnte noch bis nach dem Frühstück warten. »Hat Merege gesagt, was für ein Weg das sein soll?«, fragte er.

»Nein, sie meinte nur, er würde nicht jedem von uns gefallen. Und ich glaube, sie hat Spaß daran, uns ein wenig im Ungewissen zu lassen. Insofern erinnert sie mich an dich, Awin Sehersohn.«

»An mich?«, fragte er verwundert.

Wela grinste breit. »Sag bloß, es fällt dir nicht einmal mehr auf, dass du uns stets mit dunklen Andeutungen und halben Geheimnissen hinhältst.«

»Ich sage euch immer, was ich weiß, sobald ich mir dessen sicher bin«, verteidigte sich Awin.

»Natürlich«, meinte Wela grinsend, »aber jetzt solltest du dich beeilen. Das Meer zieht sich schnell zurück, und wir haben noch einen weiten Weg vor uns.«

Sie hörten plötzlich Hufschlag und aufgeregte Rufe. Als sie aus der verbrannten Tür traten, sahen sie Isparra, die auf ihrem Pferd nach Westen galoppierte. Wasser spritzte unter den Hufen hoch auf, denn noch war das Meer nicht ganz gewichen. Awin unterdrückte einen Fluch und rief die Männer zu den Pferden. Augenblicke später saßen sie schon im Sattel. Norgis blieb jedoch zurück, denn sie hielt an ihrer Entscheidung fest, ins Nebelland zurückzukehren. Vielleicht lag es nur an der Eile, aber der Abschied war wortkarg. Awin versuchte noch einmal, seinen Dank auszudrücken, aber sie sagte nur: »Behalte deinen Dank, denn du verbindest damit die Hoffnung, dass ich dir noch einmal helfen werde, und das werde ich nicht. Frag Senis, wenn du Hilfe brauchst.« Dann drehte sie sich um und ging nach Süden. Awin sah ihr nach, aber Wela riss ihn aus seinen Gedanken: »Träume nicht, Yaman, führe deinen Sger! Es liegt immer noch eine große Aufgabe vor uns.«

Awin seufzte, und dann gab er das Zeichen zum Aufbruch. Als sie die kleine Insel verließen, zählte er die Gefährten. Da waren Merege und Wela, Tuge und Mahuk Raschtar, Mabak, Limdin und Ore Praane, dem Lamban mit seinen sechs Männern folgte. Aber wo waren Dare und Karak, wo Yaman Jeswin und die anderen Krieger des Roten Wassers? Mit Erschrecken wurde Awin noch einmal bewusst, wie wenige sie geworden waren. Dann biss er die Zähne zusammen und trieb den Sger zur Eile. Das Meer wich nun schnell, und als das hohe Gras sich wieder aufgerichtet hatte, sah es so aus, als sei es nie bis hierher gekommen. Das Marschland war *flach*. Awin hatte noch nie eine so eintönige Landschaft gesehen. Es gab keine Bäume und Büsche, nur endloses raues Gras, das die Pferde nicht mochten, und viele Tümpel und natürliche Gräben, die dem Meer zustrebten, aber außer den flachen Hügeln, die sie hinter sich ließen, sah er weit und breit nicht die kleinste Erhebung.

Merege ritt mit ihm an der Spitze, und er war gespannt, wohin sie den Sger führen wollte. »Wela sagte etwas von einem Weg, den du kennen sollst. Ein Weg, der uns an Eri vorbeibringt, Merege«, sagte er nach einer Weile.

»So ist es. Doch ist die Frage, ob du das willst, Awin. Du hast erklärt, dass du das Heer aufhalten willst. Also willst du Eri überholen – oder einholen?«

Awin legte die Stirn in Falten. Sein Plan war in dieser Frage noch sehr unbestimmt. Dann sagte er: »Sie werden mir eher zuhören, wenn ich ihnen den Weg verstelle. Auch wenn ich weiß, dass unsere Handvoll Krieger kaum ein Hindernis für dieses Heer darstellt.«

»Das Land der Kariwa ist voller Berge, Flüsse und Schluchten, Awin. Das große Heer wird sich durch das eine oder andere Nadelöhr zwängen müssen. Es wäre gut, wenn wir vor ihnen an einer solchen Stelle wären.«

»Also sollten wir dem Weg folgen, den du im Sinn hast, Merege«, meinte Awin, »und vielleicht verrätst du mir, was du den anderen nicht sagen wolltest. Wenn ich Wela richtig verstanden habe, meinst du, dass uns dein Vorschlag nicht gefallen würde?«

»Er wird einigen von euch ganz sicher nicht gefallen. Und ich kann dir noch nicht einmal versprechen, dass er gangbar ist«, erklärte Merege.

Awin fragte sich, ob er sich wirklich ebenso rätselhaft auszudrücken pflegte, wie Wela ja behauptete. »Also?«, fragte er beharrlich nach.

»Es gibt eine große Insel, die dem Marschland vorgelagert ist«, begann Merege. »Dort liegt ein Fischerdorf, jedenfalls lag es dort noch vor einigen Jahren. Ich weiß das, weil ich es einmal besucht habe, als ich mit meinem Vater nach Karno segelte. Nun, ich hoffe, wir können die Fischer dazu überreden, dass sie uns nach Marsa bringen. Das ist unser Hafen im Osten, am Aurisar, einem langen Meeresarm, der weit in unser Land hineinreicht«, fügte sie erklärend hinzu.

»Ein Schiff also«, murmelte Awin nachdenklich. »Warum nicht? Das war doch schon unser Plan in Karno«, sagte er dann.

»Eher ein Boot, Awin«, berichtigte Merege vorsichtig.

Awin zuckte mit den Schultern. »Wo ist der Unterschied?«, fragte er. »Hauptsache, es trägt uns ins Schneeland.«

»Natürlich«, murmelte Merege.

»Aber verzeih, du sagst, dieses Dorf liegt auf einer Insel«, sagte Awin.

»So ist es, doch bei Ebbe können wir sie auch mit den Pferden erreichen. Angeblich war es früher eine Landzunge, doch den Meeresriesen gefiel es eines Tages, sie ganz vom Land zu trennen. Ich nehme an, dafür sollten die Menschen dort heute dankbar sein, hat es sie doch wahrscheinlich vor dem Heer der

Hakul bewahrt. Aber nun sollten wir uns beeilen. Denn die Meerenge kann nicht mehr fern sein, und die Ebbe ist fast an ihrem Tiefpunkt.«

Sie ritten eine Weile im scharfen Trab und erreichten bald die Küste. Merege hielt unruhig Ausschau nach der Insel draußen im Meer, aber da war nichts. Awin wollte nach Dare rufen, dann fiel ihm wieder ein, dass der junge Krieger mit den scharfen Augen gefallen war.

»Sie liegt wohl noch weiter westlich. Auf, Hakul, wir müssen uns beeilen, weiter weicht das Meer nicht zurück«, rief Merege.

Sie jagten nach Westen, bis sie schließlich in der Ferne Land jenseits des Meeres ausmachen konnten.

»Das ist weit, Merege«, gab Awin vorsichtig zu bedenken.

»Doch man sagt, dass ein schneller Fußgänger diesen Weg bewältigen kann«, erwiderte die Kariwa.

Awin sah in die zweifelnden Gesichter seiner Gefährten. Die Flut hatte wieder eingesetzt, das hatte Merege selbst gesagt. Doch wenn er es richtig verstand, bot sich diese Gelegenheit nur jeden halben Tag – und sie hatten keine Zeit zu verlieren.

»Seht!«, rief Wela, »ist dort nicht ein Reiter?«

Jetzt sah Awin ihn auch. Eine graue Gestalt auf einem Pferd. »Isparra«, murmelte er.

»Wir sind doch wohl schneller als diese Alfskrole«, rief er seinen Gefährten zu. »Auf, Hakul!«

Und dann jagten sie ihre Pferde hinaus in das Watt. Zunächst war der Boden noch fest, aber bald war es aus mit der schnellen Jagd, denn der Grund unter den Hufen der Pferde wurde nachgiebig und morastig, und schließlich kamen sie nur noch im Schritt voran. Awin trieb sie weiter zur Eile. Der grüne Streifen in der Ferne schien kaum näher gerückt, und er sah weiter vorne schon wieder offenes Wasser. Die Strecke, die vor ihnen lag, war bedeutend länger, als die, die sie bisher zurückgelegt hatten. Die Männer wurden unsicher.

»Es ist nicht tief, weiter, Hakul, weiter«, drängte Merege die Zögernden. Also quälten sie sich weiter durch den tiefen Schlick. Die Pferde waren schon ermüdet, aber sie trieben sie an. Irgendwann blickte Awin zurück. Ore Praane war kein geübter Reiter, und er war ein Stück zurückgefallen. Wela war bei ihm geblieben. Das Meer stieg, es umspülte die Beine der Pferde, die immer tiefer im Morast zu versinken schienen, und immer noch war das Land weit entfernt.

»Da, Awin, sieh!«, rief Tuge plötzlich und deutete ins Wasser.

Da waren sie: Die Leichen der Pferde und Reiter, die Awin in seinen Gesichten gesehen hatte. Sie trieben im tiefen Wasser heran und es waren mehr als in seinen Traumbildern, ein gutes Dutzend.

»Die Ebbe muss sie aus der Bucht gezogen haben, nun bringt die Flut sie zurück«, erklärte Merege nüchtern.

Awin wandte sich schaudernd ab. »Weiter, Hakul, weiter«, trieb er die anderen zur Eile.

Er fand unfassbar, wie schnell das Wasser stieg. Lamban überholte ihn mit seinen Kriegern. Awin drehte sich immer wieder um. Ore Praane und Wela waren weit zurückgeblieben. Das Pferd des Ore schien nicht weiterzuwollen. Es blieb einfach stehen. Vielleicht scheute es vor den Leichen zurück, die die Strömung langsam herantrug.

»Halte dich an deinen eigenen Rat und eile, Hakul, du kannst ihnen nicht helfen«, flüsterte Isparra. Sie schien an Land auf die Hakul zu warten. Awin biss die Zähne zusammen und blieb, wo er war. Da – Praane sprang ab, kämpfte sich durchs Wasser und zwischen toten Körpern hindurch bis zu Wela, die ihm nun die Hand reichte und ihn auf ihr Pferd zog. Er konnte das Wiehern des Tieres hören, das nun doppelte Last durch den tiefen Schlick zu schleppen hatte. Aber sie kamen wenigstens weiter voran. Die Flut war jedoch schneller. Awins Pferd schnaubte. Es spürte die Gefahr.

»Reite weiter, Awin, warte nicht auf uns!«, rief Wela ihm von weitem zu.

Aber Awin wartete. Das Wasser umspülte bereits seine Stiefel, als Wela und der Ore endlich aufgeschlossen hatten. Awin nickte ihnen zu und blieb an ihrer Seite. Sie trieben ihre Tiere zur Eile. Das Land war immer noch fern, Lamban und seine Krieger schienen es fast erreicht zu haben. Doch Awin zweifelte, dass sie selbst es schaffen würden. »Vielleicht müssen wir schwimmen«, rief er Wela zu.

»Aber ich kann nicht schwimmen, Awin«, rief sie zurück.

»Haltet euch an deinem Pferd fest, es wird euch tragen«, riet er, der er selbst genauso wenig schwimmen konnte. Schon reichte das Wasser den Pferden bis zur Brust, dann verloren sie den Boden unter den Hufen. Angstvoll stöhnten sie auf und begannen zu schwimmen. Awin glitt ins Wasser und hielt sich am Sattel fest. Sein Mantel sog sich voll und wurde schwerer und schwerer, doch dann, endlich, stieg der Grund wieder an. Die Pferde fassten Tritt, und Awin zog sich zurück in den Sattel. Keuchend und völlig erschöpft trug ihn sein Tier an den Strand. Praane und Wela stolperten hinter Welas Pferd her an Land und ließen sich hustend und keuchend in den dunklen Sand fallen. Awin blickte zurück. Er konnte das andere Ufer kaum sehen. Dazwischen erstreckte sich grau und weit das Meer. Schwarze Punkte trieben im Wasser, Hakul aus Eris Heer, die der Flut nicht entkommen waren. Und dann kam das Pferd, das Praane geritten hatte. Es schwamm schnaubend und wiehernd an Land. Einer von Lambans Männern fing es ein.

Sie gönnten sich und den Pferden etwas Rast, und Awin nutzte die Gelegenheit, mit Isparra zu sprechen, die sich wieder abseits hielt.

»Du siehst, es war klug, auf sie zu warten«, begann er.

Isparra lächelte kalt. »Du hast ihnen nicht geholfen, oder wurde es den Pferden etwa leichter, nur weil sie zu zweit ihrem Tod ins Antlitz blickten?«

»Vielleicht«, gab Awin verstimmt zur Antwort, »aber deswegen bin ich nicht hier, Isparra. Woher wusstest du von der Enge? Und was willst du hier auf dieser Insel?«

Isparra lächelte herablassend. »Vergiss nicht, mit wem du redest. Eure Stimmen im Wind haben mir euer Ziel verraten.«

»Ich weiß, mit wem ich rede«, stieß Awin wütend hervor. »Ich habe dich gesehen, Isparra, deine wirkliche Gestalt, und das solltest du nicht vergessen.«

»Hat dir gefallen, was du sahst, Sterblicher?«, fragte sie voll plötzlicher Bitterkeit.

Awin betrachtete sie. In der Welt der Menschen erschien sie immer noch als schöne Frau, und mehr als ein leichter Zug von Müdigkeit deutete nicht darauf hin, wie es um sie stand. Auf der Ebene des Geistes jedoch war sie nur noch ein ausgezehrter Schatten ihrer selbst.

»Ich bedaure, dass du das Schicksal deiner Geschwister teilst, ehrwürdige Isparra«, sagte er dann, denn ihm war klar, dass sie bei aller Unzuverlässigkeit eine starke Verbündete im Kampf sein konnte. »Wenn ich dich richtig verstanden habe, ist es allein der Gebrauch eurer göttlichen Kräfte, der euch so schwächt. Dann erlaube mir die Frage, warum ihr nicht einfach darauf verzichtet?«

Isparra lachte verächtlich. »Verzichten? Glaubst du, eine Unsterbliche strebt danach, bloß wie ein Käfer über diese Erde zu kriechen und allen Kräften, die ihr Wesen ausmachen, auf immer zu entsagen? Nein, das wäre kein Leben für Isparra. Und für meine Geschwister auch nicht.«

»Ich verstehe«, behauptete Awin. Dann fragte er: »Also hoffst auch du, dass deine Geschwister Erfolg haben und das Skroltor öffnen, damit du nicht länger von der Quelle deiner Macht getrennt bist?«

Er wusste, dass diese Frage gefährlich war, denn wenn das ihr Ziel war, musste er sie als Feindin betrachten.

Isparra schwieg eine Weile, bevor sie schließlich antwortete: »Nein, Awin von den Hakul, das ist nicht der Grund, warum ich diesen Weg auf mich genommen habe. Meine Geschwister haben mich verraten. Sie haben zugelassen, dass Slahan mich verstieß, mich all meiner Stärke beraubte und nur eine Hülle zurückließ, die längst über den Rand der Welt ins Nichts getrieben wäre, hättet ihr Xlifara Slahan nicht bezwungen. Nun will ich Vergeltung, und wenn es das Letzte ist, was Isparra die Zerstörerin auf dieser Welt tun wird. Nur darum bin ich hier. Meine Geschwister werden bereuen, dass sie mich im Stich ließen.«

Awin war sehr erleichtert, das zu hören. Als er zu den anderen zurückging, kamen ihm jedoch Zweifel. Isparra hatte genau das gesagt, was er zu hören gehofft hatte – doch war sie auch aufrichtig? Er konnte ihr nicht trauen.

Als ihre Pferde wieder zu Kräften gekommen waren, ritten sie weiter. Merege musste zugeben, dass sie die genaue Lage des Fischerdorfes nicht kannte, ja, nicht einmal wusste, ob es das Dorf überhaupt noch gab. Sie erinnerte sich nur daran, dass es auf der geschützten Südseite der langen Insel lag. Es war das zweite Mal, dass sie ihren Vater erwähnte, und Awin nutzte die Gelegenheit, sie nach ihrer Familie zu fragen.

Die Antwort war enttäuschend. »Als meine Begabung offenbar wurde, kam ich zu den Wächtern. Sie sind meine eigentliche Familie, denn sie zogen mich auf und lehrten mich alles, was ich weiß. An meine Mutter und auch an meinen Vater habe ich nur schwache Erinnerungen. Nur, dass er mich einmal mitnahm nach Karno, das weiß ich noch sehr genau«, sagte Merege, und auf Awins neugierige Nachfrage ging sie nicht weiter ein.

Sie sahen das Dorf schließlich schon von weitem, denn es lag auf einem Hügel, der die flache Insel überragte. Er war von drei riesigen Rundhütten gekrönt, wie Awin sie noch nie gesehen hatte. Er war sicher, dass sein gesamter Sger mit allen Männern und Pferden bequem in jedem dieser Bauwerke Platz gefunden hätte. Als sie näher heranritten, scheuchten sie ein paar struppige Schafe auf, die sie blöde anglotzten, und ihre Hirten – es waren Kinder – liefen schreiend davon, als sie die fremden Reiter sahen. Awin ließ den Sger halten. Er hatte vergessen, wie erschreckend ihre kriegerische Schar auf friedliche Menschen wirken musste. Es schien ihm das Beste, nur mit Merege und Ore Praane in die Siedlung zu reiten, um ihr Anliegen vorzutragen.

»Ich weiß aber nicht, ob ich dir viel helfen kann, Yaman Awin«, meinte Praane, »denn diese Fischer sind wohl keine Akradhai, nach allem, was ich weiß.«

»Das mag sein«, antwortete Awin, »aber ich hoffe darauf, dass sie die Akradhai kennen und weniger Schlechtes über sie gehört haben, als vielleicht über die Hakul.«

Sie ritten zu dritt. Kalter Wind begrüßte sie, als sie den Hügel erklommen. Der Himmel zeigte sich dicht bewölkt, und es sah nach Regen aus. Starker Fischgeruch lag über den großen Hütten mit dem spitzen, kegelförmigen Dach. Awin hielt nach Booten oder Schiffen Ausschau, aber konnte keine entdecken, doch sah er einen riesigen Reisighaufen, der dort aufgeschichtet war und dessen Zweck er nicht verstand. Er hatte erwartet, dass sie jemand begrüßen würde, aber die Dorfbewohner schienen sich vor ihnen versteckt zu haben. Zwischen den drei mächtigen Hütten gab es einen freien Platz, der von einer einzelnen hohen Säule beherrscht wurde. Awin wusste, dass die Budinier und Kydhier zu Ehren des Sonnengottes Edhil solche Säulen aufstellten, diese schien jedoch einem anderen Zweck zu dienen. Sie zeigte eine grob geschnitzte, hockende männliche Gestalt, die eine plumpe Frau auf ihren Händen zu tragen schien. Auch die Frauengestalt hockte und zeigte drei nackte Brüste.

»Wer ist das?«, fragte Awin leise.

Merege zuckte mit den Schultern, und auch Ore Praane wusste nicht, wie diese Gottheit genannt wurde.

»Was führt euch in unser Dorf, Fremde?«, rief eine kräftige Frauenstimme.

Awin wendete sein Pferd. Vor einer der Hütten stand eine kleine und ungeheuer dicke Frau und sah sie aus rundem Gesicht prüfend an. Sie trug ein unförmiges ledernes Gewand und hatte eine gewisse Ähnlichkeit mit der Götterfigur. Drei Brüste hatte sie jedoch nicht.

»Wir sind Reisende«, begann Awin, »und wir kommen, weil wir eine Bitte an euch haben.«

Die Dicke sah ihn zweifelnd an. »Der dort sieht aus wie einer aus dem Bauernvolk, und das magere Mädchen ist vielleicht eine vom Schneevolk. Aber du auf deinem Reittier bist weder das eine noch das andere«, stellte sie fest.

»Ich bin Yaman Awin von den Hakul, und das sind Merege von den Kariwa und Ore Praane von den Akradhai, wie du ganz richtig …«

»Hakul? Mördervolk. Sengen und brennen alles nieder. Stecken noch die ganze Welt in Brand«, unterbrach ihn die Frau.

Sie schien es aber gar nicht als Anklage zu meinen – es klang mehr nach einer einfachen Feststellung.

»Wir sind nicht hier, um zu sengen und zu brennen, ehrwürdige Mutter«, antwortete Awin betroffen. Die ganze Welt in Brand stecken? Eri war drauf und dran, genau das zu tun.

»Nerne darfst du mich nennen, Hakul«, sagte die Frau, »aber deine Mutter will ich nicht sein. Nun sag, was ist das, was du von uns willst?« Sie klang immer noch sehr abwartend und keine Spur freundlicher.

»Es geht um eure Boote, ehrwürdige Nerne. Doch vielleicht sollten wir das besprechen, wenn euer Ältester, oder wer immer dieser Siedlung vorsteht, hier ist.«

Merege räusperte sich warnend, aber es war zu spät. Nernes rundes Gesicht verfinsterte sich, und ihre Augen wurden schmal. »Ich bin die Ese, die Erste dieses Dorfes, Hakul. Wenn du etwas willst, musst du es mit mir besprechen.«

»Ich bitte dich um Vergebung, ehrwürdige Ese«, sagte Awin verlegen. Offenbar war es ihm erfolgreich gelungen, die Frau vor den Kopf zu stoßen.

»Also? Dein Anliegen, Fremder?«, fragte Nerne kühl.

Merege lenkte ihr Pferd an Awins Seite und legte ihm die Hand auf den Arm. Dann sagte sie: »Verzeih uns Fremden unsere Unkenntnis, ehrwürdige Mutter. Ich war als Kind einmal in diesem Dorf, und ich hörte, es sei für seine kühnen Fischer und schnellen Boote berühmt.«

Nerne starrte Merege an, dann lachte sie kurz auf, starrte von einem zum anderen und lachte noch einmal, laut und fett. »Kühne Fischer?« Wieder lachte sie und schüttelte vergnügt den Kopf. »Faul sind sie, und mehr als die Flut treiben wir Frauen sie hinaus aufs Meer. Was aber willst du von unseren angeblich so berühmten Männern, Schneetochter?«

»Ein Boot. Denn wir müssen ins Schneeland, und zwar

schneller als das feindliche Heer, das durch das Marschland zieht, ehrwürdige Ese«, erklärte Merege knapp und ruhig.

»Das Heer? Wir haben es gesehen«, murmelte Nerne in sich gekehrt. »Viele Feuer drüben in der Marsch. Doch was geht uns das an? Gar nichts, nicht wahr?«

Jetzt übernahm Awin wieder das Reden: »Es geht euch sehr wohl etwas an, ehrwürdige Mutter Nerne, doch bedarf es hierzu einer langen Erklärung, und es wäre unhöflich von uns, sie dir vom Sattel aus zu geben.«

»Hakul. Brandreiter«, murmelte Nerne, aber dann schnaubte sie und sagte: »Dann steigt ab von euren Tieren und kommt, wenn ihr so viel zu erzählen habt von der Welt da draußen, die uns nicht kümmert, so wie wir sie nicht kümmern.«

Das war alles andere als eine herzliche oder ermutigende Einladung, aber sie nahmen sie an und folgten der Ersten des Dorfes in eine der Hütten. In der Mitte brannte ein kleines Feuer, das nur wenig Licht in die Schatten des weiten Runds warf. Es gab eine Öffnung im Dach, durch die der Rauch abzog – andere Öffnungen, Fenster oder weitere Türen gab es jedoch nicht. Große zusammengenähte Decken waren an langen Seilen an den Dachsparren befestigt. Sie trennten einen Bereich von der übrigen Hütte ab. Awin sah einige Kindergesichter, die hinter diesen Decken hervorlugten. Felle hingen an den Wänden und waren hier und dort über den Boden ausgebreitet. Awin fragte sich, wie viele Menschen hier wohnen mochten. Sie wurden erwartet. Acht Frauen saßen im weiten Halbkreis am Feuer. Sie alle sahen Nerne mehr oder weniger ähnlich, waren klein und sehr kräftig, einige sogar dick, und sie alle hatten die runden Gesichter der Ese. Stumm starrten sie die Fremden an, die ihre Hütte nun betraten und von Nerne einfach nur als »drei Fremde«, vorgestellt wurden. Eine der Frauen stand auf und machte sich an einem Topf zu schaffen, den sie mit Kräutern und Wasser füllte und über das Feuer hängte. Bald roch es nach Rauch und Sud, und Nerne forderte Awin auf, sein Anliegen noch einmal zu erläutern. »Und ich bin sehr gespannt, ob es uns wirklich etwas angeht, wie du sagst, denn vorstellen kann ich es mir nicht.«

Also erzählte Awin vom Tor der Daimonen und von den vier Alfskrolen, die ein ganzes Heer dorthin führten, um es zu öffnen und all die anderen, seit Jahrtausenden verbannten dunklen Daimonen und Unholde freizulassen. »Sie werden über die ganze Welt ausschwärmen, ehrwürdige Nerne, denn sie wollen zurück, was ihnen einst gehörte, und für Menschen wird kein Platz mehr sein. Ich fürchte, sie werden auch hierherkommen.«

»Berke wird uns schützen«, erwiderte Nerne mit fester Stimme. Die Frauen murmelten zustimmend.

Awin nahm an, dass das die dreibrüstige Göttin war, deren Bildnis er draußen bestaunt hatte.

»Vielleicht«, sagte er vorsichtig, denn er wollte die Frauen keinesfalls durch seinen Unglauben beleidigen.

»Du zweifelst?«, fragte Nerne.

Awin nickte. »Starke und dunkle Mächte sind es, die hinter dem Skroltor auf den Tag ihrer Befreiung warten. Ich weiß nicht, ob eine einzelne Göttin ihnen Einhalt gebieten kann – oder will.«

Die Frauen raunten einander aufgeregt zu.

»Niemand weiß, was die Götter wollen, Fremder«, sagte Nerne schließlich. »Du willst also ein Boot, um die Windskrole und ein ganzes Heer aufzuhalten? Du, mit deinen wenigen Gefährten?«

Awin nickte schlicht. Ihm war klar, dass es sich für diese Frauen anhören musste, als habe er den Verstand verloren.

»Du sollst eines bekommen, Brandreiter«, sagte Nerne zu

Awins völliger Überraschung. Er konnte Praane und Merege ansehen, dass sie ebenso verblüfft waren wie er selbst, was ihrer Gastgeberin wiederum großes Vergnügen zu bereiten schien. Sie lachte wieder ihr fettes Lachen und rief: »Seht sie euch an! Sie sind es wohl nicht gewohnt, dass ihre Wünsche erfüllt werden!«

»Das ist sehr großzügig von euch«, erklärte Awin, »und es ist wahr, dass wir nicht oft solcher Großzügigkeit begegnet sind.«

»Wir wollen jedoch auch etwas dafür, Fremder«, fügte die Frau jetzt ernst hinzu. »Ich rieche Gefahr. Und wenn wir unser Boot und unsere Männer in Gefahr bringen, wollen wir eine Entschädigung.«

»Und was können wir euch anbieten, ehrwürdige Nerne?«, erwiderte er und unterdrückte dabei ein Seufzen. Viel besaßen sie nicht.

»Ein Boot können wir für die lange Fahrt entbehren. Wir verlangen einen Barren Eisen für jeden von euch, der dieses Boot besteigt, und einen weiteren Barren Eisen für jeden von uns, der euch dorthin bringt, wohin ihr wollt.«

Awin starrte die Frau mit offenem Mund an. Das war ein Vermögen.

»Ihr sollt es bekommen, Nerne«, erklärte Merege jedoch ruhig, »doch kannst du dir sicher denken, dass wir solche Schätze nicht mit uns führen.«

Nerne winkte ab und lachte. »Natürlich nicht. Doch du bist eine Tochter des Schneelandes, ihr findet viel Eisen in euren Bergen, und dein Wort ist mir so gut wie dieses Erz.«

»Und wie viele von uns könnt ihr fahren?«, fragte die Kariwa.

Nerne schloss die Augen und dachte einen Augenblick nach. »Zehn von euch, fünf von uns.«

Merege nickte, und damit war der Handel abgemacht.

Zu Awins Enttäuschung mussten sie nun jedoch längere Zeit warten, denn die Fischer, so erfuhren sie, würden erst mit der Flut zurückkehren. Inzwischen hörte er ein leichtes Rauschen, das auf das spitze Schilfdach niederging. Es hatte wohl begonnen zu regnen. Ore Praane bemerkte es auch, er räusperte sich und sagte: »Du wirst uns sicher erlauben, dass wir hier in euren Hütten Schutz suchen vor dem Regen, der …«

»Das werde ich nicht, Brandreiter. Eure Pferde machen unseren Kindern Angst, eure Krieger unseren Frauen. Bleibt dort unten, am Fuß des Hügels. Wir rufen euch, wenn es so weit ist, dass ihr aufbrechen könnt.«

»Sehr gastfreundlich sind sie nicht«, stellte Awin fest, als er sein Pferd den Hügel hinabführte.

»Es sind wirklich keine Akradhai, das ist sicher«, behauptete Ore Praane missmutig.

»Und Kariwa sind es erst recht nicht«, fügte Merege hinzu. Dann seufzte sie und sagte: »Aber sie helfen uns, und das ist es, worauf es ankommt.«

Awin war geneigt, ihr Recht zu geben. Sie spannten die Planen dreier Kriegszelte auf, unter denen sie sich verkrochen. Nur Mahuk schien der Regen zu gefallen, er wanderte im Umkreis des Lagers umher und suchte vergnügt brummend nach Pflanzen, über die er sich dann ausgiebig mit Yeku zu unterhalten schien. Awin beobachtete ihn, während er versuchte, seine Entscheidungen zu treffen. Zehn würden das Boot benutzen können, und die anderen? Er zählte seine Gefährten durch. Außer ihm und Merege waren da der Raschtar, Wela, Tuge und Mabak, der unglückliche Limdin und Ore Praane. Auch Isparra würden sie mitnehmen müssen. Vor allem Isparra, denn auf sie würde es am Skroltor vielleicht am meisten ankommen, wenn Senis nicht auftauchte, und das war nach wie vor unsicher. Awin kam also auf neun, es sei denn, er zählte Yeku mit, dann wären es zehn, wie er mit einem flüchtigen Grinsen dachte. Damit war die Entscheidung naheliegend, und er ging hinüber, wo sich Lamban missvergnügt unter die Lederplane duckte.

»Ich denke, es wird Zeit, dass wir uns trennen, Lamban vom Roten Wasser«, begann er ohne Umschweife.

Lamban nickte. »Ich dachte es mir schon, als du sagtest, dass sie uns nur ein Boot zur Verfügung stellen.«

»Ich kann dir und deinem Klan nicht genug danken, Lamban, ohne euch wären wir niemals so weit gekommen.«

»Deine schönen Worte kannst du dir sparen, Yaman. Du bist eine Verpflichtung uns gegenüber eingegangen, und du kannst sicher sein, dass wir das nicht vergessen werden«, lautete die kühle Erwiderung.

Awin war klar, dass der Mann wenig Grund hatte, allzu freundlich zu sein. Viele seiner Gefährten waren tot oder verschollen.

»Ich werde unsere Schuld noch erhöhen, Lamban, in dem ich dir unsere Pferde anvertraue. Ich weiß sehr wohl, dass drei davon ohnehin euch gehören«, kam er dem vorhersehbaren Einwand des Pferdezüchters zuvor.

Lamban nickte. »Wir werden sie auf unsere Weiden führen, wenn wir den weiten Weg denn je bewältigen können.«

Auch darüber hatte Awin sich seine Gedanken gemacht. »Euch stehen zwei Wege offen, wie mir scheint. Ihr könnt versuchen, über Karno und Luuta den gleichen Weg zurück zu nehmen, den wir gekommen sind, doch werden die Ackerleute euch vermutlich feindselig begegnen.«

Lamban nickte düster. »Ich weiß nicht einmal, ob sie uns über den Fluss lassen, oder ob es die Stadt Karno überhaupt noch gibt. Wir könnten auch versuchen, das Nebelland zu durchqueren. Ist das der andere Weg, den du meintest?«

»Nein, Lamban. Ich denke, ihr könnt der Küste weiter nach

Westen und Norden folgen. Wenn wir Erfolg haben, werden wir euch mit dem Heer entgegenkommen.«

Lamban sah ihn unbewegt an. »Und wenn ihr keinen Erfolg habt?«

»Dann begegnet ihr den Daimonen, die Eri entfesseln will, nur etwas früher«, erklärte Awin schlicht.

Lamban nickte. »Ich werde mit meinen Männern darüber reden. Beide Pfade erscheinen mir sehr gefährlich, und ich will nicht alleine entscheiden, welchen wir wählen.«

Danach wandte sich Awin an Isparra, die sich vom Lager abgesondert hatte und nach Norden starrte. »Es geht mit dem Boot weiter, Isparra«, begann er.

»Ich habe es gehört«, antwortete sie gleichgültig.

»So hast du auch gehört, dass ich Ese Nerne nicht die Wahrheit über dich gesagt habe …«

Isparra bestätigte das mit einem sehr kühlen Nicken. Sie schien verärgert darüber zu sein.

»Ich bezweifle, dass diese einfachen Fischer damit zurechtkommen, eine Unsterbliche in ihrem Boot zu wissen, Isparra«, rechtfertigte sich Awin. »Ich habe dich also wieder als Zauberin aus dem Süden ausgegeben, und ich wäre dir dankbar, wenn du sie in dem Glauben ließest.«

»Wenn du glaubst, dass Lügen dich ans Ziel bringen, dann soll es wohl so sein, junger Seher«, lautete die herablassende Antwort.

Später meldete Mabak, der die Pferde bewachte, dass draußen auf dem Meer einige Boote zu sehen seien. Awin stellte sich dem strömenden Regen und sah tatsächlich eine Handvoll ihm winzig erscheinender Boote, die der Siedlung zustrebten. Nur ein Gefährt entdeckte er, das deutlich größer erschien, aber es war immer noch kleiner als die Kähne, die er im Hafen von Karno gesehen hatte.

»Sollen wir nicht an den Strand gehen, sie begrüßen?«, fragte Mabak.

»Es scheint mir besser zu warten, bis die Ese mit den Männern gesprochen hat. Alles andere könnte zu Missverständnissen führen«, antwortete Awin. Er beobachtete, wie die Männer Netze mit Fischen aus den Booten hoben. Offenbar war die Ausbeute nicht sehr groß. Dann sah er die Männer ihren Fang den Hügel hinaufschleppen und in einer der Hütten verschwinden. Wieder etwas später entdeckte er Ese Nerne, die mit einem der Männer stritt. Aus ihren Gesten wurde klar, dass es um die Fremden ging, die vor der Siedlung lagerten. Der Mann, er war groß und schlank, beinahe zierlich neben Nerne, schüttelte den Kopf und gebärdete sich ablehnend. Nerne schimpfte ihn aus, und unter ihren Vorhaltungen schien der Mann nach und nach zu schrumpfen, bis er schließlich unwillig nickte.

»Sehr begeistert scheint er nicht zu sein«, meinte Tuge, der mit den anderen zu Awin hinaus in den Regen getreten war und den Vorgang beobachtete.

»Sie verlangt auch viel von ihm«, meinte Merege.

»Er ist doch nur ein paar Tage unterwegs, und jeder Mann sollte froh sein, wenn er einige Tage einem so herrischen Weib wie dieser Ese entrinnen kann.«

»Aber er muss mit uns über die offene See. Es ist kein Fluss, den wir auf breitem Floß überqueren, Meister Tuge, es ist das wilde, offene Meer«, erklärte Merege.

»Du machst mir Mut, Kariwa«, entgegnete der Bogner verdrossen.

»Wir haben schon größeren Gefahren getrotzt«, behauptete Awin, obwohl er eigentlich auch keine Ahnung hatte, was ihnen bevorstand.

Zwei Männer kamen den Hügel herab. Sie beäugten die Fremden voller Misstrauen, und der erste sagte: »Die Ese schickt uns. Ihr sollt euch reisefertig machen. Die Flut hat uns an den Strand getragen, aber die Ebbe kann uns aus dem Sund ziehen, wenn ihr schnell macht.«

»Bist du der Mann, der das Boot steuert?«, fragte Merege.

Der Fischer schüttelte den Kopf. »Das ist Ule, Nernes Mann, doch werde ich mit an Bord sein, und Dalbis ist mein Name. Also beeilt euch. Die Strömung ist uns nicht ewig günstig.«

Es fiel den Hakul fast schwerer, sich von ihren Pferden zu trennen, als von Lamban und seinen Gefährten. Sie machten auf beiden Seiten nicht viele Worte. Awin hatte mit diesen Männern zusammen gekämpft, und doch hatte er sie kaum kennengelernt, er war sich nicht mal über ihre Namen sicher. Sie reichten einander die Hände. »Wie habt ihr euch entschieden, Lamban?«, fragte Awin den Pferdezüchter.

»Wir werden der Küste und dem Heer folgen. Es erscheint uns ehrenvoller, als uns durch die Sümpfe oder das Ackerland davonzuschleichen«, lautete die Antwort.

»Dann hoffe ich, dass wir uns bald wieder sehen.«

»Und ich hoffe sehr, dass es meinem Ross dann gut geht«, fügte Tuge hinzu.

»Wir werden besser für eure Pferde sorgen, als euer Yaman für unsere Krieger gesorgt hat, Bogner«, erklärte Lamban trocken und ließ sie damit stehen.

»Ich sollte ihm bei Gelegenheit Benehmen beibringen«, knurrte Tuge.

»Ich wünsche uns, dass du dazu Gelegenheit bekommst, denn das hieße, dass wir Erfolg haben«, meinte Awin.

Tuge grinste. »Zweifelst du etwa daran?«, fragte er mit einem Augenzwinkern.

»Wir werden sicher keinen Erfolg haben, wenn ihr hier im Weg steht und schwatzt«, rief Wela, die ihre Satteltaschen an ihnen vorüberschleppte.

Tuge grinste noch breiter. »Wela würde auch eine gute Vorsteherin abgeben, ich glaube, der Geist der Ese dort oben hat auf sie abgefärbt«, meinte er und deutete auf Nerne, die auf dem Hügel stand und Männer und Frauen hin und her scheuchte.

»Aber sie hat Recht, Tuge, also lass uns unsere Sachen an den Strand bringen.«

»Damit? Über das Meer?«, fragte Tuge entsetzt, als sie vor dem Boot standen. Es lag halb auf den Strand gezogen im grauen Sand und entpuppte sich als außerordentlich schlicht gebautes Gefährt. Es war lang und recht breit, die Planken waren mit Hanfseilen vernäht und nicht genagelt, wie Awin es bei den Booten in Karno gesehen hatte. Es war hochbordig, und es gab einige Sitzbänke vorne und hinten, während in der Mitte Platz für Waren gelassen worden war. Nun legten Awins Gefährten dort ihre Sachen ab, und die Fischer verstauten Vorräte und Trinkschläuche. Awin zögerte, irgendetwas fehlte diesem Boot. Dann kam er darauf. »Hat es kein Segel?«, fragte er.

»Nein«, sagte einer der Fischer schlicht.

»Und wie kommt es dann voran?«, fragte Awin nach.

»Rudern«, lautete die einsilbige Antwort.

»Was ist, willst du nicht endlich deinen Schild und deine Decke dort ablegen, damit wir loskommen?«, drängte Wela.

Sie schien außerordentlich tatendurstig zu sein. Awin nickte, aber er bewegte sich nicht. Das fehlende Segel, die vernähten Planken – dieses Gefährt sah einfach nicht aus, als könne es sie über das Meer tragen.

»Für einen Mann, der schon auf einer Seeschlange geritten ist, scheinst du dich aber sehr vor diesem Ritt zu fürchten«, neckte ihn die Schmiedin.

Awin brummte missmutig und warf dann endlich seine Decke und seinen Schild ins Boot.

»Ich sehe neun. Aber ihr werdet dennoch für zehn zahlen, nicht wahr?«, fragte die Ese, die am Strand erschienen war.

Merege nickte.

»Hast du gehört, Ule? Zehn Barren für die Fracht, fünf für die Ruderer. Vergiss es nur ja nicht!«

Ule brummte irgendetwas Unverständliches zur Antwort und nickte seinen Männern zu.

Sie begaben sich zum Boot und starrten nun die Gefährten erwartungsvoll an.

»Wir haben euch zu danken, ehrwürdige Nerne«, sagte Awin.

»Dankt mir nicht, noch seid ihr nicht angekommen. Und nun steht nicht herum. Von alleine kommt das Boot nicht ins Wasser!«, erwiderte die Ese.

Erst jetzt begriffen sie, dass sie den Männern helfen sollten, das plumpe Gefährt ins Wasser zu bringen. Sie schoben, bis ihnen das Meer unter die Arme griff und das Boot anhob. Dann kletterten sie mehr oder weniger geschickt hinein. Ule gab ihnen brummend und mit Zeichen zu verstehen, wo sie sich Platz zu suchen hatten. Einer der Fischer drückte Awin ein Paddel in die Hand.

»Rudern«, sagte der Mann ernst, als ihn Awin nur verblüfft anstarrte.

Awin hatte keine Ahnung, was er zu tun hatte, aber dann sah er die Fischer an der Bordwand niederknien und ihre Paddel ins Wasser tauchen. Er versuchte, es ihnen gleichzutun. Es war nicht so einfach. Ule rief ihnen irgendetwas zu, was er nicht verstand, und der Fischer neben ihm sagte: »Achtet darauf, es gleichmäßig zu tun. Sonst halten wir nicht Kurs.«

Awin nickte. Das Boot nahm langsam Fahrt auf. Als er sich noch einmal umdrehte, waren sie schon ein gutes Stück vom Strand entfernt. Die Bewohner der Siedlung waren bereits auf dem Rückweg. Nur einige Frauen und Kinder waren am Strand geblieben und sahen ihnen nach.

Es gab zehn der großblättrigen Paddel, also wechselten sie sich beim Rudern ab. Nur Isparra weigerte sich wortlos, als einer der Fischer ihr mit unsicherem Blick ein Ruder reichte.

»Sie ist verwundet«, behauptete Awin rasch, um den Fischern eine Erklärung zu bieten, und sie ließen die Windskrole fortan in Ruhe. Die Hakul merkten bald, dass das Paddeln viel Übung erforderte und nicht so leicht war, wie es bei den Fischern aussah.

Schnell stellte Awin fest, dass sie entgegen seiner Erwartung nicht nach Westen, sondern nach Osten ruderten. Er fragte seinen Nachbarn, den Mann namens Dalbis, nach dem Grund.

»Es ist wahr, der Weg westlich um Berke herum wäre kürzer, doch müssten wir dann bald gegen die Flut ankämpfen. Im Osten zieht uns die Ebbe hinaus aufs offene Meer, und die nächste Flut übergibt uns der Strömung nach Nordwest.«

»Und warum habt ihr kein Segel?«, fragte Awin später, als er das Paddel erschöpft an Limdin weiterreichte.

»Zu gefährlich. Das Boot geht nicht sehr tief und könnte kentern.«

Awin nickte ergeben. Ore Praane erwies sich wieder einmal als nützlich, denn er zeigte den Hakul, wie sie beim Paddeln Kraft sparen konnten und dabei dennoch gute Arbeit leisteten. Awin schien es, als würden sie immer schneller werden.

»Die Strömung«, erklärte Dalbis. »Die Ebbe zieht uns aus dem Sund, wie ich sagte.«

Es wurde nicht viel geredet, denn die Hakul sparten den Atem für die ungewohnte Arbeit. Und wer nicht paddelte, stärkte sich oder ruhte sich aus.

»Sag, Dalbis, geht die Sonne heute gar nicht mehr unter?«, fragte Awin irgendwann. Der wolkenverhangene Himmel verdeckte die Sonne, aber ihm schien es, als dämmerte es nun schon seit vielen Stunden.

»Sie geht bald unter, doch nur kurz. Mittsommer ist nicht mehr fern, da berührt sie nur den Rand der Welt. In Berke entzünden wir dann ein großes Feuer. Es ist schade, dass ich das Fest dieses Mal wohl versäumen werde«, meinte Dalbis, der langsam und mit Pausen sprach, während er das Ruderblatt geschickt durch die Wellen zog.

Awin erinnerte sich an den großen Reisighaufen, den er am Rande des Hügels bemerkt hatte. Jetzt verstand er den Zweck. »Berke? Ist das nicht auch der Name eurer Göttin?«, fragte er.

Dalbis nickte. »Es ist der Name der Insel, die die ihre ist. Und auch unser Dorf gehört ihr und trägt ihren Namen.«

Awin fand das ein wenig befremdlich, aber offenbar wussten die Fischer immer, wer gemeint war, wenn sie von Berke sprachen, und die Verwirrung anderer kümmerte sie wohl nicht.

Beim Einsteigen war Awin im Heck des Bootes gelandet, doch hatte er mit Merege zu sprechen, die bei Ule im Bug saß. Die Gelegenheit ergab sich, als Ule von vorne etwas Unverständliches rief und seine Männer daraufhin die Paddel aus dem Wasser zogen.

»Die Strömung trägt uns. Wir können ruhen«, erklärte Dalbis.

Es erwies sich als schwierig, über die Last in der Mitte hinwegzuklettern und dabei nicht ins Wasser zu fallen, aber Awin gelang es.

»Was gibt es?«, fragte Merege.

»Ich glaube, es wird Zeit, dass du mir von deiner Heimat erzählst. Wir werden doch bald dort sein, und es wäre gut, wenn ich etwas mehr über das wüsste, was uns dort erwartet.«

Merege legte das Paddel auf die Knie. »Ich will die Schönheit des Schneelandes nicht beschreiben, denn du wirst sie bald selbst sehen, die hohen, erhabenen Berge, die weißen Gletscher, die in den Hochtälern liegen, das leuchtende Grün der Wiesen …« Merege stockte und lächelte. »Mir war nicht bewusst, wie sehr ich das Schneeland vermisst habe. Nun, wir werden in Marsa landen, unserem Hafen am Aurisar. Ule sagt, die Strömung sei uns wohlgesonnen. Er traut uns zu, dass wir in nicht einmal sechs Tagen dort sein werden.

»Sechs Tage?«, rief Awin entsetzt.

Merege lächelte. »Ich dachte mir, wir sagen das deinen Kriegern besser erst, wenn es kein Zurück mehr gibt.«

»Wie umsichtig«, murmelte Awin missmutig. Die Aussicht, die nächsten sechs Tage in diesem schwankenden Gefährt zu verbringen, stimmte ihn alles andere als froh.

»In Marsa werden wir uns nicht lange aufhalten. Wir werden dort Pferde bekommen und dann weiter nach Norden ziehen. Nach weiteren vier Tagen sind wir dann am Skroltor.«

»Hoffentlich vor Eri«, meinte Awin.

»Das Meer ist auf unserer Seite, Seher. Wenn das Wetter nicht umschlägt, können wir es schaffen. Wir müssen es schaffen, denn Marsa hat keine Wälle, und wir müssen die Bewohner vor der Gefahr warnen.«

»Ist es denn sicher, dass Eri dort entlangkommt?«

»Es ist der Weg zum Skroltor. Ich habe die Hoffnung, dass die Wächter die Menschen in Sicherheit gebracht haben.«

Awin wurde stutzig. »Die Hoffnung? Ist das nicht selbstverständlich? Norgis sagte doch, die Wächter wüssten längst Bescheid.«

Seevögel zogen über das graue Meer. Mereges Blick ging ins Leere. »Ich bin mir nicht sicher, was die Wächter gesehen haben und was nicht, und ich weiß nicht, welche Lehren sie daraus ziehen. Ragin ist ein stolzer Mann. Vielleicht hat er die Männer von Marsa aufgefordert, sich dem Heer in den Weg zu stellen. Die Straße verläuft dort zwischen steilen Bergen und dem Meer und ist nur sehr schmal, und wären die Windskrole nicht, wäre es ein guter Platz, die Hakul aufzuhalten.«

»Wer ist dieser Ragin?«

»Er ist der Airiskan, der Oberste unseres Ordens, seit Senis verkündet hat, uns zu verlassen. Schon lange vorher hat er sich um die vielen einfachen Dinge gekümmert, die zu tun sind, mit denen wir aber die Ahnmutter nicht behelligen wollten. Er ist erfahren und beherrscht die meisten Zauber viel besser als jeder andere von uns, doch ich weiß nicht, ob er der richtige Mann ist, die Wächter in den Kampf zu führen.«

Sie klang besorgt, und Awin bemühte sich, ihre Bedenken zu zerstreuen. »Ich kenne diesen Mann nicht, aber wenn er stärker ist als die Wächterin, die *ich* kenne, dann ist mir nicht bang. Außerdem, wenn Senis rechtzeitig kommt …«

»Wenn, Awin, wenn! Je länger ich darüber nachdenke, desto größer werden meine Zweifel. So vieles ist unsicher, so vieles kann sich gegen uns wenden.«

Awin schwieg eine Weile. Er saß neben Merege, berührte sie fast. Dann trat ihm wieder dieses Bild der im Schnee sterbenden Kariwa vor die Augen. Aber sie hatte gesagt, dass im Sommer selbst ihre kalte Heimat ohne Schnee war. »Sag, Merege, du hast von den weißen Gletschern gesprochen. Gibt es welche in der Nähe des Skroltores?«

Sie sah ihn befremdet an, dann schüttelte sie den Kopf. »Nein, denn das Tor liegt zwar am Fuß der Berge, aber um einen Gletscher zu sehen, müsstest du im Sommer noch einen ganzen Tag weiter hinaufsteigen.« Sie lächelte plötzlich. »Wenn du willst, kann ich dich zu einem von ihnen führen, wenn diese Geschichte vorüber ist. Es ist schön dort.«

»Wenn diese Geschichte vorüber ist, vielleicht«, murmelte Awin ausweichend. »Aber nun … nun werde ich wieder nach hinten gehen, denn ich glaube, Ule ist der Meinung, unsere Pause habe lange genug gedauert.«

Gar nicht sehr viel später passierten sie die Meerenge, durch die sie am Morgen so eilig geritten waren. Die Strömung war hier stark, und das Boot schoss förmlich mit der Ebbe durch die Enge. Dann weitete sich der Gesichtskreis, und vor ihnen lag die offene See. Die Wellen wurden höher, und die Hakul klagten bald über ein seltsames Gefühl, das sich in der Magengegend breitmachte. Solange er ruderte, bemerkte Awin davon nichts, aber bei seiner nächsten Pause überfiel die Übelkeit auch ihn.

»Seekrankheit«, sagte Dalbis nur. »Geht vorüber.«

Mahuk Raschtar litt ebenfalls unter dieser Krankheit, und zu seinem Bedauern wussten weder er noch Yeku dagegen ein hilfreiches Kraut. Inzwischen hatte sich die kurze Dunkelheit über das Meer gesenkt, aber Dalbis versicherte Awin, dass sie nicht in Gefahr waren, auf ein Hindernis aufzulaufen. »Diesen Teil des Eismeeres nennen wir die Morgenbucht. Sie hat vielfältige Strömungen, und auf ihrer Südseite, wo wir uns befinden, ist sie mit uns. Und sie wird es auch morgen und übermorgen noch sein. Du solltest dich freuen, Hakul.«

Aber dazu fühlte sich Awin viel zu matt und elend.

Irgendwann schlief er erschöpft ein. Es war ein tiefer Schlaf, der erste ohne Traum, seit er seine Gabe wiedererlangt hatte. Als er erwachte, hatte das Morgengrauen eingesetzt, aber Awin wusste inzwischen, dass es hier unendlich viel länger dauerte als in seiner Heimat. Die Fischer ruderten, aber Dalbis erklärte ihm, dass sie es nur taten, um das Boot in der Strömung zu halten. In der Ferne vermeinte Awin eine grüne Linie zu erkennen.

»Das ist Berke. Wir folgen ihrem Ufer, so weit es geht, nach Westen, dann die Küste hinauf nach Norden. Es ist der sicherste Weg«, erklärte Dalbis.

Awin hatte Hunger. Sein Magen schien sich an das Meer gewöhnt zu haben. »Du sagst, es sei der sicherste Weg. Gibt es auch einen schnelleren, Dalbis?«, fragte er den Fischer.

»Keinen, der so schnell ist, dass es sich lohnte, ihm zu folgen, Hakul«, lautete die Antwort.

Awin hatte von der ungewohnten Tätigkeit des Vortages Schmerzen in den Armen, Beinen und im Rücken, aber es half nichts, es musste wieder gepaddelt werden. Immerhin verstanden sie alle sich nun besser auf die richtige Handhabung der Paddel, und Awin hatte das Gefühl, dass sie noch ein wenig schneller vorankamen. Den ganzen Tag blieb die Insel Berke auf ihrer Südseite sichtbar. Die Dämmerung kam, die kurze Nacht und ein neuer Morgen, und immer noch lag Berke dort zu ihrer Linken.

»Ich hätte nie gedacht, dass eine Insel so groß sein kann«, sagte Limdin irgendwann. Awin stimmte ihm zu. Berke hätte Platz und Weide für viele Klans geboten.

Am Mittag des dritten Tages ließen sie die lange Insel endlich hinter sich, und Ule lenkte ihr Gefährt nach Norden. Das Rudern ging ihnen inzwischen immer besser von der Hand, und wenn Ule wieder etwas Unverständliches rief oder brummte, klang es deutlich mehr nach Lob und Anerkennung als an den Vortagen. Im Westen tauchte das Festland auf. Es gab Birkenwälder und die eine oder andere Flussmündung, aber sonst sahen sie nur Marschland, nicht mehr als eine grüne Linie am Gesichtskreis, die ihnen sagte, dass sie noch auf dem richtigen Kurs waren. Am nächsten Tag kam Wind auf, Südwind, worüber Dalbis sich wunderte, denn dies, so erklärte er, sei sehr ungewöhnlich. Obwohl sie ohne Segel fuhren, half ihnen der Rückenwind zunächst. Dann wurde die See rauer, und wer nicht ruderte, musste mit seinem Helm das Wasser aus dem Boot schöpfen, das über die hohe Bordwand spritzte. Die Hakul waren beunruhigt, doch die Fischer taten das als kleine Unannehmlichkeit ab und freuten sich, dass der Wind sie unterstützte. Es wurde nur wenig gesprochen. Wer ruderte, brauchte seinen Atem für die Arbeit, wer nicht ruderte, schöpfte Wasser oder versuchte zu schlafen. Nur Isparra saß schweigend in der Mitte des Bootes. Sie sah blass aus. Awin nahm sich vor, sie zu fragen, ob sie diesen hilfreichen Wind herbeigerufen hatte, aber das musste warten. Ihr Boot schnitt schnell durch die raue See, und Tuge, der im Bug saß, begann sich schon wieder zu sorgen, dass es zu glatt ging, um wirklich bis zum Ende gut zu gehen. Dann entdeckten sie ferne Rauchwolken, die in den blauen Frühsommerhimmel aufstiegen. Sie kamen zu dem Schluss, dass dort einzelne Gehöfte oder kleine Siedlungen brennen mussten.

»Das heißt doch, dass wir dem Heer schon sehr nahe gekommen sind, oder nicht?«, rief Tuge, während er mit seinem Helm Wasser schöpfte.

»Wir wissen nicht, wie lange diese Höfe schon brennen«, dämpfte Awin die Hoffnungen. Tatsächlich sahen sie den ganzen Tag, bis spät in die lange Dämmerung hinein, solche Rauchwolken über dem Land stehen, aber den Rauch oder das Licht vieler Feuer, die ihnen ein großes Heerlager angezeigt hätten, entdeckten sie nirgends. Mit dem Abend schlief auch der Südwind ein, und das Meer beruhigte sich. Als Awin mit Dalbis über das Heer und die Feuer sprach, nickte dieser und sagte: »Wir haben viele Hakul gesehen, bevor wir mit euch aufbrachen, denn viele Pferde und Männer trieben tot im Sund, und es war schwierig, die Netze auszuwerfen, denn wir mussten sehr darauf achten, dass sie nicht durch diese Leichen zerrissen wurden.«

Die Hakul sahen einander betroffen an, aber sie sagten nichts dazu. Awin wusste, dass er sich darüber freuen sollte, wenn sein Feind geschwächt wurde, aber er betrachtete diese Hakul nicht als seine Feinde. Sie waren verführt worden.

Am fünften Tag ihrer Fahrt erspähte Awin weit voraus eine dunkle Linie über dem Meer.

»Das sind die Berge des Schneelandes, Hakul. Es ist nicht mehr weit bis zur Einfahrt in den Aurisar«, erklärte Dalbis.

»So sind wir bald am Ziel?«, fragte Awin erfreut.

Dalbis lachte. »Nein, dieser Meeresarm ist sehr lang. Mehr als einen Tag werden wir brauchen, bis wir den Hafen von Marsa erreichen. Jedoch wird dieser Tag nicht enden, denn übermorgen ist Mittsommer, und die Sonne wird vielleicht hinter diesen Bergen verschwinden, aber untergehen wird sie nun für Tage nicht mehr.«

Plötzlich begriff Awin, dass das bedeutete, dass er auch für mehrere Tage nicht auf die Reise des Geistes würde gehen können. Er hatte im Boot natürlich immer wieder mehrere Stunden Schlaf gefunden, aber geträumt hatte er nicht. Er dachte an seine letzte Reise zurück. Da war die Nacht schon kurz gewesen, und als die Sonne ihn erwischt hatte, war er halb blind umhergeirrt. Wenn Norgis nicht gewesen wäre, hätte sein Geist den Rückweg wohl nie gefunden.

Die Berge waren inzwischen näher gerückt. Sie erhoben sich zur Rechten steil in den Himmel, während sich im Westen ausgedehnte, aber niedrigere Anhöhen zeigten. Gerade voraus erspähte Awin eine graue Lücke. Das musste die Einfahrt zum Meeresarm sein, von der Dalbis gesprochen hatte. Bei der nächsten Pause hangelte er sich wieder nach vorne, um Merege noch einmal nach Senis und ihrem Ritual der Reise zu fragen.

»Erinnerst du dich an den Sprung, als ich dich am Glutrücken aus der Schlacht fortbrachte?«, fragte die Kariwa.

Awin nickte. Wie hätte er diesen furchtbaren Tag auch vergessen können?

Merege fuhr fort. »Weißt du noch, wie schmerzhaft das war, und wie lange wir danach brauchten, wieder zu Kräften zu kommen?«

Wieder nickte Awin, denn er erinnerte sich gut, dass er hinterher sogar das Bewusstsein verloren hatte.

»Dies war eine kurze Reise, aber sie erfolgte bei Tag, im Lichte Edhils. Hätte ich dich weiter fortgebracht, hätte das Licht der Sonne uns verbrannt. Die Reise des Leibes, oder der Sprung, wie du es nennst, ist nur in der Nacht ungefährlich«, erklärte sie ernst. »Aber auch in den Nächten kann Senis die Welt nicht in einem Atemzug umrunden. Sie braucht die Kraft eines starken Opfers, sie braucht Zeit zur Vorbereitung des Rituals, und sie braucht die Dunkelheit. In den nächsten Tagen wird Senis uns nicht zu Hilfe kommen können. Wir sind vorerst auf uns allein gestellt.«

Plötzlich erhob sich Isparra und lauschte in den Wind. »Sie sind nicht mehr fern. Es ist besser, von nun an zu schweigen, denn die Ohren meiner Geschwister sind scharf und in einem Boot sind wir ihnen hilflos ausgeliefert.«

Die Fischer starrten Isparra an. Awin hatte ihnen erzählt, die Windskrole sei eine Zauberin aus dem Süden. Auf der langen Fahrt hatte der junge Mabak ihnen das eine oder andere über ihre vergangenen Abenteuer erzählt. Dadurch waren sie zwar in der Achtung der Fischer gestiegen, doch jetzt begannen sie, sich die Dinge zusammenzureimen. Sie tauschten unsichere Blicke. Noch wussten sie offenbar nicht, was sie davon halten sollten, aber ein lastendes Schweigen legte sich auf das Boot, während sie weiter nach Norden ruderten. Zu ihrer Linken, wo Mereges Worten zufolge die ersten Kariwa lebten, standen wieder Rauchsäulen über dem Land und zeugten von Eris gewaltsamen Vormarsch.

Das Land schob sich nun von beiden Seiten immer weiter ins Meer hinaus.

»Die Enge«, flüsterte Dalbis.

Awin nickte stumm. Noch hatte keiner der Fischer etwas über Isparras Bemerkung gesagt, doch er konnte sehen, wie es in ihnen arbeitete. Zur Rechten tauchten vor der Küste jetzt vorgelagerte Felsen auf, über denen sich die Wellen weiß brachen. Ule rief etwas und Awin erriet, dass sie sich weiter links halten sollten. Noch einmal rief Ule und gab Handzeichen, noch weiter nach links zu steuern. Awin sah zunächst den Grund nicht, aber dann entdeckte er die kleinen weißen Schaumkronen, die über einer trügerisch ruhigen Stelle im Meer tanzten. Die Männer legten sich stöhnend ins Zeug, und die beiden Fischer, die bisher links gerudert hatten, wechselten auf die rechte Seite. Das lange Boot änderte schwerfällig seinen Kurs. Awin hörte ein leichtes Schaben unter dem Rumpf.

»Berke steh uns bei!«, rief Dalbis. Sie verdoppelten ihre Anstrengungen. Awin lauschte angespannt. Er hörte das Keuchen der Männer, das Rauschen des Wassers über die Ruderblätter, aber kein weiteres Schaben oder Schleifen von Holz auf Fels.

»Haben wir es geschafft?«, fragte er flüsternd.

»Diese Felsen haben Schwestern«, lautete die gepresste Antwort.

Vorne im Bug winkte Ule wieder aufgeregt, diesmal nach rechts. Die Fischer wechselten die Seite, und ihr Gefährt drehte träge nach rechts. Wieder entdeckte Awin einige Schaumkronen. Kaum hatten sie diese hinter sich gelassen, als Ule sie wild mit den Armen fuchtelnd weit nach links schwenken ließ, aber dann war es offensichtlich überstanden.

»Das ist eine sehr gefährliche Einfahrt, wie mir scheint«,

sagte Limdin, als er sich einen Augenblick zurücklehnte, um Atem zu schöpfen. Die Brandwunde auf seiner Wange verheilte, aber sein Auge blieb weiter unter dem Verband. Mahuk hatte ihm lindernde Kräuter gegeben. »Aber das Augenlicht kann ich ihm nicht zurückgeben«, hatte er zu Awin gesagt, als der Krieger nicht in der Nähe gewesen war. »So wird er auf dem Auge blind bleiben?«, hatte Awin gefragt. »Ja, aber Yeku sagt, es ist nicht gut, ihm das zu früh zu sagen. Stolzer Krieger. Fürchtet nichts, nur die eigene Schwäche.« Also hatten sie Limdin verheimlicht, dass er sein Auge für immer verloren hatte, denn auch Awin fand, dass er am Tod seines Bruders schon schwer genug zu tragen hatte. Der Krieger hatte sich in den vergangenen Tagen nicht geschont und vielleicht sogar mehr gerudert als alle anderen. Jetzt wirkte er erschöpft, und die Narben in seinem Gesicht glühten.

Dalbis sagte: »Die Einfahrt ist am anderen Ufer weit ungefährlicher, doch dort sind vielleicht Feinde versteckt, und wir kennen diese Felsen gut genug, um sie zu meiden.«

Awin runzelte die Stirn. Der Fischer hatte Recht: Es war gut möglich, dass dort am Ufer Hakul waren. Nachzügler vielleicht, aufgehalten durch Plünderungen. »So bewahrt doch Ruhe«, flüsterte Isparra kalt im Wind. »Ich kann meine Geschwister schon spüren.«

Eine Weile blieb es still im Boot. Nur das Rauschen ihrer Ruder im Wasser war zu hören. Aber zum zweiten Mal hatte die Windskrole offenbart, wer sie wirklich war. Beim ersten Mal hatten die Fischer vielleicht noch geglaubt, sich verhört zu haben, doch jetzt warfen sie einander Blicke zu, die zeigten, dass sie die Täuschung zu durchschauen begannen. Sie ruderten langsamer.

»Hat sie wirklich *Geschwister* gesagt?«, fragte Dalbis flüsternd.

»Du solltest ihrem Rat folgen und schweigen«, wich Awin aus.

Eine Weile blieb Dalbis still. »Dann ist sie nicht, was ihr gesagt habt, Awin«, stellte er plötzlich fest.

Awin zog das Ruder durchs Wasser und schwieg. Was hätte er auch sagen sollen? Sie hatten die Fischer getäuscht. Nicht in böser Absicht zwar, aber dennoch war es eine Lüge. Den ganzen Tag ruderten sie das Boot in angespannter Stille weiter den lang gezogenen Meeresarm hinauf nach Norden. Manchmal war es Awin, als würde der Wind aus der Ferne Schreie herübertragen, aber das waren vielleicht auch nur die Möwen oder andere Seevögel, die es hier in großer Zahl gab.

Als Awin zum nächsten Mal sein Ruder an Limdin übergab, war es schon spät. Die Sonne stand tief über den fernen Bergen, die nun auch auf der nordwestlichen Seite bis an den Meeresarm herangerückt waren. Awin lehnte sich zurück und schloss die Augen. Es war ihm viel zu hell, um zu schlafen. *Im Staubland ist es sicher schon seit Stunden dunkel*, dachte er – und schlief ein.

»Öffne die Augen, Seher«, rief ihm eine helle Stimme zu.

Er setzte sich auf. Er war allein im Boot, das durch einen dichten Nebel trieb. »Ich träume«, sagte er laut.

»Natürlich träumst du, und es wurde auch Zeit, dass dein Geist sich endlich öffnet«, schimpfte die Stimme.

Awin wandte sich um. Da saß eine weißhaarige Frau auf einem Felsen, dicht neben dem Boot. »Senis!«, rief er überrascht.

Sie nickte grimmig. »Höre, Seher, uns bleibt nicht viel Zeit. Es wird Mittsommer, das heißt, ich kann meinen Leib in den nächsten vier Tagen nicht ins Schneeland reisen lassen. Du wirst gleich erwachen. Sollten diese verfluchten Skrole das Tor wirklich erreichen, dann halte sie auf, bis die Sonne untergegangen ist.«

»Wozu?«, fragte Awin begriffsstutzig. Senis antwortete nicht, denn sie war fort. Awin erwachte. Die endlose Dämmerung hatte den Himmel blassgrau gefärbt. Er setzte sich auf. Da war der Stein, auf dem er eben Senis gesehen hatte. Aber die Kariwa war nicht dort. Und noch etwas anderes stimmte nicht. Das Boot trieb träge in den Wellen. Es wurde nicht gerudert! »Was ist geschehen?«, fragte er.

»Es ist Ule. Er will uns nicht weiter fahren, Yaman«, erklärte Limdin flüsternd.

Jetzt hörte er den Fischer leise mit Merege streiten. Awin stand auf. Ihr Boot lag dicht unter Land. Vor ihnen ragte ein steiler Berg auf, der sich weit ins Wasser hinausschob. Es roch verbrannt. Rauchschwaden zogen über das Wasser. Sie kamen vom anderen Ufer. Feuerschein erhellte dort den Himmel, und Awin schien es, als mischten sich die Schreie von Menschen unter die der Seevögel. Er schüttelte die Müdigkeit ab und kletterte nach vorne. Praane und Wela lagen dort dicht beieinander. Auch Tuge und Mabak schliefen tief und fest. Nur Merege und die Fischer waren wach und stritten.

»Es ist hoffnungslos, Awin«, begrüßte ihn die Kariwa düster. »Dieser tapfere Mann will nicht weiter nach Norden.«

»Willst du vielleicht mehr Eisen, ehrwürdiger Ule?«, fragte Awin.

Dieser schüttelte den Kopf, murmelte missmutig einige Sätze vor sich hin, aber dann sagte er plötzlich so deutlich, dass auch Awin ihn verstand: »Nerne will Eisen, ich nicht. Ich bin Fischer, das ist genug. Aber Nerne will mehr, immer mehr. Nie ist sie zufrieden.« Er sprach noch weiter, aber nach diesen wenigen klaren Worten verfiel Ule wieder in sein unverständliches Gemurmel.

»Warum willst du uns denn nicht weiter in den Norden bringen?«, fragte Awin.

Wieder bekam er eine undeutliche Antwort, aus der er die Worte, »zu gefährlich«, »Feuer«, und »Lüge« heraushörte. Dabei wies der Fischer mit dem Kinn auf Isparra, die in der Mitte des Bootes saß und angestrengt nach Nordwesten starrte.

Sie hatte ihn natürlich gehört. Jetzt flüsterte sie in Awins Ohr: »Es ist besser, das Boot zu verlassen. Meine Geschwister spüren meine Annäherung vielleicht. Und in dieser Nussschale könnten wir uns kaum wehren, wenn Nyet oder Seweti ihre Kräfte über das Wasser schicken.«

Ule schrie leise auf und hielt sich entsetzt die Ohren zu. Also hatte auch er Isparras Stimme vernommen. Awin hatte wieder das Gefühl, dass die Unsterbliche dicht hinter ihm stand, obwohl sie in Wirklichkeit mehr als eine halbe Bootslänge von ihm entfernt war.

»Wie weit ist es denn noch bis nach Marsa?«, fragte Awin.

»Am Mittag wären wir dort, wenn Ule sich an das hielte, was er uns in Berke versprochen hat«, sagte Merege zornig. »Gehen wir jedoch hier an Land, müssen wir diesen Berg vor uns überwinden. Wenn wir Glück haben, bekommen wir auf der anderen Seite ein paar Pferde. Dann können wir am Abend in der Stadt sein – auch wenn es so etwas wie Abend am Mittsommertag nicht gibt.«

Awin musterte den felsigen Berg. Er schob sich wirklich weit in den Wasserarm hinaus, und damit nah an das andere Ufer. Feuer loderten dort. Er verstand, dass Ule es für zu gefährlich hielt, die Felsen im Boot zu umrunden. »Heißt das, wir können Eri nicht überholen?«, fragte er.

»Einige Krieger sind noch dort drüben, gerade uns gegenüber, doch die meisten Reiter sind weitergezogen. Sie werden vor uns das Ende dieses Meeresarmes erreichen, wenn sie nicht aufgehalten werden«, erklärte Isparra ruhig.

Awin unterdrückte einen Fluch. »Ruhm und Ehre wären dir gewiss, wenn du uns vor unseren Feinden nach Marsa brächtest, ehrwürdiger Ule«, versuchte er, den Mann zu überzeugen. Doch dieser Fischer war kein Hakul, den er mit Ruhm hätte ködern können, wie er feststellen musste, denn Ule schüttelte den Kopf, stieß einen leisen Pfiff aus, und seine Männer begannen, das Boot ans Ufer zu lenken. Es brauchte nur wenige Schläge, und das Boot schob sich zwischen zwei schwarzen Felsen an Land.

Vor Awin ragte der steile Berg schier in den Himmel. Hatte Merege nicht gesagt, dass sie den überwinden mussten? Ihm sank der Mut. Sie waren so dicht davor gewesen, Eri endlich zu überholen, aber nun wurde es wieder nichts. Er weckte die anderen und teilte ihnen die schlechten Neuigkeiten mit. Die Fischer sprangen ins flache Wasser und vertäuten das Boot an einem der Felsen, bis die Hakul und ihre Gefährten ihre Sachen an Land gebracht hatten.

»Du wirst dein Eisen trotzdem bekommen«, versicherte Merege Ule. Aber der winkte nur ab. Er rief seinen Männern etwas zu, was Awin wieder nicht verstand, und sie kletterten eilig ins Boot. Merege machte das Seil los, eine Welle hob das Boot an und trug es ein Stück vom Ufer weg. Dann tauchten die Fischer schon ihre Ruder ein, wendeten und verschwanden schnell nach Süden. Awin blickte ihnen noch lange nach. Dann wandte er sich um. Die Steilwand vor ihnen war nicht kleiner geworden.

Tuge schlug ihm aufmunternd auf die Schulter. »Kopf hoch, mein Junge. Immerhin, wir haben das Schneeland erreicht, und ich muss sagen, das ist etwas, was ich bei unserem Aufbruch nicht für möglich gehalten hätte.«

Awin lächelte schwach. Es war wirklich erstaunlich, dass sie so weit gekommen waren. Es hieß aber leider auch, dass sie es nicht vermocht hatten, Eri vorher aufzuhalten. Und jetzt war er, nur durch einen Meeresarm von ihnen getrennt, ebenfalls im Schneeland eingetroffen, und das Skroltor war nicht mehr weit. Er war ihnen immer noch einen Schritt voraus, und Awin hatte große Zweifel, dass es ihnen gelingen würde, ihn aufzuhalten. Er dachte mit Schaudern an die Bilder, die er auf seiner Reise gesehen hatte. Eri, der mit einer Axt das Siegel des Skroltors zerschlug, die Daimonen, die auf das offene Tor einstürmten, mit solcher Gewalt, dass die Berge einstürzten, und dann das Bild der sterbenden Merege. Mit aller Macht schien ein unerbittliches Schicksal genau auf dieses fürchterliche Ende hinauszulaufen. Und Awin fühlte sich, als stemme er sich ganz allein gegen das Verhängnis, hilflos, fast wie ein Grashalm, der sich gegen einen Sturm stellte.

Schneeland

»WENN DU DAMIT fertig bist, deinen Gedanken nachzuhängen, könntest du dein Gepäck aufsammeln, Awin«, sagte Wela.

Awin runzelte die Stirn. Wela gebärdete sich seit einigen Tagen mehr und mehr als Antreiberin. Aber natürlich hatte sie Recht. Er hängte sich den Schild über die Schulter, griff sich Decke und Speer und machte sich bereit zum Aufbruch.

»War nicht die Rede von Pferden, die wir hier bekommen könnten?«, fragte Tuge.

»Auf der anderen Seite dieses Berges, Meister Tuge«, gab Merege zur Antwort. »Ich schlage vor, ihr lasst hier, was ihr nicht unbedingt braucht. Wir sind in Eile.«

Sie ließen also zurück, was sie entbehren konnten, und machten sich auf den Weg. Bald stießen sie auf einen Pfad, der sich den steilen Felshang hinaufwand.

»Wird der wirklich von Menschen benutzt?«, fragte Mabak zweifelnd. »Er sieht eher aus, als sei er für Bergziegen gemacht.«

»Du kannst diesen Felsen auch im Landesinneren umgehen, wenn du ein paar Tage Zeit hast, junger Krieger«, erwiderte Merege, die die Spitze übernahm und eilig ausschritt. Die Hakul folgten ihr.

»Erst rudern und jetzt laufen«, brummte Tuge, »wann habe ich endlich wieder ein Pferd unter meinem Hintern?«

»Du hast es doch gehört, Tuge. Auf der anderen Seite dieses Felsens«, versuchte Awin, ihn aufzumuntern.

Der Pfad war schmal und führte sie nicht über den Berg,

sondern auf der Seeseite darum herum. Awin blickte irgendwann nach unten. In der Tiefe donnerte die Brandung gegen die Felsen. Er verspürte ein leichtes Schwindelgefühl und musste einen Augenblick innehalten.

»Yeku sagt, nur wer dumm ist, starrt in den Abgrund«, meinte Mahuk munter.

Awin nickte schwach. Er fragte sich, wer diesen Pfad sonst benutzen mochte, denn streckenweise war er außerordentlich tückisch. An einer Stelle mussten sie einen Felsbrocken überklettern, der von weiter oben herabgestürzt sein musste. Er war eigentlich kein großes Hindernis – wenn man vergessen konnte, dass es dort viele Längen steil hinunterging.

»Ule hätte uns wirklich noch auf die andere Seite dieses elenden Berges bringen können«, meinte Tuge missmutig, während sie weiter voranhasteten, angetrieben von Merege, der es jetzt nicht schnell genug gehen konnte. Sie erreichten die Westflanke des Berges, und Awin wagte noch einmal einen Blick in den Abgrund. Nadelscharfe Felsen ragten tief unter ihm aus den Wellen hervor, und winzig aussehende Seevögel tanzten über dem Wasser. Plötzlich hörte er einen hellen Schrei. Er blickte auf. Merege war stehen geblieben und starrte über das Meer. Awin folgte ihrem Blick. Auf dem Westufer wurde gekämpft! Unter Wolken von Staub schoben sich dunkle Massen von Reitern voran, aufgehalten von einer tief gestaffelten Reihe von Männern zu Fuß. Der Klang von Kriegshörnern wehte schwach zu ihnen herüber. Einzelheiten waren kaum zu erkennen, denn dafür war die Entfernung zu groß, aber dort wogte eine Schlacht! Awin sah Blitze durch die Staubwolken zucken, und dann leuchtete etwas über dem Heer der Hakul auf, hell wie ein Stern – der Heolin!

»Meine Geschwister werden siegen«, stellte Isparra fest. Sie war die Letzte in ihrer kurzen Reihe.

»Und bist du darauf stolz, Weib?«, schrie Merege sie an.

Isparra zuckte mit den Achseln und erwiderte kühl: »Es ist gut, dass sie kämpfen, denn es mindert ihre Kraft. Außerdem sind sie abgelenkt, und auch das ist gut für uns, denn sonst würden sie meine Nähe sicher bemerken.«

Awin versuchte, im Staub Genaueres zu erkennen. Die Hakul hatten bislang nur einige Hundertscharen auf den Feind losgelassen, eine unüberschaubare Masse von Reitern schien vorerst abzuwarten, was sich dort tat. Die Kariwa waren nicht sehr zahlreich, aber sie hatten ihre Stellung gut gewählt. Das Meer reichte dort bis fast an den Fuß der Berge heran, nur ein schmales Stück Land blieb für den Kampf, und das war auch gegen eine große Übermacht leicht zu verteidigen. Eri führte jedoch kein Heer, in dem nur Menschen kämpften. Die Xaima waren irgendwo dort drüben. Wieder sah Awin Blitze durch den Staub zucken. Es kämpften also auch Wächter dort. Aber waren sie den Windskrolen gewachsen? Die Gefährten waren auf dem schmalen Weg stehen geblieben und starrten gebannt hinüber. Der Staub lichtete sich, und dann sah Awin, dass die Reiter schnell zurückwichen. »Seht!«, rief Praane aufgeregt. »Die Hakul, sie fliehen!«

»Unsinn«, knurrte Tuge, »sie wollen den Feind nur locken. Wenn die Kariwa klug sind, fallen sie nicht darauf herein.«

Doch die Kariwa waren nicht klug. Awin sah, dass ihre Reihen sich auflösten und Männer nach vorne stürmten. Er schüttelte den Kopf. Tuge sprach aus, was Awin dachte: »Diese Narren, zu Fuß verfolgen sie Reiter?«

Plötzlich bildete sich mitten im Heer der Hakul eine hohe Staubwolke, wuchs in die Höhe und sprang dann wie ein Raubtier mitten unter die Kariwa. Wieder zuckten einzelne Blitze, dann vollzogen die fliehenden Hakul eine schnelle Kehrtwendung und stürzten sich auf den Feind. Dichter Staub verhüllte, was dort weiter geschah, doch Awin hatte wenig Zweifel am Ausgang dieses Kampfes.

»Hakul!«, murmelte Tuge den Schlachtruf ihres Volkes mit viel Bitterkeit in der Stimme.

Awin riss sich von dem schrecklichen Schauspiel los. »Wir müssen weiter, Merege!«, rief er. Die Kariwa zuckte zusammen, aber dann nickte sie und hastete weiter. Bald hatten sie den Berg umrundet und das Ostufer rückte schnell näher. Der Pfad führte offenbar weit ins Landesinnere hinein. Plötzlich hörte Awin Mahuk aufschreien und nahm im Augenwinkel eine schnelle Bewegung wahr. Er drehte sich um. Isparra! Sie sprang den Berg hinab, wie sie es schon auf der Geisterebene getan hatte. Awin schickte ihr einen Fluch hinterher. Für einen Augenblick sah es so aus, als würde ihr Sprung sie ins Wasser tragen, aber dann landete sie auf einem Felsvorsprung, änderte mit federnder Leichtigkeit die Richtung und flog weiter hinab.

»Dieses verdammte Weib!«, fluchte Tuge.

»Ihr seid zu langsam, Hakul, und der Adler will nicht länger mit dem Sperling ziehen«, flüsterte es spöttisch im Wind. Unten angekommen, drehte die Alfskrole sich nicht einmal mehr um, sondern lief eilig weiter. Awin biss sich auf die Lippen. Ohne Isparra hatten sie keine Aussicht, die Xaima zu besiegen. Warum ließ sie sie nun schon wieder im Stich? Er warf einen Blick zurück auf das Westufer. Der Staub hatte sich gelichtet. Awin sah Männer rennen, verfolgt von Reitern, die alle niedermachten, die sie einholen konnten. Eri hatte die Schlacht gewonnen.

»Adler und Sperling – hat nicht dieser feiste Deuter in Tiugar dieses Bild für das Heer und uns benutzt?«, fragte Tuge.

Awin nickte düster. Der Diener des Orakels hatte damals auch den Tod des Sperlings vorausgesagt.

Sie hasteten weiter, als plötzlich etwas Seltsames geschah –

der Hang geriet in Bewegung. Staub rieselte herab, dann kleinere Kiesel, schließlich lösten sich einige faustgroße Steine aus dem Fels und polterten zwischen den Gefährten hindurch in die Tiefe. Awin blieb stehen und hielt sich am brüchigen Stein fest. Ein Schauer lief ihm über den Rücken. Der Boden unter seinen Füßen erzitterte. Dann hörte es auf. Auch seine Gefährten waren stehen geblieben. »Was ist das, Merege?«, fragte Awin heiser. Die Kariwa war blass geworden. Sie blickte in die Ferne. »Der Kramar. Seht!«

Awin folgte ihrem Blick, in weiter Ferne stieg eine dunkle, schmale Wolke in den blauen Himmel.

»Es ist einer unserer Feuerberge«, erklärte Merege. »Er regt sich, was selten vorkommt. Vielleicht spürt er das nahende Unheil. Doch weiter jetzt. Er ist viele Tage entfernt, und uns kann nichts geschehen.« Und schon rannte sie weiter den schmalen Pfad entlang.

Nichts geschehen? Awin sah immer noch Steine und Staubfahnen den Felshang hinabrollen. Dieser Feuerberg musste über große Kraft verfügen, wenn er Tage entfernt war und dennoch die Erde unter ihren Füßen zum Beben brachte. Die Hakul tauschten besorgte Blicke. Sie hatten noch nie gehört, dass Berge das Land erzittern lassen konnten – und jetzt hatten sie es erlebt.

»Ein unheimliches Land«, murmelte Wela.

»Weiter jetzt«, rief Awin, der ihr im Stillen Recht gab.

Völlig außer Atem erreichten die Gefährten einige Zeit später endlich die Talsohle. Merege hetzte sie weiter. Eine ganze Weile folgten sie dem Küstenverlauf, bis sie in einiger Entfernung den Rauch vieler Schornsteine aufsteigen sahen. Dort würde also die Hafenstadt Marsa liegen. Merege bog plötzlich ins Landesinnere ab.

»Gehen wir nicht in die Stadt?«, fragte Awin keuchend, aber die Kariwa gab ihm keine Antwort. Sie liefen über einen grünen Hügel, und dann tauchte vor ihnen ein großes Gehöft mit vielen Gebäuden auf. Eine Koppel zog sich den sanften Hang hinauf.

»Bei Mareket, Pferde! Endlich!«, jubelte Tuge.

Die Aussicht, wieder reiten zu können, brachte die Hakul dazu, noch schneller zu laufen. Plötzlich rief ihnen jemand ein lautes »Halt« entgegen, und dann durchschnitt ein Pfeil die Luft und bohrte sich einige Schritt vor Awin in den Boden. Sie sprangen in Deckung, die hier nur aus einigen niedrigen Dornbüschen bestand. Hände flogen zu den Bögen, aber Awin gab ihnen Zeichen, die Pfeile stecken zu lassen. Vor dem grasgedeckten Haupthaus des Hofes tauchten nun einige Frauen und Mädchen auf. Awin zählte sieben. Drei hatten Bögen, die anderen waren ebenfalls irgendwie bewaffnet, mit Dreschflegeln, Heugabeln oder einfachen Knüppeln.

»Halt, Fremde! Nicht noch einmal werden wir einen Pferdedieb auf unser Land lassen«, rief eine von ihnen.

»Noch einmal?«, fragte Tuge leise.

»Isparra«, erklärte Awin halblaut. »Vermutlich hat ihr irgendein Wind von diesen Pferden erzählt.«

»Ich verfluche sie noch einmal«, rief Tuge leise.

Merege, die als Einzige keinen Schutz gesucht hatte, ging langsam einige Schritte auf das Haus zu. »Ich bin Merege, eine Wächterin des Schwarzen Tores. Wir haben nicht die Absicht, etwas zu stehlen!«

Die Frauen steckten die Köpfe zusammen, während Merege langsam näher schritt.

»Eine Wächterin? Aber was sind das für Leute bei dir? Und warum bist du nicht in der Schlacht wie die anderen?«, rief die Sprecherin der Gruppe.

»Die Schlacht ist verloren, und wir brauchen eure Hilfe«, antwortete Merege.

»Verloren? Aber die Wächter … Wie ist das möglich?«, rief die Frau. Sie war erbleicht. Auch die anderen Frauen konnten ihren Schrecken nicht verbergen.

»Wie viele von uns haben dort gekämpft?«, fragte Merege.

»Ich hörte von fünf oder sechs, aber zwei waren wohl noch Anwärter«, sagte die Frau langsam und fuhr dann fort: »Unsere Männer, unsere Männer sind dort …«

»Ich kann euch nicht sagen, ob sie überlebt haben, aber es gibt Hoffnung«, sagte Merege.

Hoffnung? Nach dem, was Awin gesehen hatte, würden die Männer wohl kaum zurückkehren, aber er verstand, dass Merege den Frauen Mut und Trost zusprechen wollte. Und die Wächter? Awin hatte Blitze im Staub gesehen. Sie hatten sich gewehrt, aber den Alfskrolen waren sie nicht gewachsen gewesen. Auch wenn er nicht hörte, was gesagt wurde, konnte Awin sehen, dass die Frauen Merege mit viel Achtung begegneten. Schließlich nickte die Älteste und rief: »Wenn stimmt, was du sagst, Wächterin, dann sind wir in noch größerer Gefahr, als wir dachten. Nimm, was du brauchst!«

Die Pferde, die die Hakul in der Koppel vorfanden, waren anders als ihre eigenen Tiere. Sie waren starkknochig und gedrungen, und ihr Fell war viel dicker als das der Steppenpferde. »Besonders schnell sehen sie nicht aus«, meinte Limdin zweifelnd.

»Aber sie sind ausdauernd, und darauf wird es ankommen«, sagte Merege.

Die Frauen brachten Decken, die die Kariwa an Stelle der Sättel verwendeten, und sie halfen den Gefährten, die Tiere aufzuzäumen. Dabei begegneten sie den Hakul ohne jede Scheu. Awin fragte die Anführerin danach. Die sah ihn verwundert an und sagte: »Ihr reitet mit der Wächterin und seid gekommen, um zu helfen. Da ist es doch gleich, welchem Volk ihr angehört, auch wenn andere eures Volkes sich zu unseren Feinden erklärt haben.«

Awin hatte noch eine wichtige Frage: »Sag, die Fremde, die euer Pferd stahl, wohin ist sie geritten? Nach Marsa?«

»Nein, sicher nicht nach Marsa«, antwortete die Älteste. »Sie hielt sich weiter nördlich, vielleicht will sie zur Oststraße.«

Awin warf einen fragenden Blick zu Merege.

»Damit umgeht sie die Stadt und auch das Heer. Die Straße führt eigentlich zum Kramar, aber es würde ihr nicht bekommen, dorthin zu gehen, wenn der Berg Feuer spuckt. Es gibt jedoch eine Abzweigung zum Skroltor. Ich schlage vor, dass wir den gleichen Weg nehmen, denn die große Torstraße ist uns durch die Hakul wohl schon versperrt.«

Awin ahnte, was Isparra vorhatte: Sie war bei ihnen geblieben, solange sie einen Nutzen davon hatte, und jetzt glaubte sie, ihre Hilfe nicht mehr zu brauchen. Sie würde den Weg zum Skroltor einschlagen, um dort Rache an ihren Geschwistern zu nehmen, wie sie es wiederholt angekündigt hatte. Awin war sich inzwischen sicher, dass sie das leider erst tun würde, nachdem das Daimonentor geöffnet worden war. *Natürlich, sie will ihre Kraft zurück, und ich Narr habe das nicht wahrhaben wollen*, dachte er und unterdrückte einen Fluch. Seine Gefährten sollten ihm nicht anmerken, wie besorgt er darüber war.

»Willst du Eri nun zur Rede stellen, Awin?«, fragte Wela, die versuchte, sich mit ihrem Pferd anzufreunden. »Die Gelegenheit ist günstig, denn er ist nicht viel mehr als einen Bogenschuss entfernt.«

»Ich hatte es so geplant, Wela, aber ohne Isparra sind wir den Xaima noch nicht gewachsen.«

»Noch nicht? Wie lange willst du warten? Bis sie am Tor sind?«, fragte die Schmiedin ungehalten.

»Ich verstehe deine Ungeduld. Ich selbst würde am liebsten

sofort hinüber nach Marsa reiten und Eri zur Rechenschaft ziehen für all das Unheil, das er angerichtet hat und das er noch anrichten will. Aber ohne Isparra oder die Wächter des Skroltores wäre das unser schneller Tod.«

»Ach was!«, rief Wela. »Rede mit ihnen, von Hakul zu Hakul. Mache den Yamanen klar, was hier geschieht, und sie werden sich von Eri abwenden! War es nicht eigentlich das, was du vorhattest, damals, als wir in Pursu Pläne schmiedeten?«

»Vieles ist seither geschehen, Wela, und mein Plan erscheint mir heute weit weniger gut als seinerzeit in Pursu.«

Wela schüttelte den Kopf. »Aber du willst dich doch nicht etwa auf Isparra verlassen? Sie hat uns schon mehrfach im Stich gelassen und wird uns wieder hintergehen, das ist so klar wie der gestirnte Himmel, den man in diesem Land nicht zu sehen bekommt.«

Awin seufzte. »Ich weiß, Wela. Ich verlasse mich nicht auf Isparra, sondern auf ihren Hass auf ihre Geschwister. Und ich hoffe auf die Hilfe der Wächter, und die gilt es nun zu suchen.«

»Wir finden sie in Narwa, denn das ist die Stadt der Wächter«, rief Merege, die schon auf ihrem Pferd saß. »Und nun kommt. Drei Tage lang wird die Sonne nicht untergehen. Wenn sie es das nächste Mal tut, sind wir schon am Skroltor.«

Sieben Pferde waren in der Koppel gewesen, und somit eines zu wenig. Wela erklärte sich aber gerne bereit, Praane mit auf ihr Pferd zu nehmen. Aus der Ferne rollte Donner heran, aber es war kein Gewitter, sondern wieder der Feuerberg, wie ihnen Merege erklärte. »Seit drei Tagen geht das schon so«, sagte die Hofälteste. »Kramar scheint zornig zu sein über die Fremden, die sein Land heimsuchen.«

»Ich hoffe, nicht über alle Fremden«, murmelte Awin. Dann brachen sie auf und ritten im Galopp nach Nordosten.

»Diese Pferde mögen stark sein, aber schnell sind sie nicht«, rief Tuge bald. Es stimmte, jedes Steppenpferd war schneller, aber Merege entgegnete: »Sie sind ausdauernd und unverwüstlich, und kein Pferd der Hakul würde den Winter hier überleben.«

»Dann ist es schade, dass jetzt nicht Winter ist«, lautete die mürrische Antwort des Bogners. Das Wetter schien umzuschlagen, und von Norden her trübte es sich rasch ein. Dann lag ein seltsamer Geruch in der Luft und Staub schien vom Himmel zu regnen.

»Das ist Asche vom Feuerberg«, erklärte Merege. »Der Wind verteilt sie über das Land.«

Die Hakul tauschten besorgte Blicke.

»Dieser Berg brennt?«, fragte Limdin.

»Nein, er speit Feuer, wie seine Brüder Belenar und Lifar im Westen. Diese Berge sind ein Geschenk der Götter, denn ihre Glut erlaubt unseren Schmieden, härteres Eisen zu schmieden als jedes andere Volk, und im Winter halten sie das Meer für uns eisfrei. Doch sie können auch zornig werden und das Gestein, das in ihnen glüht, bis hierher und noch viel weiter schleudern.«

Jetzt wuchs die Besorgnis der Hakul erst recht.

»Und ist es das, was jetzt geschieht?«, fragte Awin.

Merege zögerte mit ihrer Antwort. »Ich weiß es nicht«, sagte sie dann. »Ich habe diesen Ascheregen einmal schon als Kind erlebt, und es geschah nichts weiter. Doch die Alten erzählen, dass die Asche auch schon verheerenden Ausbrüchen vorausging. Ausbrüchen, die viele Kariwa das Leben kosteten.«

»Was für ein schreckliches Land«, rief Wela.

»Leider«, sagte Merege, »ist der Kramar weit vom Skroltor entfernt. Vielleicht würde sein Zorn die Hakul in die Flucht schlagen.«

Später erreichten sie ein Gehöft, dessen Bewohner gerade ihre Flucht vorbereiteten. Sie tränkten die Pferde dort, und Merege erkundigte sich nach dem schnellsten Weg nach Narwa. Die Bauern blickten die Hakul mit einer Mischung aus Angst und Misstrauen an. *Es ist gut, dass Merege bei uns ist*, dachte Awin, denn die Männer des Hofes hatten schon zur Axt gegriffen, als sie die Fremden bemerkt hatten. Isparra hatten die Bauern nicht gesehen, aber sie erfuhren, dass Airiskan Ragin alle waffenfähigen Männer zusammengerufen hatte, um dem Feind entgegenzutreten.

»Hat er auch gesagt, wo er die Hakul angreifen will?«, fragte Merege.

»Ich glaube, am Laagsee, Wächterin, denn dorthin hat uns Ragin bestellt«, lautete die Antwort des bärtigen Kariwa, dem der Hof gehörte. »Ich selbst werde Frau und Kinder in Sicherheit bringen, dann werde ich mit meinen Söhnen dem Ruf folgen. Vielleicht haben wir Glück, und Kramar kommt uns zu Hilfe. Sag dem Airiskan, dass er auf uns zählen kann.«

»Ich werde es ausrichten«, erwiderte Merege.

Als sie die Bauern zurückließen, fragte Awin die Kariwa, was sie von diesen Neuigkeiten zu halten hatten.

Merege seufzte. »Narwa, die Stadt der Wächter, liegt am Laagsee, von daher ist es naheliegend, die Männer dorthin zu rufen. Das Skroltor liegt jedoch noch einige Stunden weiter nördlich, und ich hielte es für besser, wir würden dort unsere Macht sammeln.« Sie seufzte noch einmal, dann fuhr sie fort: »Wir sind kein sehr kriegerisches Volk, Awin. Es kommt vor, wenn auch nicht sehr oft, dass große Banden aus dem Ödland unsere Siedlungen im Süden überfallen, und dann verstehen wir es, uns zu wehren. Aber ein solches Heer wie jenes, das Eri hierhergeführt hat – ein solches Heer haben wir noch nie gesehen. Ich fürchte, unsere Männer sind keine Gegner für Eris Krieger.«

Awin schwieg. Die Nachbarn der Hakul, ob nun Budinier, Akkesch oder Viramatai, waren wehrhaft, und das mussten sie sein, denn sie lebten neben den Hakul. Er hatte schon gestaunt, als er gehört hatte, dass die Akradhai jenseits der Jurma so lange in Frieden gelebt hatten, aber er hätte nicht gedacht, dass er einmal ein Land betreten würde, in dem der Krieg nahezu unbekannt war.

»Die Stadt der Wächter – warum liegt sie so weit vom Skroltor entfernt?«, fragte er.

»Weit? Wenn du das Tor siehst, wirst du es verstehen, Awin. Auch Wächter haben Familien, und das Schwarze Tor ist wahrlich kein guter Ort, um Kinder aufzuziehen.«

Awin stutzte. »Kinder? Ich dachte, ich meine, du hast gesagt, dass eine Wächterin einen Mann versehentlich …« Seine Worte verebbten.

Merege lächelte. »Das ist richtig, doch ein Wächter kann lernen, sich davor zu schützen, dass ein anderer – oder eine andere seine Kraft nimmt.«

Awin war kein Wächter. War es dennoch …? Er öffnete den Mund zu einer Frage, aber dann schwieg er lieber.

Merege trieb sie weiter an. Sie rasteten nicht, nicht am Tag, nicht in der endlosen Dämmerung, und die Hakul schliefen im Sattel. Die Erde war unruhig. Immer wieder lief ein Zittern, manchmal auch ein Beben durch das Land. Der Kramar grollte und spie gelbgraue Wolken aus, die allmählich den Himmel verdunkelten. Feine Asche rieselte aus diesen Wolken herab. Sie setzte sich in ihren Haaren fest, auf ihrer Kleidung, dem Rücken ihrer Pferde und im Gras und den Bäumen. Allmählich legte sich ein dünner, schmutzig grauer Schleier über das Land. Sie kamen an verschiedenen Gehöften vorüber, und noch waren nicht alle verlassen. Zweimal hatten sie Glück und konnten einige ihrer Pferde wechseln. Es wurde wieder heller, was Awin sagte, dass sie nun schon über einen Tag im Schneeland unterwegs waren. Obwohl ihm die Weite der Steppe fehlte, hätte das Land Awin vielleicht gefallen können – es gab schroffe Felsen, dichte Wälder, viel Wasser und saftige Weiden, doch das alles wurde nun mit einem unansehnlichen grauen Schleier überzogen, und wer den Staub einatmete, schmeckte Schwefel. Die Hakul legten ihre Staubschals vor die Gesichter und ritten mit düsteren Gedanken weiter.

»Asche in der Luft«, brummte Tuge. »Ich muss kein Seher sein, um das als böses Zeichen zu deuten.«

Irgendwann mussten sie dann doch rasten, denn Praane, der jetzt ein eigenes Pferd ritt, fiel schon fast aus dem Sattel.

»Zwei Stunden«, sagte Merege. »Unser Weg ist weiter als der des Heeres. Wir müssen uns beeilen!«, drängte sie.

»Wir werden den Kariwa keine große Hilfe sein, wenn wir auf dem Schlachtfeld einschlafen, und du weißt, dass Eile ein Freund des Unglücks ist«, erklärte Tuge mit einem herzhaften Gähnen.

Merege sah den Bogner an, als wolle sie ihm gleich an die Gurgel gehen, aber dann sagte sie: »Gut, aber in spätestens drei Stunden sitzen wir wieder im Sattel.«

»Für uns Hakul ist das keine Herausforderung, Merege, aber Ore Praane und Mahuk Raschtar haben noch nicht gelernt, im Sattel zu schlafen«, erklärte Awin begütigend.

Sie ließ ihn stehen und schickte sich an, einen nahen Hügel zu besteigen, vermutlich, um Ausschau zu halten.

»Wenn du nicht schlafen willst, Yaman, wäre ich dir dankbar, wenn du mich weckst«, sagte Tuge heiter und streckte sich ins grau verklebte Gras. Seit dem Marschland zeigte sich Tuge meist so. Den Schmerz, den er über den Verlust seines Sohnes empfand, verbarg er tief im Inneren, so wie auch Limdin versuchte, sich nicht anmerken zu lassen, wie hart es ihn getroffen hatte, seinen Bruder zu verlieren. Jetzt saß der Krieger dort drüben an einem Stein und döste vor sich hin. Awin bewunderte sie für ihre Haltung.

Er fühlte sich müde und zerschlagen, aber sein Geist war voller Unruhe. Der Tag der Entscheidung stand unmittelbar bevor. Er blickte zum graugelben Himmel. Es dämmerte wieder – oder noch? Awin hatte das Zeitgefühl verloren. Er streckte sich aus und schloss die Augen. Wenn er träumte, könnte er vielleicht Senis erreichen. Aber was wollte er ihr sagen? Sie wusste, dass sie sich beeilen musste, und er wusste, dass er die Hakul aufhalten musste, ob Senis nun erschien oder nicht. Dieser Gedanke raubte ihm den letzten Rest Ruhe. Was, wenn Senis nicht kam? Würden die Wächter die Hakul aufhalten können? Er hatte das Heer des Tiudhan gesehen, wenn auch nur aus der Ferne. Es waren sicher schon Hunderte gefallen oder zurückgeblieben, aber immer noch waren es Tausende, die nun durch dieses Land zogen, ihr Ziel so nah vor Augen. Was für ein Narr er gewesen war, dass er glaubte, sie mit Worten aufhalten zu können! Diese Hakul waren zu weit geritten, um unverrichteter Dinge umzukehren. Ein unmerkliches Beben lief durch den Boden. Kramar grollte.

»Yeku sagt, wir werden alle sterben«, meinte Mahuk.

Awin öffnete die Augen. Der Ussar stand dort, den Stock mit dem grob geschnitzten dreifachen Kopf in der Hand, und blickte ihn freundlich an. Die Asche in seinem schwarzen Bart gab ihm das Aussehen eines alten Mannes.

»Sag Yeku, dass das Unsinn ist«, entgegnete Awin mürrisch.

»Yeku sagt, wenn wir zählen, sehen wir, dass wir nicht siegen können«, lautete die Antwort.

»Zählen?«, fragte Awin und setzte sich auf. Er konnte ohnehin nicht schlafen.

»Tausende Hakul gegen acht von uns, vier Windskrole gegen eine. Wir können nicht siegen.«

»Das scheint dich aber nicht zu beunruhigen, Mahuk«, stellte Awin fest.

»Es kommt, wie es kommt. Ich habe den Boden und das Gras gekostet. Es ist ein gutes Land unter der Asche.«

»Den Boden gekostet?«, fragte Awin.

Mahuk nickte. »Guter Boden. Nur zu viel Frost. Sonst würde er mir gefallen. Aber er ist gut genug für ein Grab für den Ussar.«

Jetzt runzelte Awin besorgt die Stirn. »Du wirst nicht sterben, keiner von uns«, behauptete er.

»Wenn doch, dann bring Yeku nach Süden, bis du Männer aus meinem Volk triffst. Am besten einen Raschtar.«

»Das wird nicht nötig sein!«

»Versprichst du es?«, fragte Mahuk mit Nachdruck.

Awin zögerte – aber dann nickte er doch. »Ich verspreche es, Mahuk, aber ich denke wirklich, dass es nicht dazu kommen wird.«

Der Ussar zuckte mit den Achseln und ging davon. Dann legte er sich ins Gras, zog seinen Stab an die Brust – und fing bald darauf an zu schnarchen.

Awin erhob sich. Er war müde, aber er fand keine Ruhe. Er folgte Merege auf den Hügel, den sie erklommen hatte.

Er fand sie unter einigen Birken sitzend. Vor ihnen öffnete sich ein weites Tal. Das Licht war seltsam. Der Himmel war von gelblichem Grau, und es war Staub in der Luft. In der Ferne glitzerte Wasser in der mattroten, tief stehenden Sonne. »Ist das der Laagsee, von dem du uns erzählt hast?«, fragte er.

Merege starrte weiter hinüber. Dann sagte sie: »Siehst du, dort am Ufer haben sie ein Lager aufgeschlagen, das ist noch sehr weit vor der Stadt. Ich glaube wirklich, sie wollen sich den

Hakul auf offenem Feld entgegenstellen.« Sie klang niedergeschlagen.

»Das ist Wahnsinn«, stellte Awin nüchtern fest.

»Das ist es. Wir müssen ihnen das ausreden. Wecke die anderen, wir brechen auf!«

»Augenblick, Merege. Lass uns nichts übereilen. Wenn wir deinen Leuten ausreden wollen, diese Schlacht dort unten zu schlagen, müssen wir ihnen einen besseren Plan anbieten. Und den sollten wir wohl überlegen. Etwas Zeit haben wir noch, denn die Hakul werden sicher nicht vor morgen hier sein.«

Die Kariwa runzelte die Stirn. »Woher willst du das wissen, Awin? Das Ziel ist für Eri doch nun zum Greifen nahe, und er wird kaum zögern zuzuschlagen.«

»Das ist richtig, doch hat er viele erfahrene Yamane an seiner Seite. Sie werden ihm raten, nichts zu übereilen, denn auf einem müden Pferd kann selbst der tapferste Krieger nicht gut kämpfen.«

»Und wenn er nicht auf diese Yamane hört? Wenn ihm die Windskrole etwas anderes raten? Sie zuallererst werden es doch kaum erwarten können, das Tor zu öffnen.«

»Vielleicht hast du Recht. Dennoch wäre mir wohler, wenn wir einen Plan hätten, und dazu muss ich wissen, was mich dort unten erwartet. Wie viele Kariwa sind dort? Wie viele davon verfügen über die Macht der Wächter? Wie ist das Tor beschaffen? Wo können wir uns am besten verteidigen? Verstehst du, was ich meine, Merege?«

Sie sah ihn nachdenklich an. »Am besten wäre es wohl, die Hakul am Tor selbst zu erwarten. Das Gelände steigt dort über eine lange Strecke an, das macht die Pferde langsam. Unsere Krieger könnten sich auch in den Felsen zu beiden Seiten der Schwarzen Mauer und im Unterholz an beiden Seiten der Rampe verstecken und dann von dort über die Hakul herfallen.

Auch gibt es einen Wehrgang hoch oben auf der Mauer. Dort wären unsere Bogenschützen halbwegs sicher vor den Pfeilen der Hakul, jedoch ...«

»Jedoch?«, fragte Awin, als Merege nicht weitersprach.

»Es brächte die Hakul sehr nahe an das Tor und an das Siegel heran. Das ist gefährlich und wird den Wächtern nicht gefallen, vor allem Ragin nicht, und auf ihn kommt es an, denn nach seinen Worten richten sich die Kariwa.«

»Über wie viele Wächter gebietet er?«, fragte Awin.

»Als ich mit Senis aufbrach, gab es fast dreißig, dazu einige Anwärter wie mich.«

»Dreißig? Nicht mehr?«, entfuhr es Awin.

»Wenn sie ausreichend Quellen für ihre Kraft finden, werden sie viele Hakul töten«, erklärte Merege kühl.

»Aber es sind ja auch Tausende ...«, begann Awin, doch dann verstummte er. Quellen für ihre Kraft? Das hieß, Menschen – Hakul. Ihn schauderte. Er versuchte, diesen Gedanken zu verdrängen. Das Schicksal der Welt hing davon ab, dass die Kariwa siegten. Er seufzte. Vielleicht könnten die Kariwa die Hakul besiegen, wenn die Windskrole nicht wären. Und vielleicht könnten sie die Xaima besiegen, wenn die Hakul nicht wären. Er biss sich auf die Lippen und dachte nach. In Pursu hatte er selbstsicher verkündet, er wolle den Hakul diesen Wahnsinn ausreden, aber wie sollte er mit Tausenden beutehungrigen und blutdurstigen Hakul verhandeln, mit Kriegern, die nach wochenlangem harten und verlustreichen Ritt nun endlich an ihrem Ziel angekommen waren? Sie würden ihm kaum zuhören, ja, sie würden nicht einmal seine Stimme hören, er war doch nicht Isparra. Wenn Senis nicht kam, sah es schlimm aus. Aber selbst wenn sie erscheinen würde, wie sollte eine einzelne, wenn auch mächtige Zauberin dieses große Heer *und* die Xaima aufhalten? Die Bilder aus seinen Reisen kehrten wieder zurück.

Eri, der das Tor öffnete, die schwarze Wolke, unter der die Daimonen hervorkamen, so machtvoll, dass die Berge einstürzten.

»Hast du nun einen Plan?«, fragte Merege. Es klang beinahe spöttisch.

»Nein, ich weiß nur, dass es dumm wäre, sich Eri in der Ebene entgegenzustellen. Das endete doch schon bei Marsa in einer Niederlage.« Er überlegte fieberhaft. Die Kariwa konnten die Schlacht nicht gewinnen. Sie würden vielleicht viele Hakul töten, aber gewinnen konnten sie nicht. Und die Hakul konnten auch nicht gewinnen, denn wenn sie das Tor öffneten ... Er dachte den Gedanken nicht zu Ende. Es wäre einfach besser, die Schlacht würde gar nicht erst geschlagen. »Am besten wäre es, die Kariwa würden sich zurückziehen. Bis zum Tor meinetwegen. Sie könnten ein paar Scheinangriffe durchführen, um uns Zeit zu verschaffen. Senis sagte, ich soll die Hakul aufhalten, bis die Nacht hereinbricht. Wenn Senis kommt, haben wir eine mächtige Verbündete auf unserer Seite. Vielleicht fällt uns dann noch etwas anderes ein. Und ich will auch nicht, dass sie sich gegenseitig umbringen«, fügte er hinzu.

»Dann bin ich gespannt, wie du das verhindern willst«, sagte Merege und klang unter dem leichten Spott sehr niedergeschlagen. »Und nun komm, Seher, lass uns die anderen wecken. Wir sind fast am Ziel. In wenigen Stunden wirst du das Skroltor sehen.«

Sie brachen umgehend auf und ritten über den Hügel hinab in die Ebene. Der große See glitzerte vor ihnen, und dahinter erhoben sich schwarz und mächtig die Berge. Es gab kleine Wälder am Ufer, ursprünglich wohl von hellem Grün, aber nun schon halb von einem grauen Schleier erstickt. Die Gefährten hatten wenig Sinn für die seltsam anmutende Landschaft. Sie wussten, dass der Tag der Entscheidung bevorstand. »Seht nur!«, rief Praane.

Sie wandten sich um. Im Süden stieg Rauch auf. Eris Heer war näher, als sie geglaubt hatten.

Noch einmal trieben sie ihre müden Tiere zur Eile. Hinter einem der Birkenwälder, die sich am Ufer entlangzogen, trafen sie schließlich auf das Heer der Kariwa. Awin schätzte es auf einige hundert Männer.

»Lasst mich ein Stück vorausreiten«, rief Merege, »sie könnten euch sonst für Feinde halten.«

Sie folgten dem Rat. Immer wieder wandte sich Awin um. Der Rauch stand hinter den Bergen. Dann bebte wieder die Erde, und Kramar grollte.

Merege hatte die Truppen erreicht, und sie sprach mit einigen Kriegern, die einen hochgewachsenen, weißbärtigen Mann heranwinkten.

»*Das* ist ihr Heer?«, fragte Tuge halblaut.

Awin war ähnlich erschrocken. Er sah Bauern mit Äxten, einige mit Speeren, hier und da einen Helm, einige, aber nicht sehr viele, trugen auch Schilde.

»Viel Eisen«, flüsterte Mabak.

»*Nur* Eisen«, berichtigte Wela mit Kennerblick.

In der Tat sah nun auch Awin, dass die Waffen vielleicht nicht für den Krieg, aber wenigstens aus gutem Eisen gemacht waren.

»Sie sehen nicht aus, als könnten sie mit diesen Schätzen in ihren Händen auf dem Schlachtfeld viel anfangen«, brummte Tuge.

»Viele Bogenschützen haben sie auch nicht«, sagte Limdin halblaut.

Awin gab das Zeichen anzuhalten. Die Kariwa beäugten sie misstrauisch, manche auch offen feindselig.

Merege kam jetzt mit dem Weißbart zurück. Awin entdeckte, dass er ebensolche schwarzen Linien wie Merege im Gesicht trug. »Das ist Lemgin, einer unserer erfahrensten Wächter. Er führt die Truppen.«

»Ich grüße dich, Awin von den Schwarzen Dornen. Wir haben von deinem Kommen gehört«, sagte Lemgin höflich.

»Gehört?«, fragte Awin verwundert.

Lemgin lachte halblaut: »Ahnmutter Senis hat einigen von uns Träume geschickt. Sie handelten von einem jungen Yaman der Hakul. Dein Gesicht ist mir also vertraut, Yaman Awin.«

»So grüße ich auch dich, Lemgin von den Wächtern. Ist Senis denn hier?«

»Nein, leider nicht. Doch hoffen wir, dass sie bald kommt, denn wir sind sehr auf ihre Hilfe angewiesen.«

Awin nickte. Die Ahnmutter hatte ihn angekündigt, das war gut, denn es ersparte ihm viele Erklärungen.

»Verzeih, wenn ich euch unterbreche, Yaman Awin«, mischte sich Tuge plötzlich ein, »aber darf ich den ehrwürdigen Wächter fragen, ob er sich wirklich *hier* dem Heer der Hakul stellen will?«

Der Wächter sah Tuge nachdenklich an. »So will es Ragin, unser Airiskan.«

»Nun, ich kenne diesen Mann nicht, aber ich sehe die Bewaffnung deiner Männer. Sie haben wenige Schilde, die Hakul aber viele Pfeile. Ich sehe auch zu wenige Bögen, um die Reiter von euch fernzuhalten, und zu wenige Speere, um dem Ansturm der Yamanoi zu widerstehen. Wenn ihr ihnen hier auf offenem Feld entgegentretet, wird es in einem sehr einseitigen Blutbad enden, ehrwürdiger Lemgin.«

Der Mann runzelte die Stirn. »Ich danke dir für deinen Rat. Aber du bist ein Hakul, und ich weiß daher nicht, ob ich dir trauen kann.«

Tuge verschlug es für einen Augenblick die Sprache, und Awin sagte schnell: »Das solltest du aber, denn sein Rat ist gut, und wenn du darüber nachdenkst, wirst du ihn einleuchtend finden. Ich habe Eris Heer gesehen, es ist euch an Kampfkraft hundertfach überlegen, Lemgin. Wenn du nicht auf Tuge, den erfahrenen Krieger, hören willst, dann hörst du vielleicht auf Awin, den Seher. Ich sehe den Tod deiner Männer voraus, wenn du hier kämpfst. Zieht euch zurück, oder, wenn ihr unbedingt bleiben müsst, so sucht den Schutz eines Waldes, wo Pferde wenig nutzen. Oder geht hinauf auf den steilen Hügel, den ich dort sehe, sonst töten euch die Hakul, oder sie treiben euch in den See.«

Der Wächter starrte ihn zornig an. »Ich habe meine Befehle, und wenn du nur unsere Waffen siehst, so vergisst du, dass einige von uns über Kräfte verfügen, die euch Hakul fremd sind. Blitz und Tod werden wir über die Reiter bringen.« Der Kariwa verstummte, dann sagte er deutlich ruhiger: »Dennoch erscheint mir dein Rat, was die Wälder betrifft, nicht schlecht. Ich werde Ragin fragen, ob er uns erlaubt, dort Schutz zu suchen.«

Awin nickte. »Tu das, Lemgin, doch empfehle ich dir, seine Antwort nicht abzuwarten. Es brennt schon hinter diesen Hügeln. Der Feind wird bald hier sein, und auch er verfügt über Waffen, die nicht aus Eisen oder Bronze sind. Windskrole sind bei ihm, und sie haben eure Männer schon bei Marsa schwer geschlagen. Weißt du das nicht?«

»Ich hörte davon«, murmelte Lemgin düster. Dann rief er einen jungen Kariwa zu sich, dem er eine Botschaft mitgab. »Ihr könnt diesem Mann folgen, er wird euch zu Ragin geleiten. Sagt dem Airiskan, was ihr mir gesagt habt. Vielleicht erlaubt er uns, deinem Rat zu folgen. Doch nun entschuldigt mich, ich habe viel zu tun.«

Sie verabschiedeten sich mit knappen Worten. Der Bote hatte ein Pferd bestiegen und erwartete sie. Sie folgten ihm entlang des Seeufers weiter nach Norden.

»Verzeih, Merege«, begann Tuge, »aber ist es üblich, dass eure Anführer das Denken einstellen, wenn sie vor einem Kampf stehen?«

»Lemgin ist sehr zuverlässig, ich nehme an, deshalb hat Ragin ihn dort hingestellt«, wich Merege aus.

»Dennoch wäre es Wahnsinn, sich mit dieser Schar von Bauern auf einen offenen Kampf mit den Reitern der Hakul einzulassen«, widersprach Tuge hartnäckig.

Merege seufzte. Dann sagte sie: »Dann lass uns versuchen, Ragin umzustimmen.«

Sie klang jedoch nicht sehr hoffnungsvoll. Sie ritten an einigen verlassenen Fischerhütten vorüber, wo sie einer Gruppe von etwa fünfzig axtbewehrten Männern begegneten, die zu Lemgins Schar unterwegs waren. Ihr Anführer berichtete Merege, dass bald weitere Verstärkung aus dem Westen des Schneelandes erwartet wurde.

Das Land wurde jetzt welliger, und als sie wieder einen der grünen Hügel überquerten, sahen sie vor sich endlich die Stadt liegen.

»Das ist Narwa«, erklärte Merege.

»Sehr groß ist diese Stadt aber nicht«, meinte Wela und klang enttäuscht.

Groß war Narwa wirklich nicht. Häuser aus dunkelgrauem Stein, gedeckt mit Lagen von Schilf, standen dort unten dicht an dicht. Es gab einen die Stadt weit überragenden Turm, der aus einem großen, kantigen Gebäude herauswuchs.

»Das Turmhaus, das ihr dort seht, ist der Sitz unseres Ordens«, erklärte Merege. »Narwa ist nicht die größte, aber die wichtigste Stadt des Schneelandes, Wela, und ich hoffe, dass wenigstens das Turmhaus dir gefällt.«

Awin stutzte, er hatte etwas gesehen – ein fernes Leuchten, das von weit jenseits der Stadt zu kommen schien. Er reckte sich. Im Norden erhob sich die dunkle Kette der hohen Berge. Auf einigen Gipfeln lag Schnee.

»Was ist das für ein Licht, das ich dort sehe?«, fragte Awin.

Merege lächelte. »Es ist Edhils Siegel, das dich vom Skroltor grüßt, Seher.«

»Dort liegt es, das verfluchte Tor?«, entfuhr es Tuge.

»Nicht das Tor ist verflucht, Meister Tuge«, erwiderte Merege, »sondern die, die dahinter wohnen. Aber jetzt kommt. Der Tag ist noch lang, und – wie Lemgin schon sagte – wir haben viel zu tun!«

Sie folgten dem Boten, der schon weitergeritten war, hinunter in die Stadt. Die engen Straßen waren voller Menschen. Awin sah Männer, Frauen und Kinder, die sich sammelten und von schwarz gekleideten Wächtern Anweisungen erhielten. Nach dem, was Awin aufschnappte, wurden die Frauen, Alten und Kinder nach Westen gesandt, um sich in Sicherheit zu bringen. Vor dem Turmhaus trafen sie auf eine Gruppe Krieger, die sich anschickte, die Stadt zu verlassen, um die Truppen im Süden zu verstärken.

»Ist es nicht bemerkenswert, wie ruhig sie sind?«, flüsterte Wela.

Awin stimmte ihr zu. »Man könnte glauben, sie zögen nicht in den Krieg, sondern in aller Ruhe zu einer Versammlung oder etwas Ähnlichem.«

Der Bote war schon durch das Tor des Turmhauses verschwunden. Awin bemerkte mit einem Stirnrunzeln, dass das Gebäude nicht bewacht war, und sie, die Fremden, völlig unbehelligt eintreten konnten.

Das Gebäude war beeindruckend. Zunächst ging es durch das breite Tor in einen großen Vorhof. Zur Rechten ragte der Turm in beträchtliche Höhe. Er war, wie die ganze Stadt, aus dunkelgrauen Steinen gemauert, und er sah *alt* aus. Das Haus selbst war weitläufig und bestand aus einem Haupt- und mehreren Nebengebäuden. Männer zogen Pferde aus einem lang gestreckten Stall und sprangen mit vermutlich wichtigem Auftrag in den Sattel, denn sie verschwanden dann schnell durch das Tor. Das Hauptgebäude war ein wuchtiger, kantiger Block mit drei Stockwerken. Es hatte viele, sehr schmale Fenster, und obwohl Awin die viel größere Festung von Pursu kannte, schüchterte ihn dieses Haus beinahe ein. Immer noch war keine Wache zu sehen. Sie folgten der Kariwa eine breite, schwarze Treppe hinauf ins erste Geschoss und dann durch eine Doppeltür in eine große Halle. Jetzt staunte sogar Wela, die Halle nahm nämlich den größten Teil der beiden oberen Stockwerke ein und war von einer flachen Kuppel gekrönt. Die Kuppel wiederum war vielfach durchbrochen, und silberne Spiegel lenkten das Licht um und zeichneten ein zwölfstrahliges, blasses Muster auf den dunklen Steinboden. Es zitterte, als sie eintraten, und in den Mauern knirschte es leise. Der Kramar fand keine Ruhe. Unter den Fensterreihen auf beiden Seiten des Saales waren schlichte Stühle aufgestellt, aber sie waren leer.

Gegenüber der Pforte stand ein breiter Tisch, über den sich ein hochgewachsener Mann beugte. Auf seiner Stirn prangte eine schwarz tätowierte Sonne. Ein großes Stück Rinderhaut war über den Tisch gebreitet, dicht verziert mit Zeichen, die Awin nicht kannte. Der Mann blickte nicht auf, als sie eintraten, selbst dem Boten, der leise mit ihm sprach, schien er kaum Beachtung zu schenken.

»Ich grüße dich, Airiskan Ragin«, rief Merege, und es klang unangemessen laut. Sie war in der Mitte der Halle, gerade unter der Kuppel, stehen geblieben, und die Gefährten folgten ihrem Beispiel.

Immer noch widmete sich der Airiskan der bemalten Rinderhaut, dann schnaubte er und sagte dem Boten mit einer etwas zu schrillen Stimme: »Lemgin hat seine Befehle, er sollte sie nicht hinterfragen. Geh und sag ihm das von mir. Er soll den Feind stellen. Die Männer von Marsa werden über die Hügel kommen und den Hakul in den Rücken fallen.« Der Airiskan deutete dabei auf bestimmte Punkte auf der Rinderhaut, und Awin begriff, dass es eine Art Karte war.

Er tauschte einen Blick mit Merege. Der Airiskan rechnete mit Männern aus Marsa? Nach dem, was sie dort gesehen hatten, dürften nur sehr wenige dem Gemetzel entkommen sein.

Der Bote nickte ergeben und lief eilig aus der Halle. Erst jetzt löste Ragin seinen Blick vom Tisch und musterte die Gefährten. »Ich grüße dich, Anwärterin Merege, du warst nicht so lange fort, wie ich erwartet hatte«, sagte er schließlich.

»Wie es scheint, hätte ich nicht viel länger fortbleiben dürfen, ehrwürdiger Airiskan«, erwiderte Merege, die sich bei dieser unterkühlten Begrüßung verfärbt hatte.

»Und du bringst Fremde in meine Halle?«, fragte Ragin.

»Sie sind weit geritten, um uns in diesem Kampf beizustehen«, antwortete Merege.

»Ich bin Yaman Awin von den Schwarzen Dornen, und ich bin hier, um zu verhindern …«

Der Airiskan unterbrach Awins Versuch, sich vorzustellen: »Ich weiß, wer du bist, Hakul. Ahnmutter Senis ist einigen anderen Wächtern im Traum erschienen. Man sagte mir, sie habe erklärt, dass du wichtig sein könntest, aber ehrlich gesagt wüsste ich keinen Grund dafür. Wenn du helfen willst, deine Stammesbrüder aufzuhalten, ist das aller Ehren wert, aber vermutlich kaum nötig.«

Das war mehr als herablassend. Awin spürte schon längst eine tiefe innere Abneigung gegen diesen Anführer der Kariwa. »Ich wäre erfreut, wenn meine Hilfe nicht gebraucht werden sollte, Ragin«, erwiderte er knapp.

Der Airiskan nickte leichthin und schien kaum zugehört zu haben.

»Verzeih, Ehrwürdiger«, begann Merege erneut, »aber ich traf Lemgin und seine Männer. Er erzählte mir, dass er die Hakul am See stellen will, aber sie sind zahlenmäßig weit unterlegen.«

»Weitere Männer sind zur Verstärkung unterwegs«, beschied sie Ragin knapp.

Tuge, dessen steigenden Zorn Awin schon bemerkt hatte, konnte nun nicht länger an sich halten: »Weitere Männer? Wie viele, oh, ehrwürdiger Anführer der Kariwa? Ich habe deine Truppen gezählt. Sie sind unseren Kriegern schon an Zahl um mehr als das Zehn- oder Zwanzigfache unterlegen, und wenn sie dem Tiudhan im offenen Feld entgegentreten, wird wohl kaum einer deiner Männer die Schlacht überleben!«

»Unsere Krieger, sagst du? Mir scheint, ihr seid euch nicht sicher, auf welcher Seite ihr steht, Hakul«, entgegnete Ragin kalt.

Aber der Bogner war noch nicht fertig: »Du rechnest mit den Männern aus Marsa? Weißt du nicht, dass Eri sie besiegt und fast alle getötet hat?«

Der Airiskan sah Tuge scharf an. »Warst du etwa dort, Hakul?«

»Ich sah es von einem Berg aus. Es war ein Blutbad«, entgegnete Tuge.

»Nun, aus der Ferne sieht manches schlimmer aus, als es ist. Sie können nicht alle gefallen sein, und sie kennen ihre Befehle. Ich habe vorausgesehen, dass wir die erste Schlacht vielleicht verlieren könnten, und für diesen Fall angeordnet, dass sich die Überlebenden im Schatten des Jarno-Hügels sammeln. Von dort aus werden sie dem Feind in den Rücken fallen und die Scharte wieder auswetzen, die sie sich eingefangen haben.«

Awin hob die Hand, um einen weiteren Ausbruch Tuges zu unterbinden, und sagte mit aller Höflichkeit, die er noch aufbringen konnte: »Es wäre erfreulich, wenn viele Kariwa die Schlacht von Marsa überlebt haben sollten, doch alles, was ich sah, spricht dagegen. Du bist uns natürlich keine Auskunft schuldig, Airiskan, aber vielleicht willst du uns dennoch deinen Plan für den morgigen Tag erläutern, denn wir kennen die Kampfweise der Hakul und könnten dir vielleicht wertvolle Hinweise geben.«

Für einen Augenblick glaubte Awin, ein unsicheres Flackern in Ragins Augen zu sehen, aber dann sagte er nur: »Nun, sie kämpfen zu Pferd, nicht wahr? Viel mehr gibt es da doch nicht zu wissen.«

Das verblüffte Schweigen der Hakul wurde von Merege unterbrochen. »Sie haben Alfskrole auf ihrer Seite, Meister«, gab sie zu bedenken.

»Und unsere Männer haben Wächter, Merege – Wächter, und Anwärter wie dich. Ich erwarte, dass du dich zu meiner Verfügung hältst, und nicht, dass du meine Pläne in Frage stellst. Doch nun entschuldigt mich, ich habe zu tun.«

Die Gefährten sahen einander ungläubig an. Merege war totenbleich geworden.

»Du sprichst mit Merege, Mann«, presste Awin hervor. »Sie ganz allein hat eine Göttin bezwungen und noch viele andere Prüfungen bestanden. Du solltest ihr mit mehr Achtung begegnen.«

Ragin hob eine Augenbraue: »Die Gefallene Göttin, ja, ich hörte von dieser Tat, Hakul. Sie war wohl schon sehr geschwächt, diese angebliche Göttin. Nun, sieh es einmal so, Hakul, wenn du das kannst: Eine Anwärterin bezwingt eine Göttin, da werden doch unsere Wächter mit ihren Dienern fertig werden, oder? Und nun geht. Ugin zeigt euch den Weg.«

Hinter den Gefährten war geräuschlos ein Mann aufgetaucht, der sie nun mit einer Verbeugung und einer Geste aufforderte, die Halle zu verlassen. Awin sah in den Gesichtern seiner Begleiter immer noch Fassungslosigkeit. Für einen Augenblick kämpfte er mit der Versuchung, diesen Mann dort am Tisch zu packen und zu schütteln, aber dann holte er tief Luft, nickte den Gefährten zu, und sie verließen die Halle.

»Die Männer von Marsa?«, rief Tuge ungehalten, als sie im Vorhof standen.

»Du weißt, Merege, wenn er sich auf das Erscheinen dieser Männer verlässt, ist Lemgin ebenso tot wie jeder andere Mann seiner Schar«, sagte Awin.

Merege starrte zu Boden. »Ich weiß es. Sag, Ugin, wo sind die anderen Wächter, und wo die Anwärter?«

»Sie erfüllen Aufgaben außer Haus, doch hat sie der Airiskan für später hier einbestellt, um ihnen ihre Befehle für morgen zu geben.«

»Und was ist, wenn die Hakul heute schon angreifen?«, fragte Tuge.

»Damit ist nicht zu rechnen, ehrwürdiger Hakul«, entgegnete Ugin, aber er verriet ihnen nicht, woher er das wusste – oder zu wissen glaubte. Merege ging noch einmal zurück. Sie wollte versuchen, dem Airiskan Awins Plan schmackhaft zu machen. Sie hatte jedoch wenig Hoffnung, dass er ihr zuhören würde.

»Sind wir so weit geritten, um zu erfahren, dass wir nicht gebraucht werden, Yaman?«, fragte Limdin verbittert.

Awin seufzte. »Es mag sein, dass sie jetzt denken, dass sie uns nicht brauchen, aber ich fürchte, der morgige Tag wird ihre Meinung ändern.«

»Und was tun wir jetzt?«, wollte Mabak wissen.

»Sag, Ugin, gibt es hier einen Ort, an dem wir ruhen können? Wir sind seit Tagen unterwegs und haben kaum geschlafen«, fragte Awin.

»Nun, ich denke, in den Räumen der Anwärter ist noch Platz. Sie sind ohnehin unterwegs und werden nichts dagegen haben, wenn die berühmte Merege mit ihren Begleitern ihre Kammern nutzt.«

Er führte sie in Räume, die über den Pferdeställen lagen. »Woher wisst ihr eigentlich von Mereges Taten?«, fragte Awin neugierig, als er hinter Ugin die Treppe erklomm.

Der Mann sah ihn über die Schulter verwundert an. »Hat sie dir nicht erzählt, dass einige Wächter die Fähigkeit haben, im Traum andere Wächter zu sehen, oder sogar Botschaften von ihnen zu empfangen? Ich habe selbst gesehen, wie sie der Göttin aus Sand entgegentrat. Leider war es nur ein flüchtiges Bild, und wenn das hier vorbei ist, hoffe ich, von ihr Genaueres zu erfahren.«

Die Kammern waren schlicht eingerichtet. Es fanden sich sechs Bettgestelle in jeder, und sie teilten sich in zwei Gruppen. »Du willst also wirklich schlafen, Awin?«, fragte Tuge.

Awin, der sich ohne weitere Umstände in das nächste Bett warf, sagte: »Nein, ich will nicht, aber ich muss. Ich muss Senis finden – vielleicht weiß sie, wie ich dem Airiskan diesen unsinnigen Plan ausreden kann.«

»Nicht, dass wir schon einen viel besseren hätten«, meinte Tuge gedehnt.

Awin setzte sich wieder auf. »Ich habe mit Merege darüber gesprochen. Sie sagte, die Mauer am Skroltor sei zu hoch für die Bögen der Hakul, aber natürlich nicht für etwaige Verteidiger. Auch könnten sich Krieger dort verbergen und die Hakul von den Seiten angreifen, wenn sie versuchen, das Siegel zu öffnen. Und Senis hat versprochen, dort zu erscheinen.«

»Das klingt nicht schlecht«, gab Tuge zu.

Awin seufzte. »Aber es lässt die Hakul auch nah an das Siegel heran. Dennoch ist es um Längen besser als das, was dieser überhebliche Narr von einem Anführer vorhat.«

Tuge grinste flüchtig. »Ich mag ihn auch nicht. Weißt du noch, dass es früher im Staubland hieß, die Kariwa bestünden zur Hälfte aus Eis? Ich glaube, bei diesem Mann ist es weit mehr als die Hälfte. Selbst seine Gedanken scheinen eingefroren, denn er rechnet mit Männern, die es wohl gar nicht mehr gibt.«

»Hoffentlich kommt er zur Einsicht. Und nun lass mich versuchen zu schlafen, Tuge.«

»Natürlich, schlafe, Yaman. Aber ich habe wenig Hoffnung, dass die Rettung im Traum erscheint.«

Der Bogner schickte Limdin, Mabak und Mahuk hinaus. Sie sollten sich eine andere Kammer suchen. Awin fiel auf, dass Ore Praane nicht bei ihnen war. Ob er wohl alleine bei Wela war? Awin versuchte, diesen störenden Gedanken zu vertreiben. Der Ore war still geworden in den letzten Tagen, die wilde Jagd hatte ihn sichtlich mitgenommen. Eigentlich hatte Awin bei Berke gehofft, Praane würde aufgeben und umkehren, aber er war mit ins Boot gestiegen. Nun, in der kommenden Schlacht würden sie jeden Schwertarm gut gebrauchen können. Awin wälzte sich unruhig hin und her. Der Gedanke, dass Wela den Klan verlassen könnte … *Sei kein Narr, mit deinem Klan wird es vielleicht morgen für alle Zeit zu Ende gehen*, sagte seine innere Stimme. Awin seufzte. Tausende Reiter würden morgen über diese Ebene schwärmen. Mereges Plan war nicht schlecht, aber er würde kaum reichen. Selbst wenn die Wächter irgendwie Hunderte Hakul töteten, es waren zu viele!

Awin setzte sich wieder auf und blickte aus dem schmalen Fenster. Es dämmerte immer noch. Morgen sollte die Sonne angeblich wieder richtig untergehen. Aber der Tag würde lang werden, und er hatte noch keine Ahnung, wie er das Heer bis Sonnenuntergang aufhalten sollte, wie Senis es verlangt hatte. Und wenn Senis kam – was konnte sie bewirken? Awin schloss die Augen. Die Bilder seiner Reisen traten wieder hervor. Eri, der mit einer großen Axt das Siegel des Tores zerschmetterte, die anstürmenden Daimonen, die einstürzenden Bergflanken. Er versuchte, sie zu verdrängen. Senis und Norgis hatten gesagt, das Schicksal sei nicht unabänderlich. Tengwil hielt angeblich viele Fäden in der Hand, und immer sei es an ihm, welchen der vielen Fäden sie weiterweben würde. Er bat Tengwil um ihren Beistand für den morgigen Tag. Und Mareket auch. Aber Mareket war der Gott der Hakul, würde er nicht mit der Mehrheit von ihnen sein?

Awin atmete tief ein. Er versuchte, seine Gedanken auf Senis zu richten. Sie war wohl die Einzige, die sie noch retten konnte. Awin atmete ruhig ein und aus. Vielleicht gelang es ihm, Senis im Traum zu finden. Es musste ihm einfach gelingen. Wenn die Sonne untergehen würde, hätte er sich auf eine Reise begeben können. Ein Traum war da nur ein unsicherer Ersatz. Er hörte einen Wolf heulen. Awin öffnete die Augen und setzte sich auf. Ein zweiter Wolf antwortete. Die Kammer war fort. Dichter Nebel verhüllte die Welt. Und irgendwo hinter den undurchdringlichen Schwaden pirschten Wölfe. Er konnte ihre leisen Tritte hören. Er träumte!

»Senis?«, fragte er vorsichtig. Er bekam keine Antwort. Noch einmal fragte er. Und wieder schwiegen die Nebel. Nur die Wölfe knurrten leise. Dann durchfuhr ihn die Erkenntnis, dass nicht Senis es war, die über die Wölfe gebot. »Norgis?«, fragte er. Zweimal hatte sie abgelehnt, den Kariwa zu helfen. Awin schwitzte. Er musste versuchen, sie umzustimmen. »Norgis? Wir brauchen dich. Es ist sonst der Untergang. Für alle!« Einen Augenblick lang glaubte er, dort im Nebel würde die

Ahnmutter der Kariwa sitzen, dann war die Erscheinung fort. Er versuchte es weiter: »Es ist der Airiskan. Er will den Hakul in offener Schlacht entgegentreten. Er schickt die Wächter in den Tod. Sie verlieren! Und Senis ist nicht hier. Norgis?« Dann lichtete sich der Nebel ein klein wenig. Eine große Gestalt war vor Awin. Er trat vorsichtig näher heran. Aber es war nicht Norgis, es war ein riesiger Wolf, der auf einem Stein kauerte, die Zähne fletschte und ihn drohend anknurrte. Seine Augen glühten rot. Jemand berührte Awins Schulter. Er fuhr herum.

»Wach auf, Awin, es geht los«, sagte Tuge.

Awin schreckte hoch. »Der Wolf«, stammelte er.

Tuge sah ihm besorgt in die Augen. »Ein Traum?«

»Nebel. Und ein riesiger Wolf«, sagte Awin und versuchte, das Bild zu verstehen. Norgis war nicht dort gewesen. Seine Rufe waren ungehört verhallt.

»Sind Wolfszeichen nicht meistens schlecht?«, fragte Tuge.

Awin nickte niedergeschlagen. »Wolf im Nebel. Ich bin sicher, Curru könnte dir dazu gleich drei düstere Seherspüche sagen.«

»Ah, Curru. Wir haben lange nichts von ihm gehört«, sagte der Bogner, und seine Miene verfinsterte sich.

»Ich hoffe, das bleibt so«, erwiderte Awin.

»Und ich hoffe, er kommt und stellt sich meinem Bogen. Ich habe einen besonderen Pfeil für ihn aufgehoben.« Tuge hatte ihn zornig angeblitzt, aber jetzt seufzte er und ließ die Schultern wieder hängen. »Was das Wolfszeichen betrifft, so würde ich unseren Gefährten nichts davon erzählen. Die Zeichen sind auch ohne dunkle Traumbilder schlimm genug.«

Awin schüttelte sich. Er wurde das Bild des rotäugigen Wolfs nicht los. Irgendwie schien er ihn immer noch anzustarren. Ob er Norgis vielleicht doch erreicht hatte? »Warum hast du mich eigentlich geweckt, Tuge?«, fragte er.

»Ich wusste nicht, dass du träumst, sonst hätte ich dich schlafen lassen. Aber unser Gastgeber, der ehrwürdige Ragin, hat die Wächter versammelt, um seine Pläne für den Tag bekannt zu geben. Ich dachte, da sollten wir dabei sein.«

Als sie hinunter in den Hof kamen, stand der Airiskan auf den Stufen des Turms, so dass er die Wächter, die sich dort versammelt hatten, überblicken konnte. Offenbar sprach er schon eine Weile. »Was hat er bisher gesagt?«, fragte Awin leise Wela, die mit verschränkten Armen dort stand und zuhörte.

»Du hast nicht viel verpasst. Er hat Merege nicht einmal angehört. Jetzt verspricht er den Sieg, wenn alle tun, was er sagt, und er spricht ihnen Mut zu, wenigstens versucht er es.«

Wind war aufgekommen und wirbelte graue Asche über den Hof. Awin nahm den Schal vors Gesicht.

Jetzt sagte Ragin: »Ich weiß, an Zahl sind sie uns weit überlegen, doch nicht an Mut. Und es sind Krieger, bewaffnet mit Schwert und Speer, viele davon noch aus schlechter Bronze. Wir aber haben Waffen aus Eisen und einen Willen, der ebenso hart ist. Und wir sind Wächter und verfügen über Kräfte, die sich diese Wilden wohl gar nicht vorstellen können!«

»Mit Wilden … meint er da uns?«, fragte Tuge leise.

Awin gab ihm ein Zeichen zu schweigen. Ragin fuhr unterdessen fort: »Auch habe ich weitere gute Nachrichten. Bald werden die Männer aus Kalve und Burnis hier eintreffen, das verdoppelt unsere Zahl. Und mit den Kriegern, die sich von Marsa zurückgezogen haben, sind wir ihnen beinahe ebenbürtig.«

Tuge holte Luft, aber Awin warf ihm einen warnenden Blick zu. Es war nichts gewonnen, wenn sie den Airiskan vor seinen Leuten bloßstellten.

»Und noch eine dritte gute Nachricht habe ich für euch. Die Hakul sind längst nicht so einig, wie viele glauben. Seht, einige

Abtrünnige sind zu uns übergelaufen, und weitere werden folgen.« Mit großer Geste deutete der Airiskan dabei tatsächlich auf die Hakul, die sich am Rande des Platzes versammelt hatten. Awin verschlug es die Sprache, aber die Kariwa nahmen es mit beifälligem Gemurmel auf.

»Willst du ihm das durchgehen lassen, Yaman?«, zischte der Bogner.

»Jetzt nicht, Tuge«, mahnte Awin.

Er warf einen Blick hinüber zu Wela, aber sie schien mit ihren Gedanken nicht hier im Hof zu sein.

»So hört nun meine Anweisung für heute, ihr Tapferen. Die Wächter gehen nach Süden, um Lemgin zu unterstützen. Die Anwärter werden sich jedoch zum Skroltor begeben. Sollte es vereinzelten Hakul gelingen, unsere Heeresmacht zu überwinden, so ist es ihre Aufgabe, sie vom Tor fernzuhalten.«

Awin zählte mehr als ein Dutzend Wächter und etwa ebenso viele Anwärter im Hof. Von den Letzteren waren die meisten kaum dem Kindesalter entwachsen. Einige von ihnen murrten enttäuscht über den Befehl. Sie hatten wohl gehofft, bei der kommenden Schlacht dabei sein zu dürfen.

»Nun macht euch bereit zum Aufbruch. Die Anwärter werden zu Fuß gehen müssen, denn die Pferde brauchen wir für die Wächter. Geht in den Tempel und betet zu Edhil, dass er uns einen leichten Sieg schenken möge«, schloss Ragin seine Rede ab. Die Wächter verschwanden im Stall. Die Pferde waren unruhig, denn wieder ließ Kramar die Erde beben. Die Anwärter sammelten sich im Hof um Merege, die ihnen nun Anweisungen gab: »Geht in die Waffenkammer, besorgt euch Rüstung, Helm und Schild, es mag sein, dass uns die Hakul so nahe kommen, dass ihr für diese Dinge dankbar sein werdet.«

Der Airiskan hatte Merege gehört. »Rüstung und Schild? Wir sind Wächter. Wir kämpfen nicht in Rüstung.«

Jetzt platzte Tuge doch der Kragen: »Um Marekets willen, gebt ihnen wenigstens Helm und Schild. Das Zaubern wird doch selbst dem mutigsten Wächter schwerfallen, wenn ein Pfeil in seiner Brust oder seinem Kopf steckt! Und das hier – das sind doch beinahe noch Kinder.«

»Sie werden den Feind nicht einmal zu sehen bekommen«, entgegnete der Airiskan ruhig.

»Und wenn doch?«, fragte Tuge.

»Was kann es denn schaden, wenn du deine Fürsorge zeigst?«, sprang ihm Awin bei.

Er bemerkte, dass die ersten Wächter, die mit den Pferden aus dem Stall kamen, aufmerksam zuhörten.

»Es wäre ein unziemliches Zeichen von Schwäche und könnte unsere Männer entmutigen«, erwiderte Ragin kalt.

»Wenn ihr Mut so gering ist, dass er durch einen Schild verschwindet, solltest du sie besser nicht in die Schlacht schicken«, entgegnete Awin mühsam beherrscht.

»Der Hakul hat nicht Unrecht, ehrwürdiger Ragin«, pflichtete ihm einer der Männer bei. Und Awin hörte einige andere bekräftigend raunen.

Der Airiskan schien einen winzigen Augenblick lang unschlüssig, aber dann sagte er: »So sei es, die Anwärter mögen sich schützen, doch erwarte ich von den Wächtern, dass sie jenen, die ohne Zaubermacht kämpfen müssen, nicht die Waffen und die Rüstung nehmen. Ich rechne stündlich mit den Männern aus Kalve und Burnis, und vielleicht muss ich diese noch ausrüsten.« Dann drehte er sich um und verschwand im Turm.

Awin blickte ihm nach. Der letzte Satz des Airiskan war ihm nicht entgangen. »Heißt das, Ragin geht nicht mit euch nach Süden, ihr Wächter?«

»So ist es, Hakul, er wird die Verstärkung in die Schlacht führen«, entgegnete einer der Wächter.

»Ich verstehe«, murmelte Awin.

Der Wächter saß auf. »Ich hörte, du bist nicht einverstanden mit dem Plan des Airiskan?«, fragte er plötzlich leise.

»Es ist nie klug, einem vielfach überlegenen Feind auf offenem Feld entgegenzutreten, nicht, wenn es auch Wälder und Hügelkämme gibt.«

»Wälder und Hügelkämme?«, fragte der Wächter.

Awin nickte ihm zu, senkte seine Stimme und sagte: »Vielleicht gelingt es dir, Lemgin davon zu überzeugen. Ihr solltet wenigstens in Deckung bleiben, bis eure Verstärkung eintrifft. Hakul kämpfen nicht gerne im Wald, wo Pferde eher hinderlich als nützlich sind.«

Der Wächter nickte nachdenklich. »Deine Worte scheinen nicht ohne Weisheit zu sein, Hakul. Leider hört Ragin auf diesem Ohr schlecht, und Lemgin wird tun, was immer der Airiskan befiehlt.« Er hielt kurz inne, denn der Kramar grollte in der Ferne, und ein leichtes Zittern lief durch den Boden. Dann gab er den anderen Wächtern ein Zeichen, und sie verließen den Hof.

»Was hältst du davon, Yaman?«, fragte Tuge.

»Wenig«, antwortete Awin. »Sie bauen auf Verstärkung, die noch nicht hier ist, und Truppen, die es nicht mehr gibt. Ich fürchte, unsere Stammesbrüder werden leichtes Spiel mit ihnen haben.«

»Aber sie haben Zauberkräfte, Yaman«, sagte Mabak, der zugehört hatte.

»Die haben die Xaima leider auch, Mabak.«

»Und Isparra?«, fragte der junge Krieger.

Awin seufzte. »Ich fürchte, sie wird erst auftauchen, wenn Eri das Tor geöffnet hat.«

»Ich weiß nicht, wie du das siehst, Yaman, aber da Merege mit den Anwärtern nach Norden geht, sehe ich unseren Platz an ihrer Seite«, erklärte Wela mit entschlossener Miene.

Dass ausgerechnet die Schmiedin der Kariwa beistehen wollte, überraschte Awin nun doch.

»Was ist? Willst du lieber an der Seite dieser unglücklichen Wächter sterben, Awin?«, rief Wela unwillig. Tuge und Mabak grinsten breit. Und selbst über Limdins von Brandwunden entstelltes Gesicht huschte ein Lächeln.

»Wo ist eigentlich Mahuk Raschtar?«, fragte Awin.

»Ich weiß es nicht. Vielleicht sammelt er wieder Kräuter. Er murmelte etwas davon, dass er den Boden und das Gras schmecken wolle.« Tuge schüttelte den Kopf und hielt seine Linke in den feinen grauen Staub, der vom Himmel rieselte. »Er wird nichts anderes schmecken als Asche, denke ich.«

»Nun, Mahuk wird schon noch auftauchen«, sagte Awin. »Und wir haben zu tun. Die Kariwa mögen keinen Wert auf Rüstung legen, aber wir sollten uns bereit machen für die Schlacht.«

»Hakul!«, antworteten die Gefährten mit dem Schlachtruf ihres Volkes.

Skroltor

SIE KEHRTEN IN die Kammern der Anwärter zurück und überprüften gegenseitig den Sitz ihrer ledernen Rüstungen. Tuge zog nachdenklich einen in Tücher gehüllten schweren Gegenstand aus seiner Tasche und wickelte ihn aus. Es war seine Kriegsmaske. »Glaubst du, ich sollte sie tragen, Awin?«

»Du bist ein Yamanoi, Tuge, es steht dir zu.«

»Du bist ein Yaman und trägst keine, Awin«, entgegnete der Bogner nachdenklich. Limdin und Mabak sahen ihm gebannt zu, wie er die Maske beinahe verlegen in den Händen hin und her drehte. Awin konnte ihnen ansehen, wie sehr sie den Bogner jetzt um seinen Rang beneideten. Er räusperte sich. »Sag, Limdin, du hast gesagt, dass du in meinem Klan bleiben willst, wenn Gunwa dich zum Mann nimmt?«

»So ist es, doch wird sie mich noch wollen?«, fragte er mit einem schiefen Lächeln. Die Narben in seinem Gesicht tanzten dabei. Sein linkes Auge war immer noch unter einem Verband verborgen. Mahuk hatte verschiedene Salben versucht, aber eher, um dem Krieger Hoffnung zu machen. Doch Limdin ahnte inzwischen wohl, dass dieses Auge nie wieder sehen würde.

»Ich bin mir dessen sicher«, entgegnete Awin mit fester Stimme. »Es ist vielleicht nicht üblich, denn noch gehörst du nicht zu meinem Klan, Limdin, dennoch würde ich dich und Mabak mit dem heutigen Tage gerne zu Yamanoi machen.«

Die beiden Krieger starrten ihn sprachlos an. Tuge lächelte

im Hintergrund. Dann räusperte er sich. »Was ist, ihr Männer, wollt ihr eurem Yaman nicht für diese Ehre danken?«

Sie dankten Awin überschwänglich, und er ließ es lächelnd über sich ergehen. Er erinnerte sich daran, wie verdattert er gewesen war, als Yaman Aryak ihm seinen Speer überreicht hatte, damals bei Serkesch. Er beruhigte die Krieger, mahnte sie, sich ihres neuen Ranges würdig zu erweisen, und übergab ihnen dann noch einmal die Speere, die sie eigentlich schon seit Pursu trugen. »Diesen Speer habt ihr mehr als verdient, aber bedenkt, nun seid ihr keine Jungkrieger mehr, denen Fehler leicht verziehen werden, ihr seid Yamanoi des Klans der Schwarzen Dornen, und ich werde mich blind auf euch verlassen. Und jetzt solltet ihr zu Wela gehen. Sie wird euren Auftrag für zwei neue Kriegsmasken gerne annehmen, wie ich sie kenne.«

»Ein guter Einfall, wenn auch die Übergabe etwas … schmucklos war, Awin«, sagte Tuge schmunzelnd, als die beiden Krieger aus der Tür gestürmt waren.

»Es war schon mehr als überfällig, Tuge, oder kennst du tapferere Krieger?«

»Nein, sie sind eine Zierde ihres Stammes und ihres Klans. Hoffen wir, dass sie ihren Frauen noch davon erzählen können.«

»Du verstehst es wirklich, noch auf den schönsten Augenblick einen Schatten zu werfen, Tuge«, sagte Awin kopfschüttelnd.

Der Bogner lachte laut auf. »Bei Mareket, wir reiten dem fast sicheren Tod entgegen, und du nennst das einen schönen Augenblick! Du bist wirklich ein außergewöhnlicher Mann, Awin von den Dornen.«

Aus dem Entgegenreiten wurde allerdings nichts, denn der Airiskan beanspruchte die Pferde der Gefährten für seine Männer. Kalt wies er darauf hin, dass die Tiere Eigentum seines Volkes waren. Awin nahm es hin. Nach allem, was er bisher wusste, würden sie ohnehin nicht zu Pferd kämpfen.

Von Ferne grollte leiser Donner, und feiner Ascheregen ging über der Stadt nieder, als sie sich mit den Anwärtern zu Fuß auf den Weg zum Skroltor machten. Sie marschierten durch die engen Gassen der Siedlung – Awin fand sie wirklich zu klein, um sie Stadt zu nennen – hinaus nach Norden. Dort erhob sich der hohe Bergriegel mit seinen schneebedeckten Gipfeln, die teilweise in den Wolken des fahlgrauen Himmels verschwanden. Das Gelände stieg ganz allmählich, aber stetig an. Es glich einer riesigen Rampe, breit genug für zweihundert Reiter, an deren oberen Ende das Skroltor auf sie wartete. Das Siegel leuchtete selbst jetzt, am hellen Tag, bis zu ihnen hinunter. Zu beiden Seiten der Rampe fiel das Gelände ab, dichtes Buschwerk und kleinere Gehölze hatten sich dort ausgebreitet. Sie hätten jedem Verteidiger gute Verstecke für einen Hinterhalt geboten, dachte Awin, als sie der breiten Straße zum Tor folgten. Einer der Anwärter, ein blasser, rothaariger Knabe, erzählte Awin, dass diese Rampe, ebenso wie die gepflasterte Straße, vor langer Zeit von den Riesen angelegt worden war. Er trug, ebenso wie die anderen Anwärter, schon eine schwarze Tätowierung im Gesicht. Bei ihm waren es die Schwingen eines Vogels, denn das, so der Knabe, sei das Sternbild seiner Berufung. Awin zählte vierzehn Anwärter, wenn er Merege mitrechnete, außerdem gingen noch einige alte Männer mit, die mit Pfeil und Bogen bewaffnet waren.

»Sie sagen, ich sei zu alt für die Schlacht, also schieben sie mich ab auf die Mauer«, sagte einer der Alten zu Awin. »Nun, vielleicht ist es mir vergönnt, von dort wenigstens einen Blick auf die ferne Schlacht und unseren Sieg zu erhaschen.«

Awin sagte nichts dazu, aber er war sicher, dass der Alte

weit mehr als eine ferne Schlacht zu sehen bekommen würde. Merege führte den Zug. Awin sah auch Ore Praane weit vorne, während Wela sich nicht beim Ore, sondern am Ende des Zuges aufhielt. Sie sah nicht besonders glücklich aus, während Mabak und Limdin, die vor ihr marschierten, vor Stolz und Glück schier zu platzen schienen. Awin gesellte sich unauffällig zur Schmiedin. Eine Weile gingen sie schweigend nebeneinander her. Mahuk lief etwas abseits des Zuges. Immer wieder horchte er am Boden, pflückte und zerrieb Gräser zwischen den Händen, aß kleine Stückchen und schien sich ernst mit Yeku zu unterhalten.

»Es scheint dem Raschtar hier zu gefallen«, begann Awin.

»Möglich«, antwortete Wela.

»Andere sehen nicht aus, als ob sie hier besonders glücklich wären«, versuchte Awin es weiter.

Wela seufzte und schwieg.

»Du bist nicht an der Seite des Ore?«, fragte Awin schließlich.

Sie warf ihm einen finsteren Blick zu.

»Praane war in den letzten Tagen sehr still, was mir nicht nur an unserem harten Ritt zu liegen schien«, ließ Awin nicht locker.

Wela seufzte noch einmal, dann sagte sie: »Wir hatten in Ules Boot Gelegenheit, uns zu unterhalten. Er hat Heimweh, Awin, und er … er ist – wie soll ich es sagen? – Praane ist viel weniger er selbst in der Fremde, als er es im Bernsteinland war. Er gestand mir auch, dass er sich nicht vorstellen kann, außerhalb des Femewaldes glücklich zu werden. Und ich habe ihm gesagt, dass ich die Steppe nicht verlassen will.«

»Das tut mir leid«, sagte Awin und hatte gleich das Gefühl, wieder das Falsche gesagt zu haben.

Wela warf ihm auch sofort einen bösen Blick zu. »Ich weiß

nicht, warum ich ausgerechnet dir das erzähle, Awin Sehersohn. Denn mir scheint, du bist blind für solche Dinge.« Und dann lief sie ein paar schnelle Schritte und schloss zu Mabak und Limdin auf.

Tuge, der hinter ihnen gegangen war, klopfte Awin auf die Schulter. »Das geht vorüber.«

»Du hast zugehört?«

»Ich konnte es nicht vermeiden, Awin«, erwiderte der Bogner. »Nun, damit hat sich eine meiner Sorgen wohl zerstreut. Wela wird uns erhalten bleiben.«

»Wenn es uns morgen noch gibt, Tuge, wenn es uns morgen noch gibt.«

Die Berge rückten näher. Bald ragten sie steil vor ihnen in den trüben Himmel, und Awin erkannte schon die Mauer, einen glänzend schwarzen Riegel im dunkelgrauen Fels. Der Berg über dem Skroltor sah merkwürdig aus, es schien Awin, als hätte er eine Narbe, die in Zacken über seinen Hang lief. Es war Nachmittag, als sie endlich am Tor angelangten, und es übertraf alles, was Awin bislang gesehen hatte. Da war zunächst die Mauer, die aus der Wand des Berges selbst herausgemeißelt schien. Sie war schwarz, doch so glatt, dass sich der Himmel und die Ebene darin spiegelten. Awin konnte sogar schemenhaft ihre kleine Schar darin sehen. Sie war hoch, höher als die Felsen von Pursu, und vier- oder fünfmal höher als die Mauern von Serkesch, über die er seinerzeit so gestaunt hatte. Und in der Mitte glänzte Edhils Siegel. Es war heller als hundert Feuer, viel heller als die Sonne, die hoch über ihnen als blasse Scheibe durch den aschfarbenen Himmel wanderte.

Als Awin näher an die Mauer herantrat, suchte er vergeblich nach Fugen oder einzelnen Steinen. Es war eine einzige unermesslich hohe, spiegelnd glatte Wand.

»Die Riesen haben sie gemacht«, erklärte Merege lächelnd, »aber sie haben uns nicht verraten, wie.«

Das Tor selbst war ganz aus schwarzem Erz, und Awin bewunderte die riesigen Angeln, die das ungeheure Gewicht der beiden Torflügel trugen. Kein Riegel hielt es verschlossen, nur das Siegel Edhils. Aus der Nähe war es so gleißend hell, dass es in Awins Augen schmerzte, und dennoch fiel es ihm schwer, den Blick von diesem Wunderwerk zu wenden. Es war groß, im Durchmesser über Mannslänge, und aus einer runden Scheibe in der Mitte strebten zwölf unregelmäßig geformte Strahlen nach allen Seiten. Einer, der unterste, war kürzer als die anderen. Awin hob schützend die Hand vor die Augen und trat noch näher heran. Ja, ohne Zweifel, hier hatte Etys einst den Heolin gestohlen, hatte es irgendwie vermocht, ein Stück dieses gleißenden Strahls abzubrechen. Er hatte es geschwächt. Es war schwer vorstellbar, dass es einst *noch* stärker gewesen war. Awin fühlte die sengende Hitze, die vom Siegel ausging. Es war ein Wunder, dass Etys sich dabei nur die Hand verbrannt hatte. Als er sich endlich doch abwandte, konnte er kaum etwas sehen, denn das flammende Siegel stand ihm immer noch vor Augen.

»Komm, ich zeige dir die Mauer«, sagte Merege. Awin folgte ihr und den Alten, die ihren Posten dort oben einnehmen sollten. In die Flanke des Berges war eine steile Treppe hineingeschlagen. Sie schien kein Ende zu nehmen, aber irgendwann waren sie dann doch oben angekommen. Awin betrat den Wehrgang. Er war breit, breiter als die Straße, die sie hier heraufgeführt hatte. Awin fiel zuerst auf, dass die Brustwehr auf der Talseite nicht sehr hoch war.

»Es hat nie jemand damit gerechnet, dass wir das Tor einmal gegen Menschen verteidigen müssen«, erklärte Merege, die seine Gedanken erraten hatte. Er hatte erwartet, hinter der

Mauer ein Tal oder eine Schlucht vorzufinden, doch verblüfft stellte er fest, dass dem nicht so war. Auf der Bergseite waren schmale Bogenscharten in den Fels gebrochen. Awin trat an eine heran und blickte in einen düsteren Stollen. Er war riesig, so hoch wie die Mauer und ebenso breit. Ein unbestimmbares, rötliches Leuchten schien von den Felswänden auszugehen. Zu Awins Überraschung stieg der Stollen an, er schnitt in gerader Verlängerung der Rampe in die Berge hinein.

»Es war ursprünglich eine Schlucht«, erklärte Merege, »doch die Riesen haben die Felsen zusammengezwungen, um den Daimonen den Himmel zu versperren. Und dort hinten, siehst du die schwarzen Wolken, die sich am Ende des Stollens zusammenballen? Dahinter beginnt das Reich der Skrole, das Daimonental.«

Gebannt starrte Awin auf das Gewölk. Es schien ihm, als bewege sich dort etwas unter diesen Wolken. Er fragte Merege.

Sie schüttelte den Kopf. »Die Daimonen fürchten diesen Gang wegen des Siegels, Awin. Selbst in den Stollen können sie nicht, ohne große Schmerzen zu erleiden. Manchmal versuchen sie es dennoch. Meist geschieht es im Winter, wenn das Siegel den Sonnenwagen nur selten zu sehen bekommt. Dann müssen die Wächter ihre Kraft aufbieten, um es zu stärken. Es ist furchtbar, das Geheul der Daimonen und Skrole zu hören, wenn sie gegen das Tor drängen, obwohl das Siegel sie peinigt.«

Die schwarze Wolke beunruhigte Awin und erfüllte ihn mit dunklen Vorahnungen. Er wandte sich ab und holte tief Luft. Sie schmeckte nach Schwefel.

Der Staub des Kramar hing wie feiner Dunst in der Luft, die Aussicht war dennoch beeindruckend. Da unten glitzerte der See, an seinem Ufer lag die Stadt Narwa hinter einem Hügel.

Awin konnte – scheinbar winzig klein – den großen Turm sehen. Berge und Hügel unterteilten das weite Land, und dann sah Awin fern im Westen, wo die Luft wohl noch frei von Asche war, Rauch aufsteigen. »Was ist das?«, fragte er, denn er konnte sich nicht vorstellen, dass so weit entfernt die Hakul wüteten.

»Das sind der Lifar und der Belenar, die beiden anderen Feuerberge, von denen ich dir erzählt habe. Auch sie scheinen zum Leben erwacht, wie der Kramar.«

Awin wandte sich nach Osten. Die Berghänge verstellten ihm die Sicht, aber er konnte die dunkle Rauchwolke sehen, die dort senkrecht in den Himmel stieg. Und immer noch rieselte feine Asche herab. Sie lag auf dem Wehrgang, den Bergen und unten auf der Rampe. Awin war tief beeindruckt. Dieses Land war voller Wunder, und auf dem größten dieser Wunder stand er nun.

»Siehst du das, dort?«, fragte eine Stimme. Es war einer der Alten, der mit einem anderen sprach. Awin folgte ihrem Blick. Am See war eine gewaltige Nebelbank aufgezogen.

»Nebel? Um die Jahreszeit?«, fragte der Alte besorgt.

»Dauwe«, murmelte Awin bestürzt.

Merege sah ihn fragend an.

»Dauwe, er hat Nebel über die Reihen der Hakul gelegt.«

»Aber wozu?«, fragte Merege. »Warum sollte sich das große Heer vor dem kleineren verstecken?«

Awin fragte sich das auch, aber plötzlich kannte er die Antwort: »Die Wächter! Die Xaima wissen, wie ihr eure Zauberkraft gewinnt, Merege. Sie wissen, dass ihr, um Blitz und Donner zu wirken, einem Feind das Leben nehmen müsst. Aber könnt ihr das, wenn ihr diesen Feind gar nicht seht?«

»So kämpfen sie dort unten schon?«, fragte der Alte besorgt.

Awin beschattete die Augen. »Ich kann das Heer der Kariwa

nicht sehen, Freund. Vielleicht ist es einfach zu weit, vielleicht haben sie doch noch unseren Rat angenommen und sich in die Wälder zurückgezogen. Ich fürchte nur, es wird ihnen nichts nützen.«

»Du meinst – sie werden verlieren?«, fragte der Alte erschrocken. Es war derselbe, der sich darüber beschwert hatte, dass er nicht an der Schlacht teilnehmen durfte.

»Das stand eigentlich schon fest, als Ragin seine Befehle erteilt hatte«, sagte Awin.

»Aber die Männer aus Marsa? Die Verstärkung aus Kalve und Burnis?« fragte der Mann erschrocken.

»Siehst du sie irgendwo? Sie kommen zu spät, wenn sie denn überhaupt je erscheinen«, rief Awin ungehalten. Merege gab ihm ein warnendes Zeichen und sagte: »Nun, wir können sie nicht sehen, weil diese Hügel und Berge sie unserer Sicht entziehen. Sie werden auftauchen. Vielleicht zu spät, um dort am See einzugreifen, aber sollte der Feind versuchen, über die Riesenstraße hier heraufzukommen, werden sie ihm in die Flanke fallen.«

»Wirklich?«, fragte der Alte zweifelnd.

»Darauf kannst du dich verlassen« sagte Merege mit fester Stimme. »Aber sage den anderen, dass sie vielleicht doch kämpfen müssen. Sie sollen sich bereit machen. Auf ihre Bögen kann es ankommen. Und besorgt Steine, falls die Pfeile nicht reichen sollten.«

»Wie du befiehlst, Wächterin«, sagte der Alte. Und dann ging er zu den anderen und gab Mereges Anweisungen weiter.

»Komm, Awin, wir müssen dort unten die Verteidigung vorbereiten.«

Noch einmal blickte Awin in den finsteren Stollen mit seinen fahl leuchtenden Wänden hinab. Ihm schien, als sei die drohende Wolke, die das Ende dieses Schlundes verbarg, näher gerückt. Schaudernd wandte er sich ab und folgte Merege hinab zu seinen Gefährten.

Einige Findlinge ragten unweit der Mauer aus dem Boden. Dorthin hatte Tuge die Gefährten und die Anwärter geführt. »Diese Steine bieten Schutz vor den Pfeilen unserer Stammesbrüder. Außerdem liegen sie etwas versetzt zum Tor, so dass uns nicht die volle Wucht des Angriffs gelten wird. Das Siegel befindet sich dennoch innerhalb der Reichweite unserer Bögen, und jeder, der versucht, Hand daran zu legen, wird unsere Pfeile zu schmecken bekommen«, erklärte der Bogner stolz.

»Ein guter Platz«, lobte Awin anerkennend. Er bemerkte, dass ihn eine der jüngeren Anwärterinnen, ein halbes Kind, unverwandt anstarrte. »Hast du eine Frage?«, sprach er sie freundlich an.

»Stimmt es, dass du eine Seeschlange besiegt hast?«, fragte die Anwärterin schüchtern.

Tuge grinste, aber Awin erwiderte: »Das ist leicht übertrieben, allerdings kann ich dir versichern, dass ich schon gefährlichere Tage als diesen überstanden habe, junge Wächterin.«

Das Mädchen errötete und verbeugte sich ungelenk. Dann wurde es von Merege gerufen, die ihm Anweisungen für den kommenden Kampf gab. Mabak war dort, er unterhielt die Anwärter offenbar mit seinen Geschichten.

»Bald werden sie wissen, dass du der Geliebte einer Alfholde bist, Yaman«, meinte Tuge aufgekratzt. Es sah fast so aus, als würde er sich auf den kommenden Kampf freuen.

»Ich wollte, ich wäre es, Tuge, denn dann könnte ich Isparra vielleicht dazu bringen, uns zu helfen, bevor es zu spät ist.«

»Du solltest nicht so schwarzsehen, Awin. Es ist genau, wie du sagtest: Wir haben schon gefährlichere Tage als diesen überlebt.«

»Aber nicht oft, und nicht gut, Tuge.« Dann senkte Awin die Stimme. »Ich habe es gesehen, Tuge, in meinen Träumen, auf meinen Reisen des Geistes – Eri wird das Siegel zerstören. Das Tor wird geöffnet, und die Daimonen werden befreit.«

Der Bogner starrte ihn entsetzt an. »Du hast das *gesehen*?«, rief er.

»Nicht so laut«, bat Awin. »Es hat seinen Grund, warum ich es den anderen nicht sagte.«

»Aber dann ist das Ende unausweichlich, dann hat Tengwil unsere Fäden hierhergelenkt, um sie zu durchtrennen. Dann ist Karak umsonst gestorben«, flüsterte Tuge tonlos.

»Wir dürfen nicht verzweifeln, Tuge, denn ich weiß von Senis und auch von Norgis, dass das Schicksal eben nicht unabwendbar ist. Wir haben es selbst in der Hand.«

»Aber du hast gesehen, dass Eri das Siegel zerschlägt?«, fragte der Bogner nach. Er war blass geworden.

»Ja, aber es muss nicht so kommen. Und solche Bilder sind oft widersprüchlich und schwer zu deuten.«

Tuge legte Awin die Hand auf die Schulter und sah ihm tief in die Augen. »Sag mir eines, Seher, kam es schon vor, dass ein Bild, das du auf deinen Reisen sahst, nicht wahr geworden ist?«

Awin hielt dem Blick stand, aber er konnte den Freund nicht anlügen: »Nein, aber manchmal fehlt etwas, was diesen Gesichten einen ganz anderen Sinn gibt.«

»Du machst mir das Herz schwer, Awin«, sagte Tuge jetzt.

»Ich weiß, aber ich musste es jemandem sagen, denn diese Bilder lasten auch schwer auf mir, Tuge. Doch zu unseren Gefährten kein Wort.«

Der Bogner nickte, dann setzte er sich an einen der Steine, schloss die Augen und tat so, als wolle er vor der kommenden Schlacht noch etwas schlafen. Seine Miene drückte jedoch tödliche Entschlossenheit aus.

Awin fragte sich, ob es klug gewesen war, dem Bogner das zu erzählen. Eine Zeit lang hatte er die dunklen Gesichte verdrängen können, doch jetzt stand er vor dieser schwarz schimmernden Mauer, und da kamen all die düsteren Bilder wieder hoch. Er blickte zum Himmel. Die Dämmerung hatte eingesetzt, aber die Nacht war noch fern.

Nach einer Weile rief einer der Männer vom Tor herab, dass sich Reiter näherten. Limdin kletterte auf einen der Steine und rief: »Es sind keine Hakul, sondern Kariwa.«

Es waren drei, und sie sahen furchtbar aus. Keiner von ihnen führte noch eine Waffe, und jeder hatte wenigstens eine Wunde davongetragen. Dem ersten steckten zwei schwarz gefiederte Pfeile im Oberschenkel. Wela ließ ihn von den Anwärtern vom Pferd heben, um ihn zu versorgen, während der zweite Bericht erstattete. »Es ist alles verloren. Sie haben uns geschlagen, oh, sie haben uns vernichtet«, stöhnte er. Sein graues Gewand war zerrissen und von Blut dunkel verfärbt.

»Was ist geschehen?«, fragte Tuge.

»Wir nahmen Aufstellung, wie befohlen, und warteten. Dann kam der Nebel, und mit ihm die Hakul. Unsere Wächter waren blind, aber die Hakul wussten, wo wir standen, und sandten einen endlosen Hagel von Pfeilen in unsere Reihen. Dann gab Lemgin uns den Befehl, uns in die Wälder zurückzuziehen, doch war es schon zu spät, denn als wir noch liefen, kamen sie schon über uns. Unsere Schlachtordnung war dahin, und jeder war auf sich allein gestellt. Ich irrte zwischen den Bäumen umher und stieß auf dieses Pferd. Ich floh, und ich glaube, dass nicht viele meinem Beispiel folgen konnten.«

»Und die Männer aus Marsa, die Verstärkungen aus Kalve und Burnis?«, fragte Merege ruhig.

Der Mann schüttelte den Kopf. Die Anwärter hoben nun auch ihn von seinem Reittier, und Mahuk sah sich die Wunde an.

»Wo ist Airiskan Ragin?«, fragte Awin den dritten.

»Ich weiß es nicht«, sagte dieser leise. »Die Hakul waren erst dicht hinter uns, aber dann hielten sie an. Ich weiß nicht, vielleicht sind sie nach Narwa gezogen, wo der Airiskan ihnen hoffentlich mit der Verstärkung entgegentreten kann, vielleicht kommen sie auch hierher. Ich weiß es nicht.«

Die Erde erbebte, und vom Kramar rollte Donner heran. Der Ascheregen, der für eine Weile ausgeblieben war, setzte nun umso stärker wieder ein. Schwere, helle Flocken fielen langsam aus den fahlen Wolken und gaben dem grünen Land das Aussehen einer unwirklichen Winterlandschaft.

Merege schickte die jüngste der Anwärterinnen auf die Mauer. Sie sollte Ausschau nach dem Feind halten und Meldung geben, sobald er näher war. Als das Mädchen schon die Treppe hinaufkletterte, fragte Awin: »Glaubst du, die Männer dort oben können das nicht?«

»Natürlich können sie das, aber ich will sie nicht hier unten haben, wenn es losgeht. Sie ist noch so jung«, erklärte Merege. Awin konnte ihr die Anspannung ansehen. Sie wusste genauso gut wie er selbst, dass es gleichgültig war, wo sich dieses Mädchen aufhielt, wenn die Daimonen erst einmal befreit waren.

Bald darauf meldete die helle Stimme des Mädchens, dass sich weitere Männer dem Tor näherten.

»Hakul?«, rief Merege hinauf.

»Kariwa«, lautete die Antwort.

Limdin gab kurz darauf von seinem Aussichtspunkt die Bestätigung: »Aber viele sind es nicht, fünfzig vielleicht.«

Kurz darauf sah Awin sie selbst. Es waren eine Handvoll

Reiter und nicht mehr als fünfzig Krieger zu Fuß, die eilig die Straße heraufkamen. »Ich glaube, Ragin führt sie«, rief Limdin.

Merege erbleichte. Tuge fluchte. Dann meldete die Stimme des Mädchens von der Mauer, dass sich eine große Nebelwand das Tal heraufschob.

»Sie kommen«, stellte Mahuk nüchtern fest.

Doch zunächst war es Ragin, der mit einer abgekämpften Schar von Kriegern das Tor erreichte.

Awin betrachtete die Männer. Einige waren verwundet, sie alle waren niedergeschlagen und erschöpft. Nur der Airiskan saß unversehrt auf seinem Rappen. Sie ließen ihn herankommen. Awin war gespannt, was Ragin zu sagen hatte. Sein Blick war unstet.

»Dein Plan schlug fehl?«, fragte Tuge trocken.

»Der Nebel. Wer konnte das ahnen?«, stieß Ragin hervor.

»Und die Truppen aus diesen Städten, deren Namen ich vergessen habe?«, fragte Tuge weiter.

»Sie werden dem Feind in die Flanke fallen, sobald er es wagt, die Rampe zu betreten!«, rief Ragin, und seine ohnehin unangenehme Stimme überschlug sich dabei noch.

»Dann sollten sie sich beeilen, ehrwürdiger Airiskan, denn die Hakul sind schon auf der Straße«, meinte Tuge, der allmählich die Ruhe verlor.

»Sie werden kommen. Die Männer aus Kalve und Burnis werden kommen. Solange müssen wir durchhalten!«

»Und hast du jetzt einen besseren Plan?«, fragte Tuge gereizt.

Awin hörte sich den Streit an, ohne einzugreifen. Was sollte er auch sagen? Es war gekommen, wie er es vorausgesagt hatte, und dabei hatte er nicht einmal seine Sehergabe bemühen müssen. Doch sollte er jetzt den Geschlagenen noch weiter demütigen?

»Das Siegel!«, stieß Ragin hervor.

»Nun, wir haben hier eine gute Stellung, um es mit unseren Bögen zu decken«, sagte Tuge, aber Ragin schüttelte den Kopf. »Von hier? Mit euren schlichten Waffen mag das angehen, doch wir Wächter haben andere Mittel zur Verfügung, Hakul«, rief er. Dann wandte er sich an die erschöpften Männer und sagte: »Verzagt nicht, noch ist Hoffnung, denn wir werden unsere stärkste Waffe gegen die Feinde einsetzen. Ihr Anwärter, sammelt euch am Siegel, ihr Männer, schützt sie mit eurem Leben, denn wir werden uns dem Verhängnis mit der Macht Edhils in den Weg stellen.«

»Was hast du vor, ehrwürdiger Airiskan?«, fragte Merege mit erzwungener Höflichkeit.

»Das Siegel ist unsere Rettung, Anwärterin! Im Nebel, da fanden die Wächter keine Quellen für ihre Kräfte. Aber hier kann selbst der dichteste Nebel eines Alfskrols das Siegel nicht vor uns verbergen.«

Für einen Augenblick herrschte gespenstische Stille, dann fragte Merege ungläubig: »Du willst das Siegel als *Quelle* nutzen, Airiskan?«

»Warum nicht? Siehst du nicht, wie viel Macht in ihm lodert? Es wird uns mehr Kraft geben, als die Hakul sich vorstellen können. Ja, der Sieg ist uns gewiss. Und nun auf, Anwärter. Der Sieg ist nah.« Und damit galoppierte Ragin davon, und unter den Hufen seines Rappen stoben kleine Aschewolken auf. Die Krieger und auch die Anwärter folgten ihm eilig.

»Kann das, was er vorhat, gelingen?«, fragte Awin. Er fand es unfassbar, wie schnell Ragin von völliger Verzagtheit zu Siegesgewissheit zurückgefunden hatte.

Merege war als einzige der Anwärter zurückgeblieben. Sie blickte zu Boden. »Es ist wahr, das Siegel birgt ungeheuer viel

Kraft, doch wenn wir sie nutzen, schwächen wir es auch. Es ist dann umso leichter, es zu zerstören.«

»Dann sollten wir uns etwas anderes überlegen«, meinte Awin.

»Dann tu es, aber tu es schnell. Dort unten kann ich Dauwes Nebel herannahen sehen. Die Hakul werden bald hier sein. Ich fürchte, es ist das Ende, Awin.«

»Du willst doch nicht da hinüber, Kariwa, oder?«, fragte Wela, als Merege sich anschickte, den anderen zu folgen.

»Sie sind so jung. Sie werden Hilfe brauchen. Ich kann sie nicht ihrem Schicksal überlassen.«

Awin sah ihr nach. Sie wirkte schmal und verletzlich, als sie zum Tor hastete. Ascheflocken klebten in ihren Haaren. Es sah aus wie ... Awin erbleichte. Das Bild der im Schnee sterbenden Merege trat ihm mit plötzlicher Wucht wieder vor Augen, und das war unerträglich. »Merege!«, rief er laut.

Sie blieb stehen, drehte sich um und wischte sich eine verklebte Strähne ihres schwarzen Haares aus dem Gesicht. »Was gibt es, Seher?«, fragte sie.

Awin öffnete den Mund – aber er konnte ihr nicht sagen, dass er ihren Tod gesehen hatte. »Gib ... gib einfach Acht auf dich«, sagte er stotternd.

Sie lächelte, wandte sich ab und lief weiter durch den weißen Ascheregen. Awin starrte ihr hinterher. Er würde auf sie aufpassen, irgendwie. Und er nahm sich vor, dass sie diese Schlacht überleben würde – und wenn es ihn sein eigenes Leben kostete. Mit einem Stoßgebet bat er Mareket, sie zu beschützen. Er richtete den Blick in den Himmel. Die blasse Sonne stand weit im Nordwesten. Bald würde sie hinter den Bergen verschwinden und lange Schatten werfen. Wenn er die Anwärter richtig verstanden hatte, war Mittsommer vorüber, und die Sonne würde zum ersten Mal seit Tagen wieder untergehen. Aber bis zum Anbruch der Nacht würde es noch lange dauern, zu lange, wie er fürchtete, als er den Nebel aus dem Talgrund heraufkommen sah. Und er fragte sich, was Senis gegen diese abertausend Reiter würde ausrichten können, die im Schutz dieses Nebels herannahten.

Ragin hatte seine Krieger und die Anwärter vor dem strahlenden Siegel versammelt. Er war immerhin so klug, die Männer mit den Schilden nach vorne zu stellen, aber vielleicht hatte das auch Merege durchgesetzt. Einer der Krieger führte die Pferde zur Seite und versteckte sie im Unterholz.

»Der Airiskan scheint sich mehr um die Sicherheit der Tiere als die der Menschen zu sorgen«, murmelte Awin.

»Immerhin war er so freundlich, uns nicht dorthin zu befehlen, wo sich die Kariwa gerade zum Sterben aufstellen«, brummte Tuge. »Übrigens, wenn du einen eigenen Plan hast, Yaman, dann wird es langsam Zeit, ihn uns mitzuteilen.« Awin sah von einem zum anderen. Er entdeckte grimmige Entschlossenheit bei Tuge, Mabak und Limdin, und auch bei Wela. Mahuk saß im Schatten eines Steines und stritt sich mit Yeku, Ore Praane kauerte unruhig hinter einem Felsen, sein kurzes Schwert fest umklammert. Aber auch der Ore wirkte entschlossen. Awin hatte in Erwägung gezogen, seinen Gefährten noch einmal mit flammenden Worten ins Gedächtnis zu rufen, was auf dem Spiel stand – dass es an ihnen war, das Ende der Welt abzuwenden. Aber jetzt sah er in ihre Gesichter und erkannte, dass das nicht nötig war. Sie wussten es. Sie zu mutigem Kampf zu ermahnen, erschien ihm beinahe beleidigend. Er sah ihnen nur in die Augen. Dann nickte er. »Ich hatte Gesichte«, begann er. »Gesichte über diesen Tag. Sie waren unklar, aber es scheint, dass Eri die entscheidende Bedeutung zukommt«, fuhr er fort und vermied es, Tuge anzusehen.

»Was schlägst du also vor, Yaman?«, fragte Limdin.

»Wir müssen ihn töten. Wenn er fällt, kann sich der Tag zu unseren Gunsten neigen. Das ist es, was ich gesehen habe.«

»Das wird nicht leicht sein, Yaman«, sagte Mabak zweifelnd. »Die Hakul werden den Tiudhan sicher mit ihrem Leben schützen.«

»Natürlich werden sie das. Er hat doch sogar eine Leibwache für sich geschaffen, wie ihr vielleicht schon von Jeswin gehört habt. Ich habe diese Krieger auf meiner Reise ebenfalls gesehen. Sie verzichten auf Kriegsmaske und Rüstung und malen sich ihren Leib und ihr Gesicht rot an, um den Feind zu erschrecken. Aber wir lassen uns nicht erschrecken, oder? Achtet also auf diese roten Reiter, denn wo sie sind, wird auch der Tiudhan sein. Und ihn müssen wir töten.«

»Wenn wir denn überhaupt etwas zu sehen bekommen bei diesem Nebel«, brummte Tuge.

Hörner klangen von der Rampe herauf. Der Nebel war viel näher gerückt.

»Noch vier oder fünf Bogenschusslängen«, murmelte Tuge.

Awin spürte eine leichte Erschütterung des Bodens, doch dieses Mal war es nicht der grollende Kramar, es war der Tritt tausender Rösser. Awin hörte das Schnauben der Pferde, das Klirren der Waffen unter dem Nebel, die Geräusche eines großen Heeres, gedämpft durch die Asche, die weich vom Himmel sank. Die Männer hörte Awin nicht. Sie kamen mit tödlichem Schweigen.

»Willst du mit Hakul reden?«, fragte Mahuk Raschtar ihn jetzt.

»Ich glaube nicht, dass sie mich hören würden, geschweige denn, dass sie mir zuhören, ehrwürdiger Raschtar.«

»Zuhören liegt an dir. Aber hören werden sie dich, weil Yeku es will.«

»Wie will denn dein Stock dieses Wunder vollbringen, ehrwürdiger Raschtar?«, rief Tuge ungehalten.

»Alter Zauber, Bodenzauber, Graszauber«, sagte Mahuk ernst.

Wieder ertönten Hörner im Nebel, Rösser schnaubten, und dann hielt das Heer an.

Awin starrte den Raschtar ungläubig an. »Ein Zauber?«

Mahuk bat Yeku murmelnd um Verzeihung, dann rammte er den Stab in den Boden, hielt ihn mit der Linken fest, packte Awins Hand mit der Rechten und legte sie auf den klobigen Kopf des Stockes. »Sie hören dich, also sprich«, raunte er Awin zu und begann leise, Beschwörungsformeln zu murmeln.

Awin zögerte, aber dann sagte er versuchsweise: »Hakul.« Und: »Hakul«, flüsterte das Gras.

Awin zog erschrocken die Hand zurück.

»Weiter, weiter«, drängte Mahuk und legte seine Hand wieder auf den Stock. Awin schluckte, aber dann sammelte er sich und sagte: »Ihr seid weit von den Weiden unserer Heimat entfernt, Brüder«, und das Gras wiederholte seine Worte. Sie stiegen aus dem Boden auf, waren im Stein, liefen die Rampe hinab und sprachen zu den Hakul. Unten im Nebel wieherten die Pferde, und Männer stießen erschrockene Rufe aus. Sie hörten ihn!

»Was wollt ihr hier, Hakul?«, fragte Awin. »Glaubt ihr immer noch die Lügen der vier angeblichen Zauberer, die euch Ruhm und Reichtum versprachen?«

Hört nicht auf ihn, flüsterte es im Wind. Awin erstarrte. Es war die Stimme Sewetis.

»Es sind keine Zauberer, Windskrole sind es, Diener der verfluchten Slahan, die euch verderben wollen«, fuhr er fort. »Wie viele eurer Brüder sind schon gefallen in diesem sinnlosen Feldzug? Eroberung der Welt? Wozu? Was wollen

Hakul in fremden Städten, Brüder? Ich war in Karno und habe die Krieger dort gesehen. Sie waren krank vor Sehnsucht nach der Steppe und waren eher Gefangene dieser Stadt als ihre Herren. Untergegangen ist Karno, und viele Hakul mit ihr. Wollt ihr noch mehr Städte erobern? Noch mehr Krieger ins Unglück stürzen?«

Ein Lügner ist er, raunte der Wind. Eine Böe zog über die Findlinge, hinter denen sie sich versteckten. Der Nebel verhüllte, was dort unten geschah, aber Awin hörte die Hakul rufen, streiten. Und sie versuchten, ihre unruhigen Pferde zu bändigen. Er spürte, er konnte etwas erreichen. Er fuhr fort: »Seht euch dieses Tor an, ihr Krieger, glaubt ihr, dass irgendetwas Gutes dahinter verborgen liegen könnte? Daimonen lauern dort, Ungeheuer und Alfskrole, die nur darauf warten, die Erde zurückzuerobern, die sie an die Menschen verloren haben. Und ihr wollt ihnen das Tor öffnen?« Das Gras wiederholte wispernd jedes seiner Worte.

Tötet sie!, schrie der Wind. Doch nichts geschah. Das ganze große Heer schien auf einmal erschüttert und verwirrt. Awin hörte eine einzelne helle Stimme Befehle brüllen. Eri! Doch niemand gehorchte. Plötzlich stöhnte Mahuk auf und sackte in die Knie. Er war blass und zitterte am ganzen Leib. »Gut gesprochen«, flüsterte er, ließ den Stab los und fiel zu Boden. Awin starrte ihn erschrocken an.

»Awin, sieh nur – sie folgen den Befehlen nicht!«, rief Wela aufgeregt. Awin löste seinen Blick vom Raschtar und blickte über die Steine. Der Nebel verharrte über der Rampe wie ein Raubtier, bereit zum Sprung. Dort warteten sie, Aberhunderte, Tausende Hakul, verborgen hinter Nebel und schwerem Ascheregen. Awin hörte ihren Streit, das Wiehern ihrer unruhigen Tiere. Sollte er wirklich die richtigen Worte gefunden haben? Von Ferne grollte der Kramar, der Boden bebte und angstvolle Rufe stiegen aus dem Heer auf. »Seht ihr nicht die bösen Zeichen, Brüder?«, rief Awin – aber das Gras trug seine Worte nicht mehr weiter, und sie verhallten über der Rampe. Dennoch, Awin fühlte die Zweifel, die die Hakul befallen hatten. Eben noch waren es zu allem entschlossene Krieger gewesen, bereit zur entscheidenden Schlacht, aber jetzt waren sie erschüttert. Er hatte ihnen die Augen geöffnet. Er wusste nicht, ob sie durch den dichten Nebel überhaupt etwas von dem Tor sehen konnten, außer vielleicht dem Siegel, aber sie waren nicht mehr ohne weiteres bereit, für Eri dieses Siegel anzugreifen, ja, sie spürten, dass sie belogen worden waren, und waren kurz davor, umzukehren, Awin fühlte es.

»Uo Jega! Kaiwin Milnar!«, schrie die schrille Stimme Ragins, und »Kaiwin Wercuna« schleuderte sie hinterher. Ein gleißend heller Blitz zerriss mit einem Donnerschlag den Nebel und fuhr in die dichten Reihen der Hakul. Körper wurden durch die Luft gewirbelt, Männer brüllten, und Pferde schrien vor Schmerz. Für einen Augenblick war Awin geblendet, dann sah er das schreckliche Durcheinander, den vielfachen Tod, den der Blitz hinuntergetragen hatte. Hornsignale ertönten. Ein zweiter Ruf schickte einen weiteren Blitz zwischen die Reiter. Verwirrung erfasste die Hakul, einige der Vordersten wandten sich zur Flucht. Wütende Hornsignale riefen die Reiter zur Ordnung, doch die ersten Reihen waren in Auflösung begriffen. Dauwes Nebel war schwach geworden, nicht viel mehr als grauer Dunst, vermischt mit der weißen Asche des Feuerbergs. Vor dem Tor riefen die hellen Stimmen der Anwärter die Götter an und Blitzschläge fuhren die Rampe hinab in die dicht gedrängte Menge und töteten Männer und Pferde. Der Geruch von verbranntem Fleisch wehte herüber. Scharenweise wandten sich Hakul zur Flucht.

»Sie schaffen es!«, rief Ore Praane begeistert, während Awin voller Grauen auf das Blutbad blickte, das die Kariwa unter den Reitern anrichteten. Er hörte Yamane Befehle brüllen, und plötzlich stieg aus den hinteren Reihen eine schwarze Wolke von Pfeilen auf.

»Was soll das?«, rief Tuge verwundert, beinahe verärgert. »Die sind doch niemals in Reichweite!«

Die Pfeile stiegen weiter und weiter, und plötzlich schien Wind aufzukommen; er packte die Geschosse und trug sie nach vorne, viel weiter, als es ein Bogenschütze vermocht hätte. »Nyet«, flüsterte Awin heiser.

»Deckung!«, brüllte Tuge und zerrte Awin hinter den nächsten Findling. Dann ging der Hagel der Pfeile über ihnen nieder. Mahuk lag noch schutzlos dort draußen im Gras. Awin war drauf und dran, noch einmal aufzuspringen, doch der Bogner hielt ihn eisern fest. Nyet trug die meisten Pfeile über sie hinweg und schleuderte sie auf den Ring der Krieger und Anwärter, die Ragin vor dem Siegel aufgestellt hatte. Schrille Schreie zeigten, dass sie viele Ziele gefunden hatten. Für einen Augenblick hörte der Hagel auf. Awin sprang los und Tuge half ihm, Mahuk in Deckung zu ziehen. Eine zweite Wolke sauste heran, sie ging noch weiter und höher, und Awin sah Männer, die von der Mauer in die Tiefe stürzten. Blitze zuckten als Antwort zurück. Awin hielt den Kopf unten, denn schon rauschte die dritte Welle tödlicher Geschosse heran. Es klirrte hell, wo die Pfeile an die Mauer oder das Tor prallten, aber durchdringende Schreie zeigten auch, dass sie wieder viele Männer und Anwärter trafen.

»Das sind doch fast noch Kinder«, rief Tuge mit zusammengepressten Zähnen. Awin wagte sich ein Stück aus der Deckung. Das Siegel strahlte immer noch hell, wenn es auch nicht mehr so gleißte wie zuvor. Es loderte über einer Schar toter und verwundeter Krieger und Anwärter. Nur, wer einen Schild hatte,

hatte Schutz gefunden. Awin sah Merege, die einen jungen Anwärter mit unter ihren mit Pfeilen gespickten Schild gezogen hatte. Der Beschuss hörte ganz auf, Hörner erklangen, und dann verriet das Donnern vieler Hufe, dass der Angriff begonnen hatte. Awin stöhnte. Fast hätte er es geschafft, aber Ragin hatte alles verdorben.

Vorsichtig spähte er über die Felsen. Ein dichter Pulk von Reitern schoss unter Dunst und Ascheregen hervor und stürmte die Rampe hinauf. »Sie schicken nur einen Teil«, rief er.

Tuge wagte einen Blick. »Zwei Hundertscharen oder drei, mehr wären sich doch hier nur selbst im Weg«, knurrte er grimmig.

Sie zogen die Köpfe rasch ein, denn die Krieger hatten sie gesehen, und Pfeile zischten über die Steine. Wieder zuckten Blitze in die Reihen der Angreifer, und auch von der Mauer gerieten die Hakul unter Beschuss. Awin spähte wieder über die Steine. Pferde stürzten und Reiter fielen, aber die anderen stürmten weiter heran. Es gab viele Reiter ohne Kriegsmasken, die sich Gesichter und Leiber rot angemalt hatten. Sie schienen einen Reiter in ihrer Mitte zu schützen. Awin blickte noch einmal hin. »Eri!«, rief er. »Dort reitet Eri!« Es gab keinen Zweifel. Ohne Kriegsmaske, die langen Haare im Wind und eine Axt in der Faust, stürmte Tiudhan Eri auf das Skroltor los.

Tuge sandte gedankenschnell einen Pfeil in die Menge, und dann fingen auch Mabak und Limdin an, ihre Pfeile in die Reihen der Angreifer zu verschießen. Sie trafen, doch sie trafen nicht Eri. Schon waren die Reiter fast an ihnen vorüber, als jemand einen lauten Befehl brüllte. Eine Schar Hakul schwenkte in vollem Galopp zur Seite. Es war unschwer zu erraten, wem ihr Angriff nun gelten sollte.

»Nun schieß doch, Awin!«, schrie Wela.

Awin riss sich zusammen und sandte seine Pfeile aus. Er sah Männer fallen, aber die hatte nicht er getroffen. Er zielte auf einen wahren Hünen von einem Hakul. Seine Hand war plötzlich ganz ruhig. Der Pfeil flog. Im letzten Augenblick hob der Reiter seinen Schild und fing das Geschoss ab. Dann waren die Angreifer an den Findlingen vorüber und rissen ihre Pferde hart herum. Pfeile und Steine kamen vom Mauerkranz geflogen, und das Pferd des Hünen stöhnte getroffen auf und stürzte. Der Krieger verschwand in einer Wolke weißer Asche. Ein zweiter Reiter griff mit gesenktem Speer Tuge an, und erst im letzten Augenblick konnte der Bogner ausweichen. Der Krieger war zu schnell und brachte sein Pferd nicht vor den Felsen zum Stehen. Es strauchelte, und ein Pfeil Limdins holte den Hakul aus dem Sattel. Die Gefährten zogen sich tiefer zwischen die Felsen zurück.

»Zu Fuß«, brüllte der Yaman der Angreifer. Sie sprangen ab. Der Hüne – es war der größte Hakul, den Awin je gesehen hatte – war wieder auf den Beinen. Er schwang eine riesige Axt und drang auf Wela ein. Die Schmiedin wich aus. Schwerter klirrten, und Awin sah Mabak, der Wela helfen wollte, aber ein Feind verstellte ihm den Weg. Donner und Blitz kamen vom Tor. *Merege!*, durchzuckte es ihn. Aber jetzt konnte er ihr nicht helfen, denn ein Krieger griff ihn laut brüllend an. Awin ließ den Bogen sinken, nahm seinen Speer und ging zum Gegenangriff über. Der Krieger wich aus, Awin stieß ins Leere und sprang vor einem Schwerthieb zurück. Er stolperte. Der Krieger sah Awins Schwäche und griff ihn an, das Sichelschwert in der Faust, mit Siegesgeheul auf den Lippen. Awin stürzte, aber schaffte es, noch im Fallen irgendwie zuzustoßen. Die eiserne Speerspitze glitt über den Schildrand seines Gegners und fuhr ihm in den Leib. Beinahe lautlos kippte er zur Seite und riss Awin dabei den Speer aus den Händen. »Vorsicht«, rief Mabak. Awin kam auf die Füße und wich dem Axthieb des nächsten Angreifers aus. Er griff nach seinem Schwert, aber da kam Mabak schon herangestürmt und rannte den Angreifer mit einem Schildstoß über den Haufen. Pfeile flogen von irgendwo heran. Einer streifte Awin leicht an der Wange, ein anderer traf Mabak unter dem rechten Schulterblatt. Der Krieger stöhnte und ließ seine Waffe fallen. Sein Feind stieß einen Siegesschrei aus, der aber jäh abbrach, weil Tuge plötzlich vor ihm auftauchte und ihn mit dem Schwert niederstreckte.

Awin hob seinen Bogen auf. Er wusste, er war kein guter Schütze. Wela stand immer noch diesem Hünen gegenüber, der lachend seine gewaltige Axt kreisen ließ. Praane war in ihrer Nähe, aber er konnte ihr nicht helfen, denn er kämpfte mit gleich zwei Hakul. Awin legte einen Pfeil auf die Sehne. Aus dem Augenwinkel sah er einen Reiter heranstürmen. Er schoss auf den Hünen und wich gleichzeitig aus. Er spürte einen schmerzhaften Stich in der Seite und ging zu Boden. Sein Bogen zerbrach. Das Ross schoss an ihm vorbei und rannte Tuge über den Haufen. Der Reiter wendete. Awin sah, dass er den Hünen am Oberschenkel getroffen hatte, dann sprang er, ächzend vor Schmerz, auf die Felsen, denn niederreiten lassen wollte er sich nicht.

Das Skroltor! Pferde irrten dort umher, viele verwundet und mit markerschütterndem Wiehern, und viele Männer lagen dort tot in der Asche. Awin sah Merege, die ihren Schild verloren hatte und sich nun gegen gleich drei Angreifer zur Wehr setzen musste. Ihre Augen leuchteten weiß, sie streckte ihren Arm aus und flüsterte etwas, das Awin nicht hören konnte. Einer der Männer sackte stöhnend zu Boden, dann warf ein Blitz die anderen beiden zurück. Für einen Augenblick war Awin geblendet. Dann sah er Eri. Der Tiudhan war von seinem

Ross gesprungen und kletterte über einen Hügel von Gefallenen zum Siegel. Er lachte, als er seine Axt hob.

»Nein!«, schrie Awin. Er hatte keinen Bogen, keinen Speer, keine Waffe, mit der er das Verhängnis noch hätte verhindern können. Merege hörte ihn schreien und wirbelte herum. Aber es war zu spät. Eris Axt sauste auf das nur noch matt schimmernde Siegel nieder. Funken sprühten. Es donnerte. Edhils Siegel zersprang in einem Feuerball, der den Tiudhan einhüllte und sein Gewand erfasste. Eri begann zu schreien, sein markerschütterndes Brüllen gellte Awin schrill in den Ohren, und dann verbrannte das Siegel Eri, den Tiudhan der Hakul, in einer einzigen, jähen Stichflamme.

Es donnerte wieder, anders als das Donnern der Blitze, die die Kariwa geschleudert hatten, anders als der ferne Donner Kramars: Es begann als tiefes Grollen, das sich steigerte und steigerte, bis der Boden und die Berge erzitterten. Der große Stein, auf dem Awin stand, schwankte. Das Grollen schwoll weiter an, und mit lautem, ohrenbetäubendem Krachen sprangen die gewaltigen Torflügel auf. Sie schoben die Kämpfenden, die Verwundeten und die Toten einfach zur Seite, öffneten sich weiter und weiter, und Awin starrte in den riesigen Stollen und sah, dass die dunklen Wolken, die sein Ende verbargen, in Bewegung gerieten. Der Boden bebte erneut, noch stärker. Awin strauchelte. Hinter ihm schrie jemand, und er wandte sich um. Es war der Hakul, der ihn hatte angreifen wollen, und den er völlig vergessen hatte. Awin sah ihn jetzt starr vor Schreck auf seinem Ross sitzen. Er glotzte an Awin vorbei, sein Gesicht vor Entsetzen verzerrt, dann riss er sein Pferd herum und jagte davon. Awin drehte sich wieder um. Es geschah etwas im schwarzen Nebel. Ein böses Leuchten flackerte darin. Awin sah lange Fangarme, die sich hervortasteten, und im rötlichen Licht zeigten sich riesige verzerrte Fratzen und gewaltige Hörner und Klauen, die sich langsam den großen Stollen hinunterschoben.

Alles war verloren. Awin blickte sich um. Am Tor sah er Merege, sie zog einen Verwundeten von den sich öffnenden Torflügeln weg. Sie sah die Gestalt nicht, die dort plötzlich hinter ihr herantänzelte – Seweti! Awin schrie, aber das Donnern der Torflügel übertönte seinen Schrei. Er sprang vom Felsen. Er brauchte einen Bogen! Da lag Tuge, bewusstlos oder tot, Mabak kauerte neben ihm, der rechte Arm hing kraftlos herab, und er hustete Blut. Da war kein Bogen! Awin stolperte, hob einen Speer auf, brüllte Merege eine Warnung zu. Jetzt hörte sie ihn, drehte sich um – und Seweti rammte ihr den Dolch in den Leib. Awin schrie entsetzt auf. Merege sank zu Boden, und ihr schwarzes Haar fiel weich in die helle Asche. Awin sah Seweti, die mit einem Siegesschrei den blutigen Dolch über den Kopf hob, ihn auslachte, auf ihn zeigte und rief: »Tötet ihn!«

Wen meinte sie? Halb betäubt vor Entsetzten drehte Awin sich um. Reiter, mehr als ein Dutzend, die Gesichter und den halbnackten Leib rot bemalt, hielten dort noch aus, aber sie gehorchten Seweti nicht, starrten ungläubig auf die geöffnete Pforte und hatten Mühe, ihre Pferde im Zaum zu halten. Der Himmel verfinsterte sich. Hinter den Roten Reitern sah Awin plötzlich die anderen Xaima, die auf schnellen Pferden zum Tor hetzten. Unirdische Laute drangen aus der Schlucht, und als Awin über die Schulter blickte, sah er Dinge, die jeder Beschreibung Hohn sprachen. Die schwarze Wolke wälzte sich den Stollen herab, mit tausend verzerrten Gesichtern, Klauen, und Fangarmen, die hervorkrochen, zurückzuckten und sich langsam voranwälzten, und kein Tor und kein Siegel versperrte ihnen noch den Weg in die Welt, die sie nun erobern würden.

»Awin, hilf mir«, rief schwach Welas Stimme. Er löste sich von diesem entsetzlichen Anblick, sah die Schmiedin auf dem Boden liegen, halb begraben unter der Leiche des Hünen. Er stolperte zu ihr, half ihr auf. Praane und Limdin konnte er nicht entdecken. Mahuk lag immer noch bei den Steinen, den Stab an der Brust, bedeckt von Asche. War das ihr Ende?

»Narren«, zischte der Wind plötzlich. »Nichts geschieht, und Slahan – sie ist nicht hier!«

Awin erkannte die Stimme. Es war Isparra!

»Wo ist nun die verlorene Kraft, Seweti? Wo die verbrauchte Stärke, Nyet?«, höhnte sie.

Awin erhob sich. Die Xaima hatten ihre Rösser angehalten. Reiterlose Pferde flohen an ihnen vorbei durch das dichte Treiben der Ascheflocken. Und auch für die Hakul gab es kein Halten mehr. Das ganze große Heer stürmte in ungeordneter Flucht davon. Nur eine kleine Schar hielt auf der Rampe noch stand. Awin sah viele Sgerlanzen dort emporragen, und unter ihnen leuchtete der Heolin, ein zitterndes Licht in der hereinbrechenden Finsternis.

Und noch einige Hakul waren nicht geflohen. Es waren die Überlebenden der roten Leibwache Eris, ein gutes Dutzend, die immer noch vor dem Tor aushielten und ungläubig das Grauen anstarrten, das daraus hervorgekrochen kam. Eben noch hatten sie unschlüssig gezögert, doch nun schienen sie mit einem Mal begierig zu sein, auch jetzt noch für ihren Tiudhan zu kämpfen – und zu sterben. Sie brüllten unverständliche Laute, griffen zu ihren Waffen und machten sich bereit für einen neuen Angriff. Ein Bogen sirrte. Der Pfeil flog dicht an Awin vorüber. Er blieb stehen, denn sein Verstand sagte ihm, dass es nun ohnehin zu spät sei, dass sein Ende nur noch eine Frage von Augenblicken sein konnte. Kälte breitete sich in ihm aus. Kälte und Entschlossenheit. Er würde sterben, dessen war er sich sicher, aber er würde sich nicht ohne Kampf zu seinen Ahnen begeben. Er zog sein Schwert.

Ein heiseres, Unheil kündendes Knurren erklang hinter ihm. Er wandte den Kopf. Da stand ein riesiger Wolf mit rot glühenden Augen und fletschte die Zähne. Eine vertraute Stimme sagte: »Es ist Nacht, junger Seher, endlich! Und diese Nacht bringt neue Hoffnung. Nun auf, meine Kinder!« Awin starrte die Sprecherin ungläubig an. Es war Norgis, und mit ihr waren die Wölfe gekommen. Der Wolf mit den glühenden Augen sprang los. Die anderen folgten ihm. Sie hetzten über die Felsen und stürzten sich auf die roten Reiter. Pfeile flogen, Pferde scheuten, warfen ihre Reiter ab oder wandten sich mit ihnen zur Flucht. Doch die Wölfe waren schneller.

»Du hier, Schwester?«, zischte eine Stimme. Senis stand zwischen den offenen Torflügeln, eine kleine weiße Gestalt vor der riesigen schwarzen Wolke, die sich die Schlucht hinaufwälzte.

Norgis antwortete ihrer Schwester, die sie wohl tausend Jahre nicht gesehen hatte, mit einem verächtlichen Schnauben. Ein Wolf war noch bei ihr geblieben. Nun gab sie ihm einen Wink, und er stürzte sich auf Seweti, die dort im Schatten des Tores stand, über Mereges Leib gebeugt. Blut tropfte von ihrem Dolch. Merege hob die Hand zur Abwehr. Awin ächzte. Sie war nicht tot! Die Alfskrole hörte den Wolf kommen. Er sprang ihr mit einem gewaltigen Satz an die Kehle. Ihr schriller Schrei wurde in einem Gurgeln erstickt. Sie fiel zu Boden – und verging. Sie löste sich vor Awins Augen in nichts auf, nur einige blaue Schleier schwebten noch zur Erde.

»Das Tor, schließt das Tor hinter mir!«, rief Senis und lief rasch auf die riesige Wolke zu. Dann blieb sie stehen und breitete die Arme aus. Awin konnte den Blick nicht von ihr lösen. Sie stand dort, klein und verloren vor der gewaltigen Wolke, und rief Worte, die er nicht verstand. Der Fels geriet in Bewegung, ja, die Berge stürzten ein, so wie Awin es gesehen hatte. Die ganze Felswand fiel in sich zusammen, riesige Steine polterten zu Boden, dann lösten sich bemooste Arme aus dem Stein, zeigten sich Beine, Häupter und Leiber.

»Sie weckt die Riesen, mein Junge, sie weckt die Riesen«, flüsterte Norgis.

Awin sah es, aber er konnte es nicht glauben: Riesen erhoben sich aus den Bergen, und sie stellten sich der schwarzen Wolke in den Weg. Die langen Fangarme schossen hervor, griffen nach ihnen, die Wolke stürzte sich auf sie, und in ihr lauerten gewaltige Reißzähne, Klauen und Pranken, doch die Riesen wehrten sich. Mit bloßen Fäusten rangen sie mit den Daimonen.

»So schließt doch das Tor, ihr Narren!«, rief Senis, die dort klein und verloren zwischen den Riesen stand und Zauber zu wirken schien.

»Wozu?«, murmelte Norgis. »Das Siegel ist zerstört.«

Awin durchfuhr die Erkenntnis wie ein Blitz. Diese Schlacht war noch nicht verloren! »Schließt das Tor!«, rief er. Er rannte auf das nächste herumirrende Pferd zu, sprang in den Sattel, hetzte los und achtete nicht auf den stechenden Schmerz, den er in der Seite fühlte. Dort unten harrte sie noch aus, jene kleine Schar von Hakul, die sich um einen leuchtenden Stein geschart hatte und entsetzt den Kampf um das Ende der Welt verfolgte. Awin hetzte sein Tier voran. Dann sah er etwas Seltsames: Auf der Straße wurde gekämpft, doch Staub und Asche verhüllten das Geschehen, kein Schwertgeklirr oder Schrei drang aus der schnell wirbelnden Wolke nach draußen. Awin ahnte, es waren die Xaima, die mit Isparra rangen. Er hetzte vorbei. In vollem Galopp hielt er auf die Reiter zu, die Yamane und anderen Anführer der Klans, die wohl zu tapfer oder einfach nur zu stolz waren, um zu fliehen. Nun aber wurden ihre Pferde unruhig und scheuten zur Seite, als Awin heranstürmte.

»Der Lichtstein, gebt mir den Lichtstein!«, schrie er und spornte sein Ross weiter an. Die Yamane wichen zur Seite. Nur der Lichtstein in ihrer Mitte, der blieb an seinem Platz. Ein zitternder Reiter hielt ihn und blickte den heranstürmenden Awin ängstlich an. Awin zügelte sein Pferd, riss dem alten Krieger den Stab mit dem Lichtstein aus der Hand und wendete. Er spürte wieder einen stechenden Schmerz in der Seite, aber er hatte keine Zeit, sich darum zu kümmern. Etwas warnte ihn. Er blickte über die Schulter und sah einen Pfeil heranfliegen. Er riss sein Pferd zurück, und das Geschoss bohrte sich in den Heolinstab. Awin sah den Schaft des Pfeils im Holz zittern und erbleichte. Es hatte nicht viel gefehlt.

»Und ihr lasst es geschehen, ihr Feiglinge!«, rief eine raue Stimme. Awin war diese Stimme vertraut. Er sah einen Mann auf einem unruhig schnaubenden Schimmel etwas abseits der Yamane, gehüllt in Wolfsfelle. Er warf jetzt seinen Bogen fort und griff zu Speer und Schild. Curru!

»Seht ihr nicht, dass das der Untergang ist? Das Ende unseres Volkes? Der ganzen verfluchten Welt? Wollt ihr denn ewig leben, ihr Krieger? Heute gilt es! Heute erfüllt sich das Schicksal unseres Volkes!«, rief Curru. »Folgt mir, Hakul!«, schrie er dann, stieß seinen Speer in die Luft und jagte davon.

Aber niemand folgte ihm, niemand außer Awin. Er schoss zwischen den verstörten Yamanen hindurch, Curru nach. Er wusste, der Alte hatte Unheil im Sinn, und er musste ihn aufhalten! Sein Pferd keuchte erschöpft, mit rasselndem Atem, aber Awin hetzte es weiter. Curru jagte auf das Tor zu. Awin sah, dass die Flügel langsam, ganz langsam in Bewegung gerieten. Sie begannen, sich zu schließen. Dahinter kämpften die Riesen mit Ungeheuern und Daimonen, den Ausgeburten der dunkelsten Träume des Weltenschöpfers. Es war ein unheimlicher, gewaltiger Kampf, der die Erde erbeben ließ. Die Wölfe kreuzten Currus Weg, sie beachteten ihn nicht, sie stürzten sich in den Kampf der Xaima!

Der Wirbelwind war abgeflaut, der Staub hatte sich gelichtet, Isparra stand dort im Ascheregen, und Skefer auch. Awin sah zerfetzte Kleider auf dem Boden liegen und begriff, dass Nyet und Dauwe schon nicht mehr waren. Skefer stieß einen hellen, ängstlichen Schrei aus. Die Wölfe packten ihn, ihn und seine Schwester – und zerrissen sie vor Awins Augen. Ein kurzer Schrei, ein letzter, stolzer Blick aus Isparras Gesicht, und dann waren sie beide fort, wie Seweti aufgelöst in nichts. Nur einige Federn von Isparras Gewand wehten noch im leichten Wind davon. Und dann verschwanden auch die Wölfe, waren auf einmal fort, als hätte es sie nie gegeben. Awin schluckte, spuckte Asche aus und jagte weiter. Curru!

Awin sah Norgis, die die noch lebenden Kariwa antrieb, die gewaltigen Torflügel wieder zu schließen. Und Curru raste auf sie zu. Er senkte seinen Speer zum Stoß. »Norgis!«, schrie Awin, aber seine Warnung verhallte ungehört im Lärm der Schlacht. Norgis war am Tor, sie konnte den Reiter nicht kommen sehen. Awin sah Senis, die mit weit ausgebreiteten Armen immer noch dort unten im Talgrund stand, er sah einen Riesen, der jetzt vielfach von missgestalteten Armen umfangen donnernd zu Boden stürzte. Das Tor war nur noch einen Spalt weit geöffnet.

Jetzt drehte Norgis sich um, sah den Reiter auf dem Schimmel, wich im letzten Augenblick zur Seite, und schon sprengte Curru mit dem irren Lachen eines Verrückten durch das Tor hindurch. Awin konnte gerade noch sehen, wie der alte Seher brüllend auf das turmhohe Bein eines Riesen losstürmte – und dann jäh von einem gewaltigen Fuß zermalmt wurde, dann schloss sich das Tor mit schwerem Krachen. Awin flog heran. Er sprang vom Pferd, stolperte, packte den Stab und hielt den

Heolin an das zerschmetterte Siegel. Einen Augenblick lang geschah nichts –, aber dann floss das Licht des Steins in das große Zeichen. Der hässliche Spalt, den Eris Axt geschlagen hatte, verschwand, und sanftes Glühen breitete sich in den Strahlen des Siegels aus. Norgis riss Awin den Stab aus der Hand, löste den Heolin und fügte ihn dort an, wo er einst abgebrochen worden war. Einen Augenblick später war er wieder fest mit Edhils Siegel verschmolzen. Von der anderen Seite drang das markerschütternde Schreien der Daimonen. Die eisernen Torflügel erbebten einmal, zweimal, aber das Siegel hielt. Das Skroltor war geschlossen.

Awin ließ sich erschöpft zu Boden fallen. Um ihn herum lagen tote oder stöhnende Menschen, halb bedeckt von weißer Asche, und jenen, die noch stehen konnten, stand der Schreck tief ins Gesicht geschrieben.

»Du bist verletzt«, sagte eine besorgte Stimme. Es war Wela, die am Tor geholfen hatte. Sie strich ihm mit sanfter Hand durchs Gesicht. Er zuckte zurück, denn jetzt bemerkte er, dass er dort blutete.

»Er wird es überleben«, verkündete Norgis spöttisch.

Awin betrachtete die Frau, die so alt war und so jung wirkte, wenn man ihre tief liegenden gelben Augen nicht sah. Wie anders war da …

»Senis!«, entfuhr es Awin.

»Meine Schwester hat sich entschieden, auf der anderen Seite zu bleiben«, erklärte Norgis, und Bewunderung schwang in ihrer Stimme mit.

»Aber sie kommt doch dort wieder heraus, oder?«, fragte Awin.

Norgis schüttelte den Kopf. »Das Siegel ist geschlossen, nichts und niemand kann das Daimonenland nun noch verlassen, auch Senis nicht.«

Awin nickte wie betäubt. Immer noch heulten die Ungeheuer und Alfskrole auf der anderen Seite des Tores, aber Awin schien es, als sei ihr Heulen schon leiser geworden. Allmählich sickerte in sein Bewusstsein ein, was hier eben geschehen war. »Die Windskrole. Deine Wölfe haben sie zerrissen, Norgis!«, rief er.

Sie nickte ernst.

»Norgis? Ist das wirklich Norgis, die Abtrünnige?«, rief eine laute Stimme. Awin wandte sich um. Wieder spürte er einen stechenden Schmerz in der Seite. Ein Mann trat aus dem Schatten des Tores. Sein Schritt war unsicher, und er war blutüberströmt. Graue Flocken klebten in seinen Haaren. Es war Ragin. Er hielt ein Hakul-Schwert in der Hand.

Norgis sah ihn mit schräg gelegtem Kopf nachdenklich an. »Du bist ein Wächter?«, fragte sie.

»Ich bin Ragin, der Airiskan der Wächter, und du hast dein Leben verwirkt, Verrät… « Er stockte. Seine Augen quollen hervor, er fiel auf die Knie und kippte mit einem Seufzer tot zu Boden.

Norgis atmete tief ein. »Ein schwacher Mensch«, murmelte sie.

Awin sprang entsetzt auf. »Was hast du getan, Norgis?«, rief er. Ein jäher Schmerz in der Seite raubte ihm den Atem. Er taumelte.

»Mir scheint, du hast da noch eine Wunde, junger Seher«, sagte Norgis ernst.

»Awin!«, rief Wela erschrocken.

Er hob den Arm und blickte auf die schmerzende Stelle. Eine abgebrochene Speerspitze ragte aus der linken Seite. Merkwürdig, er konnte sich gar nicht daran erinnern, dass er dort getroffen worden war.

Wela befühlte vorsichtig die Spitze. »Sie muss in einer Rippe stecken geblieben sein, sonst wärst du jetzt tot«, sagte sie mit bleichem Gesicht.

Awin runzelte die Stirn. Die Erinnerung kam zurück. Da war dieser Reiter gewesen … mit dem Speer … aber er war doch ausgewichen. Seine Gedanken verschwammen. Mit fahriger Bewegung fasste er die Spitze mit der Rechten und zog sie heraus. Er zuckte ungläubig mit den Achseln, als er das lange Stück Bronze sah, dann wurde ihm schwarz vor Augen, und er fiel.

Abschied

ER FIEL HINAB in samtenes Schwarz, das ihn umfing und behütete. Wie lange war es her, dass er eine wirkliche, tiefe Nacht gesehen hatte? Es war vollkommen still, doch dann löste sich aus der Stille ein leises Geräusch, wurde lauter, bis es brauste wie von tausend Rabenfedern. »Ich rieche, dich, Hakul. Ich sehe dich nicht, aber ich rieche dich. Und ich werde dich finden.«

Uqib, dachte Awin.

»Hast du geglaubt, du könntest mir entkommen, Seher?«

Awin schwieg. Er verspürte keine Angst, wunderte sich nicht einmal darüber, dass er sich nicht fürchtete, sondern nahm es gelassen hin. Er sah Licht. Die Steppe. Sie breitete sich vor ihm aus, saftig grün, wie nach einem Frühlingsregen. Er hörte Pferde wiehern. Sie lockten ihn.

»Hast du hier nicht noch etwas zu tun, Seher?«, fragte eine dunkle weibliche Stimme.

Awin runzelte die Stirn. Dann wandte er sich ab von den immergrünen Weiden und öffnete die Augen.

Er lag auf dem Boden. Über ihm dehnte sich ein fahlgrauer Himmel. Die Morgendämmerung schien angebrochen. Er war also doch nicht tot, hatte wohl nur geträumt. Er konnte nicht einmal besonders lange fort gewesen sein, denn es war ja gerade erst Morgen. Dann fiel ihm ein, wo er war, und wie kurz die Nacht im Schneeland sein konnte. Jemand legte ihm einen Verband an. »Wela?«, fragte er.

»Nicht Wela, aber auch kundig«, sagte Mahuk, dessen bärtiges Gesicht jetzt dicht vor Awin auftauchte und ihn freundlich, aber auch besorgt musterte.

Awin wollte sich aufsetzen, aber der Schmerz war noch da, und er ließ sich ächzend wieder zurücksinken.

»Langsam, Hakul, langsam«, brummte der Raschtar.

»Was ist geschehen?«, fragte Awin.

»Du weißt mehr als ich. Tuge sagt, ich hätte beinahe den Weltuntergang verschlafen«, brummte Mahuk.

»Tuge lebt?«, fragte Awin.

»Lebt«, erwiderte der Raschtar. »Verband ist fertig. Aber langsam, Yaman. Viel Blut verloren.« Dann half er Awin auf die Beine.

Da waren Hakul, dazwischen Kariwa. Sie hatten offensichtlich damit begonnen, die Verwundeten zu versorgen und die Leichen zusammenzutragen. Der Ascheregen hatte aufgehört, aber er hatte lange genug angehalten, um die Leichen auf dem Schlachtfeld mit einem bleichen Tuch zuzudecken.

»Merege?«, fragte Awin.

»Dort drüben«, sagte Mahuk und wies ungefähr in die Richtung eines Scheiterhaufens, den die Kariwa um ihre Toten aufschichteten. Awin erbleichte. Dann trat Merege hinter diesem grauenvollen Hügel hervor. Sie trug einen Arm in der Schlinge und einen Verband um den Leib.

Erleichtert stöhnte Awin auf. »Wo sind die anderen? Limdin, Mabak, Ore Praane?«, fragte er den Raschtar.

»Leben. Mehr oder weniger«, lautete die Antwort.

Dann sah Awin sie bei den Findlingen, zwischen denen sie gekämpft hatten. Auch Mabak trug den Arm in einer Schlinge. Limdin lag vor ihm auf der Erde und ließ sich von Wela das Bein verbinden. Praane stand bei ihnen. Sein rechter Arm war verbunden. Tuge war ebenfalls dort und hielt sich die Seite.

»Wir haben es alle überlebt?«, fragte Awin erstaunt.

»Alle überlebt«, brummte Mahuk zufrieden.

»Ah, Awin, es wird Zeit, dass du endlich auf die Füße kommst, es gibt viel zu tun!«, rief der Bogner.

Awin nickte und ließ sich von Mahuk zu seinen Gefährten führen. Jeder Schritt war ihm eine Qual. Er warf einen Blick hinab in die Ebene. Dort unten sammelte sich das große Heer der Hakul. Eine Schar war jedoch in der Nähe des Tores geblieben. Awin hielt sie für die Yamane, denen er den Heolin entrissen hatte. Sie waren von ihren Pferden gestiegen und schienen zu beraten.

Tuge nickte ihm aufmunternd zu. Er war blass und hielt sich mit schmerzverzerrtem Gesicht die Seite.

»Wieder die Rippen?«, fragte Awin.

»Meine Rippen tun hier nichts zur Sache. Du musst ein Unglück verhindern, Awin. Die Hakul, sie wissen nicht, was sie tun sollen, und ich fürchte, das bringt sie auf dumme Gedanken.«

»Haben sie noch nicht genug?«, fragte Awin unwillig. Er sehnte sich nach Ruhe, aber es sah nicht aus, als würde er die so schnell bekommen.

Der Bogner zuckte mit den Achseln. »Immerhin haben sie die Kariwa schon zweimal geschlagen, und sie haben nicht vergessen, dass es Eisen in diesem Land gibt.«

Awin seufzte und lehnte sich vorsichtig an einen der Findlinge. »Und was sagen die Yamane?«

»Nun, sie wollen hören, was du dazu zu sagen hast.«

»Ich?«

»Sie haben die Worte noch im Ohr, die du vor der Schlacht zu ihnen gesprochen hast. Und sie haben die Wahrheit darin erkannt«, sagte der Bogner grinsend.

»Wurde aber auch langsam Zeit«, murmelte Wela. »Wie geht es deiner Wunde, Awin?«

»Oh, es ist fast nichts«, behauptete Awin.

»Natürlich«, entgegnete Wela lächelnd. »Also?«, fragte sie.

»Also was?«, erwiderte Awin verständnislos.

»Also, was gedenkst du jetzt zu tun, um die nächste Schlacht zu verhindern, nachdem du bei dieser hier versagt hast, Awin Sehersohn?«

Awin öffnete den Mund, aber er brachte vor Verblüffung keinen Ton heraus.

Tuge lachte und schüttelte den Kopf, aber dann verzog er das Gesicht.

»Mit gebrochenen Rippen sollte man nicht lachen, Onkel Tuge«, belehrte ihn Wela.

»Da kommt die Kariwa«, rief Limdin und meinte Merege.

Awin betrachtete sie. Er war fast sicher gewesen, dass Seweti sie getötet hatte. Hatte sie nicht ihren blutigen Dolch gezeigt? »Ich dachte, du seiest gefallen«, begann er ungeschickt.

»Ich dachte von dir Ähnliches«, erwiderte Merege lächelnd, dann deutete sie auf den Verband über ihren Hüften. »Es ist nur eine Fleischwunde, doch raubte mir der Schmerz die Besinnung, denn ich war schon geschwächt.«

Awin nickte nachdenklich. »Senis, sie ist noch auf der anderen Seite des Tores«, sagte er dann leise.

Merege blickte zu Boden. »Sie ist nicht mehr dort, Awin. Ich war oben auf der Mauer. Ich nehme an, sie ruht in den Felsen, zwischen den Riesen, die uns heute gerettet haben. Wer weiß, vielleicht ist das besser als das Leben, das sie nicht mehr wollte, und besser als der Tod, den sie nicht finden konnte«, sagte Merege, und Awin hörte ihr die tiefe Traurigkeit an, die sie unter einem kühlen Lächeln zu verstecken suchte.

»Die Riesen, ich hätte sie gerne gesehen«, murmelte Tuge.

Awin nickte, noch einmal sah er den grauenvollen Kampf vor dem inneren Auge. Dann fragte er: »Du weißt, dass sie Curru getötet haben, Tuge?«

Tuge starrte ihn an.

»Ich sah ihn durch das Tor reiten, die Lanze im Anschlag. Er hatte den Verstand verloren«, erzählte Awin.

»Und ist sicher, dass er tot ist?«, fragte Tuge mit gepresster Stimme.

»Ich sah ihn durch die Bogenscharten«, bestätigte die Kariwa. »Sein Leichnam liegt im Stollen, auch wenn er zermalmt und kaum zu erkennen ist, Bogner.«

»Ich will ihn sehen!«, verlangte Tuge und erhob sich.

»Ich führe dich, Meister Tuge«, bot Mabak an.

Der Bogner dankte ihm, und als sie davonhumpelten, sagte er: »Du musst mich nicht mehr Meister nennen, Mabak, denn du bist nun ein Yamanoi wie ich, hast du das vergessen?«

Awin lächelte flüchtig. Er hatte seinerzeit selbst lange gebraucht, um sich daran zu gewöhnen. Er blickte hinab. Bei den Yamanen war etwas in Bewegung geraten. Eine Gruppe löste sich aus der Versammlung und kam die Rampe herauf. Sie gingen zu Fuß, was Awin aus unerfindlichen Gründen für ein gutes Zeichen hielt. Er wandte sich an Merege: »Wie es aussieht, sind die Hakul uneins darüber, was nun geschehen soll.«

»Die Kariwa ebenso«, entgegnete Merege ernst. »Die Wächter aus Kalve und Burnis sind mit ihren Kriegern endlich in Narwa eingetroffen. Ich habe ihnen Boten geschickt, damit sie dort bleiben und keine Kämpfe mit den Hakul beginnen, doch können wir den Frieden nicht halten, wenn die Hakul es nicht auch tun.«

Awin nickte. »Ich werde wohl gleich mit ihnen reden. Tuge hat behauptet, dass sie neuerdings Wert auf meine Meinung legen.«

Merege lächelte schwach. »Das will ich doch hoffen.« Ihr Blick schweifte zu den Scheiterhaufen, die Kariwa und Hakul gemeinsam aufschichteten. Awin sah die toten Krieger und dazwischen junge Gesichter. Er erkannte das Mädchen, das ihn nach den Seeschlangen gefragt hatte, und erbleichte. »Die Anwärter?«, fragte er.

»Nur eine Handvoll haben es überlebt«, antwortete Merege bekümmert. »Wir werden sie mit den Kriegern im Feuer bestatten. Norgis hat für heute und morgen einen Waffenstillstand mit den Hakul ausgehandelt. So können beide Seiten wenigstens ihre Toten verbrennen.«

Awin nickte. Dann fragte er: »Norgis? Sie ist noch hier?«

»Sie ist dort drüben irgendwo. Sie hat angeboten zu bleiben, bis die Hakul abziehen.«

»Sie hat uns gerettet«, stellte er schlicht fest. »Es waren ihre Wölfe, Zauberwölfe, die die Xaima zerrissen haben.«

»Sie hat auch Ragin getötet«, entgegnete Merege ernst.

»Ich weiß«, sagte Awin. »Dieser Narr wollte sie festnehmen«, fügte er vorsichtig hinzu.

»Ich hörte davon«, meinte Merege kühl. Dann fuhr sie nachdenklich fort: »Einer der Anwärter fragte mich, ob Norgis uns nun führen würde.«

Der Gedanke erschien Awin naheliegend. »Was hast du geantwortet?«

»Ihr Weg ist nicht der unsere, Awin, und er darf es nicht werden!« Für einen Augenblick war Zorn in ihren Augen aufgewallt, aber dann beruhigte sie sich und sagte: »Ragin war dem Amt nicht gewachsen, und es war ein Unglück, dass wir es auf diese Weise erfahren mussten. Aber nein, sie wird hier nicht bleiben können. Außerdem bezweifle ich, dass sie das überhaupt will.«

Die Yamane waren unterdessen näher gekommen, würdevolle Männer mit ernsten Mienen, die gleichwohl verlegen schienen. Awin entdeckte zwei bekannte Gesichter. Da war Uredh von der Schwarzen Faust, den er seit dem Sichelsee kannte. Der Sprecher der Yamane war jedoch der einarmige Dheryak, der schon Eris Vorgänger gedient hatte. Vor der Schlacht von Pursu hatte er die Verhandlungen für die Eisernen Hakul geführt. Er ersuchte höflich darum, mit Awin, dem berühmten Seher und Yaman, sprechen zu dürfen. Awin versuchte, sich ein Grinsen zu verkneifen. Es war zu verrückt. Gestern noch war er für die treuen Anhänger Eris der geächtete Abtrünnige gewesen, nun suchten sie seinen Rat. Aber natürlich musste er mit ihnen sprechen. Sie entfernten sich ein wenig von den anderen, dann stellte Dheryak seine Begleiter einzeln vor, bevor er umständlich und weitschweifig auf ihre Lage zu sprechen kam: »Wir sind fern der Heimat, und viele unserer Männer sind des Kämpfens müde, Yaman Awin. Aber wir sind auch wohl bewaffnet, und unser Heer hat sein Lager in einem reichen Land aufgeschlagen. So will nun ein Teil des Heeres nichts weiter als nach Hause, doch viele wollen nicht mit leeren Händen heimkehren, nicht, wenn doch lohnende Beute zum Greifen nahe liegt. Wir Yamane selbst können uns nicht einigen, und kein Tiudhan ist da, der uns sagt, was zu tun ist. Also hoffen wir, dass der Seher vielleicht ein Zeichen gesehen hat, das uns den weiteren Weg weisen möge.«

Awin hörte sich Dheryaks Rede geduldig an. Dann fragte er: »Was sagen denn eure eigenen Seher, Yaman?«

»Sie sind uneins wie wir, und sie verstehen die Zeichen dieses fremden Landes nicht«, lautete die verlegene Antwort.

»Ich selbst habe viele Zeichen gesehen, Dheryak. Die meisten zeigten mir das Ende der Welt, herbeigeführt von beutegierigen Hakul. Deshalb lautet mein Rat an euch: Kehrt um. Nehmt eure Krieger und reitet heim, so schnell ihr es vermögt. Und wer von euren Männern nun unzufrieden ist und nicht ohne Beute heimkehren will, der möge bedenken, dass er doch immerhin sein Leben zurück zu den Seinen bringt, und dass er in diesem Land keine andere Beute als den Tod finden wird.«

Die Yamane sahen einander betreten an. »Ist das dein Rat an uns, Seher?«,

Awin nickte. »Nehmt ihn, oder lasst es bleiben, aber ich sage denen den Tod voraus, die weiter Krieg führen wollen.«

»Und weiß der Seher auch einen Weg, wie wir wieder in die Heimat gelangen können?«, fragte ein anderer Yaman ungehalten. »Kein Pfad führt durch die Nebelsümpfe, und der Rückweg durch das Bernsteinland ist uns wohl versperrt, jetzt, da keine Zauberer mehr an unserer Seite sind.«

»Es waren keine Zauberer, sondern Windskrole, Hakul«, entgegnete Awin, zornig über die Uneinsichtigkeit des Yamans. »Und was den Weg betrifft, nun, nicht ich habe das Land verbrannt, durch das ihr nun reiten müsst. Aber vielleicht kann ich ein Zeichen finden, das euch hilft. Ich werde danach suchen.«

»Wir werden deine Worte weitergeben, Seher«, sagte Dheryak. »Mareket möge uns die Weisheit schenken, daraus die richtigen Lehren zu ziehen.« Und damit begaben sie sich wieder zurück zu ihrer großen Versammlung.

Awin sah ihnen nach. Er fühlte sich müde. Die Anspannung der Schlacht war von ihm abgefallen, seine Wunden schmerzten, und er hätte sich gerne ausgeruht. Aber es sah so aus, als hätte er wirklich zu viel zu tun. Die Hakul waren uneins. Er hatte die Yamane fortgeschickt, aber er wusste, dass er sie eigentlich nicht sich selbst überlassen konnte. Es waren Hakul – sich zu streiten lag ihnen im Blut. Doch nun mussten sie einig sein – und nach Hause reiten oder zugrunde gehen. Wie konnte er ihnen helfen? Einer Eingebung folgend, ging er hinüber zu Norgis, die sich am Rande der Rampe aufhielt und in die Weite schaute. Es war ein frischer, schöner Frühsommermorgen. Der

Kramar hatte sich beruhigt, er spuckte keine Asche mehr über das Land, und auch die Beben hatten aufgehört.

»Ich habe vergessen, wie schön meine Heimat ist«, sagte sie.

»Ich würde sie nicht gegen die Steppe tauschen«, erwiderte Awin. Verstohlen betrachtete er die Ahnmutter der Kariwa in ihrem alten, mit Flechten und Moos bewachsenen Mantel – Norgis, die nach Sumpf und Wald roch –, und er begriff, dass sie wirklich nicht mehr hierhergehörte.

»Ich sehe dir an, dass du ein Anliegen hast, junger Seher«, sagte sie nun lächelnd.

Er nickte und suchte nach den richtigen Worten. »Die Hakul«, begann er, »sie müssen nach Hause, doch wenn sie keinen Weg finden, kann es sein, dass sie hierbleiben und weiter Krieg führen.«

»Und nun fragst du mich nach einem solchen Weg?«

»Das Nebelland. Es ist dein Reich, ehrwürdige Norgis. Es heißt, kein Mensch könne die Sümpfe durchqueren und jeder, der es versuchte, habe sich in den Nebeln rettungslos verirrt. Aber vielleicht, wenn du …«

Norgis schwieg eine Weile. Dann sah sie ihn mit ihren unheimlichen, gelben Augen ernst an. »Du fragst mich, ob ich euch führen werde?«

Awin hielt dem Blick ihrer Wolfsaugen stand und nickte.

Norgis lächelte wieder. »Ich werde eines meiner Kinder schicken, euch zu führen. Glaubst du, deine Hakul werden einem Wolf genug vertrauen, um ihm in den Sumpf zu folgen?«

»Einem Wolf vielleicht nicht, aber mir, und ich vertraue dir.«

Norgis lachte. »Nein, du traust mir nicht, denn du weißt, wer ich bin. Und das ist auch klug, Seher. Ich habe dir geholfen, doch geschah es nur aus Eigennutz, denn auch ich wollte diese Welt noch nicht enden sehen, und es geschah um deiner

Hartnäckigkeit willen, junger Seher, denn dreimal hast du mich gefragt, und beim dritten Mal hast du mich überzeugt.«

»Mein Traum, vor der Schlacht!«, rief Awin.

Norgis nickte. »Da hast du mir die Augen geöffnet. Du wirst eines Tages ein echter Meister deiner Kunst sein, Awin. Setze deine Gabe mit Bedacht ein und vertraue ihr nicht zu sehr, denn sie wird dich oft täuschen.«

Awin dachte an die schrecklichen Bilder, die er gesehen hatte. Es war genau so gekommen, aber dann doch wieder nicht.

»Nun, Seher«, fuhr Norgis fort, »da ich nicht will, dass der Krieg weitergeht, werde ich deine Männer durch mein Reich reiten lassen – für dieses eine Mal! Doch krümmen sie auch nur einem meiner Kinder, sei es Mensch oder Wolf, ein Haar, so sind sie verloren. Sag ihnen das! Ich nehme an, sie werden wirklich auf dich hören, da du sie gerettet hast.«

»Ich? Mein Beitrag war gering, wenn ich ihn mit dem vergleiche, was du und deine Schwester getan habt, ehrwürdige Norgis«, erklärte Awin abwehrend.

Norgis lachte. »Wirklich, Seher, du unterschätzt dich. Du hast das Tor verschlossen, du hast Senis und mich hierhergebracht, und glaube mir, weder wir, noch die Riesen hätten die Skrole lange aufhalten können, wenn du den Heolin nicht rechtzeitig zum Tor gebracht hättest. Dir gebührt die Ehre des Tages, genau wie es dein junger Freund – Mabak ist, glaube ich, sein Name – überall erzählt.«

Awin schluckte. Er dankte ihr, dann ging er zurück zu seinen Gefährten.

Tuge war von der Mauer herabgekommen. Er sah unzufrieden aus. »Es ist Curru, ich bin sicher, doch würde ich mich wohl besser fühlen, wenn er durch meine Hand gestorben wäre.«

»Vielleicht tröstet es dich, Meister Tuge«, sagte Merege bedächtig, »dass seine Seele dort gefangen ist. Sie wird das

Daimonental nicht verlassen können, bis das Tor zum nächsten Mal geöffnet wird – und das wird erst geschehen, wenn diese Welt endet.«

Tuge sah Merege lange an, dann nickte er grimmig. Ihm schien zu gefallen, was sie gesagt hatte.

»Ich brauche einen Boten«, verkündete Awin nun. »Einen Mann, der vor der Versammlung der Yamane für mich spricht.«

»Warum willst du es nicht selbst tun?«, fragte Wela.

»Wenn ich dort spreche, werden sie viele Fragen an mich haben, sie werden Widerworte geben, schon weil sie nicht anders können, und das alles wird in fruchtlosem Streit enden. Es sind Hakul. Doch ein Bote, gewandt mit Worten, kann ihnen sagen, was sie hören müssen, und da es doch sinnlos wäre, dem bloßen Überbringer meiner Nachricht zu widersprechen, stimmen sie vielleicht zu.«

»Was ist das für eine Botschaft, und wer soll sie überbringen?«, fragte Mabak neugierig.

»Ich dachte an einen meiner besten Yamanoi, Mabak, nämlich an dich. Und meine Botschaft werde ich dir erläutern.« Und dann erklärte er dem Krieger, was er mit Norgis vereinbart hatte. »Sag ihnen, sie können diesem Weg folgen, oder auf einem anderen zugrunde gehen. Ich überlasse ihnen die Entscheidung.« Mabak nickte und eilte zur Versammlung. Seine Augen leuchteten.

»Glaubst du wirklich, sie lassen sich darauf ein?«, fragte Tuge zweifelnd.

»Sie müssen, und am besten schnell«, meinte Awin trocken. »Mir fehlt nämlich die Geduld, mir das übliche Gezänk der Yamane anzuhören.« Er hatte noch einen Grund, nicht selbst zu dieser Versammlung zu gehen. Es war ihm schlicht peinlich, welche Heldentaten man ihm andichtete.

»Ich weiß nicht, wie die Hakul sich entscheiden«, meldete

sich nun Ore Praane zu Wort, »doch ich werde mit ihnen reiten, das heißt, wenn ein Akradhai dir als Gatte eurer Schmiedin willkommen wäre, Yaman Awin.«

Awin zögerte, dann sah er Welas strahlende Augen. Er nickte. »Es wird mir eine Ehre sein, dich in meinen Klan aufzunehmen«, sagte er schlicht. Der Ore nickte stolz, und dann führte er Wela ein Stück zur Seite. Awin sah ihre innigen Blicke. Die Sache war wohl endgültig entschieden.

»Ich glaube, sie haben während dieser Schlacht festgestellt, dass die Vorstellung, ohne den anderen leben zu müssen, sie sehr unglücklich macht«, meinte Tuge nachsichtig lächelnd.

Awin nickte. Wela sah glücklich aus. Das freute ihn.

Bald darauf kam Mabak von der Beratung zurück.

»Was sagen sie?«, fragte Awin.

»Sie halten deinen Vorschlag für gut, es fällt ihnen nur schwer, ihm zu folgen, da er von einem Yaman kommt, und nicht etwa einem Tiudhan, der doch über den Stämmen und Sippen stünde.«

Awin runzelte missmutig die Stirn. »Tiudhan? Der letzte, den sie hatten, ist tot. Verbrannt, als er so dumm war, das Siegel zu öffnen. Soll ich einen für sie machen?«

»So etwas in der Art, Yaman Awin.« Mabak räusperte sich. »Es liegt ein Schild für dich bereit«, murmelte er dann.

»Augenblick!«, sagte Awin, als er verstand.

Tuge lachte.

»Augenblick«, wiederholte Awin, »sie wollen *mich* zum Tiudhan machen?«

»Eine gute Wahl, wie mir scheint«, meinte Merege trocken.

Awin schüttelte den Kopf. »Ich bin doch kein Anführer«, widersprach er.

Tuge grinste breit und sagte: »Du hast uns hierhergeführt, du hast diese Schlacht gewonnen, und du hast einen Weg gefunden, das Heer wieder nach Hause zu bringen. Ich finde, mehr kann man von einem Anführer wirklich nicht erwarten.«

»Aber ich *will* nicht Tiudhan sein!«

»Es mag sein, dass es nicht immer darauf ankommt, was wir wollen, Awin«, erklärte Merege gelassen. »Norgis hat auch vorgeschlagen, mich zur Airiskana zu machen.«

Tuge grinste noch breiter. »Nimm dir ein Beispiel daran, Awin. Ja, es scheint, als bliebe dir kein Vorwand, diese Ehre abzulehnen, Tiudhan Awin. Ich würde sogar sagen, du musst es tun, denn sie brauchen einen Anführer, und wenn du es nicht machst, macht es ein anderer, und du hast gesehen, wie das ausgehen kann.«

Awin nickte unglücklich.

»Werden wir dann in Tiugar wohnen?«, fragte Wela, die mit Praane zurückgekommen war.

»Das ist von alters her der Sitz des Tiudhan, Nichte«, erklärte Tuge gut gelaunt.

»Dann sind wir einverstanden«, sagte die Schmiedin lächelnd.

In der folgenden Nacht, die doch wieder nur wenige Augenblicke dauerte, wurde Awin im Kreis der Hakul auf den Schild gehoben, und Tausende Krieger riefen seinen Namen und nannten ihn Tiudhan. Erleuchtet wurde diese Erhebung dreifach: Edhils Siegel schimmerte matt und noch schwach vom Schwarzen Tor, und zu beiden Seiten der Rampe brannten die großen Scheiterhaufen der Gefallenen. Awin hatte darauf bestanden, diese beiden Ereignisse miteinander zu verbinden, damit die Hakul nie vergaßen, was hier geschehen war.

Gegen Mittag des folgenden Tages brach das Heer auf. Die Hakul ritten in Gruppen, und wer von der Rampe in die Ebene blickte, sah endlose Scharen von Reitern, die nach Süden zogen. Norgis hatte einen Wolf geschickt, dem sie nun folgen würden. Sie selbst war schon am Morgen grußlos nach Narwa verschwunden. Sie wollte noch einige Tage im Schneeland bleiben, um Merege zu helfen, bevor sie für immer in die Nebelsümpfe zurückkehren würde. Es waren kaum Wächter übrig, und sie würden viel zu tun haben, um die Zerstörungen des Krieges zu heilen. Oben auf der Rampe verabschiedeten sich die Gefährten nacheinander von Merege, mit Worten, die knapp waren und kaum vermittelten, was sie fühlten. Nur Wela sprang noch einmal von ihrem Pferd und fiel der Kariwa um den Hals, was Merege sichtliches Unbehagen verursachte, auch wenn sie versuchte, es mit einem Lächeln zu überspielen. Awin verabschiedete sich als Letzter. Er beugte sich von dem Schimmel, den die Hakul ihm geschenkt hatten, herab, und reichte Merege stumm die Hand. Sie drückte sie mit einem festen und kühlen Händedruck. Vor seiner Erhebung zum Tiudhan hatte er ausführlich mit Merege gesprochen und doch das Gefühl, dass noch lange nicht alles gesagt war. In Awin wartete ein Meer von Worten darauf, ausgesprochen zu werden, aber er wusste, dass selbst das nicht ausreichen würde, alles zu sagen, was gesagt werden musste – und schwieg. Sie hatten beide große Aufgaben vor sich. Alles andere musste zurücktreten. Sie nickte ihm zu, und er wusste, sie hatte ihn verstanden. Als er sich schon abwandte, rief sie laut: »Awin!«

Er drehte sich noch einmal um.

»Wirst du mich besuchen? In deinen Träumen vielleicht?«

Er lächelte und nickte. Dann wendete er seinen Schimmel und schloss sich dem Zug der Hakul an. Es lag noch ein weiter Weg vor ihm.

Glossar

GÖTTER

Edhil – Schöpfer- und Sonnengott

Hüter (die erstgeborenen Götter)
Alwa – Hüterin der Quellen, Flüsse und Meere
Brond – Hüter des Feuers und der Herdglut
Fahs – Hüter der Winde, des Himmels und des Wissens
Hirth – Hüterin der Erde und der Herden

Weitere Götter
Strydh – Gott des Krieges. Der fünftgeborene Gott, der seine Geschwister, die Hüter, betrog und mit einem Schlafkraut betäubte. Gilt nun als alleiniger Herr der Welt.
Uo – Gott des Todes und im Glauben der Akkesch Herr der Unterweltstadt Ud-Sror
Uqib – Seelenverweser, Diener Uos
Tengwil – die Schicksalsweberin
Mareket – Gott der Pferde, der die Hakul nach ihrem Tod auf immergrünen Weiden erwartet
Xlifara Slahan – die Gefallene Göttin, einst Geliebte des Fahs, Herrin der Wüste Slahan
Die Behüterin – Herrin des Femewaldes

Für die Völker entlang des Dhanis sind Götter, ungeachtet ihrer Macht, grundsätzlich in zwei Gruppen unterteilt:

– **Alfholde,** göttliche Wesen, die vom Schöpfergott den Hütern zur Hilfe gegeben wurden
– **Alfskrole,** Ausgeburten der Albträume Edhils.
Die Hakul wenden diese Unterteilung allerdings nur bei übernatürlichen Wesen geringerer Macht an, wie zum Beispiel Winden oder Daimonen.

Xaima (Windskrole) der Slahan
Skefer – der Peiniger, Fallwind und Überbringer schlechter Nachrichten
Nyet – der Angreifer, Sturm
Isparra – die Zerstörerin, dauerhafter Sturmwind, nicht so stark wie Nyet, aber ausdauernder
Seweti – die Tänzerin, ein wechselhafter Wind
Dauwe – der Schweigsame, auch der Täuscher genannt

BEGRIFFE

Tiudhan – Anführer aller Stämme
Heredhan – Anführer eines Stammes
Yaman – Anführer eines Klans
Yamanoi – die erfahrenen Krieger
Sger – Kriegs- oder Beutezug, Reiterschar

PERSONEN

Der Klan der Schwarzen Dornen
Awin – Seher und Yaman
Gunwa – seine Schwester
Wela – Schmiedin und Heilerin
Tuge – Bogner
Karak – Tuges Sohn
Mabak – Jungkrieger
Limdin, Dare – Krieger des Fuchs-Klans

Der Klan des Roten Wassers
Jeswin – Yaman
Lamban – Pferdezüchter
Raiwe – Jungkrieger, Jeswins Neffe

Kariwa
Senis – Ahnmutter
Merege – Ahntochter, angehende Wächterin
Ragin – Airiskan (Anführer)

Viramatai
Kalya – Prawani (Fürstrichterin)
Vareda – Brami (Priesterin)

Akradhai
Praane – Ore (Anführer im Kampf)
Nokke – sein Freund